HEYNE

Das Buch

Sie sind groß, stark und hässlich – die Trolle. Zwerge, Magier und Elfen haben sie das Fürchten gelehrt. Gemeinsam mit den Menschen sind sie in eine schicksalhafte Schlacht gezogen, der Feind schien besiegt. Doch nun kehrt er zurück, mächtiger und dunkler als je zuvor, und die Nachkommen der Helden müssen sich der Herausforderung ihres Lebens stellen: In der Hoffnung, einen blutigen Machtkampf zwischen den Trollen der alten Stämme und Andas Kindern, den gewaltigen Tiefentrollen, ein für alle Mal zu verhindern, schließt Kerr, der vielleicht weiseste aller Trolle, einen gefährlichen Pakt. Mit Hilfe seiner Freunde unter den Menschen will er den ungeheuren Versuch unternehmen, den Weißen Bären, das Herz des Landes, zu heilen. Doch bald deutet auch an der Erdoberfläche alles auf Krieg, und mit dem Leid des Landes wächst auch der Zorn der Trolle …

DIE TROLLE-SAGA

Erstes Buch: *Die Trolle*
Zweites Buch: *Die Schlacht der Trolle*
Drittes Buch: *Der Zorn der Trolle*

Der Autor

Christoph Hardebusch, geboren 1974 in Lüdenscheid, studierte Anglistik und Medienwissenschaft und arbeitete anschließend als Texter bei einer Werbeagentur. Sein Interesse an Fantasy und Geschichte führte ihn schließlich zum Schreiben. Seit dem großen Erfolg seiner Trolle-Saga sowie seiner Sturmwelten-Romane ist er als freischaffender Autor tätig. Er lebt in Speyer.

Mehr zu Autor und Werk unter:
www.hardebusch.net

Ein ausführliches Werkverzeichnis finden Sie im Anhang.

CHRISTOPH HARDEBUSCH

DER ZORN DER TROLLE

Roman

Mit einer Bonusgeschichte

WILHELM HEYNE VERLAG
MÜNCHEN

MIX
Papier aus verantwortungsvollen Quellen
FSC® C014496

Verlagsgruppe Random House FSC-DEU-0100
Das für dieses Buch verwendete FSC®-zertifizierte Papier
Holmen Book Cream
liefert Holmen Paper, Hallstavik, Schweden.

Taschenbuchausgabe 9/2012
Redaktion: Uta Dahnke

Printed in Germany 2012
Umschlaggestaltung: Nele Schütz Design, München
Karten: Andreas Hancock
Satz: Buch-Werkstatt GmbH, Bad Aibling
Druck und Bindung: GGP Media GmbH, Pößneck

www.heyne.de

ISBN 978-3-453-53383-7

Für mein Herz

Wlachkis
N
Teshfyrnig
Sadat
Orvol
Reiba
Teremi
Leithara
Dabrân
Baça Mare
Barsaî
Poleamt
Starig Jazek
Sireu
Zalşani
Désa
Mardew

Ardoly
Erköl-Pass
Nördliche Sorkaten
Die drei Schwestern
Čireva
Turduj
Tesharak
Dagy
Feghin
Valedoara
Vâra
Bračaz
Teshveig
Südliche Sorkaten
A. Hancock

Largisches Meer
Taren Gebirge
Phasope
Radratar
Largosa
Terep
Anveh
Dyria
Colchas
Araspena
Medesa
Magy/Magris
Essanta
Dinabis
Eurys
Kilis
Phaniria
Getesa
Alechava
Macaza
Sorkaten
Zegmes
Wlachkis
Ardoly
Ercyra
Teremi
Turduj
Cyliria
Masiten

Dramatis Personae

Trolle

Die alten Stämme

Kerr	Berater der Anführer
Ukal	Anführer eines Stammes
Zran	Anführer eines Stammes

Andas Kinder

Azot	Jäger
Mesp	Jäger
Wrag	Jäger

Verstorbene und andere

Anda	Jägerin
Druan	Einstiger Anführer der Trolle an der Oberfläche
Pard	Legendärer Stammesführer und Krieger
Roch	An der Oberfläche von einem Zraikas getötet
Zdam	Von Marczeg Zorpad erschlagen

Wlachaken

Wlachkis

Arvan	Krieger
Cornel	Sonnenpriester am Hof des Voivoden
Gharjaş	Sonnenpriester am Hof des Voivoden
Ionnis cal Dabrân	Sohn des Voivoden
Jaleia	Soldatin in Teremi

Natiole cal Dabrân	Sohn des Voivoden, Thronprinz von Wlachkis
Mihaleia	Beraterin des Voivoden
Mihales	Soldat in Teremi
Oanes	Bediensteter in Teremi
Rajav	Veteran
Riclea	Beraterin des Voivoden
Sitai	Soldat in Teremi
Şten cal Dabrân	Voivode von Wlachkis
Vintila	Geistseher am Hof des Voivoden
Voica	Bedienstete in Teremi

Historische Personen und andere

Anéa	Historische Königin und Befreierin von Wlachkis
Flores cal Dabrân	Söldneranführerin
Ionna cal Sareş	Frühere Herrscherin der Freien Wlachaken, auch genannt *die Löwin von Désa*
Léan	Historische Königin
Natiole Târgusi	Rebell aus dem Mardew
Radu	Historischer erster König, auch genannt *der Heilige*
Tirea	Historischer letzter König
Viçinia cal Sareş	Şten cal Dabrâns Gemahlin, Schwester von Ionna cal Sareş

Masriden und Szarken

Ardoly

Baczai	Krieger
Esya	Keralýa des Tempels in Turduj
Sziglos Békésar	Adliger in Turduj
Tamár Békésar	Marczeg von Ardoly
Tiradar Békésar	Adliger in Turduj

Vikolyi Arkós	Adliger in Turduj
Výclas Szilas	Sonnenpriester in Turduj

Historische Personen und andere

Arkas Dîmminu	Historischer König
Sanyás	Priester des Albus Sunaş
Zorpad Dîmminu	Historischer Marczeg

Dyrier

Arkides der 19.	Goldener Imperator
Artaynis Vulpon	Sargans Tochter
Anphanes	Beamter
Baka	Sylkischer Söldner
Baryxes	Reicher Beamter
Berophan	Söldner
Denyxer Skleron	Kriegeraristokrat
Larzanes	Ehemaliger Richter und Beamter
Narqan	Söldner
Kamros	Beamter
Parmys	Larzanes' Tochter, Kamros' Ehefrau
Perixis Vulpon	Sargans Ehefrau
Pilon	Beamter
Sargan Vulpon	Hochrangiger Beamter im Ruhestand
Tochar	Sylkischer Söldner

Historische Personen und andere

Ana cal Dabrân	Söldnerin, Tochter von Flores und Tamár
Arkides der 7.	Historischer Imperator
Hesoates	Historischer Philosoph

Zeigt der Sinn, so wie ich wirklich bin
Lenkt der Sturm mich stets woanders hin.
Trügt der Schein, ich kehre niemals heim
Am festen Band und bin dann doch allein.

In Extremo, Lebensbeichte

1

Das Brüllen hallte durch die Gänge und Höhlen, ein tiefes, dumpfes Geräusch, das sich an den Wänden brach. Die Kämpfer umklammerten sich gegenseitig, schlugen mit den Fäusten aufeinander ein, rissen mit Klauen und Hauern tiefe Wunden. Ihr dunkles Blut lief über ihre knotige, graue Haut, troff zu Boden und sammelte sich in kleinen Seen. Ihr Schnauben drang an Kerrs Ohren, und seine Nüstern zuckten beim Geruch des Blutes. Im Zwielicht der Kaverne kämpften die größten Jäger ihrer Stämme, und das Schauspiel hielt Kerrs Blick nahezu gefangen. Doch der Troll hatte in seinem Leben schon zu viel gesehen, um sich gänzlich davon vereinnahmen zu lassen. *Sieh dich um. Das würde Druan mir raten,* dachte der Troll. *Sieh dich um und verstehe.* Amüsiert folgte er dem erdachten Rat seines alten Lehrmeisters. Dass Druan so lange Zeit nach seinem Tod noch immer anwesend war, erfreute ihn.

Die Trolle standen in einem weiten Kreis in der Höhle. Viele Stämme waren gekommen. Zwischen den Trollen sah Kerr auch Andas Kinder, die ebenfalls dem Ruf gefolgt waren. Kerr konnte die Schatten des Dunkelgeists erkennen, die über ihre Haut liefen, sah die Wildheit in ihrer Gestalt, das kaum gezähmte Verlangen, in den Kampf einzugreifen. Sie waren größer als die Trolle aller anderen Stämme und von einem Kampfeswillen erfüllt, der selbst Pard gefallen hätte.

Einst wäre ein Kampf wie dieser undenkbar gewesen. Nicht Jagd, nicht Krieg war der Anlass, sondern nur ein Zusammentreffen zweier Gegner. Es gab keinen Streit, keine

Meinungsverschiedenheit, die mit der Faust gelöst werden musste. Es ging nicht um die Frage nach dem Anführer, die nur im Zweikampf beantwortet werden konnte. Der Kampf galt allein dem Kräftemessen und jenen, die dabei zusahen. Auch Kerr empfand beim Anblick der zur Schau gestellten Stärke beider Kontrahenten Freude. Dennoch wanderte sein Blick über die Zuschauer. Bei diesen seltenen Zusammentreffen vermengten sich die ursprünglichen Trolle und Andas Kinder, während sie sich ansonsten aus dem Weg gingen. Nur wenn sie in den Krieg zogen, fanden sie zueinander, wie die Zwerge zu ihrem Leidwesen mehr als einmal festgestellt hatten. Die Sprösslinge von Andas Zorn lebten tiefer als die übrigen Stämme in den Gebeinen der Erde, wo das Dasein noch härter war und nur ihre legendäre Kraft und Zähigkeit ihnen überhaupt ein Überleben ermöglichte. Dort, wo die Luft stets heiß war und es nur wenig Wasser und Nahrung gab, trotzten sie der Welt ihre Existenz ab.

Der Kampf wogte noch hin und her, doch Zran wurde müde, während seine Gegnerin über die unerschöpfliche Kraft des Dunkelgeists verfügte. *Er ist kein Pard,* dachte Kerr bei sich, und bei der Erinnerung an den großen Jäger verzog er schmerzlich das Gesicht. Pard war es einst gewesen, der sich Anda entgegengestellt hatte und dem es gelungen war, die unbesiegbar erscheinende Trollin zu töten, auch wenn es ihn sein eigenes Leben gekostet hatte. Immer noch vermisste Kerr den Anführer ihres Stammes, der ihn oft wegen seiner Schwächen verspottet hatte. *Aber er hat auch meine Stärken erkannt, und er hat mir vertraut. Wir könnten einen wie ihn gebrauchen. Seit Turk gefallen ist, fehlt den Jägern einer, der so ist, wie diese beiden es waren.* Als wolle er die düsteren Gedanken des Trolls bestätigen, verlor Zran in diesem Moment den Halt und fiel zu Boden. Sein Gegenüber beugte sich über ihn, und für einen Moment glaubte Kerr, dass die Trollin sich auf ihn stürzen würde. Unbewusst spannte er die Muskeln an, bereit, voranzustürmen. Gewalt lag in der Luft; er konnte sie riechen, schmeckte sie auf der Zunge, fühlte sie im Schlag seines Herzens.

Doch Andas Kind legte nur den Kopf in den Nacken und ließ ein Siegesgeheul ertönen. Langsam atmete Kerr aus und entließ die Spannung aus seinem Leib. Er war einer der wenigen, die noch die Zeiten des Trollkrieges kannten, weil er dabei gewesen war. Die Wirren der nachfolgenden Zeiten hatten viele das Leben gekostet, die Kriege gegen die Zwerge ihren Tribut gefordert, und natürlich war das Leben in den Tiefen der Welt niemals leicht. Das Geheul weckte alte Erinnerungen in dem Troll; Erinnerungen an dunkle Gänge, durch die er gejagt worden war, an Kämpfe und schließlich an Druans Tod unter Andas Klauen. Doch nun standen alle Trolle Seite an Seite.

Mühsam richtete Zran sich wieder auf. Einige seiner leichteren Wunden schlossen sich bereits wieder. Seit Andas Tod waren die Klauen ihrer Kinder weniger gefährlich; noch immer konnten sie töten, aber wenigstens heilten die von ihnen gerissenen Wunden wieder, wenn sie nicht zu tief gingen. Reflexartig griff Kerr sich an die Seite, wo die wulstigen Narben noch von der Macht der toten Trollin kündeten. Das Geheul schwoll noch einmal an, dann verebbte es.

Kerr spürte die Blicke der Trolle auf sich ruhen. Aller Trolle. *Wer hätte gedacht, dass Andas Trolle jemals auf mein Wort warten würden,* dachte er spöttisch, trat aber mit ernster Miene in den Kreis, wo die Trollin gerade Zran den Arm reichte. *Oder dass einer von ihnen einem von uns Hilfe anbietet.* Der durchdringende Geruch des Blutes lenkte ihn ab, ebenso wie die anderen Trolle. Einige waren nervös, scharrten mit den Füßen. Kerr roch ihre Zweifel.

Ruhig ließ er den Blick über die Versammlung wandern, drehte sich langsam im Kreis und fixierte jeden. Es war still in der Höhle, abgesehen vom Herzschlag der Welt, der niemals gänzlich verstummte. Kerr wusste, dass er ihn schärfer vernahm als andere Trolle, sogar schärfer als Andas Kinder. Die Ereignisse damals hatten ihre Spuren nicht nur auf seinem Leib hinterlassen, sondern auch in seinem Geist. Noch immer träumte er manchmal von der Oberwelt, vom grellen Licht der Sonne, das dort herrschte, und von der endlosen Weite des Sternenhimmels. So viel Zeit war vergangen. Die Jungen seines menschlichen Hareeg Şten waren schon erwachsene Mitglieder ihres Stammes; ebenso wie seine eigenen Kinder es hier unter der Erde waren.

Wie immer, wenn er vor allen sprach, rief er die Erinnerungen nun freiwillig zu sich. Er spürte die Gegenwart seiner alten Freunde und Gefährten an seiner Seite: Druan und Pard, die sich zu ihnen gesellten. Die ihn alles gelehrt hatten, was er wusste. Die ihn zu dem gemacht hatten, was er jetzt war. Die Verbindung zwischen Andas Kindern und den Trollen. Die Geisterstimme, die beide Welten kannte und in ihren Worten sprach. Die gegen und mit Anda gekämpft hatte. Sie alle warteten auf seine Worte, weil sie alle ihnen vertrauten. *Was, wenn ich nicht mehr bin?*, zuckte es ungebeten durch Kerrs Geist, bevor er die Stimme erhob.

»Ein guter Kampf.«

Eine einfache Feststellung, die auf Zustimmung traf. Einige brummten leise, andere nickten. Kerr machte eine Pause, sammelte seine Gedanken. Seine nächsten Worte würden für Unruhe sorgen, und er wollte, dass jeder sie verstehen konnte.

»Viele Dreeg haben wir nun gemeinsam in unserer Heimat verbracht. Wir haben gekämpft.« Wieder wartete er kurz ab. »Und wir haben gesiegt!«

Diesmal nickten sie alle, die ursprünglichen Trolle und Andas Kinder. Keiner hier, nicht einmal die Jüngsten, kannte ein Leben ohne Kampf.

»Wir sind unbeugsam geblieben. Wir haben unsere Heimat verteidigt. Wir haben hier unsere Schlachten geschlagen, wo wir Trolle seit Ewigkeiten leben. Aber jetzt müssen wir einen Kampf beginnen, der uns woandershin führt.«

Das überraschte seine Zuhörer. Seit dem letzten Vordringen der Zwerge war einige Zeit vergangen. Die Trolle hatten ihnen eine blutige Nase verpasst, ihnen in den Tunneln und Höhlen aufgelauert und sie vertrieben. Bislang hatten die Zwerge sich von dieser Niederlage noch nicht erholt. *Aber das werden sie. Sie werden wiederkommen und wieder und wieder. Und irgendwann werde ich nicht mehr sein, und es wird einen unüberwindbaren Graben geben zwischen den ursprünglichen Trollen und Andas Kindern. Ich bin die Brücke,* erkannte Kerr, *und mit mir wird diese verschwinden.* Eine leise Ahnung davon hatte er schon vor langer Zeit verspürt. Seine einzigartige Beziehung zu dem Dunkelgeist gab ihm eine besondere Stellung in den Augen von Andas Kindern, die sonst nur Stärke verehrten. Kaum ein ursprünglicher Troll konnte gegen die Macht der Kinder bestehen, und so achteten sie kaum einen anderen Troll.

Aus der Ahnung war mit der Zeit Gewissheit geworden. Auch wenn er nicht wirklich der Anführer war, blickten doch alle zu ihm hin, wenn eine Entscheidung getroffen werden musste. Er führte alle, die alten Stämme der Trolle und Andas Kinder, wenn auch nicht der aus Kämpfen gewonnenen Rangordnung nach, so doch durch die Kraft seiner Erfahrung. Keinem anderen schenkten beide Seiten genug Vertrauen. Er allein konnte die Wände durchbrechen, die zwischen ihnen aufgetürmt waren, und er war hinabgestiegen, nach Andas Tod, und hatte ihre Kinder gesucht und gefunden. Damals hatte er sie gefürchtet und war dennoch gegangen. Sie hatten seine Furcht gerochen, hatten ihn gejagt. Aber sie hatten ihn nicht getötet. Denn das Herz des Landes schlug laut in ihm, und sie hörten es und vergaßen seine Furcht.

»Ich werde an die Oberfläche gehen. Zu den Menschen. Ich habe die alten Geschichten gehört. Die Menschen haben etwas mit dem Herzen des Landes getan. Ich werde herausfinden, was es war.«

»Die Menschen?«, rief eine Trollin erstaunt.

»Ich habe lange beim Herzen gesessen, und es ist die einzige Möglichkeit. Ich muss wissen, was damals geschehen ist. Wir sind die Kinder des Herzens, die Kinder des Landes. Wir alle.«

Ratlosigkeit zeigte sich auf den Gesichtern. Für sie alle war Kerr manchmal seltsam, seine Entscheidungen nicht nachvollziehbar, doch ihr Vertrauen war groß. Die wenigsten kannten Menschen überhaupt noch. Lediglich in den Geschichten von Druan und von Pard, von Anda, Zdam, Roch, von Vrok und auch von Kerr kamen die Menschen vor. Kleine, schwache Wesen, von denen es mehr gab, als ein Troll sich vorzustellen vermochte, die hinterhältig kämpften, die eine glühende Himmelsscheibe anbeteten und an der Oberfläche hausten, wo es keine Decke über ihnen gab, nur einen endlosen Horizont. Keiner der Trolle ging gern an die Oberfläche, wo die tägliche Herrschaft der Sonne ihnen das Leben unmöglich machte.

Und Andas Kinder hassten das Licht und die fremde Umgebung noch mehr als die übrigen Trolle. Manchmal fiel es Kerr schwer, sie nicht als Trolle wie alle anderen zu sehen. Immerhin waren sie einst welche gewesen. Bevor Anda das Blut des Dunkelgeistes trank und seine Macht, aber auch seinen Hass und seinen Zorn und seine Schmerzen teilte. In vielen Dingen waren sie den Trollen der alten Stämme immer noch ähnlich, aber in ebenso vielen hatten sie sich verändert.

In sich spürte Kerr den lauten Herzschlag. Vielleicht irrte er sich, aber er befürchtete, dass er an Intensität zunahm. Es war wie ein verlockender Ruf, der von Kraft und Hass sang und dem der Troll immer schwerer widerstehen konnte. Lange hatte er mit sich gehadert, aber schließlich erkannt, dass er etwas tun musste.

»Bei unserer nächsten Zusammenkunft werde ich bereits zurück sein«, erklärte Kerr mit fester Stimme. Es würde nicht sein erster Gang zur Oberfläche werden. Er hatte Ṣten ein Dutzend Mal und mehr getroffen, seit Anda tot war.

In letzter Zeit waren ihre Begegnungen seltener geworden, aber Kerr verspürte manchmal einen seltsamen Wunsch, an die Oberfläche zu gehen, nicht nur bis in die obersten Höhlen, sondern in die Länder der Menschen, und dort noch einmal all die Wunder zu sehen, an die er sich so deutlich erinnerte.

Der Kreis löste sich langsam, bröckelte entlang der Stammeslinien, bis sich in der Höhle nur noch kleine Grüppchen befanden. Zunächst stand Kerr allein, doch dann gesellte sich Zran zu ihm. Der große Troll wirkte noch vom Kampf angeschlagen, hielt sich aber aufrecht.

»Ist das eine gute Idee?«, brummte er leise.

»Ich würde es kaum tun, wenn ich es für keine hielte, oder?«

Zran fletschte die Zähne.

»Jedes Mal, wenn es um Menschen geht, fängst du an, wie sie zu reden.« Zran war einer der wenigen Trolle, der Ṣten in Begleitung von Kerr schon einmal getroffen hatte.

»Ich habe lange darüber nachgedacht. Ich halte es für den richtigen Weg«, erwiderte Kerr ruhig.

»Wir brauchen dich hier«, erklärte Zran mit einem Blick zu Andas Kindern, die abseitsstanden.

Sie hatten sich zu einem Pulk versammelt, zu einem Rudel, ebenso, wie sie in den Tiefen der Welt jagten. Sie hatten keine Stämme. Nur zu diesen Gelegenheiten trafen sich größere Verbände von ihnen. Ansonsten zogen sie in kleinen Gruppen durch die warmen Tiefen, immer in Bewegung, immer auf der Jagd.

»Genau deshalb muss ich gehen.« Kerr holte Luft, suchte nach den richtigen Worten. »Wir können nicht ewig so weiterleben wie bisher.«

Er sah, dass Zran ihm widersprechen wollte, aber er hob die Hand.

»Warte. Lass mich ausreden. Bitte. Früher haben wir uns nur wenig Sorgen um die Zukunft gemacht. Das Leben war hart, und von einem Dreeg zum nächsten mussten wir nach Essen suchen, Schutz finden, unseren Feinden ausweichen. Das ist noch immer so, aber jetzt sind *sie* dabei.«

Beide Trolle blickten zu Andas Kindern. Dort, wo sie standen, schienen die Schatten dunkler zu sein, tiefer zu gehen.

»Sie achten mich und hören auf meine Worte. Aber ich werde nicht ewig da sein. Was geschieht dann? Wird jemand meinen Platz einnehmen? Werden sie unsere Abmachungen weiterhin anerkennen?«

Unschlüssig brummte Zran. Offensichtlich wollte er nicht widersprechen, aber sein Gesichtsausdruck zeigte seine Gedanken: *Wer weiß schon, was die Zukunft bringt? Es gilt, jetzt zu überleben.* Einst hatte Kerr nicht anders gedacht. Doch mit der Verantwortung, die er übernommen hatte, hatte er sich verändert.

»Ich muss mich darum kümmern. Das ist meine Aufgabe.«

Noch immer war Zran nicht überzeugt.

»Du führst deinen Stamm«, wechselte Kerr die Strategie. »Du sorgst dafür, dass alle genug Essen haben, dass alle überleben. Ich sorge für den Frieden zwischen uns und ihnen.«

»Es gab lange keinen Krieg mehr. Nicht mehr seit Andas Tod«, gab der große Troll zu bedenken.

»Das bedeutet nicht, dass es immer so bleiben wird.«

»Was ist dein Plan?« Zran rieb über den Stumpf seines

rechten Horns. Sein linkes Horn war lang und mächtig, doch das andere war in einem Kampf von einem Zwerg knapp über dem Schädel abgeschlagen worden. Immer wenn der Stammesführer nachdachte, rieb er den Stummel.

»Der Dunkelgeist. Die Macht von Andas Kindern stammt von ihm. Aber auch ihr Zorn und ihr Hass. Ich will herausfinden, was die Menschen ihm angetan haben. Vielleicht kann ich Andas Kinder dann besser verstehen.«

Kerr sprach nicht aus, was er sonst noch dachte: *Oder es rückgängig machen. Oder den Schlag des Herzens dämpfen.*

»Keine gute Idee. Menschen sind anders. Je weniger wir mit ihnen zu tun haben, desto besser. Es gab immer nur Ärger, wenn es anders war.«

»Sie haben uns geholfen und wir ihnen. Manche Menschen sind gut, andere nicht.«

Wieder brummte Zran. *Seine Art zu zeigen, dass er meine Meinung nicht teilt,* erkannte Kerr amüsiert. Das Misstrauen des Stammesanführers gegenüber allen anderen Wesen saß tief, aber für einen Troll war das nicht ungewöhnlich. Vor seinen eigenen Erlebnissen hätte Kerr nicht anders gedacht und gehandelt. Auch die kurzen Begegnungen mit den Menschen hatten Zrans tiefes Misstrauen nicht überwinden können.

Unvermittelt schritten einige von Andas Kindern aus den Schatten heraus auf sie zu. Unwillkürlich spannte Kerr sich an, und er sah, wie Zran die Hand öffnete und die Klauen streckte.

»Du gehst an die Oberfläche?«, fragte Wrag, der Kerr um gut und gern zwei Haupteslängen überragte und dessen Schulterbreite Kerr unweigerlich an Pard erinnerte. Stumm nickte der Troll.

»Ich werde mit dir gehen.«

Überrascht riss Kerr die Augen auf.

»Was? Warum?«

»Du sagst, es ist unser aller Kampf. Wenn es so ist, werden auch wir kämpfen.«

»Das war nur so gesagt«, erwiderte Kerr zögerlich. »Es ist nicht wirklich ein Kampf.« Er konnte den Ausdruck in Wrags völlig schwarzen Augen nicht deuten.

»Wir werden nicht zurückbleiben, wenn Trolle kämpfen«, erklärte Wrag störrisch. »Wir gehen überallhin, wo ihr hingeht.«

Während Kerr noch nach einer guten Antwort suchte, warf Zran ein: »Dann kommt auch einer von uns mit.«

Verblüfft sah Kerr ihn an. So hatte er sich das Treffen nicht vorgestellt. Er wollte protestieren, doch die Mienen von Zran und Wrag, die sich gegenseitig anfunkelten, ließen ihn schweigen.

»Gut. Jeweils einer wird mich begleiten.«

Grimmig nickten alle Umstehenden. Auch Kerr nickte, obwohl ihm bei dem Gedanken an die vor ihm liegende Reise plötzlich unwohl war.

2

Je länger der Ritt dauerte, desto mehr hatte Natiole das Gefühl, den qualvollen Gang zum Schafott angetreten zu haben. Die Gebäude rückten bedrohlich näher, und die Rufe der Menschen klangen in seinen Ohren verzerrt.

In seinem Inneren flüsterte eine Stimme, dass er umkehren sollte, und für einen Moment war er versucht, dem Impuls nachzugeben. Aber sein Pferd schritt langsam weiter, und er fügte sich in sein Schicksal.

Die ganze Stadt bereitete sich vor. Überall liefen Menschen umher, beladen mit Körben und Kisten, mit großen Bündeln auf dem Rücken. Sie schufen ihm bereitwillig Platz, was nicht nur dem Schwert an seiner Seite, sondern vor allem seinem Rang geschuldet war; selbst in all ihrer Hektik wichen sie vor seinem Wappen zurück.

Die Stadt war voller Menschen. Sie platzte buchstäblich aus allen Nähten. Innerhalb der Stadtmauer gab es keinen freien Platz mehr, und die Gebäude wuchsen immer weiter in die Höhe, um die stetig wachsende Zahl der Bewohner aufnehmen zu können. Dazu hatten sich die Hüttensiedlungen vor den Mauern langsam, aber sicher in richtige Viertel verwandelt; aus den Hütten wurden kleine Häuser, Straßen wurden gezogen und benannt, und es bildete sich ein Gemeinwesen mit Bürgern, Handwerkern und Tavernen, Tempeln und Friedhöfen.

Inzwischen hatte Teremi nur noch wenig mit der entvölkerten Stadt aus Natioles Kindheitserinnerungen gemein. Damals hatten die ständigen Kriege ihren Tribut gefordert. In drei großen Schlachten war das Land ausgeblutet worden, eine ganze Generation junger Männer und Frauen hatte für ihre jeweiligen Herrscher ihr Leben gegeben oder zumindest aufs Spiel gesetzt. Viele Masriden waren danach in den Osten geflüchtet, wo ihr Volk noch immer herrschte. In die entgegengesetzte Richtung fuhren die Flüchtlingskarren der Wlachaken, beladen mit Hausrat und bleichen Kindern mit hohlen Wangen und ängstlichen Augen. Es waren schwere Zeiten gewesen, voller Hunger und Not, denn im Krieg wurden die Äcker nicht bestellt und das Korn nicht eingefahren, und so fehlte es überall an allem. Selbst Natiole kannte den nagenden Hunger; sein Vater hatte sich stets geweigert, von seinen Privilegien Gebrauch zu machen, um ihnen einen Vorteil zu verschaffen, den andere nicht hatten. Wenn die Wlachaken hungerten, dann begnügte sich auch die Familie der Voivodin mit kargen Mahlzeiten und unterstützte die Armen. Und die Menschen in Teremi hatten dies nie vergessen. *Noch mehr Glanz für Şten cal Dabrâns Namen.*

Der langsame Trott brachte Natiole immer näher an die Feste Remis, durch deren massive, hölzerne Tore wahre Menschenmassen strömten. Banner hingen von den gedrungenen Türmen herab, knatterten trotzig im Wind, der den Tag ungeachtet des blauen Himmels kühl erscheinen ließ. Auf den Bannern sah er den Raben, das alte Wahrzeichen der Familie seiner Mutter, das sein Vater nur zu gern angenommen hatte.

Auch in der Enge des Torgangs wurde er beinahe sofort erkannt, und die Menge bildete bereitwillig eine Gasse für Pferd und Reiter.

Die Menschen trugen Körbe mit Essen, manche rollten Fässer über die Pflastersteine; eine beschwerliche Arbeit, da die Burg einst auf einem künstlichen Hügel erbaut worden war. *König Radu hat damals mehr an die Fehden der Stämme und die Verteidigung der Feste als an die krummen Rücken seiner Untergebenen gedacht.* Immer wieder mussten die Wachen einschreiten und Ordnung schaffen, und Natiole konnte sich ein hämisches Grinsen nicht verkneifen. Die Geschäftigkeit und die lauten, fröhlichen Stimmen kratzten an seinem Geist.

Der Burghof war dem Anlass entsprechend geschmückt. Bunte Stoffbahnen hingen von der Mauer herab, teils mit den Wappen der Adligen des Landes Wlachkis geschmückt, teils mit bunten Mustern und Bildern bestickt. Es galt unter den Adligen und den reicheren Bürgern als eine Ehre, den Schmuck der Burg für den großen Feiertag stiften zu dürfen. Viele Handwerker und Händler ließen es sich einiges kosten, prächtig bestickte Banner zu präsentieren, auf denen die Wahrzeichen ihrer Gilden oder Szenen aus der wechselvollen Geschichte des Landes zu sehen waren. Letztere waren besonders beliebt, und so sah Natiole ein halbes Dutzend Darstellungen, die Radu, den großen, ersten Kralj der Wlachaken zu verschiedenen Zeiten seines Lebens zeigten. Aber auch Léan war zu sehen, Tirea, Ionna die Befreierin und natürlich Şten und Viçinia.

Das Gesicht seines Vaters blickte Natiole von den Wänden herab ebenso ernst wie gütig an, und der junge Mann senkte seinen Blick. Er würde heute mehr als genug Zeit haben, seinem Vater dabei zuzusehen, wie er bejubelt wurde.

Für den Stalljungen, der ihm das Pferd abnahm, hatte er wenig mehr als ein Brummen übrig. Zu sehr beschäftigten ihn seine Gedanken. Im windgeschützten Hof schien die Sonne wärmer auf ihn herab. *Wenigstens feiern wir nicht Ionnas Thronbesteigung, sondern die meiner Mutter,* dachte Natiole müßig. *Obwohl die endlosen Prozessionen im Winter wohl weniger lang wären.* Es erschien ihm wie ein böser Scherz des Schicksals, dass nicht die eigentliche Befreiung der Wlachaken durch die Voivodin Ionna, seine Tante, gefeiert wurde, sondern der Übergang der Macht an seine Mutter. Ionna hatte die Wlachaken in der Trollschlacht siegreich gegen die Masriden geführt und ihrem Volk einen Teil seines Landes und auch seiner Würde zurückgegeben, doch heutzutage sprachen alle nur noch von Viçinia und Şten.

Auf dem Weg zu seinen Gemächern achtete er nicht auf die Bediensteten, die ebenso von Hast erfüllt waren wie der Rest der Stadt. Überall in der Burg waren Gäste untergebracht, die bewirtet werden mussten. Das Festmahl, das am Abend stattfinden sollte, erforderte aufwändige Vorbereitungen, während die normalen Tagesgeschäfte weiterliefen. Vieles davon geschah tief in den Eingeweiden der Feste, abseits von Natioles Aufmerksamkeit, die ohnehin nur selten auf seine Untergebenen gerichtet war. Die Ausnahme davon bildete natürlich Oanes, den Natiole kaum ignorieren konnte und der ihn auch schon nervös in seinen Räumen erwartete.

»Nemes! Willkommen zurück. Soll ich Euch beim Umkleiden behilflich sein?«, empfing ihn der ältere Mann, dessen grau meliertes, dunkles Haar langsam schütter wurde.

»Ich habe dir sicherlich viele Dutzend Male gesagt, dass ich dieses *Nemes* nicht hören will. Es ist ein Masridenwort«, schalt ihn Natiole halbherzig. Sein Leibdiener senkte den Blick und murmelte eine Entschuldigung.

»Ich denke, ich muss meine Kleidung nicht wechseln«, fuhr der junge Mann fort und ergötzte sich kurz am Entsetzen im Blick seines Gegenübers.

»Nicht wechseln?«

Vielsagend sah Oanes zu Natioles schmutzigen Stiefeln und der nicht weniger staubigen Reisekleidung.

»Nun, ich werde mein Abendessen hier in meinen Gemächern einnehmen, und ich habe nicht vor, dabei eine junge Dame zu beeindrucken. Es besteht also keine Notwendigkeit, mich herauszuputzen wie ein Gockel.«

»Aber … das Fest? Der Jahrestag der Thronbesteigung Eures Vaters und Eurer Mutter?«

»Oh? Daran habe ich gar nicht gedacht.«

Einige Augenblicke lang ließ Natiole ihn in Ungewissheit, dann winkte er seufzend mit der Hand.

»Schon gut. Ich nehme an, du hast bereits alles vorbereitet?«

»Natürlich, Nem...«

»Gut. Bring mir bitte vorher etwas verdünnten Wein. Der Staub liegt nicht nur auf meinem Wams, sondern auch auf meiner Zunge.«

Sofort eilte der Leibdiener davon, während sich Natiole in einen gepolsterten Stuhl fallen ließ und grübelnd aus dem Fenster sah.

Oanes hatte die Läden geöffnet und den mit Pergament bespannten Rahmen entfernt.

»Du solltest den Armen nicht so verspotten«, erklang eine leise Stimme von der Tür, und Natiole drehte überrascht den Kopf.

»Ionnis. Schön, dich zu sehen, Bruderherz. Hast du etwa gelauscht?«

»Deine Tür stand offen, und ich empfand es als unhöflich, in eure Unterhaltung zu platzen.«

Unwirsch wandte Natiole sich wieder ab.

»Bist du gekommen, um mich über das korrekte Benehmen gegenüber Bediensteten zu belehren?«

»Nein. Ich bin hier, um dich an deine Pflichten zu erinnern. Heute ist ein wichtiger Tag, und du tätest gut daran ...«

»Schon gut«, unterbrach ihn Natiole brüsk. »Ich kenne meine Pflichten auch ohne deine weisen Worte. Ich steige gleich in mein Kostüm und mime den gefälligen Thronprinzen.«

Wütend funkelte er seinen jüngeren Bruder an, hoffte auf eine trotzige Erwiderung, doch dieser schwieg, die dunklen Augen unverwandt auf Natiole gerichtet. Man sagte den Brüdern nach, einander ähnlich zu sehen, doch

Natiole kannte die Unterschiede in ihren Zügen nur zu genau: während Ionnis' schmales Gesicht dem ihrer Mutter glich, war Natiole, so hatte er es immer wieder gehört, das Ebenbild seines Vaters in jungen Jahren. Nun, er hätte gut darauf verzichten können. *Von mir aus könnte er auch aussehen wie* Şten, schoss es Natiole durch den Kopf, *da er ja auch in allen anderen Dingen ganz der Sohn unseres perfekten Vaters ist.*

Der Umstand, dass Ionnis recht hatte, ließ Natioles Widerspruchsgeist erwachen. Er hatte auf dem Ausritt getrödelt und viel zu viel Zeit verschwendet. Eigentlich sollte er bereits unten in der großen Halle sein und die Würdenträger begrüßen. Aber der Gedanke an einen Tag voller falscher Höflichkeiten im übergroßen Schatten des Landesvaters hatte Natiole lustlos werden lassen und war nicht dazu angetan, ihn zur gebotenen Eile anzutreiben.

Natürlich war Ionnis bereits für die Feierlichkeiten angekleidet, edel und dennoch nicht protzig, ein würdiger wlachkischer Prinz.

Doch zusätzlich zu seinem grauen Wams mit dem Raben auf der Brust trug er bronzene, spiralförmige Armreifen, wie Natiole irritiert bemerkte. Mit dem Kopf deutete er auf den Schmuck: »Ist dir die Tracht deines Landes nicht gut genug?«

»Ich trage die Tracht meines Landes, wie du so schön sagst. Die hier sind ein Geschenk.«

Die Armreifen stammten aus dem Dyrischen Imperium, und sie waren ein Symbol für alles, was Natiole und Ionnis inzwischen voneinander schied. Vor vielen Jahren waren sie unzertrennlich gewesen, er und sein kleiner Bruder, doch der Fluss der Zeit hatte sie in unterschiedliche Richtungen getragen. Während Ionnis von ihrem Vater ins Imperium gesandt worden war, um dort ausgebildet zu werden, war Natiole in Wlachkis geblieben. Damals hatte Ionnis geweint, als ihn die Kutsche fortbrachte, und auch

Natiole hatte in der Nacht Tränen vergossen, als man sie trennte.

Doch als der jüngere Bruder wiederkehrte, waren bereits junge Männer aus ihnen geworden, verschiedene Männer, deren Gespräche nur zu oft in Streit endeten. Ionnis war in der Fremde beinahe selbst zu einem Dyrier geworden mit seinem kurzen Haar, seinem weibischen Schmuck und seiner Art, jedermann mit Worten umgarnen zu können. Das leicht spöttische Lächeln, das beständig um Ionnis' Lippen zu spielen schien, stachelte Natioles Zorn nur weiter an.

»Du solltest dich an deine Herkunft erinnern, Ionnis. Du bist Wlachake, kein Dyrier.«

»Ich weiß sehr gut, wer und was ich bin«, erwiderte der Gescholtene ruhig. »Ich bin es nicht, der unserem Haus Schande macht.«

»Schande?«

Natiole sprang aus dem Stuhl hoch und trat drohend auf seinen Bruder zu. In diesem Moment kehrte Oanes zurück, der vor Schreck erbleichte. Mit zitternder Hand stellte er einen Becher Wein auf den flachen Tisch und flüchtete in das Nebenzimmer.

»Heute feiert ganz Wlachkis unsere Familie und das, was unsere Eltern dem Land gegeben haben. Wir erinnern uns an die Taten unserer Vorfahren und an das Blut, das sie vergossen haben. Heute feiern die Wlachaken sich selbst, weil sie viel erlitten haben, um feiern zu können. Und du? Du sitzt wie ein schmollendes Kind in deiner Kammer und weigerst dich, deine Gewänder anzulegen!«

Jetzt hatte der sonst so gefasste Ionnis doch die Stimme erhoben. Erzürnt hob Natiole den Finger und hielt ihn seinem Bruder ins Gesicht. »Wage es nicht, so mit mir zu sprechen! Ich gedenke der Helden der Befreiung! Mehr als andere dies tun!«

»Ich wage es, und ich tue es auch«, entgegnete Ionnis

ruhiger. »Wenn du die Wahrheit nicht verträgst, ist das nicht meine Schuld.«

Mit größter Mühe zwang sich Natiole zur Ruhe und zu einem Lächeln. »Du liebst die Dyrier mehr als dein eigenes Volk, also mach mir keine Vorhaltungen über meine Pflichten oder unser Haus. Wenn du könntest, wärst du doch schon längst über alle Berge!«

»Ich achte das Imperium für seine Errungenschaften. Und ja, es täte Wlachkis gut, wenn wir dorthin schauen und von den Dyriern lernen würden. Aber ich kenne meine Wurzeln und meine Familie. Ich ehre sie«, erwiderte Ionnis. Kurz schwieg er, bevor er fortfuhr: »Wenn du dich schon nicht für mich oder für Vater zusammenreißen kannst, dann tu es wenigstens für das Andenken unserer Mutter.«

Einige Momente lang dröhnte das Blut in Natioles Ohren wie ein Wasserfall.

»Verschwinde hier«, zischte er dann kalt. »Ich muss meine Kleidung wechseln.«

Mit einer gekünstelten Verbeugung wandte Ionnis sich ab, drehte sich aber noch einmal kurz um: »An deiner Stelle würde ich meine Diener übrigens besser behandeln. Wer weiß, in wessen Diensten sie noch stehen?«

»Was?«

»Nun, für viele mag es praktisch sein, ein Auge auf den Thronprinzen und künftigen Voivoden des Landes zu haben. Und wer erfährt mehr als ein Diener? Ich wäre vorsichtiger in seiner Gegenwart, wenn ich von deiner Gesellschaft nicht ohnehin mehr als genug hätte.«

Ohne ein weiteres Wort verschwand Ionnis und ließ Natiole sprachlos zurück. Zuerst brannte der Zorn weiter in ihm, und in seinem Geist jagten geschickte, treffliche Erwiderungen umher, für die es jedoch zu spät war. Aber dann sah er unsicher zu seiner Kammer hinüber, wo Oanes vermutlich auf ihn wartete. *Lässt er sich von jemandem be-*

zahlen, um mich auszuspionieren? Unsinn! Ionnis will mich nur ärgern.

Dennoch blieb ein ungutes Gefühl zurück, als er zu seinem Diener ging und sich beim Ausziehen der hohen Lederstiefel helfen ließ.

3

Besorgt blickte Tamár zum Himmel. Über den Nördlichen Sorkaten ballten sich dunkelgraue Wolken zusammen, rieben sich an den hohen Bergwänden und türmten sich hoch in den Himmel auf. Das unbeständige Gebirgswetter konnte die ohnehin nur schwer gangbaren Pässe für Tage oder auch Wochen blockieren, selbst in den milderen Jahreszeiten. Im Winter jedoch war jeder Versuch, die Berge zu überqueren, zum Scheitern verurteilt.

Sein Volk hatte dies nach dem Sieg über die Wlachaken schmerzhaft erkennen müssen. Für volle fünf Jahre waren die Hochpfade für ihre Armee durch Schnee und Regen unpassierbar geblieben, so dass für die Masriden und ihre szarkischen Verbündeten aus einem Raubzug eine Eroberung wurde. Fast dreihundert Jahre lang hatten Tamárs Vorfahren geherrscht, bis die Wlachaken in ihrer letzten Revolte Teile ihres Landes zurückerobert hatten. Noch immer fiel es dem Masriden schwer, sich an diese Sicht der Dinge zu gewöhnen; zu lange hatte er im sicheren Glauben an die Rechtmäßigkeit des Herrschaftsanspruchs der Masriden gelebt. *Aber ein Mann kann sich nur so lange von einer Frau Schelte einfangen, bis er seine Meinung ändert,* dachte er amüsiert.

Bei dem Gedanken an Flores schaute er wieder zu den Bergen empor, deren Anblick ihn sein Leben lang begleitet hatte. Unwillkürlich trieb er sein Pferd zur Eile an, auch wenn das kaum verhindern mochte, dass sich dort oben ein Gewitter entladen würde.

Die Wlachaken glaubten, dass die Geister der Berge sich dann mit den Geistern der Luft stritten, und beide waren nicht für ihren pfleglichen Umgang mit einfachen Sterblichen bekannt. Und auch wenn Tamár wusste, dass dies wenig mehr als Aberglauben war und dass die Welt vom Göttlichen Licht geordnet wurde, konnte er diese Gedanken verstehen. Unwetter in den Bergen waren nicht selten von einer mörderischen Gewalt, der Menschen nichts entgegenzusetzen hatten.

Mit diesen finsteren Gedanken im Geist erreichte er sein Ziel. Ein kleines Tal, unterhalb der Baumgrenze gelegen, abseits von den wichtigen Wegen in einer Region, die nur spärlich besiedelt war. Der ansonsten dichte Wald des Landes lichtete sich in dieser Höhe bereits, und zwischen den Bäumen funkelte das Wasser eines kleinen Sees. Der Kontrast zwischen dem von der Sonne beschienenen Tal und den grauen Gewitterwolken faszinierte Tamár. Noch brachen Strahlen durch Lücken in den Wolken, aber schon bald würde die Sonne zu tief stehen und das Land in Dunkelheit versinken.

Ohne Hast ritt er in die Klamm hinab, entlang des Sees, bis er zu dem Haus kam, das an dessen Ufer lag.

Früher war es eine einfache Schutzhütte gewesen, kaum mehr als ein Verschlag zum Schutz vor den Elementen, aber inzwischen hatte Tamár an ihrer Stelle ein festes Gebäude errichtet, an das sich sogar ein kleiner Stall schmiegte. Dorthin führte Tamárs Weg zuerst, und als er das Pferd darin erblickte, lächelte er froh. Trotz allem nahm er sich die Zeit, Szeg abzusatteln, abzureiben und ihm einen Eimer Hafer hinzustellen. Erst als sein Pferd versorgt war, klopfte Tamár ihm noch einmal auf die Schulter und lief dann zum Eingang des Hauses. Inzwischen stieg aus dem Schornstein Rauch auf, und ein exotischer Geruch lag in der Luft wie von brennenden Kräutern.

Als der Masride durch die Tür schritt, sah Flores vom Herd auf, den sie eben mit neuem Holz bestückt hatte. Ein Topf mit schwach dampfendem Wasser stand darauf.

Die Hütte war schlicht, beinahe spärlich eingerichtet, mit einem breiten Bett, einem einfachen Holztisch und einigen Gerätschaften, die an Nägeln an den Wänden hingen.

»Du kommst spät«, stellte die dunkelhaarige Wlachakin trocken fest. »Ist dein alter Gaul endlich unter dir zusammengebrochen?«

»Szeg steht in der Blüte seiner Jahre«, entgegnete Tamár mit gespielter Empörung. »Lass ihn nicht hören, dass du ihn einen *alten Gaul* nennst.«

»Verzeih, ich verwechsele ihn immer mit seinem Großvater. Muss am Namen liegen.«

»Szeg *ist* ein guter Name für ein Pferd.«

»Nicht sehr einfallsreich, aber in euren masridischen Dickschädeln ist ja auch kein Platz dafür.«

Ihr Lächeln ließ sein Herz immer noch einen Schlag aussetzen. Er machte einen raschen Schritt auf sie zu und umfasste ihre Taille. »Du bist früh hier angekommen«, sagte er leise, während er sie an sich zog und die weiche Haut an ihrem Hals küsste.

»Stimmt. Ich habe mich beeilt, weil das Wetter schlechter wurde. Ich wollte nicht auf dem Pass von einem Gewitter überrascht werden. So wie es aussieht, werde ich diesmal wohl einige Tage länger bleiben, bis die Geister sich da oben ausgetobt haben.«

»Vielleicht sollte ich ihnen doch mehr Respekt und Dankbarkeit zollen«, murmelte Tamár. Ihre Nähe erinnerte ihn daran, wie jung sie gewesen waren, als sie sich zum ersten Mal geküsst hatten – und unter welch widrigen Bedingungen dies geschehen war.

Sein Atem ging aber auch jetzt schwer, und er genoss ihren Geruch, das Gefühl ihrer Haare auf seiner Haut. Der schmale Graben, den ihre Trennungen stets aufrissen, verschwand mit dem ersten Kuss.

»Gut, dass du da bist«, flüsterte Flores, nahm sein Gesicht zwischen ihre Hände und küsste ihn sanft. Und wie immer, wenn sie sich nach Monaten der Trennung wieder trafen, dauerte es nicht lang, bis sie gemeinsam auf das weiche Lager sanken. Heute hatten sie mehr Zeit, sich ihrer Kleidung zu entledigen, als in ihrer ersten Nacht vor so vielen Jahren, doch wie Tamár immer wieder erstaunt feststellte, war sein Verlangen nach ihr noch immer genauso groß.

Vorsichtig nippte Tamár an dem dampfenden Getränk, das Flores zubereitet hatte. Es schmeckte ebenso fremdartig, wie es roch. Würzig und zugleich fruchtig, nicht unangenehm, wohl aber ungewohnt. Flores lachte ob seiner skeptischen Miene.

»Es beißt nicht. Versprochen!«

»Und so etwas trinkt man im Imperium?«

»Manchmal. Es gilt als Delikatesse und ist nicht billig. Aber ich hätte mir denken können, dass ein hinterwäldlerischer Banause …«

»He!«, unterbrach sie Tamár.

»… dass ein hinterwäldlerischer Banause so etwas Feines nicht zu schätzen weiß.«

»Ich schätze es ja. Durchaus. Sehr sogar. Wirklich. Ich bin dir dankbar.«

Sie zog die Augenbrauen zusammen, während Tamár versuchte, so treu und ehrlich wie möglich zu schauen. Obwohl der größte Teil ihres Körpers von der Decke verhüllt war, blieb genug nackte Haut sichtbar, um seine Vorstellungskraft sofort wieder anzuheizen. Hätte man ihm vor zwanzig Jahren gesagt, dass er jemals nur noch eine Frau begehren würde, hätte er vermutlich laut gelacht. Inzwischen hatte er es als einfache Tatsache akzeptiert. Selbst die vielen, langen Trennungen hatten das Feuer in ihm nicht gelöscht, sondern es vielmehr noch angefacht. Und jedes Mal, wenn sie sich für einige wenige Tage sahen, fühlte er sich wieder wie der junge, von sich selbst eingenommene Bengel, der sich zu seinem eigenen Entsetzen in eine Wlachakin verliebt hatte. Noch dazu in die Schwester des großen wlachkischen Helden Şten cal Dabrân, den sein Volk immer noch als Freiheitsbringer ansah.

»Woran denkst du?«, unterbrach ihn Flores.

»An die seltsamen Wege, die das Leben manchmal nimmt.«

»Ha! Allerdings.«

»Wie geht es Ana?«

Flores seufzte dramatisch, aber Tamár konnte das stolze Funkeln in ihren Augen sehen. »Sie ist furchtbar starrsinnig, stolz und nahezu nicht mehr von etwas abzubringen, was sie sich einmal in den Kopf gesetzt hat. Ganz wie ihr Vater, würde ich sagen. Ich denke, es geht ihr richtig gut.«

Tamár lachte. »Das scheint mir eher das Erbe ihrer Mutter zu sein. Aber unter diesen Hyänen im Imperium ist es doch ganz gut, dass sie einen eigenen Kopf hat und weiß, was sie will.« Er schwieg einen Moment und räusperte sich dann. »Ich vermisse sie, Flores. Ich habe sie schon seit fast fünf Jahren nicht mehr gesehen.«

»Sie will nicht nach Wlachkis zurückkehren. Zu viel Politik, sagt sie. Und ihr Onkel Şten wird immer fuchtig, wenn sie ihre Cousins verprügelt.«

»Aus Anas Cousins sind inzwischen Männer geworden. Vielleicht könnten sie sich mittlerweile ja ihrer eigenen Haut erwehren?«

Ungewohnt sanft erwiderte Flores: »Vielleicht könnten sie das, ich weiß es nicht. Aber ich bin mir sicher, dass Ana dich irgendwann in Turduj besuchen wird. Sie vermisst dich auch, glaub mir.«

Gemeinsam lagen sie eine Weile unter der Decke und genossen einfach nur schweigend die Nähe und die Wärme des anderen. Draußen prasselte der Regen auf das Dach, in einem einlullenden Rhythmus, der den Masriden fast in den Schlaf gesungen hätte. Schließlich beugte sich Flores über ihn und blickte ihn mit ihren braunen Augen an.

»Wie lange kannst du bleiben?«

»Einige Tage sicherlich. Und du?«

»Länger. Ich werde noch nach Teremi weiterziehen. Ich freue mich darauf, meine Neffen zu treffen. Ich freue mich sogar auf meinen Bruder.« Sie lachte leise. »Da meine Reise ohnehin ein Vielfaches der Zeit hier benötigt, bin ich nicht so eingeschränkt wie du. Meine Jungs und Mädels sind schon in die Winterquartiere aufgebrochen, und das Jahr war sehr ruhig.«

»Ich dachte, im Imperium gibt es keinen Winter?«

»Natürlich: Direkt hinter den Sorkaten gibt es nur noch immergrüne Auen!«, neckte sie ihn, fuhr dann aber ernsthaft fort: »Angeblich ist das Dyrische Imperium so groß, dass immer in irgendeinem Teil Sommer ist. Aber als jemand, der schon alle Grenzen des Reiches verteidigt hat, kann ich dir versichern, dass das nicht stimmt. Du weißt ja, wie es als Soldat ist: Das Wetter ist immer schlecht.«

»Du könntest mit deinen Söldnern nach Wlachkis kommen. Das Wetter ist hier nicht besser, aber wenigstens kennst du es.«

Seufzend fiel sie zurück auf die Felle. Sofort bereute Tamár seine Worte.

»Andererseits könnte sich hier wohl niemand eure Dienste leisten, was?«, versuchte er zurückzurudern.

»Ich bezweifle, dass deine Leute erfreut darüber wären, wenn du eine Söldnertruppe unter der Führung einer Wlachakin anheuerst. Noch dazu unter einer Wlachakin mit einem so schönen Namen … cal Dabrân.«

»Ich bin der Marczeg«, gab Tamár zu bedenken, aber Flores grinste nur.

»Was passiert, wenn der Marczeg der Masriden sich mit Wlachaken einlässt, haben wir beide erlebt. Nein, es ist besser, wenn wir es so lassen, wie es ist.«

Wieder schwiegen sie, doch diesmal lag es an der unsichtbaren Barriere zwischen ihnen. Egal, wie oft Tamár es versucht hatte, er konnte sie nicht umstimmen. *Verfluchte dickschädlige Söldnerin! Genau wie ihr Bruder: Wenn sie erst einmal was im Kopf hat, ist sie davon nicht mehr abzubringen. Und mir wirft sie vor, unsere Tochter habe das von mir geerbt.*

Der Gedanke an Ana war wie immer bittersüß. Als Flores ihm mitgeteilt hatte, dass sie schwanger war, hatte er alles versucht, um sie zu einem Leben an seiner Seite zu überreden. Doch alle Bitten und alle harschen Worte hatten nichts genutzt, und sie war für einige Jahre ganz im Imperium geblieben. Tamár hatte es eine Weile ausgehalten, doch als er schließlich zu befürchten begann, dass er weder sie noch sein Kind je wieder sehen würde, war er ihr nachgereist. Und hatte ihr versichert, dass er ihre Bedingungen akzeptieren würde.

Um der unangenehmen Stille zu entgehen, erhob sich Tamár und ging zum Kamin, wo er Holz nachlegte und das Feuer wieder anfachte. In der Nacht wurde es in diesen Höhen unangenehm kühl, und der beständige Regen stahl die letzten Reste der Tageswärme.

Auf dem Tisch in der Nähe des Kamins hatte Flores ihre Ausrüstung drapiert. In vielen Dingen war sie sich treu geblieben, aber hier und da sah Tamár Anpassungen an ihre selbst gewählte Heimat. Auf ihrer Gürtelschnalle waren zwei geflügelte Stiere Kopf an Kopf abgebildet, und Verzierungen in Form von Federn oder Flügeln bedeckten auch den Gürtel selbst. Aber ihre Rüstung war aus schlichtem Leder, fast gänzlich im Stil der Rüstungen, mit denen sich die Wlachaken in dem Kampf gegen die Masriden geschützt hatten. Noch immer zog Flores Schnelligkeit schwerem Rüstungsschutz vor, obwohl sie sicherlich ebenso wie er die ersten Auswirkungen des Alters spürte. Die Reaktionen waren nicht mehr ganz so schnell, die Bewegungen träger, der Atem ein wenig kürzer. Auch wenn ihr Haar noch immer schwarz war, wusste er, dass sein eigenes inzwischen mehr silbern als golden war.

Manchmal brachte Flores ihm Geschenke aus dem Imperium mit, wenn sie ihn besuchte. Verblüffende Gerätschaften oder Zeichnungen von gewaltigen Waffen. Er hatte schon Hörner von seltsamen Tieren gesehen und Bilder von Kreaturen, von denen man in Wlachkis noch nie etwas gehört hatte.

»Komm zurück«, flüsterte sie. »Lass uns über andere Dinge reden.«

Seufzend kam er der Aufforderung nach.

»Wie steht es um euer Verhältnis zum Kleinen Volk?«

»Unverändert. Manchmal treffen ihre Handelskarawanen in der Stadt ein. Turduj ist immer noch ihr erster Anlaufpunkt. Sie bringen ihre Waren und kaufen vor allem Holz.«

»Ob sie noch Krieg gegen die Trolle führen?«

Tamár zuckte mit den Achseln. Von den gewaltigen Kreaturen war nach dem Bürgerkrieg keine mehr an der Oberfläche aufgetaucht, und der Masride konnte nicht sagen, dass er ihr Fortbleiben bedauerte. »Sie erwähnen nichts von ihrem Leben unter Tage.«

Einige Sätze redeten sie noch weiter, doch es war nicht genug, um die Kluft zu überbrücken, die Tamár in sich selbst spürte.

»Ich habe lange gewartet«, platzte es schließlich aus ihm heraus.

»Wir beide«, korrigierte sie ihn.

»Wir beide. Ich habe keine Lust mehr, weiter zu warten.«

»Wir haben keine Wahl, Tamár. Ich bin nur wenige Tage im Jahr hier, aber selbst in dieser Zeit bemerke ich, dass die Wunden nicht verheilt sind, die all der Hass unseren Völkern geschlagen hat. Auf dem Weg hierher habe ich eine Geschichte gehört, dass ein Wlachake von Masriden in seinem Haus verbrannt wurde, weil er angeblich einen Esel gestohlen hatte. Das Tier war bloß davongelaufen, aber der Mann ist tot.«

Tamár seufzte »Solche Dinge geschehen noch immer, ja. Aber vielleicht würden die Wunden des Landes besser heilen, wenn wir uns gemeinsam darum bemühen würden? Wenn wir den Menschen zeigen, dass es einen anderen Weg gibt? Wenn wir zusammen …«

»Ich hätte es nicht ausgehalten«, fiel sie ihm rüde ins Wort. »In deiner Nähe zu sein, aber nicht bei dir sein zu dürfen. Ich konnte nicht. Es war besser so.«

»Ich …«

»Haben wir das nicht oft genug besprochen? Dein Volk würde mich niemals an deiner Seite dulden, nicht nach den Kriegen. Damals nicht und auch heute nicht.«

Wütend suchte Tamár nach Worten, die es nicht geben konnte. Es widerstrebte ihm aufzugeben, doch sie hatten dieses Gespräch wahrlich oft genug geführt. Jedes Jahr des Friedens hoffte Tamár, dass Wlachaken und Masriden ihren jahrhundertealten Hass überwinden würden, doch stets wurde er enttäuscht.

Er mochte Şten cal Dabrân nicht besonders und respektierte ihn nur widerwillig, doch der Voivode und er hatten schon in vielen Dingen zusammenarbeiten müssen, um das Verhältnis der beiden gespaltenen Landesteile zu verbessern. Aber für jeden Schritt, den sie gemeinsam vorwärts gemacht hatten, gab es einen zurück. Zu tief saßen die Gefühle der Ablehnung und der Angst bei den einfachen Leuten, und immer wieder traten sie in all ihrer Hässlichkeit an die Oberfläche.

»Ich wäre bereit, es zu versuchen, und ich scheiße darauf, was andere denken«, knurrte er endlich.

Unvermittelt lächelte Flores. »Vielleicht habe ich mich deshalb damals in dich verliebt: weil du selbst im

Angesicht der sicheren Niederlage niemals aufgegeben hast.«

Ihr Lächeln ließ die Wut aus ihm verschwinden, als ob sie die Feuer in seinem Herzen einfach ausgeblasen hätte.

»Ich meine es ernst.«

»Ich weiß. Darum komme ich immer wieder. Und weil ich selbst immer noch auf eine Veränderung hoffe. Am Ende habt ihr mich doch so weit bekommen, du und mein Bruder.«

Seufzend stützte er sich auf seine Arme auf und betrachtete sie. Ihr schmales Gesicht war wie stets von der Sonne gebräunt, und ein feines Netz von Fältchen umzog ihre Augen. Aber die Entschlossenheit in ihrem Blick war noch dieselbe wie vor zwanzig Jahren.

»Es war nicht besonders schlau, sich in die Schwester des Voivoden der Wlachaken zu verlieben. Besonders nicht für mich als den Marczeg.«

»Du hättest auf mich hören sollen«, erwiderte sie und küsste langsam erst seinen Hals und dann seine Lippen. »Eine masridische Frau finden«, flüsterte sie in sein Ohr. »Legitime Nachkommen zeugen, die Linie erhalten.«

»Ach, die Dîmmiden werden nicht untergehen. Es gibt genug Zweige der Familie, die nichts dagegen haben, dass ich ohne Thronerben sterbe. Und es gibt schließlich Ana. Ich wollte immer nur eine Frau an meiner Seite. Und wenn mir dies nicht zugestanden wird, dann nehme ich keine.«

»Im Trotz stehen sich unsere Familien in nichts nach«, lachte sie. »Was würde dein Vater dazu sagen?«

»Mein Vater würde mir die Ohren lang ziehen. Aber dafür bin ich zu alt. Nicht mehr lang, und ich werde fünfzig Sommer gesehen haben. Alt genug, um eigene Fehler zu machen, findest du nicht?«

»Du hältst mich also für einen Fehler?«

Mit gespielter Entrüstung blickte sie ihn an.

»Nicht alles an dir, nur, dass du eine Wlachakin bist … Moment!«

Gerade als sie über ihn herfallen wollte, richtete er sich auf.

»Was ist?«

»Szeg. Er hat im Stall gegen die Wand getreten.«

Sein Puls beschleunigte sich, auch wenn Flores ihn verständnislos anblickte.

»Und?«

»Er würde das nicht einfach so tun.«

»Herrje, Masriden und ihre Pferde«, spottete Flores, aber er sprang aus dem Bett und fischte seine Hose aus dem unordentlichen Kleiderhaufen am Boden.

»Er warnt mich«, erklärte Tamár kurz angebunden und stieg in die Stiefel. Als er sich den Waffengurt um die Hüfte band, erkannte Flores, dass es ihm ernst war.

»Warnen? Wovor?«

»Ich weiß nicht«, erwiderte Tamár, während er sich den Brustharnisch umschnallte. Anders als Flores' Rüstung war die seine aus Metall, beste Zwergenarbeit, geschmiedet für einen berittenen Krieger der Masriden. Während er die Armschienen anlegte, zog Flores die Gurte seines Harnisches fest.

Das Metall, dessen kühle Ränder seine Haut berührten, wo der gesteppte Waffenrock endete, wirkte beruhigend auf ihn. In seinem Leben hatte er oft derart gerüstet Feinden gegenübertreten müssen. Aus den Augenwinkeln nahm er wahr, dass sich auch Flores zu rüsten begann. Was auch immer draußen in der Dunkelheit lauerte, sie war an seiner Seite.

In diesem Moment gab es einen dumpfen Schlag aus dem Stall, dann herrschte Stille.

4

Wie immer war es eine Quälerei, ihre Haare zu kämmen. Und wie jedes Mal fragte sie sich im Stillen, warum sie nicht das dunkle, glatte Haar ihrer Mutter geerbt hatte, sondern die unbändigen, roten Locken ihres Vaters. Noch dazu waren es nicht die lang fließenden, wie gegossen aussehenden Wellen, mit denen einige ihrer Schwestern gesegnet waren, sondern kleine, sich stets verknotende, widerspenstige Locken, deren Entwirrung mit Bürste und Kamm sie beinahe schon fürchtete. Doch während sich ihre Zofe Voica mit Eifer an die Arbeit machte, verzog Artaynis keine Miene, auch wenn ihre Kopfhaut noch so schmerzte. Jetzt hatte die junge Dyrierin zwei Gründe, um ihrem Vater übel gesonnen zu sein; einmal das unsägliche Haar, zum anderen, dass man sie an diesen Ort geschickt hatte, wo selbst die Zofen brutal waren.

»Ihr habt so schönes Haar«, schnatterte das Mädchen, was Artaynis ein Schnauben entlockte. »Ja, und das Wetter in Wlachkis gleicht dem ewigen Frühling«, murmelte sie.

Durch die geöffneten Fenster kam warme Luft in den Raum, und von unten wehte ein appetitanregender Duft von frisch gebackenem Brot mit. Diffuse Rufe waren zu hören, Lachen. Die Aufregung war in der ganzen Stadt spürbar, doch vor allem hier in der Burg konzentrierte sich das ganze Leben nur noch auf das anstehende Fest. Alle schienen von dem Gedanken an die Festlichkeiten geradezu beseelt zu sein; mit Ausnahme von Artaynis, der die Vorstellung von einem Bankett im zugigen Festsaal der Feste Remis eher Grauen bereitete.

Endlich war die Zofe mit den Haaren fertig und begann, Artaynis das Gewand anzulegen. Aber schon nach wenigen Handgriffen wurde sie nervös, fingerte an den Falten herum, zupfte am Stoff und wusste ganz offensichtlich nicht weiter. In ihrer Heimat hätte Artaynis eine solch ungeschickte Dienerin sicherlich bestrafen lassen, aber in Wlachkis musste man einfach damit rechnen, dass die Menschen keine Kultur hatten. Jedenfalls nicht einmal genug, um ein simples Kypassis anzulegen, dessen einzige Raffinesse in der Gürtung und Anordnung des Faltenwurfs lag. In ihrer Heimat wäre ein solches Gewand kaum für mehr als einen ungezwungenen Abend unter engen Freunden geeignet gewesen. Hier jedoch würde es selbst bei einem Festmahl des Herrschers Staunen hervorrufen.

»Ich bin durstig. Bring mir bitte etwas Wasser«, sagte Artaynis freundlich. *Manchmal ist mein Herz einfach zu groß*, erkannte sie, während sie das Gewand selbst in die richtige Position zog. Mit geübten Griffen ließ sie den Stoff genau die richtigen Falten werfen und legte dann den mit Goldplättchen verzierten Gürtel an. Es war ein schwerer, dicker Stoff, der in verschiedenen Mustern gefärbt war, die, wenn das Gewand richtig lag, den Eindruck mehrerer Kleidungsschichten erweckten. Auf das Purpur waren goldene Verzierungen genäht, von handtellergroßen Scheiben mit Abbildungen von gehörnten Vögeln und geflügelten Löwen bis hin zu fingernagelgroßen Plättchen mit Spiralmustern. Wieder einmal wünschte Artaynis sich das dunkle Haar ihrer Schwestern, denn ihr helles Rot biss sich mit dem edlen Purpur des Kypassis.

Bevor Voica wiederkehrte, band Artaynis noch einen schmalen Ledergürtel unter dem Gewand um ihre Taille. Die Scheide mit dem Dolch lag beruhigend an ihrem Rücken, auch wenn die Waffe nur klein war, um unter dem Stoff nicht aufzufallen.

Als Voica endlich einen Becher Wasser auf einem kleinen Tablett balancierend zurückkehrte, nippte Artaynis der Form halber daran, um sich dann den Schmuck umlegen zu lassen. Neben den Armreifen hatte sie eine goldene Kette ausgewählt, die aus vielen kleinen miteinander verbundenen Plättchen bestand. Passend dazu würde sie sich noch kleine Goldscheiben in das hochgesteckte Haar flechten lassen.

Zum Glück hatte sie einen Spiegel eingepackt, bevor sie sich auf den Weg über die unwirtlichen Gebirgspässe gemacht hatte. Zwar gab es in Wlachkis durchaus polierte Metallscheiben, doch in denen konnte man sich eher schlecht als recht erkennen. Während Voica ihre Haare flocht und hochstecke, schminkte sich Artaynis im sylkischen Stil, der bei ihrer Abreise noch Mode gewesen war. *Vermutlich schminkt man sich inzwischen bereits ganz anders, und ich würde mich in dieser Aufmachung lächerlich machen, wenn ich zu Hause wäre,* dachte die junge Dyrierin wehmütig.

Als sie beide fertig waren, betrachtete sich Artaynis kritisch im Spiegel. Für ein wlachkisches Fest würde es ausreichen. Die bewundernden Blicke der Zofe bestätigten diese Einschätzung. Seit drei Dutzend Tagen war die junge Dyrierin nun am Hofe von Şten cal Dabrân, aber noch immer behandelte Voica sie wie eine Erscheinung aus dem Reich der Geister, als wäre Artaynis wie ein Troll aus den Tiefen der Erde aufgestiegen und würde nun die Hühner mitsamt der Federn verspeisen. Der Gedanke erheiterte sie.

»Ich danke dir, Voica«, sagte die junge Dyrierin ruhig. »Ich benötige deine Dienste nicht mehr. Du kannst dich nun selbst vorbereiten und das Fest genießen.«

»Ihr ... ich soll nicht auf Euch warten? Ich darf gehen?«

»Natürlich. An einem so herrlichen Tag könnte ich dich kaum in diesen Gemächern festhalten, oder? Amüsier dich«, riet Artaynis und zwinkerte dem Mädchen zu. Voica war fünfzehn Jahre alt, schon fast eine Frau, und obwohl Artaynis kaum älter war, fühlte sie sich ungleich erfahrener und weiser. *Vielleicht liegt es an dem Land, das hinter seinen Bergen eingeschlossen ist. Alles hier wirkt so … klein.*

»Vielen Dank«, hauchte Voica und knickste artig, bevor sie sich abwandte und aus dem Zimmer stürzte. Für das Mädchen war dieser Tag vermutlich der Höhepunkt des Jahres.

Artaynis selbst schritt weitaus langsamer und würdevoller durch die langen, kühlen Gänge der Festung. In Wlachkis schien in allen Gebäuden eine schwer zu fassende Schwermut zu wohnen. Möglicherweise lag es an dem dunklen Stein, aus dem sie erbaut worden waren, aber selbst die weiß getünchten Häuser in der Stadt wirkten trotz ihrer hohen Giebel klein und geduckt, als fürchteten sie den Himmel. Und die Festung war ein dunkler Ort, errichtet für den Krieg, mit trutzigen Mauern. Niemand hatte sich um das Gemüt ihrer Bewohner geschert, als sie errichtet wurde. Anders als im Imperium, wo in jedem noch so zweckgebundenen Gebäude der Reichtum und das Ansehen der Besitzer zu erkennen sein mussten: In den Festungen des Imperiums sollte sich die Glorie des Goldenen Imperators in aller Pracht zeigen.

Immerhin hatten die Wlachaken versucht, ihr Gemäuer zumindest für die Festlichkeiten zu schmücken. Der Wohntrakt war so wenig anheimelnd wie immer, doch im Vorsaal hatte man unzählige Kerzen auf mannshohen Ständern aufgestellt. Dazwischen gab es immer wieder flache Wasserschalen, in denen Blütenblätter trieben und ein angenehmes Aroma verbreiteten. Die plumpen Säulen waren mit bunten Tüchern umwickelt, und die Farben der Fresken an den Wänden waren aufgefrischt worden. Mit dem Prunk eines dyrischen Palastes konnte die Festung auch derart herausgeputzt nicht konkurrieren, doch Artaynis fand den Versuch zumindest ehrenwert.

Im Saal bewegten sich bereits die ersten Gäste, fanden sich in kleinen Grüppchen zusammen und redeten leise miteinander. Artaynis sah Männer und Frauen in der Tracht des Landes, mit langen Umhängen über einfachen Wämsern. Die Farben waren hauptsächlich dunkel und erdig, doch hier und da stach ein farbenprächtiges Stück Stoff hervor.

Ihr Erscheinen ließ die Stimmen verstummen und lenkte alle Blicke auf sie. Unbeeindruckt hob Artaynis das Kinn und schritt würdevoll zum Gastgeber, der an der Tür zum großen Saal stand. Şten cal Dabrân überragte sie um gut anderthalb Köpfe, doch sein offenes Lächeln ließ ihn nicht einschüchternd wirken. Der Voivode war trotz seines fortschreitenden Alters noch immer sehr schlank. *Anders als Papa,* dachte sie mit einem Anflug von Bosheit. Ştens langes dunkles Haar, das er zu einem Zopf gebunden hatte, war nur an den Schläfen grau. Er trug ein einfaches Gewand aus grauem Stoff, über das ein schlichter Überwurf mit dem Raben seines Hauses drapiert war. Natürlich hatte er ein Schwert an der Seite; viele der Anwesenden waren derart bewaffnet. Bei ihrer Ankunft hatte es Artaynis überrascht und konsterniert, dass sie dauernd von Bewaffneten umgeben war, doch es war in Wlachkis ein Brauch, der selbst an einem freudigen Tag wie diesem befolgt wurde. Als Şten sie erblickte, wurde sein Lächeln noch breiter, die Fältchen um seine Augen tiefer.

»Welch ein Glanz in unserem Haus«, erklärte er und breitete die Arme aus. Vorsichtig trat die junge Dyrierin näher und ließ sich umarmen. Obwohl man Şten die Jahrzehnte als Krieger ansah, war seine Umarmung sanft.

»Euer Vater muss sehr stolz auf Euch sein, Artaynis.«

Anders als andere Wlachaken hatte er keine Probleme mit der Aussprache ihres Namens. Höflich senkte sie den Blick.

»Ihr seid zu gütig.«

»Keineswegs«, erwiderte er lachend. »Ich bin nur ehrlich.«

»Die Festlichkeiten werden bald beginnen?«

»Es dauert noch etwas. Die Vorbereitungen in der Halle sind noch nicht abgeschlossen, und es sind noch nicht alle Gäste eingetroffen. Aber dort drüben gibt es Erfrischungen, um die Wartezeit zu verkürzen.«

Lächelnd nickte Artaynis und trat dann zurück, um Şten einen weiteren Gast begrüßen zu lassen. Aus dem Augenwinkel beobachtete sie den Voivoden, der sich für jeden Neuankömmling Zeit nahm und einige Worte mit ihm wechselte. Anders als die Herrscher in ihrer Heimat mischte er sich unter sein Volk, schien zu jedem etwas zu sagen zu haben und blieb dabei stets freundlich. Die Männer und Frauen in seiner Nähe waren angespannt, aber nicht furchtsam, wie Artaynis interessiert feststellte. *Sie suchen seine Gunst und seine Aufmerksamkeit. Aber nicht nur zu ihrem Vorteil, sondern weil sie ihn wirklich verehren. Und er zollt ihnen ebenso Respekt mit seinen Worten und Gesten.* Das Spiel war weniger subtil, als sie es gewohnt war, und auch die Regeln waren verschieden. Aber sie konnte es dennoch erkennen und schätzen.

Unglücklicherweise hatte sie es versäumt, sich eine Begleitung für das Fest zu besorgen, also musste sie allein zu dem breiten Tisch gehen, auf dem Pokale und Karaffen standen. Ein hilfsbereiter Diener reichte ihr verdünnten Weißwein, in den sie noch mehr Wasser gießen ließ. Es würde noch einige Zeit dauern, bis das Essen aufgetischt wurde, und sie wollte dem Alkohol nicht zu sehr zusprechen.

»Ihr seht bezaubernd aus«, ertönte hinter ihr eine sanfte Stimme.

»Ionnis«, erwiderte sie augenblicklich, ohne sich umwenden zu müssen, und nahm einen Schluck Wein. »Ihr schmeichelt mir.«

Er trat vor sie und umfasste mit einer ausladenden Geste den gesamten Vorsaal. »Hier in Wlachkis ist Eure Schönheit ohnegleichen.«

Sie verzog die Lippen zu einem Schmollmund. »Ihr wollt sagen, dass ich außerhalb Eures Landes weniger bezaubernd bin?«

Ihre Frage schien ihn zu überraschen, denn er überlegte einige Momente, bevor er vorsichtiger antwortete: »Eure Schönheit steht an jedem Ort außer Zweifel. Doch ich muss gestehen, dass Ihr in meiner Heimat mein Herz noch zielgenauer trefft, als es jenseits der Berge möglich wäre.«

»Ach, Ihr sagt das nur, weil Ihr Euch nach Dyrien sehnt. Nicht ich bin es, die Euch bezaubert, sondern das Abbild des Goldenen Imperiums, das Ihr in mir seht.«

»Nein … ich …«, protestierte er, aber sie ließ ihn nicht lange zappeln, sondern neigte sich vor und flüsterte: »Es ist wirklich schön, dich zu sehen.«

Erleichtert nahm er den ihm dargebotenen Arm und umfasste ihr Handgelenk mit festem Griff. Obgleich sie ihn im kleinen Spiel der Worte ausmanövriert hatte, beherrschte er die dyrischen Höflichkeiten sehr gut.

»Du bist bezaubernd, auch wenn meinem plappernden Mund die Worte fehlen, dich angemessen zu preisen.«

Jetzt musste sie tatsächlich lächeln, was er mit einem dankbaren Nicken zur Kenntnis nahm. *Ob er seiner Mutter gleicht?,* dachte sie plötzlich. Artaynis hatte es verwundert, zu erfahren, dass Şten nach dem Tod seiner Frau nicht wieder geheiratet hatte. Ihr eigener Vater hatte vier Frauen und zehn Kinder; sie konnte sich nur schwer vorstellen, wie es gewesen wäre, mit nur einem Geschwisterkind aufzuwachsen. Anders als Natiole ähnelte Ionnis seinem Vater kaum. Er trug das dunkle Haar kurz geschnitten, seine Augen waren heller und seine Züge schmaler.

»Magst du mir einige der Bilder erläutern?«, bat sie Ionnis. Sein Griff war angenehm, und sie genoss seine Nähe, als er sie zu dem großen Mosaik führte, das über der Tür zum großen Saal prangte.

»Das ist der neueste Wandschmuck und sicherlich auch der wichtigste an diesem Tag, denn dort oben wird gezeigt, wie meine Tante, ich meine, wie Ionna cal Sareš gegen Zorpad Dîmminu in die Trollschlacht zieht und ihn schließlich bezwingt. Das da ist Zorpad, wie er von Ionna niedergestreckt wird.«

Mit dem Finger wies Ionnis auf eine Zweiergruppe in der Mitte des Bildes, einen gerüsteten Mann und eine Frau zu Pferd, die gegeneinander kämpften, wobei die Frau ihren Feind gerade bezwang. Ionnis deutete auf eine kleine Gruppe von seltsamen Wesen, welche die Menschen auf dem Mosaik um das doppelte überragten. Sie waren massig und breit dargestellt, aus grauem Stein und mit furchterregenden Hörnern auf dem Schädel.

»Das sind die Trolle, die an unserer Seite kämpften. Mein Vater und meine Mutter sind ebenfalls auf dem Bild zu erkennen, aber der Triumph der Trollschlacht gehörte Ionna.«

Das Mosaik war kunstvoll gefertigt. Artaynis wusste, dass manche Potentaten ihrer Heimat Wlachaken beschäftigten, um ihre Heime mit solchem Wandschmuck zu verzieren. Eigentlich waren Handwerk und Kunst aus Wlachkis eher als hinterwäldlerisch verpönt, doch Mosaiken bildeten die Ausnahme.

»Lange war Ionna der Frieden nicht vergönnt, oder?«, fragte sie, obwohl sie die Antwort natürlich kannte. Ihr Vater hatte darauf bestanden, dass sie nicht nur die Sprache des Landes, sondern auch seine Geschichte lernte, bevor er sie hierhergeschickt hatte. Vor allem die jüngere Geschichte, in der er selbst eine nicht unbedeutende Rolle gespielt hatte.

»Ein Jahr.«

Schweigend schauten sie einen Augenblick das Bild an,

dann ließ sie ihren Blick vorsichtig zu dem jungen Mann an ihrer Seite wandern. Seit ihrer Ankunft in Teremi war Ionnis für sie sehr wichtig geworden. Seine Zeit im Imperium hatte ihn geprägt; sie hatten sich dort bereits kennengelernt, wenn sie sich auch weniger nahegestanden hatten als hier. Er verstand sie besser als die anderen Wlachaken, und er redete gern über die Welt jenseits der Sorkaten. Anders als einige andere Angehörige des Hofes.

»Wo ist eigentlich dein Bruder?«, fragte sie schließlich.

Bei dieser Frage verfinsterte sich sogleich sein Gesicht. »Er kommt sicherlich sofort. Er musste sich noch umkleiden.«

In diesem Moment schlug Şten zwei Metallbecher gegeneinander und zog so alle Blicke auf sich.

»Man sagte mir gerade, dass unser Bankett bereitet ist. Folgt mir bitte in die Halle!«

Überraschend leise öffneten sich die großen Türflügel und gaben den Blick in den großen Saal frei. Auch dieser war festlich geschmückt. Stoffbahnen waren in drei Schritt Höhe zwischen den Säulen gespannt, und an den Wänden standen überall Kerzenleuchter. Doch die Aufmerksamkeit der in den Raum strömenden Gäste wurde sofort von den langen Tischreihen angezogen, die in Form eines großen Halbkreises im Saal aufgestellt waren. Anders als im Imperium, wo die Speisen nach und nach von Dienern gebracht wurden, bogen sich die Tische hier bereits unter dem Gewicht von großen Platten voller Köstlichkeiten. *Oder zumindest dem, was man hier dafür hält.*

Die Menge bewegte sich leise murmelnd in den Saal, und auch Ionnis und Artaynis folgten der Einladung. Sofort wurden sie von zwei Bediensteten in Empfang genommen, die sie zu ihren jeweiligen Sitzplätzen führten. Während Ionnis zur Linken seines Vaters Platz nahm, wurde die junge Dyrierin etwas abseits zu ihrem Sitz geleitet. Rechts von ihr war der hochlehnige Stuhl unbesetzt, aber links saß ein hagerer Mann, der ihr höflich zunickte, ohne jedoch die Miene zu verziehen, nur um dann wieder zu dem Tisch des Voivoden zu blicken. Er trug eine einfache, helle Tunika. Sein dunkles Haar war kurz geschoren bis auf eine lange Locke am Hinterkopf. Die Haartracht der Masriden an einem Wlachaken zu sehen irritierte die junge Dyrierin, doch sein Verhalten ärgerte sie noch mehr.

»Mein Name ist Artaynis Vulpon«, stellte sie sich leise vor, wohl wissend, dass dies vermutlich als unhöflich angesehen werden würde. Aber der kühle Blick und die mangelnde Freundlichkeit des Mannes stachelten sie an. Jetzt lächelte er doch, aber es wirkte aufgesetzt und unaufrichtig.

»Cornel ist mein Name.«

Ihr Blick fiel auf die goldene Sonnenscheibe, die um seinen Hals hing.

»Ihr seid vom Albus Sunaş?«

Wieder nickte er nur kurz. Seine Zurückhaltung mochte mit der prekären Lage seines Ordens am Hof zusammenhängen. Auch zwei Jahrzehnte nach der Befreiung waren viele Wlachaken schlecht auf die Sonnenpriester des Albus Sunaş zu sprechen, die viele jahrhundertelang den Glauben der Wlachaken an die Geister unterdrückt hatten. Lediglich Ştens Frau Viçinia hatten sie es zu verdanken, dass man sie nicht endgültig aus dem von Wlachaken regierten Teil des Landes gejagt hatte. Und auch nach dem Tod seiner Ehefrau hatte Ştens diese Politik beibehalten und dem Orden erlaubt, Tempel und Klöster zu unterhalten. *Der Albus Sunaş* kann unbeliebt und von vielen sogar gehasst sein, aber das ist noch lange kein Grund für Unhöflichkeit, dachte Artaynis grimmig und begann, unbeeindruckt auf den Priester einzureden. Über das Wetter, das Fest, das Essen, die Gäste; über alles, was ihr in den Sinn kam. Es war genau jene Art von Geplauder, die ihr eigentlich zuwider war, die sie jedoch von Kindesbeinen an erlernt hatte.

Immer wieder nickte Cornel, brummte mehr oder minder zustimmend, und schon bald war sein Lächeln noch gequälter als zu Beginn.

Zufrieden redete die junge Dyrierin weiter, spielte das naive Mädchen und ließ sich erst davon abbringen, als ein junger Mann durch den kleineren Hintereingang in den Saal gestürmt kam, dann kurz innehielt und sich sammelte, bevor er langsamer zu seinem Platz an Ştens rechter Seite trat. Der Kronprinz von Wlachkis war tadellos gekleidet – wenn man die Einfachheit der Kleidung des Landes außer Acht ließ –, und sein langes, schwarzes Haar war in einem strengen, noch feuchten Zopf zurückgebunden. Seine missmutige Laune stand ihm deutlich ins Gesicht geschrieben. Mit einem feierlichen Ernst, der Artaynis seltsam unangemessen schien, nickte er sowohl seinem Vater als auch Ionnis zu. In den Blicken der beiden Brüder lag etwas, ein Gefühl, das Artaynis nur schwer deuten konnte. Ihre Mienen blieben jedoch unbeweglich. Anders das Gesicht des Voivoden, das beim Anblick seines ältesten Sohnes von einem breiten Lächeln erhellt wurde. Er wechselte einige Worte mit Natiole und erhob sich dann. Inzwischen waren fast alle Sitzplätze besetzt, und die Gäste schauten wie gebannt zu dem Voivoden.

»Ich werde euch nicht lange langweilen. Wir alle wissen, warum wir hier sind. Um jene zu ehren, deren Tapferkeit uns die Freiheit brachte. Jeder von uns erinnert sich anders, jeder von uns hat Menschen verloren, die er liebte, doch sie alle verdienen unseren Respekt.«

Die Feiernden murmelten zustimmend, während der Voivode die Arme ausbreitete.

»Lasst uns im Gedenken an sie feiern und uns an sie erinnern!« Jubel brandete auf, als die Gäste ihre Becher auf den Gastgeber erhoben. Artaynis sah, dass Ionnis seinen Vater anlächelte, während Natiole die schwarzen Brauen zusammengezogen hatte.

»Greift zu!«, beendete Şten seine kurze Ansprache.

Das ließ sich niemand zweimal sagen, und schon bald versank der Raum in der geschäftigen Stille vieler Essender.

Neben sich spürte Artaynis, wie der Sonnenmagier erleichtert aufatmete und sich seinem Mahl widmete. Für einen Moment war sie versucht, weiterzureden, doch dann gestand sie ihm einen Augenblick des Friedens zu. Das Essen war nach ihren Maßstäben einfach, aber dennoch schmackhaft. Die Wlachaken schienen pure Masse der Qualität vorzuziehen, aber hier und da in dem reichhaltigen Angebot von Wildbret, Gemüse und Obst fand sogar sie Köstlichkeiten für ihren anspruchsvollen Gaumen. Bislang hatten sich die düsteren Prophezeiungen ihres Vaters bezüglich der ungenießbaren Nahrung in Teremi nicht bewahrheitet, und sie fragte sich, ob er sie damit nur geneckt hatte oder ob sich die Dinge seit seiner Zeit in Wlachkis so verändert hatten. Während sie noch darüber nachdachte, kam Ionnis zu ihr geschlendert, in der Hand eine kleine, irdene Schüssel.

»Ich habe Vater darum gebeten«, erklärte er geheimnisvoll. »Ich war mir nicht sicher im Hinblick auf die Zubereitung, aber ich denke, der Koch und ich haben es hinbekommen.«

Mit einer vergnüglichen Mischung aus Triumph und Unsicherheit bot er ihr die Schale an.

»Kandierte Früchte«, erkannte Artaynis und musste unwillkürlich lächeln. Tatsächlich glänzten appetitanregend angerichtete Stückchen Obst in der Schale.

»Ich habe mich erinnert, dass du früher ganz versessen darauf warst. Natürlich sind es keine Feuertrauben oder dergleichen«, fügte er hastig hinzu, wie um sich schon im Voraus zu entschuldigen.

»Das ist sehr aufmerksam. Ich muss gestehen, dass ich meine Vorliebe für Naschereien nie wirklich ablegen konnte.« Sie warf einen koketten Blick an ihrem Leib hinunter. »Obwohl es einer Frau in meiner Stellung natürlich nicht ziemt, hoffe ich doch, dass man es mir noch nicht ansieht. Darf ich?«

Freudestrahlend nickte Ionnis, und sie pickte ein kleines Stück hellgrüner Frucht heraus. Obwohl es ein wenig sauer war, gab sie sich alle Mühe, entzückt zu wirken. *Das Obst mag sauer sein, aber der Gedanke ist süß.*

»Was ist das?«

Unbemerkt hatte sich Natiole zu ihnen gesellt.

»Kandierte Früchte«, erklärte Ionnis. »Möchtest du probieren?«

Als hätte ihm sein Bruder einen Käfer zum Essen angeboten, verzog der Kronprinz das Gesicht. »Nein. Ich bleibe bei Fleisch und Wein. Aber vielleicht will Cornel ja den Beweis deiner Kochkünste probieren? Wie schaut es aus, *Priester?* Reichen die Fähigkeiten meines Bruders aus, um vielleicht einmal Küchenmeister zu werden?«

»Danke, Nemes, aber auch mir genügt mein Mahl«, erwiderte der Angesprochene, was Natiole amüsiert schnauben ließ. »Was haben heute bloß alle mit diesem dämlichen ›Nemes‹?«, fragte er, wandte sich aber ab, ohne auf eine Antwort zu warten.

Verwirrt blickte Artaynis Ionnis an, der nur mit der Schulter zuckte. Der jüngere Bruder reichte ihr die Schale und lief rasch hinter Natiole her.

Während Artaynis langsam Stück für Stück des Naschwerks aß, beobachtete sie den leisen, aber nichtsdestotrotz heftigen Streit der beiden Prinzen mit aller Aufmerksamkeit.

5

Während Kerr und Zran eine Handvoll Leuchtflechten mit sich trugen, um sich im endlosen Labyrinth der Gänge zu orientieren, zog Wrag die Dunkelheit vor. Kerr wusste nur zu gut, dass dies ein Teil von Andas Erbe war. Anda war einst eine Trollin wie andere auch gewesen, aber die Veränderungen, die sie über ihre Kinder gebracht hatte, waren nur allzu deutlich und machten es Kerr zuweilen schwer, von ihnen überhaupt als *Trollen* zu denken. Eine dieser Veränderungen war eine Abscheu gegen jedes Licht, selbst das schwache Glimmen der Flechten. Und so verschwand Wrag immer wieder in den Schatten um sie herum, lief ihnen voraus, um den Weg zu erkunden, und hielt sich stets am Rand des Lichtscheins.

Die Dunkelheit hielt für Andas Kind keine Geheimnisse bereit; der Herzschlag des Landes echote durch den Stein und würde in Wrags Geist ein deutliches Bild ihrer Umgebung zeichnen. Auch Kerr vernahm den Herzschlag, den Dreeg, deutlicher als die übrigen Trolle, da er sich einst dem Einfluss des Dunkelgeists für wenige Augenblicke ganz ausgesetzt hatte. So konnte er auch in absoluter Finsternis seinen Weg finden, was den meisten Trollen der alten Stämme trotz ihrer scharfen Sinne schwerfiel. Dennoch zog er das Licht vor.

Auf ihrem Weg an die Oberfläche führte Kerr die kleine Gruppe an. Nicht nur, weil er diesen Weg schon häufig beschritten hatte, sondern weil es unter ihnen niemanden gab, der mehr über die Unterwelt wusste. Damals, vor vielen Dreeg und in der Gegenwart des Dunkelgeistes, war Kerr das Land geworden, von den höchsten Gipfeln der

Berge bis zu den tiefsten Gängen, und dieses Wissen hatte sich in seinen Geist gegraben. Er kannte jeden Gang, jede Höhle, so wie er seinen Leib kannte, die Narben und Knoten auf seiner Haut. Dieses Wissen hatte die Trolle mehr als einmal vor ihren Feinden gerettet und ihnen überhaupt erst erlaubt, den Pakt mit Andas Kindern zu schließen.

Jetzt führte er sie auf Pfaden zur Oberfläche, die abseits der Zwergentunnel lagen, wo das Kleine Volk mit seinen Werkzeugen die Welt unter der Welt ruhelos erweiterte.

Beinahe unmerklich wurde die Luft kühler. Für Kerr war dies ein gutes Zeichen: sie näherten sich der Oberfläche.

Die Gebeine der Welt reichten tief hinab, aber Form und Farben des Felsens waren häufig sehr unterschiedlich. Viele Trolle konnten allein an ihrer Umgebung erkennen, wo und wie tief sie sich befanden. Kerr hatte einen Weg gewählt, der sie durch größere Gänge führte. Es gab unendlich viele kleine Ritzen und Schlupflöcher. Für jeden Tunnel, durch den ein Troll gehen konnte, schien es Dutzende zu geben, die zu klein waren.

Nachdem sie durch einen flachen Teich gewatet waren, wurden die Gänge verzwickter. Der Fels war hier heller, verlief in Schichten, und manchmal glitzerte er im Dämmerlicht. Ein kurzes Stück mussten sie wieder etwas hinabsteigen, bis ihr Weg sie wieder näher an die Oberfläche führte. Ganz in Gedanken versunken, schritt Kerr voran, bis Wrag unvermittelt vor ihnen aus der Dunkelheit trat. Es war, als würden Fetzen der Schatten an ihm kleben und ihn nur unwillig freigeben.

»Ich spüre etwas vor uns«, verkündete Andas Kind murmelnd. Unbewusst öffnete sich Kerr dem Herzschlag, ließ seine Sinne frei. Als der Dreeg kam, nahm der Troll alles um sich herum in sich auf. Es war wie ein Bild gemalt aus Tönen, kaum greifbarer als ein Gefühl und doch absolut wirklich. Fels und Stein gaben ihm ihre Geheimnisse preis, er spürte den Verlauf von Gängen, ja von den kleinsten

Ritzen. Nichts konnte sich vor seinem Geistauge verbergen. Und vor ihnen spürte er ihre Präsenz, ein Dutzend, die langsam durch die Tunnel schritten.

»Zwerge«, flüsterte er, was Zran kaum hörbar fluchen ließ.

»Wie viele?«

»Etwa drei Hände. Sie bewegen sich nicht schnell. Es ist keine Jagd.«

»Noch nicht«, knurrte Wrag. Für einen Augenblick runzelte Kerr die Stirn, weil er sich fragte, was mit diesen Worten gemeint war, doch dann sah er Wrags entblößte Hauer im fahlen Licht schimmern.

»Wir können sie umgehen«, erklärte Kerr fest, aber Wrag schüttelte den Kopf.

»Wir töten sie, wo wir sie finden. Wir oder sie, Kerr. Das weißt du.«

Die Jagdlust schwang jetzt in Wrags Stimme mit, und Kerr spürte, wie sie auch in seinem Blut aufstieg und seinen Herzschlag beschleunigte. Fragend blickte er Zran an.

»Wir sind drei, und wir wissen nicht, was sie hier wollen. Es wäre schlauer, sie zu umgehen«, gab der große Troll zu bedenken, zuckte dann aber mit den Schultern. »Aber er hat recht. Wir oder sie.«

Einige Momente lang überlegte Kerr. Der Krieg zwischen Trollen und Zwergen war so alt wie die Welt selbst. Zumindest konnte sich kein Troll an eine Zeit erinnern, in der er nicht bestanden hatte. Aus ihren Bingen drangen die Zwerge immer weiter in die Tiefen der Welt vor, und die Trolle hielten sie dort auf, wo sie konnten. Methodisch schufen die Zwerge neue Tunnel und Hallen, legten Stollen an und bauten das ab, was sie für die Schätze des Steins hielten.

Immer wieder war es zu Kämpfen gekommen, und keine Seite kannte in diesem endlosen, dunklen Krieg Gnade. Es war noch nicht lange her, dass die Zwerge die Trolle tiefer und tiefer hinuntergetrieben hatten. In ihrer Heimtücke hatten sie mit den Menschen paktiert und die verderbte Sonnenmagie einiger Oberweltbewohner genutzt, um die Gebeine der Welt selbst zu erschüttern und Trolle unter Einstürzen zu begraben, sie mit flüssigem, kochendem Gestein zu töten und ihnen jede Heimat zu nehmen.

Damals waren fünf Trolle an die Oberfläche gestiegen und hatten die Helfer der Zwerge getötet. Jeder Troll kannte inzwischen ihre Namen: Druan, Pard, Roch, Zdam und Anda. Kerr selbst hatte ihre Geschichte, so gut er sie kannte, in die Felswände geritzt, in den Buchstaben, die Druan ihn gelehrt hatte. Für kurze Zeit hatten sich Zwerge und Trolle damals zurückgezogen, um ihre Wunden zu lecken, ihre Reihen wieder zu schließen, doch dann brach der Krieg mit unverminderter Härte wieder aus. Bis Anda sich veränderte, als sie vom Blut des Dunkelgeists trank. Das Auftauchen von Andas Kindern, von Tiefentrollen, wie Menschen und Zwerge sie nannten, hatte das Kleine Volk zurückgedrängt. *Eines muss man Anda lassen: sie hat die Zwerge bis in ihre Festungen getrieben und uns allen viele Dreeg der Ruhe geschenkt. Wie fehlgeleitet sie auch war, in diesen Dingen war sie ein wahrer Troll.*

»Jagen wir sie«, befand Kerr, vielleicht in Erinnerung an die große Trollin, die sowohl eine Heldin seines Stammes als auch dessen größte Feindin gewesen war.

Sowohl Wrag als auch Zran ließen sich das nicht zweimal sagen. Die klebrigen Klumpen Leuchtflechte verschwanden in ledernen Beuteln. Auch wenn die Trolle der alten Stämme sich in der Finsternis weniger gut als Andas Kinder orientieren konnten, waren sie darin doch weitaus besser als Zwerge. Jeder Troll spürte den Herzschlag des Landes um sich herum, und jeder konnte besser riechen und hören als jeder Zwerg. Leise schlichen sie weiter, bis sie eine kleine Verbreiterung des Gangs erreichten.

»Hier«, befahl Kerr zischend. Wieder befolgten die

beiden anderen seine Befehle, ohne zu zögern. In der Dunkelheit musste Kerr grinsen. Beide waren gestandene Jäger, Zran führte seinen Stamm sonst im Kampf an. Dass sie auf ihn hörten, war eigentlich ein kleines Wunder. Sie alle drei pressten sich an den rauen Fels der Tunnelwände, nutzten jede kleine Nische zur Deckung und wurden eins mit dem Stein. Kerrs Atem verlangsamte sich, auch wenn das Jagdfieber ihn immer noch fest im Griff hatte. Denn nun war es Zeit, der Beute aufzulauern. Keiner machte ein Geräusch, es gab nicht die kleinste Bewegung. Stumm zählte Kerr die Dreeg, während sein Geist zu anderen Gelegenheiten wanderte, bei denen er auf der Jagd gewesen war. Die Beute war vielfältig gewesen. Die Grauen, furchtsame und geschickte Tiere, bei denen man im Rudel Erfolg hatte. Schlinger, die den Grauen nachsetzten. Andas Kinder, deren Sinne für die Welt des Dunkelgeists so geschärft waren, dass sie jede Falle spürten. Und natürlich Zwerge.

Schritte näherten sich. Das Kleine Volk war niemals wirklich leise. Stiefelsohlen prallten auf Fels. Lautes Atmen und leise Worte waren zu hören. Ein fahler Lichtschein war auszumachen. Der Geruch von Schweiß, Leder, Metall, Fett und vielen anderen Dingen, der in Kerrs Erinnerungen untrennbar mit Zwergen verbunden war. Der Trupp kam näher, ohne die Gefahr zu erkennen. *Oder wollen sie uns in Sicherheit wiegen?*

Die Trolle blieben unbeweglich in ihren behelfsmäßigen Verstecken. Unbewusst spannte Kerr die Muskeln an, bereitete sich auf den Angriff vor. Als das Licht zweier Laternen auf Wrag fiel, zuckte Andas Kind kaum merklich zusammen. Doch die Zwerge hatten die Bewegung sogleich entdeckt.

Sie schrien in ihrer kruden, harten Sprache. Sofort sprang Kerr vor, doch sein Weg wurde von Wrag versperrt, der sich brüllend auf ihre Feinde warf. Die Zwerge waren mutig, das musste Kerr ihnen zugestehen. Sie wichen keinen Schritt zurück, hoben ihre Waffen und stellten sich ihnen kampfbereit entgegen.

Ihr Widerstand allerdings schien zwecklos. Wrag stürzte sich mitten unter sie und schleuderte zwei einfach zur Seite, wo sie gegen die Wände prallten und zu Boden stürzten. Neben Kerr sprang Zran vor, packte einen Zwerg und ignorierte dabei die metallene Axt, die sich in seinen Arm grub. Ungeachtet des eigenen Blutes, das er vergoss, hob er seinen Gegner empor und schlug seine Hauer in dessen Hals. Ein weiterer Zwerg sprang vor, wich Wrags wütenden Angriffen aus und hieb nach Zrans Bein, was den großen Troll taumeln ließ. Da fand Kerr eine Lücke und schlug mit beiden Pranken nach dem Zwerg, der betäubt und blutüberströmt zu Boden stürzte.

Langsam drang Zran weiter vor, aber seine Gegner hatten sich hinter ihren Schilden verschanzt, und jeder Angriff des Trolls wurde von mehreren Klingen empfangen. Daneben wütete Wrag, und wo seine Schläge ihr Ziel fanden, zersprang Metall und brachen Knochen. Zwei Zwerge indes hatten sich hinter die Schilde zurückgezogen und nutzten nun ihre Laternen, um das Kind Andas zu blenden. Wrag brüllte voller Wut und versuchte seine Augen mit dem Arm zu schützen, doch die Lichtstrahlen gleißten selbst in Kerrs unempfindlicheren Augen schmerzhaft.

Immer wieder fanden zwergische Waffen ihr Ziel, und auch wenn die Wunden Wrag nichts auszumachen schienen, wurde Zran in seinen Attacken langsamer. Dunkles Blut lief über seine Beine, vereinigte sich zu einem Strom, der aus einem Dutzend Wunden gespeist wurde. Beide Begleiter Kerrs ließen dennoch nicht von ihren Feinden ab, sondern drängten die Zwerge weiter zurück. Das Brüllen der Trolle vermischte sich mit den kehligen Rufen der Zwerge, und inzwischen lag ein Geruch in der Luft, der alles andere überdeckte: Blut.

Schnell blickte Kerr sich um und fand, wonach er suchte. Mit seinen Pranken packte er einen der Zwerge, die Wrag im ersten Ansturm gegen die Wand geschleudert hatte. Die metallene Rüstung hatte den bärtigen Krieger nicht ausreichend geschützt; seine Züge waren blutverschmiert, und sein Atem ging stockend. Ohne zu zögern, schleuderte Kerr den Verwundeten über die Köpfe seiner Kameraden. Krachend prallte der gerüstete Krieger auf die beiden Laternenträger und riss sie zu Boden. Für einen kleinen Moment tanzten die Lichtstrahlen über die Decke und die Wände, vertrieben einige Schatten und schufen neue.

Es war nur ein winziger Augenblick, doch er genügte Wrag. Sofort stürmte Andas Kind vor. Seine Pranken packten Zwerge, rissen sie hoch, warfen sie wie Kieselsteine zur Seite. Sein Ansturm brachte den Schildwall vor Zran ins Wanken, der die Gelegenheit nutzte und einen Gegner daraus mit einem gewaltigen Tritt nach hinten schleuderte. Der große Troll sprang in die Lücke, hieb nach links und rechts. Kerr folgte ihm, deckte seinen Rücken, während Wrag zu den gefallenen Laternenträgern sprang und sie unter seinen Füßen zerquetschte. Seine Tritte fanden die Lichter, Metall knirschte, dann kehrte Dunkelheit ein.

Einige Zwerge versuchten zu fliehen, gedeckt von anderen, die ihre Schilde trotzig erhoben. Doch es war sinnlos. Zran und Kerr zerschlugen die Formation von zwei Seiten in stummer Abstimmung. Und Wrag folgte den Fliehenden, getrieben von dem ausgeprägten Jagdinstinkt, der in jedem von Andas Kindern hauste. Sie töteten ihre Feinde bis zum Letzten, bis auch Kerrs Jagdlust befriedigt war.

»Scheiß Licht«, brummte Wrag, als er zu ihnen zurückkehrte. Kerr nickte unbestimmt. Helligkeit war eine der wenigen erfolgreichen Waffen im Bruderkrieg zwischen den ursprünglichen Trollen und Andas Kindern gewesen. Und auch die Zwerge hatten schnell gelernt, dass der brachialen Gewalt nur wenig entgegenzusetzen war, abgesehen von hellem Licht, das Andas Kinder blendete und sogar vertreiben konnte.

Hinter sich hörte Kerr, wie Wrag sich an den Leichen der Zwerge zu schaffen machte, doch er beachtete ihn nicht. Mit der Rechten rieb er eine graue Paste auf Zrans zahlreiche Wunden. Es war eine Mischung aus Pilzen und Flechten, die Blutungen stoppen und Wunden besser heilen lassen konnte. Seine eigenen Wunden versorgte Kerr ebenfalls. Wrag hingegen würde das nicht benötigen. Wunden machten Andas Kindern wenig aus; seine Haut begann sich bereits zu schließen.

Als Kerr sich erhob, hielt ihm Wrag triumphierend zwei triefende, unkenntliche Stücke hin.

»Genug von dem Brei. Ab jetzt gibt es erst mal wieder frisches Fleisch.«

Ungerührt zuckte Kerr die Schultern. Es gab Besseres als Zwergenfleisch, aber für eine Jagd auf schmackhaftere Beute hatten sie gerade keine Zeit.

6

Obwohl Natiole innerlich kochte, versuchte er es sich nicht anmerken zu lassen. *Schaler Wein und schale Gespräche,* fasste er das Fest innerlich für sich zusammen.

Er würdigte seinen Bruder keines weiteren Blickes, als er sich von Ionnis entfernte, und kehrte stattdessen zum Tisch seines Vaters zurück, der gerade in ein Gespräch mit einem weißhaarigen Wlachaken verwickelt war. Entweder hatte Şten den Streit zwischen seinen Söhnen nicht bemerkt, oder er ignorierte ihn einfach. Zumindest er schien sich gut zu unterhalten. Immer wieder kamen Gäste zu seinem Tisch, wechselten einige Worte mit dem Voivoden, prosteten sich zu. Alte Kämpen erinnerten sich an gemeinsame Schlachten, warfen sich gegenseitig Namen von Gefallenen zu, gedachten ihrer lachend und weinend. *Nati* war ein Name, der dabei oft fiel. Gemeint war Natiole Târgusi, über den Ştens älterer Sohn Zeit seines Lebens schon so viele Geschichten gehört hatte. Der beste Freund des Voivoden, ein furchtloser Kämpfer, sorgloser Raufbold und großer Zecher, der schließlich gestorben war, als er gemeinsam mit Şten und einem Haufen Trolle Viçinia und eine Handvoll weiterer wlachkischer Geiseln aus Zorpads Hand befreite, und der in einem einsamen Grab am Ufer des Magy ruhte. Für den jungen Natiole war der Name eine Last, die stets in die Waagschale geworfen wurde, wenn es darum ging, ihn selbst zu beschreiben. *Reicht es nicht aus, dass alle Welt mich ständig mit meinem Vater vergleicht?,* dachte er trotzig. *Ich bin ich, lebendig; kein Schatten von jenseits des Grabes.*

Bei den meisten Gesprächen konnte Natiole natürlich nicht mitreden, sich nicht einmal wirklich vorstellen, dass Teremi einst eine besetzte Stadt in der Hand der Masriden gewesen war. Er konnte sich an kein anderes Zuhause als an die Feste Remis erinnern, obwohl er im Mardew geboren worden war.

Şten hatte die Stimme unterdessen leicht erhoben, er sprach jetzt von Viçinia: »Ich habe meinen Augen kaum geglaubt, als ich sie dort unten in den Höhlen wiedergesehen habe, umringt von einem ganzen Trollstamm«, erzählte er eine weitere Geschichte, die schon beinahe zur Legende geworden war, und seine Augen suchten dabei den Blick seines Sohnes. »Ich glaube, sie hat nie daran gezweifelt, dass wir den Weg zurück finden würden. Während mich diese dreimal verfluchte Unterwelt und die dickschädeligen Trolle beinahe in den Wahnsinn getrieben hätten.«

Das wehmütige Lächeln seines Vaters versetzte Natiole einen Stich ins Herz.

Als sich das Festessen endlich dem Ende zuneigte, erhob er sich schnell und stellte sich etwas abseits. Von dieser Position aus konnte er das Treiben beobachten, ohne selbst ein Teil davon zu sein. Sein Vater schien seinen Rückzug nicht einmal zu bemerken; stattdessen mischte er sich unter die Gäste.

Auch Ionnis schritt von einer Gruppe zur nächsten, immer in perfekter Haltung und mit einem freundlichen Wort auf den Lippen. Eine Zeit lang beobachtete Natiole seinen jüngeren Bruder, dann fiel sein Blick auf ihren Gast aus dem Dyrischen Imperium, und er bemerkte, dass Artaynis ihn ebenfalls zu beobachten schien. Zwar senkte sie den Blick, aber er war sich sicher, dass sie ihn zuvor geradezu angestarrt hatte. Bislang hatte er sich kaum Gedanken über sie gemacht. Seit die Beziehungen zum Imperium sich gebessert hatten, waren immer wieder einmal Gesandte oder Händler bei Hofe, wenn denn die Pässe dies zuließen: viel wirksamer als jeder kulturelle Unterschied trennten die Berge Wlachkis vom Goldenen Imperium.

Ionnis macht sich wieder einmal zum Narren, indem er um die aufgeputzte Dyrierin herumschleicht wie ein verliebter Kater, dachte Natiole zornig. *Dyrische Kleider, dyrische Sitten, da käme ihm eine dyrische Liebschaft doch bestimmt ganz recht. Heißt es nicht überall in Teremi, dass der jüngere Prinz des Hauses cal Sareş* so viel Erfolg bei den Frauen habe?

»Sie ist sehr hübsch, findest du nicht?«, ertönte plötzlich die Stimme seines Vaters neben ihm. In Gedanken versunken, hatte Natiole nicht bemerkt, dass Şten sich zu ihm gesellt hatte.

»Zu sehr mit dyrischem Gold behängt, wenn du mich fragst«, entgegnete er düster.

Das entlockte Şten ein Lachen. »Wenn ich Sargans Tochter nicht völlig falsch einschätze, ist unter all dem vielen kostbaren Stoff noch mindestens ein Dolch verborgen.«

»Vielleicht solltest du dann Ionnis lieber vor ihr warnen. Ich denke, er ist nicht sehr weit davon entfernt, herauszufinden, was sie unter ihren Kleidern trägt.«

Ştens Züge verfinsterten sich, als er den wütenden Ton in Natioles Stimme hörte. »Dein Bruder kümmert sich um das Wohlergehen unseres Gastes, Nati. Das kannst du ihm kaum vorwerfen.«

»Nenn mich Natiole, Vater. Bitte. Und ich kann ihm sehr wohl vorwerfen, dass er sich wie ein Lakai der Dyrier benimmt.«

Şten stieß angespannt den Atem aus und sah seinen Sohn fest an. »Also gut: Natiole. Der heutige Abend ist wichtig für die Wlachaken, wie du sehr wohl weißt. Ein Abend, an dem wir daran denken, welchen langen Weg wir schon zurückgelegt haben. Und welche Opfer wir dafür bringen mussten. Verdirb ihn nicht durch einen neuen Zwist mit deinem Bruder. Ich bitte dich.«

Also hat er sehr wohl bemerkt, dass wir vorhin gestritten haben. Und warum ist er jetzt nicht dabei, Ionnis zurechtzuweisen? Einen Augenblick lang war Natiole versucht, seinem Vater eine scharfe Erwiderung zu geben, doch dann sah er den Blick des Voivoden, die unbestimmte Trauer darin.

»Also gut«, stimmte er zögerlich zu. Şten lächelte versöhnlich.

»Danke.«

Noch behielt Natiole den Voivoden im Blick, der zu Artaynis hinüberging, als sei nichts gewesen. Doch als sich der alte Vintila näherte, schenkte der Prinz ihm seine ganze Aufmerksamkeit.

Die Schritte des Geistsehers waren mühsam, und er lehnte sich schwer auf seinen Gehstock. In der anderen Hand trug er einen Pokal mit Wein, an dem er hin und wieder nippte. Schon lange war sein Haar weiß, aber er trug es noch immer lang, so dass es ihm bis auf die Schultern fiel. Er war einer der wenigen, die das Erwachen des Dunkelgeists und die Auswirkungen seines Atems überlebt hatten. Die meisten Geistseher waren in der Folge krank geworden, sehr viele sogar gestorben. Auch Vintila war noch aus jenen Zeiten gezeichnet, denn seine krummen Beine waren nicht dem Alter geschuldet, sondern den Wochen, in denen er damals mit dem Tod gerungen hatte. So ganz hatte Natiole die komplizierten Erklärungen nie verstanden, aber die Macht des Dunkelgeistes hatte vor allem jene betroffen, die sich der Stimme der Geister öffnen konnten.

»So allein?«, fragte der Geistseher mit einem schmalen Lächeln. »Du bist jung, Natiole. Du solltest feiern!«

»Ich feiere doch. Nur eben auf meine Art.«

»Ein guter Wein und eine gute Geschichte ist alles, was ein Wlachake braucht. Heute Abend werden die besten Geschichten erzählt. Traurige Geschichten, aber daran sind wir ja gewöhnt«, befand Vintila und prostete Natiole mit dem Becher zu.

»Roter?«

Der Geistseher blickte in sein Trinkgefäß, als müsse er selbst erst nachsehen.

»Ja, Drachenblut. Das Beste, was das Valedoara zustande bringt.«

»Rotwein aus Ardoly? Das hätte ich nicht gedacht, Geistseher«, erwiderte Natiole frostig, aber Vintila lachte leise, anstatt sich zu verteidigen. Nachdem sie die Masriden aus dem Westen des Landes vertrieben hatten, waren die Wlachaken zu dem alten Namen ihrer Heimat zurückgekehrt. Nur der Osten wurde von den Masriden noch Ardoly genannt, und manchmal fragte sich Natiole, ob es nicht ein vollkommen anderes Land war. *Ein Land, in dem noch immer keine Wlachaken herrschen. Ein Land, in dem die Schwester des Voivoden Schande über die Familie bringt.*

»Das füllt die Säckel von Marczeg Tamár«, sagte er laut. »Als ob sie drüben noch mehr Gold und Silber brauchten!«

Immer noch antwortete Vintila nicht. Erst als Natiole weiterreden wollte, hob der Geistseher die Hand.

»Ein Missverständnis, Knai. Verzeiht mir, wenn ich Euch beleidigt haben sollte.«

Die formelle Anrede als wlachkischer Prinz ließ Natioles Zorn verrauchen. *Er ist alt. Vielleicht hat er nicht mehr alle seine Sinne beisammen. Ich sollte ihm mehr Respekt erweisen. Immerhin führt er uns auf den alten Wegen des Landes.*

»Ich muss mich entschuldigen«, erklärte er. »Manchmal erscheint es mir, als ob sich niemand mehr etwas dabei denkt, wenn man den Namen Ardoly ausspricht.«

»Diese Sorge ist verständlich, wenn auch unbegründet. Für mich ist dies kein Wein aus Ardoly, sondern ein guter

Tropfen aus Wlachkis. Er ist keine Erinnerung an die Schmach der Unterdrückung, sondern ein Versprechen.«

Lächelnd hob der Geistseher erneut den Becher, und diesmal erwiderte Natiole den Gruß. Einige Momente standen sie schweigend da, ehe Natiole, ohne Vintila anzusehen, das Gespräch wieder aufnahm. »Das ist ein erhebender Gedanke. Ich wünschte, mehr Wlachaken würden so denken wie Ihr. Stattdessen haben wir Abkommen, Grenzziehungen, Wachposten, die jeden Tag aufs Neue dafür sorgen, dass Tamár seine Ländereien behalten darf.«

»Euer Vater ist ein umsichtiger Herrscher. Ihn treibt das Wohl des Landes um.«

»Aber alles Land zwischen den Bergen ist Wlachkis! Egal, wie die Masriden es nennen«, brauste Natiole auf.

»Natürlich. Ich bezweifle, dass Euer Vater dies tatsächlich vergessen hat, nach allem, was er getan hat, um sein Land zu befreien. Auch wenn seine Anstrengungen derzeit kaum nach Osten gerichtet sind und ihm die Masriden mittlerweile in Freundschaft verbunden sind.«

Mit zusammengekniffenen Augen beobachtete Natiole Şten, der nun gerade mit Cornel sprach. Obwohl sein Vater höflich war, sah Natiole die Distanz, die er zu dem Sonnenpriester hielt.

»Erklärt es mir, Vintila. Wenn der Voivode den Osten des Landes zurückerobern will, warum haben wir dann seit zwanzig Jahren diesen Frieden?«

Das letzte Wort hatte er beinahe ausgespien. Unsicher kratzte sich der alte Mann am stoppeligen Kinn, schwieg aber.

Geduldig wartete Natiole, während Vintila noch einen Schluck Wein trank und dann vorsichtig sagte: »Für Euren Vater stand Wlachkis immer an erster Stelle. Ganz sicher denkt er auch weiterhin an das ganze Land zwischen den Bergen.«

Die Stimme des Geistsehers klang wenig überzeugt, aber

Natiole hakte nicht nach. Er konnte den Zweifel in der beschämten Miene des alten Mannes auch so sehen.

»Mein Rücken schmerzt«, fuhr Vintila fort. »Ich werde mich wieder setzen.«

»Sichere Wege«, murmelte der junge Wlachake, während der Geistseher zu seinem Platz zurückhumpelte. Zur Linken des Tisches des Hauses cal Sareş wurde er von einigen anderen Geistsehern empfangen, die dort zusammensaßen. Jahrhundertelang hatten sich Angehörige des alten Glaubens verbergen müssen, denn der Albus Sunaş duldete sie nicht und jagte sie, wo er konnte. Viele der alten Wege waren in Vergessenheit geraten, überwuchert vom Gestrüpp der Jahrhunderte, aber schon mit Ionnas Sieg über Zorpad hatte es eine neue Blüte des wlachkischen Glaubens gegeben. Damals waren alle Sonnenpriester aus dem Land gejagt worden, und es hatte nicht wenige Tote unter ihnen gegeben, denn die Wlachaken rächten sich für all das Leid, das ihnen widerfahren war.

Natioles Mutter Viçinia allerdings hatte den Orden im Westen des Landes wieder erlaubt. Zunächst nur wenige Priester, denn der Albus Sunaş war ursächlich an Zorpads Machenschaften beteiligt gewesen und hatte versucht, sich der Macht des Dunkelgeists zu bedienen, statt ihn zu besänftigen, wie es die Geistseher einst getan hatten, und erst das Eingreifen der Trolle hatte dies beendet.

Aus Natioles Sicht war es ein Fehler gewesen, den Orden wieder Fuß fassen zu lassen. Zu viele Menschen hatten den Glauben an die alten Wege der Wlachaken verloren und fanden sich nun in den Tempeln des Albus Sunaş wieder. Zwar achtete der Voivode darauf, dass die Sonnenpriester größtenteils selbst Wlachaken waren, doch ihre Wurzeln führten in den Osten, zu den Masriden, die immer noch fast die gesamte Führung des Ordens stellten. *Nein, denen ist nicht zu trauen, egal wie sehr sie ihre Neutralität beteuern. Das sind bloße Lippenbekenntnisse, mehr nicht.*

Nach dem Essen löste sich allgemein die Tischordnung auf. An den Tafeln fanden sich Gruppen gleicher Gesinnung wieder, die dem Wein zusprachen und sich gegenseitig unterhielten. Überall wurden die alten Geschichten erzählt; eigentlich ein Brauch für die Totenfeier, aber Ştefan hielt es jedes Jahr zur Feier der Thronbesteigung so, dass er jener gedachte, die nicht mehr unter ihnen weilten. Inzwischen war dies eine Tradition. Natiole war sich sicher, dass sein Vater sich heute auch bereits die Zeit genommen hatte, Viçinias Grab zu besuchen.

Er selbst stand außerhalb der Feier. Ein Fremder im eigenen Land, unbeachtet und ohne Verpflichtungen. Aber nicht *ganz* unbeachtet, wie er bemerkte, als die Dyrierin zu ihm schritt.

»Ihr scheint gern zu beobachten, Knai.«

Die Anrede überraschte ihn, doch er versuchte, es sich nicht anmerken zu lassen. Ihr Wlachkisch war fehlerlos, selbst die Aussprache klang wie bei einer Einheimischen. Es war ein interessanter Kontrast zu der Exotik ihres Aussehens.

»Ihr auch, wenn ich mich nicht irre«, entgegnete er milde und eingedenk des Versprechens, das er seinem Vater gegeben hatte.

Ein Lächeln huschte über ihre Züge. Die schwarz umrandeten Augen fixierten ihn, als wäre er ein gefangenes Tier, mitgeführt von fahrendem Volk, eine Attraktion, die es zu begaffen galt.

»In meiner Heimat gehört das zu einem Fest dazu. Sehen und gesehen werden. Feinste Stimmungen zwischen den Gästen zu spüren, jede Veränderung zu erahnen. Wer redet mit wem? Über welches Thema? Und wie lange?«

»Das klingt furchtbar langweilig«, erwiderte Natiole und nahm noch einen Schluck Wein. Sein Bruder mochte auf die eitlen Spiele der Dyrier hereinfallen und sich von ihrer überheblichen Art blenden lassen, aber er war aus einem anderen Holz geschnitzt.

»Manchmal ist es sehr unterhaltsam. Aber oft ist es auch töricht«, gestand sie gleichmütig. »Vor allem, wenn es alle tun und jede Handlung nur noch diesem Zweck dient. Aber das erklärt nur, warum *ich* gern beobachte. Nicht, warum Ihr dies tut.«

Verstimmt blickte er sie an. Ihr Lächeln war zuckersüß, und sie hatte den Kopf leicht geneigt. Wären nicht ihre treffenden Worte gewesen, Natiole hätte sie für ein dummes Mädchen gehalten, das dem Thronprinzen von Wlachkis schöne Augen machen wollte.

»Ich rede nicht gern.«

»Ihr wart vorhin gegenüber Cornel sehr unhöflich«, stellte sie fest, ohne wirklich auf seine Bemerkung einzugehen.

Natiole schnaubte nur. »Was das angeht, ist er sicherlich Kummer gewöhnt. Sein Orden hat hier nur wenige Freunde.«

»Und Ihr seid offenbar keiner von diesen wenigen.«

»Nein«, antwortete er gereizt. Ihre Fragen nagten an seinem Geist. Doch seine Hoffnung, dass sie ihn in Ruhe lassen würde, war vergebens.

»Er war ebenfalls recht unhöflich, aber Männer und Frauen des Glaubens sind in ihren Umgangsformen oft … anders. Vielleicht weil sie eher Umgang mit ihren Göttern suchen?«

Jetzt drehte er sich zu ihr um. Sie blickte ihn auffordernd an, als erwarte sie tatsächlich eine Antwort. *Vater, muss ich wirklich mit dieser dyrischen Pest reden, damit der Frieden auf deinem Fest gewahrt bleibt?*

»Was wollt Ihr von mir? Über Religion reden? Ich folge den alten Wegen meiner Heimat. Mich interessieren keine Götter, kein Göttliches Licht, nichts dergleichen. Ich achte nur die Geister meiner Heimat. Und ich schweige gern.«

»Ich würde gern ergründen, was Ihr gegen mich habt«, erklärte sie leise. Als sie fragend das Haupt zur Seite neigte, klimperten die Goldplättchen in ihrem kunstvoll hochgesteckten Haar.

Innerlich stieß Natiole einen Seufzer aus. Aber laut sagte er nur: »Ich hege keinen Groll gegen Euch. Ich suche lediglich kein Gespräch. Doch ich bin mir sicher, dass mein Bruder Euch angenehmere Gesellschaft bieten kann.«

»Dann verzeiht mir, dass ich Euch gestört habe. Ich hoffe, dass Ihr das Fest noch nach Eurer Art genießen könnt.«

Mit einem erleichterten Grinsen nickte Natiole, als sie einen gezierten Knicks machte und sich von ihm abwandte. Ihr purpurnes Gewand schleifte über den Boden, und der Schmuck in ihrem Haar wippte bei jedem Schritt. Ihr Weg führte sie direkt zu Ionnis, der sich mit einem unverhohlen freudigen Lächeln formvollendet vor ihr verneigte. Als sein Bruder ihr den Arm anbot, spähte er zu Natiole herüber. Sein Blick war undeutbar, aber Natiole schüttelte langsam den Kopf. Mit einer herrischen Bewegung riss Ionnis den Kopf herum und geleitete die Dyrierin zu einem Tisch.

Ein perfektes Paar, dachte Natiole hämisch, aber als er den Blick sah, den sein Vater den beiden zuwarf, verging sein Vergnügen. Şten schaute mit einem geradezu seligen Lächeln zu ihnen hinüber, und in seiner Miene lag so viel Stolz, dass Natiole unbewusst seine Hand zur Faust ballte. Die Geräusche des Fests wurden leise, die Farben und Bewegungen entfernten sich von ihm. Um ihn herum war ein gewaltiger Kreis von Stille, in dem er allein stand. Keiner konnte ihn berühren, sie konnten ihn nicht einmal sehen. Am Rande der Gesellschaft verborgen, durch die Stille von allem getrennt.

7

Wie immer dauerte es lange Zeit, bis die Ereignisse schließlich in Gang gesetzt werden konnten. Es galt, die richtigen Wege einzuhalten, Kompetenzen zu beachten, Gefälligkeiten zu gewähren, Schulden einzutreiben, die nötigen Worte zu flüstern, Versprechungen einzulösen und dabei nicht für einen Moment das komplexe Gewirr der Politik aus den Augen zu verlieren. Obwohl es anspruchsvoll und kräftezehrend war, bereitete der Weg Kamros dabei mindestens ebenso viel Vergnügen wie das Erreichen des Ziels.

Eine weitere Stufe in der Hierarchie erklommen, sich einiger leidiger Mitbewerber entledigt; dabei mindestens eine Karriere und vermutlich auch eine Existenz zerstört – das war seine letzte Bilanz. Die Belohnung kam unverzüglich in Form von Anerkennung. Mehr Einfluss und größerer Reichtum würden sich schon bald dazugesellen. Wie es sich für einen guten Beamten gehörte, dachte Kamros keineswegs nur an das Erreichte zurück, sondern richtete seinen Blick fest auf das nächste Ziel.

Ironischerweise konnten im Imperium nur jene in die höchsten Ämter aufsteigen, die sich von eben jenen engsten Kreisen der Macht entfernten. Nur wer den Rang eines Satrapen erreichte, konnte aus den Dunstkreisen einfacher Beamter aufsteigen. Manchem mochte eine Position von geringerer Macht genügen; Kamros' Vater hatte niemals mehr als den Posten eines Richters angestrebt. Aber er selbst hatte größere Ambitionen. Sein aufgehender Stern war nicht unbemerkt geblieben. Seine erste Frau war die Tochter eines guten Hauses, dem man verwandtschaftliche

Bande zum Goldenen Imperator nachsagte. Zwar standen die Geschicke des Hauses nicht zum Besten, aber genau dies hatte es Kamros erlaubt, die Allianz zu schmieden. Ein angesehener Name gegen das Versprechen künftigen Ruhmes. Der Vater seiner ersten Frau, Larzanes, war ein gerissener Mann, der selbst viele Jahre als Satrap gedient hatte, doch seinen Platz nun an Jüngere hatte abgeben müssen. Trotzdem galt es, den Alten nicht zu unterschätzen, und deshalb bewegte sich Kamros nun bei einem Besuch in dessen Haus so vorsichtig, wie er es auch im legendären Bestiarium des Imperators getan hätte.

Das Anwesen lag, wenn schon nicht im Goldenen Viertel, so doch in einem der vornehmen Außenbezirke der mächtigen Stadt Colchas, und es bot alle Annehmlichkeiten, die sich ein Beamter nach Jahren und Jahrzehnten der Bestechungsgelder leisten konnte. Dennoch entging Kamros' wachsamen Augen nicht, dass der Zahn der Zeit an dem Haus nagte. Angeschlagene Mosaike und leicht verblichene Teppiche sprachen eine deutliche Sprache. Und auch die Sklaven waren nicht mehr die Jüngsten; offenbar lag Larzanes' letzte Neuanschaffung schon eine Weile zurück.

Des ungeachtet ließ es sich der Gastgeber nicht nehmen, Kamros erlesene Speisen und Getränke reichen zu lassen. Süßer weißer Wein, mit Eis gekühlt, und gefüllte Datteln in Mandelmilch.

»Meinen Glückwunsch. Deine Ernennung hat einiges Aufsehen erregt«, sagte Larzanes, der auf einer bequemen Liege ausgestreckt lag und sich von einem Sklaven die Füße massieren ließ, während er seinen Schwiegersohn unter halb gesenkten Lidern hervor musterte.

Das süffisante Lächeln des alten Politikers deutete an, dass dieses Aufsehen keineswegs nur positiver Natur gewesen war.

»Stell dir vor, wie viel mehr Aufsehen es erregen wird, wenn man mich zum Satrapen beruft.«

Immer noch lächelnd, hob Larzanes den Kelch und prostete Kamros zu. In ihren unergründbaren Ratschlüssen hatten die Götter ihn nicht mit Söhnen gesegnet. Wohl und Wehe seines Hauses hingen nun an seinen Töchtern. Kamros wusste, dass der alte Satrap ihm sein jüngstes Kind wie bei einer Art Wette zur Frau gegeben hatte. Ihre älteren Schwestern waren bereits vermählt, doch keine dieser Verbindungen hatte sich als besonders glücklich erwiesen. Also hatte Larzanes ganz auf seine jüngste Tochter Parmys gesetzt und sie einem jungen, unbekannten, aber aufstrebenden Beamten zur Frau gegeben. Vielleicht weil er in Kamros Qualitäten sah. Es war eine Vereinbarung zum gegenseitigen Nutzen, und Kamros unterhielt gern enge Bande zu dem gewieften Politiker, der immer noch über exzellente Kontakte verfügte, auch wenn sein Name bei Hofe nur noch wenig galt.

»Einiges mehr. Aber das wird nicht einfach werden, Kamros. Seit unser gütigster, von Agdele gesegneter Herr vor einigen Jahren Arkara in zwei Provinzen aufteilte, um sowohl den Ruf eines mächtigen Eroberers zu erhalten als auch die Macht des Satrapen zu brechen, hat sich die Lage stabilisiert. Es besteht derzeit kein Bedarf an Satrapen, so geschickt sie auch sein mögen.«

»Tatsächlich sprichst du in deiner Weisheit ein Problem an, das ich ohnehin mit dir erörtern wollte. Mir mangelt es nicht an Willen, lediglich an einem Platz, um diesen auszuleben.«

Die Hierarchie des Reiches war wie eine Pyramide; je höher man aufstieg, desto weniger Gelegenheiten für einen weiteren Aufstieg gab es. Und die Anzahl der Satrapen wurde ganz einfach durch die Menge der vorhandenen Provinzen beschränkt. Die wichtigsten und größten Provinzen lagen um das ursprüngliche Dyrien herum, um die alte Provinz Dyria, das Kernland des Imperiums und seine Wiege, und der Imperator vergab die Würde der Satrapen dieser Provinzen nur an ausgewählte Mitglieder der eigenen Familie. Je weiter weg sie lagen und je unbedeutender die Provinzen wurden, desto größer wurden auch die Möglichkeiten für einfache Beamte.

»Ein Ratschlag wäre sicherlich, sich in Geduld zu üben«, unterbrach Larzanes seine Überlegungen. »Meine eigene Position vor fünfzehn Jahren war die eines nicht allzu wichtigen Kopisten juristischer Aufzeichnungen. Erst die Salbung des Imperators schuf mir den notwendigen Platz, wie du es nennst.«

Zwar war Kamros kaum mehr als ein Jüngling gewesen, als sich die Wirren im Zuge des Aufstiegs des Imperators ereigneten, aber er erinnerte sich noch gut an den Tag, als die langen Reihen von geschundenen Gefangenen durch die Straßen geführt worden waren. An den Händen gefesselt und mit langen Seilen an den Hälsen zusammengebunden, waren sie vor den Augen aller aus der Stadt gebracht worden, endlos verhöhnt und verflucht, bis sie vor den Toren angelangt waren, wo sie dann von den Soldaten mit Schwertern hingerichtet und verscharrt worden waren.

Larzanes' Verwandter hatte sich einen erbitterten Kampf mit den anderen Prätendenten auf den Thron geliefert, und Larzanes war einer derjenigen gewesen, die treu an seiner Seite gestanden hatten, auch als seine Feinde die Oberhand zu gewinnen schienen.

»Geduld. Ja, sie ist sicherlich eine Tugend. Aber mir erscheint es unnatürlich, nur darauf zu warten, dass etwas geschieht. Mir behagt es eher, das Schicksal bei den Hörnern zu packen, wenn du verstehst, was ich meine.«

»Natürlich. Dann bliebe die Möglichkeit, dir selbst den Platz zu schaffen. Eine weitere Teilung einer Provinz erscheint mir unwahrscheinlich. Auch dürfte es schwierig werden, so etwas selbst zu erreichen. Wenn dein Gewicht bei Hof groß genug wäre, um einen solchen Verwaltungsakt anzustoßen, dann säßen wir kaum hier zusammen.«

Nachdenklich nickte Kamros. Es war im Imperium bereits mehr als einmal geschehen, dass eine Provinz in zwei oder mehr autonome Teile gespalten worden war. Selten, um ein neues Amt zu schaffen oder einer Veränderung in der Bevölkerung gerecht zu werden; sehr viel häufiger, um einen zu mächtig gewordenen Satrapen zurechtzustutzen. Beides war in nächster Zeit kaum zu erwarten. Das Imperium war ehern und wankte nicht, die Grenzen sicher. Der Imperator hatte die Bürokratie fest im Griff, und diese wiederum kontrollierte die Provinzen.

Es war wenig verwunderlich, dass der Imperator den Beamten dermaßen viel Gewicht beimaß, war er doch selbst aus ihren Reihen gekommen. Mit zwei anderen hatte er sich zu dem inzwischen sagenumwobenen Goldenen Triumvirat zusammengeschlossen und schließlich seinen Vorgänger entmachtet, seine Verbündeten ausgestochen, ihre Anhänger zu den seinen gemacht oder vernichtet und sich selbst zum Imperator salben lassen.

Er wusste um die Macht und den Einfluss der Bürokraten, und darum kontrollierte er sie genau.

»Mord ist natürlich immer eine Möglichkeit«, fuhr Larzanes fort. »Aber mit nicht geringen Risiken verbunden. Man kann diese Risiken minimieren, aber das kostet. Vermutlich zu viel für deine Verhältnisse.«

»Ich muss gestehen, dass mir bislang nur eine Lösung in dieser Richtung vorschwebte.«

»Der Tod eines Satrapen wird zwangsläufig Aufsehen erregen und seine Verbündeten auf den Plan rufen. Er müsste äußerst genau und sicher, verzeih meine Wortwahl, exekutiert werden. Es gibt natürlich Kreise, die genau dies anbieten. Aber ein gewisses Risiko bleibt immer. Und der Nachfolger würde sehr genau beäugt werden. Wenn ich dir raten sollte, würde ich dir Geduld nahelegen. Auch Satrapen leben nicht ewig.«

»Aber wir auch nicht, Vater«, erwiderte Kamros. Die

Ehre, Larzanes als Vater anreden zu dürfen, war von allen seinen Schwiegersöhnen nur ihm vergönnt.

»Nein, wir auch nicht. Ideal wäre eine neue Provinz, für die es eine neue, starke Hand braucht«, sinnierte Larzanes. Unvermittelt horchte Kamros auf. Ein seltsames Gefühl ergriff von ihm Besitz, als verlasse er seinen Körper. Ein Gedanke reifte in seinem Geist.

»Aber ein Krieg ist ebenfalls nicht in Sicht«, fuhr Larzanes fort, ohne zu bemerken, dass ihm sein Schwiegersohn kaum noch zuhörte.

8

Schweigend lauschten Tamár und Flores in die Nacht hinaus. Der Regen prasselte in einer monotonen Melodie auf das Dach. Im Stall war es ruhig geworden. Tamárs Hand verkrampfte sich um den Griff seines Streithammers.

»Jemand ist hier«, flüsterte der Marczeg, und Flores nickte. Sie zog langsam ihre Klinge und wog sie in der Hand. Anders als er trug sie keinen Schild.

Es drängte Tamár, nach Szeg zu sehen, aber er hielt sich zurück. Noch wussten sie zu wenig darüber, was außerhalb der Hütte vor sich ging.

»Ist dir jemand gefolgt?«, fragte die Wlachakin flüsternd. »Einen einzelnen Reiter könnte man für einfache Beute halten.«

»Räuber? Die einem Gerüsteten folgen? Das erscheint mir unwahrscheinlich. Es gibt weniger wehrhafte Opfer.«

Zwar gab es an der Grenze zu Wlachkis im Westen immer wieder Schwierigkeiten, aber im Allgemeinen vertraute Tamár dem Voivoden, der sich ebenso wie er selbst dafür einsetzte, den Frieden zu wahren. Bis auf einige Posten standen kaum Soldaten an den Grenzmarken, und so hatte der Marczeg seine Truppen dazu nutzen können, im Inneren seines Landes für Ruhe und Ordnung zu sorgen. Die Straßen in Ardoly waren sicher. Das war stets Tamárs Anliegen gewesen, denn seit es wieder vermehrt Handel mit dem Dyrischen Imperium und dem Kleinen Volk gab, war die Sicherheit der Handelzüge wichtig geworden. Manches Mal hatte er mit fester Hand durchgreifen müssen, um Überfällen und Straßenraub ein Ende zu setzen, und er wusste, dass ihm dies bei den Masriden den Ruf eingebracht hatte, ein harter Herrscher zu sein. Aber ein guter Teil der Einnahmen des Landes kamen aus den Zöllen, und er wusste, dass er gut daran tat, den Händlern ihr Leben so leicht wie möglich zu machen.

»Es gibt nur einen Weg, herauszufinden, wer da draußen ist«, stellte Flores lapidar fest und hob ihr Schwert. »Nach dir?«

Grimmig nickte Tamár, schob den Helm herab, blinzelte durch den Sehschlitz, um sich an die beschränkte Sicht zu gewöhnen, und packte den Schild fester. Dann wies er mit dem Streithammer auf die Tür. Vorsichtig trat die Wlachakin heran und legte die freie Hand auf den Riegel. Noch einmal blickte sie Tamár an, dann zog sie den Riegel zurück und öffnete die Tür.

Durch den Spalt wehte kalte Luft herein. Das Unwetter hatte für Abkühlung gesorgt. Nur ein schmaler Streifen Licht fiel aus der Hütte, die Wolken verdeckten den Himmel und färbten die Nacht tintenschwarz. Der Regen verschlang alle Geräusche bis auf sein eigenes beständiges Rauschen. Mit erhobenem Schild trat Tamár durch die Tür. Die Anspannung hielt seinen Leib gefangen, doch sein Geist war klar. Regentropfen fielen mit metallischem Klang auf Schild, Helm und Rüstung. Nichts geschah.

Gerade, als er Flores ein Zeichen geben wollte, sprang von rechts eine dunkle Gestalt auf ihn zu. Ein Schwerthieb kratzte über den Schild. Ein von der Seite geführter Schlag, dem kaum auszuweichen war. Ohne den Schild wäre der Marczeg schwer verletzt, wenn nicht gar tot gewesen. *Nicht nur einfache Straßenräuber,* schoss es ihm durch den Kopf. *Sondern einer, der das Kriegshandwerk beherrscht.*

Doch mit solchen Überlegungen konnte sich Tamár nicht aufhalten. Sein Gegner führte einen Überkopfschlag aus, der den Masriden zwang, sich unter den Schild zu ducken. Wieder schlug die Klinge auf Metall. Aus dem Augenwinkel sah Tamár eine Gestalt, die sich von links näherte. Ein Speer zuckte auf sein Gesicht zu, und er wich verzweifelt nach hinten aus. Mit einem Fuß stolperte er über die Türschwelle. Er ging in die Knie, konnte aber gerade noch einen weiteren Schwerthieb blocken.

Da war Flores heran. Während Tamár sein Gleichgewicht wiederfand, parierte sie den Speerstoß, drehte sich mit einer tänzelnden Bewegung durch die Tür, duckte sich unter dem Schwert hinweg und drang auf den Speerträger ein. Der Schwertkämpfer setzte ihr nach, doch dann war Tamár bereit, stürzte vor und blockierte seinen Weg. Hinter sich hörte der Masride, wie Flores und der Speerträger sich durch den Regen entfernten, hörte, wie Stahl auf Holz traf, lautes Atmen, einen leisen Fluch, dessen Worte er nicht verstehen konnte.

Dann war sein Feind schon bei ihm. Das Schwert wurde hoch geführt, zwang Tamár in die Defensive. Sein eigener Hieb verschaffte ihm nur ein wenig Platz, aber genug, um festen Stand zu finden und sein Gegenüber zu mustern. Der schwache Lichtschein aus der Hütte zeigte einen Mann in dicker Lederrüstung, auf die tropfenförmige Metallplatten genietet waren, die im Regen nass glänzten. Sein Gesicht wurde von einem schmucklosen Helm verdeckt, und er trug keinerlei Wappen oder Abzeichen. Einzig sein Schwert, das leicht gekrümmt war, bot einen Hinweis auf seine Herkunft, aber Tamár hatte kaum genug Gelegenheit, darüber nachzudenken.

»Zurück, du Hund«, brüllte er. »Weißt du nicht, wem du gegenübertrittst?«

Zur Antwort griff der Mann wieder an. Den Schlag fing Tamár mit dem Schild ab, hieb dann nach den Beinen des Feindes, der sich nur mit einem Sprung rückwärts retten konnte. Unwillig, ihn davonkommen zu lassen, stürmte Tamár hinter ihm her.

Doch sein Feind wich seinen Angriffen geschickt aus,

nutzte den Raum, um den schweren Streithammer ins Leere gehen zu lassen, und begann sofort einen Gegenangriff. Seine Klinge war schnell, und er wechselte gewandt die Seiten, hieb mal von rechts, mal von links auf Tamár ein. Dabei hielt er genug Abstand, um gegen den Hammer gewappnet zu sein. Jeder Schlag donnerte auf den Schild, sandte Schockwellen durch Tamárs Arm und dröhnte laut durch die Nacht. Die Klinge kratzte über die Metallverstärkung des Schilds und sandte Holzsplitter durch die Luft.

Von Flores und ihrem Gegner war nichts mehr zu sehen. *Keine Zeit,* dachte Tamár keuchend. Regen fiel ihm in die Augen, behinderte seine Sicht, und er senkte den Kopf, um sich davor zu schützen. In der Dunkelheit wurde der Kampf zu einem Alptraum, zwei konturlose Schemen, die auf Leben und Tod fochten, ohne Gesichter, ohne Namen. Der Masride konnte nicht sagen, wie viel Zeit seit dem ersten Angriff bereits verstrichen war.

Wieder schlug der Feind in einer schnellen Serie harter Hiebe auf Tamár ein. Den ersten blockte der Schild, den zweiten fing Tamár mit dem Hammer ab und stieß sofort zu. Die kurze Spitze am Hammerkopf fand eine Lücke in der Panzerung des Gegners. Sofort sprang dieser zurück. Die Wunde war nicht schwer, zu schwach war der Angriff gewesen, doch Tamár dachte nicht daran, seinem Feind eine Atempause zu gewähren.

Er stürmte vor, ignorierte den Schwerthieb, der über Schildkante und Beinschiene schabte, und rammte dem Angreifer den Schild vor die Brust.

Beide verloren auf dem rutschigen Boden den Halt, doch Tamár ließ den Streithammer los und fing sich mit der Hand ab, während sein Feind auf den Rücken stürzte. Mit einer reflexartigen Bewegung riss der Masride den Arm hoch; der Streithammer, der an einer Schlaufe um das Handgelenk hing, flog ihm geradezu in die Hand.

Ohne zu zögern, hieb Tamár zu. Der schwere Kopf der

Waffe traf den Helm, verbog Metall mit einem lauten Knirschen, brach Knochen, zermalmte Fleisch. Die Arme und Beine des Gestürzten zuckten unkontrolliert, und Tamár schlug wieder zu, spaltete das Visier des Helms und zertrümmerte den Schädel des Angreifers.

Nur das Rauschen des eigenen Blutes im Ohr, atmete Tamár schwer, sank auf ein Knie herab und stützte sich auf den Hammer. *Ich werde zu alt für den Krieg,* erkannte er, sah dann aber seinen erschlagenen Feind, dessen Blut vom Regen fortgespült wurde. *Oder auch nicht.*

In der Dunkelheit hörte er das Schlagen von Metall auf Metall, dann einen lauten, wlachkischen Fluch. Sofort sprang er auf und rannte in Richtung der Geräusche. Der Regen erschwerte die Suche, und plötzlich war kein Kampfeslärm mehr zu vernehmen. Von einer namenlosen Sorge angetrieben, hastete der Marczeg weiter, dorthin, wo er zuletzt Schwerterklirren gehört zu haben glaubte. Dennoch hatte eine Ruhe von ihm Besitz ergriffen, wie sie aus langer Erfahrung entsteht. Mit dem Schild deckte er seinen Leib und war jederzeit für einen weiteren Angriff gewappnet. Zu oft hatte er schon Leib und Leben auf dem Schlachtfeld riskiert, um sich in diesen Momenten der Angst zu überlassen. *Wenn sie tot ist, werde ich euch finden,* schwor er in schwarzen Gedanken. *Ich werde euch finden, ich werde euch alles nehmen, was ihr liebt, ich werde euch vernichten.*

Der Kampf musste Flores und ihren Feind hinab in Richtung See geführt haben, wo die ersten Bäume begannen. Doch bevor Tamár den Wald erreichte, sah er einen dunklen Schemen, der sich geduckt näherte. Für einen Moment zögerte er, dann war er sich sicher.

»Flores!«

»Dreimal verfluchte Bastarde!«, fauchte sie und zeigte ihren linken Oberarm, an dem ihre Lederrüstung zerfetzt war. Aus einem tiefen Schnitt rann Blut. Erleichtert schob sich Tamár mit einem Seufzen den Helm in den Nacken.

»Hast du deinen erwischt?«

»Es waren zwei. Sie liegen dort hinten«, erklärte sie ruhig mit einem Nicken in Richtung Wald. »Und du?«

»Ich bin unverletzt. Der Angreifer ist tot. Aber wir sollten von hier verschwinden. Deine Wunde muss versorgt werden.«

Gemeinsam liefen sie vorsichtig in Richtung Hütte. Der andauernde Regen hatte Tamár bis auf die Haut durchnässt, und das kühle Nass lief unter seiner Rüstung über seinen Rücken und seine Brust. Aber in seinen Adern kreiste noch das Gefühl des Kampfes, eine Mischung aus Angst und Triumph, die nur allzu flüchtig war. Sein Herz raste, und er konnte den Schlag in allen Gliedmaßen spüren. Eine Erleichterung, die ihn selbst die Anstrengungen des Kampfes vergessen ließ, ergriff von ihm Besitz.

Vor ihnen zeichnete sich die Hütte als dunkler Fleck in der Nacht ab, und der schmale Spalt der Tür war wie ein verheißungsvoll erleuchtetes Portal.

Unvermittelt spürte er einen Schlag gegen seinen Oberschenkel, hörte einen dumpfen Aufprall. Sein rechtes Bein gab unter ihm nach, er fiel zur Seite, konnte sich gerade noch auf den Schild stützen. Dann flammte der Schmerz durch seine Muskeln, vom Oberschenkel bis in den Bauch hinauf, und er stöhnte auf.

»Schützen«, rief Flores und warf sich neben ihm in Deckung. Mit zusammengebissenen Zähnen drehte sich Tamár herum, brachte den Schild zwischen Flores und die Dunkelheit, die in wenigen Momenten bedrohlicher als je zuvor geworden war. Mit der Rechten schob er den Helm herab.

»Mein Bein«, presste er hervor. In diesem Augenblick spürte er einen neuerlichen Schlag, diesmal gegen den Schild, dessen bereits durch den Kampf gemartertes Holz knirschte. »Wir brauchen Deckung.«

Zu ihrer Rechten schlug ein weiteres Geschoss in den

schlammigen Boden ein. Vorsichtig zog sich Tamár an dem Schild hoch, doch sein Bein rutschte unkontrolliert zur Seite. Mehr Pfeile flogen zischend in ihre Richtung, prallten auf. Mit festem Griff packte Flores Tamár am Rückenteil der Rüstung und zog ihn nach hinten. Mit dem unverletzten Bein stieß er sich ab und versuchte, ihr zu helfen. Immer wieder kratzte der Pfeil, der in seinem Bein steckte, über den Boden und sandte glühende Lanzen des Schmerzes durch sein Fleisch. Die wenigen Schritte bis zum Eingang der Hütte erschienen dem Masriden endlos, und er konnte nicht sagen, wie lange sie dafür brauchten. Neben ihnen drang ein Pfeil zitternd in den Rahmen der Tür ein, dann war Tamár endlich im Inneren, und Flores warf sich gegen die Tür, die mit einem hohlen Schlag zufiel. Zweimal noch erbebte sie unter Einschlägen, dann wurde es still.

Während Flores sich gegen die Tür lehnte und hingebungsvoll fluchte, zog Tamár die Hand aus der Schlaufe des Schilds und untersuchte sein Bein. Es war tatsächlich ein Pfeil, kein Bolzen, der am oberen Rand durch die Beinschiene in das Fleisch eingedrungen war und nun in seinem Oberschenkel steckte. Jede Berührung des Schafts schmerzte ungemein, und Blut drang aus der Wunde in pulsierenden Strömen hervor. Langsam rutschte der Marczeg weg von der Tür, tastete mit fahrigen Fingern an seinem Helm herum, der ihm den Atem nahm. Für einige qualvolle Momente glitten seine behandschuhten Finger immer wieder ab, dann hatte er den Helm endlich nach oben geschoben und holte tief Luft.

Flores schob den lächerlich klein wirkenden Riegel ins Schloss und sah sich hektisch in der Hütte um.

Während Tamár sich auf die Bettstatt hievte und dabei die Lippen zusammenpresste, um nicht zu schreien, schob die Wlachakin den schweren Holztisch vor die Tür und verkeilte ihn mit den Stühlen.

»Das wird niemanden lange aufhalten«, stellte sie dann mit einem Achselzucken fest.

»Wenigstens können sie uns bei dem Wetter nicht ausräuchern. Den wlachkischen Stürmen sei Dank!«

»Dein Bein …«

»Der Pfeil steckt. Reich mir den Schild. Ich will wissen, wer diese Bastarde waren.«

Sie folgte seiner Bitte, und Tamár riss den im Holz steckenden Pfeil mit einem Ruck heraus. Gemeinsam begutachteten sie die Spitze, die lang und schmal war.

»Kriegspfeil, gegen gepanzerte Feinde. Die kennen deine Kleidungsvorlieben, mein Lieber«, erklärte Flores und setzte sich neben ihn. Der Söldnerin war die kaum überstandene Gefahr deutlich anzusehen; ihre Rüstung war schlammbedeckt, Strähnen ihrer nassen Haare hatten sich aus dem Zopf gelöst und hingen ihr wirr ins Gesicht. Die Wunde an ihrem Arm blutete noch, doch sie schien sie nicht zu beachten. Tamár selbst sah nicht besser aus. Auf seiner Haut vermischten sich Schweiß, Regen, Schlamm und Blut, und er spürte die Anstrengung in allen Knochen. Sein Bein stand in Flammen, und ein dumpfer Schmerz zog sich bis zu seinem Bauchnabel.

»Rausziehen oder abschneiden?«, fragte Flores nicht ohne Mitgefühl. Seufzend gab ihr Tamár sein Messer.

»Mach eine Kerbe und brich ihn ab. Selbst ohne Widerhaken ist es besser, ihn erst einmal drinzulassen. Aber sei vorsichtig, ja?«

Sie nickte, doch als sie die Klinge ansetzte, schrie er doch. Es war, als würde sie nicht den Pfeil, sondern direkt sein Bein bearbeiten. Keuchend ließ sich Tamár nach hinten fallen, bis er auf dem Rücken lag.

»Bereit?«, fragte sie, doch noch bevor er antworten konnte, gab es einen Ruck, der weiß glühend durch Tamárs Leib fuhr. Seine Muskeln verkrampften sich, und er konnte nicht einmal schreien, sondern nur stöhnen. Das Licht im

Raum wurde dunkel, Schwärze troff in sein Sichtfeld, und der Regen verstummte. Dann riss ihn der Schmerz wieder aus der Nacht hervor, als Flores die Beinschiene löste und über den Stumpf des Pfeils zog. Mit fester Hand band sie ein langes Tuch um sein Bein. Jedes Mal, wenn sie dabei den Schaft berührte, zuckte der Masride zusammen.

»Tamár?«, fragte Flores besorgt und legte eine Hand an sein Gesicht.

»Es geht«, log der Marczeg und richtete sich wieder auf. Für einige Augenblicke bewegte sich die Welt um ihn in ungewohnten Bahnen, doch dann beruhigte sie sich wieder.

»Was sind das für Kerle? Das waren doch keine Räuber«, wunderte er sich, während er vorsichtig die Wunde befühlte. »Verdammte Hurenböcke!«

»Sylken.«

»Sylken? Aus dem Imperium? Aber was sollten die hier zu suchen haben?«

»Söldner?«, mutmaßte Flores und sah ihn an. Ihr Blick war traurig, als wisse sie etwas, was er noch nicht verstanden hatte.

»Warum sollten sylkische Söldner sich hier in Ardoly anheuern lassen? Woher weißt du das überhaupt?«

»Ihre Schwerter. Die Rüstungen sind zu gewöhnlich, aber ihre Schwerter verraten ihre Herkunft. Ich habe mir einen der Toten angesehen, und auch wenn ich in der Dunkelheit nicht viel erkennen konnte, war er sicher nicht aus Wlachkis.«

»Sylken sind Reiter. Sie sind ebenso bekannt dafür wie die Masriden! Wieso töten sie dann unsere Pferde? Warum Szeg?«

Der Verlust schmerzte Tamár. Es stimmte, dass Szeg schon alt gewesen war, doch er war das treueste Pferd gewesen, das Tamár jemals besessen hatte. Launisch und manchmal wild, aber loyal, wann immer es darauf ankam.

Ein Pferd, wie es einem Marczeg der Masriden würdig war. *Jemand wird dafür bezahlen.*

»Sylken achten niemand, der nicht aus ihrem Volk ist. Vielleicht war es ein Zeichen ihrer Verachtung? Sonst hätten sie uns wohl kaum mit nur drei Gestalten angegriffen.«

»Die Überraschung lag auf ihrer Seite. Beinahe hätten sie es geschafft«, entgegnete Tamár, dem das Vorgehen der Sylken nicht durch Verachtung motiviert gewesen zu sein schien. »Wir sind zwei alternde Kämpen, Flores. Sie dachten, wir wären leichte Beute.«

»Sie kommen aus dem Imperium. Sie sollten meinen Namen kennen!«

»Beschwerst du dich gerade darüber, dass sie uns unterschätzt haben?«, erkundigte sich der Marczeg amüsiert. »Wir wären tot, wenn sie gleich mit voller Kraft angegriffen hätten.«

»Dann wäre es zumindest vorbei. So werden einfach noch mehr kommen. Und noch mehr. Und noch mehr, wenn es sein muss.«

Die Worte hingen in der Luft, kalt und leer. Sie hatte recht; ihre Situation war übel. In der Hütte eingeschlossen, von einer unbekannten Anzahl von Feinden belagert. Keine Reittiere, kaum Fluchtmöglichkeiten.

Die Tür erbebte unter einem harten Schlag, der den Tisch knirschend über den Boden rutschen ließ.

»Du denkst, sie wurden angeheuert, um uns zu töten?«, fragte Tamár in die Stille nach dem Schlag. Stumm nickte Flores.

Schon oft hatte der Marczeg jenen in die Augen gesehen, die seinen Tod wollten. Er hatte sich Feinde gemacht, er hatte in einigen Schlachten gekämpft, aber er hatte sich niemals beirren lassen. Auch jetzt war seine erste Reaktion Zorn, nicht Angst. Grimmig stand er auf und verlagerte langsam sein Gewicht auf das verletzte Bein. Zufrieden stellte er fest, dass es ihn trug, auch wenn die lodernden Schmerzen nicht leicht zu ertragen waren.

»Diesmal überraschen wir sie. Ich gehe vor, decke dich mit dem Schild. Vielleicht kannst du dir einen Schutz improvisieren, aus einem Stuhl oder etwas Ähnlichem. Ich ziehe sie auf mich, du verschwindest aus dem Licht. Renn zum See und am Ostufer entlang, dort ist das Unterholz weniger dicht. Schlag dich in den Wald, sobald du kannst. Sie werden Pferde haben. Ich versuche eines davon zu erreichen. Und …«, wollte er fortfahren, sah dann aber ihr amüsiertes Lächeln. Kopfschüttelnd betrachtete sie ihn, und noch bevor sie den Mund öffnete, wusste er, was sie sagen würde.

»Ich lasse dich nicht zurück.«

»Das wirst du aber müssen! Mit dem Bein bin ich zu langsam. Ich halte sie auf. Du bist schnell, du kommst davon.«

»Tamár, wenn du wirklich denkst, dass ich dich diesen sylkischen Schergen überlasse, dann wirst du langsam anscheinend altersstarrsinnig. Ich lasse dich nicht zurück.«

»Hör mir zu …«, begann er, aber sie fiel ihm ins Wort: »Nein. Denk nicht einmal daran. Ich laufe nicht davon. Nicht ohne dich.«

»Wie soll ich das hinnehmen?«

»So wie es gemeint ist.« Sie schwieg einen Moment und blickte zu ihm. In ihren Augen lag ein Funkeln, das ihn vermuten ließ, dass sie mit den Tränen kämpfte. *Zum ersten Mal, in all diesen Jahren,* dachte er bestürzt.

»Marczeg«, begann sie mit belegter Stimme. »Wir konnten nie gemeinsam leben. Von Beginn an gab es tausend gute Gründe, die dagegensprachen. Aber ich wollte immer an deiner Seite sein. Und ich werde jetzt an deiner Seite sein. Egal, wohin uns das führt.«

Ein weiteres Mal erzitterte die Tür, doch Tamár beachtete es gar nicht. Er sah Flores unverwandt an, die seinen

Blick erwiderte. Ein Lächeln umspielte ihre Lippen. Sein Geist suchte nach Worten, aber er konnte sie nicht aussprechen. Es war, als ob er stumm geworden wäre. Als sei die Last seiner Gedanken zu schwer für seine Zunge. Flores zwinkerte ihm zu: »Außerdem, wann hätte ich je auf das gehört, was du mir sagst?«

»Nie, du viermal verfluchter, wlachkischer Dickschädel.«

»Wir gehen raus. Ich bleibe rechts von dir. Wir versuchen, in die Dunkelheit zu entkommen.«

»Ich liebe dich«, war alles, was Tamár sagen konnte. Alle anderen Worte wären hohl gewesen. Sie beugte sich vor, küsste ihn leidenschaftlich, verlangend, und er glaubte fast, dass dieser Moment niemals vorübergehen würde.

»Ich liebe dich auch. Was wir waren, wird in Ana weiterleben. Wir sehen uns auf den Dunklen Pfaden wieder.«

Die Tür erbebte, Holz splitterte, doch noch hielt sie stand. Mit einem Schwung schob Flores Tisch und Stühle beiseite und legte die Hand an den malträtierten Riegel. Einmal noch atmete Tamár tief durch, dann nickte er und schob den Helm über den Kopf. Ruckartig zog Flores den Riegel zurück und trat zur Seite. Unter dem Helm hörte Tamár nur den eigenen Atem. Sein Bein pochte noch, doch der Schmerz erschien ihm weit entfernt, als wäre es nicht sein Bein, in dem ein Pfeilschaft steckte. Die schwarze Wut und die endlose Trauer in seinem Herzen überdeckten alle Gefühle, jede Empfindung ging unter ihnen verloren.

Er würde sterben, im Kampf, ein Schicksal, das ihm niemals unwahrscheinlich erschienen war. Aber Flores wollte es teilen, und sie würde es teilen. Dies war keine unbestimmte Sorge um die Söldnerin, die weit entfernt in fremden Ländern focht. Es war eine Gewissheit, die seine Seele belastete wie keine seiner eigenen Taten jemals zuvor.

Die Tür flog auf, wurde krachend aus ihren Angeln gerissen, und zwei Gerüstete stolperten unbeholfen herein.

Was folgte, war kein Kampf, es war eine Exekution. Tamárs Streithammer brach dem einen das Genick, während Flores dem zweiten die Klinge bis zum Griff in den Leib rammte und sie geschmeidig herauszog, bevor er tot zu Boden stürzte.

Wild stürmte Tamár vor, in die Dunkelheit. Undeutliche Gestalten drangen auf sie ein, er rammte der ersten den Schild vor die Brust, schlug der nächsten den Hammer auf den Schädel, fegte das schwach erhobene Schwert einer dritten einfach zur Seite. Flores war sofort heran, duckte sich unter Angriffen hinweg, wirbelte herum, hieb links und rechts, schneller, als das Auge zu folgen vermochte. Sie fochten, als wären sie wieder jung, als kämpften sie wieder Seite an Seite in der Schlacht gegen Szilas, befreit von allen Ängsten und Sorgen, ja sogar vom Alter selbst.

Ihre Feinde bedrängten sie, fanden jedoch keine Lücke und wurden wieder und wieder Opfer der tödlichen Angriffe. Tamár spürte den Schmerz in seinem Bein nicht mehr, das Stechen in der Seite, die zahlreichen kleinen Wunden, die er erlitten hatte. Er reagierte, ohne zu denken, ohne Gefühl. Ein Schlag traf ihn in den Rücken, wirbelte ihn herum, ein Speer bohrte sich in seine Hüfte, als er auf die Knie sank. Mit dem Schild wehrte er einen Stoß ab, kämpfte sich zurück auf die Füße, tötete einen Feind mit einem Rückhandschlag des Hammers. Flores hatte eine Wunde auf der Stirn, Blut lief über ihr Antlitz, gab ihr das Aussehen eines Dunkelgeistes. Sie war ein Dunkelgeist für Tamárs Empfinden, er sah sie mit Erstaunen an, sah ihre perfekten Bewegungen, ihren Tanz mit den Klingen. Sah den Speer, der in ihre Seite drang, die letzte Parade, dann grub sich ein Schwert in ihren Hals, und sie fiel.

Ein letztes Mal sprang er auf, zwang seinen geschundenen Leib vorwärts, fiel über ihre Mörder mit dem Mut des Todes her. Jeder Gedanke war aus ihm gewichen, außer dem Wunsch zu töten. Er brach Knochen, zerschmetterte

Leiber, spürte nicht das Metall in seinem Leib, die tödlichen Wunden, aus denen sein Leben auf den Boden seiner Heimat rann.

Dann endete es. Als wären sie sich des Todes endlich bewusst geworden, versagten seine Muskeln ihm den Dienst. Unvermittelt lag er auf dem Rücken, der Regen prasselte auf seinen Leib herab, rann in seine Augen und vermengte sich mit seinen Tränen.

»Auf … den Dunklen … Pfaden, mein Herz.«

Um ihn herum Gestalten, dunkel, ihn überragend. Eine hell, vom Licht der Hütte beschienen, das weiße Gewand unpassend an diesem Ort des Blutes.

Jemand trat über ihn, verdeckte das Licht der Welt für Tamár Békésar und stieß ihm den Speer in die Brust. Sein letzter Gedanke galt Flores.

9

Obwohl die Gesänge der Lobpreisung in wundervollen Harmonien durch den Raum schwebten, konnte Cornel sich nicht von seinen düsteren Gedanken befreien. Eigentlich waren die Choräle stets Balsam für seinen Geist, und sie gaben ihm jeden Morgen die Kraft, die Aufgaben zu meistern, die seine Position ihm auferlegte. Doch heute war er fahrig, unaufmerksam, und mehr als einmal verfehlte er den rechten Ton. Dabei war er ansonsten auf seine volle Stimme stolz, die selbst die größten Tempel füllen konnte und machtvoll das Lob des Göttlichen Lichts erschallen ließ.

Vielleicht war es auch der diesige Morgen, der an allem schuld war. Am Himmel war die Sonne kaum zu erkennen; sie verbarg sich hinter faserigen Wolkenbändern, die ihr jede Leuchtkraft nahmen. *Ist das geschwächte Licht ein Zeichen dafür, dass ich selbst schwach bin?,* fragte sich Cornel, verwarf diesen Gedanken aber sofort wieder. Es stand ihm nicht zu, sich selbst so viel Gewicht beizumessen. Es war eine Anmaßung, zu denken, dass er als einfacher Mensch einen solchen Einfluss auf das Göttliche Licht hatte, war es doch gerade andersherum.

Das Licht erfüllte alle und alles, schenkte Leben und Atem und regelte den Lauf der Welt. Es beschien alle Menschen, im Norden und Süden, Westen und Osten, überall auf der Welt. Ein einzelner Mann, selbst ein Priester des Albus Sunaş, war nichts gegen die Weite des Lichts. Überall in Wlachkis und Ardoly wurden gerade die Stimmen zum Lob des Göttlichen Lichts erhoben, und Cornel selbst war nicht mehr als ein einzelner, schwacher Diener, dem der Auftrag, das Licht in die Welt zu tragen, schwer auf den Schultern lastete. Auf schmerzenden Schultern, wie Cornel feststellte. Der gestrige Abend war anstrengend gewesen, und seine Muskeln waren noch immer verkrampft.

Wie jedes Jahr war er ein Außenseiter bei dem Bankett gewesen, wenig mehr als geduldet. Der Voivode bemühte sich, seine Abneigung ihm gegenüber nicht zu zeigen, aber Cornel konnte sie hinter der höflichen Fassade deutlich spüren. Şten cal Dabrân achtete die Wünsche seiner Frau auch weit über ihren Tod hinaus, doch in seinem Herzen misstraute er dem Albus Sunaş weiterhin. Es schmerzte Cornel, zu sehen, wie wenig er in den vergangenen Jahren bei dem Voivoden erreicht hatte.

Vorsichtig streckte er sich, während der Gesang seinem Höhepunkt zusteuerte, ihn mit einem hohen Ton erreichte und schließlich endete. Mit ernster Miene schritt der Sonnenpriester aus dem Kreis der Gläubigen in die Mitte der Kapelle, wo das schwache Licht der Sonne die weißen Fliesen erhellte. Das Dach war eine raffinierte Konstruktion, durch deren Sonnenloch auch am frühen Morgen schon Licht einfiel.

»Ein neuer Tag beginnt. Die Welt wird in das Göttliche Licht getaucht. Auch wir sind in dem Licht, und wir genießen seine sanfte Liebkosung. Das Licht schenkt uns Leben. Tragen wir das Göttliche Licht auch in unseren Herzen!«

Mit ausgebreiteten Armen trat er einen Schritt zurück und blickte durch das Sonnenloch zum Himmel, während die Gläubigen, so wenige es auch sein mochten, einer nach dem anderen durch den Lichtkegel schritten und dann die Kapelle verließen. Erst als der Letzte gegangen war, senkte Cornel Arme und Blick.

»Viele Burlai«, stellte Gharjaş fest. Der junge Priester mit dem geschorenen Haar lächelte, wie er es fast immer tat. Sein breites Gesicht schien wie für diesen freundlichen

Ausdruck geschaffen. Noch hatte Cornel nicht herausgefunden, ob sein Naturell tatsächlich derart unverwüstlich oder das Lächeln nur ein Schutz vor den ständigen Anfeindungen durch ihr eigenes Volk war.

»Die Treidler ziehen die Kähne von Ardoly bis hierher. Sie hören hier und dort vom Göttlichen Licht. Es sind einfache, gute Menschen«, erwiderte Cornel und ließ den Kopf kreisen. Einige der Bewegungen sandten Schmerzen den Nacken hinab bis zu seinen Schulterblättern. Seufzend hielt der Sonnenpriester inne und sah sich im Raum um.

Gharjaş bemerkte den Blick und verstand ihn sofort. Gemeinsam holten sie einen einfachen Holzkübel und Wischtücher und begannen, die hellen Bodenfliesen zu reinigen. Jeden Tag rutschten sie nach der morgendlichen Andacht auf Knien durch den Raum und beseitigten die Spuren der Gläubigen, damit das Göttliche Licht die Kapelle stets so makellos vorfand, wie es Menschen nur erreichen konnten. In vielen Tempeln wurde diese Arbeit von Gläubigen ausgeführt; die meisten Sonnenpriester empfanden sie als zu niedrig für ihren Stand. Doch Cornel hatte sie in jedem Tempel, in dem er je gewesen war, mit Freude selbst getan. Mangelnde Demut hatte den Albus Sunaş in Wlachkis zu Fall gebracht. Davon war der Sonnenpriester überzeugt. Anstatt das Göttliche Licht im Herzen zu tragen, hatten viele Mitglieder des Ordens nach höheren Positionen gestrebt, hatten ihre Aufgaben und Pflichten vernachlässigt, nicht zur größeren Glorie des Göttlichen Lichts, sondern aus selbstsüchtiger Anmaßung.

Als könne er die Gedanken Cornels lesen, stellte Gharjaş fest: »Es ist ein wahres Wunder, dass es uns erlaubt ist, an diesem Ort das Göttliche Licht zu verbreiten.«

Neben seinem Lächeln kennzeichnete auch eine gewisse Gesprächigkeit den jungen Priester. Einerseits riss dies Cornel zu oft aus seinem bevorzugten Schweigen, andererseits füllte Gharjaş selbst oft genug die Lücken der

Konversation, so dass der ältere Mann nicht gezwungen war, zu antworten. Jetzt jedoch schwieg Gharjaş, bis Cornel leise fragte: »Ich nehme an, du meinst nicht das Land, sondern diesen speziellen Tempel?«

»Ja.«

»Ich muss gestehen, dass ich es damals nicht vermutet hätte. Es gab so viel Hass, Gharjaş. So viel. Man kann es sich gar nicht vorstellen. Wenn du denkst, dass deine Bürde heute hart ist, liegt dies nur daran, dass du die Tage und Nächte des Krieges nicht erlebt hast. Heute mag man dich Vorbs schimpfen, damals hätte man dich aus deinem Haus gejagt, wenn du vom Licht begünstigt gewesen wärest, und du wärest froh gewesen, mit dem Leben davongekommen zu sein. Viele waren nicht so glücklich. Denen hat man das Dach direkt über dem Kopf angezündet.«

Es war eine alte, schmerzhafte Geschichte, und Cornel spürte, wie er auf die gewohnten Pfade einer Predigt einbog. Es waren die einzigen Gelegenheiten, zu denen seine Zunge sich löste, und er konnte sich dabei in einen inbrünstigen Furor steigern. Jetzt zügelte er sich jedoch, da Gharjaş kaum das richtige Publikum dafür war. Zu jung war sein Mitbruder, und er hatte schon oft genug von den Schrecken gehört, die die Wlachaken in den ersten Nächten nach Marczeg Zorpads Tod über den Orden gebracht hatten. Schweigend schrubbten sie weiter.

Hier und da konnte man noch die Spuren der Vergangenheit erkennen, wie Narben auf einem Leib. Die Kapelle war ausgebessert worden, neu getüncht, aber man sah sie noch immer. Die gesplitterten Fliesen, die Unebenheiten in den Wänden. All die Stellen, an denen sich die Wut der Wlachaken entladen hatte. Die Sonnenpriester hatten die Kapelle in der Feste Remis verlassen, als die Nachricht von Zorpads Niederlage sie erreichte. Sie waren in den Osten geflohen, wo sich die Armeen der beiden übrigen Marczegs für den Sturm rüsteten, der nicht kam. Zorpad war mit dem Einbruch des Winters besiegt worden, und der Schnee hatte dem Land einen kurzen Frieden geschenkt, der von Ionna intensiv für Verhandlungen genutzt worden war.

Noch immer konnte Cornel sich gut an die verängstigten und empörten Priester erinnern, die aus dem Westen nach Bračaz, dem Stammsitz von Laszlár Szilas, gekommen waren. Er selbst war nur ein einfacher Laie gewesen, kaum zu mehr nutze, als den Tempelboden zu putzen. Ein Wlachake, der dem Orden beigetreten war, von allen Seiten angefeindet.

Er konnte sich an die Kriegsberichte erinnern, an die großen Reden, die geschwungen worden waren, von Vergeltung, von Krieg und von der Vernichtung der Wlachaken. Schon damals hatte er geahnt, dass ein nicht geringer Teil des Niedergangs des Albus Sunaş in Wlachkis vom Orden selbst gesät worden war.

»Es ist sehr traurig, dass die Voivodin gestorben ist«, murmelte der junge Sonnenpriester. Einige Augenblicke lang fragte sich Cornel, was am Tode Ionnas traurig gewesen sein könnte, dann erkannte er, dass Gharjaş von Viçinia sprach.

»In der Tat«, gab er spröde zurück. Manchmal war er sich allerdings gar nicht so sicher, ob das stimmte. Ohne Viçinias Willen hätte der Orden wohl nicht so bald nach Wlachkis zurückkehren können, aber das hätte auch bedeutet, dass Cornel nun nicht auf diesem Posten, sondern in Ardoly wäre, wo der Albus Sunaş willkommen und geehrt war. Er seufzte leise. Aber es galt, das Göttliche Licht auch dorthin zu tragen, wo es nicht erwünscht war. *Besonders dorthin. Gerade in der Dunkelheit wird das Licht benötigt. Wenn nur Wlachaken nicht solche Dickschädel wären!*

Mühsam erhob er sich. Seine Gelenke schmerzten, vor allem die Knie, auf denen er auf dem harten Boden herumgerutscht war. Auf eine schwer verständliche Art war dies ein guter Schmerz, ein verdienter Schmerz, der Cornel mit Stolz erfüllte. Während sich Gharjaş um die Kapelle kümmerte, trat er selbst hinaus in den diesigen Morgen. Die Begrüßung der Sonne war das morgendliche Ritual, und jeder Gläubige versuchte, dies im Tempel zu tun. Viele zogen die Kapelle in der Feste dem wieder aufgebauten Tempel in der Stadt vor. Cornel vermutete, dass sie hofften, so weniger als Gläubige aufzufallen.

Der Tempel in der Stadt bot ohnehin einen tristen Anblick. Zwar hatte man nach dem Brand ein neues Gebäude an der Stelle des alten errichtet, doch es war schmucklos und klein, kaum würdig, der größte Tempel des Albus Sunaş in ganz Wlachkis zu sein. *Aber was rede ich mir ein? Selbst dieser kleine Raum reicht, um alle Gläubigen der Stadt aufzunehmen. Und wahrscheinlich ihre Pferde noch mit dazu!*

Dieser Gedanke entlockte ihm zumindest ein sarkastisches Grinsen, das er aber sofort wieder verbarg. Es stand dem Priester der Burgkapelle nicht zu, sich solcherlei Überlegungen am Gesicht ablesen zu lassen. Stattdessen setzte er eine ruhige Miene auf, hob das Kinn und ging gemessenen Schrittes über den Hof.

Viele Wlachaken hatten geflucht, als die Kapelle, aus der Ionna einen Stall gemacht hatte, wieder in die Hände des Albus Sunaş gegeben worden war. Jeder im Orden wusste, wem dies zu verdanken gewesen war: Sanyás, einem einfachen Priester, der das Ohr der Voivodin Viçinia durch weise Worte und sein ehrbares Verhalten gewonnen hatte. Durch ihn war es dem Orden erlaubt worden, wieder Tempel in Wlachkis zu unterhalten, bis die Voivodin schließlich sogar die alte, geschändete Kapelle in der Feste Remis wieder dem Göttlichen Licht weihen ließ. Als Nemes Viçinia während der großen Fieberepidemie erkrankte und starb, war er sich sicher gewesen, dass ihr Tod auch das Ende seines Ordens in Teremi bedeutete. Doch Şten cal Dabrân war nach dem Tod seiner Frau in eine seltsame Teilnahmslosigkeit verfallen, die ihm selbst den Antrieb geraubt haben mochte, die ungeliebten Sonnenpriester aus dem Land zu vertreiben. Nur seine Söhne, die beim Tod ihrer Mutter noch Kinder gewesen waren, hatten dafür gesorgt, dass der Voivode schließlich wieder zu sich selbst fand.

Seither hatte Şten das Andenken an seine Frau bewahrt und ihren Willen geachtet. In diesem Jahr lag Viçinias Tod eine Dekade zurück, und der Albus Sunaş hatte allen Grund, ihr Andenken ebenfalls zu ehren.

»Vorbs«, ertönte von irgendwo auf der Mauer der Ruf. Seit seiner Ankunft in Teremi vor sieben Jahren hatte es keinen Tag gegeben, an dem er die als Beleidigung gemeinte Bezeichnung nicht gehört hätte. Zwar hatte der Voivode im Gedenken an seine Frau die Benutzung des Wortes untersagt, aber dieses Delikt wurde nur halbherzig verfolgt, wenn überhaupt. Nach einigen Enttäuschungen hatte Cornel sich entschieden, es zu ignorieren und seine Feinde durch seine Unangreifbarkeit zum Verstummen zu bringen. Bislang ging die Strategie allerdings noch nicht auf, wie er wieder einmal feststellen musste.

Ohne dem Rufer sichtliche Beachtung zu schenken, lief Cornel weiter, im Geist ein Lob des Göttlichen Lichts intonierend. Es gab keine Beleidigung, keine Schmach und keine Schande, die er nicht für seinen Glauben ertragen konnte. Er war angespuckt worden, geschlagen, verfemt; er hatte um sein Leben gefürchtet. Aber noch immer konnte er erhobenen Hauptes seinen Weg gehen.

Das Tor der Feste stand weit offen. Die Zeiten, in denen die Wlachaken jederzeit Krieg fürchten mussten, waren lange vorbei. Und da das Fest noch längst nicht beendet war, herrschte ein reges Treiben, ein Kommen und Gehen. Zu Mittag würde es ein weiteres Bankett geben. Diesmal jedoch nur für Şten und seinen Rat. Dass der Voivode jedes Jahr das Fest gemeinsam mit dem Rat feierte, zeigte, wie wichtig er seine Berater nahm.

Gerade als Cornel durch das Tor schreiten wollte, trat ihm eine Wache in den Weg. Eine Soldatin, die ihr langes, dunkles Haar zu einem Knoten hochgebunden hatte und ihren Helm unter dem Arm trug.

»Was ist dein Begehr?«, erkundigte sie sich schroff.

Unwillig, auf die anmaßende Anrede einzugehen, blieb der Priester stehen und betrachtete sie herablassend. »Ich wüsste nicht, dass ich mich dir erklären müsste.«

»Vorschriften ... Priester. Wir haben den Auftrag, das Tor zu bewachen.«

Cornel warf einen fragenden Blick auf die Menschen, die um sie herum durch das Tor strömten. Aber die Soldatin sah ihn nur herausfordernd an. Sie lehnte auf ihrem Speer und hob die Augenbrauen.

Seufzend schüttelte Cornel den Kopf. »Ich habe Geschäfte in der Stadt zu erledigen.«

»Aha. Was für Geschäfte?«

Die offensichtliche Ungerechtigkeit und ihre Impertinenz kratzte über Cornels Geist. Einst wäre er vielleicht wütend und laut geworden, hätte ihr mit Worten zugesetzt und ihr so das gegeben, worauf sie wahrscheinlich hoffte. Jetzt jedoch blieb er ruhig. Seine Stimme war gelassen, als er sagte: »Wohl jeder hier in Teremi kennt mich und weiß, was ich bin. Ich gehe jetzt durch dieses Tor. Wenn du mich aufhalten willst, musst du es mit Gewalt tun.«

Sie blinzelte, und auf einmal zeigte sich Nervosität in ihren Zügen. Die andere Wache, ein junger, schlaksiger Bursche, der Cornel bislang immer höflich gegenübergetreten war, beugte sich zu ihr herüber: »Komm schon. Lass ihn. Sonst wird es Ärger geben.«

Widerwillig bewegte sie sich einen halben Schritt zur Seite, gerade genug, um Cornel den Weg freizumachen.

Ohne ein weiteres Wort nutzte er die Lücke und ging betont langsam weiter. Hinter sich konnte er geflüsterte Worte hören, ein wütendes Zischen, aber er scherte sich nicht darum. Jeder Tag unter seinem eigenen Volk hielt ganz neue Demütigungen bereit.

10

Rufe im Hof holten Natiole aus dem Schlaf, aber nicht weit genug, um ihn wirklich aufwachen zu lassen. Stattdessen schwebte er noch einen Augenblick im Grenzland, von den Rufen verwirrt, die in seinen Träumen ihm galten. Vor seinem geistigen Auge strömten Soldaten über die Mauern der Feste, hunderte, tausende. Sie überwanden die Wehrmauern so leicht, als seien sie nicht mehr als Nebel. Das ganze Land war von Soldaten überschwemmt, und ihr einziges Ziel war es, Wlachkis zu vernichten.

Erst das laute Klopfen an seiner Tür ließ ihn aufschrecken. Sein verschlafenes »Was?« war kaum mehr als ein Murmeln, dennoch riss jemand die Tür auf und trat in seine Gemächer.

»Nati! Wach auf. Vater will dich sehen. Sofort. Zieh dich an.«

Unfähig, die dringlichen Worte seines Bruders so schnell zu verarbeiten, klammerte sich Natiole an das, was er sah.

»Ionnis? Was … Wie spät ist es?«

»Es ist noch mitten in der Nacht. Komm schon, steh auf. Ich erzähle dir alles, während du dich anziehst.«

Immer noch schlaftrunken, wälzte Natiole sich aus den Decken und setzte sich auf die Kante seines Bettes. Er blinzelte in das Licht, das ihm unerträglich hell vorkam, obwohl es nur eine einzige brennende Kerze in einem Leuchter war, den Ionnis in der Hand hielt. Sein Bruder war bereits vollständig angekleidet und sah ihn ungeduldig an.

»Wie kommt es, dass du schon so wach bist?«, erkundigte sich Natiole, um Zeit zu gewinnen. Seine Beine waren schwer und fühlten sich ungelenk an, und er brauchte noch einige Momente, bis er aufstehen konnte.

»Ich habe noch nicht geschlafen«, erwiderte Ionnis aufgeräumt.

»Um die Zeit? Meine Güte, warst du etwa schon wieder bei einer Frau?«

Ionnis schwieg. Überrascht blickte Natiole auf. Sein Bruder war sonst nicht auf den Mund gefallen, doch jetzt hatten sich seine Lippen in einen dünnen, abweisenden Strich verwandelt. *Er war bei einer. Aber nicht bei einem Mädchen aus der Stadt. Doch nicht bei der Dyrierin?* Der Gedanke missfiel dem jungen Wlachaken, obwohl er nicht sagen konnte warum. *Selbst die Frauen aus Wlachkis sind ihm wohl nicht mehr gut genug,* schoss es ihm durch den Kopf. Aber der Gedanke erschien ihm selbst hohl.

»Komm schon«, trieb ihn sein Bruder an.

»Ja. Erzähl mir doch, was überhaupt los ist. Haben die Masriden den Frieden gebrochen? Sind die Lindwürmer über uns hergefallen?«

Mit diesen Worten erhob sich Natiole und streckte sich.

»Nichts dergleichen. Es wurden Trolle gesichtet.«

»Trolle?«, fragte Natiole erstaunt und streifte eine bequeme Hose aus weichem Leder über, die er mit einem breiten Gürtel umschlang. Während er in das Hemd schlüpfte, erklärte Ionnis: »Sie haben einen Boten zu Vater gesandt. Der arme Bauer, den sie geschickt haben, hat beinahe einen Schlag bekommen, als sie vor seiner Tür standen. Immerhin haben sie ihn nicht gefressen.«

»Weißt du, was sie wollen?«

»Nein, aber ich habe auch nicht alles gehört, was gesagt wurde. Vater hat mich sofort geschickt, um dich zu holen.«

Das zu hören freute Natiole, der sich bückte und flache

Schuhe auswählte, die er schnell anziehen und zubinden konnte. Aus dem Krug auf dem Waschtisch goss er Wasser in die Schüssel und wusch sich mit einem Schwung des eiskalten Nasses den Schlaf aus Kopf und Gliedern. Dann zog er einen Überwurf mit dem Raben seines Hauses über das Hemd, strich sich die Haare mit feuchten Fingern glatt und sah Ionnis an. »Gut so?«

»Wie man es nimmt. Für deine Verhältnisse ja«, erwiderte sein jüngerer Bruder grinsend und sprang zur Seite, als Natiole ihm mit den Fingern Wasser entgegenspritzte. Beide lachten, dann wandte Ionnis sich ab und lief voraus. Auf dem Weg durch die dunklen Gänge der Burg fragte sich Natiole wieder einmal, warum es nicht immer so sein konnte. Doch er fand keine Antwort, bis sie den Vorsaal betraten, in dem ihr Vater mit einigen Soldaten und Würdenträgern stand. Einige der Feuerschalen waren wieder entzündet worden, und Natiole sah bleiche, unausgeschlafene Gesichter. Einzig sein Vater wirkte beinahe so frisch wie Ionnis. Vielleicht hatte auch er noch nicht geschlafen, als die Nachricht eintraf. Vintila stand neben Şten, während sich Cornel etwas abseits hielt. Im Saal herrschte eine seltsame Atmosphäre, zwischen Aufregung und Müdigkeit, die widerspiegelte, wie Natiole sich fühlte. Während Vintila ihm freundlich zunickte, beachtete Cornel ihn gar nicht.

»Ah«, rief Şten erfreut, als er seine Söhne entdeckte. »Dann sind wir vollzählig.«

»Wofür eigentlich?«, fragte Natiole ein wenig lahm.

»Wir haben Gäste. Trolle. Mein alter Freund Kerr ist in unser Land gekommen, und ich will ihn begrüßen. Wir werden gleich aufbrechen, und du sollst uns begleiten.«

»Gibt es einen Grund für das Erscheinen dieser – *Riesen?«* Nur mit Mühe gelang es ihm, ein Wort zu verschlucken, das seinem Vater mit großer Sicherheit mehr missfallen hätte.

»Bislang weiß ich nur, dass Kerr mit mir reden will. Wenn wir vor Sonnenaufgang bei ihnen sein wollen, müssen wir bald aufbrechen. In der Dunkelheit werden wir nur langsam vorankommen.«

Stumm nickte Natiole. Die Aussicht auf einen nächtlichen Ritt und ein Treffen mit Trollen reizte ihn nicht besonders, aber er würde keinesfalls zurückbleiben, wenn Ionnis mit seinem Vater ritt.

Ştens gab einen kurzen Befehl, und alle strömten in den Burghof hinaus. Sein Vater gesellte sich zu Natiole und zwinkerte ihm zu. »Ich habe unsere Pferde schon satteln lassen. Es ist gut, wenn du mitkommst. Kerr hat wohl noch andere Trolle dabei, und dann können sie dich endlich einmal beschnuppern. Immerhin wirst du eines Tages meinen Platz einnehmen, und die anderen Trolle sollten dich kennenlernen – schließlich wird auch Kerr nicht ewig leben.«

»Ich hoffe, dass *beschnuppern* nur eine Redewendung war«, erwiderte Natiole leicht verunsichert, was seinen Vater zum Lachen brachte, aber nicht zu einer Antwort verleitete.

Tatsächlich warteten im Hof bereits einige schläfrige Bedienstete, die sechs Pferde für einen Ritt vorbereitet hatten. Elegant schwang sich Natiole in den Sattel. Die anderen taten es ihm gleich, und Ştens ritt langsam in Richtung Tor. Als Natiole seinem Vater folgen wollte, sah er Vintila, der mühsam wieder die Stufen zum Eingang emporstieg. Ein schneller Blick zeigte, dass statt seiner Cornel an Ştens Seite ritt.

»Geistseher, kommt Ihr nicht mit uns?«, rief Natiole und zügelte sein Pferd.

»Nein, nein. Der Weg ist zu beschwerlich. Ich werde hier auf Euch warten.«

Vorsichtig lenkte der junge Wlachake sein Pferd mit einem sanften Schenkeldruck näher an die Treppe heran und neigte sich zu Vintila hinüber.

»Aber Cornel reitet mit. Denkt Ihr, dass es richtig ist, dass ein Vorbs den Voivoden begleitet, während Ihr hierbleibt?«

»Ich bräuchte eine Kutsche, und es dauert zu lange, bis wir damit aufbrechen könnten. Der Pfad zum Hof ist wohl auch unwegsam. Und Euer Vater hat zweifelsohne recht, wenn er zum Aufbruch drängt.«

Fassungslos blickte Natiole den Geistseher an. Pferde vor eine Kutsche spannen zu lassen würde nicht viel Zeit beanspruchen, und sie konnten in der Dunkelheit ohnehin nicht schnell reiten. Die Ausrede seines Vaters, um den alten Mann zurückzulassen, erschien ihm fadenscheinig.

»Ich denke nicht, dass es richtig ist«, beantwortete er seine Frage selbst und wandte sich ab. Schnell trieb er sein Ross an und hob nur kurz die Hand, als der Geistseher hinter ihm »Sichere Wege« rief.

Bis kurz hinter das Tor ritt er schnell, dann erreichte er die Gruppe der Reiter und fiel in einen langsamen Trott. Zwei Soldaten ritten mit Laternen an langen Stangen voraus, das Licht allerdings reichte nicht weit. In der Stadt waren die Straßen gut, aber schon bald verschlechterte sich ihr Zustand. In seiner langen Zeit als Voivode hatte Natioles Vater immer mehr Straßen des Landes ausgebaut und pflastern lassen, doch es waren vor allem die wichtigen Handelsstraßen, die in den Süden führten, bis hinunter ins Mardew. Der Großteil des Handels zwischen Ost und West wurde immer noch über den mächtigen Magy abgewickelt. Auch von vielen Reisenden wurde der Fluss zwischen den einzelnen Landesteilen als Route genutzt.

Die Wege in das Hinterland und die höheren Täler der Sorkaten hatten nur geringe Aufmerksamkeit erfahren, und so fand sich die Gruppe wenig später bereits auf einem breiten Weg wieder, der wenig mehr als ein Karrenpfad war. Weder für die Menschen noch für die Tiere war dies ein leichter Weg, und entsprechend konzentrierten sich alle auf den Pfad. Das kam Natiole nur zupass. Immer noch kreisten die Worte Vintilas durch seinen Geist. Bislang hätte er niemals gedacht, dass Şten einem Sonnenmagier Vorrang vor einem Geistseher geben würde. *Und das bei einem Treffen mit Trollen, die ihren Zorn auf den Albus Sunaş* seit fast zwei Jahrzehnten nicht abgelegt haben! Die goldene Sonnenscheibe um Cornels Hals würde sie reizen, so viel war sicher. Schon allein deshalb wäre ein Geistseher sehr viel geeigneter gewesen, um mit den Trollen zu sprechen.

In der Dunkelheit verhallten die Geräusche des kleinen Trupps. Hier und dort war die Wolkendecke aufgerissen und gab einen Blick auf die Sterne frei, die kühl über ihnen funkelten. Der große Mond stand tief, sein Licht war selbst durch die Wolken als silberner Schein zu sehen. Das Land lag ruhig vor Natiole, eingebettet in die Sorkaten und von der Nacht beherrscht.

Hier, in der Nähe von Teremi, hatten von Menschenhand angelegte Felder die Wildnis verdrängt, doch der Wald war nicht fern. Nirgends im Land zwischen den Bergen war der Wald fern. Die wenigsten wagten sich in der Nacht in den dunklen Forst, denn die Geschichten von Vranolác und Zraikas, von den hinterlistigen Vînai und den menschenfressenden Trollen hielten die Leute davon ab, obgleich es hieß, dass Şten einen Pakt mit den Vînai geschlossen hatte, mit dem die Elfen ihr Versprechen gaben, Menschen im Wald nicht einfach mit ihren Pfeilen zu spicken. Auch wusste inzwischen jeder, dass die Trolle in Höhlen lebten, weit unter der Erde in den Gebeinen der Welt.

Doch selbst wenn viele der Geschichten eher Ammenmärchen waren, stellte der Forst unverändert eine dunkle Bedrohung für die Menschen dar, und das nicht zu unrecht. Es war gefährlich, in den Wald einzudringen, denn es gab die verfluchten Zraikas, die in verschiedene Gestalten schlüpfen konnten und jeden mit ihren Klauen zerfleischten, und tief in den Wäldern hausten die Vranolác, die sich vom warmen Blut anderer Lebewesen nährten, und die Stryai, die angeblich wandelnde Tote waren.

Um diesen Geschöpfen zu entgehen, brauchten die Wlachaken ihre Geistseher. Die Masriden mochten mit Sonnenpriestern alles verbrennen, was nicht in ihre Welt passte, doch die Wlachaken ehrten das Land und die Geister, selbst die gefährlichsten unter ihnen. Schon früh hatte man dem jungen Prinzen Respekt vor den Geistern beigebracht. Vor allen Geistern, selbst vor dem Dunkelgeist, der einst als der Weiße Bär der Beschützer des Landes gewesen war, bevor man ihn verletzte und in die Finsternis trieb.

Warum aber Şten Vintila nicht auf diesem Ritt dabeihaben wollte, beschäftigte Natiole, bis sie den Bauernhof am Rand des Waldes erreichten, der ihr Ziel war.

»Wartet hier«, befahl Şten. »Nati …ole, Ionnis, kommt bitte mit.«

Während die Soldaten und Cornel von den Pferden stiegen, ritten die drei langsam weiter. Nur wenige Dutzend Schritt hinter dem Hof begann der Wald. Er hob sich wie eine schwarze Mauer vor den Bergen ab. Die Dunkelheit zwischen den Bäumen war undurchdringlich, und Şten hielt etwa ein Dutzend Schritt von ihnen entfernt an.

»Kerr?«, rief er in die Dunkelheit.

Einige Augenblicke hielten sie inne und lauschten in den Wald. Es raschelte, weiter entfernt brach ein Ast, und der Wind ließ die Blätter rauschen. Dann löste sich eine Gestalt aus der Dunkelheit, ein gewaltiges, massiges Wesen, das Natiole überragte, obwohl er noch auf dem Rücken seines Pferdes saß.

»Şten«, grollte es und entblößte dabei fingerlange Hauer.

Schon als Natiole noch klein war, hatte sein Vater ihn zu einem Treffen mit dem Troll namens Kerr mitgenommen. Er hatte niemals vergessen, wie das Wesen über ihm gestanden hatte, scheinbar unfassbar riesig, mit seiner dunklen, knotigen Haut, den langen Hörnern und den Pranken mit den furchteinflößenden Klauen. Weder damals noch heute war es ihm schwergefallen, dem Troll Respekt entgegenzubringen. Allein seine Präsenz forderte dies ein. Aber das Vertrauen, das sein Vater in die gewaltigen Kreaturen hatte, war ihm unbegreiflich.

»Schön, dich zu treffen«, befand Şten und stieg vom Pferd. Natiole tat es seinem Vater gleich, und auch Ionnis gesellte sich zu ihnen. Die Pferde waren in Anwesenheit der Trolle unruhig, sie standen mit geblähten Nüstern da, und ihre Ohren kreisten nervös.

»Und dich, Mensch. Ich bin aus einem bestimmten Grund hier.«

»Das dachte ich mir bereits. Wenn es nicht wichtig wäre, hättest du sicherlich noch bis zu unserem nächsten Treffen gewartet. Ich hoffe, es ist nichts Schlimmes passiert?«

Die Worte hingen in der Luft, bis Kerr sagte: »Nein. Aber ich bin nicht allein. Ich habe zwei bei mir.«

Zwei weitere Schemen lösten sich bei diesen Worten aus dem Dunkel des Waldes. Einer war noch größer als Kerr, ein gewaltiger, kämpferisch wirkender Troll. Das andere Wesen jedoch überragte selbst seinen Begleiter um zwei oder drei Köpfe und schien einzig aus geformter Dunkelheit zu bestehen. Sein Anblick ließ Natiole einen Schritt zurückweichen und nach seinem Schwert greifen. Neben ihm stieg Ionnis' Pferd hoch, und sein Bruder riss an seinen Zügeln, um es zu bändigen. Selbst Şten hatte einen Fuß nach hinten gesetzt und die Hand an die Waffe gelegt.

»Was … bei den Geistern?«, keuchte Natioles Vater, aber Kerr trat beruhigend zwischen die Menschen und die beiden Neuankömmlinge.

»Das sind Zran und Wrag. Wrag ist ein Kind von Anda.«

»Ein Tiefentroll«, entfuhr es Ionnis, der sein Reittier gerade wieder so weit beruhigt hatte, dass es nicht mehr davonstürmen wollte.

»So nennt ihr sie«, bestätigte Kerr.

Fasziniert betrachtete Natiole das gewaltige Wesen, neben dem die Trolle sich geradezu klein ausnahmen. Es hatte eine raue Haut, und seine Hörner und Hauer waren noch gewaltiger als bei den Trollen. Besonders fielen dem jungen Wlachaken aber seine Augen auf: sie waren schwarz, ohne Pupille, einfach gänzlich schwarz, wie Löcher im Schädel. Dennoch konnte er den Blick eines gerissenen Jägers aus den Augen des Tiefentrolls auf sich ruhen spüren, und er erschauderte. Tiefentrolle waren fremdartige Wesen, noch mehr als Trolle, und es hieß, dass sie gnadenlose Monster waren, denen das Töten Freude bereitete.

»Ich möchte mit dir über das Herz reden, Şten. Über den Dunkelgeist. Ich will erfahren, was mit ihm geschah. Was die Menschen ihm angetan haben«, erklärte Kerr, während sich seine Begleiter im Hintergrund hielten. Keiner der beiden hatte bislang ein Wort gesagt, aber Natiole konnte ihr Misstrauen fast körperlich spüren.

Der Tiefentroll hob immer wieder den Kopf, als schaue er zum Himmel, und jedes Mal verfinsterte sich seine Miene noch weiter, sofern dies überhaupt möglich war.

»Gut. Aber mein Wissen ist begrenzt. Vermutlich sollten wir mit Vintila sprechen. Er ist ein Geistseher, so wie Vangeliu einer war. Leider ist er in Teremi geblieben. Könnt ihr dorthin mitkommen? Ich könnte euch vermutlich über Tag mit einem Karren fahren lassen.«

Der Tiefentroll knurrte wütend und richtete sich zu seiner vollen Größe auf. Sofort fuhr Kerr herum. Es wurden keine Worte gewechselt, nichts Offensichtliches geschah, doch das Monstrum schien sich wieder zu beruhigen. Insgeheim freute sich Natiole, dass es ein Fehler gewesen war, Vintila nicht mitzunehmen.

»Wir werden tun, was du für richtig hältst«, erwiderte Kerr schließlich. »Aber du musst über uns wachen.«

»Natürlich, mein Freund, natürlich. Es wird keine Schwierigkeiten geben, das versichere ich dir. Erinnerst du dich noch an meine Söhne Natiole und Ionnis? Es ist schon länger her, dass du sie getroffen hast.«

»Ich habe deine Jungen dennoch erkannt«, sagte Kerr gewichtig und trat auf sie zu. Natiole unterdrückte den Impuls zu fliehen, als Kerr sich ihm näherte, und hielt dem forschenden Blick des Trolls stand. Vorsichtig lehnte Kerr sich nach vorn und sog die Luft in seine breiten Nüstern. »Ihre Witterung hat sich nicht verändert. Sie riechen wie du.«

Das war keine Redewendung, dachte Natiole, als der Troll seine Hauer bleckte, vermutlich, um ihn anzugrinsen.

11

Eine Ratssitzung zu so später Stunde war ungewöhnlich, aber sie war natürlich den unerhörten Gästen geschuldet, die unversehens aufgetaucht waren. In der gestrigen Nacht hatte eines der Wesen Cornel beinahe angegriffen, und der Sonnenpriester wusste, warum. *Weil sie Dunkelgeister sind, Geschöpfe der Nacht und alles verkörpern, was finster in der Welt ist. Welch eine Schande, dass Wlachaken sich mit solchen Abscheulichkeiten verbünden.* Aber seine Stimme zählte bei dieser Entscheidung nicht, auch wenn er mehr als einmal seine Meinung kundgetan hatte.

Der Rat versammelte sich in der großen Halle. Da Şten seine Reihen mehr und mehr erweitert hatte, war ein Umzug aus dem kleinen Ratszimmer unumgänglich geworden. In Ardoly spottete man bereits, dass in Wlachkis Bauern und Handwerker die Geschicke des Landes lenkten, und auch wenn Cornel wusste, dass diese Behauptung eine Übertreibung war, erfüllte ihn die Tatsache, dass der Voivode sich so sehr auf seine Ratgeber verließ, immer noch mit Unmut, denn es war ein Affront gegen die Ordnung des Göttlichen Lichts. Aber der Rat existierte schon lange; Viçinia und Şten hatten ihn kurz nach ihrer Thronbesteigung eingesetzt. Zunächst waren es nur eine Handvoll Männer und Frauen aus Teremi gewesen, Händler und Handwerker, die dem Voivodenpaar die Sorgen und Nöte ihrer Standesgenossen übermittelten. Im Laufe der Zeit war der Rat aber immer weiter angewachsen, und Şten erlaubte es dem Volk, die Vertreter selbst zu bestimmen, anstatt sie zu berufen.

Auch Cornel hatte einen Platz im Rat erhalten, als offizieller Vertreter des Albus Sunaş. Dementsprechend wie er in Teremi geachtet wurde, war auch seine Position im Rat; missachtet, übergangen und selten angehört. Während der Voivode zumindest die Grundregeln der Höflichkeit einhielt, auch wenn er dem Orden weiterhin nicht wohlgesonnen war, gab es im Rat genug Ressentiments gegen die Sonnenpriester, um jede Wortmeldung Cornels zu einem Kampf gegen Gemurmel und abschätzige Kommentare zu machen. Dennoch erschien er pünktlich zu jeder Sitzung und achtete darauf, den anderen Ratsmitgliedern den Respekt zuzugestehen, den sie verdienten. *In den meisten Fällen also nicht sehr viel,* wie der Sonnenpriester zu sich selbst hämisch bemerkte.

Die drei Trolle hatten sich in eine Ecke des Raumes zurückgezogen. Der Tiefentroll stand im Schatten, weitab jeder Lichtquelle, ein offensichtlicher Beweis für seine finstere Natur. Immer wieder blickte Cornel zu dem Wesen hinüber, das die Schatten seiner Umgebung geradezu anzuziehen schien und fast mit ihnen verschmolz. Gegen dieses Monstrum wirkten die beiden anderen Trolle fast harmlos, obwohl sie nicht weniger eine Beleidigung des Göttlichen Lichts darstellten. Aber sie standen im Schein der Kerzen und zuckten nicht vor jedem noch so schwachen Licht zurück.

Der Voivode hatte einen Platz in der Nähe der Trolle gewählt, und der restliche Rat setzte sich gerade an die lange Tafel, auf der Krüge mit Wein und Wasser sowie Becher für jeden Gast standen. Links und rechts von Şten saßen seine beiden Söhne, die in der Gesellschaft der Trolle weitaus weniger entspannt als ihr Vater wirkten. Ionnis' Miene zeigte eine Mischung aus Neugier und Entsetzen, während Natioles düsterer Blick weitaus schwerer zu deuten war.

»Ich möchte mich für die späte Stunde entschuldigen, aber unsere Gäste machen dieses nächtliche Treffen leider notwendig«, eröffnete der Voivode die Besprechung. Er hatte persönlich den Transport der Monstren auf zwei großen Karren beaufsichtigt. Das Göttliche Licht hatte ihnen ihre Kraft genommen, und eigentlich war dies allein ein Zeichen für ihre Verderbtheit, aber der Voivode schien die Augen vor dem zu verschließen, was doch offenkundig war.

»In der vergangenen Nacht war leider Vintila nicht bei uns, aber jetzt kann Kerr vielleicht sein Anliegen noch einmal vortragen.«

Auf den Wink des Voivoden hin trat der Troll vor. Um seine Hüften war nachlässig ein Stück Leder geschlungen, das mit zwei über der Brust gekreuzten Lederriemen befestigt war. Verschiedene Beutel hingen an den Riemen. Selbst diese einfachen Gegenstände waren grob und von minderer Qualität, wie Cornel feststellte, offensichtlich von schweren Trollpranken gefertigt.

Der Troll kratzte sich am Hals. In der Halle wirkte er noch grotesker als auf freier Flur. Seine knorrige, muskulöse Gestalt war in dem geschmückten Saal, der noch die Pracht des vergangenen Festes zeigte, fehl am Platz. *Seine Art gehört nicht unter den Himmel und das Göttliche Licht. Sie sind Kreaturen der Tiefe, der Dunkelheit. Sie sollten sich von uns fernhalten.* Immerhin war Cornel offensichtlich nicht der Einzige, der so dachte. In mehr als einem Gesicht konnte er Abscheu erkennen, hier und dort auch unterdrückte Angst. Die Nähe des Wesens beeinflusste alle, wenn auch nicht alle auf die gleiche Weise. *Und erst sein Geruch.* Dumpf und modrig, irgendwie erdig, aber mit einem scharfen Unterton. Ebenso, wie ihre Leiber den Saal dominierten, drang ihr Geruch überallhin vor, überlagerte alle anderen Gerüche und zwang die Aufmerksamkeit auf sie.

»Ich bin hier wegen dem Herzen des Landes«, erklärte der Troll. »Wegen dem Dunkelgeist. Vangeliu hat uns Trollen erzählt, dass er früher ein guter Geist war. Ein weißer …?«

»Bär«, warf Şten sein. Natürlich kannte Cornel die Mythen und Legenden der Wlachaken. Doch anders als sie wusste er, dass diese Geister nicht freundlich waren, egal wie sie hießen. Sie waren dunkle Wesen, die das Licht scheuten und die Menschen in die Irre führten. Jahrhundertelang hatte der Albus Sunaş versucht, den gefährlichen Irrglauben aus der Welt zu schaffen, hatte in den Tempeln gegen ihn gepredigt und versucht, dem Volk das Göttliche Licht näher zu bringen.

»Weißer Bär«, murmelte die Kreatur. »Vangeliu sagte, dass der ›Bär‹ verletzt wurde?«

»Ja, ich erinnere mich an die Geschichte. Das war vor vielen Jahrhunderten, als das Goldene Imperium das Land zwischen den Bergen für sich beansprucht hatte und Wlachkis nur eine Provinz des Reiches war. Ein Prinz aus dem Dyrischen Imperium hat den Weißen Bären gejagt und verletzt. Er trieb ihn unter die Erde in die Dunkelheit, wo der Geist des Weißen Bären zerbrach. So wurde er zum Dunkelgeist. Und der Prinz starb an den Wunden, die der Dunkelgeist ihm zufügte«, erzählte der Voivode langsam, als müsse er sich die Einzelheiten erst wieder ins Gedächtnis rufen. Alle schauten ihn an, während er sprach, und Cornel überkam ein seltsames Gefühl der Verlassenheit.

»Die Dyrier machten die Wlachaken für den Tod des Prinzen verantwortlich«, erhob unvermittelt Vintila das Wort. »Sie töteten viele von ihnen aus Rache. Jeder vierte Wlachaken sollte sterben. Doch das Massaker einte die Stämme unseres Volkes, und sie sammelten sich unter Kralja Anéas Banner. Bei den Drei Schwestern kam es zur Schlacht, und Anéa war siegreich. Die dyrischen Armeen wurden aus Wlachkis vertrieben, und unser Land war wieder frei. Wir verloren den Beschützer unseres Volkes, aber wir gewannen unsere Freiheit.« Der alte Geistseher räusperte sich geräuschvoll. »Zumindest für eine Weile«.

Jeder im Raum spürte das Gewicht der Worte. Nach den

Dyriern waren die Masriden gekommen, mit ihren schnellen und starken Pferden und ihren gerüsteten Kriegern und ihren Sonnenpriestern, und sie hatten Wlachkis erobert und unter sich aufgeteilt. Der eine oder andere sah zu Cornel herüber, denn vielen galt er noch immer als Vertreter der einstigen Unterdrücker. Dabei galt seine Liebe allein dem Göttlichen Licht und nicht den Masriden.

»Wie hat der Dyrier den Weißen Bären verletzt? Kann man die Wunde heilen?«

Die Fragen des Trolls klangen beinahe sehnsüchtig. Etwas bewegte dieses Wesen, sie zu stellen, doch Cornel konnte nicht einmal raten, was es war. Zu fremdartig war die Miene, die Haltung, die gesamte Kreatur.

»Ich weiß nicht«, antwortete der Voivode und wandte sich an den alten Geistseher. »Vintila?«

»Das ist eine seltsame Frage, Freund Troll.«

Die Anrede ließ Cornel innerlich sarkastisch grinsen. Als ob der alte Mann dem Ungeheuer gegenüber freundlichere Gefühle hegen würde als er selbst.

»Wir haben viele Jahrzehnte lang, ja sogar Jahrhunderte den Dunkelgeist besänftigt. Wir haben die alten Lieder zur richtigen Zeit gesungen, ihm seine Schmerzen genommen und ihn ruhiger schlafen lassen. Aber wir haben nie versucht, ihn zu heilen. Jedoch …«

Der alte Mann rieb sich das Kinn, als wäre ihm gerade eine Eingebung gekommen. *Was führst du im Schilde, du alter Fuchs?*, fragte sich Cornel im Geiste. *Was heckst du nun wieder aus?*

»Vielleicht ist es möglich«, fuhr Vintila fort, was den Troll dazu brachte, die Zähne zu einem furchtbaren Grinsen zu blecken. Seine Begleiter bewegten sich weiter vor, selbst der Tiefentroll trat näher an das ihm verhasste Licht heran. Cornel ließ das Monstrum nicht aus den Augen. Beim geringsten Anzeichen eines Angriffs würde er das Göttliche Licht zu sich rufen, von den weit entfernten Plätzen unter der Welt, wo es die Dunkelheit gerade bekämpfte. Sein Orden hatte schnell herausgefunden, dass ihr Licht die Trolle unbeweglich werden ließ, schlafend wie tot und nicht aufzuwecken. Zwar hatte ihnen dieses Wissen im Kampf um Wlachkis nur wenig geholfen, doch der Sonnenpriester fühlte sich sicher in dem Bewusstsein, dass er diese drei Monstren dank der Gnade des Göttlichen Lichts niederstrecken konnte.

»Erklär es mir, Mensch«, forderte Kerr nicht unfreundlich.

»Die Legende besagt, dass der Prinz den Weißen Bären mit einer Lanze verwundete. Das Blut des Geistes benetzte diese Waffe. Vielleicht ist es möglich, mit ihr die Wunde zu schließen, die sie gerissen hat.«

»Mit einer Lanze?« Der Troll kratzte sich am Kopf.

Vintila erhob sich mühsam und zuckte mit den Achseln. »Wir haben es niemals versucht. Vielleicht täusche ich mich auch. Was weiß ich schon? Ich bin nur ein alter Mann.«

Beinahe hätte Cornel belustigt aufgeschnaubt. Es verwunderte ihn, dass niemand die Scharade des Alten durchschauen konnte. Die Ratsmitglieder blickten ihn an, als wären sie eine Herde Schafe und er ihr treu sorgender Schäfer. Selbst die blutrünstigen Trolle hingen an den Lippen des alten Geistsehers.

»Warum wollen die Trolle das alles wissen?«, fragte Cornel in die Stille hinein. »Lange hat der Dunkelgeist geschlafen, und es war gut so. Warum suchen sie jetzt nach dieser Waffe?«

Ein Grollen ertönte aus den Schatten am Ende der Halle, und fast wünschte der Sonnenpriester sich, dass der Tiefentroll ihn angegriffen hätte. Doch das Wesen knurrte nur und fletschte seine mächtigen Hauer.

»Der Dunkelgeist hat nicht ganz so ruhig geschlafen, wenn ich mich recht erinnere«, gab Vintila zurück. »War es nicht vielmehr so, dass dein Orden im Kloster Starig Jazek seltsame Riten durchführte, die ihn geweckt haben?«

Die Ratsleute redeten plötzlich durcheinander, und viele finstere Blicke waren auf Cornel gerichtet, der sich jedoch nicht beirren ließ. Die Trolle rückten näher an den Tisch heran, bauten sich bedrohlich auf, aber der Sonnenpriester würdigte sie keines Blickes.

»Diese Priester haben auch meinen Orden verraten. Sie wurden zu Ausgestoßenen erklärt«, erwiderte er ruhig, doch mit lauter Stimme, die durch das Gemurmel schnitt wie eine Klinge durch Wasser.

»Weil es die Forderung meiner Mutter war, die Bedingung, um euch wieder im Westen Fuß fassen zu lassen.« Natiole hatte sich erhoben und funkelte Cornel an. Der junge Prinz wies mit einem anklagenden Finger auf ihn, als wäre er ein gemeiner Verbrecher. »Länger als ein Jahr habt ihr nichts gegen diese angeblichen Ausgestoßenen getan!«

»Weil mein Orden nichts von dem wusste, was sie vorhatten. Abgesehen von einigen Gerüchten gab es keine Berichte über ihr Tun, Nemes Natiole. Die Situation damals war komplex, wie Euer Vater Euch gewiss bestätigen kann. Es gab Verfolgungen, Priester wurden getötet. Die Berichte aus dem neu erstarkten Wlachkis waren voller Widersprüche.«

»Widersprüche!«, höhnte Natiole. »Euer Orden hat den Kriegstreibern doch das Wort geredet. Ihr wolltet doch gar nichts glauben, was euch einfache Wlachaken sagten!«

Es kostete Cornel einige Überwindung, ruhig zu bleiben. Würdevoll verschränkte er die Arme hinter dem Rücken und hob das Kinn.

»Das ist gut möglich. Wie ich schon darlegte, war die Situation damals nicht einfach. Für keinen von uns. Aber selbst Eure Tante, die Voivodin Ionna, hat meinem Orden niemals die Geschehnisse im Kloster Starig Jazek zum Vorwurf gemacht.«

»Weil sie Frieden wollte; sicher nicht, weil sie euch vertraute und euren Ausflüchten Glauben schenkte«, entgegnete Natiole kalt.

Prinz Ionnis, der sich ebenfalls erhoben hatte, legte seinem Bruder die Hand auf dem Arm, doch Nemes Natiole schüttelte erbost den Kopf und schüttelte die Hand heftig ab.

Erst dem Voivoden gelang es, mit einem zornigen Blick und einem gemurmelten Wort seine Söhne dazu zu bewegen, ihre Plätze wieder einzunehmen.

»Ich maße mir nicht an, die Gründe der Voivodin zu kennen. Auch wenn ich damals schon ein Mitglied des Albus Sunaş war, kannte ich sie nicht persönlich. Aber Eure Mutter hat meinem Orden die Rückkehr nach Wlachkis erlaubt …«

»Unter Auflagen«, unterbrach ihn Natiole, was Cornel mit einem Nicken zur Kenntnis nahm.

»Unter Auflagen, an die wir uns stets gehalten haben. Mein Orden hat die Verräter aus Starig Jazek verstoßen und Praktiken derlei Art unter Acht und Bann gestellt. Einige von uns haben gefehlt, und wir alle sind bereit, die Konsequenzen zu tragen, doch dies beantwortet nicht meine Frage nach der Motivation dieser … Trolle.«

Diesmal erwiderte der Prinz nichts, auch wenn Cornel noch den Zorn in seiner Haltung erkennen konnte. Prinz Ionnis hatte inzwischen ebenfalls eine finstere Miene aufgesetzt, schwieg aber. Und die Trolle hatten den Wortwechsel wohl verfolgt, aber Cornel konnte kein Verstehen in ihren Mienen erkennen.

»Tatsächlich ist die Frage berechtigt«, stellte der Voivode unterdessen fest und wandte sich wieder an den Troll. »Kerr, magst du uns erklären, warum dir diese Angelegenheit so wichtig ist?«

Die Kreatur zögerte. Seine beiden Gefährten traten vom Rand des Lichtscheins wieder zurück in den Schatten zwischen den Säulen, wo sie wie ein nächtlicher Albtraum zu lauern schienen.

»Es ist wichtig für uns Trolle. Für alle Trolle, für Andas Kinder auch. Ich denke … ich hoffe, dass wir den Dunkelgeist besänftigen können. Dass es unser Leben einfacher macht. Ich weiß seit Langem, dass sein Atem unser Herzschlag ist. Ich will ihn heilen.«

Während die anderen Ratsmitglieder die Worte des Trolls nickend aufnahmen, atmete Cornel laut aus und schüttelte den Kopf. Die Erklärung war so wenig sinnvoll, wie es von einer Kreatur der Dunkelheit zu erwarten gewesen war, aber die anderen würden ihr Gehör schenken. Anstatt auf das Göttliche Licht zu achten, folgten sie verschlungenen, falschen Pfaden in die Dunkelheit, maßen selbst den Worten eines Trolls mehr Gewicht bei als denen eines Priesters.

»Vintila, weißt du vom Verbleib des Speeres? Hast du jemals etwas über ihn gehört?«, erkundigte sich Ṣten nun, aber der alte Geistseher schüttelte nur das Haupt und ließ sich seufzend wieder auf seinem Stuhl nieder.

»Dann können wir euch wohl nur wenig helfen«, fuhr Ṣten betrübt fort. »Diese Ereignisse liegen weit in der Vergangenheit, und vieles wurde vergessen.«

In Cornel machte sich Erleichterung breit. Es schien, als würden die Wlachaken, wenn schon nicht durch den rechten Glauben, so immerhin durch die Tatsachen am Ende zur Vernunft gezwungen.

»Artaynis könnte etwas darüber wissen!«, rief Ionnis unvermittelt. »Etwas, was den Dyriern bekannt ist, uns aber verloren ging.«

Mit einem lauten Seufzen setzte sich auch Cornel wieder. *Trolle, dyrische Mädchen, blinde Wlachaken! Warum nur bin ausgerechnet ich damit geschlagen?*

12

Mitten in der Nacht zum Voivoden gerufen zu werden musste in Voicas Augen eine furchtbare Vorstellung sein, wie man an den unsicheren und fahrigen Bewegungen der Zofe erkennen konnte. Anscheinend stellte sie sich vor, welche Verfehlungen man begangen haben musste, um ein derartiges Ereignis zu provozieren. Artaynis hingegen war weniger verängstigt als amüsiert. Einerseits über das Verhalten Voicas, andererseits über die extrem servile Art des Boten, der ihr die Nachricht überbracht hatte und nun vor der Tür auf sie wartete. In Wlachkis mochte die Nacht mit ihrer Dunkelheit das Ende aller Aktivitäten bedeuten; im Goldenen Imperium sah sie nicht selten erst den Beginn des eigentlich interessanten Treibens. In Dyria selbst waren die Tage oft viel zu heiß, um sie mit mehr als faulem Ausruhen und Essen zu verbringen. Naturgemäß verlagerte sich die Geschäftigkeit derjenigen, die es sich leisten konnten, in den Abend und die Nacht. Licht war nur für die Ärmsten der Armen ein Problem. In Artaynis' Kreisen war die Nacht so hell erleuchtet, als wäre sie ein zweiter Tag.

Da ihr Voica zu langsam war, half sie beim Anlegen des Kypassis mit und steckte auch selbst ihre Haare hoch. Innerlich fluchte sie über sich selbst, weil sie vor ihrer Abreise beschlossen hatte, keine Bediensteten mitzunehmen. Damals hatte sie gedacht, ihrem Vater mit dieser Entscheidung ein schlechtes Gewissen zu bescheren und ihm deutlich zu zeigen, dass sie die Reise in das entlegene Wlachkis als Exil empfand. So langsam dämmerte ihr jedoch, dass sie damit lediglich sich selbst bestraft hatte. *Vermutlich hat*

Papa deshalb so spöttisch gelächelt und mir mit ach so salbungsvollen Worten versichert, dass alle Begleitumstände rein meine Entscheidung seien. Ha!

Unvermittelt schluchzte das junge Mädchen hinter ihr auf. Überrascht drehte sich Artaynis zu ihr um, aber Voica tat einen Schritt rückwärts und schlug die Hände vors Gesicht.

»Voica? Was ist denn?«, fragte die junge Dyrierin sanft.

»Ich … der Voivode … ich«, stammelte die Zofe, während ihr die Tränen über das Gesicht liefen. Beinahe flehentlich streckte sie Artaynis die Hände entgegen, als drohe sie zu ertrinken, und nur die Dyrierin könne sie retten.

Artaynis blickte verstohlen zur Tür. *Bei Agdeles Atem! Ich hoffe, dieser Bote verfügt über ausreichend Geduld.*

»Ganz ruhig. Erzähl mir, was los ist. Es ist doch alles gut.«

»Das Fest … er war so lieb. Und er sagte, er würde für mich auf die höchsten Berge steigen …«, brachte Voica zwischen Schluchzen und Schniefen hervor, aber Artaynis unterbrach sie, nun doch neugierig geworden: »Was? Der Voivode?«

»Nein!« Die junge Zofe sah entsetzt aus und schüttelte so heftig den Kopf, dass Artaynis befürchtete, sie würde sich den Hals verrenken. »Mihales. Er ist Soldat hier in der Festung.«

»Der Junge mit den Locken? Der immer im Hof herumlungert?«, erkundigte sich die junge Dyrierin.

»Er wartet immer auf mich«, erwiderte Voica stolz, nur um dann wieder in Tränen auszubrechen. Ihre Schultern zuckten, als sie nach Luft schnappte.

Vorsichtig trat Artaynis zu dem jungen Mädchen und nahm sie in den Arm, war dabei jedoch darauf bedacht, dass ihre Tränen keine Flecken auf dem Kypassis hinterließen. »Der hübsche Junge mit den dunklen Locken hat dir schöne Augen gemacht, und auf dem Fest …?«

»Es war so schön. Alle haben gelacht und getanzt. Und ich habe Wein getrunken und auch getanzt. Und er hat mich auf die Mauer mitgenommen und mir die ganze Stadt gezeigt, und dann …«

Lächelnd streichelte Artaynis ihr den Rücken. *Die Mädchenzeit liegt wohl hinter ihr.*

»War es schlimm? Oder war es schön?«

»Es war schön«, flüsterte die Wlachakin.

»Wartet er seitdem nicht mehr im Hof auf dich?«

»Doch. Das wohl.«

»Warum weinst du dann?«

»Der Voivode. Er hat Euch rufen lassen, weil er davon weiß. Er wird mich fortschicken.«

In ihrem Geist versuchte Artaynis das Bild des lächelnden Şten mit diesen Ängsten einer jungen Frau zu vereinen, scheiterte jedoch. *Ich kann mir nicht vorstellen, dass sich der Voivode übergroße Sorgen um die Liebeleien seiner Untergebenen macht.* Aber wer konnte das in diesem barbarischen Land schon so genau wissen? Vielleicht gab es Vorschriften, von denen sie nichts wusste? Vielleicht durften die Krieger des Voivoden mit niemandem das Lager teilen? Oder nur mit ausgewählten Frauen? Oder sie mussten erst das Einverständnis ihrer zahllosen Geister einholen?

Immer noch schluchzte Voica, doch sehr viel leiser und ruhiger als zuvor. Artaynis trat einen Schritt zurück, packte sie an den Schultern und fixierte sie. Die Augen des Mädchens waren vom Weinen gerötet, ihre Wangen nass, und sie bot insgesamt ein Bild des Elends.

»Der Voivode hat mich aus anderen Gründen rufen lassen«, erklärte Artaynis bestimmt. »Nicht deinetwegen. Du wirst dich jetzt wieder hinlegen und aufhören, dir Sorgen darüber zu machen. Du wirst nicht fortgeschickt, und deinem Mihales geschieht auch nichts. Wir kümmern uns morgen gleich darum, und heute Nacht musst du keine Angst mehr haben. Verstanden?«

Dankbar nickte Voica und versuchte sich an einem zaghaften Lächeln. Artaynis strich ihr mit der Hand eine Strähne aus dem Gesicht.

»Du bist so schön, du solltest keine Tränen vergießen. Ich komme bald wieder zurück.«

Damit ließ sie die Zofe stehen und öffnete die Tür.

Der Bote verzog keine Miene, als er sie erblickte und sie steif aufforderte: »Folgt mir bitte.«

»Sehr gern«, erwiderte sie und setzte ein reizendes, unschuldiges Lächeln auf.

Sein Gesicht blieb so sorgfältig unbeteiligt, dass Artaynis Verdacht schöpfte. »Wenn du irgendein Wort von dem, was du vielleicht gerade gehört hast, erzählst, werde ich dir ein Gift ins Essen mischen, das dich deiner Manneskraft für immer beraubt.«

Einen Moment lang zögerte der Bote verdutzt, dann ging er mit gesenktem Haupt voran.

»Ich habe nichts gehört«, murmelte er schließlich, worauf sie antwortete: »Dann ist es ja gut.«

Nachdenklich folgte sie ihm. In ihrer Heimat wäre sie vielleicht vorsichtiger gewesen, wenn der Gastgeber sie zu so später Stunde zu sich rufen ließ. Unter anderen Umständen wäre sie davon ausgegangen, dass der Voivode ein gewisses persönliches Interesse an ihr hatte. Aber das hier war weder Ştens Art, noch gingen seine Gefühle für sie über eine väterliche Zuneigung hinaus, dessen war sie sich sicher. Ihre Gedanken wanderten zu Voica, die sich wegen eines kleinen Ausrutschers derartige Sorgen machte. Natürlich war es nicht sonderlich schlau, auf die honigsüßen Worte des erstbesten Galans hereinzufallen. Andererseits erschien Mihales der jungen Dyrierin nicht gerade wie ein notorischer Weiberheld. Im Gegenteil, er war schüchtern, und sie hatte ihn schon einmal mit einer einfachen Frage so sehr aus der Fassung gebracht, dass er gestottert hatte. Die Vermutung lag nahe, dass er durchaus ernste Absichten hatte. *Und wenn nicht: es hat ihr gefallen. Ihm doch hoffentlich auch, und dann ist ja alles gut.* Warum musste in Wlachkis selbst ein kleines Liebesabenteuer eine so große Bedeutung besitzen? *Barbaren!*

Als der Diener sie durch den Vorsaal in die große Halle führte, war sie verblüfft. Mit dieser Versammlung von Menschen an den Tischen hatte sie nicht gerechnet. Und dann fiel ihr Blick auf die Wesen, die sich im hinteren Teil des Saals befanden, und ihr stockte der Atem. Sie wusste sofort, um was für Kreaturen es sich handelte; immerhin hatte ihr Vater selbst eine Abhandlung über Trolle geschrieben. Doch die Beschreibungen zu lesen war etwas vollkommen anderes, als die gewaltigen, fremdartigen Wesen leibhaftig zu sehen. Der eine war an die drei Schritt groß, die beiden anderen noch größer. Die Menschen an den Tischen wirkten neben ihnen beinahe zwergwüchsig.

»Artaynis, ich hoffe, wir haben Euch nicht geweckt?«, fragte Şten, der sich am anderen Ende der Halle erhob. Neben ihm saßen Ionnis und Natiole, die sie beide anblickten. Als Ionnis ihr ein rasches Lächeln schenkte, schlug ihr Herz einen Schlag lang schneller. Seine Freude, sie zu sehen, war offenkundig. Ebenso offenkundig wie der mürrische Gesichtsausdruck Natioles.

»Nein, ich war noch wach«, erklärte sie und ging langsam an den Tischen vorbei auf den Voivoden zu. Nur im vorderen Teil der Halle waren Kerzen und Schalen aufgestellt worden. Im hinteren Bereich herrschte zwischen den Säulen Dunkelheit, in die sich zwei der Trolle zurückgezogen hatten. Der dritte stand weiter vorn, direkt bei Şten, und er schien Artaynis mit freundlicher Neugier anzublicken, auch wenn sie sich nicht sicher war, ob sie den Ausdruck auf seinem grauen Antlitz richtig deuten konnte. Sie fragte sich, ob die Haut, die wie Stein aussah, wohl ebenso hart war.

»Wir haben Fragen zur Geschichte Eurer Heimat, die

keiner in dieser Runde beantworten konnte«, sagte der Voivode mit lauter Stimme. »Deshalb haben wir Euch rufen lassen. Die anderen, die Ihr hier seht, gehören meinem Rat an. Und die Trolle sind unsere Gäste.«

Dann begann der Voivode, die Mitglieder seines Beraterstabes aufzuzählen. Schon nach wenigen Namen verlor Artaynis die Übersicht und nickte nur stets freundlich, wenn ein weiterer Würdenträger vorgestellt wurde. Zwischendurch huschten ihre Blicke immer wieder zurück zu den Trollen, deren Anblick sie faszinierte. Es war weniger ihre Exotik, die sie beeindruckte, sondern vielmehr die beinahe schon greifbare Körperlichkeit. Diese Wesen nahmen ihren Platz selbstbewusst und stolz ein, und sie strahlten dieses Selbstbewusstsein spürbar aus.

Ihr Vater hatte manchmal von seinen Begegnungen mit den Trollen berichtet, und die zahlreichen Kinder im Haus hatten seinen gruseligen Geschichten von hauerbewehrten Menschenfressern nur allzu gern gelauscht. Mit an die Stirn gelegten Fingern hatte er die Hörner gezeigt und war fauchend und knurrend hinter der kreischenden Schar hergelaufen, nur um sich schließlich von ihnen zu Boden ringen zu lassen, als sie sich von Kindern in die mächtigen Helden der Sagen verwandelten. Die Erinnerung ließ sie lächeln, und endlich war Şten mit seiner Vorstellung fertig.

»Ich hoffe, man wird mir verzeihen, wenn ich mir nicht auf Anhieb jeden Namen merken konnte«, erklärte sie mit einem koketten Lächeln, das vielfach erwidert wurde.

»Ich bin mir sicher, dass Euch das niemand vorwerfen wird«, warf Ionnis ein. »Der Rat ist in den letzten Jahren sehr gewachsen.«

Für einen Moment genoss sie ihre Fähigkeit, alle Anwesenden für sich einzunehmen. Dann aber sah sie Natioles düsteren Blick, und sie revidierte ihre Einschätzung. *Fast alle Anwesenden.*

»Aber ich möchte Euch auch die Trolle vorstellen, Artaynis. Dies hier ist Kerr, ein alter Freund. Seine beiden Begleiter heißen Wrag und Zran.«

Neugierig trat Artaynis näher an den Troll heran. Trotz seines einschüchternden Aussehens schien er nicht aggressiv zu sein. Er war beinahe doppelt so groß wie Artaynis, und sie musste sich zurückhalten, um nicht mit der Hand über seine raue Haut zu fahren und zu ertasten, wie sie sich anfühlte. Selbst ihr Geruch war nahezu greifbar, eindringlich und erdig.

»Es freut mich, Euch zu treffen«, erklärte die junge Dyrierin wahrheitsgemäß. »Ich habe schon viel von Trollen gehört.«

Irgendwo im Zwielicht hinter Kerr ertönte ein Schnauben, aber der riesige Troll ließ sich davon nicht beirren. Vorsichtig neigte er sich zu ihr herab, und sie hörte, wie er die Luft in seine breite Nase sog.

»Du riechst wie der Halbzwerg«, lautete sein überraschendes Urteil, das Şten zu einem heftigen Lachanfall reizte. Verwirrt sah Artaynis den Voivoden an, der tatsächlich gluckste wie ein halbwüchsiger Knabe.

»Ich verstehe nicht …«, sagte Artaynis.

»Euer Vater. Einige der Trolle haben ihn damals so genannt.«

»Du riechst wie er«, stellte Kerr bestimmt fest. »Wie der Halbzwerg. Aber du bist größer.«

Unsicher, ob sie das Ziel eines perfiden Scherzes war, kniff Artaynis die Augen zusammen. »Halbzwerg? Mein Vater?«

Sie spürte, wie Gelächter in ihrer Kehle aufstieg, und als Şten nickte, hätte sie beinahe ihren Gefühlen freien Lauf gelassen. Stattdessen hielt sie kurz die Luft an. Aller Ärger über den Troll und seine seltsame Nase war vergessen. *Der Halbzwerg! Köstlich! Ich kann es gar nicht erwarten, nach Hause zurückzukehren. Wo Papa doch im-*

mer geleugnet hat, dass ich ihn mittlerweile um eine Handspanne überrage.

Während sie sich noch fragte, ob es besser sei, ihren Vater gleich zur Begrüßung mit dem trollischen Beinamen anzureden oder ihn in einer stillen Stunde ganz sanft mit ihrem neuen Wissen zu erpressen, sagte Şten: »Ich hoffe, dass dies keine familiären Probleme auslöst.«

»Nein«, log Artaynis und lächelte süß. »Keineswegs. Mein Vater hatte dieses Detail in seinen Reiseerinnerungen lediglich zu erwähnen vergessen.«

»Mir scheint, dass er gern das ein oder andere Detail unter den Tisch fallen lässt. Er ist sehr … bescheiden.«

Schlagartig wurden Artaynis die Blicke der anderen bewusst, die alle auf ihr und dem Voivoden ruhten, und sie bemühte sich um Fassung. Ihre kleine Rache an ihrem Vater für diese Reise war eine Sache, sie in der Öffentlichkeit zu präsentieren eine ganz andere. Schuldbewusst blickte sie zu Boden. »Mein Vater kann tatsächlich äußerst bescheiden sein. Sein erster Gedanke gilt stets dem Wohle anderer.«

Es schien, als wolle der Voivode noch etwas sagen, aber Kerr kam ihm zuvor: »Der Speer?«

»Ja, richtig, der Speer«, pflichtete ihm Şten bei, bevor er sich wieder an die junge Dyrierin wandte. »Es gibt bei uns eine Legende.«

Aufmerksam lauschte sie der Erzählung des Voivoden. Es war eine traurige Geschichte, die aus Sicht der Wlachaken kein gutes Licht auf die Taten der Dyrier warf.

Die Wlachaken waren stolz, und die Erinnerungen an die Jahre der Besetzung durch das Imperium schmerzte sie. Artaynis hatte schon oft bemerkt, dass in den Herzen der Wlachaken eine schwer greifbare Mischung aus Stolz und Trauer herrschte, eine tiefe Melancholie, von flammendem Selbstbewusstsein durchzogen.

Als Şten den Bericht abschloss, sah er sie hoffnungsvoll an. Auch die anderen Anwesenden inklusive der Trolle legten offenbar alle Hoffnung in die Antwort der jungen Dyrierin.

Zunächst räusperte sie sich und war selbst überrascht, wie schwer ihr in diesem Moment das Sprechen fiel.

»Die Zeit, in der Wlachkis eine Provinz des Dyrischen Imperiums war, wird in meiner Heimat gern das *Goldene Zeitalter* genannt. Nicht allein deswegen«, beeilte sie sich zu versichern, »sondern weil das Reich damals eine gewaltige Ausdehnung erreichte und viele der besten Künstler und Gelehrten aus allen Teilen der Welt nach Dyria strömten, um in Colchas zum Ruhme des Imperiums beizutragen. Ich weiß, dass Imperator Arkides, der Siebte seines Namens, auf dem Goldenen Thron saß, als Wlachkis rebell…, ich meine, seine Freiheit wiedergewann.«

Hätte Ionnis ihr nicht in diesem Moment aufmunternd zugezwinkert, wäre sie wohl rot geworden. *Verfluchte Nervosität.*

»Sein Sohn, Prinz Arkides, starb in Wlachkis, und sein Leib wurde über die Sorkaten gebracht, bis nach Colchas. Dort wurde er aufgebahrt. Sein Vater war außer sich vor Trauer, und er ließ ein Mausoleum für seinen geliebten Sohn errichten, das er …«

Ihre Stimme verklang, und sie hüstelte. Es kostete sie einige Überwindung, weiterzureden: »… das er mit den Knochen der Mörder seines Sohnes füllen wollte.«

Sie erwartete einen Aufschrei, zumindest jedoch einen Aufruhr, aber keiner sagte ein Wort. Verwirrt blinzelte sie, bis Kerr erneut fragte: »Ich weiß nicht, was ein Mauselom ist. Aber was ist mit dem Speer?«

»Wenn er noch existiert, dann in jenem Mausoleum. Arkides, der Siebte seines Namens, verweigerte den Priestern der Agdele jeden Zutritt, um die notwendigen Rituale durchzuführen und den Leib der Göttin zu übergeben. In seiner Trauer sperrte er sich selbst tagelang mit seinem toten Sohn ein. Er ließ niemand an ihn heran. Die Priester sagten ihm den Zorn Agdeles voraus und verkündeten, dass der Imperator von der Göttin mit Wahn gestraft worden sei. Jedenfalls hat der Goldene Imperator das Mausoleum versiegeln lassen, nachdem die gesamte weltliche Habe des jungen Prinzen dort hineingebracht worden war.«

»Und?«, fragte Natiole mit kaltem Spott in der Stimme. »Hat Eure Göttin Euch und den ungehorsamen Imperator bestraft?«

Wütend blickte Artaynis ihn von oben herab an.

»Arkides, der Siebte seines Namens, erholte sich nicht mehr von diesem Schicksalsschlag. Er war ein schwacher Regent, das Beispiel von Wlachkis machte Schule, und für Jahrhunderte schrumpfte das Reich weiter und weiter, während Barbaren an den Grenzen nach dem Gold und dem Blut meiner Heimat lechzten. Vielleicht war es tatsächlich Agdeles Zorn über die Häresie des Imperators, der auf dem Imperium lastete.«

»Das kann gewiss kein Sterblicher beurteilen«, warf Ionnis versöhnlich ein.

»Zumindest kein Sterblicher, der nicht mehr weiß, wohin er gehört«, murmelte Natiole, was ihm einen warnenden Blick des Voivoden eintrug.

Artaynis lenkte ihre Aufmerksamkeit beinahe unwillig von den gegensätzlichen Prinzen wieder auf das große Wesen vor sich. Der Troll blickte die junge Dyrierin noch immer an. Die Wülste seiner Augenbrauen waren zusammengezogen, so als ob er sich im Kopf wichtige Fragen stellte. *Es kann für ihn nicht einfach sein, die menschliche Geschichte zu verstehen,* dachte sie.

»Der Speer ist in deiner Heimat?«, fragte Kerr schließlich langsam und bedächtig.

Artaynis legte abwägend den Kopf zur Seite. »Das weiß

ich nicht«, erwiderte sie ehrlich. »Aber wenn er überhaupt irgendwo ist, dann wohl dort.«

»Dann gehen wir dorthin«, stellte der Troll fest, und seine Worte klangen so unverrückbar wie die Fundamente der Welt.

13

Die Stimmung in dem kleinen Raum war gereizt, obwohl der größte Teil der Berater inzwischen die Versammlung verlassen hatte. Vielleicht war dies aber auch der Grund für die finsteren Blicke. Der Voivode hatte die Besprechung in den kleinen Saal verlagert, als deutlich wurde, dass nur wenige bei den weiteren Besprechungen anwesend sein mussten. Die meisten Ratsmitglieder hatten trotz der Aufregung über den Trollbesuch gern die Möglichkeit ergriffen, endlich in ihr warmes Bett zurückzukehren.

Die Trolle waren natürlich geblieben, aber auch Ştefan und seine Söhne, Vintila, Cornel und sogar Artaynis, die jedoch ihr Gesicht auf die Hände gestützt hatte und kurz davor schien, einzuschlafen.

Dazu waren noch Rajav, ein altgedienter Kämpe, der es bis zum Waffenmeister des Voivoden gebracht hatte, und Riclea, die ehemalige Haushofmeisterin Dabrâns, die schon immer Ştens engste Beraterin gewesen war, auch wenn sie seit einigen Jahren keinen offiziellen Posten mehr innehatte, in dem kleinen Saal anwesend.

Immer wieder wanderten die Blicke der Trolle zu Cornel, der ihre hasserfüllten Mienen stoisch ertrug. Der Sonnenpriester wirkte auf Natiole fast wie eine Statue, gefühllos und kalt. Nur wenn er sprach, hörte man den Abscheu in seiner Stimme, der auch in seinen Worten Niederschlag fand.

»Es erscheint mir unklug, uns auf dieses Wagnis einzulassen«, schloss er gerade seine Rede. »Sind nicht alle unsere Verpflichtungen längst abgegolten?«

Das monströse Wesen, das sein Vater Tiefentroll genannt hatte und das sich immer im Schatten hielt, schnaubte laut. Die Bediensteten hatten nur wenige Kerzen entzündet, und dennoch kam die Kreatur nicht näher an den runden Tisch heran, an dem die Wlachaken Platz genommen hatten. Jetzt trat er doch einen Schritt vor, aber die Schatten wollten scheinbar nicht von ihm ablassen, sondern umschlangen ihn wie ein Mantel. Bedrohlich ragte er über allem auf, seine Hörner reichten fast bis zur Decke.

Aus dem Augenwinkel sah Natiole, wie Rajavs Hand zu seinem Schwert zuckte. Der Veteran hatte in allen Schlachten der Wlachaken gefochten, zweimal an der Seite von Trollen, und dennoch spürte Natiole die Angst des gestandenen Kriegers. Sein Haar war ergraut, und er schor es entgegen den wlachkischen Sitten kurz, und sein Antlitz war von Falten durchzogen. Aber seine Augen waren immer noch klar und wachsam, auch wenn sie jetzt geweitet waren, als erwarte er jeden Moment einen Angriff. *Er ist geblieben, um Vater zu beschützen,* erkannte der junge Wlachake. *Er misstraut dieser Kreatur.* Auch Natiole war angespannt. Der Blick des Monstrums allein genügte, um ihm Schauer über den Rücken zu jagen. In diesen schwarzen Augen lag eine solche Missachtung alles Menschlichen, dass sie beinahe körperlich spürbar war.

»Du Menschling redest Scheiße«, knurrte der Tiefentroll. Natioles Geist weigerte sich, ihm einen Namen zuzugestehen. Es war keine Person, es war ein Monster, eine Naturgewalt auf zwei Beinen, etwas Unterirdisches, das einem Namen trotzte.

»Wrag«, sprang Kerr ein. »Lass ihn reden.«

»Warum?«

»Weil …«, begann Kerr, hob dann jedoch hilflos die Arme und verzog das Gesicht. »Weil Menschen das nun einmal so machen.«

»Wir sind keine Menschen. Wir sind Trolle!«

Die Worte hallten in dem kleinen Saal wider. In ihnen schwang ein unbändiger Stolz mit, der alles andere Leben herabwürdigte. *Er sagt: »Wir sind Trolle«, aber er meint: »Ihr anderen seid nur Dreck«.*

»Das weiß ich. Dennoch müssen wir reden. Şten hat uns einen Unterschlupf zur Verfügung gestellt. Dort gibt es Fleisch und Dunkelheit. Willst du dort warten?«

»Was? Allein?« Die Miene des Wesens zeigte, dass es mit dem Vorschlag nicht glücklich war. Innerlich bereitete sich Natiole auf einen weiteren Ausbruch vor, doch der Tiefentroll brummte nur.

»Zran, willst du auch gehen?«, wandte Kerr sich an den dritten Troll, der bislang schweigend abseitsgestanden hatte. Mit einem Schulterzucken nickte der Angesprochene.

»Rajav, bring unsere Gäste bitte in ihr … Quartier«, bat Şten und schenkte dem Krieger ein kurzes Lächeln. Mit ergebenem Gesichtsausdruck nickend, folgte der grauhaarige Krieger dem Befehl und führte die beiden Trolle aus dem Saal. Ein Teil der Vorratskeller war leer geräumt worden, um den Wesen ihren Aufenthalt so angenehm wie möglich zu machen. Natiole beneidete das Gesinde nicht, das sich um die Bedürfnisse der Trolle kümmern musste; der Gestank der gewaltigen Kreaturen erfüllte schon jetzt die halbe Feste. In den Kellern würde es schier unerträglich werden.

Wenigstens verschwand mit dem Tiefentroll ein Teil der unterschwelligen Bedrohung, die das Treffen bislang vergiftet hatte. Es war deutlich, dass auch Kerr keinerlei Sympathien für Cornel hegte, doch der Troll wirkte auf Natiole weitaus gefasster und zivilisierter als seine Gefährten. *Und sie gehorchen ihm. Erstaunlich.*

»Er hat unrecht«, erklärte Kerr kategorisch, als die beiden Trolle verschwunden waren. Erst als er auf den Sonnenpriester deutete, verstand Natiole, dass der Troll nicht seinen Gefährten, sondern den Menschen meinte.

»Ihr schuldet uns nichts, und wir schulden euch nichts«, fuhr der Troll ruhig fort. »Das ist richtig. Aber es ist kein Wagnis, und wir bitten euch um Hilfe. Auch wenn Wrag das niemals zugeben würde.«

Die letzten Worte wurden von einem Zähnefletschen begleitet. Aber Şten schien es als freundliche Grimasse zu deuten, denn er lächelte und sagte: »Er erinnert mich an Pard.«

»Ha!« Der Troll schnaubte belustigt. »Das würde keiner von beiden gerne hören!«

»Es *ist* ein Wagnis«, mischte sich Cornel wieder ein. Bevor jemand etwas sagen konnte, stand der Sonnenpriester auf und strich sein reinweißes Gewand glatt. Selbst im schwachen Licht der Kerzen schien es zu leuchten. *Arroganter, eingebildeter Fatzke,* dachte Natiole verärgert, und er sah im düsteren Blick Vintilas, dass der alte Geistseher ähnlich empfand.

»Erklärt das bitte«, entgegnete der Voivode mit einem Blick zu Kerr, der schweigend zuhörte.

»Ich rede nicht von den Gefahren einer solchen Reise. Solcherlei ist zu meistern. Nein, mir geht es um mehr. Das Goldene Imperium ist mächtig und vermutlich Trollen gegenüber wenig aufgeschlossen. Besonders Trollen wie diesem Wrang, oder wie immer er heißt.«

»Wrag«, warf Kerr ein.

»Wie auch immer. Wir Wlachaken treiben Handel mit dem Imperium, ebenso wie Ardoly im Osten dies tut. Es fließt Gold in unsere Schatullen, dazu viele wichtige Güter. Wir sollten diese guten Beziehungen nicht riskieren, indem wir als Verbündete von Wesen auftreten, die im Dyrischen Imperium vielleicht nicht willkommen sind.«

Gerade hob Şten zu einer Erwiderung an, als Artaynis leise auflachte. Verwundert blickte Natiole die junge Frau an und erkannte, dass sie keinesfalls dem Schlaf nahe gewesen war, sondern vielmehr die Diskussion aufmerksam verfolgt hatte.

»So unfreundlich sind wir Gästen gegenüber eigentlich nicht«, erklärte sie und gähnte, wobei sie ihren Mund geziert mit der schmalen Hand bedeckte. »Selbst Trolle wären uns wohl willkommen. Meine Heimat ist groß und voller Wunder. Wir kennen viele fremdartige Völker. In Colchas sieht man Menschen aus aller Herren Länder …«

»Ja«, unterbrach Cornel sie rüde. »Menschen. Aber wir reden von Trollen, mein Kind. Doppelt so groß wie Menschen, mit fingerlangen Zähnen und armlangen Hörnern. Nicht an solche Orte gewöhnt und leicht erregbar. Es fällt diesem Wran doch schon hier schwer, sich zu beherrschen. Was denkt Ihr, wird er in Eurer Heimat tun?«

»Er wird tun, was immer ich sage«, erklärte Kerr fest.

Alle sahen den Troll an, der die Arme vor der breiten Brust kreuzte. Natiole warf einen Blick zu Artaynis und sah das wütende Funkeln in den Augen der jungen Dyrierin. Doch sie schwieg und lächelte sogar, als Cornel sich ihr zuwandte.

»Eure Bedenken sind gewichtig«, stellte Şten fest. »Aber Kerr kommt zu uns als Freund, der eine Bitte vorträgt. Ich kann sie ihm nicht abschlagen, nur weil er ein Troll ist. Und die Gefahr, die Ihr beschreibt, erscheint mir nicht groß genug, um einen Freund und Verbündeten abzuweisen.«

»Wie Ihr meint, Voivode«, erwiderte Cornel mit einer Verbeugung und setzte sich wieder. Der Sonnenpriester hatte sich bemerkenswert gut unter Kontrolle. Kein Muskel regte sich in seinem Gesicht, keine Faser zeigte seine Gefühle, obwohl Natiole sicher war, dass er erzürnt und gedemütigt war.

Mit einem feindseligen Lächeln in Richtung des Sonnenpriesters nickte der junge Prinz: »Du hast recht, Vater. Ich glaube, wir sollten den Trollen beistehen, wo wir können.«

»Wir brauchen Führer«, erklärte Kerr mit seiner tiefen Stimme, die Natiole eine Gänsehaut auf den Armen verursachte. Es war ein Geräusch, das ihn zur Flucht drängte, und er hasste sich für diesen Moment der Schwäche.

»Die werdet ihr bekommen«, entgegnete der Voivode und blickte grüblerisch auf die Tischplatte.

Unvermittelt erhob sich Ionnis: »Lass mich gehen, Vater.«

»Du willst gehen?«, fragte Şten. Natiole konnte nicht einschätzen, ob es Überraschung oder Freude war, die in seiner Stimme mitschwang.

»Ja. Ich kenne die Pässe und die Straßen. Ich war lange im Imperium. Man kennt mich dort, und es würde dem Anliegen der Trolle noch mehr Gewicht verleihen, wenn der Sohn des Voivoden mit ihnen reist.«

Der eifrige Ton in seiner Stimme missfiel Natiole. Sein Bruder redete hastig, als wolle er Şten mit dem Gewicht der Worte überzeugen, ohne dass der Inhalt zählte.

Nachdenklich rieb sich Şten das Kinn. »Ich bin mir nicht sicher, ob das eine gute Idee wäre«, sagte er schließlich.

»Du könntest mir Schriftstücke mitgeben, für unsere Freunde im Imperium. Ich wäre nur für den Sommer fort und könnte noch vor Wintereinbruch wieder heimkehren.«

»Ich würde gerne mit deinem Sohn reisen, Şten«, erklärte Kerr bedachtsam. »Es wäre eine Erinnerung an vergangene Zeiten.«

»Du wirst hier gebraucht, Ionnis«, warf Şten ein, aber der jüngere Prinz von Wlachkis winkte ab.

»Natiole ist doch da.«

Plötzlich fiel Natiole auf, dass er viel zu passiv war. Die Dinge geschahen um ihn herum, und er ließ sie geschehen, ohne einzugreifen, ohne sie in seine eigenen Hände zu nehmen. *Das ist des zukünftigen Voivoden nicht würdig!*

»Ich stimme Ionnis zu«, erklärte er also. »Er wird nicht dringend gebraucht, und seine Anwesenheit würde den Trollen helfen. Zudem wäre eine erneute Reise wieder einmal ein Vertrauensbeweis für die Dyrier. Vielleicht könnte Artaynis ihn begleiten?«

Hoffnungsvoll blickte er zu ihr hinüber. Bei seinen Worten hellte sich ihre Miene auf, und sie straffte die Schultern. Die Aussicht auf die Rückkehr in ihre Heimat verwandelte sie geradezu, und sie schenkte ihm ein Lächeln, das erst erstarb, als Şten auflachte.

»Nein, das würde Sargan mir nicht verzeihen. Ich habe ihm versprochen … nein, das geht nicht. Aber wenn ihr beiden euch schon gegen mich verbündet, dann habe ich wohl keine Wahl, oder? Ionnis, du wirst die Trolle ins Imperium führen.«

»Danke, Vater.«

Lächelnd lehnte Ionnis sich zurück, und auch Natiole war zufrieden. *Einige Monate Ruhe vor Ionnis werden sehr angenehm sein. Nur schade, dass ich die dyrische Pest nicht gleich mit ihm losgeworden bin.*

»Dann ist es beschlossen«, brummte Kerr und streckte sich. »Ich werde zu den anderen gehen und es ihnen sagen.«

Die Verabschiedung des Trolls war wenig herzlich, aber das schien ihn nicht zu stören. Zwei Soldaten geleiteten ihn in den Keller, während Şten sich an die schweigsame Riclea wandte: »Lass alles für ihre Abreise vorbereiten. Ein Dutzend Männer und Frauen sollte genügen. Je eher sie aufbrechen können, desto besser.«

Ohne ein Wort nickte die Wlachakin und erhob sich. Ihr einfaches, blaues Gewand fiel ihr bis über die Knöchel und verdeckte die furchtbaren Narben an ihrem Bein, die Natiole als kleiner Junge einmal gesehen hatte. Damals hatte Riclea noch jung gewirkt, doch inzwischen zeigte sich ihr Alter, auch wenn ihr langsames Hinken eher von den Verletzungen stammte, die ihr im Freiheitskampf der Wlachaken zugefügt worden waren. Als die gemeinsamen Armeen von Flores und Tamár in den Süden geflohen waren, hatte Riclea mit wenigen Getreuen Dabrân gehalten. Zwar waren keine Masriden gekommen, aber wlachkische Deserteure, die den Kampf für hoffnungslos hielten, hatten versucht, Dabrân zu plündern. Riclea hatte die Stadt beschützt und dabei Wunden davongetragen, die ihr Bein verkrüppelt hatten. Sie hatte Şten auch danach weiter als Verwalterin in Dabrân gedient, bis er sie nach Viçinias Tod nach Teremi gerufen hatte. Mit der schweigsamen, verschlossenen Frau war Natiole niemals warm geworden, auch wenn er sicher war, dass sie eine aufrechte Streiterin für die Belange der Wlachaken war.

»Morgen besprechen wir die Planung der Reise«, befand Şten. »Jetzt brauche ich erst einmal eine Mütze voll Schlaf. Und ich denke, dass es uns wohl allen so geht.«

Unter allgemeinem Gemurmel löste sich nun auch der Rest der Versammlung auf, und Natiole verließ den kleinen Saal in deutlich besserer Laune als zuvor, aber noch ehe er die Treppe in den Wohntrakt erreicht hatte, gesellte sich Ionnis zu ihm.

»Ich hätte nicht gedacht, dass du mich unterstützt.«

»Warum nicht?«

»Weil du das Imperium nicht leiden kannst und mir immer vorwirfst, dass ich es anders halte.«

»Vielleicht«, erklärte Natiole grinsend, »dachte ich mir: besser Ionnis als ich selbst.«

»Als ob Vater dich auf so eine Reise gehen lassen würde.«

Das Lachen seines kleinen Bruders kratzte über Natioles Nerven, und er blieb abrupt stehen. »Was?«

»Den Thronfolger? Auf eine nicht ganz ungefährliche Fahrt? Nein, das hätte nicht passieren können. Ich werde hier nicht gebraucht, du schon.«

Unsicher, ob Ionnis ihn verspottete oder beneidete, blinzelte Natiole einige Male, bevor er erwiderte: »Abgesehen davon, hätte ich mich wohl geweigert. Mich gelüstet es nicht nach dem Imperium. *Anders* als dich.«

Ohne zu antworten, ging Ionnis weiter und ließ Natiole mit seinen düsteren Gedanken zurück.

14

Obwohl in ihrer Behausung absolute Dunkelheit herrschte, war Wrag nicht zufrieden. Andas Kind wanderte unruhig auf und ab, strich mit den Klauen über die Wände und schnaubte laut.

»Warum tun die das?«

»Was?«, erkundigte sich Kerr, der in einer Ecke an die Wand gelehnt saß und sich ein großes, saftiges Stück Fleisch schmecken ließ. Zran saß weiter hinten in dem Keller, unter einem der niedrigen Bögen, und kaute ebenfalls lautstark. Der Jäger mochte diesen Ort auch nicht, doch er hatte sich besser unter Kontrolle als Wrag, der mit der Faust so fest gegen die Wand schlug, dass Staub und kleine Steinchen herunterrieselten.

»Sie hauen Fels klein und stellen die Stücke aufeinander. Anstatt einfach eine Höhle zu nehmen und darin zu leben, machen sie sich eine. Das ist falsch.«

Kerr hob die Schultern und schüttelte den Kopf. »So sind Menschen nun einmal. Sie bauen Dinge. Sie haben unglaublich viele Gerätschaften. Wie … Schaufeln. Damit gräbt man. Sie sind eben schwach, da brauchen sie Hilfe.«

»Aber sie hauen den Stein klein. Warum?« In Wrags Stimme klang Unverständnis mit. In vielerlei Hinsicht waren Andas Kinder einfacher als die übrigen Trolle. Noch mehr als bei den Trollen der alten Stämme drehte sich ihre Existenz hauptsächlich um das Überleben. In seinem Innersten konnte Kerr die Gedanken des anderen verstehen.

»So schützen sie sich. Ihre Haut ist dünn, Wrag, ihr Fleisch schwach, und ihre Knochen sind brüchig. Hier an der Oberfläche gibt es viele Gefahren, und sie bauen diese Sachen, um sich davor zu schützen.«

Der riesige Troll schnaubte nur.

»Du hast es noch nicht erlebt«, erklärte Kerr. »Wenn Wasser vom Himmel fällt oder der Wind so sehr weht, dass die Bäume sich neigen. Manchmal wird es so kalt, dass alles Wasser zu Eis wird und sogar Eis aus den Wolken kommt. Die Oberfläche hat ihre eigenen Regeln.«

»Höhlen.«

Seufzend erhob sich Kerr. »Es gibt zu viele Menschen für Höhlen. Sie sind überall. Es gibt mehr, als man sich vorstellen kann. Sie drängen sich zusammen, an wenigen Orten, und sie brauchen alles Land unter dem Himmel. Viele von ihnen können nicht einmal kämpfen. Viele jagen nicht. Einige tun das für alle. Es ist … schwer zu verstehen, wie sie leben.«

»Wenn sie nicht kämpfen, sollten sie sterben. Wer schwach ist, stirbt.«

»Würdest du einen Verwundeten zurücklassen? Deinen Stamm verraten?«

»Niemals!«

»So sind die Menschen auch. Sie kümmern sich um einander. Ştens beschützt seinen Stamm. Andere Menschen bringen den Leuten in den Steinhäusern Fleisch, wieder andere ihre Kleidung. Das ist alles sehr verworren.«

»Menschen sind nicht wie wir«, erwiderte Wrag entrüstet und schlug sich mit der Faust gegen die Brust.

Unvermittelt musste Kerr an Ştens Vergleich mit Pard denken, und er hätte beinahe geschmunzelt. Das Bild ging ihm nicht mehr aus dem Kopf, obwohl er Pard gegenüber niemals diese Besorgnis empfunden hatte, mit der er Wrag immer wieder betrachtete. Der große Troll war anders gewesen; ein großer Jäger und gefährlicher Krieger, ja, aber trotz allem schlau und berechnend. Das konnte Kerr in Wrag nicht erkennen. Zu deutlich war er von den Taten

Andas geprägt, zu viel Macht hatte der dunkle Atem der Welt über ihn. In seinem Herzen konnte Kerr Wrags Stolz, seine Wut, sein Verlangen nach Kraft und Stärke nachfühlen, aber sein Geist gemahnte ihn immer wieder an Druan und auch an Pard, an die unergründliche Macht, die sie besessen hatten. Nicht allein aus ihren Leibern heraus waren sie stark gewesen, sondern aus sich selbst, und keiner der beiden war vor dem Tod zurückgeschreckt. Sein ganzes Leben lang hatte Kerr versucht, es den beiden gleichzutun und ihre Weisheit und Kraft zu erlangen. Noch immer waren sie Vorbilder für ihn, an deren Taten und Worte er gern zurückdachte. Aber er selbst war nicht Druan und Wrag nicht wie Pard.

»Nein, sind sie nicht. Ist auch gut so, oder nicht? Oder willst du, dass Menschen wie wir sind?«

Wieder schnaubte Wrag, dann lachte er kurz auf.

»Hauptsache, sie kommen uns nicht in die Quere.«

»Seit Şten und Viçinia in unserer Heimat waren, habe ich keinen Menschen mehr unten gerochen. Sie mögen die Unterwelt nicht.«

»Gut. Ich kann ihren Gestank auch nicht leiden. All das Metall. Und das Feuer«, knurrte Wrag und setzte sich hin. Plötzlich bemerkte auch Kerr, dass ein neuer Geruch in der Luft lag. Rauch. Die Menschen machten oft Feuer für Licht, aber dieser Rauch roch anders. Es war nur eine schwache Note, aber mehr wie brennendes Holz als wie Öl oder Kohle oder Wachs. An letztere Gerüche hatte Kerr sich längst wieder gewöhnt; sie gehörten zu der Nacht der Menschen wie die Dunkelheit. Aber dieses Feuer hatte Kerr bisher noch nicht gerochen. Verwirrt sog er mehr Luft in die Nüstern. Er ignorierte den Geruch der menschlichen Leiber, ihren Schweiß, die Stoffe, die sie trugen. Er drängte den Geruch des Fleisches zur Seite, die Essensgerüche der Feste. Allein auf den neuen Geruch konzentrierte er sich. Es schwang mehr darin mit als brennendes

Holz. Erhitzter Stein, brennender Stoff, seltsame, unbekannte Witterungen.

»Etwas stimmt nicht«, entschied er schließlich. Sofort blickten seine beiden Begleiter ihn an. Zumindest spürte Kerr ihre Aufmerksamkeit in der Dunkelheit auf sich ruhen.

»Ein Kampf?«

Unsicher brummte Kerr: »Ich weiß nicht. Wartet hier. Ich werde nachsehen. Aber haltet euch bereit.«

Schnell schlich er vor bis zu der Treppe. Unbewusst fiel er in eine Jagdhaltung. Die schmalen Stufen waren für seine Füße nicht einfach zu erklimmen, aber dennoch näherte er sich leise dem Ausgang. Der Geruch wurde intensiver, überlagerte schon bald alles andere.

Die Kellertür war verschlossen, und für einen Moment tastete Kerr in der Dunkelheit unbeholfen umher, bis er sie öffnen konnte. Auch der Gang war lichtlos, aber der Atem der Welt wies Kerr den Weg. Gebückt lief er weiter. Etwas drängte ihn zur Eile, auch wenn er es nicht in Worte fassen konnte. Der Geruch war zu fremd, und er konnte sich nicht daran erinnern, jemals etwas Ähnliches in der Welt der Menschen gerochen zu haben. Es erinnerte Kerr undeutlich an die heimtückischen Waffen der Zwerge, die manchmal Feuer einsetzten: brennendes Pech oder entflammtes Öl, dem die Trolle nichts entgegenzusetzen hatten.

Auch wenn die Feste Remis künstlich aus dem Fels errichtet worden war, spürte Kerr den Verlauf ihrer Gänge und Korridore, die Lage ihrer Räume und Säle. Hinter der Kellertür befand sich ein Trakt, in dem Essen zubereitet wurde. Es roch nach Fleisch und Blut, aber Kerr achtete nicht darauf, sondern lief durch den düsteren Raum bis zu einer Tür, die in den Hof führte.

Am Himmel waren einige dünne Wolken aufgezogen, doch nicht genug, um das silbrige Licht des Mondes aufzuhalten. Sie hingen wie weiße Schlieren über Kerr, der die frische Nachtluft einatmete. Der Geruch kam von dem größten Gebäude, irgendwo über dem Troll. Jetzt im Freien war er unvermittelt unsicher, was er tun sollte. Wie immer, wenn er an die Oberfläche kam, schüchterte ihn der Himmel ein, der so endlos weit entfernt schien. Es fehlte die Decke der Welt, die in den Tunneln stets über einem Troll ruhte, ein beruhigendes Gefühl von Schwere und Sicherheit, das der unbeständige Himmel mit seinen Winden und Wolken und immer wechselnden Farben nicht bot.

Der Troll spürte eine Bewegung im Hof, hinter sich, und wirbelte herum. Ein Mensch trat erschrocken einen Schritt zurück. Eine Frau, gekleidet in Leder und Metall, in deren Geruch sich nun Angst mischte. Ihre Hand fuhr zu dem Schwert an ihrer Seite, aber sie schien unschlüssig zu sein.

Sehr langsam hob Kerr die Hände, um ihr zu zeigen, dass sie ihn nicht fürchten musste.

»Ich tue dir nichts«, erklärte er leise, und die Frau entspannte sich ein wenig. »Ich habe etwas gerochen …«

»Ich wollte dich nicht erschrecken«, erwiderte die Menschin und räusperte sich.

»Du hast mich nicht erschreckt.«

»Ah, gut.«

»Ja.«

Schweigend standen sie sich gegenüber. Gespräche mit Menschen nahmen oft einen solchen Verlauf, und Kerr hatte in all der Zeit nicht herausgefunden, wie er das ändern konnte. Inzwischen vermutete er, dass es die Angst war, die viele verstummen ließ. Ein Troll würde anders reagieren. Angst war ein Grund zu brüllen, zu toben, zu kämpfen. Angst musste man besiegen. Lediglich Şten und einige andere, die lange genug mit Trollen Umgang hatten, waren in der Lage, das zu verstehen.

Die Frau war nicht allein, wie Kerr jetzt erkannte. Auf den Zinnen bewegten sich noch zwei Schemen, dunkle

Schattenrisse vor dem mondhellen Himmel. Der Troll hörte leises Geflüster – vermutlich hatte sein plötzliches Auftauchen die Wachen dort auch erschreckt.

»Der Geruch«, begann Kerr erneut. »Das ist seltsam. Ich kenne das nicht von … Gebäuden. Verbrennt ihr etwas?«

»Verbrennen?« Die Frau legte den Kopf leicht schief und sah den Troll verwundert an. Dann schnüffelte sie vorsichtig. »Nicht, dass ich wüsste. Bist du sicher …«

Mit einem Mal verstummte sie und sah nach oben zum Hauptgebäude. Ihre Augen weiteten sich vor Schreck, und sie schrie: »Feuer! Feuer!«

Kerr folgte ihrem Blick und sah weit oben im Gebäude Fensterläden, hinter denen es düster rot flackerte. Kurz war er verwirrt, dass dieses Feuer nicht heller war, aber die Schreie der Soldatin wurden von den Wachen auf der Mauer aufgenommen, und schon bald hallten ihre Alarmrufe durch den Hof.

Die Schreie zeigten Wirkung. Menschen sahen aus Fenstern, einige taumelten aus einem kleineren Gebäude. Jetzt sah Kerr Rauch in dunklen Schwaden aus den Fenstern steigen. Das Feuer war weit oben im größten Gebäude, und hier und da leckten schon kleine Flammenzungen zwischen den Ritzen der Fensterläden hindurch. Mehr aufgeregte Schreie ertönten, während die Menge im Hof immer größer wurde.

»Wo?«, donnerte es, und Ştens Stimme brachte Ruhe in die Menschengruppe. »Wo brennt es?«

»Dort oben«, erklärte die Soldatin und wies hoch. Ştens Mund wurde schmal, und Kerr glaubte zu sehen, dass der Mensch bleich wurde, dann befahl Şten: »Holt Wasser! Bildet eine Eimerkette! Schafft alle aus dem Gebäude! Los!«

Die Menschen gehorchten ihrem Anführer widerspruchslos. Ohne dass Kerr erkennen konnte, wie sie sich ordneten, stoben sie davon und begannen, die Befehle auszuführen.

»Vater?«

Das Chaos um sie herum verwirrte Kerrs Sinne. Seine Nase wurde von unzähligen Gerüchen attackiert, Menschen riefen und rannten umher, alles war in Bewegung. Fast wie in einer Schlacht.

»Nati! Hierher«, rief Şten, als sein Sohn aus dem doppelflügligen Tor des Hauptgebäudes trat.

»Was ist geschehen? Ein Feuer ist ausgebrochen?«

»Im Turm«, erklärte Şten. »Wo ist Ionnis?«

»Ich weiß nicht.« Hilflos blickte der junge Mensch sich um. »Er wollte zuletzt in seine Gemächer.«

Alle blickten zu den Fenstern empor. In diesem Moment schlug einer der Fensterläden auf, und gierige Flammen leckten über die Mauern.

»Er ist noch immer da oben.«

15

Die Welt offenbarte sich ihm. Der Dreeg kam, hallte in seinem Geist wider und ließ Spuren von allem zurück, was ihn umgab. Es waren keine einfachen Bilder, keine schwache Sicht, die Licht brauchte. Es war die Welt, in Form und Geruch, in Geschmack, selbst in ihrem ureigensten Ton, den der Dreeg zum Klingen brachte. Nicht, dass er den Herzschlag gebraucht hätte. Seine scharfen Sinne wiesen ihm den Weg auch in der undurchdringlichen Finsternis. Undurchdringlich war die Dunkelheit eben nur für seine Augen, und er verließ sich ohnehin nicht auf sie. Sie suchten nur das Licht, und Licht war sein Feind. Je weniger Licht er ertragen musste, desto besser. In der Dunkelheit war er sicher; sie umhüllte ihn, beschützte ihn. Keiner seiner Feinde konnte in der Finsternis sein wie er, und so suchten sie das Licht, denn sie waren schwach. Licht bedeutete verhasste Schwäche.

Seine anderen Sinne benötigten nichts dergleichen und zeigten ihm seine Welt stets im Einklang mit den Dreeg. Sie verrieten ihn nicht, wie seine Augen es taten, wenn das Licht zu grell wurde und ihn blendete. Er spürte den Fels um sich herum, konnte das Echo seines Atems hören, roch den trockenen Geruch des Steins. Niemand war in der Nähe, keine Feinde und keine Beute. Es wunderte ihn nicht; kaum jemals würden sich andere Lebewesen an diesen Ort wagen. Selbst die übrigen Trolle mieden ihn, und auch Zwerge hatte er noch niemals hier angetroffen, obwohl ihre lärmenden Leiber nun wieder häufiger in den Tunneln unterwegs waren. Beim Gedanken an die Zwerge entblößte er seine Hauer. Eine Vorstellung huschte durch seinen Geist – erschlagene Zwerge, fliehende Zwerge, hilflos in der Dunkelheit. Mit einem Kopfschütteln ließ er von den Gedanken ab. Sie waren nutzlos. Irgendwann würde er wieder Zwerge jagen, und es würde gut und richtig sein.

Die Tunnel führten ihn beständig höher. Der Fels wurde erst glatter, dann wieder rau. Sein Geruch veränderte sich, gewann eine scharfe Note, einen metallischen Geschmack in seinem Rachen. Es war ein Ort, an dem man Zwerge erwarten würde, doch sie waren schlau genug, um ihn zu meiden. Das musste er ihnen zugestehen. Es lag nicht nur daran, dass immer wieder Andas Brut hierherkam. Es war die gewaltige Gegenwart, die sie spürten und fürchteten. Die alle spürten. Selbst Tiere wie Schlinger und die Grauen. Hier war der Schlag des Herzens laut, und der Atem der Welt durchdrang alles mit seiner Macht.

Immer wieder kehrte Azot an diesen Ort zurück. Er wusste, dass andere es ihm gleichtaten. Dass sie ihn nachahmten. Wie er kamen sie einzeln und allein, als Jäger und Krieger. Sie stellten sich den Gefahren des Weges, meisterten sie oder gingen an ihnen zugrunde. Er war der Erste gewesen, aber er war nicht mehr der Einzige. Vielleicht lag es daran, dass er unbesiegt geblieben war. Keinen Kampf hatte er je verloren. Noch nie hatte er sich einem anderen aus Andas Brut unterwerfen müssen und einem Troll eines alten Stammes erst recht nicht. Er verschwendete selten Gedanken daran; Kampf war natürlich, ebenso wie der Sieg. Aber jetzt fragte er sich, ob es daran lag, dass Jüngere seinem Beispiel folgten.

Nicht einmal sich selbst hätte Azot erklären können, warum er den Weg immer wieder ging. An diesem Ort fand er Kraft, doch alle Kraft stammte aus ihm selbst und Anda. Es war, als ob sein innerstes Wesen um diesen Ort kreiste, an dem alles begonnen hatte, auch wenn er nicht einmal ahnen konnte, warum.

Die Dunkelheit rief ihn. Das war es, was er wissen musste. Und es genügte ihm.

Dort, im Zentrum, schlug das Herz des Landes, und eine Dunkelheit herrschte, die stärker war als an allen anderen Orten. Azot näherte sich ihr. Er konnte sie spüren, lange bevor er die Höhle erreichte. Es lag nicht nur in den Dreeg, im Atem der Welt und ihrem Herzschlag. Er wusste von dem *Dunkelgeist,* wie die Trolle das Herz nannten. Der Name kam von den Menschen, und er war ebenso schwach wie sie. Unwillig schüttelte Azot das Haupt, so dass seine langen, borstigen Haare über seinen Rücken kratzten. Das Herz war alles, und sein Schlag war das Leben der ursprünglichen Trolle und auch das von Andas Brut. Nur deshalb hatten die Trolle überlebt. Azot war dabei gewesen, einer der Ersten, die Anda zu sich gerufen hatte. Er hatte ihren Sturz gespürt, und selbst heute noch zollte er Pard für diesen Sieg Respekt. Aber noch mehr respektierte er die Stärke Kerrs, auch wenn der Troll weder groß noch ein mächtiger Krieger war. Kerr, damals ein junger Troll, war in die Dunkelheit getreten. Mehr noch, er hatte sie in sich aufgenommen, war weiter gegangen, als es selbst Anda gewagt hatte. Sein Herz hatte den Atem der Welt in sich aufgenommen, und die Echos waren immer noch in ihm zu vernehmen.

In sich selbst konnte Azot die Macht und den Herzschlag ebenfalls spüren, aber Kerr war mehr als dies. Seine Kraft lag nicht in seinem Leib, sondern in seinem Geist, und Azot würdigte das. Gemeinsam hatten Pard und Kerr Anda besiegt, jeder auf seine Weise, und es war nun an Azot, daraus zu lernen. Als Kerr in den Tagen der Jagd allein hinabgestiegen war, hatte sich Azot seiner erinnert und die anderen aus Andas Brut daran gehindert, ihn zu töten. Kerrs Angst war deutlich zu riechen gewesen, aber er hatte über seine Furcht triumphiert und sein Leben in die Klauen seiner Feinde gelegt. Wieder war der junge Troll stark gewesen. Und als sie ihn fanden, hatte sein Herz zu ihnen gesprochen und Azot recht gegeben.

Vor dem Jäger öffnete sich der Gang zu einem senkrechten Schacht, der noch viel weiter in die Tiefe führte und andererseits bis an die Oberfläche reichte. Dort oben war ein Steinhaus der Menschen, wo Anda, Pard und Druan vor langer Zeit die verfluchten Lichtmagier getötet hatten, um das Herz des Landes aus ihrer Macht zu befreien. Die Luft trug einen fernen Geruch von Menschen zu Azot herab. Dort oben hausten wieder Menschen, und dieses Wissen machte ihn wütend. Aber er war nicht ihretwegen gekommen.

Geschickt packte er die schmalen Vorsprünge, rammte seine Klauen in Spalten und kletterte an der Wand entlang. Es fiel ihm nicht schwer, die wenigen Trollschritt zu überwinden. Alle Trolle waren gute Kletterer, und Azot war keine Ausnahme.

Unbewusst atmete er flacher, als er das letzte Stück seines Wegs betrat. Ein Dreeg fuhr durch die Welt, so laut und klar, dass Azot beinahe meinte, ihn mit den Ohren hören zu können. Das Herz schlug schneller, und als er in die Höhle trat, erkannte er die wirbelnde Finsternis, die sich aufgeregter als gewohnt bewegte. Bilder kratzten über sein Bewusstsein, Bilder von Krieg, Tod und Schmerz, aber der Troll ertrug sie regungslos. Das Herz sprach zu ihm, wie es vor vielen Dreeg zu Anda gesprochen hatte.

Es war ein unterschwelliger Gesang von Schmerz und Leid, der keine klare Botschaft enthielt. Das Herz wusste nichts von der Welt, verstand sie nicht; zu sehr war es in seiner eigenen Pein gefangen. Obwohl er den Schmerz teilte, blieb Azot ruhig. Er konnte die Welt verstehen, denn sein Leben war Schmerz. Die ständige Jagd, die endlose Flucht, der ewige Krieg – all dies schwang im Schlag des Herzens mit und fand seinen Widerklang in den Trollen, und besonders in Andas Brut. Sie alle waren Kinder des

Landes, Geschöpfe seines Herzens, aber Anda hatte die ihren näher an den Ursprung von allem zurückgeführt. Sie hatten an Macht gewonnen, an Stärke und an Klarheit, aber sie hatten auch einen Preis dafür gezahlt. Denn mit der Kraft des Herzens kam auch sein Leid. Die Trolle, die dem Ruf nicht gefolgt waren, spürten nur einen Schatten von dem, was Azot und seine Brüder und Schwestern antrieb. Was Anda zu dem gemacht hatte, was sie schließlich geworden war. Bis auf Kerr, der ein Gänger beider Wege war und so verstehen konnte.

Diesmal waren die Bilder lebendiger, farbiger. Etwas hatte sich verändert, als ob der Schläfer langsam erwachte, seine Träume sich der Wirklichkeit näherten, sie übernahmen. Das Herz schlief nicht immer ruhig, das wusste Azot. Aber so hatte er den Atem noch niemals vernommen. Rastlosigkeit schwang darin mit, ein seltsames Entsetzen. Wie ein Ertrinkender es fühlen mochte. *Oder ein Träumender, der nicht aufwachen will.* Unsicher, woher diese verwirrenden Gedanken kamen, erhob sich Azot. Zu sehr trieb ihn das Herz voran. Ihm missfiel diese Veränderung, wie er überhaupt allen Veränderungen misstrauisch gegenüberstand. Unvermittelt wünschte er, Kerr wäre bei ihm, damit er mit ihm darüber reden konnte.

Auf dem Rückweg hielt er am Schacht inne. Der schwache Luftzug trug Geräusche an sein Ohr. Gesänge, durch den langen Weg in die Tiefe verzerrt. Die Menschen an der kalten Oberfläche sangen, und Azot stand am Schacht und lauschte ihnen voller Unbehagen.

16

Der Anblick der Flammen lähmte Natiole. Er wusste, dass er etwas tun sollte, doch kein Muskel in seinem Leib bewegte sich. Es war keine Angst, die ihn erstarren ließ. Ein ungeheuerlicher Gedanke keimte in seinem Geist; ein Gedanke, den er selbst sofort hasste, für den er sich verachtete. *Vielleicht ist Ionnis ja tot.* Es war die Art von Gedanken, die man nie wieder vergisst und derer man sich nicht entledigen kann, so sehr man es auch möchte. Der Gedanke machte ihm bewusst, wer er wirklich war: nicht der gute und edle Held aus irgendwelchen Geschichten, sondern nur Natiole, der Sohn eines bedeutenden Vaters und Bruder eines geliebten Sohnes. *Und ein elender, heuchlerischer Bastard.*

»Ist da jemand oben?«, fragte der Troll. Seine Stimme klang dumpf, doch sie riss Natiole aus dem tiefdunklen Loch, in das er unversehens gestürzt war.

»Ionnis«, flüsterte Şten. Dem Voivoden schien der Atem zu stocken. Noch nie hatte Natiole seinen Vater so fassungslos gesehen. Plötzlich sah man ihm das Alter an, all die Jahre des Krieges und der Entbehrung, die er auf sich genommen hatte. Der verehrte Anführer der Wlachaken war zu einem einfachen Mann geworden. Zu einem Vater, der um seinen Sohn fürchtete.

Ohne einen klaren Gedanken zu fassen, stürzte Natiole nach vorn. Hektisch drängte er sich zwischen den Menschen hindurch, die im Hof umherliefen. Ihre Panik und Verwirrung berührten ihn nicht mehr, und er sprang die flachen Stufen zum Tor hinauf. Hinter ihm rief sein Vater etwas, dann setzte er sich ebenfalls in Bewegung, doch

Natiole achtete kaum darauf. Im Inneren des Gebäudes war es ruhiger, obwohl auch hier Menschen umherrannten. Aber ihre Bewegungen waren zielgerichteter. In den grimmigen Mienen sah Natiole eine Kampfeslust, die ihn an eine Schlacht denken ließ. Die meisten waren Soldaten, nur halb bekleidet, ohne Rüstungen oder Waffen, aber doch bereit, den Kampf gegen das Feuer aufzunehmen. Sie bildeten Eimerreihen wie Frontlinien, von unsichtbaren Fäden der Befehlskette gezogen. Mitten in diese Formation brach Natiole ein, durchstieß sie und lief weiter, in den kleineren Durchgang zur nächsten Treppe. Vielleicht riefen sie etwas, vielleicht ignorierten sie ihn, er konnte es nicht sagen.

Die Luft im Treppenhaus war überraschend kühl. Ein Lufthauch zog von unten nach oben, strich sanft über Natioles Haut. Ein irrsinniger Widerspruch zu der Feuersbrunst, die oben lodern musste, wie die Rufe und das noch ferne Tosen verrieten. Jetzt roch der junge Wlachake auch das Feuer, rauchig im Hals kratzend; ein Geruch, der Wärme und Heimat, aber auch, wie jetzt, den Tod bedeuten konnte.

Er sprang, immer zwei Stufen auf einmal nehmend, die Treppe hinauf. Einen Absatz über ihm standen drei Soldaten, zwei Männer und eine Frau. Während die Soldatin sich den Schweiß von der rußgeschwärzten Stirn strich, husteten ihre beiden Kameraden, dass es Natiole selbst die Brust zusammenzog.

»Wie sieht es aus?«, fragte Şten, der seinem Sohn offenbar gefolgt war, gepresst. Schweiß rann dem Voivoden über das Gesicht, und sein Atem ging stoßweise.

»Es geht nicht weiter, Vezét«, entgegnete die Soldatin bestimmt. »Es gibt kein Durchkommen.«

»Wir müssen nach oben«, sagte Natiole hilflos. »Mein Bruder …«

Er konnte das Mitgefühl in ihren Augen sehen, aber

sie schüttelte den Kopf. »Wir haben es versucht. Zu viel Rauch. Direkt über uns ist das Feuer.«

»Nein. Nein. Das lasse ich nicht zu.« Şten hatte die Hände in einer beinahe flehentlichen Geste erhoben, als wolle er die Aussage seiner Untergebenen ungeschehen machen.

Skeptisch blickte Natiole an der Soldatin vorbei. Tatsächlich wanden sich Rauchschwaden durch die Luft, wirbelten umher wie lebendige Wesen. Aber sie waren noch zwei Stockwerke unterhalb von Ionnis' Gemächern.

»Vielleicht sollten wir an dem Feuer einfach vorbeilaufen? Wenn es weiter oben noch nicht brennt, kann ich Ionnis holen«, erklärte er und unterdrückte den Hustenreiz, der nun auch in seinem Rachen aufstieg.

Schritte ertönten, und weitere Soldaten kamen die Treppe empor, schwer mit Eimern voller Wasser beladen.

»Gib mir den«, befahl der wlachkische Prinz kurz angebunden und wies auf einen Eimer. Ohne zu zögern, packte er den Henkel und goss sich das Wasser über den Kopf. Es war kalt, kam vermutlich direkt aus dem Brunnen, und es durchnässte ihn bis auf die Haut. Sein Vater folgte seinem Beispiel, übergoss sich mit dem nächsten Eimer Wasser.

An Natioles Gürtel hing sein Messer, und er nutzte die kleine Klinge, um sich ein gutes Stück seines feuchten Hemdes abzuschneiden. Er band sich den ausgefransten Fetzen vor Mund und Nase, atmete zweimal tief durch und blickte dann Şten an, der ebenfalls einen improvisierten Rauchschutz um sein Gesicht gewickelt hatte. »Bereit?«, fragte Natiole seinen Vater, und als dieser grimmig nickte, liefen sie weiter die Treppe empor.

Der Rauch wurde mit jedem Schritt, der sie aufwärts führte, dichter. Selbst durch das Tuch schmeckte Natiole den kratzigen Brandgeruch, und schon bald schmerzte jeder Atemzug. Er begann zu husten, aber er konzentrierte sich darauf, weiterzulaufen so schnell er konnte. Seinen Vater spürte er mehr hinter sich, als dass er ihn sah. Zwei weitere Schemen folgten ihnen, vielleicht Soldaten. Die dunstigen Schwaden nahmen Natiole die Sicht, und er tastete sich an der Innenwand des Treppenhauses weiter; Stufe für Stufe erklomm er den ersten Absatz. Dort schlug ihm eine bestialische Hitze entgegen, und er sah selbst im dichten Rauch das hungrige Flackern der Flammen. Das Geschoss musste komplett in Flammen stehen. Es knisterte und knackte, und das Feuer brüllte wie ein hungriges Tier, das nur noch lebte, um sich nach Nahrung zu verzehren.

Niemand konnte in dieser Dunkelhölle noch leben, und Natiole musste an die Menschen denken, deren Quartier auf diesem Stockwerk lag. Er drehte sich zu seinem Vater. »Vintila«, brachte er undeutlich hervor, aber der Voivode schüttelte den Kopf. Natiole erkannte im Bruchteil eines Augenblicks, dass er recht hatte, und er schob den grausamen Gedanken entschlossen zur Seite; wenn Vintila noch hier drin war, dann war sein Leib Asche, und sein Geist wandelte längst auf den dunklen Pfaden. Schon dieser kurze Halt sorgte dafür, dass sich Natioles Haut anfühlte, als stünde er bereits in Flammen. Seine Augen tränten, und einzuatmen stellte die reinste Qual dar.

Als die beiden Soldaten, die ihnen gefolgt waren, zu Vater und Sohn aufgeschlossen waren, liefen sie weiter, und Natiole betete insgeheim zu den Geistern, dass nicht auch das Treppenhaus von den Flammen ergriffen werden würde. Einen anderen Weg hinab gab es nicht, außer durch die Fenster, und ein Sturz in den Hof wäre tödlich.

Überrascht stellte Natiole fest, dass der Rauch sich ein wenig lichtete, als sie höher kamen.

Hinter ihm hörte er plötzlich ein rasselndes Keuchen, dann einen dumpfen Schlag. Als er herumfuhr sah er, wie sein Vater, von einem grausamen Hustenanfall geschüttelt, auf die Knie und dann zu Boden fiel. Şten lag zusammengekrümmt auf den Stufen, die Hände vor der bebenden

Brust. Einer der Soldaten kniete über ihm. Er warf Natiole einen Blick zu. Seine hellen Augen waren von rauchiger Schwärze eingerahmt, stachen deutlich aus dem dunklen Gesicht hervor.

»Schafft ihn hinunter«, beantworte der junge Wlachake die unausgesprochene Bitte. »Ich gehe allein weiter.«

Sofort packten die Männer den Liegenden, legten sich seine Arme um die Schultern und begannen, ihn die Treppe hinabzutragen. Natiole suchte den Blick seines Vaters, doch der dichte Rauch machte einen Augenkontakt schon unmöglich. Er hielt sich nicht länger auf, sondern ging weiter.

Endlich erreichte er den Korridor, der zu Ionnis' Kammern führte. Die Luft war rauchgeschwängert, aber erträglicher als unten und im Treppenhaus, und es war kühler.

»Ionnis?«, schrie er und musste sofort wieder husten. Seine Stimme war kratzig und rau, dennoch rief er immer wieder: »Ionnis?« Er erhielt keine Antwort. Hinter der Tür drang kein Laut hervor.

Mit wenigen Schritten war er bei der Tür. Sie war verschlossen.

Ungläubig blickte Natiole sie an. Er hatte das Feuer überwunden, war gegen jede Vernunft bis hierhergekommen, und nun stand er vor einer simplen verschlossenen Tür. Sein eigenes Handeln erschien ihm wie Narretei, dennoch rüttelte er an dem Griff, trat gegen die Tür, brüllte wieder und wieder den Namen seines Bruders. Es gab keine Antwort, und das alte Holz blieb fest, versperrte ihm den Weg.

Mit aller Kraft warf der junge Wlachake sich gegen die Tür. Ein stechender Schmerz zuckte durch seine Schulter, trieb ihm die letzte Luft aus den Lungen, aber die Tür hielt seinem Ansturm stand. Ein Einzelner würde sie nicht aufbrechen können, nicht ohne Zeit und Werkzeug, das wurde ihm mit schmerzhafter Deutlichkeit bewusst. Kein Mensch war kräftig genug, um die Eisenbeschläge zu brechen, das feste Eichenholz zu zertrümmern. Und ewig würde es nicht dauern, bis die Flammen auch diesen Korridor und damit ihn erreichten. Trotz dieser Einsichten sprang Natiole wieder zurück, wollte gerade Anlauf nehmen, als sich ein schweres Gewicht auf seine Schulter senkte.

»Lass mich«, brummte Kerr, der sich in dem Gang ducken musste, damit seine Hörner nicht über die Decke schabten.

»Was tust *du* hier?«, fragte der junge Wlachake tumb vor Überraschung. Der Troll deutete mit einem klauenbewehrten Finger auf die Tür: »Aufbrechen.«

»Nein, hier oben?«

»Ştens Leute haben ihn nach unten zurückgebracht. Er hat mir gesagt, sein Sohn ist noch hier. Also bin ich dir gefolgt. Im Stamm kümmern sich alle um die Jungen.«

Ohne seine Worte weiter zu erläutern, trat der Troll zwei Schritte vor, lehnte sich etwas zurück und sprang dann plötzlich gegen die Tür. Für einen winzigen Moment glaubte Natiole, dass diese auch diesem gewaltigen Ansturm standhalten würde, doch dann zerbrach sie splitternd, und die Trümmer wurden in den Raum dahinter geschleudert. Mit zwei langen Schritten folgte Natiole dem Troll in die Gemächer seines Bruders.

Durch die geschlossene Tür war nur wenig Rauch hineingelangt, und Natiole zog den feuchtwarmen Lappen von seinem Gesicht und nahm gierig einige tiefe Atemzüge, die ihn erneut husten ließen. Sein ganzer Körper fühlte sich überhitzt an, Schweiß hatte sich mit dem Wasser vermischt und bildete mit dem Ruß eine schmierige Schicht auf Haut und Kleidung. Die feinen Haare auf seinen Armen waren versengt, und er war sicher, dass das auch auf seine Augenbrauen und Wimpern zutraf. Vom Hof her drangen Rufe zu ihnen empor, gedämpft durch die Fensterläden.

»Hier«, rief Kerr und lief weiter, durch eine schmale

Verbindungstür, bei der der Troll in die Knie gehen musste, um sie passieren zu können. Tatsächlich lag dort Ionnis neben seinem Bett. Regungslos, wie Natiole sofort bemerkte, halb noch in die Decke gewickelt.

Sofort stürzte der junge Wlachake zu seinem Bruder. Ionnis' Haut war warm, doch selbst als Natiole ihn umdrehte, rührte er sich nicht.

»Ihr Geister«, entfuhr es dem jungen Wlachaken. »Er ist tot!«

»Nein«, entgegnete Kerr. Überrascht sah Natiole auf.

»Ich kann sein Herz hören und seinen Atem riechen«, fuhr das gewaltige Wesen ungerührt fort. »Er lebt.«

»Wir müssen ihn hier rausschaffen.«

Diesmal widersprach Kerr nicht. Als Natiole seinen Bruder vorsichtig umdrehte, spürte er etwas Feuchtes, Klebriges an seinen Haaren: Blut! *Blut? Wie kann das sein? Er muss beim Alarmruf aus dem Bett gesprungen und gestürzt sein.*

»Los«, brummte der Troll. Seine großen Pranken griffen nach Ionnis, aber Natiole presste die Lippen zusammen und schüttelte den Kopf.

»Ich trage ihn«, erklärte er bestimmt. Mit einem Ruck zog er Ionnis auf seine Schulter. Sein Bruder war erstaunlich schwer, und als Natiole sich aufrichtete, keuchte er vor Anstrengung. Vorsichtig folgte er Kerr, der bereits den Rückweg angetreten hatte. Schritt für Schritt ging der junge Wlachake zur Treppe. Der einzige Gedanke, der seinen Geist erfüllte, war, seine Last sicher zu ihrem Vater zu bringen. *Halt durch, Ionnis,* flehte er stumm. *Es wird alles gut, Bruder, es wird alles gut.*

Der Rauch war dichter geworden, und das Feuer knisterte und knackte deutlich hörbar unter ihnen. Die massige Gestalt des Trolls versperrte Natioles Sicht, und er verlagerte vorsichtig Ionnis' Gewicht, um das Tuch wieder über Mund und Nase zu ziehen. Doch die Feuchtigkeit war fast gänzlich aus dem Stoff gewichen, und der Rauch reizte seine Lunge stärker als zuvor. Hustend schritt er die Treppe hinab und wäre beinahe in Kerr hineingelaufen, der unvermittelt stehengeblieben war.

»Das Feuer ist hier«, erklärte der Troll und hustete. Der Laut klang abgehackt, und er verwunderte Natiole. *Ich hätte nicht gedacht, dass Rauch einen Troll stört. Sie wirken so … unbeirrbar,* schoss es ihm durch den Kopf.

»Wir müssen hier herunter«, erwiderte der junge Wlachake flüsternd. Jedes laute Wort kratzte in seinem Hals, und der Hustenreiz war beinahe übermächtig.

»Hier kommen wir nicht durch. Gibt es keinen anderen Weg?«

Entsetzt drückte sich Natiole an dem Troll vorbei. Tatsächlich schlugen unter ihnen Flammen aus dem Gang, leckten über die Wände und krochen über die hölzerne Decke des Treppenhauses. Eingerahmt von dunklem Rauch wären die Flammen fast schön zu nennen gewesen – wenn sie nicht eine so tödliche Gefahr dargestellt hätten.

»Es gibt keinen anderen Weg.«

Ein einfacher Satz, aber Natiole wurde sich seiner immensen Bedeutung sofort bewusst, als er ihn aussprach. Sie saßen in der Falle, eingesperrt in einem Flammenmeer, das nach ihren Leibern griff. Einige Momente starrte Natiole fassungslos auf das Feuer, das nun ihr Todesurteil war, dann musste er wieder husten. Krämpfe in seiner Brust ließen ihn zusammenzucken, brannten bei jedem qualvollen Atemzug. Als Kerr sich zu ihm umwandte und mit größter Leichtigkeit Ionnis von seinen Schultern nahm, wehrte er sich nicht. Und auch als der Troll ihn am Arm packte und halb die Stufen emporschleifte, ließ Natiole es mit sich geschehen. Selbst wenn er gewollt hätte, wäre eine Gegenwehr unmöglich gewesen; der Griff des Trolls war so fest wie die Berge des Landes, und Natiole konnte kaum atmen, geschweige denn einen klaren Gedanken fassen.

Erst als sie wieder im Schlafzimmer seines Bruders waren und die frischere Luft atmeten, ließen die Schmerzen und der Husten nach, und Natioles benebelter Geist klärte sich.

»Das ist die einzige Treppe«, erläuterte er noch einmal. »Wir sitzen hier fest wie Ratten in der Falle.«

Seltsame Visionen erschienen vor seinem inneren Auge. Sein Vater, jünger, wie er in der Kapelle der Feste gefangen saß, umzingelt von den Masriden. Seine Mutter als Geisel Zorpads, die in einem der Zimmer hier wie eine Gefangene gelebt hatte. Beide hatten innerhalb dieser Mauern dem Tod ins Auge gesehen, und nun blühte ihren Söhnen das gleiche Schicksal.

»Dann klettern wir«, verkündete Kerr entschlossen.

Ein kurzes Lachen bahnte sich den Weg in Natioles Kehle, ging aber nahtlos in einen schmerzhaften Hustenanfall über.

»Da runter? An der senkrechten Mauer?«

»Ja«, erwiderte Kerr ungerührt, als beträfe ihn der Spott in Natioles Stimme nicht.

»Ausgeschlossen. Und selbst wenn wir das schaffen sollten, was ist mit Ionnis? Ich lasse ihn nicht zurück.«

Der große Troll kratzte sich am Kinn. Langsam ging er zum Fenster, blickte hinab.

»Ich trage ihn«, sagte er mit fester Stimme. »Ich kann gut klettern.«

Wie zum Beweis hob er seine Hand mit den beeindruckenden Klauen empor. Unschlüssig sah Natiole zu ihm auf, dann blickte er wieder auf Ionnis. Aber der Troll hatte recht: sie hatten keine Wahl. Das Feuer würde zu ihnen kommen, und niemand konnte sie retten. Sie waren auf sich allein gestellt, und es gab nur noch diesen einen Weg hinaus.

»Gut. Wir klettern.«

17

Herrin, bitte beeilt Euch!« Voicas Augen waren vor Schreck geweitet, und ihre Hände zitterten, als sie Artaynis half, das Kleid überzuziehen. Das Mädchen selbst war barfuß, und ihr Gesicht sah verschlafen aus.

Mit einem Ruck zog die Dyrierin den Stoff ihres Kleides nach unten. Das musste an Förmlichkeit genügen. Zwar konnte sie weder Brandgeruch riechen noch die Flammen sehen, aber Voicas Sorge wirkte ansteckend. Ein Feuer konnte rasch zur tödlichen Falle werden.

»Lass uns gehen«, wies Artaynis ihre Zofe an, während sie mit den Zehen nach ihren Sandalen tastete. Sie folgte Voica in den Gang vor ihrem Gemach. Schon auf der Treppe begegneten ihnen zahlreiche Menschen, die ebenfalls durch die ängstlichen Rufe geweckt worden waren.

Der Hof war bereits gefüllt mit Soldaten, Gästen und Burgbewohnern, die teilweise noch in ihren Nachtgewändern hier herausgeeilt waren. Die Menge verteilte sich in kleinen und größeren Gruppen, überall wurde aufgeregt über das Feuer geredet, man sah sich nach Hilfe um oder bot sie an.

Sobald sie den Hof betrat, konnte Artaynis nun doch den Brand riechen. Die Luft war rauchgeschwängert, und der spätnächtliche Himmel erhellt von der Silhouette des großen Turms, aus dem helle Flammengarben schlugen.

»Oh ihr Geister, steht uns bei!« Voica schlug eine Hand vor den Mund, als sie die verheerenden Auswirkungen des Feuers erkannte.

Vor dem Eingang des Turmes bildeten sich allmählich Eimerketten, die Wasser zum Brandherd transportierten.

Die Dyrierin sah, dass sie vor allem auch die umliegenden Gebäude großzügig tränkten, um zu verhindern, dass das Feuer noch auf andere Teile der Burg übergriff. In der Reihe standen Soldaten und Bedienstete Seite an Seite. Sonst mochte es innerhalb der Burggemeinschaft Unterschiede in Rang und Ansehen geben, doch im Angesicht des Feuers wurden alle gleich. In ihrer Heimat wäre es nicht anders, grübelte Artaynis. *Vielleicht verbindet die Menschen doch mehr, als sie trennt? Nun, zumindest in der Not.* Dieser Gedanke führte sie dazu, dass auch sie helfen konnte. Sie ergriff Voicas Arm und zog sie zu einer Stelle in der Menschenkette, in der die Wassereimer noch eine weite Strecke überbrücken mussten. Wortlos reihte sie sich ein und nahm den ersten Kübel entgegen, der vom Brunnen aus zu ihr wanderte. Dann gab sie ihn an Voica weiter, die ihre Herrin staunend musterte, aber offenkundig zu aufgeregt war, um etwas zu sagen.

Eine Weile lang arbeiteten sie schweigend. Das Wasser, das aus den Eimern tropfte, hatte bald ihr Kleid und ihre Schuhe durchnässt, aber durch die Anstrengung der Arbeit wurde Artaynis nicht kalt. *Hat das Wasser überhaupt eine Wirkung?,* fragte sie sich besorgt. Die Flammen schienen ihr mit unverminderter Stärke zu lodern.

Ein Teil der Menschen brachte die Pferde aus dem hölzernen Stall an der Stirnseite des Hofes und trieb sie durch das große Tor; die Tiere, die das Feuer instinktiv fürchteten, wieherten in Panik, während sie über den Hof geführt wurden.

Auch wenn sich Artaynis in diesen Dingen kaum auskannte, erschien es ihr sinnvoll, die Tiere in Sicherheit zu bringen. Das große Gebäude war verloren, das konnte selbst sie erkennen. Die Flammen schlugen bereits aus den Fenstern zweier Stockwerke, und auch aus den obersten drang Rauch in dicken Schwaden. Wie Wolken zog er dunkel über den Himmel. *Hoffentlich konnten auch alle rechtzeitig fliehen, die in dem Turm geschlafen haben.*

Die Hektik um Artaynis herum ergriff nicht Besitz von der jungen Dyrierin, im Gegenteil, sie war überraschend ruhig und gefasst. Erst als Şten cal Dabrân aus dem brennenden Gebäude taumelte, gestützt von zwei Soldaten, beschleunigte sich ihr Herzschlag. Der Voivode sah furchtbar aus. Sein Gesicht war rußgeschwärzt, sein Haar versengt, und seine Kleidung wies stellenweise Brandlöcher auf. Im Hof brach er zusammen. Seine beiden Begleiter ließen ihn vorsichtig auf die Knie hinunter, augenscheinlich selbst erschöpft, und Şten krümmte sich unter schweren Hustenkrämpfen zusammen.

Artaynis blickte sich um und übergab einem jungen Mann, der ratlos um sich blickend in ihrer Nähe stand, den nächsten gefüllten Eimer. »Mach du hier weiter«, ordnete sie an und lief zu dem Voivoden, der, noch bevor sein Husten sich gelegt hatte, mit schmerzverzerrten Zügen darum kämpfte, wieder auf die Füße zu kommen. Ohne nachzudenken, griff sie ihm unter die Arme und half ihm aufzustehen, indem sie ihn stützte. Şten schien sie kaum zu beachten. Er blickte zum Brand empor und sagte etwas zu den beiden Soldaten, die ihn begleitet hatten, worauf diese wieder zurück in das Gebäude liefen. All seine Aufmerksamkeit war auf die Flammen gerichtet, und die junge Dyrierin sah, wie sich sein Kiefer unablässig bewegte, als flüstere er wieder und wieder die gleiche Formel vor sich hin.

»Geht es Euch gut?«, fragte sie leise. Einige Augenblicke lang glaubte sie, er würde nicht antworten, doch dann wandte er ihr widerwillig den Kopf zu.

»Meine Söhne …«, sagte er mit einer Hilflosigkeit in der Stimme, die sie zutiefst erschreckte.

Wieder blickte er hinauf. Eine schreckliche Erkenntnis dämmerte in Artaynis auf.

»Sie sind noch dort oben? Ionnis ist noch in seinen Gemächern?«

»Ja.«

Ein kurzes Wort in all dem Lärm, in dem so viel Angst und Trauer mitschwangen, dass der jungen Dyrierin der Atem stockte.

»Ich … ich wollte zu ihnen, aber der Rauch …«

Die Stimme des Voivoden war wenig mehr als ein Murmeln. Der sonst so selbstsicher wirkende Mann zitterte am ganzen Leib, und seine Finger spielten unablässig miteinander. In seine rußige, zerfetzte Kleidung gehüllt, aus Angst um seine Söhne sprachlos geworden, war der Voivode in diesem Moment nur ein Vater, dessen ganze Welt aus dem brennenden Turm vor ihm bestand.

»Was können wir tun?«

»Wir müssen warten«, erklärte Şten langsam, und mit einem Mal fasste er sich. Seine Züge glätteten sich, seine Hände wurden ruhig. »Wir können nichts tun. Ich habe Leute hochgeschickt. Wenn es einen Weg gibt, werden sie ihn finden. Kerr ist bei ihnen. Der Troll kann Hindernisse überwinden, die jeden Menschen aufhalten würden. Wir müssen daran glauben, dass er es schaffen wird, Ionnis zu finden. Wir können nur hoffen und zu den Geistern beten. Und uns darum kümmern, dass der Rest dieser Burg nicht auch noch abbrennt.«

Vielleicht sind diese Worte mehr für seine Ohren als für meine bestimmt, dachte die junge Dyrierin, denn Şten sah sie nicht einmal an, sondern behielt das brennende Gebäude nach wie vor im Auge. *Er hat seine Frau verloren. Ionnis hat erzählt, dass er nicht von ihrer Seite gewichen ist, bis zu ihrem letzten Atemzug und weit darüber hinaus. Er weiß, was Verlust ist. Vielleicht fürchtet er ihn deshalb umso mehr.*

Schweigend hob auch Artaynis den Kopf. Irgendwo dort oben in den Flammen waren Ionnis und Natiole. So, wie das Feuer tobte, waren sie womöglich längst tot. Und der Voivode hatte recht: sie konnten wenig mehr tun, als zu beten. Aber die junge Dyrierin war nicht wirklich religiös, und mehr als ein kurzes *Adgele, hilf!* kam ihr nicht in den Sinn.

Mit aller Gewalt schien sich Şten dazu zu zwingen, seine Augen kurz von dem Turm abzuwenden. Er hustete noch einmal, dann rief er mit lauter Stimme in das Chaos: »Jeder, der einen Eimer halten kann, beteiligt sich an den Wasserketten. Jeder andere verlässt den Hof. Wer jemanden vermisst, meldet es der Wache. Soldaten sind dort oben, um nach Überlebenden zu suchen. Sobald das Feuer unter Kontrolle ist, werden wir mehr wissen.«

Der Voivode selbst reihte sich in die Kette der Wasserträger ein, an vorderster Front, so dass er den Turm nach wie vor unablässig im Auge behalten konnte. Seine Leute schienen dankbar für seine Worte zu sein. Die kopflose Menge im Hof verteilte sich nun besser, und jeder schien willig zu sein, seinen Anweisungen Folge zu leisten. Artaynis nahm den Platz hinter Şten ein, nahm von ihm die leeren Wasserkübel entgegen und reichte ihm die vollen an. Die Zeit verstrich trotz all der Aufregung quälend langsam.

Unvermittelt wurde im dritten Stock des brennenden Turmes ein Fensterladen aufgestoßen, und eine gewaltige Pranke erschien im hellen Rechteck des Fensters. Es folgte ein mächtiger Arm, dann zwängte sich ein kompletter Troll durch die enge Öffnung. Es hätte ein komischer Anblick sein können, wenn es nicht um Leben oder Tod gegangen wäre.

»Den Geistern sei Dank«, raunte Şten, der ebenso wie Artaynis gebannt innehielt und an der Fassade hinaufblickte.

Mit einem letzten Schwung warf sich das Wesen geradezu aus dem Fenster und schlug mit einem Krachen gegen die Mauer. Über ihm flackerte es schon im Gebäude; das Feuer musste das Fenster fast erreicht haben.

Schreie ertönten, Finger wiesen in den Himmel. Dann sah auch Artaynis, dass sich auf dem Rücken des Trolls etwas befand, ein Bündel. Erst als ihr Geist die Größe des Wesens richtig zuordnete, erkannte sie, dass es eine Gestalt war, ein Mensch, der dort leblos auf den Rücken der Kreatur gebunden war. Entsetzt hob Artaynis eine Hand vor den Mund, als der Troll seine Pranke vom Fensterbrett löste und ein Stück die Wand hinabrutschte.

»Er will doch nicht die Wand hinunterklettern?«

Als wolle der Troll ihre Frage beantworten, schlug er seine Klauen in die Wand und ließ das Fensterbrett ganz los. Ein Aufschrei aus vielen Kehlen ertönte, als das gewaltige Wesen weiter abrutschte. Doch Kerr fing sich und tastete mit Händen und Füßen nach Ritzen und Vorsprüngen. Langsam und bedächtig arbeitete er sich weiter, und Artaynis konnte vor dem silbrigen Himmel sehen, wie er Steine und Mörtel aus der Wand kratzte und sich mit seinen starken Klauen den Halt schuf, den er brauchte.

Eine weitere Gestalt erschien am Fenster und kletterte ohne zu zögern hinaus. Diesmal war es, der Größe nach zu urteilen, ein Mensch, aber die junge Dyrierin konnte nicht erkennen, wer es war. Alle Blicke hingen an dem ungleichen Paar, das weit über dem Hof todesmutig die glatte Wand der Feste hinabkletterte.

»Weitermachen!«, brüllte Şten neben ihr. »Bewegung!«

Erfolgreich trieben seine Worte die Wlachaken an, die Wasserzufuhr wieder aufzunehmen, und es kam die befohlene Bewegung in die Gruppe.

Der Troll kletterte augenscheinlich langsam und bedächtig hinunter, doch seine langen Glieder ließen ihn Stück für Stück dem sicheren Boden näher kommen, und jedes Mal, wenn Artaynis ihre Augen zu der Fassade hob, hatte er wieder einen Abschnitt bewältigt. Er sah nicht nach unten, sondern war allein auf die Aufgabe konzentriert, auf das aktuelle Mauerstück, als gäbe es die Dutzend Schritt Tiefe unter ihm gar nicht. Sein menschlicher Begleiter hatte ein dickes Seil um den Leib geschlungen, das über ihm im Fenster verschwand, und soweit die junge Dyrierin erkennen konnte, kletterte er auf den Spuren des Trolls. Sie erinnerte sich an die Klauen, die sie bei dem Rat so fasziniert hatten. Offensichtlich konnten die Trolle mehr damit tun, als ihre Feinde zu zerfetzen. Jetzt retteten sie dem Troll und den beiden Menschen womöglich das Leben.

Wie gebannt verfolgte Artaynis den Weg der beiden. Sie selbst war eine gute Kletterin, und mit der richtigen Ausrüstung hätte sie sich durchaus die Wände dieser Burg zugetraut, aber nachts unvorbereitet aus dem höchsten Fenster zu steigen erforderte eher Waghalsigkeit als Mut. *Oder Todesangst.*

Das Fenster war gut gewählt gewesen. Der direkt Weg hinab führte nicht in den Hof, sondern auf das Dach eines kleineren, fast runden Gebäudes, das sich an den eigentlichen Wohnturm schmiegte und in dessen Schatten lag. Bislang hatte Artaynis diesem Gebäude keinerlei Beachtung geschenkt; es war nicht sehr groß und wurde anscheinend kaum benutzt. Jedenfalls hatte sie noch nie jemanden eintreten sehen.

Neben ihr stöhnte Ṣten plötzlich auf, und sie sah, wie aus dem Fenster über den Kletternden Flammen schlugen. Der Voivode biss sich in die eigene Hand, womöglich, um einen Schrei zu unterdrücken. Zwar hatten die beiden Kletterer bereits ein gutes Stück geschafft, und das Feuer konnte ihnen nicht mehr unmittelbar gefährlich werden, aber das Seil würde schon bald in Flammen aufgehen. *Und ein Absturz würde sie vielleicht töten.*

Genau in diesem Moment rutschte der Mensch ab. Sein rechter Fuß glitt ab, und sein Körper sackte herab. Einige Augenblicke lang hing er den Naturgesetzen zum Trotze an nur einer Hand, dann löste sich sein Griff. Mit einem Schrei stürzte er sicherlich ein gutes Dutzend Schritt in die

Tiefe, dann wurde sein Fall mit einem Ruck gebremst – das Seil um seinen Leib hielt ihn fest. Er schlug dumpf gegen die Mauer, und Artaynis zuckte bei dem Geräusch zusammen. Wie durch ein Wunder war der Kletterer haarscharf an dem Troll vorbeigestürzt, der seinen Abstieg nun beschleunigte. Bald schon hatte das Wesen den hilflos Hängenden erreicht und packte seinen Arm. Artaynis warf einen Blick zu Şten, der nun die Hände erhoben hatte, sie wie beschützend der Fassade entgegenstreckte und selbst so weiß wie eine getünchte Wand war.

Als zöge das Feuer ihren Blick an, musste die junge Dyrierin ebenfalls wieder hochschauen. Aus dem Fenster, aus dem das Seil baumelte, schlugen bereits Flammen. Jetzt betete sie doch.

Der Troll klammerte sich mit nur einer Klaue in die Wand. Mit der anderen versuchte er, den Menschen hochzuziehen. Es war kaum vorstellbar, was dieses Wesen für eine Kraft haben musste. Langsam, aber bestimmt zog es den Gestürzten hoch.

Bis das Seil weiter oben riss.

Ruckartig fiel der Mensch weiter hinunter, entglitt der Hand des Trolls und stürzte auf das Dach des runden Gebäudes, so dass Artaynis ihn nicht mehr sehen konnte. Şten gab ein erstícktes Geräusch von sich, fing sich dann aber und stürmte quer über den Hof.

»Leitern!«, rief er dabei, und sein Husten und die Anstrengung schienen vergessen. Wie ein gefangenes Raubtier lief er vor der Mauer auf und ab, bis endlich Soldaten mit einer langen Leiter zu ihm kamen. Innerhalb weniger Momente erklomm er diese und sprang auf das Dach des runden Gebäudes.

Auch der Troll erreichte endlich das Dach und verschwand aus Artaynis' Sichtfeld. Nervös wartete sie ab, die eigene Machtlosigkeit verfluchend.

Die beiden Soldaten, die der Voivode in den Turm geschickt hatte, kamen schwankend, aber unversehrt wieder heraus. Einer schüttelte den Kopf. »Drinnen ist niemand mehr.«

Dann erschien Şten an der Dachkante und ließ einen Körper an einem Seil hinab in den Hof.

»Holt Cornel«, rief er vom Dach und wies auf eine Soldatin: »Du! Hol Cornel!«

Während Artaynis in Richtung des Liegenden lief, stieg der Voivode die Leiter wieder hinab. Kerr hingegen rutschte über die Kante, hing kurz an einem Arm über dem Boden und ließ sich einfach fallen. Er landete auf allen vieren. Seine mächtigen Beine federten seinen Aufprall ab, und er löste die Gestalt von seinem Rücken. Als Artaynis bei ihm ankam, sah sie, dass es Ionnis war, der offenbar mit einem Laken an den Troll gebunden gewesen war. Das mächtige Wesen schien ihr als Einziger auf dem Hof ruhig zu sein, wie ein Fels in einem reißenden Fluss, den die Strömung nicht kümmert.

»Cornel!«, rief Şten erneut. Er war vom Dach hinuntergeklettert, auf die Knie gefallen und hielt nun Natioles Kopf in den Händen.

»Was ist mit ihm?«, fragte die junge Dyrierin den Troll, der sich gerade neben Ionnis kauerte.

»Ich weiß nicht. Er ist nicht wach. Und sein Kopf blutet.« Artaynis wünschte sich auf einmal mit aller Heftigkeit die Leibärzte ihres Vaters zur Stelle. *Wer weiß, was man in diesem Land unter Medizin versteht. Agdele gib, dass sie nicht nur wissen, wie man einen Menschen tötet, sondern auch, wie man ihn heilen kann.*

Endlich erschien der Sonnenpriester bei ihnen, der sich durch die Menschen drängte, die sie umgaben. Er war wie stets in ein reinweißes Gewand gekleidet, ein fast schon unmöglicher Anblick in all dem Rauch, Ruß und Durcheinander des Hofes.

»Cornel, meine Söhne. Hilf ihnen.« Die Stimme des Voivoden klang flehentlich, und der Sonnenpriester sprang ihm sogleich zur Seite. Er beachtete den Schmutz nicht, in den er sich kniete, sondern legte Natiole eine Hand auf die Stirn. Suchend wanderten seine Finger über Natioles Kleidung. Artaynis sah die Blutflecken an den Hosenbeinen, den zerrissenen Stoff. Der junge Wlachake hustete schwach, doch seine Augen wanderten umher, ohne etwas zu sehen.

»Das wird schmerzen«, flüsterte Cornel mit einem Hauch von Mitleid. Dann drückte er seine Finger auf die Wunde am linken Bein des jungen Mannes. Ein urtümlicher Schrei entrang sich Natioles Kehle, als für weniger als einen Lidschlag ein helles Licht zwischen den Fingern des Sonnenpriesters aufleuchtete. Als es verblasste, endete auch Natioles Schrei – er war in Ohnmacht gefallen.

»Bewegt ihn wenig, und schafft ihn in ein Bett. Vorsichtig!«, befahl Cornel barsch, bevor er sich Ionnis zuwandte. Auch dessen Leib tastete er vorsichtig ab, doch diesmal erhob er sich, ohne seine Macht zu nutzen.

Fragend blickte der Voivode, der zwischen seinen Kindern kniete, ihn an, aber Cornel schüttelte langsam den Kopf. »Ich kann nichts für ihn tun. Er hat viel Blut verloren, doch seine Wunde lässt sich mit meiner Kraft nicht heilen. Holt Ärzte, Şten cal Dabrân, und verschafft ihm Ruhe.«

»Tut etwas, Priester«, befahl Şten gepresst.

»Ich kann nicht«, erwiderte Cornel und rieb sich die Augen. »Ich bin nur ein einfacher Diener des Göttlichen Lichts. Die Wunde Eures Sohnes geht tief. Sein Kopf ist verletzt. Wenn ich versuche, sie zu schließen, verletze ich womöglich seinen Geist. Er braucht Ruhe und Wärme. Dann kann er vielleicht überleben. Doch das liegt weder in meiner noch in Eurer Hand.«

Unschlüssig blickte Artaynis den Sonnenmagier an. Aber sie konnte keine Lüge in seinem Antlitz erkennen, nur Erschöpfung. Auch Şten schien zu diesem Schluss gekommen zu sein, denn er wies Leute an, seine Söhne in Sicherheit zu bringen. Dann erhob er sich unsicher und stand einen Augenblick verloren da, während sie auf Tragen aus dem Hof geschafft wurden.

»Es wird gut werden«, brummte der Troll. »Sie leben. Sie haben dein Blut, Şten, sie sind stark. Ihr Geist ist stark.«

Artaynis wollte den Worten Glauben schenken, aber sie sah, dass der Voivode mit den Tränen kämpfte. Und plötzlich, nach all der Anstrengung der Nacht, merkte sie, dass auch sie weinen wollte.

18

Zu einem Palast gehörte einfach ein ausgedehnter, wohlgepflegter Garten. Mit dieser Meinung war Kamros nicht allein, und derzeit waren eindrucksvolle Anlagen in Mode, in denen Gärtner allerlei exotische Pflanzen hegten. Je reicher der Besitzer, desto ausgefallener die Flora. Auch Tiere gehörten zu solchen Parks, deren Anzahl und Exotik ebenfalls nur vom Reichtum des Besitzers beschränkt wurde.

Nach diesen Gesichtspunkten betrachtet, musste Baryxes ungeheuer vermögend sein, denn in seinen Gärten tummelten sich Kreaturen aus allen Provinzen des Reiches und einige, die es nicht einmal im Imperium gab. Das passte zu allem, was Kamros über den Mann wusste, der außergewöhnlich geschäftstüchtig sein sollte. In seiner Zeit als Satrap hatte er die Provinzen gnadenlos ausgepresst; so sehr, dass es immer wieder Aufstände gab, die dann von den imperialen Armeen niedergeschlagen werden mussten. Doch anders als so manch anderer Satrap hatte Baryxes sich nicht auf seinen Lorbeeren ausgeruht, sondern auch nach seiner Rückkehr nach Colchas danach gestrebt, seinen Reichtum zu mehren. Nun gehörten ihm weite Teile der Stadt, und er besaß einige der ertragreichsten Länderein im Kernland Dyria. Ein Mann von erlesenem Geschmack und dem nötigen Reichtum, um diesem auch zu frönen.

Natürlich zeigte er seinen Besitz gern. Vermutlich war dies der Grund, warum die Bediensteten Kamros in der Sänfte durch den halben Garten schleppten und, wie der Beamte bemerkte, dabei keineswegs den kürzesten Weg nahmen. Aber der Wunsch des Mannes, mit seinem Besitz zu prahlen, störte ihn nicht, denn er genoss den Anblick der fremdartigen, bunten Vögel, ihren schrillen Gesang und ihr aufgeregtes Geflatter mit den gestutzten Flügeln. Es gab seltene Raubkatzen aus dem Osten zu bestaunen, beinahe so groß wie Pferde, und eine gewiss mannsgroße Echse mit schillernden Schuppen, die jedoch nur faul in der Sonne lag. Die Blumen und Bäume waren nicht minder beeindruckend und von wahren Meistern der Gartenkunst angepflanzt und gepflegt worden. Ihre Farben ergänzten einander und bildeten den perfekten Hintergrund für das exotische Getier, das sich im Garten vergnügte.

Schließlich reichte Kamros die zur Schau gestellte Pracht aber doch. Glücklicherweise näherte sich die Sänfte ihrem Ziel. Auf einem sanft abschüssigen Hang hatte sich eine größere Gruppe Menschen versammelt. Einige Momente runzelte der dyrische Beamte die Stirn, da er eigentlich auf einen privaten Moment mit Baryxes gehofft hatte, aber dann erkannte er, dass es sich nur um Diener handelte. Gut zwei Dutzend von ihnen standen sorgfältig kalkuliert bereit, jeden Wunsch ihres Herrn sofort zu erfüllen.

Auch bei seiner Dienerschaft geizte der Hausherr nicht. Es waren Sklaven aus allen Enden der Welt darunter, in Stoffe gekleidet, die manchem Richter zu kostbar für die eigene Robe gewesen wären. Ein dunkelhäutiger Mann trug ein Tablett mit einer Karaffe und zwei Gläsern, und ein weiterer Sklave war nur dazu abgestellt, dem Getränk mit einem Sonnenschirm Schatten zu spenden.

Es gab auch Wachen in prächtiger Rüstung. Hauptsächlich Sylken, deren Verschwiegenheit und Loyalität sie als Leibwache sehr begehrt machten.

Vorsichtig stellten die Träger die Sänfte ab. Die kleinen Kiesel knirschten unter den vergoldeten Füßen der Sänfte, als sich Kamros aus den weichen Seidenkissen erhob.

Sein Gastgeber stand einige Schritt entfernt, von Dienern umgeben, die ihm an den Lippen hingen.

Das Protokoll in diesen Augenblicken war strikt, und Kamros war sich bewusst, dass er sich keinen Fehler erlauben durfte. Sieben Schritte von seinem Gastgeber entfernt blieb er stehen und wartete ab. Es wäre unhöflich gewesen, als Erster das Wort zu ergreifen, und da kein Diener ihn angekündigt hatte, galt es zu warten, bis man von ihm Notiz nahm.

Der Beamte nutzte die Zeit, um sich unauffällig umzusehen. Der Palast stand auf einem der Hügel, an deren Hängen Colchas errichtet worden war, und die Aussicht war grandios. Man blickte direkt den Hang hinab auf die prachtvollen Paläste anderer Würdenträger und dann in die Senke, wo das eigentliche Herz der Stadt steinern von der Macht des Imperiums kündete: der Tempel- und Palastbezirk, von dem aus die religiösen und weltlichen Belange eines Reiches gelenkt wurden, in dem es stets irgendwo Sommer war. Die mächtigen Kuppeln und Dächer dort strahlten gülden in der warmen Morgensonne. Im Laufe der Jahrhunderte war der Bezirk immer weiter gewachsen und hatte sowohl an Fläche als auch an Höhe gewonnen. Er war zu einem labyrinthartigen Komplex geworden, in dem die verschiedenen Tempel, Paläste und Verwaltungsprachtbauten ineinander übergingen, wo jede Grenze verschwamm und der uneingeweihte Besucher nur ein heilloses Durcheinander von Gebäuden, Plätzen und Straßen erkannte.

Kenner jedoch, wie Kamros einer war, sahen die unsichtbaren Grenzen, konnten die Hierarchien erspähen, deren subtile Auswirkungen sich auch in der pompösen Architektur zeigten.

Die Tempel mochten mitten im Herzen des Imperiums stehen, doch ihr Einfluss war gering. Schon seit Jahrhunderten war Religion mehr eine Privatsache, und die Priester hatten kaum noch Einfluss auf die Herrschenden. Tatsächlich wurden sie von den Beamten argwöhnisch beäugt; ein zu tief verwurzelter Glaube hatte schon mindestens zwei Imperatoren den Kopf gekostet.

Wichtiger waren die Verwaltungsprachtbauten, auch eine Art von Tempeln, in denen jedoch weitaus weltlicheren Göttern gehuldigt wurde: Effizienz, Reichtum, Macht, Einfluss. Gottheiten, vor deren Opferaltären auch Kamros bereits gekniet hatte.

Ein so gewaltiges Reich wie das Goldene Imperium benötigte eine Verwaltung, die den vielfältigen Problemen gewachsen war. Und die Bürokraten hatten eine solche errichtet. In den vielen Jahrhunderten ihres Bestehens mochte sie angeschwollen sein, selbstherrlich und sogar allzu selbstgefällig geworden sein, aber sie war das Herz des Imperiums, dessen Adern bis in die fernsten Provinzen reichten und dort für Wohlstand und Sicherheit sorgten. Der Imperator war das Hirn, wenn man bei dem Bild des Leibes bleiben wollte, aber ohne das Herz und das Blut, das es durch die Adern pumpte, wäre das Reich schon lange zusammengebrochen.

Der jetzige Herrscher wusste dies, war er doch einst selbst Beamter gewesen, und er zollte der Bürokratie den Respekt, der ihr gebührte. Gleichzeitig sorgte er jedoch dafür, dass sich die verschiedenen Bereiche im Gleichgewicht hielten und niemand mehr eine solche Macht erlangen konnte, wie es dem Goldenen Triumvirat gelungen war. Es war ein schwieriges Spiel, und der Imperator beherrschte es meisterhaft.

»Ah, du musst Kamros sein«, begann Baryxes das Gespräch jovial und lenkte damit die Aufmerksamkeit des Beamten wieder ins Hier und Jetzt. Die Wortwahl der Eröffnung war ein gutes Zeichen und deutete eine gewisse Offenheit gegenüber Kamros' Anliegen an. Baryxes hatte sich zu dem Beamten umgedreht. Er trug, selbstverständlich, Roben aus den erlesensten Seidenstoffen, gefärbt mit den teuersten Farben, die es im ganzen Imperium gab. Seine Finger wurden von goldenen Ringen geschmückt, und sein dunkles, lockiges Haar war mit juwelenbesetzten Kämmen nach hinten gesteckt. Er war erstaunlich schlank für jemanden, der zu jeder Mahlzeit ein Festmahl erhielt, und seine Züge waren noch jugendlich, soweit sich dies unter der perfekt aufgetragenen Schminke erkennen ließ.

»So ist es«, erwiderte Kamros etwas förmlicher.

»Larzanes hat mir von dir nur Gutes berichtet. Du bist mit seiner Tochter vermählt?«

»Ich hatte das Glück, von Larzanes als Schwiegersohn akzeptiert zu werden.«

»Gehen wir ein Stück? Gleich werden einige Tiere gefüttert, und ich schaue gern dabei zu«, erklärte Baryxes mit einem offenen Lächeln. Die Worte des Mannes zeigten Wirkung. Die sorgsam zurechtgelegten Erwiderungen in Kamros' Geist verloren an Gestalt; er hatte nicht mit einem derart offenen und geradezu freundschaftlichen Empfang gerechnet. Larzanes hatte versichert, ein gutes Wort für ihn einlegen zu können, aber dies ging sicherlich weiter als ein simpler Gefallen. *Ich muss vorsichtig sein. Er umwickelt mich mit unsichtbarem Faden. Wie eine Spinne, bevor sie ihr Opfer frisst.*

»Es würde mich erfreuen«, entgegnete Kamros etwas lahm und folgte Baryxes in den Garten. Die Sklaven schlossen sich ebenfalls an, doch hielten sie dezent Abstand.

»Ich muss dir gratulieren. Ich hörte, dass du den alten Anphanes beerbt hast.«

»Man hielt es wohl für angemessen, mir diesen Posten zuzuweisen. Ich hoffe, dass ich mich als würdig erweisen werde.«

Die Antwort entlockte Baryxes ein leises Lachen. Vielleicht lag es an ihrer Bescheidenheit, oder es entsprang dem Wissen um die Kämpfe, die Kamros mit den anderen Anwärtern auf die Beförderung ausgefochten hatte.

»Das bist du sicherlich. Ich kenne Larzanes schon lange. Er würde dich nicht loben, wenn deine Taten nicht seinen Beifall fänden. Und er würde keine Verbindung mit dir eingehen, wenn er sich davon nichts erhoffte. Deine Familie, obwohl angesehen, hat keinen Namen. Deine Schatullen sind gut gefüllt, aber nicht so prall wie die anderer Verehrer der Schönheit seiner Töchter. Also vertraut Larzanes darauf, dass du an beidem noch gewinnen wirst.«

Hektisch suchte Kamros nach einer passenden Erwiderung. Die brutale Offenheit des Mannes warf ihn aus der Bahn, und es wollte ihm nichts einfallen, also nickte er nur stumm. Innerlich verfluchte er sich dafür, aber das Terrain war gefährlich, und er wollte sich keine Blöße geben.

»Du schweigst«, fuhr Baryxes fort. »Verzeih meine Worte. Ich wollte dich nicht beleidigen.«

»Das hast du nicht«, versicherte der Beamte fest.

»Du musst verstehen, dass ich mich um viele Geschäfte und Angelegenheiten kümmern muss. In meinem Alter lernt man die Sitten fremder Völker zu schätzen. Im Norden sprechen die Menschen ihre Gedanken frei aus.« Der Mann lachte wieder. »Natürlich ist das nicht immer ein gangbarer Weg, aber ich sehe in dir eine verwandte Seele, Kamros. Du willst etwas, und du gehst die notwendigen Schritte, um es zu bekommen. *Alle* notwendigen Schritte. Dabei verlierst du dein Ziel nicht aus den Augen. Ich bin von ebensolcher Natur.«

Schweigend gingen sie weiter. Kamros' Gedanken rasten. Die Offenheit seines Gegenübers war nur aufgesetzt; vermutlich war es ein simpler Kniff, um ihn zu verwirren und aus dem Gleichgewicht zu bringen. Und zum Entsetzen des Beamten zeigte sie Erfolg. Er hatte sich auf die üblichen Regeln eingestellt, das vorsichtige Abtasten, die wohlgesetzten Worte, die mehr unausgesprochen ließen, als sie sagten. Andeutungen nur, hier ein unterstreichender Blick, dort ein winziges Nicken. Nun musste er mitten im Gefecht die Taktik wechseln, und er wusste, dass er seinem Gegner dadurch unterlegen war.

»Deine Worte enthalten ein großes Lob.«

»Ist das so?«, fragte Baryxes, nickte dann aber bedächtig. »Vermutlich stimmt das.«

»Larzanes hat mir geraten, mit dir zu sprechen. Auch über dich fand er nur gute Worte. Du hast recht: ich habe ein Ziel, und ich kenne den Weg dorthin. Allein, ich kann ihn nicht ohne Hilfe gehen.«

Sie erreichten eine niedrige Hecke, hinter der ein tiefer Graben lag. Jenseits dieser Begrenzung war eine weite Wiese angelegt worden, auf der sich ein Dutzend Raubtiere tummelten. Sie waren so groß wie Fohlen, mit mächtigen Köpfen und beeindruckenden Gebissen, ihr Fell von brauner Farbe mit dunkleren Flecken. Als sich die Gruppe näherte, hoben einige ihren Kopf und sahen zu ihnen herüber, aber die meisten lagen ungerührt in der Sonne.

»Kennst du diese Tiere?«, fragte Baryxes, und als Kamros den Kopf schüttelte, erklärte er: »Es sind Nialges aus dem Osten. Das Wort bedeutet angeblich *unablässiger Verfolger* in der Sprache der Wilden dort. Sie bilden Rudel und sind ausdauernde Jäger. Wenn sie einmal eine Beute ausgesucht haben, lassen sie nicht mehr von ihr ab. Selbst die Löwen dort gehen ihnen aus dem Weg, denn ihr Zusammenhalt ist groß, und das Rudel agiert stets gemeinsam.«

»Sie sehen sehr exotisch aus.«

»Exotisch? Das könnte man wohl sagen. Ich würde sie allerdings eher *hässlich* nennen. Aber das tut ihrer Faszination keinen Abbruch. Warte.«

Es dauerte einen Moment, aber dann näherten sich von der Seite weitere Diener. Sie trugen lange Stöcke und dicke Stoffwesten.

»Das ist zu ihrem Schutz«, erläuterte Baryxes. »Die Nialges sind schlau, und sie haben schon einige Male ihre Pfleger angegriffen. Sie können mit einem Biss einen Knochen zermalmen, als wäre es nur ein Stöckchen.«

Jetzt kam Leben in die Tiere. Alle standen auf, und zwei trotteten zur Seite, den Pflegern entgegen. Auch wenn sie gelangweilt wirkten, hierhin und dahin schauten, sah Kamros, dass immer ein oder zwei der Tiere beide Menschengruppen im Blick behielten.

Die Pfleger öffneten ein Gatter und legten eine lange Holzplanke über den Graben. Zwei von ihnen standen Wache und hielten die Stangen bereit, doch die Nialges näherten sich nicht weiter. Einer der Pfleger schob eine Ziege auf die Planke und zwang sie mit seinem Stock voran. Das verängstigte Tier meckerte und stemmte sich gegen den Druck, aber dann war es schon im Gehege. Schnell zogen die Pfleger die Planke zurück und schlossen das Gatter.

Erst geschah nichts. Die Nialges blieben stehen, und die Ziege lief am Graben entlang, direkt auf Baryxes und Kamros zu. Zwei Nialges entfernten sich von der Gruppe, eines trottete zur einen Seite, eines zur anderen.

Wie auf einen unausgesprochenen Befehl hin preschten unvermittelt zwei Nialges vor, auf die Ziege zu, die sofort floh. Doch das Rudel hatte sich verteilt, und die beiden Jäger trieben ihre Beute direkt in die Fänge ihrer wartenden Artgenossen. Die Ziege verschwand unter den Leibern ihrer Jäger außer Sicht, und ihre Schreie endeten schnell. Das ganze Rudel versammelte sich und fraß von dem Kadaver.

»Ein einzelnes Nialges ist nicht so gefährlich. Sie sind ausdauernd, aber nicht sehr schnell. Es ist das Rudel, das sie so gefährlich macht. Man erkennt es nicht so einfach, doch es gibt eine strenge Hierarchie im Rudel. Wie in der Bürokratie«, scherzte Baryxes, während Kamros überlegte, was ihm diese Demonstration sagen sollte.

»Beamte reißen allerdings nur selten Ziegen.«

»Wie wahr«, entgegnete Baryxes lachend. »Meistens haben sie größere Beute im Sinn.«

Sein Lachen erstarb mit den letzten Worten, und er sah Kamros abschätzend an. »Die Frage ist nur: wie groß?«

»Krieg ist die Jagd der zivilisierten Welt«, antwortete Kamros kühl. »Und Land ihre Beute.«

19

Der Geruch von Rauch hing in der Luft und lenkte Cornel von der Andacht ab. In der Kapelle hatte sich eine kleine Gruppe von Gläubigen versammelt, aber die Stimmung war gedämpft. Auch Cornels Gedanken kehrten immer wieder zu dem Brand zurück. Das Göttliche Licht hatte die Kapelle geschützt, aber das Hauptgebäude und der Westturm waren letztlich trotz aller Löschversuche ausgebrannt. Wenigstens hatte man verhindern können, dass die Flammen auf andere Teile der Feste Remis übergriffen, aber angesichts der entstandenen Zerstörung war dies nur ein schwacher Trost. Zwar hatte es keine Toten zu beklagen gegeben, aber die beiden Söhne des Voivoden waren verletzt worden.

Fahrig beendete der Sonnenpriester seine Predigt und entließ die Gläubigen in den diesigen Morgen. Gemeinsam mit Gharjaş reinigte er die Kapelle, aber auch bei der vertrauten Tätigkeit wollte sich diesmal keine Ruhe in seinem Geist einstellen.

Auch sein Untergebener schwieg. Die Ereignisse belasteten ihn vermutlich ebenso wie Cornel. Eigentlich hätte er mit dem jungen Mann reden sollen, seine Seele beruhigen, doch er fühlte sich selbst zu aufgewühlt, um einem anderen Frieden zu geben. *Eine weitere meiner Schwächen.*

Im Hof war der Geruch nach Feuer noch stärker. Seit zwei Tagen hing er in der Luft, setzte sich in der Kleidung fest, in den Haaren, war allgegenwärtig und durchdrang alles. Inzwischen war das Gebäude weit genug abgekühlt, um mit den ersten Aufräumarbeiten zu beginnen. Bei Sonnenaufgang hatten die Arbeiter angefangen, den Schutt aus dem Inneren des halb eingestürzten Gebäudes zu räumen. Eine undankbare Aufgabe, denn die Asche machte das Atmen schwer, und es verlangte immense Kraft, die mächtigen Steine, aus denen die Feste errichtet worden war, zu bewegen.

In den frühen Morgenstunden der Brandnacht war das Hauptgebäude in sich zusammengestürzt. Jetzt standen die Außenwände nur noch bis zum ehemaligen zweiten Stock, und es gab kein Dach und keine Decken mehr. Die Säulen der großen Halle ragten aus den Ruinen, und einige der unteren Innenwände standen noch. Das berühmte Mosaik, das die Voivodin Ionna in der Schlacht zeigte, war zur Hälfte zerstört worden, ebenso wie die älteren, restaurierten Fresken des Vorsaals.

Kopfschüttelnd betrachtete Cornel die Verwüstung. Der Wandschmuck war einst von den Masriden zerstört und hinter Wandteppichen verborgen worden, und die Wiederherstellung war für die Wlachaken eine wichtige Angelegenheit gewesen. Aber vor der Gewalt des Feuers hatten die Werke der Menschen keinen Bestand gehabt. Wieder einmal wurde sich Cornel der Vergänglichkeit all dessen bewusst, was von Menschenhand geschaffen wurde. Trotz seiner Zugehörigkeit zum Albus Sunaş war er auch Wlachake, und der Verlust schmerzte ihn. *Aber Mosaike lassen sich reparieren, Gebäude neu errichten. Der Verlust von Menschen ist die wahre Tragödie. Leider erkennen das nur wenige, und die meisten legen mehr Wert auf Stein und Land als auf die Menschen, die beides bewohnen.*

Der Weg zum Wohntrakt des Voivoden war durch den Einsturz des Hauptgebäudes unbequemer geworden. Man musste nun fast ganz um das niedrige Gebäude herumgehen, bevor man durch einen Eingang in den Küchenbereich kam, der eigentlich für die Anlieferung größerer Waren gedacht war. In der Küche herrschte die übliche Betriebsamkeit; die großen Öfen strahlten bereits ihre Wärme aus, und das Essen des Tages wurde vorbereitet. Keiner scherte sich um Cornel, als er weiterging, den Korridor erreichte und die Treppenstufen in den zweiten Stock erklomm. Hier standen zwei Wachen, junge Soldaten, die ihn aber ungehindert passieren ließen. Einer der beiden war der Junge vom Tor, der vor einigen Tagen seine Kameradin zur Vernunft gerufen hatte, und der Sonnenpriester nickte dem Soldaten freundlich zu, was diesen erröten ließ.

Wie erwartet fand der Sonnenpriester Şten cal Dabrân in seinen Gemächern vor. Er durchquerte das verwaiste Arbeitszimmer und ging direkt zur Schlafkammer hindurch. Der Voivode war allein, oder zumindest fast, denn in dem breiten Bett, an dem er saß, lag Ionnis. Der Kopf des jungen Mannes war bandagiert und auf ein Kissen gestützt, und er lag reglos da. Seit dem Brand war Ionnis immer noch nicht erwacht, gefangen in einem tiefen Schlaf, der ihn wie tot wirken ließ.

Als Cornel eintrat, erhob sich der Voivode von seinem Stuhl. Er selbst war ebenso bleich wie sein Sohn, und die Erschöpfung hatte sich in seine Züge gegraben. Seine Augen waren dunkel umrandet und seine Stirn sorgenvoll gefurcht.

»Keine Veränderung?«, erkundigte sich Cornel mit einem Blick auf Ionnis. Die Antwort bestand nur aus einem Kopfschütteln, aber der Sonnenpriester benötigte nicht mehr. Dass der Sohn des Voivoden nicht aufgewacht war, ließ sich sofort erkennen.

»Wir beten für ihn. Und für seinen Bruder.«

Ein kurzes Aufflackern war in Ştens Augen zu sehen; Wut vielleicht oder Hoffnung. Aber über seine Lippen kam nur ein müdes »Danke«.

»Wie geht es Natiole?«, erkundigte sich Cornel.

»Besser. Ihr habt ihn nur kurz verpasst, er war bis eben hier. Noch hinkt er, aber sein Bein heilt gut.« Einen Augenblick zögerte der Voivode, so als wolle er die nächsten

Worte nicht aussprechen. Doch dann fuhr er fort: »Das verdankt er Euch.«

Cornel hielt es für das Klügste, darauf nicht direkt einzugehen. »Haben Eure Leute mehr über den Brand herausgefunden?«, fragte er stattdessen. »Und was sagen die Feldscher zu den Verletzungen Eures jüngeren Sohnes?«

»Er könnte sie sich bei einem Sturz zugezogen haben. Wobei ich mir nicht vorstellen kann, wie er gestürzt sein soll oder von wo. Kerr sagte, er habe reglos neben seinem Bett gelegen. Oder die Verletzungen stammen von einem Angriff. Die Heiler wissen es nicht. Sicher ist nur, dass er ohne Nati und Kerr jetzt tot wäre, verbrannt in seinen Gemächern. Inmitten unserer Feste, geschützt von all diesen dicken Mauern, im Herzen unseres Landes.«

»Er ist nicht tot«, beruhigte Cornel den aufgebrachten Voivoden, dessen Stimme bei seinen letzten Worten immer lauter geworden war.

»Nein. Aber es hat nicht viel gefehlt, Sonnenpriester. Er hat Glück gehabt, dass der Rauch seine Lungen nicht völlig zerstört hat, weil er gerade noch rechtzeitig Hilfe bekam. Ich ... habe es nicht bis oben geschafft, und ich wäre niemals diese Mauer hinabgekommen.«

»Was Euer Sohn getan hat, war sehr mutig. Eine Heldentat.«

Jetzt erhellte sich das Antlitz des Voivoden kurz, und er nickte.

»Ja. Natiole hat das Herz seiner Mutter, auch wenn man es nicht auf den ersten Blick sieht. Sie wäre ebenfalls durch alle Flammen der Welt gegangen, um ihre Lieben zu retten. Nicht nur Ionna hatte den Mut einer Löwin.«

»Eure Frau war ein außergewöhnlicher Mensch. In jeder Hinsicht«, pflichtete Cornel dem Voivoden bei.

Einige Zeit standen sie schweigend neben dem Bett und lauschten den flachen Atemzügen des Verletzten. Der Sonnenpriester vermochte den Blick, mit dem Ştên seinen Sohn betrachtete, nicht zu deuten.

»Um noch einmal auf das Feuer zurückzukommen«, hob Cornel schließlich wieder an. »Es ist in Vintilas Gemächern ausgebrochen?«

»So scheint es. Aber der Geistseher war den ganzen Abend nicht dort. Vielleicht war es ein Unglück, ein brennender Span aus dem Kamin, ein Funke, der auf Stoff fiel. Etwas in der Art.«

Oder Brandstiftung, vollendete Cornel Ştens Ausführungen in Gedanken. *Den jüngsten Sohn bewusstlos geschlagen und dann ein Feuer gelegt. Der Verlust des Prinzen schwächt Wlachkis und vor allem seinen als unbesiegbar geltenden Herrscher.*

»Ich lasse Erkundigungen einziehen«, fuhr Şten fort. »Ich will wissen, was geschehen ist. Vielleicht wurde jemand beobachtet. Sollte das Feuer absichtlich gelegt worden sein …«

Er musste nicht weitersprechen. Wenn es Brandstiftung gewesen war, dann hatte es sich um einen Anschlag auf Ionnis und alle anderen Bewohner der Feste gehandelt.

»Ohne die Warnung Eures Trolls hätte es noch viel schlimmer kommen können.«

»Ohne Kerr hätte ich vielleicht zwei Söhne verloren. Versteht Ihr jetzt, warum ich ihm unbedingt mein Vertrauen schenke? Ihr seht nur einen Troll, aber ich sehe einen Freund, der selbstlos sein Leben für das meine und das meiner Familie riskiert hat. Welcher Mensch hätte so gehandelt?«

Darauf wusste Cornel keine befriedigende Antwort, aber es widerstrebte ihm, eine Kreatur der Dunkelheit als Helden gelobt zu sehen. »Trotz allem sind sie gefährlich, auch wenn es offenkundig einige unter ihnen gibt, die verständiger als ihre Artgenossen sind. Aber ich will nicht predigen, Ihr kennt meine Meinung in dieser Angelegenheit und wisst um meine Bedenken.«

»Und ich nehme sie ernst, Cornel. Das könnt Ihr mir glauben. Ich weiß besser als jeder andere, was Trolle sind und wie gefährlich besonders die Tiefentrolle werden können. Es behagt mir nicht, einen von ihnen in der Feste zu haben. Aber das ändert meine Meinung über Kerr nicht.«

Ein Klopfen unterbrach ihr Gespräch. Auf einen Ruf von Ştei hin öffnete sich die Tür, und Vintila humpelte in den Raum. Der alte Geistseher ging gebeugt und stützte sich schwer auf seinen Stock.

»Ah, Cornel. Sind Eure Gesänge schon vorbei?«

Nur mit Mühe konnte der Sonnenpriester einen grimmigen Gesichtsausdruck unterdrücken. »Allerdings. Wir preisen das Göttliche Licht bei Sonnenaufgang, wie Ihr bestimmt wisst.«

»Sicher, sicher«, erwiderte Vintila mit einem Grinsen, das seinen spitzen Zügen etwas Fuchsartiges verlieh. Immer wenn der alte Geistseher in der Nähe war, fühlte Cornel sich unwohl – als wisse Vintila etwas über ihn, ein Geheimnis, und lasse ihn dies ständig spüren. Die anderen Sonnenpriester mochten Vintila für einen harmlosen alten Mann halten, einen etwas verschrobenen Geistseher, den der lange Kontakt mit den mystischen Schemen des Landes geprägt hatte, doch Cornel sah durch die Maske des Alten. Hinter dem leutseligen Grinsen verbarg sich ein wacher Geist. Nicht nur das Lächeln gemahnte an einen Fuchs, auch der Verstand des Geistsehers war schnell und flink.

»Ich hoffe, Eure neue Unterkunft ist nach Eurem Geschmack?«, erkundigte sich Cornel höflich.

»Och, ja. Ich brauche nicht viel. Kein großes Zimmer oder gar ein ganzes Gebäude, um meine Pflicht erfüllen zu können. Außerdem sind Veränderungen gut. Halten den Geist jung.«

Säuerlich erwiderte Cornel das verschmitzte Lächeln des Alten. Seufzend streckte sich Vintila, bevor er sich wieder auf den Stock lehnte.

»Setzt Euch, Geistseher«, forderte Şten ihn auf und wies auf den Stuhl, auf dem er bislang an der Seite seines Sohnes gewacht hatte. Die ganze Nacht, wie Cornel vermutete. Der Voivode war vieles, doch vor allem treu – seinem Volk und seiner Familie gegenüber.

Vintila machte eine große Schau daraus, sich auf dem gepolsterten Stuhl niederzulassen. Manchmal fragte sich Cornel, wie viel von der Gebrechlichkeit des Geistsehers echt war und wie viel nur gespielt. Aber solche Gedanken waren unwürdig, sowohl seiner selbst als auch seiner Position, und er bereute sie sofort.

»Der arme Junge«, murmelte Vintila, der Ionnis eine von blauen Venen überzogene Hand auf die Stirn legte. »Er hat Glück, dass er einen so mutigen Bruder hat.«

»Ja, davon sprachen wir gerade schon. Selbst in dieser Zeit der Sorge bin ich sehr stolz auf meinen Sohn.«

»Es wäre eine Tragödie gewesen. Wenn ich daran denke, dass es vielleicht meine Schuld sein könnte …«

»Grämt Euch nicht, Geistseher. Es war nicht Eure Schuld.«

Stumm verfolgte Cornel das Gespräch zwischen dem Voivoden und seinem Geistseher. Bis zum Eintreffen Vintilas hatte er auf Augenhöhe mit Şten sprechen können, doch nun war er wieder der Ausgestoßene, der Fremdkörper, unwillkommen im eigenen Land und bei den eigenen Leuten.

»Ich habe die letzten Tage nie ein Feuer angemacht, und ich bin lange vor Einbruch der Nacht aufgebrochen, um einigen Bauern vor der Stadt zu helfen. Sie riefen mich überraschend. Hätten sie nicht Sorge um ihr Vieh gehabt, wäre ich wohl auch in meinen Gemächern gewesen.«

»Ihr hattet kein Feuer an?« Ştens Frage kam schnell, und auch Cornel war bei den Worten hellhörig geworden.

»Nein, nein. Meine alten Knochen brauchen nicht viel Wärme. Wie gesagt, meine Ansprüche sind gering.«

Nachdenklich strich sich der Voivode über das Kinn. Er war unrasiert, und in der Stille konnte Cornel das Kratzen hören, das seine Bartstoppeln verursachten.

»Kein Feuer …«

Die Bedeutung des Gesagten war allen Anwesenden klar. Vielleicht bis auf Vintila, der sich vorgebeugt hatte und nun mit geschlossenen Augen Ionnis' Hand hielt. Der Geistseher schien gar nicht zu bemerken, was in seinem Rücken geschah, geschweige denn zu hören, was gesprochen wurde. Als ginge ihn das alles nichts an. *Oder als ob seine Worte ihr Ziel gefunden haben und er nun gelassen auf ihre Wirkung vertraut.*

»Wenn es kein Unfall war, dann bleibt nur eines übrig. Ein heimtückischer, feiger Anschlag.«

Das waren die Worte, vor denen Cornel sich gefürchtet hatte. Er spürte, wie sich die Härchen in seinem Nacken aufrichteten. Er konnte die nächsten Worte fast vorhersagen, als habe das Göttliche Licht ihn unversehens zum Propheten gemacht: *Die Masriden haben den Frieden gebrochen.* In Gedanken formulierte er ein heftiges Stoßgebet, denn diese Worte würden Krieg bedeuten.

»Brände entstehen immer wieder«, gab Vintila unverhofft zu bedenken. »Nicht nur ein Feuer im Kamin kann sie auslösen, auch eine unvorsichtig abgestellte Lampe oder etwas dergleichen.«

»Wir müssen ganz sicher sein«, warf Cornel schnell ein. »Eine falsche Anschuldigung könnte fatal sein.«

Er ertrug Ştens langen Blick mit einer äußerlichen Gelassenheit, die er im Inneren nicht fühlte.

»Ja, das müssen … wir.«

»Wenn es ein Anschlag war, dann waren es Masriden«, sprach Vintila dann doch noch aus, was Cornel fürchtete, ohne den Blick von Ionnis zu nehmen. »Und dann müssen wir mit weiteren Übergriffen rechnen, da der Prinz diesmal entkommen ist.«

»Wir wissen nicht …«, begann Cornel, aber Şten hob die Hand und brachte ihn zum Schweigen. Der Voivode fand offenkundig zurück zu sich selbst, wurde vom Vater zum Herrscher, der mit einer simplen Geste Respekt einforderte.

»Cornel, ich stelle Euch diese Fragen nur einmal, also beantwortet sie gut. Auf wessen Seite steht Ihr? Wenn es zu einem Konflikt kommt, können wir Euch trauen?«

Konflikt, was für ein schönes Wort für eine hässliche Sache, dachte der Sonnenpriester sarkastisch. Laut sagte er: »Meine Liebe gilt dem Göttlichen Licht, Voivode. Aber Eure Frage beantwortet sich selbst: wenn Ihr sie stellen müsst, vertraut Ihr mir nicht.«

Ein Muskel zuckte in Ştens Wange. Immer noch saß Vintila mit dem Rücken zu ihnen, die Aufmerksamkeit scheinbar nur auf Ionnis gerichtet. Der alte Geistseher hatte mit seinen Worten ein Feuer geschürt, das vielleicht das ganze Land erfassen mochte, aber es schien ihn nicht zu berühren.

»Verzeiht mir, Cornel«, sagte der Voivode überraschend. »Ich bin müde und habe voreilig gesprochen, auch wenn dies meine Worte nicht entschuldigt.«

»Es sind schlimme Zeiten«, murmelte der Sonnenpriester, während eine gewaltige Erleichterung von ihm Besitz ergriff. »Ich wurde hierhergesandt. Nicht nur von meinem Orden, sondern weil es meine Pflicht dem Göttlichen Licht gegenüber ist. Ich will meinem Land, meinem Volk zeigen, was mir geschenkt wurde. Und egal, was geschieht, ich bin *Wlachake,* ebenso wie Ihr, Herr.«

Er spürte Ştens forschenden Blick, und er hielt ihm stand. Augenblicke verstrichen, in denen niemand sprach.

Bevor der Voivode etwas erwidern konnte, öffnete sich die Tür erneut, und der dyrische Gast des Voivoden betrat den Raum. Cornel hatte Artaynis zuletzt in der Nacht des Brandes gesehen, als sie sich zu seinem Erstaunen daran beteiligt hatte, die Feuer zu löschen. *Nicht unbedingt, was ich von einer Adeligen aus dem Goldenen Imperium erwartet hätte.*

Der Geistseher erhob sich mühsam von seinem Sitzplatz. »Ich sehe, auch unsere weit gereiste Besucherin teilt meine Sorge um Nemes Ionnis«, sagte er mit einem schwer deutbaren Lächeln, bevor er zur Tür humpelte.

Artaynis erwiderte das Lächeln nicht und beachtete auch Cornel kaum. Sie stellte sich neben den Voivoden und sagte leise: »Ihr müsst Euch selbst ausruhen, Ştefan. Ich kann ein Weilchen hier sitzen. Wenn sich etwas – irgendetwas – verändert, werde ich Euch sofort holen.«

Ştefan cal Dabrân sah aus, als ob er auffahren und der jungen Frau widersprechen wollte. Doch die Erschöpfung in seinen Zügen gab ihr recht. Mit zusammengepressten Lippen nickte er langsam.

»Nun gut.«

»Und ich kann mit ihr hierbleiben«, beeilte sich Cornel zu versichern.

Der Voivode blickte sie beide nacheinander an. Dann sah er zu Ionnis. Schließlich sprach er die Worte, die für den Sonnenpriester eine Erlösung bedeuteten: »Ich vertraue Euch.«

Weder in seiner Stimme noch in seinem Blick konnte Cornel Skepsis erkennen. Aber selbst der Voivode war nur ein einzelner Mann, dem im Rat eine ganze Meute anderer gegenüberstand, die seine Ansicht nicht teilen würden. Wenn erneut Krieg zwischen Wlachaken und Masriden drohte, würde der Albus Sunaş offenen Anfeindungen ausgesetzt sein. Zurecht, wie Cornel wusste, denn viele der Sonnenpriester fühlten sich Ardoly zugehörig. Mit Schaudern dachte er an die Ausschreitungen nach der Trollschlacht und betete in Gedanken, dass sich die Geschichte nicht wiederholen möge.

20

Obwohl jeder Schritt schmerzte, war Natiole dankbar, überhaupt laufen zu können. Noch immer wusste er nicht genau, was nach ihrem Abstieg aus dem Fenster geschehen war. Er hatte undeutliche Erinnerungen an die Angst, an das Feuer, an Schreie und das wirbelnde Gefühl großer Höhe. Aber sein Gedächtnis wollte ihm keine genauen Bilder liefern, nur eine wilde Mischung aus Eindrücken, die selten Sinn ergab. Selbstverständlich hatte man ihm berichtet, wie Kerr und er die Wand hinabgeklettert waren, wie das lange Seil, das er sich umgebunden hatte, gerissen war und wie Cornel seine Wunden versorgt hatte. Daraus ließ sich ein Bild zimmern, aber es passte kaum zu den Eindrücken, die ihm verblieben waren.

Seine Brust pochte bei jedem Atemzug, aber die Heiler hatten ihm versichert, dass dies vorübergehen würde. Cornel hatte die Knochen in seinem gebrochenen linken Bein wieder zusammengefügt, nur die Narben der Wunde würden bleiben. Ebenso wie die der Schürfwunden, die er überall davongetragen hatte. Die Prellungen und Quetschungen schmerzten, und seine Haut nahm mittlerweile an Schulter und Lende interessante Färbungen an.

»Vielleicht könnt Ihr in Zukunft den Schnee von den Sorkaten vorhersagen«, hatte der Priester noch am Morgen gesagt, als er das Bein untersuchte. *Vermutlich der Humor des Albus Sunaş*, dachte Natiole grimmig. Die Erinnerung an seine Wunden ließen seine Gedanken zu Ionnis wandern, und sein Gemüt verfinsterte sich. Sein kleiner Bruder war schwerer verletzt, und noch wagte niemand, eine Prognose abzugeben.

Plötzlich müde, humpelte Natiole aus seinen Gemächern in den Gang. Der Treppenabstieg war mühsam; mehr als einmal trat er zu fest auf und musste sich auf die Lippe beißen, um nicht aufzustöhnen. *Ich muss Cornel dennoch danken,* fuhr es ihm durch den Kopf. *Wenigstens kann ich gehen.*

Ein Stockwerk tiefer lag Ionnis im Bett, schlafend wie tot. Şten würde bei ihm sein. Er war fast die ganze Zeit bei ihm.

Doch als Natiole den Gang entlanghumpelte, jeden einzelnen Schritt als ein schmerzhaftes Geschenk betrachtend, hörte er leise Stimmen aus den Zimmern seines Vaters. Einen Moment zögerte der junge Wlachake, dann klopfte er vorsichtig an.

Sein Vater öffnete ihm die Tür. Als er Natiole erblickte, lächelte er zunächst. Dann sah er auf die Krücken und öffnete die Tür ganz.

»Geht es?«

»Ja. Es schmerzt bereits weniger als gestern. Man gewöhnt sich daran«, erwiderte Natiole und trat in den Raum. Das Arbeitszimmer wurde von Kerrs Anwesenheit dominiert, auch wenn der Troll sich hingehockt hatte. Der Raum war übervoll, da Şten alle möglichen Möbel aus anderen Zimmern hatte hierherräumen lassen, um Platz zu schaffen. Mehrere Truhen und Kommoden standen an den Wänden, und mit dem großen Troll war kaum noch Raum für die beiden Menschen.

Kerr brummte freundlich, als Natiole eintrat, und rückte etwas zur Seite. Dennoch standen sie eng beieinander, und der dumpfe Geruch des Trolls umhüllte die Menschen.

»Die Schmerzen gehen vorbei«, sagte Şten mit einem mitfühlenden Lächeln. »Auch wenn man es manchmal nicht glauben mag, ihre Zeit ist begrenzt. Aber die Erinnerung an deinen, an euren Mut wird bleiben. Sobald Ionnis wieder aufwacht …«

Falls Ionnis wieder erwacht, dachte Natiole, sprach den beunruhigenden Gedanken aber nicht aus. Sein Vater hatte genug Sorgen.

»Wunden zeugen von deinen Taten«, meinte Kerr und kratzte sich mit einer Klaue an der Seite. »Narben sind gut. Sie erinnern uns an unsere Fehler.«

»Keine Sorge, ich habe nicht vor, noch einmal aus einer brennenden Feste zu klettern«, erwiderte Natiole und lehnte sich vorsichtig gegen eine niedrige Kommode aus dunklem Holz, die mit Schnitzereien verziert war. In den letzten Jahren stellten die Holzschnitzer von der Insel Csalas immer mehr dieser Kommoden mit den Schubladen her, und wer es sich leisten konnte, tauschte die alten Truhen dagegen aus. Die schönsten Kommoden waren reich geschmückt und mit ganzen Bildern aus der Geschichte des Landes versehen. *Sogar der Dyrierin haben diese Möbel gefallen,* erinnerte sich Natiole.

»Dann nutzen die Narben ja.« Das schien den Troll zufriedenzustellen.

Mit einem Seufzen setzte sich Şten auf eine Truhe und deutete auf das gewaltige Wesen. »Wir haben gerade das weitere Vorgehen besprochen. Kerr und ich sind uns einig, dass die Trolle bald aufbrechen sollten. Wrag ist in unseren Kellern nicht gut aufgehoben. Und wohl auch nicht sehr glücklich.«

An dieser Stelle brummte Kerr zustimmend. Es war ein grollendes Geräusch, das tief aus seiner Kehle aufstieg.

»Aber Ionnis kann sie natürlich nicht führen. Vermutlich müssen wir ihnen jemand anderen mit auf den Weg geben.«

»Ich denke auch, dass es gut ist, wenn die Trolle bald aufbrechen. Nicht, dass ihr nicht willkommen seid«, fügte Natiole hastig hinzu. »Aber die Lage ist angespannt und euer Ziel fern.«

»Je schneller wir aufbrechen, desto eher sind wir wieder zurück«, erklärte der Troll mit unwiderlegbarer Logik. »Vielleicht war die ganze Reise keine gute Idee, aber ich werde jetzt nicht umkehren. Mit jedem Dreeg zersplittert unser Pakt mit Andas Kindern mehr und mehr, und manchmal glaube ich, dass ich der Einzige bin, der die Kluft noch überwinden kann.«

Der Troll schüttelte langsam den Kopf, und auch wenn es Natiole für gewöhnlich schwer fiel, in den gewaltigen Trollgesichtern Emotionen zu lesen, wirkte Kerr nun erschöpft und unsicher. Seine Schultern hingen herab, und er kratzte sich wieder.

»Andas Taten haben so viel verändert. Ich habe versucht, mein Volk zusammenzuhalten. Wenn es denn überhaupt noch mein Volk ist. Manchmal sehe ich Andas Kinder einfach nur als Trolle. Dann wieder sind sie fremd, und mein Stamm fürchtet sie. Ich kann Andas Kinder verstehen, aber was ist, wenn ich nicht mehr da bin?« Er sah Şten an. »Du hast deine Söhne, aber nach mir folgt niemand. Ich allein bin in die Schatten des Herzens getreten. Und ich fürchte, dass Andas Kinder den alten Krieg wieder aufnehmen, wenn ich nicht mehr bin.«

Der Troll blickte zu Boden, als ob seine Sorgen ihn beschämten.

»Ich verstehe dich«, erwiderte Şten. »Natürlich machst du dir Gedanken über die Zukunft. Auf deinen Schultern lastet viel Verantwortung. Ich weiß, welche Ängste dich umtreiben. Mir geht es nicht anders und Natiole auch nicht. Die Zukunft ist ein wildes Land, und von unseren Entscheidungen hängt vieles ab. Manchmal wünschte ich, dass ich die Zeit zurückdrehen könnte. Als nur mein eigenes Leben in meiner Hand lag und nicht das Blut vieler an ihr klebte.«

Erstaunt blickte Natiole seinen Vater an. Er war stolz, von ihm wie selbstverständlich einbezogen worden zu sein, aber die düsteren Worte passten nur schlecht zu dem Voivoden, der sein Volk durch all die Fährnisse der Vergangenheit geführt hatte. *Es muss an Ionnis' Wunden liegen. Sie haben auch ihn tief verletzt.*

Ein Husten vor der Tür riss sie aus dem Schweigen. Als Şten erneut die Tür öffnete, trat Vintila ein. Jetzt war das kleine Zimmer definitiv überfüllt, aber der alte Geistseher scherte sich nicht darum. Grinsend tappte er mit dem Stock gegen Natioles Krücken. »Seid froh, dass Ihr sie bald wieder ablegen könnt.«

»Das bin ich, Geistseher. Aber vielleicht ist es ganz gut, einmal zu spüren, wie es ist, sie zu benötigen.«

Das entlockte dem alten Mann ein krächzendes Lachen. »Euer Sohn ist ein kluger Kopf, Voivode. Schon beinahe wie einer dieser Philosophen aus dem Imperium!«

»Ich weiß«, war Ştens Antwort. »Da Ihr gerade vom Imperium sprecht: unsere Gäste wollen bald aufbrechen, und wir beraten, wie wir ihnen am besten helfen können.«

»Nun, Ihr steht zu Eurem Wort, oder nicht?«

»Natürlich.«

»Dann gebt Ihnen Führer mit. Hochrangige Leute, die im Imperium für sie sprechen können. Die für *uns* sprechen können.«

»Das ist mein Plan«, erwiderte Şten langsam. »Vermutlich wäre eine Reise auf Karren schneller, aber vielleicht gibt das Probleme mit Wrag. Kerr?«

»Karren? Diese Holzdinger mit den Tieren daran, die uns hergebracht haben?«

Şten nickte.

»Ich kann es ihm erklären, auch wenn es ihm nicht gefällt. Zumindest kommen wir so schneller voran. Aber ich kann nicht versprechen, dass Wrag die Tiere nicht als Proviant ansieht.«

Während Şten und der Troll die Details der Reise besprachen, hörte Natiole ihnen nur mit einem Ohr zu. Die Worte des Geistsehers beschäftigten ihn, und der Blick des alten Mannes war fest auf ihn gerichtet.

»Ich gehe mit«, erklärte er unvermittelt, erstaunt über den eigenen Entschluss. »Ionnis kann sie nicht begleiten, also werde ich seinen Platz einnehmen.«

Seine Worte unterbrachen das Gespräch, und Şten sah ihn verwirrt an, bevor er den Kopf schüttelte.

»Nein. Du wirst hier gebraucht. Zudem bist du verletzt. Das kommt gar nicht in Frage.«

»Ionnis hat diese Verpflichtung angenommen, und ich will sie von ihm übernehmen. Es ist nur recht, Vater. Du sagst selbst, dass jemand gehen muss, der für uns sprechen kann. Dessen Wort Gewicht hat, der sich für sie einsetzen kann. Wer wäre dafür besser geeignet als der Sohn des Voivoden? Deshalb wolltest du Ionnis schicken.«

Obwohl er sich nicht einmal selbst über seine Motive klar war, wusste Natiole, dass er gehen musste. Er fühlte sich schuldig an Ionnis' Verletzungen, als wäre er zu spät zu dessen Rettung gekommen. Oder als hätten seine missgünstigen Gedanken das Unglück erst heraufbeschworen. Sein Bruder verehrte das Imperium, hatte stets versucht, ihm diese Liebe begreifbar zu machen. Doch Natiole hatte sich ihm verweigert. *Ich muss gehen. Ich muss sehen, was er gesehen hat. Ich muss verstehen, was er verstand. Ich will ein besserer Sohn sein, wenn er … wenn mein Bruder nicht mehr erwacht.*

Natiole spürte, wie ihm ungebetene Tränen in die Augen stiegen, und er schämte sich, da er wie ein trotziges Kind wirken musste. Doch es war nicht Wut, sondern Trauer, die ihn umtrieb. Trauer und Schuld.

»Nati. Natiole. Du bist mein Nachfolger. Ich brauche dich hier. Gerade jetzt, da Ionnis verwundet ist.«

Ştens Tonfall war flehend, als suche er Verständnis. Sein Wort war in Wlachkis Gesetz, und Natiole hätte ohnehin niemals ohne die Erlaubnis seines Vaters aufbrechen können.

»Vielleicht ist es keine dumme Idee«, warf Vintila überraschend ein. Alle Augen waren nun auf den Geistseher gerichtet, der mit seinem Stock auf Kerr deutete. »Die Trolle brauchen unsere Hilfe, und wir haben den Beschluss ja längst gefasst, sie zu unterstützen. Ionnis wäre der richtige Kandidat gewesen. Dass sein Bruder nun geht, erscheint mir richtig. Vor allem angesichts der Umstände.«

Stirnrunzelnd blickte Natiole den alten Mann an. Er hatte nicht damit gerechnet, dass Vintila ihn unterstützen würde, aber die Worte des Geistsehers hatten immer viel Gewicht.

»Eine weite Reise«, fuhr der Alte fort und fixierte Şten mit seinem intensiven Blick. »Für einen Sommer fort aus Wlachkis. Über die Berge. Es wäre nicht das Dümmste, den Thronfolger selbst für uns und die Trolle sprechen zu lassen. Und wenn der Brand wirklich ein Anschlag auf das Leben des Prinzen war, dann wird Nemes Natiole sicherer sein, wenn er Remis verlässt, solange wir die Schuldigen noch nicht gefunden haben.«

Noch schien Ştens nicht völlig überzeugt, aber es wirkte auf Natiole, als würde sein Vater in seinem Entschluss schwanken. Sofort setzte er nach: »Du hast Ionnis ins Imperium gesandt, damit er das Leben dort kennenlernt. Damit er dort lernen kann. Denkst du nicht, dass eine solche Reise auch für mich wertvoll sein könnte?«

»Ich weiß nicht, warum du plötzlich so versessen darauf bist, das Imperium zu bereisen«, erwiderte Ştens bedächtig. »Wenn ich mir dein bisheriges Verhalten – auch unserem Gast gegenüber – anschaue, verwundert mich deine Hartnäckigkeit. Aber ihr habt beide nicht unrecht. Womöglich ist eine solche Reise derzeit eine gute Idee. Ich werde darüber nachdenken.«

»Ich würde es mögen, mit Natiole zu gehen«, erklärte Kerr und erhob sich abrupt. »Er ist mutig und gerissen. Einer wie er ist gut für den Stamm.«

Wieder einmal war Natiole nicht sicher, ob die Worte

tatsächlich ein Lob waren, da sie aus dem Mund eines Trolls kamen.

Şten erhob sich. »Ich werde wieder zu Ionnis hinübergehen«, verkündete er und beendete damit die kleine Versammlung.

»Ich löse dich später ab, Vater«, versicherte Natiole ihm, bevor er sich humpelnd auf den Weg machte.

Er schloss die Tür zu den Gemächern seines Vaters behutsam hinter sich, so, als könne ein zu lautes Geräusch seinen Bruder aufwecken. Die Absurdität seines Gedankens wurde ihm beinahe sofort bewusst. *Bei allen Geistern,* dachte er, *wenn es doch nur so einfach wäre.*

Mit seinen eigenen düsteren Überlegungen beschäftigt, lief Natiole den Gang entlang, der zur Küche führte, und entdeckte Artaynis beinahe erst, als sie schon vor ihm stand. Als sie ihn sah, blieb sie stehen. »Nemes Natiole – kommt Ihr von …«

Natiole nickte bestätigend. »Ionnis schläft, unverändert. Mein Vater ist jetzt bei ihm«, entgegnete er.

Die Dyrierin wirkte für ihre Verhältnisse nahezu unauffällig. Statt ihrer üblichen prunkvollen Kleidung trug sie ein schlichtes dunkles Kleid, und ihr Haar, das sonst stets aufwändig frisiert war, hatte sie zu einem festen Zopf gebunden.

Sie legte nachdenklich den Kopf zur Seite. »Glaubt Ihr, dass es besser wäre, Euren Vater jetzt nicht zu stören?«

Die Frage überraschte Natiole. *Offenkundig macht sie sich wirklich Gedanken um Vater und Ionnis.*

»Ich weiß nicht«, gab er ehrlich zu. »Das Feuer, der mögliche Angriff auf uns und Ionnis' Zustand machen ihm schwer zu schaffen. Und in dem Krankenzimmer geht es bisweilen schlimmer zu als in einem Taubenschlag – es scheint, als ob jeder am Hof den Prinzen besuchen will, und mein Vater muss trotz all seiner Sorgen ständig weitere Entscheidungen treffen, ob er möchte oder nicht.«

Das war vermutlich die längste Rede, die er je in Gegenwart der Dyrierin gehalten hatte, und er hatte die Worte nicht geplant. Es war wohl die Müdigkeit, die seinen Geist verwirrte.

»Dann werde ich ihn nicht behelligen«, beschloss Artaynis. »Wolltet Ihr in die Küche?«

»Ich hatte noch kein Abendessen«, gestand er, »und ich wollte schauen, was ich dort finden kann.«

Sie lächelte ihn verschmitzt an.

»Mundraub«, erwiderte sie. »Das ist mein Lieblingsverbrechen.«

Natiole betrachtete sie prüfend. Machte sie sich schon wieder über ihn lustig? Aber er konnte kein Anzeichen dafür entdecken. Also setzte er sich ohne ein weiteres Wort in Bewegung, und Artaynis folgte ihm.

In der Küche herrschte auch zu dieser Stunde Betrieb, da die Herdfeuer nie völlig ausgehen durften. Allerdings waren es nur eine einsame Magd und ein Küchenjunge, die Roste stapelten und die Kochstellen heiß hielten.

»Setzt Euch«, forderte Natiole die Dyrierin auf, noch immer unsicher, ob sie sich einen Spaß mit ihm erlaubte. Aber sie ließ sich lediglich an einem der groben Holztische nieder und schaute ihn erwartungsvoll an. Er lehnte die Krücken gegen die Tischkante.

»Ich bin gleich wieder da.«

Rasch hatte er Brot, Äpfel, Käse und kalten Braten auf einem Holzbrett zusammengesucht. Dann kam ihm ein Gedanke, und er winkte den Küchenjungen zu sich. »Bring das dem Voivoden auf sein Zimmer«, ordnete er an. »Lass dich auf keinen Fall mit den Sachen wegschicken.«

Der Junge nickte eifrig, nahm die Platte und murmelte: »Ja, Herr.«

Dann lief er, das Brett vorsichtig balancierend, zur Tür.

Nachdem Natiole ein zweites Brett gefüllt hatte, kehrte er zu der Dyrierin zurück, setzte sich ihr gegenüber und stellte das Mahl zwischen sie. Sie brach ein Stück Brot ab.

»In Wlachkis ist alles so … wenig förmlich«, sagte sie. »Bei uns zu Hause könnte ich nicht einmal in der Küche essen, wenn das mein sehnlichster Wunsch wäre. Die gesamte Haushaltung würde Kopf stehen.«

»Ionnis und ich haben früher alles mitgenommen, was der Koch nicht weggesperrt hatte«, erwiderte Natiole ungerührt. »Wenn darüber jedes Mal der Haushalt zusammengebrochen wäre, hätten die Masriden Remis schon lange zurückerobert.«

Das entlockte ihr ein Kichern. »Ihr habt Eurem Bruder früher sehr nahgestanden?«

Sofort kehrten Natioles düstere Gedanken zurück. »Als wir Kinder waren, ja. Bevor er nach Dyrien gegangen ist.«

»Was Ihr während des Brandes getan habt, war sehr mutig.« Artaynis blickte ihm direkt in die Augen. »Ihr habt ihn gerettet.«

Ich habe mir seinen Tod gewünscht. Der Gedanke stieg wie bittere Galle in Natiole auf. Hastig sprang er auf, bereute es jedoch sogleich, als ein stechender Schmerz sein Bein hinauffuhr.

»Wein?«, fragte er und hinkte davon, ohne ihre Antwort abzuwarten. *Was mir gerade noch gefehlt hat, ist falsche Bewunderung von seiner dyrischen Liebsten.*

Zu seinem Glück schien Artaynis jedoch nicht weiter über den Brand sprechen zu wollen, denn als er ihr einen Becher Roten reichte, bedankte sie sich lediglich. Die Stille zwischen ihnen breitete sich rasch unbehaglich aus, und so fragte Natiole schließlich: »Vermisst Ihr Euer Zuhause?«

»Natürlich. Ich vermisse meine Freunde und meine Familie. Und das Wetter. Wlachkis ist ein kaltes Land. Zumindest verglichen mit meiner Heimat.«

»Ich werde Dyrien vielleicht bald selbst besuchen. Wenn mein Vater es erlaubt, werde ich die Trolle begleiten.«

Artaynis' Gesicht zeigte einen Moment Verwunderung und noch etwas anderes, was er nur schwer deuten konnte. *Vielleicht ist sie froh, mich gehen zu sehen.*

Aber sie hatte sich sofort wieder unter Kontrolle und sagte nur: »Ihr werdet es dort gewiss angenehm finden, auch wenn ich mir nicht vorstellen kann, wie man in Colchas auf die Trolle reagieren wird. Wart Ihr schon einmal längere Zeit von hier fort?«

Natiole schüttelte den Kopf.

»Nein, nie. Auf längere Reisen hat mein Vater immer Ionnis geschickt. Der Thronfolger musste in der Nähe des Voivoden bleiben und lernen, wie man ein Land regiert. Das ist ihm sehr wichtig gewesen.«

»Euer Vater ist ein weiser Mann, Natiole. Und die Leute lieben ihn. Gewiss war er Euch ein guter Lehrer.«

Natürlich. Er war ja immer allen ein Vorbild. Natiole presste die Lippen zu einem schmalen Strich zusammen. Was wusste die Dyrierin schon von Şten cal Dabrân, außer dem Unfug, den ihr Vater ihr erzählt haben mochte? Was kannte sie schon anderes als die Annehmlichkeiten, die das dekadente Imperium zu bieten hatte?

»Es ist nicht immer leicht, der Sohn eines so … bedeutenden Vaters zu sein«, entgegnete er kühl. »Der Voivode hat hohe Ansprüche. Und es ist Ionnis immer leichter gefallen als mir, diese zu erfüllen. Aber vermutlich ist es für Euch schwer, sich solche Verpflichtungen vorzustellen.«

Unerwartet stieß Artaynis ein wütendes Schnauben aus. »Glaubt Ihr, es wäre leicht, sein Leben lang nur ein politisches Unterpfand zu sein? Mein Wert bemisst sich für *meinen* Vater daran, wem er mich einmal zur Frau geben kann. Und das wird, frei gesprochen, der Höchstbietende sein. Bis dahin darf ich herumreisen und seine Macht und seinen Einfluss mehren – wie jetzt in Wlachkis.«

Die junge Frau hatte die Worte so heftig hervorgestoßen, dass ihre Stimme dabei unwillkürlich lauter geworden war.

Die Küchenmagd legte erschreckt ihre Roste beiseite und starrte nun ihren Herrn und die Dyrierin an. Erst als Natiole ihren Blick nicht gerade freundlich erwiderte, nahm das Mädchen die Arbeit wieder auf.

Er wollte Artaynis anschreien. Wollte ihr sagen, dass es ihm egal war, wen sie heiratete oder auch nicht. Aber als er sie ansah, erkannte er, dass das nicht stimmte. Sie hatte eine Hand vor den Mund geschlagen, als wolle sie die Worte wieder zurückdrängen, die sie so hastig ausgesprochen hatte.

»Verzeiht mir«, murmelte sie. »Ich habe mich vergessen, Nemes.«

Plötzlich fühlte Natiole die Müdigkeit bleischwer zurückkehren. Er hatte sie nicht verletzen wollen. »Es muss Euch nicht leidtun, Artaynis. Es war meine Schuld. Ich bin … ein schlechter Gesellschafter.«

Ihr Lächeln kehrte zurück, und sie sah ihn kopfschüttelnd an.

»Ich glaube, Ihr kennt Euren eigenen Wert nicht«, sagte sie. Dann stand sie auf. »Danke für das Nachtmahl.«

Als Artaynis die Küche verlassen hatte, goss Natiole sich noch einen Becher Wein ein. Seine Gedanken waren verworren, und er konnte sie nur schwer ordnen. *Vielleicht war Ionnis' Wahl doch keine so schlechte.*

21

Aufbruch war fast zu einem heiligen Wort für Kerr geworden. In ihrer Heimat waren die Trolle immer unterwegs. Pausen und Ruhe gab es nur selten. Nahrung und Wasser konnten nur an wenigen Orten gefunden werden, und wenn ein Stamm hungriger Trolle eine Zeit lang in einem Gebiet gelebt hatte, musste er weiterziehen. Für Kerr bestand das Leben aus einer langen Reihe von Wanderungen, nur kurz unterbrochen von Zeiten des Ausruhens.

Bei Andas Kindern war es nicht anders. Vielleicht war dieses Gefühl bei ihnen noch stärker, diese Rastlosigkeit, die ganz von einem Troll Besitz ergreifen konnte. Auch wenn Wrag den Keller als Bleibe angenommen und ihn nur noch zum Nötigsten verlassen hatte, war er doch durchdrungen gewesen von dem Wunsch, weiterzuziehen.

Und jetzt war die Zeit des Aufbruchs gekommen, die sich im Herzschlag der Welt bemerkbar machte. Kerrs Finger kribbelten, und die anderen beiden Trolle wirkten aufgekratzt. Sogar als sie den schützenden Keller verließen und sich auf den Weg in den Hof machten, wo die Menschen sie schon erwarten würden.

»Endlich wieder laufen«, brummte Wrag. »Meine Beine sind vom vielen Sitzen schon ganz krumm!«

»Denk an die Karren«, erinnerte ihn Kerr an das Transportmittel, auf das er sich mit den Menschen verständigt hatte. »Das wird nicht so angenehm wie ein Weg unter der Welt.«

»Pah! Hauptsache unterwegs. Und weg von den stinkigen Menschen.«

Jetzt seufzte Kerr. Er hatte Andas Kind oft erklärt, dass sie an der Oberfläche auf die Hilfe der Menschen angewiesen waren, aber Wrag vergaß diesen Umstand gern. Doch er würde sich noch daran gewöhnen müssen, denn unterwegs würden sie nicht immer einen Unterschlupf finden, und Wrag würde die Hilflosigkeit bei Tag bald genauso hassen, wie Kerr es tat. *Und froh sein, dass wir Begleiter haben, denen wir trauen können.*

Tatsächlich standen im Hof schon drei große Wagen, aus schwerem Holz gezimmert, vor die jeweils zwei Ochsen gespannt waren. Die Menschen hatten es zunächst mit Pferden versucht, aber Wrags Nähe hatte die Tiere immer zu nervös werden lassen. Dunkel erinnerte sich Kerr an Druans Erzählungen von der Oberfläche und daran, dass schon beim ersten Aufeinandertreffen von Menschen und Trollen die Pferde ein Problem gewesen waren.

Natiole hatte schließlich den Vorschlag gemacht, es mit den schwerfälligeren Ochsen zu probieren, und wirklich hatten sich die Tiere nach einigen Tagen an Wrags Geruch gewöhnt. Jedenfalls zumindest so weit es ihnen möglich war, denn Kerr konnte ihre Angst immer noch riechen.

Bei den Karren standen Şten, Natiole und zwei Trollhände Menschen. Gerüstete Menschen, mit eingefettetem Leder und scharfem Metall und wachsamen Augen. Menschen, die ihrer Angst Einhalt gebieten konnten und trotz ihrer Furcht vor den Trollen zu handeln vermochten. Gefährliche Menschen.

»Ah, unsere Ehrengäste«, rief Şten, als die Trolle in den Hof traten.

Sofort duckte sich Kerr unwillkürlich, ein wenig nur, doch er merkte es und richtete sich wieder auf. Wenn die Menschen ihre Angst nicht zeigten, würde er es auch nicht tun.

»Wir sind bereit«, erklärte der Troll, woraufhin Wrag in die Hände klatschte, was ein so lautes Geräusch erzeugte, dass einige zusammenzuckten. Schwermütig dachte Kerr an Pard, dem diese Geste der Freude auch zu eigen gewesen war.

»Ja! Bereit!«

»Sehr gut. Das sind eure Begleiter. Unsere besten Soldaten«, erwiderte Şten und ignorierte Wrags abfälliges Schnauben. »Sie werden von Natiole befehligt und werden alles tun, um euch bei Tage zu schützen.«

Bei der Nennung seines Namens verlagerte Natiole beinahe unmerklich sein Gewicht von seinem verletzten Bein auf das andere. Er stand jetzt ohne Krücken, ein Zeichen der Macht der Sonnenmagier, aber Kerr wusste, dass noch lange nicht alle Wunden verheilt waren, die er davongetragen hatte. In den Augen des jungen Menschen lag eine Traurigkeit, die der Troll zu verstehen versuchte. *Vielleicht, weil er noch um seinen Bruder fürchtet. Ich habe mich so gefühlt, als Druan fort war.*

»Wir sollten bald aufbrechen«, befand Natiole leise. »Dann nutzen wir noch einen Teil der Nacht, bevor ihr auf die Karren müsst. Wir werden versuchen, möglichst oft dann zu reisen, wenn ihr selbst laufen könnt.«

»Wir sind bereit.«

Mit einem Nicken nahm der junge Mensch Kerrs Aussage zur Kenntnis, dann wandte er sich an seinen Vater. Einige Herzschläge lang standen die beiden sich gegenüber, so unbeweglich wie Felsen.

»Wenn du deine Cousine Ana siehst, richte ihr meine Grüße aus«, sagte Şten schließlich. »Sie ist uns immer willkommen, und ich möchte, dass sie das weiß.«

»Das werde ich. Wenn ich sie sehe.«

Şten trat einen Schritt vor und umarmte seinen Sohn. »Sichere Wege, Nati.«

Die Antwort seines Sohnes war nur ein Murmeln. Dann lösten sich die beiden Menschen voneinander und traten wieder zurück.

»Also«, erklärte Natiole und wies auf das Tor, das hinaus in die Stadt führte. »Brechen wir auf.«

Es bedurfte keines weiteren Wortes, um die Trolle in Bewegung zu setzen. Einige der Soldaten kletterten auf die Karren, trieben die Ochsen an, und schon bald rumpelten die Räder über die Pflastersteine. Doch bevor sie das Tor erreicht hatten, ertönte hinter ihnen ein lautes »Halt!«.

Überrascht sah Kerr sich um und erblickte ein Menschen-Mädchen, die Halbzwergin, die sich ihnen mit großen Schritten näherte. Sie war in unverständlich komplizierte Kleidung gehüllt, und sie roch nach fremden Pflanzen. Es war ein schwer erträglicher, süßer Geruch, der Wrag einen Schritt zurückweichen ließ. Mit entblößten Hauern knurrte er, um seinen Unmut über die Unterbrechung zu bekunden. Erst als Kerr ihm bedeutete zu warten, wurde das Grollen des Tiefentrolls leiser.

»Wolltet Ihr etwa abreisen, ohne Euch von mir zu verabschieden?«, fragte Artaynis mit kühler Stimme. Doch als Natiole zu sprechen anhob, unterbrach sie ihn mit erhobener Hand: »Ich meinte Kerr.«

Verdutzt blickte der Troll von ihr zu Natiole, der mit offenem Mund dastand, und wieder zurück zu der Halbzwergin.

»Menschen schlafen nachts«, stellte er neutral fest. »Alle anderen schlafen.«

»Keine gute Entschuldigung, aber zum Glück bin ich ja wach und habe Eure Abreise bemerkt. Ich wünsche Euch eine gute Reise. Möge Agdele über Eure Pfade wachen. Sogar über die Euren, Natiole cal Dabrân, auch wenn Ihr es nicht für nötig befunden habt, mir auf Wiedersehen zu sagen.«

»Ich bitte um Verzeihung. Mir war nicht bewusst, dass es erwünscht war«, erwiderte Natiole mit steifen Worten und einer noch steiferen Verbeugung.

»Dann hättet Ihr mir zumindest die Schmach erspart,

Euch hinterherzulaufen, um Euch zu bitten, einen Brief an meinen Vater mitzunehmen. Würdet Ihr das für mich tun?«

»Natürlich. Mit dem …«, begann der junge Mann, aber Wrag fiel ihm ins Wort: »Aufbruch. Das hast du gesagt, Mensch.«

»Nur einen Augenblick«, bat Artaynis mit einem breiten Lächeln, das Kerr vorsorglich die Hand auf Wrags Arm legen ließ. Andas Kind war nicht erfreut und ihm gefletschte Zähne zu zeigen, war gerade im Moment keine gute Idee.

»Mit dem größten Vergnügen«, wiederholte Natiole. »Ich werde Euer Schreiben persönlich überbringen. Der Brief einer treuen Tochter?«

»Wohl eher die Bitte, mir meine Diener doch noch nachzusenden. Nichts gegen Voica, aber ein Kypassis braucht geschickte und geübte Hände«, erwiderte die Menschin, zwinkerte aber dann. »Die Worte einer liebenden Tochter sende ich ihm natürlich auch.«

Kerr fühlte sich unbehaglich. Menschen, vor allem Männer und ihre Frauen, schienen ein sehr kompliziertes Verhältnis zueinander zu haben, und er konnte nicht sagen, dass er wirklich verstand, was zwischen ihnen vorging. Aber er wusste, dass bei Menschen wie bei Trollen die Paarung ein starkes Band war, stärker manchmal sogar als die Verbindung zum Stamm. Umso mehr sorgte er sich, dass er die Zeichen zwischen der Halbzwergin und Natiole nicht zu deuten vermochte.

Lächelnd verneigte sich Natiole erneut, bevor er eine kleine Ledermappe in Empfang nahm. Mit einem »Sichere Wege!« wandte er sich ab, und der kleine Konvoi setzte sich wieder in Bewegung. Noch einmal sah Kerr zu Şten zurück, der mit der Menschin im Hof stand und ihnen nachdenklich hinterherblickte.

22

Es stimmt, was ich Natiole gesagt *habe,* grübelte Artaynis. *Das Leben in Wlachkis entbehrt beinahe jeder Förmlichkeit.*

Obwohl sie mit Ionnis weder verwandt noch ihm ansonsten offiziell verbunden war, ließ der Voivode es zu, dass sie an seinem Bett wachte wie eine Schwester oder Verlobte, und Ştên cal Dabrân behandelte seinen dyrischen Gast auch sonst in allen Dingen, als gehöre sie zu seiner Familie.

Aber gerade das Fehlen eines Protokolls machte es Artaynis schwer, zu entscheiden, was richtig und was falsch war. Sie war daran gewöhnt, dass es viele Regeln gab, die befolgt werden mussten; dass es in Wlachkis keine Regeln gab oder sie diese nicht kannte, machte sie nervös. Während um sie herum daran gearbeitet wurde, die Überreste des Feuers zu beseitigen und mit dem Wiederaufbau des Turmes zu beginnen, war sie auf der Suche nach einem Platz, an dem sie sich nützlich machen konnte.

Seufzend betrachtete sie Ionnis, dessen Zustand nun seit zehn Tagen unverändert war. Sein schmales Gesicht wirkte eingefallen, die Haut war blass unter den dunklen Locken, die ihm in die Stirn hingen. Schlafend wirkte er jünger als seine beinahe zwanzig Sommer.

Sie musste an die Trolle denken und an Natiole, der sie in ihre Heimat begleitete, während sie hierbleiben musste. Die Begegnung mit Ionnis' älterem Bruder vor seiner Abreise hatte sie überrascht. *Er hat mich zum ersten Mal nicht so behandelt, als ob ich eine lästige Krankheit sei. Und er war kein bisschen stolz auf das, was er getan hat. Dabei hätte er jedes Recht dazu. Ein seltsamer Junge. Seltsam und verschlossen.*

Es klopfte an der Tür, und als sie öffnete, stand Livian vor ihr, eine resolute, ältere Frau, auf deren Heilkünste der Voivode große Stücke hielt.

Sie nickte Artaynis zur Begrüßung zu, bevor sie sich dem Bett mit dem Verwundeten zuwandte. »Ich möchte die Fäden aus der Naht an seinem Kopf ziehen«, sagte sie, nicht unfreundlich. »Und am liebsten wäre es mir, dabei nicht gestört zu werden.«

Artaynis verstand die Aufforderung und ging auf die Tür zu.

»Könntet Ihr in der Küche Bescheid geben, dass man mir eine Schüssel heißes Wasser schickt?«, fragte die grauhaarige Frau noch, während die sich daranmachte, den Verband um Ionnis' Kopf zu lösen.

Ergeben nickte die junge Dyrierin und verließ fluchtartig das Zimmer.

Als sie ihren Botengang erledigt hatte, strebte sie unentschlossen dem Hof zu, unsicher, was sie mit dem Rest des Tages anfangen sollte. Die Sonne schien ihr warm ins Gesicht, als sie aus dem Gebäude trat. Es war ein freundlicher Spätsommertag. Keine Wolke hatte sich vor die Sonne geschoben, ein lauer Wind fuhr in die Blätter der Bäume, die auf der anderen Hofseite standen.

Auf dem Hof herrschte geschäftiges Treiben. Ein Steinmetz aus Teremi und seine Gehilfen hatten damit begonnen, eine Bauhütte zu errichten, in der sie die Steine für das neue Turmfundament in Passform schlagen konnten. Einen Moment sah sie den Handwerkern zu, die mit Hammer und Meißel schwere Steinblöcke bearbeiteten, doch dann zog es sie weiter.

An das Hauptgebäude der Festung angeschmiegt, stand die Kapelle des Albus Sunaş, die das Feuer wie durch ein Wunder unbeschadet überstanden hatte. *Vermutlich hält der Priester dies für einen Beweis der Macht seines göttlichen Lichts,* dachte Artaynis. Obwohl die flache Bauweise und die steinerne Kuppel vermutlich eher dafür gesorgt hatten, dass die Kapelle kein Raub der Flammen geworden war. Zögernd trat sie auf die Holztür zu und legte eine Hand auf den Griff. Sie war noch nie in einer Andachtsstätte der Lichtpriester gewesen. Schließlich siegte ihre Neugier, und sie drückte vorsichtig den Griff hinunter. Die Tür war nicht verschlossen.

Der Anblick des Inneren der Kapelle ließ Artaynis vor Überraschung scharf die Luft einziehen. Der Glaube an das göttliche Licht war ihr stets streng und hart erschienen, aber die Kapelle war unbestreitbar ein heiterer, heller Ort. Die Wände und die Decke waren aus reinem, weißem Stein gestaltet, und durch ein Loch in der Mitte der Kuppel fielen Sonnenstrahlen, die das Weiß in einen beinahe übernatürlichen Glanz hüllten. *Ein guter Ort, um zu beten,* dachte sie und hoffte dabei, dass Agdele ihr verzeihen würde, dass sie andächtig in einem fremden Tempel stand.

»Sucht Ihr die göttliche Erleuchtung oder doch eher nur mich?«, fragte eine spöttische Stimme hinter ihr, und Artaynis fuhr herum. Von ihr unbemerkt war der Priester, Cornel, hinter einem Vorhang, der wohl einen dahinterliegenden Raum abteilte, hervorgetreten.

»Ich … suche weder das eine noch das andere«, gab sie offen zu. »Ich war nur neugierig.«

»Neugierig auf den Albus Sunaş? Den berühmten Orden von Verrätern, die beinahe eine Katastrophe heraufbeschworen hätten?«, erkundigte er sich mit ätzender Schärfe.

»Seid Ihr Gästen gegenüber immer so zuvorkommend?«, wollte Artaynis mit gerunzelter Stirn wissen. »Dann ist es kein Wunder, wenn Euer Glaube nicht mehr viele Anhänger in Wlachkis hat.«

Überaschenderweise brachte ihre Erwiderung Cornel

zum Lächeln. »Damit mögt Ihr sogar recht haben. Verzeiht, ich wollte Euch nicht kränken. Aber in letzter Zeit sind mir einfach zu viele Leute über den Weg gelaufen, die meinem Orden die Schuld an jedem einzelnen Unglück geben, das in Wlachkis geschieht.«

»So wie an dem Brand und dem Anschlag auf das Leben des Prinzen?«

Er neigte bestätigend den Kopf. »So wie an dem Brand.«

Artaynis musterte den Mann, der vor ihr stand. Sein hageres, entschlossenes Gesicht, die weiße Kutte, die stolze, aufrechte Haltung. Sie glaubte nicht daran, dass Cornell, der Brandstifter war. *Nicht, dass ich es ihm nicht zutrauen würde. Aber er würde es nicht leugnen, wenn er es gewesen wäre.*

»Und was ist Eurer Meinung nach in dieser Nacht geschehen?«, fragte sie ruhig.

Der Priester rieb sich das Kinn und betrachtete sie prüfend. Dann schien er sich zu einer Antwort durchzuringen. »Ich weiß es nicht. Aber auch ich glaube nicht, dass das Feuer von einer unachtsamen Küchenmagd verursacht wurde und der Prinz unglücklich gestürzt ist. Ich vermute, dass es die Absicht des wahren Schuldigen war, dass der Albus Sunaş unter Verdacht gerät.«

»Wer könnte daran ein Interesse haben?«, entgegnete sie überrascht.

»Oh, mehr Parteien als ich aufzählen kann, vermutlich. Ganz sicher aber alle, denen der Frieden zwischen Wlachaken und Masriden nie behagt hat. Die Frage ist nur: wer von diesen würde so weit gehen, für seine Pläne und Absichten die Familie des Voivoden anzugreifen?«

Das war eine interessante Überlegung, die Artaynis so bisher nicht angestellt hatte. *In der Tat,* grübelte sie, *vielleicht haben wir bislang die falschen Fragen gestellt. Die alte Feindschaft zwischen Wlachkis und Ardoly sitzt so tief, dass offenbar niemand mehr nach einem triftigen Grund für einen Angriff sucht.*

»Und was wollt Ihr in dieser Sache unternehmen?«

Der Priester zuckte mit den Achseln. »Es gibt kaum etwas, was ich unternehmen *kann*«, entgegnete er. »Ganz Teremi misstraut unserem Orden, und es ist eine kleine Gnade des Göttlichen Lichts, dass ich mich überhaupt noch frei bewegen darf. Wie lange dieser Umstand noch anhalten wird, ist zudem fraglich. Und wenn ausgerechnet ich einen anderen verdächtige, wer wird mir glauben? Nein, um den Voivoden zu überzeugen, sind mehr als Worte nötig. Ich bräuchte unwiderlegbare Beweise.«

»Ich kann Eure Sicht der Dinge nachvollziehen«, überlegte Artaynis vorsichtig. »Und vielleicht kann ich Euch helfen. Ich könnte ...«

Weiter kam sie nicht. Vom Hof der Feste drang lautes Rufen in die Kapelle, und dröhnendes Pferdegetrappel erklang.

»Was ist denn nun schon wieder passiert?«, meinte der Priester, augenscheinlich mehr zu sich selbst als zu seiner Besucherin, und öffnete die Holztür. An seiner Schulter vorbei spähte Artaynis in den Hof.

Vier gepanzerte Reiter, die Farben und Wappen der Masriden trugen, galoppierten in den Hof. Einer von ihnen trug ein Banner, das einen aufgerichteten Greifen zeigte. *Boten von Marczeg Békésar?*, fragte sich Artaynis, die das Wappen zu erkennen glaubte.

Sofort bildete sich eine Menschentraube um die Soldaten, als die Handwerker und Bediensteten der Festung zusammenströmten. Der Anführer der Masriden, ein hochgewachsener Mann, sprang von seinem Rappen und zog den Helm vom Kopf. Darunter kam ein kurz geschorener blonder Haarschopf mit einer einzelnen langen Haarlocke zum Vorschein. Der Reiter mochte dreißig oder auch vierzig Sommer gesehen haben, sein vom Wetter gegerbtes Gesicht machte es schwer, das genau zu bestimmen. Seine Hand lag auf dem Griff des Kriegshammers, der an seiner Seite hing, als sei er unsicher, ob er sich unter Freunden oder Feinden befand. »Holt den Voivoden«, befahl er mit lauter Stimme. »Wir bringen wichtige Nachrichten aus Ardoly!«

Zögernd lösten sich einige Gestalten aus der Menschenmenge und liefen in die Feste, um den Auftrag zu erfüllen.

Die anderen Reiter stiegen nun ebenfalls von ihren Tieren, hielten diese jedoch am Zügel fest und machten keine Anstalten, sie in die Ställe zu führen oder sie in die Obhut anderer zu geben.

Schließlich erschien der Voivode in Ricleas Begleitung in der Tür. Die auf dem Hof versammelten Wlachaken machten ihm respektvoll Platz und ließen ihn zu den Neuankömmlingen durch. Şten cal Dabrân baute sich vor ihnen auf und sagte mit ruhiger Stimme zu dem Anführer, den er offenbar erkannte: »Ich grüße Euch, Baczai. Ich nehme an, Ihr bringt wichtige Neuigkeiten, wenn sie nicht warten können, bis ich Euch hereingebeten habe?«

Der als Baczai Angesprochene verneigte sich. »In der Tat, Vezét. Was ich zu sagen habe, duldet keinen Aufschub.«

Der Mann hob den Blick wieder und zögerte dann entgegen seiner Worte doch noch einen Moment, bevor er verkündete: »Marczeg Tamár Békésar ist tot, Herr. Er wurde feige erschlagen, in einer Hütte in der Nähe der Sorkaten.«

»Was?«, entfuhr es dem Voivoden. »Der Marczeg wurde ermordet? Aber von wem?«

»Das wissen wir nicht, Vezét. Noch nicht. Aber – Marczeg Békésar war nicht allein, als wir ihn endlich fanden.«

Der Schatten einer Ahnung schien über das Gesicht des Voivoden zu ziehen. Sein Blick verdüsterte sich, aber er fragte fest: »Wer war bei dem Marczeg, als er starb?«

Jetzt zitterte die Stimme des Masriden doch. »Flores cal Dabrân, Herr. Eure Schwester. Sie wurde von den gleichen Händen erschlagen.«

Niemand sagte ein Wort. Es war, als ob alle Versammelten gleichzeitig den Atem anhielten, und es wurde so gespenstisch still, als ob die Szene auf dem Hof nur ein Gemälde sei, dachte Artaynis. *Die Zwillingsschwester des Voivoden, gemeinsam mit dem Herrscher der Masriden erschlagen. Agdele hilf! Wer immer einen neuen Krieg zwischen Wlachkis und Ardoly will, die Stunde könnte nun wohl nicht günstiger sein!*

Von ihrer Position aus konnte die Dyrierin sehen, wie Ṣten nach den Worten Baczais die Augen schloss. Riclea legte ihm einen Arm auf die Schulter, schwieg aber wie alle anderen. Der Voivode schwankte ganz leicht, bevor er seinen festen Stand zurückgewann. Dann hob er die linke Hand, die Finger so fest zur Faust geballt, dass die Knöchel weiß hervortraten.

»Meine Schwester ist tot?«, fragte er. »Wo ist ihre Leiche?« Er blickte zu den Pferden und ihren Reitern, als erwartete er, dort einen festgebundenen Körper zu sehen.

Baczai schüttelte niedergeschlagen den Kopf. »Es tut mir leid, Herr. Wir mussten sie an Ort und Stelle begraben. Es hat lange gedauert, bis wir sie fanden, und die wilden Tiere hatten …« Er ließ den Satz unvollendet.

Oh, ihr Götter, dachte Artaynis. *Der arme Mann.* Sie dachte an den Sohn des Voivoden, der in seinem todesähnlichen Schlaf lag, und an den, der gerade mit gewaltigen, todbringenden Wesen nach Dyrien zog. *Es gibt keine Hand, die ihn trösten könnte,* erkannte sie. *Er ist ganz allein.*

»Bringt die Pferde in die Ställe«, befahl der Voivode schließlich mit unmenschlich scheinender Ruhe. »Und dann, Baczai, seid Ihr und Eure Leute meine Gäste. Berichtet mir alles, was Ihr über Flores und Tamár wisst.« Er wandte sich von den Masriden ab und seinen Leuten zu.

Artaynis konnte erkennen, dass sein Gesicht ebenso weiß wie seine Faust geworden war.

»Morgen Nacht werden wir auf meine Schwester trinken«, verkündete er. »Flores wird alle Ehren erhalten, die ihr als Wlachakin und als Bojarin zustehen. Und dann werde ich herausfinden, wer für ihren Tod verantwortlich ist. Und bei allen Geistern, wir werden ihn jagen und töten.«

23

In letzter Zeit hatten sich Natioles Augen daran gewöhnt, dass er häufig in nur schwach erhellter Dunkelheit unterwegs war. Die Laternen, die an langen Stangen an den Karren befestigt waren, spendeten nur in wenigen Schritt Umkreis Licht, und wenn der Himmel wie heute Nacht etwas bewölkt war, blieb auch vom sonst so hellen Schein des Mondes wenig übrig, außer einem diffusen, schwer greifbaren Licht, das die Schatten eher noch vertiefte, ihnen lediglich Kontur gab, anstatt sie zu erhellen.

Neben ihm stapfte Kerr über die breite Straße. Der Troll schien unermüdlich zu sein, und auch das fehlende Licht behinderte ihn nicht, sondern behagte ihm eher. Seine beiden Begleiter schwiegen zumeist, auch wenn Natiole vermutete, dass sie dies aus unterschiedlichen Gründen taten. Zran war genügsam, ein Troll weniger Worte, so dass jeder seiner Äußerungen Gewicht zukam. Auf der anderen Seite war Wrag mit nichts zufrieden, hasste jegliches Leben und hielt sich von Natiole fern, wo er nur konnte. Der Tiefentroll schwieg wütend, offenbar erzürnt über die Menschen, die Oberfläche, ja über die Gestirne selbst, die ihn mit ihrem Licht peinigten. Tagsüber mussten sie dem mächtigen Wesen Decken überwerfen, da seine dunkle und knorrige Haut von direktem Sonnenlicht geradezu verwundet wurde, sich heller verfärbte und offensichtlich schmerzte, auch wenn der Tiefentroll dies niemals zugab.

Es fiel Natiole immer noch schwer, zu reiten. Nicht nur, dass sein Bein noch schmerzte, es war auch die Anwesenheit der Trolle, welche die Pferde nervös machte. Auch wenn Arian sich inzwischen besser daran gewöhnt hatte, zuckten die Ohren des Hengstes oft unruhig, und er war schreckhaft und leichtfüßig.

Immerhin war die Straße gut ausgebaut und breit genug für ihre Karren. Zwar wurde sie nur wenig genutzt, da ein großer Teil des Handels weiterhin über den Magy lief, aber der Voivode hatte schon vor Jahren ein Abkommen mit dem Marczeg der Masriden geschlossen, diese Verbindungsstraße zu erweitern und zu unterhalten. Sie führte zunächst parallel zum Magy von West nach Ost, allerdings weiter im Norden als der mächtige Strom, bog dann Richtung Nordost ab, überquerte den Iames bei Doleorman und führte von dort direkt auf den Erköl-Pass zu. Manchmal wurde die Straße von dyrischen Händlern benutzt, die in Turduj keine Zölle bezahlen oder das ohnehin geringe Entgelt der Burlai, der Treidler auf dem Magy, sparen wollten. Aber das kam nur noch selten vor, und so sah die kleine Gruppe kaum andere Reisende auf ihrer Strecke.

Längst hatten sie den Iames überschritten und befanden sich somit nicht länger in Wlachkis, sondern in Ardoly. Zwar war das weite Gebiet um die Drei Schwestern, zwischen Iames und Ylt, nur dünn besiedelt, aber es gehörte seit Menschengedenken zum Čireva, dem nordöstlichen der vier großen Herrschaftsgebiete im Land, und damit unterstand es Tamár Békésar, dem Marczeg von Ardoly. Auch wenn Tamár feierlich versprochen hatte, diesen Landstrich nicht weiter zu besiedeln, hatte der lange Frieden doch für neue Dörfer und Gehöfte gesorgt.

Ein wenig unwohl fühlte sich Natiole schon bei diesem Gedanken, denn er war mit der Vorstellung aufgewachsen, dass die Masriden die alten Feinde seines Volkes waren, und mit nur zehn Soldaten durch ihr Land zu reisen nagte an seinem Geist.

Die Trolle berührte die Existenz dieser menschlichen

Grenzen nicht, auch wenn der junge Wlachake ihnen ihre Bedeutung erklärt hatte. Wrag hatte nur gebrummt, als würde er bereits das Konzept nicht verstehen, während Kerr zwar genickt hatte, aber dem Ganzen wohl kein besonderes Gewicht beimaß.

»Die Sonne wird bald aufgehen«, erklärte Natiole mit einem Gähnen. Die zerrissenen Tage erwiesen sich als kräftezehrend. In den späten Stunden der Nacht, bevor die frühen Stunden des Morgens begannen, brachen sie üblicherweise auf und zogen mit den Trollen weiter. Vor Sonnenaufgang legten diese sich auf die Karren. Den Morgen über ging es weiter, bis zum Mittag ein Rastplatz gesucht wurde; im besten Fall ein Gasthaus oder die Scheune eines Bauern. Im Niemandsland zwischen Iames und Ylt fanden sie aber oft auch nur eine Lichtung neben der Straße. Erst gegen Abend ging es weiter; meistens warteten die Menschen bis zum Sonnenuntergang, manchmal zogen sie jedoch bereits früher los. In der Nacht gab es dann noch einmal eine längere Pause. Der Rhythmus ihrer Reise hatte längst von Natiole Besitz ergriffen, und sie kamen trotz der langsamen Ochsenkarren gut voran, aber ihr Fortkommen war anstrengend. Solange die Trolle allerdings kein Anzeichen von Schwäche zeigten, saß auch der junge Wlachake stur aufrecht im Sattel und ließ sich weder Schmerzen noch Müdigkeit anmerken. Er war der Anführer ihres Trupps, und auch wenn er noch nicht viel von den Trollen verstanden hatte, so hatte er doch begriffen, dass sie nur Stärke akzeptieren würden.

»Dann legen wir uns gleich hin«, erwiderte Kerr mit einem Blick zum Himmel, der sich im Osten langsam heller färbte. Über den Sorkaten war bereits ein silbriger Streifen zu sehen, dort, wo die Sonne durch die Wolken schon von ihrem baldigen Kommen kündete.

»Wie weit noch bis zu den Bergen?«, erkundigte sich der Troll, nachdem er Zran und Wrag gerufen hatte.

»Einige Tage, ich meine *Nächte* wird es noch dauern. Wenn wir weiter so gut vorankommen, vielleicht eine Handvoll. Spätestens in acht oder neun Tagen sollten wir über den Pass sein.«

Das Wetter war bislang angenehm gewesen. Warm, aber nicht zu heiß, fast gänzlich ohne Regen, bis auf eine einzige unangenehme Nacht. Die Pässe würden frei sein, und Natiole war sich recht sicher, dass es keinen Wetterumschwung geben würde.

»Gut, gut«, brummte Kerr. »Je schneller, desto besser.«

»Wieso, haben wir einen dringlichen Termin beim Imperator?«

Grinsend zwinkerte Natiole Kerr zu, doch der Troll blickte ihn verständnislos an. »Nein. Die Menschen wissen doch gar nicht, dass wir kommen.«

»Ah, dann ist es ja gut«, entgegnete der junge Wlachake und sah wieder auf die Straße. *Selbst mit einem schlauen Troll wie Kerr ist eine Unterhaltung nicht gerade einfach. Wie hat Vater das nur geschafft?* Eine Frage, die der junge Wlachake dem Voivoden irgendwann stellen würde. In den alten Geschichten und Liedern war Şten cal Dabrân immer der Held, der in jeder Situation genau wusste, was zu tun war. Egal, ob er Schlachten gegen den Tyrannen Zorpad schlug, Geiseln aus Festungen befreite oder mit den Trollen reiste. Doch allein seine kurze Zeit in Begleitung dieser drei Trolle ließ Natiole zweifeln, dass tatsächlich immer alles so glattgelaufen war, wie es die Legenden einem weismachen wollten. Und sein Vater selbst hatte immer bemerkenswert wenig darüber erzählt, kleine Anekdoten allenfalls, aber nie die ganze Geschichte.

Es gab einen kurzen Halt, als die Trolle sich geräuschvoll auf die Karren legten. Das Holz ächzte und knarrte bedrohlich, und wieder einmal fragte sich Natiole, ob die Wagen dieser Belastung auf längere Zeit standhalten konnten. Aber Şten hatte erklärt, dass die Wlachaken damals vor der ersten Trollschlacht die Trolle genauso transportiert hatten, um Zorpad mit den gewaltigen, kriegerischen Wesen überraschen zu können. Besorgt sah der junge Wlachake, wie die Ladeflächen etwas herabsackten. Aber die Karren hielten wieder einmal, und die Ochsen setzten ihren langsamen Trott widerwillig fort.

Als die Sonne aufging, hatte Natiole kaum einen Blick für die Trolle übrig. Zwei Soldaten warfen grobe Decken über die Leiber. Sie hatten sich angewöhnt, alle Trolle zu bedecken, auch wenn es nur Wrag war, der so besonders unter dem Sonnenlicht litt. *Vermutlich würde die alte Krähe Cornel jetzt wieder erklären, dass es eine Strafe des Göttlichen Lichts sei, dass Wrag nicht einmal Sonnenlicht ertragen kann. Als wenn ein Sonnenbrand irgendeine Bedeutung hätte.* Dennoch war dem jungen Wlachaken beim Gedanken an die Predigten des Sonnenpriesters nicht wohl. Denn in einem hatte er zumindest recht: Die Trolle waren gefährlich und fremdartig. Man tat gut daran, dies nicht zu vergessen.

Dösend ritt Natiole weiter. Die aufgehende Sonne vertrieb den Morgennebel langsam, doch die Wolken schwächten ihre Kraft. Dennoch wurde es angenehm warm, und das sanfte Schaukeln des langsamen Gangs tat das Seine, um den jungen Wlachaken fast einschlafen zu lassen. Von seiner Umgebung nahm er kaum noch etwas wahr, und als sie endlich rasteten, war er mehr als froh, absteigen und sein Bein hochlagern zu können.

Die Soldaten setzten sich im Kreis zusammen und spielten das Moraspiel, aber Natiole beteiligte sich nicht daran. Die Trolle schliefen ihren traumlosen Schlaf, und nach einem Frühstück, das zugleich Abendessen war, versank auch Natiole, in eine Decke gewickelt, in tiefen Schlummer.

Das Ab- und Aufsatteln ging dem jungen Wlachaken leicht von der Hand, und bald nach ihrer Rast saß er wieder im Sattel, jetzt wach und ausgeruht.

Schon früher war er tagelang durch das Land geritten, häufig ganz auf sich gestellt. Die Reise brachte diese Erinnerung wieder zurück. Es war der Wille seiner Eltern gewesen, dass er das Land gut kennenlernte, über das er einmal herrschen würde, und dies war eine der wenigen Pflichten gewesen, die er wirklich gern erfüllt hatte. Auch an die Reisen ins Mardew erinnerte er sich, an Désa im kargen Hochland, an die häufigen Wechsel zwischen Dabrân und Teremi. *Vielleicht war Teremi immer Zentrum meines Lebens, aber meine Kreise führten in jede Ecke meiner Heimat.* Allerdings nicht ganz in jede, wie er sich eingestehen musste. Ardoly im Osten hatte er nur selten besuchen können, obwohl er in seinem Innersten wusste, dass es auch Teil seiner Heimat war. Jedes Mal, wenn er den masridischen Namen dachte oder gar aussprechen musste, wurde ihm dies wieder bewusst.

Als wolle das Land selbst ihn an diese Schmach erinnern, zeichneten sich vor ihnen im Abendlicht einige Berittene auf der Straße ab, die ihnen ohne Hast entgegenkamen. Das warme Licht der Sonne fiel auf die mit dicken Metallstreifen beschlagenen Lederrüstungen, welche die Masriden als leicht bezeichneten, Schilde und Speere. Schienen an Armen und Beinen und Helme, die beinahe das ganze Gesicht bedeckten, vervollständigten das Erscheinungsbild der Reiter. Es waren gut ein Dutzend. Vorsichtig blickte Natiole zu Arvan, dem Anführer der Soldaten. Der erfahrene Kämpe zuckte mit den Schultern, aber seine Hand bewegte sich unbewusst zum Griff seines Schwertes.

Die Wlachaken hatten natürlich Rüstungen und Waffen bei sich, doch für den langen Ritt trugen sie nur einfache Wämser und das Nötigste an Ausrüstung am Leib. Ihre Rüstungen lagen gut verstaut in den Karren. *Und werden wohl bei der Ankunft schön nach Troll stinken,* dachte Natiole halb erzürnt, halb amüsiert. Aber der durchdringende Trollgeruch war kein Problem, die Masriden schon.

»Warum sind sie gerüstet?«, flüsterte er Arvan zu.

»Vielleicht jagen sie Wegelagerer? Oder es ist eine ihrer Patrouillen, mit denen sie uns Stärke beweisen wollen?«

»Ein Überfall vielleicht? Ein Raubzug nach Wlachkis?«

Der Soldat schüttelte den Kopf.

»Sie tragen Békésars Wappen – den Greif. Niemand würde es wagen, Marodeure im offiziellen Wams von Ardoly reiten zu lassen.«

»Gut«, murmelte Natiole, der die Einschätzung des Soldaten teilte. Vermutlich handelte es sich um Krieger des Marczegs selbst, die in der spärlich besiedelten Gegend für Recht und Ordnung sorgen sollten. Aber sein Misstrauen gegenüber den Masriden saß tief.

»Alle verhalten sich ruhig«, befahl er leise. »Seid aufmerksam, aber still. Keine Provokation. Wir reisen einfach nur nach Osten.«

Die Soldaten nickten. Unvermittelt wünschte Natiole, dass er sein Kettenhemd nicht im Karren verstaut hätte. Vermutlich war seine Sorge irrational, aber sollte es zu einem Kampf kommen, waren sie nicht nur durch ihre geringere Anzahl, sondern auch durch die Tatsache, dass die Masriden für einen Kampf gerüstet waren, im Nachteil. *Es wird keinen Kampf geben,* schalt er sich selbst. *Wir haben seit Jahren Frieden.*

»Halt!«

Der Befehl war nicht besonders laut. Mit einer Handbewegung bedeutete Natiole seinen Leuten, ihm nachzukommen. *Vielleicht ist es besser, wenn ich meinen Namen nicht nenne,* dachte er. *Wenn der Thronprinz unangekündigt im Land auftaucht, wäre das unhöflich.*

Die Masriden fächerten ihre Formation ein wenig auf und bildeten einen losen Halbkreis vor den Wlachaken. Ihr Anführer war ein großer Mann mit breiten Schultern und einer Narbe im Gesicht. Er saß lässig im Sattel, die Zügel in der einen, den Speer in der anderen Hand.

»Was treibt euch hierher?«

Obwohl die Frage nicht unfreundlich erschien, glaubte Natiole einen Unterton herauszuhören, der ihn vorsichtig werden ließ.

»Wir sind auf der Durchreise. Wir wollen über den Pass.«

»Händler?«

»So könnte man sagen.«

»Ganz schön viel Metall für ein paar Händler«, sinnierte der Anführer der Masriden mit Blick auf Arvan.

»Nun, die Reise ist lang und nicht ungefährlich«, erwiderte Natiole und lächelte, wie er hoffte, freundlich. »Man muss sich schützen.«

»In der Tat, das muss man. Bewaffnete Wlachaken auf dem Weg zum Pass. So ein Zufall.«

Die Worte verwirrten Natiole, und er konnte sich keinen Reim auf sie machen, aber bevor er etwas sagen konnte, setzte der Masride sein Pferd in Bewegung. Beunruhigt bemerkte der junge Wlachake, dass einige der masridischen Soldaten ihre Speere mit festerem Griff packten. Das Pferd des Anführers tänzelte nervös, aber er beruhigte es mit sanfter Hand und näherte sich den Karren.

»Was habt ihr da?«

»Ähm … das willst du nicht wissen«, entgegnete Natiole lahm. Er sah Arvans entsetzten Seitenblick, aber er hob die Augenbrauen und schüttelte leicht den Kopf. *Was hätte ich sagen sollen? Dass wir drei Trolle geladen haben?*

»Was sagst du, Bursche? Ich will das verdammt noch mal ganz genau wissen!«

Hilflos hob der junge Wlachake die Hände. »Vertrau mir: das willst du nicht.«

»Du viermal verfluchter, wlachkischer Lehmfresser! Was habt ihr da?«

Bei der alten Beleidigung der Masriden für sein Volk zuckte Natiole zusammen. Instinktiv ließ er die Hände wieder sinken und spürte die beruhigende Stärke des Schwertgriffs an seiner Seite. Arian schien zu spüren, dass ein Konflikt in der Luft lag, denn der Hengst schnaubte leise und legte die Ohren an.

Der Masride ritt noch zwei Schritt näher. Inzwischen war sein Pferd sichtlich beunruhigt, doch er hatte es gut im Griff und achtete nicht wirklich darauf. Langsam senkte er den Speer, bis die Spitze auf dem Rand des Karrens zu liegen kam.

»Was ist da drunter?«

Fragend blickte Natiole zu Arvan, der jedoch stur geradeaus schaute.

»Was?!«

Ohne eine Antwort abzuwarten, stieß der Masride zu und riss die Decke mit dem Speer zur Seite.

»Was bei allen … Dunkelgeister!«

Sein Schrei erschreckte sein Reittier, und es ging beinahe mit ihm durch und verdrehte die Augen vor Panik. Für einen Moment war der Masride nur damit beschäftigt, nicht abgeworfen zu werden. Seine Begleiter indes hoben alarmiert Schilde und Speere. Aus ihrer Position konnten sie kaum erkennen, was dort auf dem Karren lag, aber die Reaktion ihres Anführers war ihnen Warnung genug.

»Angriff«, brüllte dieser jetzt. »Macht sie nieder!«

Sofort zog Natiole seine Klinge, und die anderen Wlachaken taten es ihm gleich. Einen Herzschlag lang standen sich Wlachaken und Masriden gegenüber, eingehüllt in das seltsam friedliche letzte Licht des Abends.

Dann ging die Sonne unter.

Brüllend sprang Wrag auf, mit solcher Gewalt, dass der Karren beinahe umgekippt wäre. Die Schatten der Umgebung flogen dem Tiefentroll geradezu zu, klebten an ihm, gaben den Worten des Masriden eine unwiderstehliche Wahrheit – ein Dunkelgeist!

Natiole wollte losstürmen, die Masriden angreifen, aber

das Pferd des Anführers stieg in die Höhe, warf sich herum und galoppierte querfeldein davon.

Mit großen Schritten rannte Wrag auf die Masriden zu und hatte sie fast erreicht, als sie plötzlich entdeckten, dass Weisheit besser als Tapferkeit war, und ihrem Anführer folgten, so schnell sie konnten. Beinahe hätte der Tiefentroll sie dennoch eingeholt, aber dann waren sie davon, und Wrag kehrte griesgrämig zu den Karren zurück.

»Menschen! Pah! Feige, rosa Schwächlinge!« Er spuckte voller Verachtung auf den Boden.

Kerr, der ebenfalls von seinem Karren aufgestanden war, blickte Natiole an: »Was ist denn los?«

»Ich erzähle es dir unterwegs. Wir sollten schnell weiterreisen und hoffen, dass sie uns nicht verfolgen. Mein Vater wird dem Marczeg einiges erklären müssen, aber das wird ihm schon gelingen.«

So schnell sie konnten, zogen sie weiter. Dass eine Reise mit Trollen nicht unbedingt angenehm werden würde, hatte Natiole erwartet, aber dass er sich beinahe mit Masriden hätte schlagen müssen, hätte er vorher nicht gedacht.

24

Auch wenn ich dem Göttlichen Licht nicht immer ein guter Diener war, diese neuerliche Prüfung haben wir nicht verdient, dachte Cornel, während er durch die Straßen Teremis hastete. Es stand einem Sonnenpriester nicht gut zu Gesicht, zu rennen, doch er hatte keine andere Wahl. Mit geraffter Robe lief er durch die Straßen, und seine Sandalen klatschten auf die Pflastersteine. Die Menschen machten ihm Platz, meist nur widerwillig, aber Cornel scherte sich nicht darum, sondern drängelte sich zur Not einfach vorbei.

Einer der wenigen verbliebenen Gläubigen hatte ihm die Nachricht überbracht, dass eine aufgebrachte Menschenmenge Gharjaş in ihrer Gewalt hatte; die Wlachaken drohten, den jungen Priester des Albus Sunaş am nächsten Baum aufzuknüpfen. Oder vielleicht würden sie ihn auch einfach totschlagen.

Seit die Nachricht vom Tod der Bojarin Flores cal Dabrân sich in der Stadt verbreitet hatte, gärte es in den Straßen wie in einem Hexenkessel. Die meisten Bewohner gaben den Masriden die Schuld. *Und vermutlich reagiert man in Ardoly ebenso auf die Ermordung von Marczeg Békésar, nur dass man dort wohl eher Wlachaken aufhängen würde.*

Als er endlich das Apaş-Viertel erreichte, war die Sonne gerade untergegangen, und er beschleunigte seine Schritte noch mehr. Zu groß war die Befürchtung, seinen Untergebenen nur noch als baumelnden Leichnam vorzufinden. Das Hafenviertel lag in Remis, dem östlichen Teil der Stadt, und es war groß und verwinkelt, aber der Menschenauflauf, der sich um den gefangenen Sonnenpriester gebildet hatte, war nicht zu verfehlen; schon von Weitem hörte Cornel die aufgebrachte Meute schreien. »Masridischer Hund!« »Rache für Flores!« »Tod allen Vorbs!« »Tod den Unterdrückern!«

Dass Gharjaş zur Zeit der masridischen Herrschaft über Wlachkis noch ein kleiner Junge gewesen sein musste, schien die empörten Männer und Frauen nicht zu kümmern.

Endlich bog Cornel um eine Häuserecke und kam beinahe direkt vor der Menschenmenge zum Stehen.

Mehrere Dutzend Einwohner von Teremi hatten sich versammelt, und in ihrer Mitte befand sich Gharjaş, die Hände auf den Rücken gebunden, einen groben Sack über den Kopf gestülpt. Seine ehemals weißen Gewänder waren über und über mit Schmutz und Unrat bedeckt. Als sich Cornel umsah, entdeckte er den Grund dafür. Offenbar machten sich die anwesenden Kinder einen Spaß daraus, den gefangenen Sonnenpriester mit verfaultem Gemüse und Schlimmerem zu bewerfen. Zwei Männer hatten sich eben zu Gharjaş hindurchgedrängt. In der Hand hielten sie ein festes Seil, und es war nicht schwer, ihre Absicht zu erraten. Schon trieben sie ihren Gefangenen in Richtung einiger nahe stehender Bäume.

Cornel atmete einmal tief ein. Das hier konnte schlimm enden, sowohl für den jungen Priester als auch für ihn, wenn er sich einmischte. Aber welche Wahl blieb ihm schon? *Wir alle sind in der Hand des Göttlichen Lichts,* befand er. *Es wird mich beschützen. Oder mir seine Gnade entziehen, ganz, wie es ihm beliebt.*

Mit einem Satz sprang er nach vorn, mitten unter die aufgebrachte Meute. Er ignorierte die zornigen Rufe der Umstehenden und reckte einfach beide Arme gen Himmel. Dann rief er das Göttliche Licht zu sich herab, einen gleißenden Blitz aus dunklem Himmel.

»Hört mich an!«, rief er mit donnernder Stimme.

»He, da ist noch einer!«, kam es empört zurück, und eine besonders eifrige Frau keifte: »Hängen wir den auch gleich!«

»Ruhe«, setzte Cornel noch einmal lauter nach, und tatsächlich wurde es um ihn herum etwas stiller.

»Ihr alle kennt mich«, hob der Sonnenspriester an. »Ihr mögt mich nicht besonders, aber das ist mir egal. Ihr kennt mich, und ihr wisst, warum ich noch immer in Teremi lebe und jeden dreimal verfluchten Tag eine Predigt zu Ehren des Göttlichen Lichtes halte. Weil die Voivodin Viçinia cal Sareş es mir erlaubt hat. Weil sie wollte, dass ich es tue. Weil sie Frieden zwischen Wlachaken und Masriden wollte, mehr als alles andere. Und weil sie mir vertraute.«

Er hielt einen Moment inne. Viçinias Name hatte noch immer großen Einfluss auf die Menschen, das Andenken der Voivodin wurde von den Wlachaken geehrt. Diesen Eindruck, den die Erwähnung der toten Fürstin machte, musste er nun nutzen.

»Flores cal Dabrân ist tot«, fuhr er fort, und sofort brandeten die zornigen Stimmen wieder auf, doch er beachtete sie nicht, sondern rief nur noch lauter: »Feige ermordet in den Sorkaten. Aber ihr könnt nicht wirklich glauben, dass Gharjaş etwas damit zu tun hat. Er war die ganze Zeit hier, in Teremi!«

»Er ist ein verfluchter Vorbs! Ein Masride«, lautete die wütend gebrüllte Antwort.

»Er ist Wlachake, verflucht noch einmal! Schaut ihn euch an! Ein Wlachake, dem euer Herr vertraut. Ebenso, wie er mir vertraut.«

Diese letzte Behauptung klang in Cornels eigenen Ohren schal und leer. *Er vertraut mir gerade genug, um mich nicht hängen zu lassen,* dachte er, aber seine Stimme blieb so fest, als habe er keinen Zweifel an seinen Worten.

»Wollt ihr also gegen den Wunsch des Voivoden handeln? Wollt ihr das Andenken an seine Frau schänden, indem ihr ihrem Willen zuwiderhandelt?«

Jetzt sah Cornel, dass sich die Stimmung wandelte. Die meisten der Anwesenden konnten sich nicht sicher sein, ob der Sonnenpriester die Wahrheit sagte, und in ihren Köpfen machten sich Zweifel breit. *Zumindest fürchten sie den Zorn der Obrigkeit, wenn schon nicht das Göttliche Licht,* dachte Cornel.

»Euer Herr, der Voivode, hat versprochen, die Schuldigen zu finden. Wollt ihr es nicht lieber ihm überlassen, die Täter zu bestrafen?«

Das endlich brachte die Menge zur Einsicht. Zögernd wichen die Menschen von Gharjaş zurück, bis sich eine Gasse gebildet hatte, durch die Cornel zu dem anderen Priester gelangen konnte. Mit drei schnellen Schritten erreichte er ihn und zog ihm den Sack vom Kopf. Tränen strömten über das Gesicht des Mannes. *Und er riecht, als ob er sich selbst beschmutzt hat,* dachte Cornel mit einer Aufwallung von Ekel. Dennoch ergriff er den anderen am Arm.

»Komm. Wir müssen zur Festung.«

Damit zog er Gharjaş durch die Traube von Wlachaken, die langsam vor ihnen zurückwichen.

Cornel wusste, dass dieser Moment entscheidend war. Vielleicht würde man sie gehen lassen. Aber ein Einzelner würde ausreichen, damit die Stimmung wieder umschlug. Wenn jetzt einer Hand an sie legen würde, dann wäre es um Gharjaş und ihn geschehen, dessen war sich Cornel vollkommen sicher.

Schritt für Schritt kamen sie voran. Die Blicke der Menge folgten ihnen, wütende und zweifelnde Blicke. Der Sonnenpriester bemühte sich, nicht zu schnell zu gehen, obwohl all seine Instinkte ihn zu rennen hießen. Aber er durfte ihren Rückzug nicht wie eine Flucht wirken lassen. Schließlich, nach einer Zeitspanne, die ihm wie eine Ewigkeit vorkam, erreichten sie den großen Platz vor dem Tempel des Albus Sunaş.

Erst hier wagte es Cornel, sich umzudrehen. Die Meute der Wlachaken war weit hinter ihnen zurückgeblieben, und der Sonnenpriester sandte ein Stoßgebet zum Himmel.

Gharjaş murmelte unablässig vor sich hin, Dankesworte und zusammenhanglose Sätze.

Cornel seufzte. »Ich bringe dich zur Burg«, erklärte er dann. »Nimm ein Bad. Und um des Lichtes willen, vermeide in nächster Zeit irgendwelche Ausflüge in die Stadt! Nicht einmal zum Tempel, es sei denn, du wirst von Soldaten begleitet. Ich werde mit dem Voivoden sprechen und ihn um Schutz bitten.«

Es war schon spät am Abend, als die beiden Priester in die Festung zurückkehrten. Falls den Torwachen Gharjaş' erbärmlicher Zustand auffiel, enthielten sie sich dennoch jeden Kommentars, wofür Cornel dankbar war.

Als er den anderen Sonnenpriester in den hinteren Räumen der Kapelle abgeliefert hatte, wusch er sich rasch Gesicht und Hände. Seine nächste Pflicht erschien ihm kaum leichter als die letzte. Für heute Nacht war der Abschied von Bojarin Flores geplant, und er wusste, dass er dem anstehenden Trinkgelage nicht fernbleiben konnte. Obwohl er darauf wenig Wert legte, ahnte er, dass es ihn noch verdächtiger machen würde, wenn er sich nicht zumindest kurz dort zeigen würde.

Es hatte keinen Sinn, seinen Aufbruch zu verzögern, also verließ er die Kapelle und machte sich auf den Weg zur kleinen Halle. Obwohl er selbst Wlachake war, hatte er das zügellose Trinken, das im Land zwischen den Bergen zu Ehren jedes Verstorbenen abgehalten wurde, stets verabscheut. Warum konnte man nicht still trauern und den Abschied von den Toten jedem Einzelnen überlassen?

Als er die Halle erreichte, erkannte er schnell, dass die Feier für die Bojarin schon in vollem Gange war. Der Saal war dicht gedrängt voller Menschen, und die meisten hielten Weinkrüge und Becher in Händen, aus denen sie dem Rebensaft schon heftig zugesprochen hatten.

Ein Mann mit schütterem, eisgrauem Haar, den Cornel nur vom Sehen kannte, hielt gerade seine Abschiedsrede: »... und dann, als die Lage für die Geiseln schon mehr als brenzlig war und auch Nati und Şten schon verdammt in der Klemme saßen, kam Nemes Flores hinzu, die einen ganzen Haufen Trolle mitbrachte. Und ich bin mir sicher, sie hatte den großen Burschen damit gedroht, sie anständig zu verprügeln, falls sie ihr nicht halfen, ihren Bruder zu retten.«

Gelächter erfüllte die kleine Halle, respektvoll und belustigt zugleich, als der Alte seine Geschichte über die aus der Hand von Zorpad Dîmminu befreiten Geiseln zum Besten gab.

Mit den Augen suchte Cornel den Voivoden, der am Kopf einer langen Tafel saß, inmitten seiner Untergebenen. An seiner Seite saß die junge Dyrierin, die einen Weinkrug unbeachtet vor sich stehen hatte. *Noch jemand, dem nicht nach einem Rausch zumute ist,* dachte Cornel.

»Trink, Vorbs.« Jemand stieß den Sonnenpriester unsanft in die Seite. »Oder willst du die Bojarin nicht ehren?«

Hastig nahm Cornel den angebotenen Becher entgegen. »Auf Flores cal Dabrân!« Er trank einen tiefen Zug.

»So is' besser.«

Zufrieden torkelte der Betrunkene weiter. Der Sonnenpriester drängte sich zum Tisch des Voivoden durch. Als die Dyrierin ihn kommen sah, rückte sie zur Seite, so dass er auf der langen Bank neben ihr Platz nehmen konnte. Dankbar nickte er ihr zu.

»Ich habe über Eure Worte nachgedacht«, flüsterte sie ihm zu. »Ich glaube, dass tatsächlich jemand einen neuerlichen Krieg will. Und deswegen musste auch die Bojarin sterben.«

Cornel deutete mit dem Kopf in Richtung des Voivoden: »Glaubt *er* das auch?«

Unschlüssig neigte Artaynis den Kopf.

Şten cal Dabrân hatte sich eben erhoben, und er schwenkte seinen Krug in Richtung der Gäste.

»Meine Schwester«, begann er mit lauter Stimme, die alle anderen Anwesenden beinahe augenblicklich zum Verstummen brachte. »Meine Schwester war ein dreimal verfluchter wlachkischer Dickschädel. Wenn sie sich etwas in den Kopf gesetzt hatte, gab es keine Macht auf der Welt, die sie hätte davon abbringen können. Deshalb ist sie die beste Kämpferin Dabrâns geworden. Deshalb hat sie vor zwanzig Jahren Nati, Viçinia und mich gerettet. Deshalb hat sie die Trollschlacht für uns entschieden. Und mit der derselben Hartnäckigkeit hat sie daran festgehalten, einen Masriden zu lieben – Tamár Békésar, mit dem zusammen sie nun ihr Ende fand. Ich bin mir sicher, dass sie bis zum letzten Atemzug gekämpft hat. Und ich hoffe, was Flores im Leben nicht vergönnt war, wird sie nun im Tod finden: ihren Frieden. Unsere Aufgabe aber ist es, die zu finden, die ihren Tod verschuldet haben. Jeden Einzelnen von ihnen.«

Dann hob der Voivode seinen Krug: »Auf Flores!«, und leerte ihn bis zur Neige.

Beinahe jeder im Saal tat es ihm gleich. Als Şten sich wieder setzte, fiel Cornel auf, dass der Voivode zwar offenkundig schon getrunken hatte, aber noch deutlich nüchterner war als die meisten anderen Anwesenden.

»Ihr seid mutig, heute Nacht hierherzukommen«, sagte er zu Cornel gewandt.

»Es wäre weitaus törichter gewesen, nicht zu erscheinen«, gab der Sonnenpriester zurück.

»Die Wut der Wlachaken ist groß, Priester. Niemand

weiß, von wem Ardoly jetzt regiert wird und was die Masriden planen. Vintila und viele andere meiner Ratgeber fordern, dass wir die wehrhaften Männer und Frauen unseres Landes unter dem Kriegsbanner sammeln, und ich bin geneigt, ihnen recht zu geben. Nicht einmal ich weiß, wie lange ich den Albus Sunaş noch schützen kann.«

»Den Zorn der Menschen habe ich heute bereits zu spüren bekommen«, entgegnete der Priester. Und dann, plötzlich, kam ihm eine Eingebung: »Lasst mich nach Ardoly reisen, Voivode. Lasst mich herausfinden, wer Marczeg Békésars Erbe antritt. Und wenn meine Vermutung richtig ist und es die Kriegstreiber sind, die all dieses Unglück verursacht haben, kann ich dort vielleicht mehr erfahren als hier.«

Für einen Moment verengten sich Ştens Augen zu schmalen Schlitzen, und er sah den Sonnenpriester finster an: »Ausgerechnet jetzt wollt Ihr nach Ardoly fliehen, Priester? Zu Euresgleichen?«

»Şten – wenn er hätte fliehen wollen, hätte er das schon längst tun können«, schaltete sich die Dyrierin in das Gespräch ein. »Aber wenn es noch eine Möglichkeit gibt, den Frieden zwischen Ardoly und Wlachkis zu wahren, dann sollte man sie nutzen, oder nicht?«

Der Voivode ließ müde den Kopf hängen. Mit einem Mal sah er aus wie ein Mann, der eine unendlich schwere Last zu tragen hatte.

»Vermutlich hätte meine Schwester auf keinen Fall gewollt, dass um ihretwillen ein neuer Krieg ausbricht. Also gut, Cornel. Reist nach Ardoly. Aber …« Şten zögerte kurz, bevor er fortfuhr. »Ihr müsst dort etwas für mich tun. Für meine Familie. Flores und Tamár haben eine Tochter. Ana. Sie ist im selben Alter wie Natiole. Und sie ist die Erbin Tamárs und des Thrones.«

»Verzeiht Voivode, aber viele Masriden werden sie nicht auf dem Thron in Turduj sehen wollen. Wenn ich richtig informiert bin, dann gibt es noch einige Angehörige des Hauses Békésar, Söhne von Gyulas Brüdern, die beim einfachen Volk mehr Zuspruch finden werden als eine Frau, die noch dazu eine halbe Wlachakin ist. *Und* ein Bastard obendrein.«

Mit einer Handbewegung, die so schnell erfolgte, dass er sie einem Mann in Ştens Alter niemals zugetraut hätte, packte der Voivode den Sonnenpriester an der Schulter. Seine Finger gruben sich schmerzhaft in Cornels Fleisch.

»Sprecht nie wieder ohne Achtung von meiner Schwester, Vorbs, oder von ihrem Volk. Ihr mögt einen anderen Weg eingeschlagen haben, aber solange ich der Voivode von Wlachkis bin, wird kein Wlachake mehr in dieser Halle beleidigt werden.«

Cornel gab sich Mühe, die aufsteigende Panik niederzukämpfen. Er hob unsicher die Hände und nickte langsam, um zu bezeugen, dass er den Voivoden verstanden hatte.

Endlich lockerte Şten seinen Griff und lehnte sich auf der Bank zurück. Als sei nichts gewesen, trank er einen weiteren Schluck Wein.

Es ist gut, von hier zu verschwinden, solange ich noch kann, dachte Cornel, der sich vorsichtig die schmerzende Schulter rieb. *Und ich sollte Gharjaş auch fortschicken. Es bedarf kaum noch eines Funkens, und das ganze Land wird wie Zunder brennen.*

25

Wenn es etwas gab, was Azot vollkommene Ruhe schenkte, dann war es die Jagd. Für sich hatte er längst beschlossen, dass alle Trolle, ob nun Andas Brut oder nicht, in ihren Herzen Jäger waren. Mehr als alles andere, was sie noch sein mochten. Auf der Jagd zu sein bedeutete, ganz *Troll* zu sein.

Tief unten in den Höhlen war die Jagd schwierig, aber der mächtige Tiefentroll war froh darüber. Hier war die Herausforderung für ihn gegeben, hier konnte nur Andas Brut überleben. Selten kamen Graue so tief, und auch die Schlinger blieben weiter oben, wo sie ihrer Beute näher waren. Manchmal gab es Zwerge, die Schächte bis tief in die Gebeine der Welt getrieben hatten, vorbei an den Kavernen der anderen Trolle, wohl in der Hoffnung, hier unten keine Feinde vorzufinden. Dieser Gedanke erheiterte Azot, und er entblößte hämisch seine Hauer. *Hier unten gibt es Schlimmeres als einfache Trolle.*

Zu oft musste Andas Brut sich mit dem begnügen, was in so großer Tiefe noch wuchs. Mit Flechten und Pilzen, die an den heißen Quellen sprossen. Mit kraftloser Nahrung, die den Körper sättigte, aber den Geist weiter hungern ließ. Nahrung, die man nicht jagen musste, die keine Herausforderung bot. Die schwach machte.

Kerr hatte erzählt, dass die Menschen an der Oberfläche ihre eigenen Gewächse hatten, die sie so umsorgten, als wären es Junge. Es wunderte Azot nicht, dass die Menschen klein und schwach waren. Ebenso wie die Zwerge, denn auch diese hatten ihre Pilze und Flechten und bauten ihnen große Höhlen und gaben ihnen Wasser. Azot hatte eine solche Höhle kennengelernt, als die Zwerge sich vor der neuen Macht der Trolle versteckt hatten. Einige ihrer tiefen Hallen hatten die Zwerge aufgeben müssen, als sie auf die Ersten von Andas Brut gestoßen waren.

Nach ihrem Abzug hatte Andas Brut eine riesige Kaverne entdeckt, voll vom Geruch nach Pflanzen, modrig und süßlich. Genug Essen für einen ganzen Stamm, für viele Stämme. Die Dreeg hatten Azot die Kaverne gezeigt, ihre gewaltige Höhe, die neu geschlagenen Tunnel für das Wasser, all die Arbeit der Zwerge, die er mit allen Sinnen spüren konnte.

Sie hatten die Kaverne verwüstet, so viel Nahrung mitgenommen, wie sie tragen konnten, und waren weitergezogen. *So muss es sein! Wer sein Leben an Orte und Dinge bindet, verliert es zusammen mit ihnen.* In seinem tiefsten Inneren wusste Azot, dass er anders war. Und dass diese Andersartigkeit ihn stark machte, stärker als Mensch oder Zwerg, stärker sogar als die alten Trolle, die verzweifelt an ihrer Lebensweise festhielten. Man konnte ihn nicht verletzen, indem man ihm etwas nahm, denn er besaß nichts, was für ihn einen Wert hatte. Wer ihn töten wollte, musste zu ihm kommen und kämpfen, und Azot fürchtete keinen Gegner und keinen Kampf. Er sehnte sich vielmehr danach.

Kerr hatte das verstanden. Das konnte Azot in den Worten des Trolls hören. Aber Kerr war zu lange bei den Menschen gewesen und hatte zu viel auf andere Trolle gehört. So konnte er Azot zwar verstehen, aber er teilte nicht die Macht, über die Andas Brut verfügte und die aus Nichtachtung entsprang. Kerrs Herz hing an Dingen und an Trollen, ja sogar an Menschen. Eine Schwäche, die Azot bei sich niemals zulassen würde.

Ein Dreeg kam über und durch die Welt. Der Troll war fast an seinem Ziel angelangt. Wieder hatte er einen Ort aufgesucht, den alle anderen mieden. Einen Ort des Todes.

Seine Schritte waren unhörbar, doch er wusste, dass sie dennoch wahrgenommen wurden. Seine Bewegungen waren geschmeidig und lautlos, doch er wusste, dass er bereits entdeckt war. Grimmig fletschte er die Zähne. Die Jagd war umso besser, wenn nicht klar war, wer die Beute war und wer der Jäger.

Die Stille in dem breiten Gang war allumfassend. Aber über dem Geruch des Steins lag noch eine andere Note. Hier und da ein scharfer, trockener Geruch, geradezu beißend.

Seine Klaue strich über die Wand, und er spürte Widerstand. Er war sehr nah herangekommen. Erneut ein Dreeg, die wundervolle Klarheit des Herzschlags, die Umarmung der Welt. Azot wurde eins mit seiner Beute, mit seinem Jäger.

Sie brach aus der Wand hervor, dort, wo er den Tunnel gespürt hatte. Sie war schnell, glitt halb auf dem Boden, halb an der Wand entlang. Ihre langen Beine klackten auf dem harten Fels.

Geduckt warf sich Azot ihr entgegen, fing ihr Gewicht auf und riss sie herum. Ihre scharfen Beine kratzten über seine Haut, hinterließen Striemen. Sie zuckte vor, und ihr Geruch stieg in seine Nüstern, wild und stark; eine würdige Gegnerin. Er wollte sie packen, doch mit einer Drehung wand sie sich aus seinem Griff, fuhr herum und schlug ihre Mandibeln in sein Bein. Schmerz zuckte von der Wunde bis in seinen Bauch, feurig gleißend, wie das verhasste Licht der Zwerge.

Brüllend ließ er die Faust niedersausen, traf die Spinne auf den Rücken. Noch ein Schlag, und ihr harter Panzer knackte bereits unter der Wucht seiner Pranken. Wieder biss sie zu, pumpte tödliches Gift in seinen Leib. Voller Zorn griff Azot sie an einem Vorderbein und schleuderte sie herum. Zappelnd flog sie in den Gang, während Azot schwer atmend ihr noch zuckendes Bein zu Boden warf und ihr nachsetzte. Sie versuchte zu fliehen, vielleicht vor Schmerzen oder aus Angst oder weil sie ihrem Gift vertraute, aber der Troll ließ sie nicht entkommen.

Er sprang sie an, drückte sie zu Boden und schlug ihr die Faust auf den Kopf. Ihre verbliebenen Beine kratzten über den Fels, sie schüttelte sich, aber Azot war gnadenlos in seiner Wut. Wieder und wieder schlug er zu, zerbrach ihren Panzer, zerquetschte ihre Augen, bis er ihren Schädel zu Brei geschlagen hatte und seine Faust blutfeucht war. Erst als sie sich nicht mehr bewegte, ließ er von ihr ab.

Als er sich keuchend erhob, zuckte der Schmerz wieder durch seine Seite. Er konnte das Gift in sich spüren, brennend und heiß, wie es ihn auffressen wollte. Es labte sich an seinen Eingeweiden und brannte sich eine feurige Spur durch seine Muskeln. Mit einem Seufzen rutschte der Troll an der Wand in die Knie. Sein Atem wurde langsamer, als die Schmerzen seine Brust erreichten. Vorsichtig tastete er nach der Wunde, wo sein Fleisch bereits wulstig hervortrat und sich langsam auflöste. Dies war eine von den Spinnen mit den gelben Flecken gewesen, keine Braune. Die Braunen spannten Netze in den Tunneln, die Gelben verbargen sich hinter falschen Wänden, die sie aus Stein und ihren Netzen webten.

Immer schwerer fiel Azot das Atmen. Die Zwerge hatten die Spinnen in die Tunnel entlassen, um die Trolle zu bekämpfen. Sie hatten sie gezüchtet, um Trolle zu jagen und mit ihrem Gift zu töten. Doch die Spinnen hatten sich vermehrt, Nester gebaut und Trolle ebenso wie Zwerge als Futter für ihre Jungen gebraucht. Die Trolle hatten gelernt, den Spinnen bei Bedarf auszuweichen. Ihre Sinne waren scharf genug, doch die Zwerge tappten immer wieder in die Netze und die Fallen. Mit schmerzverzerrten Zügen grinste Azot. *Die kleinen Bastarde wollten uns als Futter, aber jetzt werden sie selbst gefressen.*

In seinem Inneren wurde ein anderer Kampf ausgetragen. Andas Blut, das Blut des Herzens, wehrte sich gegen die Zerstörung durch das Gift, fügte wieder zusammen, was zerfetzt worden war, eliminierte alles Körperfremde und kreiste machtvoll durch Azots Adern. Ein weiterer Dreeg, und seine Wunden schlossen sich, da der Herzschlag des Landes Andas Blut anfeuerte.

Mühsam, noch unsicher, erhob Azot sich. Er legte den Kopf in den Nacken und heulte seinen Triumph in die Dunkelheit, den Sieg und die Macht, die ihn erfüllten. Seine Stimme hallte von den Wänden, wurde weit getragen in den ewigen Schatten unter der Welt, warnte seine Feinde vor seiner Kraft und bestärkte ihn in dem, was er war. Andere von Andas Brut mochten es hören und sich an seinem Sieg erfreuen.

Langsam schritt er zu dem Kadaver. Sorgfältig packte er die einzelnen Beine und drehte und riss sie vorsichtig aus dem Leib. Dann spaltete er den Panzer am Hinterleib, zwängte seine Klauen in den Spalt und brach ihn endgültig auf. Das warme Fleisch schmeckte gut, und er aß, bis sein Bauch schmerzte. Dann trennte er mit seinen Klauen weitere Brocken ab, die er als Vorrat mitnahm. Auch die Beine nahm er als Bündel mit, denn das war die eigentliche Delikatesse, und er musste sich jetzt Wasser suchen, um zu trinken und das weiche, schmackhafte Fleisch aus den Spinnenbeinen zu saugen.

Zufrieden verließ er den Ort seines Sieges. Sein Leben war gut, er hatte gute Nahrung, und er hatte erneut seine Fähigkeiten als Jäger bewiesen.

Die Welt unter der Oberfläche gehörte ihm.

26

Obwohl es eine Weile so ausgesehen hatte, als ob der Sommer in diesem Jahr selbst in Wlachkis nicht vergehen mochte, zeigten sich nun endlich die ersten Anzeichen des Herbstes. Ein scharfer Wind wehte von den Sorkaten herunter, und am frühen Morgen war es empfindlich kühl.

Der frühe Morgen war eigentlich nicht Artaynis' bevorzugte Tageszeit, aber sie hatte es vorgezogen, die Festung Remis heute sehr zeitig zu verlassen. Sie hatte es sogar geschafft, Voicas Bemühungen zu entgehen, indem sie schon bei Sonnenaufgang aus ihren Räumen geschlichen war. Jetzt färbten die ersten Sonnenstrahlen den Himmel, und ein Schwarm Krähen stob über ihr auf, als sie das Burgtor passierte.

Die Feste hatte sich in den vergangenen Wochen mehr und mehr mit Soldaten gefüllt. Viele wlachkische Adelige waren dem Ruf des Voivoden gefolgt und mit ihren Kriegern nach Teremi gezogen. Falls ein Angriff der Masriden bevorstand, wollte niemand unvorbereitet sein. In der Feste Remis waren alle zusammengerückt, aber der Platz reichte bei Weitem nicht aus, obwohl die Aufräumungs- und erste Wiederaufbauarbeiten gute Fortschritte machten.

Baczai und seine Begleiter waren vor einem Zehntag nach Turduj zurückgekehrt, und seither hatten die Wlachaken keine neuen Nachrichten erhalten, wer den Titel des Marczegs von Ardoly für sich beanspruchte. Aber die Stimmen mehrten sich, die laut forderten, dies sei der Moment, in dem der Voivode den letzten besetzten Teil von Wlachkis zurückerobern und die Masriden über das Gebirge für immer aus dem Land jagen müsse. Fast jeden Tag gab es eine Besprechung oder eine Ratssitzung, und die Adligen und sonstigen Anführer der Wlachaken gingen in Ştens Gemächern ein und aus.

Der Priester Cornel hatte den masridischen Hauptmann und seine Leute bei ihrem Aufbruch begleitet, und noch schien es, als ob Şten cal Dabrân darauf warten würde, was er über die Verhältnisse in Ardoly zu berichten hätte. Doch auch wenn der Voivode eher eine besonnene Haltung vertrat, war er seinen Beratern so weit gefolgt, Truppen ausheben zu lassen. *Dafür hat es zu lange Krieg gegeben, und die Wlachaken wurden zu lange unterdrückt,* dachte Artaynis, während sie an der Zeltstadt vorüberlief, die um die Festungsmauern herum entstanden war und in der die Soldaten der Adeligen untergebracht waren.

Vor den Toren der Stadt gab es noch mehr Lager. Auch Flüchtlinge aus dem Osten waren gekommen. Die angespannte Lage erinnerte viele der Älteren noch an die Zeiten der Kriege, und niemand wollte auf der falschen Seite einer Grenze sein, wenn die Soldaten wieder in die Schlacht zogen. Artaynis hatte von Voica gehört, dass auch viele Masriden aus Teremi verschwunden waren. *Seit zwanzig Jahren leben sie Tür an Tür, und nun reichen zwanzig Tage, um dies alles vergessen zu machen.* Einige der nun leer stehenden Häuser hatten schon neue Besitzer gefunden, aber dennoch mussten viele vor den Toren der Stadt lagern.

Artaynis' Ziel war allerdings nicht das sich langsam ausbreitende Heerlager, sondern das Széraly-Viertel der Stadt und dort ein bestimmter Händler. Es war nicht unbedingt leicht, in Wlachkis an dyrische Waren zu gelangen. Zu unwegsam waren die Pässe, die zwischen den beiden Ländern lagen. Deshalb galt das dyrische Geschäft in der wohlhabendsten Gegend von Teremi als ein Ort ausgesprochenen Luxus, wo einzukaufen sich nur wenige Bürger leisten konnten. *Aber zumindest hat Papa mich nicht mit leeren Händen in die Verbannung geschickt,* überlegte Artaynis und befühlte dankbar die Lederbörse, die sie, in einer Falte des Kypassis verborgen, an ihrem Gürtel trug.

Das Geschäft des Dyriers unterschied sich schon äußerlich von den Nachbarhäusern. Während die Wlachaken meist gedrungene Holz- oder Fachwerkhäuser bauten, die imstande waren, Wind und Wetter zu trotzen, wurde im Imperium eher so geplant, dass das Resultat dem Auge wohlgefällig war. Seikos, der Händler, hatte in Teremi zwar nicht die Möglichkeit gehabt, auf die kostbaren Hölzer und die erfahrenen Handwerker seiner Heimat zurückzugreifen, aber er hatte sich alle Mühe gegeben, die Fassade seines Hauses mit zahlreichen kunstvollen Schnitzereien weniger gewöhnlich wirken zu lassen. Die Verzierungen zeigten Bilder aus der bewegten Geschichte des Imperiums und einige mythische Gestalten, wie den geflügelten Himmelsstier. Mit Blattgold überzogene Figuren am Eingang taten ein Übriges, den Reichtum des Besitzers zu verkünden. Ein bemaltes Schild über der Tür besagte, dass Seikos hier feinste und erlesenste Ware aus dem Goldenen Imperium verkaufte.

Um nicht länger als nötig der frühmorgendlichen Kühle ausgesetzt zu sein, nahm sich Artaynis jedoch nur wenig Zeit, den Laden von außen zu betrachten, sondern trat rasch ein.

Ein kleiner, dicklicher Mann mittleren Alters in einer bestickten Robe kam eilig auf sie zu, kaum dass das Silberglöckchen am Eingang Kundschaft angekündigt hatte. Als er sie erkannte, verbeugte er sich fast bis zum Boden.

»Phryka Artaynis Vulpon! Welche Ehre, dass Ihr mein bescheidenes Geschäft mit Eurem Glanz beehrt und verschönert!«

»Ich grüße Euch, Seikos«, erwiderte Artaynis. Nach einigen Monaten in Wlachkis wurde ihr der Unterschied zwischen den knappen Sätzen der Einheimischen und den blumigen Worten ihres Gegenübers besonders deutlich. Auch die höfliche Anrede als Phryka, als Dame von gehobenem Stand, erfreute ihr Herz. *Nemes* war einfach nicht dasselbe.

»Nehmt Platz, Herrin.« Wieselflink zog der Händler einen dreibeinigen Schemel heran, den er Artaynis anbot. »Darf ich Euch einen Tee bereiten, Phryka? Zwar habe ich nur minderwertige Blätter aus wenig bekannten Regionen vorrätig, die es kaum vermögen werden, Euren an erlesenere Freuden gewöhnten Gaumen auch nur zu kitzeln, doch ich weiß, dass es mehr als nur schwer ist, in diesem häufig finsteren Landen überhaupt ein angemessenes Getränk zu erhalten.«

Dankbar nickte Artaynis: »Tee wäre wunderbar.«

Während der Händler im hinteren Teil des Ladens verschwand und sie das Klappern von Geschirr und Töpfen hören konnte, sah sie sich in dem Laden um. Der Raum war bis zur Decke mit Regalen gefüllt, und auf diesen war mehr oder weniger kunstvoll die Ware arrangiert. Teure Stoffe – wie gefärbte Seide – lagen in Ballen ganz oben auf den Brettern, während Rollen fein gegerbten Leders sich darunter befanden. Es gab Papyrus und verschiedene Tinten, Schmuck und Räucherwerk und natürlich kostbare Gewürze, die in Gläsern auf hölzernen Ständern aufbewahrt wurden. *Eine ganze Karawane muss notwendig gewesen sein, um all dies aus Dyria hierherzuschaffen.* Aber natürlich erhielt Seikos regelmäßig Nachschub, denn seine Bediensteten reisten unermüdlich zwischen dem Imperium und Wlachkis hin und her und machten ihn so zu einem wohlhabenden Mann.

Seikos kehrte mit einem Tablett zurück, auf dem eine Silberkanne und zwei Becher standen. Mit ruhiger Hand schenkte der Händler das dampfende Getränk aus, dann reichte er Artaynis den Becher. Seufzend nippte sie daran.

»Wunderbar. Ich danke Euch.«

»Ich bin zufrieden, wenn Ihr es seid, Phryka«, erwiderte der Händler und senkte demütig das Haupt. »Mit welchem meiner bescheidenen Dienste kann ich Euch noch erfreuen?«

»Mit mehr Tee«, entgegnete sie schlicht. »Und vor allem mit Kaffee. Meine Vorräte sind völlig aufgebraucht, und ich kann morgens kaum noch die Augen offen halten. Und ich hätte sowohl für Euren Schlaftee Verwendung als auch für einen Heiltee.«

Artaynis wusste nicht, ob das Getränk, das sie Ionnis verabreichte, irgendeine positive Wirkung auf ihn hatte, aber sie war mehr als gewillt, es auch weiter zu versuchen. *Und ich kann mir einfach nicht erklären, wie die Menschen in Wlachkis morgens aufstehen können, ohne eine Tasse Kaffee zu trinken. Wasser oder Milch sind einfach kein Ersatz.*

Seikos neigte bedauernd den Kopf. »Tee kann ich Euch natürlich verkaufen, Phryka«, versicherte er ihr. »Aber Kaffee?« Er erhob die Hände in einer Geste der Hilflosigkeit. »Die Sylken, die auf der Durchreise waren, haben meine ganzen Bestände aufgekauft. Sie haben mich geradezu ausgeplündert, doch ein Mann wie ich muss bei Kunden wie diesen wohl froh sein, dass sie die Ware zumindest bezahlt haben, unhöflich wie sie waren. Jetzt kann ich nur hoffen, dass noch vor dem ersten Schneefall eine Karawane die Berge überquert und mir Nachschub liefert. Sonst müssen wir bis zum Frühjahr warten.«

»Sylken?«, fragte Artaynis verwirrt. »Welche Sylken?«

»Oh, vor einigen Wochen waren ein paar hier. Einer von ihnen war sicher ein Fürst unter seinesgleichen, wenn sie so etwas überhaupt kennen. Er wollte nicht erkannt werden, nahm nicht einmal hier in meinem Laden seine Kopfbedeckung ab. Aber ich habe eine gute Menschenkenntnis, ich weiß, wann ein Mann zum Anführer taugt, und dieser Sylke war so einer.«

»Und was wollten die Sylken hier?«, unterbrach Artaynis den Redefluss des Händlers. »Waren sie auf der Durchreise?«

Aber auf der Durchreise wohin?, fragte sie sich sofort selbst. Es erschien ihr höchst seltsam, dass die Bewohner der Feste Remis nichts von den dyrischen Besuchern erfahren hatten. Dabei sollten die Sylken eigentlich genug Aufmerksamkeit erregen, dass sich ihre Ankunft wie ein Lauffeuer hätte verbreiten müssen.

»Leider weiß ich das nicht, Phryka. Ich habe versucht, dem Sylken Fragen danach zu stellen, wohin er zu reisen gedachte, aber er hat«, hier machte der Händler eine künstliche Pause, »er hat mehr als unhöflich auf meine Erkundigungen reagiert. Schließlich hielt ich es für das Beste, um meine Gesundheit keiner Gefährdung auszusetzen, keine weiteren Fragen mehr zu stellen. Ich bin nur ein einfacher Händler.«

»Der Sylke kam also zu Euch, sagte nicht, wohin er will, kaufte all Euren Kaffee und verschwand wieder?«, fasste Artaynis die seltsamen Vorkommnisse zusammen.

»So und nicht anders hat es sich zugetragen, Herrin«, beeilte sich der Händler zu versichern.

»Merkwürdig. Aber vielleicht hatten die Sylken einen Auftrag des Imperators höchstselbst zu erfüllen, wer weiß das schon?«

Ausgerechnet hier, in Wlachkis? Wenn das so wäre, würde der Voivode sicher gern davon erfahren. Ich muss ihm von den seltsamen Besuchern erzählen, wenn ich ihn das nächste Mal sehe.

»Phryka, Ihr erlaubt?« Der Händler brachte das Tablett wieder in den hinteren Raum und begann dann, mit einer kleinen Schaufel Tee aus großen Tonkrügen in kleine Beutel umzufüllen.

»Dieses Blatt hier, Herrin, hat beinahe dieselbe Wirkung wie Kaffee«, versicherte er ihr.

Misstrauisch schnupperte Artaynis an dem dargebotenen Beutel. »Nun gut, Seikos. Ich will es damit probieren.«

Freudestrahlend rieb sich der Händler die Hände. »Sehr gut, Phryka. Ich werde Euch einen hervorragenden Preis für diese Mischungen machen.«

Lächelnd lehnte sich Artaynis zurück. Der Händler würde ihr nun einen Preis nennen, der dreifach überteuert war, und sie würde ihre absolute Bestürzung darüber zum Ausdruck bringen. Dieses Spiel würden sie beide so lange spielen, bis jeder von ihnen das Gefühl hatte, den anderen zumindest ein klein wenig übervorteilt zu haben.

Artaynis war sehr gut darin, und sie wusste es. Während sie gekonnt eine theatralische Miene aufsetzte, dachte sie: *Ich habe es wirklich vermisst, so zu feilschen.*

Als die Dyrierin am späten Vormittag mit ihren Einkäufen unter dem Arm wieder bei der Feste ankam, hatte sich der Burghof wieder mit der üblichen Mischung aus Handwerkern, Kriegern und Bediensteten gefüllt. Die kalte diesige Luft des frühen Morgens war verschwunden und hatte einer noch immer warmen Herbstsonne Platz gemacht.

Als Artaynis durch das innere Tor schritt, sah sie zu ihrer Überraschung Şten cal Dabrân an der Mauerbrüstung stehen, von wo aus man die Stadt überblickte. Der Voivode hatte die Hände auf dem Rücken verschränkt und sein Gesicht mit geschlossenen Augen der Sonne zugewandt. Er stand völlig regungslos da, so als ob ihn das Treiben um ihn her nicht weiter kümmern würde.

Die junge Frau näherte sich ihm zögerlich, da sie nicht wusste, ob sie ihn in diesem Moment stören sollte. Eigentlich sollte sie ihm von den Sylken erzählen, aber vielleicht war dies der falsche Zeitpunkt dafür? Und sie glaubte ohnehin nicht, dass er der Nachricht so viel Gewicht beimessen würde, nicht in Anbetracht all dessen, was seinen Geist bereits beschwerte.

Aber zumindest begrüßen sollte ich ihn wohl. Dann kann ich immer noch weitersehen, was ich ihm erzähle und was nicht.

»Şten?«, begann sie vorsichtig, und der Angesprochene drehte sich zu ihr herum. Seine dunklen Augen musterten sie, dann lächelte er, offen und freundlich. »Artaynis. Wie schön, Euch zu sehen.«

Seit der Nachricht vom Tod seiner Schwester hatte sie den Voivoden nicht mehr so gelöst gesehen. Die tiefen Linien in seinem Gesicht hatten sich geglättet, seine Augen glänzten, und er sah wieder wie der tatkräftige Mann aus, dem sie bei ihrer Ankunft in Teremi vor einigen Monaten zuerst begegnet war.

»Und Euch«, gab sie zurück. »Ist … etwas Besonderes vorgefallen?«, erkundigte sie sich vorsichtig.

Ştens Lächeln vertiefte sich noch. »Oh ja, in der Tat«, erwiderte er. »Ionnis ist endlich aufgewacht.«

27

»Ich denke, wir haben es geschafft.«

Verwundert blickte Kerr Natiole an.

»Was geschafft?«

»Wir werden noch heute Nacht mit dem Abstieg beginnen. Morgen früh wird die Sonne uns im Goldenen Imperium vorfinden.«

Neugierig blickte Kerr sich um, aber die Landschaft hatte sich nicht verändert. Sie waren noch immer umgeben von Felsen und Gestein, von Bergen, die weit über ihnen in den Himmel ragten und deren karge Silhouetten sich vor dem Nachthimmel abzeichneten. Es roch wie in Wlachkis, die Luft schmeckte wie in Wlachkis, und auch wenn die Dreeg schwächer waren, fühlte sich die Umgebung dennoch an wie Wlachkis. Über dem Troll war immer noch der unbegreiflich ferne Himmel mit seinen seltsamen Lichtern, es wehte ein Wind durch den Pass, der um die Felsvorsprünge heulte, und die Luft war kühl.

»Ist Dyrien wie Wlachkis?«, erkundigte er sich vorsichtig. In Sargans Erzählungen war ihr Ziel immer ein fantastisches Land gewesen, ganz anders als Wlachkis, größer, bedeutender, schöner und in allem besser. Davon sah Kerr hier nichts, und es ließ sich nicht einmal erahnen, dass Sargans Worte auch nur einen Kern von Wahrheit enthielten.

»Wie meinst du das?« Natioles Stimme war gedämpft, denn der junge Mensch hatte sich ein Stück Stoff um Hals und Kinn geschlungen, das seinen Mund bedeckte. Früher hätte Kerr nach dem Grund dafür gefragt, doch inzwischen reichte es ihm, zu wissen, dass es einen Grund gab; die

Menschen taten viele seltsame Dinge, gerade im Kleinen, und kaum etwas davon hatte sich auf Nachfrage hin als hilfreich für Trolle erwiesen.

»Das Land. Ist es wie dein Land?«

»Ich war noch nie im Imperium, geschweige denn in Dyria oder in Colchas. Es soll dort wärmer sein, die Winter sind kürzer und weit weniger kalt. Die Menschen tragen deshalb kaum Kleidung. Ionnis hat erzählt, dass die Landschaft karger ist als bei uns. Viele Felder und Gräben dazwischen, aber kaum Bäume. Anders als in Wlachkis.«

»Ist es größer?«

»Oh ja. Viel größer. Das Imperium ist gewaltig, viele Male so groß wie Wlachkis. Es dehnt sich im Osten bis zum Largischen Meer aus, im Norden bis in die Wüsten der Barbaren und im Osten weit in die Steppen, wo die Sylken und andere, seltsame Völker hausen.«

»Also groß«, meinte Kerr und stapfte weiter. Die Vorliebe der Menschen, Land zu nehmen und zu sagen, es würde ihnen gehören, hatte er nie ganz verstanden. Natürlich bauten sie darauf Dinge wie diese Burgen, aber die konnte man kaputt machen. Am Ende war das Land ewig und die Menschen nicht. Solange er Şten kannte, hatte der Mensch Krieg und Streit mit den Masriden und ihren Sonnenmagiern gehabt wegen des Landes, das sie teilten. Das Land zwischen den Bergen war gespalten, und es fanden sich immer wieder Menschen, die sich gegenseitig mit Freuden umbrachten. *Vielleicht geht es gar nicht so sehr um das Land, sondern es macht ihnen einfach Spaß?*, vermutete Kerr. *Pard hatte auch Freude am Krieg, nur brauchte er keine Ausrede und keinen Grund dafür.*

»Wir können jetzt wieder langsamer reisen«, erklärte Natiole und riss den Troll aus seinen Gedanken.

»Warum?«

»Selbst wenn unser kleines Zusammentreffen mit den Masriden Folgen hätte, würde uns niemand über den Pass verfolgen. Wir sind bald im Imperium, und die Macht der Masriden endet hier.«

»Aber … können sie uns nicht jagen? Und im Imperium einholen?«

»Schon, aber die Menschen des Imperiums würden es nicht erlauben. Es gäbe Probleme zwischen dem Imperium und Ardoly.«

»Probleme?«

»Politische Probleme.«

»Wenn man Feinde hat, muss man sie töten«, warf Zran ein. »Egal, wo sie sind.«

Kerr nickte bedächtig. Das war eine Strategie, die schon Pard verfolgt hatte und die dem Wesen der Trolle entsprach.

»So einfach geht das nicht«, erwiderte Natiole.

»Warum nicht?«

Kerr nahm mit seinen scharfen Ohren ein leises Seufzen des Menschen wahr. Dennoch antwortete Natiole: »Das Imperium ist mächtig, und sowohl Wlachkis als auch Ardoly treiben viel Handel mit ihm. Wenn jetzt Soldaten aus Ardoly im Imperium kämpften, würde der Handel unterbrochen. Oder das Imperium würde sogar Soldaten senden. Das wird niemand riskieren.«

»Dann können eure Feinde einfach davonlaufen? Sie können sich im Imperium verstecken, und eure Soldaten tun nichts dagegen?«

»Genau.«

»Das ist schwach«, erklärte Zran. »Wie soll man gegen Feinde kämpfen, die sich verstecken? Wenn man stark ist, kämpft man überall und gegen jeden.«

»Ihr Trolle vielleicht. Bei uns geht das nicht. Es ginge natürlich schon, aber Wlachkis und Ardoly sind zu klein. Das Imperium hat viel mehr Soldaten, Kriegsgerät und dergleichen.«

»Aber ihr habt uns als Freunde.«

»Und das ist gut so.«

Nach diesen Worten schwiegen sie. Natiole saß nach vorn gebeugt im Sattel, während sein Pferd langsam vorantrottete. Kerr und Zran schritten neben ihm her, aber nicht sehr schnell, denn die Wagen kamen nur langsam voran. Niemand wusste, wo Wrag war.

Andas Kind war in die Dunkelheit verschwunden, wie er es so gut wie jede Nacht tat, und hielt sich von dem kleinen Trupp fern, was Kerr nur recht war. Pünktlich kurz vor Morgengrauen tauchte er dann wieder auf, mürrisch, meist schweigsam, und legte sich anstandslos auf den Karren, bevor die Sonne aufging. Auch wenn Kerr es nicht zugegeben hätte, war ihm dieses Verhalten lieber als die ständigen wütenden Kommentare, die Wrag vorher abgegeben hatte.

Vor ihnen öffnete sich der Pass langsam und gab den Blick auf eine hügelige Landschaft frei, die von den Himmelslichtern beleuchtet wurde. An den Hängen der Berge wuchsen zunächst vereinzelt Bäume, die sich in den tiefer gelegenen Regionen zu ganzen Wäldern vereinten. Wieder einmal staunte Kerr über die vielfältige Pflanzenwelt, die an der Oberfläche schier keine Grenze zu kennen schien. *Bis auf die Berge,* dachte der Troll, als er zu den Gipfeln emporschaute. Dort oben gab es keine Bäume, keine Sträucher, sondern nur Fels und Eis.

»Das ist das Dyrische Imperium«, erklärte Natiole und deutete voraus in unbestimmte Ferne. »Irgendwo am Fuße dieses Weges liegt eine Ortschaft, wo der Einfluss des Imperiums beginnt, aber die eigentliche Grenze werden wir schon vorher überschreiten.«

»Was müssen wir dafür tun?«, erkundigte sich Zran. »Klettern?«

»Was? Nein, die Straße führt uns hin.«

»Über die Grenze?«

»Ja.«

Verwundert blickte Natiole den großen Troll an, und Kerr konnte an den Zügen des Menschen ablesen, dass er die Frage nicht verstand. Also versuchte er zu vermitteln: »Wie sieht diese Grenze aus? Eine Mauer?«

»Ach so. Nein, nein. Es gibt keine Befestigungen oder so. Die Berge markieren die Grenze.«

»Aber wie erkennst du sie dann?«

»Wir achten sie einfach. Jeder weiß, dass jenseits der Sorkaten die Dyrier herrschen.«

Jetzt war auch Kerr verwirrt. Und Zran schüttelte brummend den Kopf. Wieder einmal taten die Menschen vollkommen unverständliche Dinge. Dass sie fest an Besitz glaubten, hatte Kerr natürlich begriffen. Und dass sie das Land für sich beanspruchten, auch. *Aber warum sollte man das achten, wenn hier doch überhaupt niemand wohnt?*

Und was, wenn ich jetzt das Land nehmen will?

Aber er stellte die Frage nicht laut. Früher hätte er es getan und versucht, mehr zu verstehen. Doch jetzt wusste er, dass manche Handlungen eben menschlich waren und nicht trollisch. Und dass die Trolle niemals so sein würden, weswegen er es nicht unbedingt verstehen musste.

Aus den Schatten löste sich Wrag. Die Fähigkeit von Andas Kind, sich lautlos und ungesehen zu bewegen, war selbst für Kerr, einen erfahrenen Jäger, beeindruckend. Unter den Himmelslichtern war zu erkennen, dass Blut auf seinen Hauern und auf seinen Klauen glitzerte. *Ein Jäger ist immer ein Jäger, egal wo er ist,* ging es Kerr durch den Kopf.

Ohne ein Wort schlich Wrag zu seinem Wagen und kletterte während der Fahrt hinten auf die Ladefläche. Kerr warf Zran einen Blick zu, den dieser mit einem Schulterzucken quittierte. Auch der andere Troll empfand Wrags Schweigen wohl als besser als seine kaum gebändigte Wut. Beide legten sie sich ebenfalls auf die Wagen, und als die Sonne aufging, verschwand die Welt um Kerr herum.

Als Kerr die Augen aufschlug, blickte er in ein fremdes, bärtiges Gesicht. Beinahe hätte der Troll zugeschlagen, konnte sich aber gerade noch zurückhalten. *Wrag!*, dachte er entsetzt und richtete sich auf. Aber Wrag saß missmutig auf seinem Karren, und die fremden Menschen machten einen großen Bogen um Andas Kind.

Die Wagen standen in einem Innenhof, in dessen Mitte sich ein niedriges Becken voller Wasser befand. Es war gerade eben genug Platz für die langen Karren, die um das Becken herumstanden. Von den Ochsen war nichts zu sehen, aber Kerr konnte sie riechen; sie waren nicht weit weg.

Mit großen Schritten näherte sich Natiole, der mit den Armen fuchtelte und die Menschen von Kerrs Wagen mit lauten Rufen vertrieb. Manche antworteten in einer Zunge, die Kerr nicht verstand, aber obwohl er Angst roch, klangen ihre Worte verärgert, als störe sie Natioles Verhalten.

»Ihr seid wach. Das ist gut«, eröffnete der junge Mensch das Gespräch. »Dann beeilen wir uns lieber, weiterzuziehen.«

»Wo sind wir?«

»Der Ort heißt Macaza, das erste Dorf des Imperiums jenseits der Sorkaten. Wir haben hier eine Rast eingelegt, aber irgendwer hat euch gesehen, und jetzt ist das halbe Dorf hier, um euch anzugaffen.«

Wieder warf Kerr einen besorgten Blick zu Wrag hinüber, doch die Menschen waren entweder schlau oder ängstlich genug, um sich ihm nicht weiter zu nähern. Wrags Miene versprach jedem, der es dennoch tat, einen grausamen und blutigen Tod.

Stattdessen versammelten sich die Dörfler um Kerrs Wagen und wiesen mit dem Finger auf ihn, tuschelten, und manche kicherten sogar. Unsicher entblößte Kerr seine Zähne zu einem Lächeln, wie er es von den Menschen kannte, das die Menge jedoch verängstigt zurückweichen ließ. *Wenigstens lachen sie jetzt nicht mehr.*

»Was wollen sie?«, flüsterte er Natiole zu, der mit gerunzelter Stirn neben dem Wagen stand.

»Ihr seid exotisch. Fremdartig.«

»Wir sind Trolle«, ließ Zran vernehmen, der sich nun ebenfalls aufrichtete und erneut Wellenbewegungen in der Menge der Menschen hervorrief, als diese vor ihm zurückwichen, dabei aber respektvoll Abstand von Wrag hielten.

»Ja. Und meine Leute und ich sind an euren Anblick gewöhnt. Aber für diese Menschen seid ihr die ersten Trolle, die sie in ihrem Leben sehen. Leider spreche ich ihre Sprache nicht, und es ist schwer, sich zu verständigen. Sonst würde ich es ihnen erklären. Nur der eine oder andere versteht einige Brocken Wlachkisch, den Händlern sei Dank.«

»Wir sollten bald aufbrechen«, befand Kerr, dem die Aufmerksamkeit so vieler Menschen unangenehm war. Natiole nickte und drängelte sich durch die Reihen der Gaffer davon: »Ich lasse die Ochsen anspannen.«

Suchend blickte sich Kerr nach den anderen Wlachaken um, doch die Trolle waren nun allein mit den Fremden.

»Wrag, was immer sie tun, töte keinen«, rief er Andas Kind vorsichtig zu.

»Wenn mich einer anfasst, wird er es bereuen.«

»Nicht töten!«

»Keine Sorge. Aber ich reiße ihnen vielleicht den Arm aus oder so.«

Auch wenn die Menschen furchtsam waren, erkannte Kerr die Gefahr der Situation. Wenn Wrag sich bedroht fühlte, würde er wie ein wahres Kind Andas handeln, und das bedeutete Kampf. Und bei so vielen Menschen würde es ein blutiger Kampf werden, und es würde viele Tote geben. *Vielleicht wäre ich besser allein gereist.*

»Kein Arm-Ausreißen, kein Kopf-Abbeißen. Das sind keine Gegner für dich.«

Wrag antwortete nicht, aber Kerr war sicher, dass er verstanden hatte. Ob er sich an die Anweisung halten würde, war allerdings weitaus weniger sicher. Vorsichtig, um die Menschen nicht wieder zu erschrecken, stand Kerr auf und ging zwei Schritte vom Karren weg. Er bewegte sich bedächtig, lächelte wieder, aber ohne die Zähne zu zeigen, eben wie ein Troll es tun würde. Der Geruch von Angst war immer noch stark, aber zumindest schienen die Menschen nicht mehr kurz vor einer Panik zu stehen.

Auch bei genauem Hinsehen konnte Kerr keinen Unterschied zu den Menschen in Wlachkis feststellen. Sie hatten überwiegend dunkle Haare und waren nicht besonders groß, wobei in den Augen des Trolls mangelnde Größe ohnehin ein Merkmal von Menschen war. Ihre Nahrung roch anders, aber ihre Körper nicht, und ihre Kleidung bestand hauptsächlich aus einfachen Hosen und Hemden, wie sie auch von den Menschen im Land zwischen den Bergen getragen wurden. Vielleicht war die Kleidung etwas bunter, und vielleicht war die Haut etwas dunkler, aber Kerr hätte es nicht beschwören können.

Mit langsamen Schritten ging er zu Zran und trieb die Menge so vorsichtig von Wrag fort. Der Jäger nahm die Blicke der Menschen viel gelassener als Andas Kind auf, auch wenn Kerr sah, wie wachsam und reaktionsbereit Zran war. Aber zumindest äußerlich ließ er sich von der Masse von Fremden nicht beeindrucken, auch wenn er ihre Bewegungen genau im Auge behielt.

Es war Kerr, als verginge eine ganze Ewigkeit, bis Natiole endlich mit den Wlachaken wiederkehrte, die ihre Ochsen an Stricken hinter sich her führten. Als der junge Mensch die angespannten Mienen der Trolle erblickte, rief er Kerr zu: »Wir brechen schon auf. Arvan folgt uns mit den Wagen und den Pferden.«

Erleichtert nickte Kerr und folgte Natiole durch den Hof. Zran und Wrag blieben dicht bei ihm und ließen ihre Blicke über die Menschen wandern. Eine falsche Bewegung, ein zu lauter Ruf, alles hätte Wrags Wut erregen können, doch sie erreichten das Tor und schritten aus dem Hof hinaus auf eine breite, staubige Straße. Unbewusst atmete Kerr auf.

Natiole beschleunigte seine Schritte, und schon bald ließen sie die einfachen Gebäude Macazas hinter sich. Kerr hatte kaum einen Blick auf das Dorf werfen können, um Unterschiede zu Wlachkis festzustellen, sondern war einfach dem jungen Menschen gefolgt.

»Wird das jetzt immer so sein?«, fragte der Troll.

»Ich fürchte, ja. Es war vielleicht nicht besonders schlau, die Wagen einfach im Hof des Gasthauses abzustellen, und das ist etwas, was wir künftig vermeiden können. Aber ihr werdet wohl überall im Imperium Aufsehen erregen.«

»Wenn mich einer anlangt, wird er es bereuen«, wiederholte Wrag grimmig.

»Wir werden das verhindern«, versprach Natiole. »Die Wagen werden ab jetzt bewacht, und wir sorgen dafür, dass niemand euch sieht, wenn es Tag ist. Und nachts schlafen die meisten Leute hoffentlich auch im Imperium.«

Die Stimme des Menschen klang nicht halb so hoffnungsvoll, wie es seine Worte waren. Skeptisch blickte Kerr zu Wrag hinüber, dessen Miene noch verschlossener als sonst war. *Ich hätte alleine gehen sollen.*

28

»Aus dem Weg! Macht Platz, verflucht noch mal, sonst ist es nicht meine Schuld, wenn ihr viermal verfluchten Idioten zu Schaden kommt!«

Ein schweres Fuhrwerk, von Pferden gezogen, bahnte sich seinen Weg durch die Menschenmenge, begleitet von den lauten Rufen seines Lenkers. Cornel musste hastig zur Seite springen, um dem voll beladenen Wagen auszuweichen.

Die Stadt Turduj war seit seinem letzten Besuch noch einmal stark gewachsen. Hatte es schon damals zwischen den dicht gedrängt stehenden Häusern zahllose hastig gebaute Hütten gegeben, die kaum noch Platz für Straßen und Gassen ließen, war die Bevölkerung jetzt so weit gestiegen, dass die Wachen am Tor angeblich angewiesen waren, bei Neuankömmlingen genau zu prüfen, ob diese nicht etwa vorhatten, sich auch noch innerhalb der Mauern niederzulassen.

Wenn Cornel sich umsah, konnte er diesen Erlass durchaus verstehen. Die Stadt platzte aus allen Nähten. Nicht nur, dass während Marczeg Tamárs Herrschaft neuer Reichtum Turduj hatte glänzen lassen und zahlreiche Menschen angelockt hatte, abgerissene masridische Flüchtlinge aus Wlachkis bettelten gegenwärtig jeden an, der aussah, als habe er selbst auch nur ein Bett für die Nacht und ein Stück Brot zur Verfügung. Unter aufgespannten Stoffbahnen drängten sich ganze Familien zusammen, und der Gestank so vieler zusammengepferchter Leiber lag an diesem warmen Tag beinahe unerträglich schwer über der Stadt und dem Magy, der breiten Wasserstraße, die täglich neue Flüchtlinge nach Ardoly brachte.

Aber an einigen Stellen werden wohl bald neue Häuser entstehen, dachte der Sonnenpriester grimmig, während er sich durch die Stadt vorwärtsbewegte. An manchen Plätzen hatten offensichtlich erst kürzlich Feuer gewütet, und an einer Brücke entdeckte er die Überreste einer verkohlten männlichen Leiche, die achtlos in den Fluss geworfen worden war.

Wlachaken, ohne Zweifel. Wie in Teremi hatte auch in Turduj die Nachricht vom Tode des Marczegs und seiner Geliebten für Unruhe unter der Bevölkerung gesorgt, doch wer immer nun das Sagen im Čireva hatte, es war ihm offenkundig nicht allzu wichtig, die wlachkische Bevölkerung vor Übergriffen zu schützen.

Ich hoffe, mein Priestergewand ist über jeden Zweifel erhaben, dachte Cornel. Als Wlachake erkannt zu werden erschien ihm im Augenblick nur wenig ratsam.

Mit raschen Schritten steuerte er auf den großen Tempel des Göttlichen Lichtes zu, der auf dem Marktplatz von Turduj stand. Schon aus weiter Entfernung konnte er das große, prachtvolle weiße Gebäude erkennen. Anders als in Wlachkis war der Orden des Albus Sunaş in Ardoly hoch geehrt, und viele Masriden hingen dem Glauben an das Göttliche Licht voller Inbrunst an.

So überraschte es den Sonnenpriester nicht, dass das Innere des Tempels auch jetzt zur Mittagsandacht mit Gläubigen nahezu überfüllt war. Still stellte er sich in die letzte Reihe derer, die der Predigt lauschten, und folgte demütig den Worten des noch jungen Priesters, der das Licht pries, aber auch um Schutz und Gnade für all jene bat, die sich neu unter den Schutz des Ordens gestellt hatten. Erst als die Gläubigen den Tempel verlassen hatten, sprach er den Mann an.

»Ich bin Cornel, vom Tempel in Teremi, Bruder.«

Sein Gegenüber, der gerade einen Novizen mit einem Besen zu sich gewinkt hatte, schaute ihn prüfend an.

»Aus Teremi, sagst du? Dann bist du gewiss mit den Flüchtlingen gekommen, oder nicht?«

Der Priester trug ein makelloses Gewand und war offenbar frisch rasiert. Sein kurzes blondes Haar war akkurat geschnitten, und Cornel konnte erkennen, dass neben der Sonnenscheibe auf seiner Brust auch goldene Armreifen seine Handgelenke schmückten. Sein Gesichtsausdruck verriet deutlich, dass er keine große Bruderliebe für den weitaus bescheidener gekleideten Cornel empfand. Dieser schüttelte den Kopf.

»Ich reise im Auftrag des Voivoden«, erklärte er nicht ohne Stolz. »Ich musste nicht fliehen.«

»Dann wollen wir das Licht dafür preisen. Ich hörte, dass die Wlachaken wie wilde Tiere über unsere Brüder und Schwestern hergefallen seien.«

Cornel, der an die bis zur Unkenntlichkeit verbrannte Leiche im Magy denken musste, zog es vor, darauf nichts zu erwidern.

»Mein Name ist übrigens Výclas. Aus dem Hause Szilas«, stellte sich der jüngere Priester mit einer gewissen Arroganz in der Stimme vor.

Ein masridischer Adeliger. Natürlich. Vermutlich der dritte Sohn, der, um seinem Haus wenigstens etwas zu nutzen, nun im Tempel dient.

»Aber was führt dich her, wenn es nicht die Suche nach Schutz ist?«, fragte Výclas.

»Der Voivode wünscht zu erfahren, wer derzeit Ardoly regiert, jetzt, da Marczeg Békésar nicht mehr unter den Lebenden weilt.«

Der junge Sonnenpriester verzog das Gesicht zu einer grimmigen Miene, während er den Novizen beobachtete, der sich eifrig darum bemühte, den Fußboden des Tempels von allem Schmutz zu reinigen.

»Das ist keine leicht zu beantwortende Frage, Bruder«, begann er langsam. »Wie du wohl weißt, hinterlässt Marczeg Tamár keinen ehelichen Sohn, und er hatte auch keine Geschwister, die seinen Thron erben könnten. Aber der alte Marczeg, Gyula, hatte zwei Brüder und eine Schwester, deren Kinder und Kindeskinder Tamár beerben könnten. Den legitimsten Anspruch erhebt derzeit wohl Sziglos Békésar, ein Cousin Tamárs von seines Vaters Seite her und Neffe Zorpad Dîmminus über seine Mutter. Er ist von zweifachem Adel, und sein Temperament ist dem seiner beiden Onkel sehr ähnlich, nach allem, was über ihn zu hören ist.«

Dann Gnade das Licht dem Land Wlachkis, dachte Cornel. *Sowohl Zorpad als auch Gyula waren Männer voller Jähzorn. Und Zorpad ein Kriegstreiber und Schlächter.*

»Tiradar Békésar und Vikolyi Arkós erheben auch Anspruch auf den Titel und das Land. Beide sind ebenfalls Vettern des verstorbenen Marczegs, und manch einer sagt, sie wären bessere Anwärter auf seinen Thron, da sie vielleicht eher in Tamárs Sinne regieren würden und Nachsicht gegenüber den schmutzigen Wlachaken zeigten.

Sollte Sziglos sich als Herrscher durchsetzen, wird es Krieg geben, so viel ist sicher. Schon jetzt holt er jeden, der Waffen tragen kann, hier zu sich nach Turduj.«

»In Wlachkis munkelt man, dass Marczeg Tamár Békésar noch eine leibliche Tochter hat«, warf Cornel vorsichtig ein.

»Pah!« Sein Gegenüber sah aus, als ob er ausspeien wollte. »Eine Tochter, gezeugt mit einer wlachkischen Hure! Das Mädchen kann niemals den Thron erben. Wenn Sziglos erst Marczeg ist, wird er den Wlachaken wieder zeigen, wo ihr Platz ist.«

Das wird der Voivode aber anders sehen, Bruder, grübelte Cornel. *Ob die Masriden es sich nicht zu einfach vorstellen, einen hitzköpfigen Heerführer an ihre Spitze zu stellen, der dann Wlachkis rasch angreifen und besiegen soll? Şten cal Dabrân ist kein Dummkopf, und es könnte sein, dass ein neuer Marczeg eine blutige Überraschung erlebt, wenn er Hals über Kopf gegen Teremi zieht.*

Laut sagte er jedoch bloß: »Befindet sich der Körper des Marczegs noch im hiesigen Tempel? Ich würde ihm gern die letzte Ehre erweisen.«

»Ja, oben auf der Burg, wie es Sitte ist. Sie können ihn nicht verbrennen, nicht, bevor nicht der neue Herrscher seine Waffe aus den Händen des Toten empfangen hat. Aber im Vertrauen, Bruder: Der Einbalsamierer hat ganze Arbeit leisten müssen. Der Marczeg war kein schöner Anblick, als seine Gefolgsleute ihn hierherbrachten.«

Cornel neigte den Kopf. »Kann ich heute Nacht hier im Tempel unterkommen?«, fragte er.

»Gewiss, Bruder. Für einen der *unseren* ist hier immer Platz.« Er sprach das Wort *unseren* mit einer so auffälligen Betonung aus, dass Cornel sofort klar war, dass er ihn vielleicht für alles Mögliche hielt, jedoch nicht für ein vollwertiges Ordensmitglied.

»Ich danke dir«, entgegnete er schlicht. »Dann werde ich jetzt zur Burg gehen.«

Die Nachmittagssonne brannte heiß auf die Straßen hinunter, die sich unterdessen mit noch mehr Menschen gefüllt hatten. Oder zumindest kam es dem Sonnenpriester so vor. *Ich hätte den jungen Gecken fragen sollen, ob der Albus Sunaş in Ardoly überall dasselbe denkt wie er,* schoss es Cornel durch den Kopf. Wobei er vermutete, dass er darauf ohnehin keine befriedigende Antwort erhalten hätte.

Der Schweiß stand ihm auf der Stirn, als er endlich den Burgberg erklommen hatte. Zahlreiche Wimpel und Wappen schmückten die Burgmauern. Offenbar waren die Adeligen aus ganz Ardoly hergekommen, um dem alten Marczeg das letzte Geleit zu den Flammen zu geben und Zeuge zu werden, wie ein Neuer aus ihrer Mitte zum Herrscher gekrönt wurde.

Es war eine ungewohnte, aber durchaus angenehme Erfahrung für Cornel, dass ihn die Wache am Tor respektvoll grüßte und ihm ohne weitere Schikanen Einlass gewährte.

»Beeilt Euch bitte, er wird gleich beginnen«, raunte ihm eine junge Frau unter dem Visier ihre Helmes hervor zu. Zunächst vermochte er ihre Worte nicht zu deuten, doch dann wurde ihm klar, was sie gemeint hatte.

Inmitten der Burganlage hatten sich mehrere Dutzend Krieger versammelt, Männer und Frauen in den typischen schweren Panzerhemden der Masriden, mit dicken Schilden und scharfen Waffen. Vor ihnen stand ein großer, vierschrötiger Mann mittleren Alters in einer prunkvollen Rüstung, deren Intarsien im Sonnenlicht silbern und golden leuchteten. Sein Kopf war bis auf eine blonde Strähne, die ihm bis in den Nacken hing, völlig kahl geschoren.

Mit festem Blick betrachtete er die Gerüsteten, bevor er das Wort an sie richtete.

»Soldaten! Eine neue Ära bricht an! Lange Zeit haben wir Frieden an der Grenze gehalten, einen schmählichen Frieden, den unsere Feinde uns aufgezwungen haben. Doch jetzt mehren sich die Zeichen, dass die hündischen Wlachaken bereit sind, den Waffenstillstand zu brechen. Nicht nur, dass einige von ihnen unseren geliebten Marczeg erschlagen haben. Nein, die Feindseligkeiten nehmen kein Ende! Erst gestern erhielt ich Nachricht, dass einige von ihnen versucht haben, mit ihren Trollverbündeten nach Ardoly einzufallen. Zweifellos, um zu plündern und zu brandschatzen. Dies dürfen wir nicht zulassen! Wollt ihr, dass eure Familien Opfer von Trollpranken werden? Wollt ihr, dass diese Monstren alles bedrohen, was uns lieb und teuer ist? Wenn ihr das nicht wollt, dann kann es nur eine Antwort auf diese Provokation geben! Krieg!«

Bei der Gnade des göttlichen Lichts, dachte Cornel. *Sie haben Prinz Natiole mit seinen Begleitern getroffen. Und dieser*

Großsprecher hier nutzt dessen Reise offenbar bedenkenlos für seine Zwecke aus.

Doch er schien der Einzige zu sein, der so dachte, denn die Männer und Frauen vor ihm brachen in Jubel aus.

»Krieg!«, riefen viele und: »Tod den Trollen!« Doch nach und nach setzte sich ein anderer Ruf durch, wurde von Mund zu Mund weitergegeben, pflanzte sich von Reihe zu Reihe fort, bis schließlich alle Soldaten wie aus einem Mund skandierten: »Sziglos! Sziglos! Sziglos!«

Der Mann an der Spitze betrachtete mit regloser Miene sein Werk. Endlich nickte er den Versammelten noch einmal kurz zu und verschwand dann durch eine schmale Seitentür im Inneren der Burg. Die Gerüsteten im Hof zerstreuten sich allmählich.

Die Furcht vor den Trollen hatte unter den Masriden beinahe schon mystische Züge angenommen. Während die Wlachaken die großen Wesen zumeist als gefährlich, aber letztendlich doch als einfache Kreaturen betrachteten, waren sie für die Masriden Dunkelgeister, die einer älteren Zeit entstammten. Einer Zeit, als Wlachkis noch gänzlich ungeformt gewesen war und die Wlachaken sich nächtens in ihren Lehmhütten zusammengekauert hatten, wenn draußen die finstersten Monstren umhergingen. Natürlich waren die Trolle auch für den Albus Sunaş von Bedeutung; Wesen, die das Göttliche Licht nicht ertragen konnten und sich in dunklen Spalten der Erde verbargen. Und dass die Trolle bereits zweimal verheerend in Schlachten wider die Masriden gewirkt hatten, erhöhte ihr Ansehen bei diesen nicht. Dennoch waren Sziglos' Worte unwahr, denn die Trolle hielten sich an die Abkommen und lebten weit unter der Welt der Menschen.

Ich hätte mir denken können, wer er ist. In der Tat, ein würdiger Nachfahr des Zorpad Dîmminu. Ob für Natiole und seine Begleiter Gefahr besteht? Aber wenn die Masriden den Prinzen gefangen genommen hätten, dann hätte

Sziglos sicher nicht gezögert, mit einem solchen Fang zu prahlen.

Ich würde zu gern den anderen Thronanwärtern begegnen, um herauszufinden, wie sie zu diesem Kriegszug stehen. In jedem Fall sind das alles Neuigkeiten, die den Voivoden sehr interessieren dürften. Ich sollte meinen Aufenthalt in Turduj so kurz wie möglich halten.

Aber zuerst wollte er erledigen, wofür er den Burgberg ursprünglich erklommen hatte. Der Tempel des Albus Sunaş war kaum zu übersehen. Seine Kuppel ragte hoch in den Himmel, auch wenn die Kapelle selbst klein war, da hier nur die Andachten für die Fürsten und ihre Familien abgehalten wurden. Dafür war das Innere des Tempels umso kostbarer geschmückt. Funkelnde Edelsteine warfen das Licht zurück, das von der Decke her einfiel, und der Boden war mit goldenen Mosaiken ausgelegt. Kostbare Teppiche, die Szenen aus dem Leben heiliger Männer und Frauen zeigten, die ganz im Dienst des Göttlichen Lichtes gestanden hatten, bedeckten die Wände.

In der Mitte des runden Raumes lag der Leichnam Tamár Békésars aufgebahrt. Cornel dachte an Výclas' Worte, dass der Einbalsamierer gut gearbeitet hatte, und er musste ihm recht geben, denn der Raum roch nur schwach nach den Kräutern, die in kleinen Metallschalen verbrannt wurden, nicht aber nach dem Toten.

Man hatte dem Marczeg seine Rüstung angelassen, die bei seinem letzten Gefecht übel in Mitleidenschaft gezogen worden war, wie Cornel feststellte, als er näher trat, um den Toten zu betrachten. Sein Kriegshammer lag in seinen gefalteten Händen auf seiner Brust.

Sein Gesicht war von einer wächsernen Totenmaske bedeckt, wie es üblich war. Die strengen Züge Tamárs sahen dadurch beinahe friedlich aus. Cornel hatten den Marczeg zu Lebzeiten nur selten getroffen, aber er wusste, dass dieser einige schwere Entscheidungen getroffen hatte, die es ihm nicht immer leicht gemacht hatten, das Čireva und das Valedoara im Süden zu regieren. Tamár hatte bei seinem Volk als ein unnachgiebiger, harter Herrscher gegolten. Aber er hatte den Masriden auch zwanzig Jahre des Friedens beschert.

Im Tod wirkte er friedlicher, obwohl die Rüstung an einigen Stellen gespalten war und nur ungenügend die darunterliegenden klaffenden Wunden bedeckte. Sein Leib kündete vom Leben des Kampfes, das er geführt hatte, doch ihn umgab eine Aura der Ruhe. Man hatte den Marczeg gewaschen, seine Wunden gereinigt, aber nicht verborgen. Alle sollten sehen, dass er im Kampf gestorben war, ein Marczeg, der niemals von anderen verlangt hatte, was er selbst nicht zu tun bereit gewesen wäre.

Cornel trat noch einen Schritt zu dem Leichnam hin und legte ihm die Hand auf die Brust. »Ihr wart ein großer Mann, Tamár Békésar. Möge das Göttliche Licht Euch aufnehmen. Sichere Wege.«

Gerade als er sich abwenden wollte, entdeckte er eine Wunde am Bein des Marczegs. Aus seinem Oberschenkel ragte noch immer der Schaft eines Pfeils etwa zwei Fingerbreit hervor. Etwas an dem Pfeil zog die Aufmerksamkeit des Sonnenpriesters an. Das Holz war so dunkel gemasert, dass es beinahe schwarz aussah. Vorsichtig ließ sich Cornel auf ein Knie nieder und zog an dem hervorstehenden Stück, doch der Pfeil ließ sich kaum bewegen. Cornel beugte sich vor, um besser sehen zu können.

Kein Baum in Wlachkis hat so dunkles Holz, schoss es ihm durch den Kopf.

Plötzlich lief ihm ein eiskalter Schauer über den Körper. *Das hier könnte der Beweis sein, den ich gesucht habe. Jetzt muss ich nur noch Výclas und meine lieben Brüder hier davon überzeugen, dass sie mir erlauben, die Pfeilspitze aus dem Bein des toten Marczegs zu schneiden.*

29

Sein neues Pferd unter Kontrolle zu bringen bereitete Natiole noch Schwierigkeiten. Es war leichtfüßiger als Arian, feuriger, aber auch störrischer. Noch mussten sich Ross und Reiter aneinander gewöhnen, und deshalb war Natiole besonders aufmerksam. Dennoch war er dankbar, dass Arian sich ausruhen konnte. Die lange Reise hatte den Hengst strapaziert, und jetzt konnte er, ohne beladen zu sein, locker neben den Karren hertraben.

Ihre kleine Karawane, wie die Dyrier sie nannten, war angewachsen. Der Satrap hatte ihnen nicht nur frische Pferde zur Verfügung gestellt, sondern auch berittene Soldaten als Eskorte mitgegeben. Zwar waren diese in etwa so schweigsam und unnahbar wie Wrag, aber allein ihre Anwesenheit sorgte dafür, dass die Reise deutlich angenehmer geworden war. Dabei hatten die Wlachaken den Satrapen, der diesen Landstrich beherrschte, nicht einmal getroffen; eines Morgens waren ihnen einfach die Soldaten samt Pferden entgegengekommen und hatten in gebrochenem Wlachkisch ihre Hilfe angeboten.

Erst später hatte Natiole verstanden, dass ihre Reise nicht unbemerkt geblieben war und dass man ihnen nun für den Weg nach Colchas eine Eskorte bereitstellte. Er vermutete, dass es dabei nicht nur um ihren Schutz oder seine Ehre ging, sondern genauso darum, ein wachsames Auge auf die riesigen Trolle und ihre Begleiter zu haben.

Der junge Wlachake hatte in Gesprächen nie mit der Wahrheit hinter dem Berg gehalten, und so war das Wissen um ihre Reise bis zu dem Satrapen gelangt.

Ein Trupp dyrischer Soldaten musste ihnen sogar vorausreiten, denn die Gasthäuser und Karawansereien entlang des Weges waren nun stets auf ihre Ankunft vorbereitet und verlangten keine Bezahlung mehr.

Die Organisation innerhalb des riesigen Reiches beeindruckte Natiole. Auch die Disziplin ihrer Eskorte war imponierend. Die Soldaten waren mit leichten Kettenhemden gerüstet, trugen aber dicke Helme und große, tropfenförmige Schilde, und sie waren allesamt geübte Reiter. Man musste nicht auf die exzellenten Schwerter und langen Speere schauen, um zu wissen, dass jeder Mann ein gut ausgebildeter und erfahrener Krieger war. Sie blieben tagsüber zusammen, hielten sich des Nachts fern von den Trollen und bauten ihr eigenes Lager stets etwas abseits auf. Natürlich wurden sie nicht nur von Natiole, sondern auch von den Trollen kritisch beäugt, aber bislang hatte es keine Zwischenfälle gegeben, wofür Natiole im Stillen allen Geistern dankte.

Die Dörfer, Marktflecken, Städte und Weiler zogen an dem Trupp vorüber. Schon bald hatte Natiole jedes Gefühl für die Namen der Ortschaften und Gegenden verloren. Die Trolle interessierten solche Informationen ohnehin nicht, aber auch Natioles Wissensdurst war bald mehr als gestillt. Alles, was noch zählte, war die Tatsache, dass sie sich Colchas näherten. Er hatte sich noch nie sonderlich für die Geographie des gewaltigen Reichs interessiert, ganz anders als Ionnis, der jedes bisschen Information über das Goldene Imperium geradezu aufgesogen hatte.

Dank der tatkräftigen Hilfe ihrer neuen Begleiter und ihrer frischen Reittiere kamen sie inzwischen erheblich schneller voran. Die Handelswege im Imperium waren zudem gut ausgebaut, breit, gepflastert und scheinbar schnurgerade, was den Transport der Trolle erleichterte. Die Soldaten flößten den Bewohnern des Imperiums Respekt ein, und Szenen wie zu Beginn ihrer Reise wiederholten sich nicht. Tatsächlich verlief die Reise so ereignislos, dass Natiole sich schon darüber wunderte. Aber die Erklärung lag wohl einfach in der unsichtbaren, aber stets fühlbaren Macht des Satrapen, die sie durch das Reich lotste.

Sie begegneten häufig anderen Reisenden, vornehmlich Händlern, die mit Wagen und Lasttieren durch die Lande zogen. Hin und wieder wurden sie von Boten überholt, deren hohes Reittempo Natiole zunächst überraschte, da die Pferde eine solche Geschwindigkeit unmöglich lange durchhalten konnten. Aber schon bald entdeckte er die zahlreichen Stationen entlang der Straße, an denen die Boten ihre Tiere wechseln und schnell weiterreiten konnten. Es stand zu vermuten, dass sich die Nachricht von ihrer bevorstehenden Ankunft auch auf dem Wege weiterverbreitete und dass man sie selbst in Colchas bereits erwarten würde.

Der Kontakt mit den Einheimischen beschränkte sich auf wenige Worte und Gesten. Kaum einer verstand Wlachkisch, und nur Arvan sprach einige Brocken Dyrisch. Jedoch wurde es auch nur selten nötig, direkt mit den Einheimischen zu sprechen, da ihre Begleiter sich um alles kümmerten. *Trotzdem – vielleicht hätte ich die Anwesenheit der Dyrierin in Teremi nutzen sollen, um ein paar Worte ihrer Sprache zu lernen,* dachte Natiole. Vielleicht ließ sich das später noch nachholen.

So vergingen die Tage, aneinandergereiht wie Perlen auf einer Schnur, kaum zu unterscheiden. Aus dem Vorgebirge der Sorkaten wurde eine Ebene, in der Gräser und Sträucher vorherrschten, wenn es nicht ausgedehnte Felder gab. Die Ebene ging nahtlos in eine hüglige Landschaft über, die spärlicher besiedelt war, dafür aber einige Wälder bot. Tag für Tag schien es wärmer zu werden. Sie folgten dem Verlauf eines breiten Flusses – nicht der Magy, wie ihm die Soldaten glaubhaft versicherten, obwohl er auch aus dem Süden stammte. Über den größten Teil seiner Länge hieß der Strom Eurys, und an seinen Ufern lagen viele Siedlungen.

Obwohl es immer wärmer wurde, blühte die Landschaft geradezu auf. Die Ortschaften wurden größer und zugleich häufiger. Die Hügel wurden sanfter, die Felder immer weitläufiger, durchzogen von einem labyrinthartigen Gewirr von Bewässerungsgräben. Hier gab es mehr Reisende, von einzelnen Fußgängern bis hin zu vielen Schritt langen Karawanen.

Da Natiole fast jedes Gefühl für die zurückgelegte Distanz verloren hatte, überraschte es ihn, als der Anführer ihrer Begleiter schließlich zu ihm geritten kam, nach vorn wies und dabei rief: »Colchas.«

Tatsächlich. Als sie über die letzte Hügelkuppe kamen, erblickten sie eine so gewaltige Stadt, dass dem jungen Wlachaken vor Staunen der Mund offen stehen blieb.

Eine hellgraue Wehrmauer umgab die Stadt, und sie erstreckte sich von einem Hügel durch das Tal bis über den nächsten Hügel hinaus. Unzählige Gebäude standen dicht an dicht, immer wieder von breiten Straßen unterbrochen. Es gelang Natiole nicht, die Anzahl der Häuser auch nur zu schätzen. Hier und dort ragten Türme empor, teilweise zu Palästen gehörend, teils freistehend. Die meisten Gebäude waren aus dem gleichen hellen Stein errichtet wie die Mauer, und viele waren mit heller oder gar weißer Farbe gestrichen. Sie waren größer als die Häuser selbst in Teremi, oft mussten es drei oder vier Stockwerke sein. Doch die Blicke jedes Reisenden wurden unweigerlich von den goldenen Kuppeln in der Mitte der Stadt angezogen, den gewaltigen Gebäuden mit ihren Erkern und Vorsprüngen, Säulen und Hallen und den vereinzelten Bäumen, die zwischen diesen Kolossen standen und im Vergleich überhaupt erst ahnen ließen, wie groß die Gebäude und auch die Stadt eigentlich waren.

Neben sich hörte Natiole das leise Keuchen einer Soldatin, und selbst Arvan schwieg beeindruckt, obwohl er bereits in Colchas gewesen war.

An dem Hügel zur rechten Hand gab es weite grüne Flächen und einzeln stehende Paläste. Jede dieser Anlagen mochte größer sein als so manches wlachkische Dorf. Über der Stadt lag ein Flirren in der Luft, eine leichte Trübheit, die von aufgewirbeltem Staub stammen mochte oder einfach von der unvorstellbaren Anzahl von Menschen, die dort im hellen Sonnenlicht ihrem Tagwerk nachgingen.

Der Verkehr um die Stadt herum war ebenso gewaltig wie Colchas selbst. Menschen, kaum mehr als winzige Punkte vor dem Panorama, wuselten umher, bestellten die Felder, bevölkerten die Straßen, waren selbst auf diese Entfernung allgegenwärtig.

»Komm«, bat der Anführer der Dyrier und trieb sein Pferd an. Immer noch schockiert von dem Anblick, folgte ihm Natiole, und auch die Wagen setzten sich wieder in Bewegung.

Bislang hatte der junge Wlachake keinen Grund gekannt, sich selbst für unerfahren zu halten. Er kannte Teremi und Turduj, die beiden größten Städte des Landes zwischen den Bergen. Er hatte Texte über das Imperium gelesen und mit dyrischen Gästen bei Hofe gesprochen, wenn auch widerwillig. Aber niemals hätte er vermutet, dass ihre Erzählungen, die stets so blumig und übertrieben wirkten, der Wahrheit entsprechen könnten. Eine Stadt, so groß und gewaltig, dass man fast glauben konnte, ganz Wlachkis hätte hinter ihren Mauern Platz. *Vielleicht verstehe ich Ionnis jetzt besser,* dachte der junge Wlachake. Die Erinnerung an seinen Bruder versetzte ihm einen Stich. *Zumindest weiß ich jetzt, was du meintest, wenn du von Colchas der Prächtigen sprachst.*

Schon bald fanden sie sich innerhalb eines Menschenstroms wieder, in dem sie nur wenig Beachtung fanden.

Immer wieder ritten die dyrischen Soldaten vor, trieben die Menge auseinander und schufen ihnen eine Gasse. Doch während sie zuvor staunend angegafft worden waren, hatte man hier nur finstere Blicke und gemurmelte Flüche für sie übrig.

Die Menschen überwältigten in ihrer Verschiedenheit Natioles Sinne. Er sah große und kleine, dunkelhaarige und blonde, hell- und dunkelhäutige. Einige der Reisenden, die durch das Tor strömten, hatten sogar eine beinahe tintenschwarze Haut, wie Natiole verblüfft feststellte.

Bunte Stoffe, weite Roben, enge Hemden, Kopfbedeckungen in unterschiedlichsten Formen und Farben wurden von den Vorübereilenden getragen. Eine Myriade von Eindrücken strömte auf den jungen Wlachaken ein, die ihn ermattet zurückließen. Er war froh, als sie das große Tor in der Mauer problemlos passierten und von den überfüllten Hauptstraßen auf weniger volle Seitenstraßen auswichen. Aber selbst hier waren viele Menschen unterwegs, saßen auf flachen Schemeln vor Häusern, tranken dampfende Getränke aus Tassen, boten ihre Waren an und unterhielten sich lauthals miteinander. Der größte Teil dieser Menschen hatte schwarzes Haar und sonnengebräunte Haut. Ihre Kleidung war eher schlicht, bestand zumeist aus einfachen Hosen und weiten, mit Gurten geschnürten Hemden. Kaum jemand trug Schuhwerk, nur hier und da sah Natiole einfache Sandalen.

Keiner der Wlachaken sprach, und Natiole sah seinen Leuten an, dass sie ebenso beeindruckt waren wie er selbst. Er war froh, dass sie die Trolle auf den Karren vor allen neugierigen Blicken verborgen hatten. Ein Menschenauflauf so vieler Fremder hätte hier nur allzu leicht zu einem Zusammenstoß mit Wrag führen können, wenn der Tiefentroll inmitten der Menge erwachte.

Endlich ließen sie die engen Straßen hinter sich und näherten sich dem Zentrum der Stadt, einem gewaltigen Komplex aus mächtigen Gebäuden, der im Herzen des flachen Tals lag. Ihre Begleiter führten sie auf eine breite Straße, die fast menschenleer war. Krieger in weitaus prächtigeren Rüstungen standen dort Wache, jeweils zwei auf ein Dutzend Schritt. Sie trugen geschuppte Panzer, bei denen jede einzelne Schuppe wie eine Feder geformt und vergoldet war. Selbst im strahlenden Sonnenschein, der dem ungerüsteten Natiole den Schweiß auf die Stirn trieb, standen sie stoisch ruhig, in den Händen lange Schilde und Speere. Sie reagierten mit keiner Regung auf die Wlachaken und ihre Wagen. Fast hätte man sie selbst für Statuen halten können, hätten sie sich nicht anderen Reisenden in den Weg gestellt und ihnen den Durchlass verweigert.

Die breite, mit perfekt quadratischen Steinen gepflasterte Straße führte vorbei an einem flachen, von Säulen umrahmten Gebäude, über einen Platz, auf dem zwei Dutzend mannshohe Statuen standen, zu einem gewaltigen Palast, dessen goldene Kuppel von der Macht und dem Selbstbewusstsein des Imperiums kündete.

»Jetzt weiß ich, warum man es das *Goldene Imperium* nennt«, flüsterte Natiole angesichts der Pracht.

Auf den Stufen des Palasts erwartete sie schon ein Empfangskomitee, bestehend aus mehreren der goldgeschuppten Soldaten und zwei großen Männern, von denen einer ihnen sogleich entgegeneilte.

Bevor Natiole etwas sagen konnte, warf sich der Mann auf den Boden und berührte mit der Stirn die Pflastersteine.

»Ich entbiete Euch das Willkommen und die Aufnahme meines großherrlichen Herrn, des von Agdele Gesalbten und mit ihrer Liebe Bedachten, des geflügelten Hauptes, des Besamers der irdenen Kuh, des Trägers des Firmamentes und von den Kindern seines Reiches geliebten Imperators, dessen Antlitz gottesliebkost ist; von Arkides, dem neunzehnten seines Namens, und damit das Willkommen des Dyrischen Imperiums, dessen Geburt im Feuer lag und von Agdeles Willen gelenkt wurde.«

Sein Wlachkisch war makellos. Erstaunt blickte Natiole

zu Arvan, der jedoch stur geradeaus schaute. Der Mann, dessen kahl geschorener Kopf im Sonnenlicht glänzte, bewegte sich nicht. Der junge Wlachake war unsicher, wie er auf den Mann zu seinen Füßen reagieren sollte.

»Ich danke dir und deinem Herrn«, sagte er schließlich schlicht. »Ich überbringe Grüße von Şten cal Dabrân, dem Voivoden von Wlachkis.«

Jetzt erhob sich der Mann und legte feierlich seine Hände auf die Brust. Sein dunkelblaues, mit goldenen Stickereien besetztes Gewand erinnerte Natiole an die weiten Gewänder von Artaynis. Es fiel in Falten an ihm herab und bedeckte seinen fülligen Leib beinahe zur Gänze. Nur Kopf, Hände und Füße, die in einfachen Sandalen steckten, schauten heraus. Ähnlich wie die Dyrierin war auch er geschminkt, mit dunklen Strichen um die Augen, die ihm einen mysteriösen, tiefen Blick verliehen.

»Ich bin Pilon, Mund des Goldenen Imperators und für alle Annehmlichkeiten Eures Aufenthaltes zuständig. Mir obliegt es, Euch die Gemächer zu zeigen, die Gästen, wie Ihr sie seid, angemessen sind.«

»Ich danke Euch dafür.«

»Dies sind die … Trolle?«, fragte der füllige Mann mit einem Blick auf die Karren, wo die Trolle unter den Decken lagen. In der Hitze hing ihr erdiger Geruch wie eine Dunstglocke über den Leibern.

»Äh, ja. Das Sonnenlicht schwächt sie«, untertrieb Natiole. »Bei Nacht werden sie aufwachen.«

»Ich weiß«, entgegnete Pilon. »Ich habe das Buch *Roch, der Troll* gelesen. Ich weiß alles über diese Wesen, was es zu wissen gibt.«

Natiole nickte freundlich, dachte aber bei sich: *das bezweifle ich.*

Mit einigen Schritten kam ihr Gastgeber näher und redete in seiner Zunge auf die Soldaten ein, die sie begleitet hatten. Der Anführer gab einsilbige Antworten, die Pilon nicht zufriedenzustellen schienen. Seine Miene wurde immer zorniger. Fragend sah Natiole zu Arvan, der jedoch unmerklich den Kopf schüttelte. Das Gespräch war wohl zu komplex und schnell für den Soldaten. Dann wedelte Pilon mit den Händen, als wolle er unliebsame Fliegen von seinem Frühstückstisch vertreiben, und die Soldaten wendeten ihre Pferde und ritten davon.

»Ich bin zutiefst betrübt, dass Euer erster Kontakt mit unserem wundervollen Land diese unzivilisierten Barbaren waren«, erklärte Pilon, und seine Miene zeigte tatsächlich eine derartige Trauer, dass Natiole insgeheim befürchtete, er würde gleich in Tränen ausbrechen.

»Ihre Dienste waren sehr hilfreich«, versuchte der junge Wlachake sein Gegenüber zu beruhigen.

»Es sind Fischfresser aus dem Westen«, spie Pilon beinahe aus. »Ungebildet, ohne Manieren, kaum besser als Söldnerpack. Nichts, was den Glanz des Imperiums repräsentiert, der alles Übel von meinem Herrn und von uns allen abwendet.« Seine beringte Hand wies auf die Soldaten, die sich immer noch nicht bewegt hatten.

Juckt es die nicht irgendwann irgendwo?, sinnierte Natiole, wurde aber von einem lauten Ruf aus seinen Gedanken gerissen.

»Wenn das mal nicht Wlachaken sind!«

Ein kleiner Mann kam würdevoll aus dem Gebäude, die Arme ausgebreitet und ein breites Grinsen auf seinem spitzbübischen Gesicht. Seine Haare waren grau, und seine Züge wiesen viele Falten auf, doch sie wirkten eher so, als ob er viel gelacht und nicht viel getrauert habe. Sein außerordentlich kostbares, gefälteltes Gewand und seine betont aufrechte Haltung trugen dazu bei, ein ansehnliches Bäuchlein zu verbergen, wie Natiole bemerkte.

»Wlachaken *und* Trolle, wie man riecht«, fuhr der Neuankömmling fort. Pilon stellte sich ihm in den Weg, aber er ignorierte ihn einfach und schritt an ihm vorbei.

»Meine Güte, du musst Natiole sein. Als ich dich das letzte Mal sah, warst du nicht größer als so.« Mit der rechten Hand deutete er Hüfthöhe an.

»Ihr könnt nicht …«, murmelte Pilon flehend. »Ihr müsst …«

»Ach«, unterbrach ihn der Fremde und zwinkerte Natiole vertraulich zu. »Mach dir keine Sorgen, Pilon. Das ist alles erlaubt. Ich begrüße lediglich alte Freunde.«

Jetzt verstand der junge Wlachake endlich und verbeugte sich: »Es ist mir eine Ehre, Euch zu treffen, Sargan Vulpon.«

Bei ihrem letzten Treffen war Natiole tatsächlich erst *so* groß gewesen. Und Sargan erheblich weniger beleibt.

»Nenn mich einfach Sargan. Willkommen in Colchas, Perle von Dyria und Herz des Goldenen Imperiums, Natiole. Willkommen im Zentrum der Welt!«

30

D*ie Stimmung in Teremi ist deutlich besser geworden, seit der Voivode wieder mehr er selbst ist,* dachte Artaynis, während sie die letzten Schritte auf der belebten Straße zurücklegte, die zu Seikos' Laden führte.

Obwohl das Land sich auf einen Krieg vorbereitete, obwohl der Voivode um Nemes Flores trauerte, hatte sich doch ein schwerer Schatten von ihm gelöst, seit sein jüngerer Sohn wieder aufgewacht war, und Şten cal Dabrân überwachte seither die Geschehnisse auf der Burg und in der Stadt mit großer Tatkraft und Umsicht. Beides war auch notwendig, denn die Zahl der Bewaffneten in der Festung stieg mit jedem Tag, und es war nicht immer leicht, die Männer und Frauen, die zu einem Kriegszug aufgebrochen waren und sich nun in untätigem Warten üben mussten, unter Kontrolle zu halten. Und auch die verbliebenen Masriden in der Stadt konnten sich wieder sicherer fühlen, seit Şten hatte verkünden lassen, dass er keine Übergriffe auf sie dulden würde.

Die Untergebenen des Voivoden folgen ihm in allem. Wenn er Hoffnung hegt, dann hegen sie sie auch. Was würden die Wlachaken wohl tun, wenn sie ihn verlieren würden?

Für einen Moment schweiften ihre Gedanken zu Natiole, der sich auf dem Weg nach Dyrien befand. Eines Tages würde er seinem Vater nachfolgen müssen.

Sie hoffte inständig, dass es dem Trupp aus Trollen und Menschen gelang, die Sorkaten zu überqueren, bevor die ersten Schneefälle einsetzten. Das Wetter in Wlachkis war unberechenbar, und es gab Jahre, in denen die Pässe durchgängig unpassierbar blieben.

Vielleicht wird Natiole diese Reise und die Verantwortung, die er dabei trägt, helfen, sich auf seinen künftigen Platz vorzubereiten.

Artaynis warf noch einen letzten Blick zum grauen Himmel, an dem sich eben schwere Wolken zusammenballten, dann betrat sie das Geschäft.

»Phryka, welche Ehre!« Seikos begrüßte sie mit der gewohnten Höflichkeit.

»Es war sehr freundlich von Euch, mir einen Boten mit der Nachricht zu schicken, dass Ihr wieder über Kaffee verfügt.«

Angesichts des sich stets verschlechternden Wetters war die dyrische Karawane, von welcher der Bote des Händlers – ein Straßenjunge aus Teremi – gesprochen hatte, sicher eine der letzten, die Wlachkis in diesem Jahr erreichen würde.

»Ich hielt es nur für angemessen, Phryka, Euch die Möglichkeit zu geben, Eure Vorräte aufzustocken, bevor die Sylken Euch erneut zuvorkommen.«

»Die Sylken?«, erkundigte sich Artaynis überrascht. »Sind sie denn zurückgekehrt?«

Der Händler neigte bedächtig den Kopf. »So ist es. Ihr geheimniskrämerischer Anführer zumindest. Ich glaube, dass diese Sylken ein Lager ganz hier in der Nähe aufgeschlagen haben, Herrin.«

Als Artaynis ihn ungläubig ansah, beeilte sich Seikos hinzuzufügen: »Vielleicht irre ich mich auch, Phryka – die bescheidenen Geistesgaben, die mir Agdele gab, reichen nicht immer aus, um die richtigen Schlüsse aus meinen ungenauen Beobachtungen zu ziehen. Doch die Häufigkeit, mit der ihr ungehobelter Anführer meinen Laden beehrt, verrät mir, dass das Quartier der Sylken nicht allzu weit entfernt sein kann.«

Diese Neuigkeit beschäftigte Artaynis. *Sylken lagern in der Nähe Teremis. Das werden sie kaum tun, weil sie die*

Wunder eines Landes kennenlernen wollen, das beinahe ebenso barbarisch ist wie ihre eigenen Stämme. Sie müssen einen Auftrag haben. Aber von wem? Und wie lautet er?

Vermutlich würde ihr Vater von der Aufgabe der Sylken wissen. Im Imperium geschah kaum etwas von größerer Bedeutung, was Sargan Vulpon entging, auch wenn er gern mit geheuchelter Bescheidenheit erzählte, dass die Tage vorbei seien, in denen er die Geschicke des Reiches mitbestimmt hatte. *Und wer bin ich, wenn nicht meines Vaters Tochter?*

Nach einiger Überlegung sagte sie: »Seikos, würdet Ihr mir noch einen weiteren Gefallen tun?«

Der Händler verneigte sich tief: »Selbstverständlich, Phryka.«

»Wenn der Herr der Sylken Euch das nächste Mal aufsucht, dann behauptet, Ihr hättet eine der gewünschten Waren nicht vorrätig, und bittet ihn, zu einem bestimmten Zeitpunkt einige Tage später wiederzukommen. Dann schickt mir Euren Botenjungen. Ich würde zu gern herausfinden, wo sich dieses sylkische Lager befindet.«

Falls Seikos dieses Anliegen seltsam fand, so ließ er es sich zumindest nicht anmerken.

»Das werde ich, Herrin. Und nun kümmere ich mich um Euren Kaffee.«

In Gedanken versunken ging Artaynis die möglichen Bedeutungen der Neuigkeiten, die sie von Seikos erfahren hatte, durch. *Vielleicht hat nur irgendein Adeliger in Colchas Interesse daran, aus erster Hand zu erfahren, was hier in Wlachkis vor sich geht,* grübelte sie. *Die Anwesenheit der Sylken muss nichts zu sagen haben.* Dennoch war sie fest entschlossen, zumindest herauszufinden, wo die Reiter lagerten und wie viele es waren. *Es ist besser, erst Genaueres zu wissen, bevor ich dem Voivoden oder seinem Sohn davon erzähle.* Sie war hin und her gerissen zwischen ihrer Freundschaft zu Şten und seiner Familie und der Loyalität, die sie gegenüber ihrer Heimat empfand. Wenn die Sylken im Auftrag eines Dyriers im Lande waren, stand es ihr kaum zu, sich einzumischen. Ihre Taten würden auf ihren Vater und damit auf ihre ganze Familie zurückfallen. *Andererseits ist Wissen natürlich Macht. Und man sollte nicht vergessen, wie neugierig ich bin. So furchtbar neugierig.*

In diesem Moment kehrte Seikos mit einer kleinen Schatulle wieder, die er ihr mit einem selbstgefälligen Lächeln entgegenhielt. Als er den Deckel fast schon ehrfürchtig öffnete, erhob sich der unvergleichliche Duft von Kaffee, und Artaynis schloss verzückt die Augen.

Als sie auf dem Rückweg an der Tür zu Ionnis' Gemächern vorbeiging, hörte sie ein lautes Poltern, gefolgt von einem blumigen, wlachkischen Fluch. Offenkundig war er gerade wach.

Neugierig geworden, klopfte sie an die Tür. Als sie eintrat, bot sich ihr ein Bild, das sie zum Lachen reizte. Ionnis saß, nur mit einer Hose bekleidet, auf dem Bett. Vor ihm stand eine Waschschüssel. Der zugehörige Wasserkrug lag zerbrochen auf dem Boden, und der Prinz hielt unschlüssig einen Schwamm in der Hand.

Artaynis verkniff sich mühsam das Grinsen und setzte eine gespielt besorgte Miene auf.

»Nemes Ionnis! Was macht Ihr denn da?«, rief sie.

»Ich versuche, meine Haare zu waschen«, gab er möglichst würdevoll zurück, was allerdings kaum zu seinem sonstigen Erscheinungsbild passen wollte.

»Warum hast du keinen der Diener gefragt, ob er dir hilft?«, fragte sie leiser, während sie in den Raum trat.

Er richtete sich auf und verzog den Mund.

»Weil sie mich ohnehin schon den ganzen Tag bemuttern«, entgegnete er. »Ich kann keinen Handgriff tun, ohne dass man mir hilft.«

»Vielleicht zurecht«, neckte ihn Artaynis.

Grimmig funkelte Ionnis sie an. Diese Erkenntnis schien ihm nicht zu gefallen. Zwar erholte sich sein Körper erstaunlich gut von seinen Verletzungen, aber er verschlief immer noch gut die Hälfte des Tages, und jede kleine Anstrengung ermüdete ihn schnell, was dazu führte, dass sowohl sein Vater als auch das Gesinde sich ständig um ihn bemühten. Bislang hatte er nur einige Schritte im Zimmer getan, und man hatte ihm angesehen, wie schwer sie ihm fielen.

»Zumindest wenn ich das Resultat deiner Bemühungen betrachte«, fügte sie mit einem vielsagenden Blick auf die Tonscherben hinzu. Dann kam ihr eine Idee. »Würdest du mir vielleicht gestatten, dir zu helfen?«

Er bedachte sie mit einem Blick, den sie nicht deuten konnte. *Verlegenheit? Dankbarkeit?*

»Gerne«, murmelte er schließlich mit gesenktem Kopf.

Artaynis nahm ihm den Schwamm aus der Hand und tauchte ihn in die Waschschüssel. Das Wasser war kaum mehr als lauwarm. Vorsichtig, um die verschorfte Wunde an seinem Hinterkopf nicht zu berühren, fuhr sie mit dem nassen Schwamm über seine Haare und strich mit der linken Hand das Wasser heraus.

Ionnis schloss die Augen. Ein Schauer lief ihm über die Haut.

Plötzlich nahm Artaynis alles überdeutlich wahr – seine hellbraune Haut, unter der sich nun, nach den Tagen seiner Krankheit, die Rippen abzeichneten. Den schwachen Duft des Seifenwassers. Die hässlichen Wundränder. Die langen Wimpern seiner geschlossenen Augen.

Er ist ein anderer für mich geworden, dachte sie. *Nicht mehr der fremde Prinz aus dem kalten Wlachkis, den mein Vater als Gast beherbergt hat. Nicht mehr mein einziger Freund in diesem barbarischen Land.*

Unsicher atmete sie tief ein, als sie erkannte, dass sie beide im Begriff waren, eine Grenze zu überschreiten, die bislang immer zwischen ihnen bestanden hatte.

Ionnis musste dasselbe gedacht haben, denn er hob eine Hand und umschloss vorsichtig die Finger ihrer Linken. Langsam führte er ihre Hand zu seinem Mund und küsste sie. Artaynis ließ den Schwamm sinken. Sacht zog er sie zu sich hinunter, und sie gab nach, ließ sich neben ihm auf dem Bett nieder.

Er öffnete die dunklen Augen und sah sie lächelnd an. Wassertropfen liefen über sein Gesicht, perlten auf seine Brust. Sie strich die Tropfen fort, und er folgte ihren Fingern mit den Lippen. Sie war ihm so nah, dass sein Atem warm über ihre Haut strich. Schließlich beugte er sich vor, und küsste sie auf die Lippen. Sein Mund war warm. Weich.

Sie umarmten sich, und die Küsse wurden länger und forschender. Doch als sie ihre Hand in seinen Nacken legte, stöhnte er auf und zuckte unwillkürlich zurück. Artaynis öffnete die Augen.

»Ist alles in Ordnung?«

Ionnis grinste verlegen.

»Wie fühlst du dich?«, fragte sie besorgt.

Er vergrub sein Gesicht in ihrem Haar. »Lebendig«, murmelte er. »Ich fühle mich lebendig.« Er ließ seine Lippen langsam ihren Hals hinabwandern.

Sie schloss die Augen, genoss das Gefühl, ihm so nahe zu sein. Doch dann rückte sie abrupt ein Stück von ihm ab.

»Was ist, wenn jemand hereinkommt und dich dabei erwischt, wie du die Tugend deiner Gäste gefährdest?«

»Ich glaube nicht, dass ich schon unter diesen Verdacht geraten könnte, obwohl ich gern ein bisschen gefährlicher für deine Tugend wäre«, erwiderte Ionnis einigermaßen kläglich. »Aber momentan ist selbst die Durchquerung des Zimmers noch eine ziemliche Herausforderung.«

Sie lachte. Dann legte sie ihren Kopf auf seine Schulter. »Wenn es dir wieder besser geht, werden wir hoffentlich noch reichlich Zeit für uns haben.«

Er nickte gedankenverloren. *Er weiß es genauso gut wie ich,* dachte Artaynis. *Schließlich ist er kein Dummkopf. Zeit ist ein rares Gut für uns.* Der Tag konnte nicht mehr allzu fern sein, an dem ihr Vater sie nach Dyrien zurückrief.

Aber heute bin ich hier, ermahnte sie sich selbst. *Bei ihm.*

»Soll ich uns etwas zu essen holen?«, fragte sie, bemüht, die Stimmung nicht schwermütig werden zu lassen. »Vermutlich wird mich niemand aufhalten, wenn ich in die Küche schleiche – wohingegen bei deinem Anblick ja angeblich die Köche in Panik verfallen.«

Grinsend fragte Ionnis: »Hat mein Vater etwa angefangen, dich mit Geschichten über meine früheren Missetaten zu erfreuen?«

Sie winkte ab. »Nein, das hat Natiole mir erzählt, bevor er aufgebrochen ist.«

Mit gerunzelter Stirn sah er sie an: »Du hast mit Natiole über mich gesprochen?«

»Ja, warum auch nicht? Dein Bruder kann sogar ganz freundlich sein, wenn er sich nicht gerade bemüht, möglichst unausstehlich zu wirken.«

Aus irgendeinem Grund schien Ionnis diese Ansicht nicht zu erfreuen, aber sie beschloss, nicht weiter darauf zu achten.

Heute bin ich hier, wiederholte sie in Gedanken, bevor sie das Zimmer verließ.

31

Einige Augenblicke standen sie sich schweigend gegenüber, dann lächelte Denyxer Skleron. Ein schelmisches Lächeln, das gar nicht zu dem großen, hageren Mann mit den asketischen Zügen zu passen schien. Aber Kamros hatte bereits beim Festmahl gemerkt, dass Denyxer zwar asketisch wirken mochte, wohl aber einen von Agdele gesegneten Appetit besaß.

»Du bist ein gefährlicher Mann.«

Bescheiden schlug Kamros die Augen nieder, lächelte dann jedoch und blickte wieder auf. Einige Herzschläge lang hielt er Denyxers Blick gefangen, bevor er antwortete: »Wir sind alle gefährliche Männer. Deswegen sind wir hier.«

Sein Gegenüber mochte es vielleicht als einen Hinweis auf ihr konspiratives Treffen verstehen, aber eigentlich meinte Kamros mehr als nur die Besucher des Palastes seines Schwiegervaters; er sprach von Colchas und seinen Mächtigen, vom Herzen des Imperiums.

»Die Skleron werden dein Anliegen unterstützen.«

Mit diesen Worten wandte sich Denyxer ab und ließ sich von den Sklaven hinaus auf den Platz vor dem Palast führen, wo seine Sänfte schon warten würde. Erleichtert durchquerte Kamros die Vorhalle und kehrte in das Atrium zurück. Larzanes trank einen Schluck Wein aus einem gläsernen Pokal und sah Kamros fragend über den vergoldeten Rand des Bechers hinweg an.

Mit einem Seufzen ließ sich Kamros auf die niedrige Bank nieder und rückte ein Kissen in seinen Rücken. Er ignorierte die Blicke seines Schwiegervaters und kostete den Moment voll aus.

»Und? Denyxer hat ja eine große Schau daraus gemacht, nicht auf unsere Anspielungen einzugehen. Erwartet er einen größeren Anteil, oder ist er generell unempfänglich für unsere Angebote?«

Lächelnd griff Kamros nach seinem eigenen Pokal und schwenkte ihn. Der rote Wein kreiste schwerfällig in seinem gläsernen Gefängnis.

»Er hat zugestimmt, Vater«, erklärte der Beamte schließlich. »Ich glaube, er wollte uns nur ein wenig schwitzen sehen.«

»Ha! Ich wusste es!«

Das stimmt, dachte Kamros bei sich. *Du wusstest es, alter Mann. Du weißt sehr viel.* Müßig überlegte er, ob dieser Gedanke ein Lob oder eine Drohung war.

»Damit hast du die Skleron und die Phirus in deinem Beutel. Damit hast du dich der Unterstützung zweier der vier mächtigsten Kriegeraristokratenfamilien versichert.«

»Ich würde nicht sagen, dass sie in meinem Beutel sind, auch wenn der Gedanke schmeichelhaft ist. Sie stehen Schulter an Schulter mit mir. Aber überrascht es dich, Vater?«, fragte Kamros, nur um sich selbst zu antworten: »Nein. Mit Baryxes' Geld im Rücken hätten wir sie auch einfach kaufen können. Aber so ist es natürlich besser, denn wir schonen Baryxes' Schatullen und erhöhen so den Gewinn, den er aus der ganzen Angelegenheit ziehen wird.«

»Und es ist klug, das Wohlwollen eines Mannes wie Baryxes zu erhalten.«

»Auf jeden Fall. Aber deine Taktik war ja auch fehlerlos.«

Jetzt winkte Larzanes bescheiden ab. »Du hättest es auch allein geschafft, mein Sohn.«

»Dennoch gebührt dir Dank und Ehre, Vater. Ein so simpler Gedanke, und doch so wahr: Kriegerfamilien brauchen den Krieg.«

»Der Imperator hat mich dies gelehrt, vor langer Zeit. Finde heraus, was dein Gegenüber wirklich braucht, und du bekommst alles, was du verlangst. Alles.«

»Jedenfalls sind wir jetzt gut aufgestellt. Mit den Skleron und den Phirus haben wir einen nicht zu unterschätzenden Einfluss bei den Armeen erlangt. Und das zu einem durchaus vertretbaren Preis.«

Für nicht mehr als das Versprechen eines Krieges, der Aufstiegsmöglichkeiten für die Mitglieder der Familien bieten wird, die Aussicht, sich unsterblichen Ruhm zu sichern.

»Was ist mit Söldnern?«, fragte Larzanes überraschend. Um Zeit zu gewinnen, trank Kamros noch einen Schluck Wein und langte in die verzierte Schale mit den gezuckerten Datteln, die vor seinem Schwiegervater stand. Bedächtig erwiderte er: »Sie stellen eine Möglichkeit dar.«

»Mindestens zwei der größeren Verbände sind in oder nahe Colchas«, erklärte sein Gegenüber. »Einen Teil der benötigten Truppen selbst zu bezahlen, und nicht die imperialen Schatzkammern zu beanspruchen, könnte von Vorteil sein.«

Der Beamte ließ sich diese Worte durch den Kopf gehen. Militärischer Ruhm und Eroberungen waren natürlich vom Imperator gern gesehen, und ihr Geschmack wurde noch süßer, wenn er sie nicht aus der Staatskasse bezahlen musste. Andererseits würde ein Anheuern von Söldlingen sofort das Interesse weiter Kreise nach sich ziehen. *Ist es das wert?*

»Ich denke nicht«, stellte er schließlich fest. »Oder noch nicht. Ich will niemandem ein Signal geben. Je später sich der sicherlich auftretende Widerstand formieren kann, desto besser für uns.«

»Ich bin sicher, wir können dafür Sorge tragen, dass ein oder zwei Verbände längere Zeit hier stillhalten. Sehr diskret, versteht sich. Es kostet ein wenig Geld, aber wir haben ja gerade etwas gespart.«

»Gut«, erwiderte Kamros bestimmt. »Das wird reichen.«

Söldner waren immer ein zweischneidiges Schwert. Schon lange kam das Imperium nicht mehr ohne die fremden Truppen aus, die sich aus allen Teilen des Reiches und auch von jenseits der Grenzen rekrutierten. Meist wurden sie von Satrapen angeworben, um deren Macht auch gegen die mächtigen Kriegeraristokraten zu sichern, die ansonsten mit ihren Armeen zu viel Einfluss in den Satrapien gehabt hätten. In Zeiten der Not und des Krieges standen die Söldlinge bereit und konnten schnell eingesetzt werden, während die Aushebung anderer Truppen teilweise recht langwierig sein konnte. Söldner waren, anders als frisch ausgehobene Truppen, erfahren und kampfgestählt und bildeten so manches Mal den Kern einer Armee, auch wenn dies im Imperium niemals offen ausgesprochen wurde.

»Also haben wir eine Armee und die finanziellen Mittel, um sie zu versorgen, auszurüsten und eventuell Söldlinge anzuheuern. Eine Armee, stark genug, um eine Provinz zu erringen. Wir haben eine schlagkräftige Streitmacht«, konstatierte Larzanes erneut. »Was uns fehlt, ist der passende Krieg.«

»Ein Ziel wird sich schon finden lassen«, entgegnete Kamros. »Wenn wir nur danach suchen.«

Stille senkte sich über das Atrium. In der Luft hing noch der Geruch des Festmahls. Einige Köstlichkeiten waren von den Sklaven bereits abgeräumt worden, aber es stand immer noch eine Fülle bereit, an der sich zwanzig Männer hätten laben können. Selbstverständlich hatten sie keinerlei Kosten gescheut, um Denyxer zu verwöhnen und zu beeindrucken – Muscheln und Taubenbrüstchen, Zicklein in Milch, Wachteleier, exotisches Obst und Honiggebäck. Und das war nur ein kleiner Teil der Auswahl, die den ganzen Tisch bedeckte und in silbernen Schalen ansprechend dekoriert war.

Auch Kamros hatte gut gespeist und war mehr als satt.

Dennoch griff er nach der letzten Feuertraube, die noch auf der einzigen goldenen Servierplatte lag. Falsch zubereitet, konnte die Feuertraube tödlich sein, denn in ihrer Schale hauste ein schreckliches Gift, das einem Mann den Atem stahl, bis er blau angelaufen starb. Richtig zubereitet, war sie eine sündhaft teure Delikatesse, ein besonderer Luxus – anders die Waffe eines Assassinen. *Ob sie deshalb so teuer ist? Weil die Meuchelmörder so großen Bedarf an ihr haben?*, fragte sich Kamros insgeheim, während er die Frucht genüsslich aß. Natürlich wurden die Feuertrauben mit äußerster Sorgfalt geschält, und die entsprechenden Sklaven hafteten mit ihrem eigenen Leben für die Sicherheit ihrer Herren. Dennoch blieb eine letzte Ungewissheit, ein winzig kleines Risiko, das den Genuss umso vollendeter machte.

»Wusstest du, dass Trolle in der Stadt sind?«, fragte Larzanes unvermittelt.

»Nein. Trolle? Wie aus diesem Buch des Sargan Vulpon? Bist du sicher?«

»Ja. Ein Vertrauter im imperialen Palast hat es mir erzählt. Sie wollen um eine Audienz beim Imperator ersuchen.«

»Trolle, die eine Audienz wünschen? Hat man so etwas schon einmal gehört? Wir sprechen doch von großen Menschenfressern, nicht wahr? Monstern aus dem dunklen Süden, aus den unzugänglichen Bergen. Wem gehören sie?«

»Wem sie gehören, kann ich nicht sagen, aber sie kommen wohl aus Wlachkis, ebenso wie ihre menschlichen Begleiter. Du weißt schon, dieses barbarische kleine Land … das einst eine Provinz des Reiches war.«

Als hätte man ihn geschlagen, zuckte Kamros zusammen und blickte zu seinem Schwiegervater, der ihn bedeutungsvoll ansah. *Das Glück ist wahrhaftig mit den Tüchtigen!*

32

Versucht gar nicht erst, euch den Weg zu merken«, erklärte Sargan und lächelte leicht. »Selbst ich verlaufe mich immer noch.«

Eigentlich wollte Kerr dem Menschen sagen, dass er sich nicht verlaufen würde, da er ihrem Geruch einfach zurückfolgen konnte, aber der Troll vermutete, dass es einer der Scherze der Menschen war, und schwieg, um ihn nicht zu zerstören.

»Es ist … unglaublich. So riesig.«

Natiole war sichtlich beeindruckt. Der junge Mensch lief mit großen Augen in der gewaltigen Konstruktion aus Holz und Stein herum. Auch Kerr empfand eine Art Ehrfurcht vor den Gebäuden, zwischen denen sie sich bewegten. In Wlachkis waren manche Häuser hoch, und die Feste Remis war sehr groß, aber gegen die Paläste und Tempel von Colchas wirkten sie winzig. Die ganze Stadt war unvorstellbar groß.

Kerr war von den neuen Eindrücken nahezu überrollt worden; als die Trolle erwacht waren, befanden sie sich bereits mitten in Colchas. Und der Herzschlag des Landes war hier schwach, kaum wahrnehmbar, und die Echos, die er in Kerrs Geist hinterließ, waren undeutlich und bildeten die Welt nur ungenau ab. Sie hatten sich auf ihrer Reise immer weiter vom Dunkelgeist entfernt, und sein Atem war hier kaum mehr als eine Erinnerung in ihrem Geist. Besonders Wrag litt darunter, auch wenn Andas Kind das niemals zugegeben hätte. Er war schweigsam und war mit Zran in den großen unterirdischen Räumen zurückgeblieben, die man ihnen gezeigt hatte.

Aber Natiole und Kerr waren Sargans Einladung gefolgt, der angeboten hatte, ihnen Colchas zu zeigen. Oder zumindest den wichtigen Teil, wie der grauhaarige Mann augenzwinkernd gesagt hatte.

»Es muss groß sein. Dies ist das Zentrum des Imperiums. Von hier aus wird es regiert. Hier sind alle wichtigen Tempel, alle entscheidenden Verwaltungsgebäude, hier sitzen die Beamten, deren Wort Kriege auslöst oder verhindert. Und natürlich ist dies der Sitz des Goldenen Imperators.«

»Aber es sind so viele Gebäude. So viele Tempel, Kuppeln, Türme. Es ist eine eigene Stadt«, erwiderte Natiole. Dafür, dass es laut Sargan ein wichtiger Ort sein sollte, war es erstaunlich ruhig. Kaum Menschen auf den Straßen, außer den goldenen Kriegern, die an jeder Ecke standen. Viele Straßen waren von Säulen gesäumt, die flache Dächer trugen, unter denen die wenigen Menschen gingen.

»Ja, so könnte man es nennen. Du musst bedenken, dass die Stadt auch in Jahrhunderten gewachsen ist. Jeder Imperator hat neue Gebäude bauen lassen, um eine bleibende Erinnerung an seine Regentschaft zu hinterlassen. Neue Tempel gestiftet, neue Paläste errichtet. Nicht selten mussten dafür Wohngebiete aufgegeben werden.«

»Wie viele Menschen leben in Colchas?«, fragte Kerr.

»Eine Zählung ist unmöglich. Aber es sollen mehr als eine Million sein«, entgegnete Sargan stolz. »Arkides, der siebzehnte seines Namens, hat die Große Mauer im Norden einreißen und erweitern lassen, um mehr Platz zu schaffen. Aber selbst die Neue Mauer beschränkt das Wachstum inzwischen zu sehr. Früher war es verboten, außerhalb der Mauer zu siedeln, aber unser gütigster Imperator hat dieses Verbot aufgehoben und die Felder direkt vor den Toren der Stadt im Norden und Osten den Großgrundbesitzern ab- und dem Imperium selbst zugesprochen. Dort wachsen jetzt die ersten Stadtviertel außerhalb der Mauer, und ich bin mir sicher, dass Colchas noch einmal weitaus mehr

Bewohner gewinnen wird. Unter uns: die Macht der Großgrundbesitzer war dem Imperator ein Dorn im Auge.«

»Was ist, wenn ihr angegriffen werdet?«, erkundigte sich Natiole.

»Zum einen ist die Zahl unserer Feinde gering, und dann sind sie nicht stark genug, um bis hierher vorzudringen. Und selbst wenn sie es könnten, müssten sie weite Ebenen überqueren. Genug Zeit für die Reiter, um uns Warnungen zu überbringen und unser Volk in den Schutz der Stadt zu rufen. Unser Land ist von Agdele gesegnet.«

»Heißen alle eure Imperatoren Arkides?«

»Nein«, erwiderte Sargan lächelnd. »Aber seit Arkides, dem ersten seines Namens, nehmen viele diesen Namen an, wenn sie zum Imperator gesalbt werden. Er war ein großer Herrscher, und er hat das Goldene Imperium zu dem gemacht, was es ist. Aus dem einfachen Land Dyria wurde unter seiner Ägide ein mächtiges Reich. Manchmal nennt man die Imperatoren in ihrer Gesamtheit sogar die Arkiden, aber ich folge dieser Mode nicht.«

»Was ist mit dem … äh, mit dem Geschriebenen?«, warf Kerr ein, dem die letzten Worte des Dyriers zu verworren schienen.

»Dem Geschriebenen?«

»Das sein Mädchen dir gegeben hat«, versuchte der Troll Natiole zu erklären. Einen Augenblick lang sah der Mensch ihn verständnislos an, dann nickte er.

»Der Brief! Natürlich. Verzeih, Sargan. Deine Tochter gab mir ein Schreiben für dich mit, das ich glatt vergessen habe. Der Anblick der Stadt, die Reise …«

»Kein Grund, sich zu entschuldigen. Außerdem bin ich sicher, dass ihr Zorn über mich weder durch die Entfernung noch durch die Zeit gemildert wurde. In manchen Dingen ist sie ein Ebenbild ihrer Mutter. Du kannst ihn mir geben, wenn wir zum Quartier zurückkehren.«

»Ich habe ihn dabei, also hier bei mir.«

Der junge Mensch griff unter sein Wams und zog das flache Lederbündel heraus. Interessiert sah Kerr, wie Sargan Natiole anlächelte und dieser unvermittelt rot im Gesicht wurde. Dann nahm der Dyrier den Brief an sich.

»Ich werde ihn später lesen«, erläuterte er und steckte ihn in eine der Falten seines weiten Gewandes. »Ihre Sprache kann sehr blumig werden, wenn sie ihrem alten Vater sagen möchte, was sie von ihm hält.«

»Tatsächlich?« Natiole klang erstaunt. »In Teremi war sie ein Muster an Höflichkeit.«

»Und Zurückhaltung?«

»Nun, das nicht unbedingt«, erklärte der junge Mensch verlegen. »Sie ist sehr … willensstark.«

»Ein Ebenbild ihrer Mutter, wie schon gesagt«, erwiderte Sargan seufzend, aber Kerr konnte riechen, dass er eher amüsiert war. »Übrigens, das dort ist der Hundert-Säulen-Saal, wo der Goldene Imperator üblicherweise rauschende Feste ausrichtet. Vielleicht wird er euch dort vor dem versammelten Hofstaat empfangen.«

Das Gebäude, auf das Sargan wies, war ein hoher und langer Bau mit zwei Flügeln, zwischen denen ein flaches Dach von Dutzenden von Säulen getragen wurde. Selbst auf die Entfernung konnte Kerr erkennen, dass die Säulen mit Tierreliefs verziert waren. Am oberen Ende waren Stierköpfe, auf denen das Dach ruhte, während unten katzenähnliche Wesen vorherrschten. Die Reliefs waren bemalt, ebenso die Stierköpfe, und das Gebäude wirkte selbst in der Nacht prächtig, da es von dutzenden Feuerschalen erhellt wurde.

»Der eigentliche Saal ist natürlich im Inneren, und es sind mehr als hundert Säulen, wenn man diese hier mitzählt«, erklärte Sargan und deutete dann auf ein kleineres, aber nicht weniger prunkvoll verziertes Gebäude, das von ähnlichen Säulen umgeben war: »Oder er empfängt euch im Apa-Dhar.«

Hier gab es nur Dächer, die von Säulengruppen getragen wurden. Es war eine offene Halle, die Kerr verwunderte.

»Keine Wände? Welchen Schutz bietet es dann?«

»Oh, das Apa-Dhar ist nicht zum Schutz gedacht. Dort werden Versammlungen abgehalten. Manchmal auch kleinere Feste gefeiert. Es ist alt, viel älter als die meisten Teile der Stadt. Es war einst der Palast des Imperators, aber jetzt ist es viel zu klein dafür.«

Auf Kerr wirkte das Gebäude keineswegs klein, aber er behielt seine Meinung für sich. Dass die Menschen sich Gebäude gegen Wind, Wetter und Kälte errichteten, hatte er schon lange begriffen. Dass sie aber welche bauten, die nicht einmal davor schützten, erschien ihm noch seltsamer als ihre sonstigen Verhaltensweisen. *Im Imperium sind die Menschen noch verwunderlicher als in Wlachkis. Schwer zu glauben, aber so ist es.*

»Wenn es zur Audienz kommt, werde ich euch vorher instruieren.«

»Instro… was?«

Ehe ihn der Dyrier abhängte, fragte Kerr lieber nach.

»Ich erkläre euch, auf was ihr achten müsst. Das Protokoll ist sehr streng, und auch wenn für … Fremde Ausnahmen gemacht werden können, wird man euch wohlwollender betrachten, wenn ihr die Regeln beachtet. Zumindest einige.«

Jetzt war es an Kerr, zu seufzen. *Immer mehr Regeln.*

»Wir sollten zurück«, stellte der Troll fest. »Ich will Wrag nicht zu lange allein lassen.«

Die beiden Menschen nickten, und Sargan führte sie langsam durch die breiten Straßen zurück zu dem Gebäude, in dessen Keller sie untergebracht waren. Laut Sargan war es ein Palast, der nur für Gäste des Goldenen Imperiums gedacht war. Hier wurden Gesandte untergebracht, die aus allen Teilen des Reichs und darüber hinaus kamen. Die Sklaven kümmerten sich auch um die ausgefallensten Wünsche, wie Pilon würdevoll versichert hatte. Im Vergleich zu den gewaltigen Hallen und Säulen, die sie auf ihrer Wanderung durch das Zentrum der Stadt gesehen hatten, war ihre Unterkunft klein, aber dennoch konnte Kerr erhobenen Hauptes durch die Türen gehen, und die Decken waren beinahe doppelt so hoch, wie ein Troll groß war. Selbst Wrag hatte sich nur ganz wenig bücken müssen, als er durch die Tür in den Keller gestiegen war.

»Sie haben diese Räume extra für euch ausgebaut«, erläuterte Sargan. »Ursprünglich gab es hier nur einen kleinen Keller, um Essen und Getränke kurzfristig kühl zu halten. Ein ganzes Heer von Arbeitssklaven hat sie erweitert, als die Nachricht von eurer Ankunft im Imperium uns erreichte.«

»Das ist sehr großzügig«, entgegnete Natiole, aber Sargan winkte grinsend ab: »Nein, nicht wirklich. Es ist bei uns Brauch, dass wir unsere Gäste beeindrucken. Für manche Besucher ist es die erste Stadt, die sie sehen. Und den anderen zeigen wir unsere Hallen und Tempel, die Paläste und natürlich die Soldaten. Das Imperium will sicherstellen, dass jeder Gast erkennt, wie mächtig wir sind.«

»Deswegen haben eure Hallen auch keine Wände«, überlegte Kerr, was Sargan lachen ließ. »Damit man auch von drinnen noch nach draußen sehen kann.«

»Richtig erkannt, Freund Troll.«

Schweigend gingen sie durch das Tor in einen großen Innenhof, in dem sich ein wunderbarer Brunnen befand. Reich verzierte Fischskulpturen waren auf dem Rand des Brunnens angeordnet, und aus ihren Mäulern floss klares Wasser in das Becken des Brunnens. Obwohl er dieses Wunder schon lange bestaunt hatte, erfreute Kerr sich erneut an seinem Anblick. *Manchmal sind die Erfindungen der Menschen schon großartig.*

Als sie die flache Treppe hinab in ihre Gemächer stiegen, machten ihnen die vier goldgeschuppten Soldaten Platz.

»Sie gehören zur Garde von Colchas. Sie sind die einzigen Gerüsteten, die langfristig in der Stadt bleiben dürfen. Alles erfahrene Krieger, aus den entferntesten Provinzen des Imperiums. Vor allem allerdings Sylken. Keiner von ihnen kann Beamter oder Imperator werden; es ist verboten, deswegen vertraut man ihnen. Man preist sie auch für ihre Verschwiegenheit, aber ihr könnt sicher sein, dass sie eure Zunge verstehen.«

Keine Regung in den Gesichtern der Männer zeigte, ob es sich tatsächlich so verhielt, aber Kerr glaubte Sargan. Der Dyrier war ein Freund, nicht *hareeg* wie Şten, aber er würde sie nicht anlügen. *Zumindest riecht er nicht so unter seinem komischen Blumenwassergestank.*

»Zurück«, brummte Wrag, und Zran fügte hinzu: »Mit Halbzwerg.«

Die beiden Trolle hatten Sargan in Colchas zum ersten Mal getroffen und brachten ihm dementsprechend Misstrauen entgegen. Aber Kerr hatte sie alles in allem beruhigen können.

Der Keller war groß und in mehrere Räume unterteilt. Im größten hatte man den Trollen Lager errichtet, die Wrag nach einem kurzen Blick auf einen Haufen in eine Ecke geworfen hatte. Es gab einen niedrigen Tisch, auf dem Tonschalen voller frischer Fleischbrocken standen, sowie metallene Krüge mit Wasser und anderen Getränken, deren Geruch Kerr jedoch nicht zusagte.

»Halbzwerg? Was, bei Agdeles feurigem Atem, habt ihr Trolle nur mit Halbzwergen?«

»Nun ja, so wirst du genannt. In den Aufzeichnungen.«

»Aufzeichnungen? Was für Aufzeichnungen? Trollaufzeichnungen?«

»Die Aufzeichnungen, in denen ich von Druan, Pard und Anda berichtet habe. An den Wänden unserer Höhlen. Die Geschichte der Trolle.«

»Fabelhaft«, zischte Sargan. »Ich schreibe ein Buch über

Trolle, und Trolle schreiben ein Buch über mich. Und darin nennen sie mich Halbzwerg.«

»Eigentlich hat Pard dich so genannt«, begann Kerr, aber Sargan wedelte mit der Hand und unterbrach ihn: »Ja, ja, schon gut. Schweigen wir doch jetzt lieber, oder wollt ihr, dass es die ganze Welt erfährt?«

Ein neuer Geruch mischte sich unter die anderen. Kerr antwortete nicht, sondern blickte zu der offenen Tür, wo sich eine Gestalt näherte.

»Zu spät, Sargan Vulpon. Nicht die ganze Welt, aber meine Ohren haben es bereits gehört.«

Seufzend legte der Dyrier den Kopf in die Hände. »Ana. Und wenn du es weißt, wird es Artaynis auch erfahren. Und dann werde ich meine alten Tage nicht in Ruhe genießen können, sondern werde sie unter dem beißenden Spott meiner reizenden Tochter verbringen müssen.«

In der Tür stand eine junge Menschin, die von der Anwesenheit der Trolle kaum beeindruckt zu sein schien. Kerr konnte nicht einen Hauch von Angst an ihr riechen, und sie stand breitbeinig und selbstbewusst da, die Hände auf zwei Schwerter in ihrem Gürtel gestützt. Kurz hielt sie inne. Ihr braunes Haar war sehr kurz geschnitten, und anders als die meisten Dyrier, die Kerr gesehen hatte, trug sie lederne Kleidung. Gerade als sie eintreten wollte, trat ihr eine der Wachen in den Weg und sagte etwas, das Kerr nicht verstand. Wütend ging sie einen Schritt zurück und fixierte den Mann. Dann sagte sie ruhig und leise einige Worte in der fremden Zunge des Imperiums und zog eine Klinge ein winziges Stück aus der Scheide.

In der Ecke richtete sich Wrag auf, hoffnungsvoll, wie Kerr vermutete, und auch Zran spürte die Gewalt, die in der Luft lag.

Die anderen Wachen umkreisten die junge Menschin, die ihre Bewegungen genau beäugte. Noch hatte keiner eine Waffe gezogen, aber Kerr konnte den Augenblick kommen spüren.

Hastig sprang Sargan vor und redete schnell in seiner Sprache auf sie ein. Seine Worte waren wie ein Wasserfall, wie ein Regenguss, der die Kontrahenten auseinandertrieb. Er stellte sich zwischen die Wachen, deutete auf die Menschin, auf Natiole, auf die Waffen und auf sich, unablässig redend. Schließlich traten die Soldaten zurück, auch wenn sie die junge Frau nicht aus den Augen ließen.

»Sei gegrüßt, Ana«, sagte Natiole und nickte ihr zu. »Was wolltest du tun? Dich mit der Garde von Colchas schlagen?«

»Nati«, erwiderte Ana und tippte sich mit zwei Fingern an die Stirn. »Wenn es hätte sein müssen. Manchmal verstehen diese Arschlöcher eben nur eine Sprache.«

Mit zwei Schritten war sie an den Wlachaken heran und umarmte ihn.

»Schön, dich wiederzusehen, Vetter. Und natürlich, deine Freunde kennenzulernen. Trolle, wie?«

»Ja. Das sind Kerr, Zran und Wrag, der Tiefentroll. Grüße vom Voivoden. Ist Flores auch in der Stadt?«

»Nein. Sie wollte nach Wlachkis reisen, aber sie sollte schon längst zurück sein. Ich hatte gedacht, dass sie bei euch ist.«

Verwundert blickte Natiole die Menschin an.

»Nein, wir wussten nicht einmal, dass sie kommen wollte. Vermutlich haben wir uns verpasst.«

Jetzt erkannte Kerr, an wen ihn die Menschin erinnerte. Sie hatte eine Haltung wie Şten. *Oder wie seine Schwester Flores. Das muss ihr Kind sein.*

33

Mit einem schmatzenden Geräusch löste sich die Beinschiene vom Oberschenkel des toten Marczegs. Obwohl Cornel sich ein Stück in Essig getränkten Tuchs um Mund und Nase geschlungen hatte, trieb der Geruch, der von dem verwesenden Fleisch aufstieg, ihn dazu, einige Schritte zurückzuweichen. Mit der Hand wedelte er etwas Weihrauch aus einer bereitstehenden Räucherschale in Richtung des Leichnams, bevor er sich dem Toten wieder näherte und sich über die bloßgelegte Wunde beugte.

Er war dankbar, dass Výclas nicht nur eingewilligt hatte, dass er den Pfeil im Bein des ermordeten Fürsten untersuchen konnte, sondern sich auch dazu bereit erklärt hatte, für sein Vorhaben die Kapelle zu schließen.

Das Letzte, was ich im Moment gebrauchen könnte, wäre eine Bande dieser Sziglos-Anhänger, die einen Wlachaken dabei überrascht, wie er den toten Körper ihres geliebten Herrschers schändet.

Cornel hatte genug gesehen, um zu wissen, dass sich mit jedem Tag, der verging, der verblendete Hass von Masriden und Wlachaken weiter steigerte, und er verspürte nicht die geringste Neigung dazu, hier in Turduj in eine ähnliche Situation zu geraten, wie Gharjaş sie in Teremi erlebt hatte.

Mit einem gebogenen Messer löste er vorsichtig Hautfetzen und gallertartige Masse vom Schaft des Pfeils, der tief in Tamár Békésars Bein eingedrungen war. Die Wunde war sicher nicht tödlich gewesen; zumindest nicht auf der Stelle. Vermutlich hatte der Marczeg den Pfeil selbst abgebrochen, damit er ihn nicht allzu sehr behinderte. Die

Schwert- und Axthiebe seiner Gegner waren es wohl gewesen, die ihn schließlich gefällt hatten.

Endlich erreichte Cornels Messer das metallische Ende des Pfeils. Obwohl es ihn Überwindung kostete, steckte Cornel zwei Finger in das klaffende graue Fleisch und löste die Spitze mit einem Ruck vom Knochen. Blut floss keines mehr, dafür war der Leichnam zu alt. Hastig schob Cornel danach die Metallschiene wieder über das Bein. So würde kein Masride, der nicht mehr als einen flüchtigen Blick auf den Toten warf, erkennen können, was vorgefallen war.

Mit einem Tuch rieb sich der Sonnenpriester die Hände ab, aber er wusste, dass er zumindest ein Bad benötigen würde, um sich auch nur halbwegs wieder sauber zu fühlen. Vorsichtig wickelte er die Pfeilspitze in ein Stück Leder und verstaute sie in seiner Tasche.

Dann entriegelte er die Tür der Kapelle und trat hinaus auf den nächtlichen Innenhof.

Výclas erwartete ihn bereits. Sein Gesicht zeigte eine Mischung aus Furcht, Ekel und Neugier.

»Und, Bruder? Hast du gefunden, wonach du gesucht hast?«, erkundigte er sich. Cornel nickte vage.

»Dann lass uns zurück zum Tempel gehen. Heute Nacht will Vikolyi Arkós zu uns kommen, und ein Höflichkeitsbesuch wird das sicher nicht. Vermutlich will er versuchen, den Albus Sunaş auf seine Seite zu ziehen, damit unser Orden seinen Anspruch auf den Thron des Marczegs unterstützt.«

Verwundert hob Cornel die Augenbrauen: »Und, wird der Albus Sunaş seinen Wünschen nachkommen?«

Výclas lächelte arrogant. »Das wird wohl ganz davon abhängen, was er uns im Gegenzug anbietet. Aber ich bezweifele, dass seine Angebote mit denen von Sziglos Békésar konkurrieren können.«

Darauf erwiderte Cornel nichts. *Natürlich*, grübelte er.

Der Orden verfügt über viel Macht in Ardoly. Ohne seine Unterstützung dürfte es allen Anwärtern schwerfallen, die Herrschaft zu erlangen.

Schweigend verließen sie die Burg und begaben sich in die Stadt hinunter. Selbst zu dieser nächtlichen Stunde waren die Straßen und Plätze Turdujs belebt, aber die Gestalten, denen sie begegneten, wirkten im Finsteren bedrohlicher als am Tage. Doch die beiden Sonnenpriester wurden nicht behelligt. Ob es an ihrer Kutte lag oder daran, dass das Straßengesindel einfachere Opfer bevorzugte, vermochte Cornel nicht zu sagen.

Helles Licht drang aus der Pforte des Tempels, als Výclas sie öffnete. Fünf Ordensmitglieder hatten sich bereits im Inneren versammelt, vier Männer in schlichten Priestergewändern und eine Frau, die eine besonders kostbare Robe trug. *Sie ist die Keralýa des hiesigen Tempels,* erkannte Cornel erstaunt. Frauen waren im Orden nicht allzu häufig anzutreffen, und noch seltener kam es vor, dass eine von ihnen als höchste Priesterin eines Tempels fungierte.

Die Keralýa war noch nicht alt, aber ihr kurzes Haar war schon vollkommen weiß, was die Würde ihres Amtes unterstrich. Ihre blauen Augen lagen tief in ihrem ernsten Gesicht, und sie musterte Cornel eindringlich.

»Ah, Výclas und unser wlachkischer Gast. Kommt herein, Brüder, dann sind wir vollzählig«, sagte sie mit einer tiefen, volltönenden Stimme, und Cornel und sein Begleiter kamen ihrer Aufforderung unverzüglich nach.

»Ich will«, fuhr die Keralýa fort, »dass ihr dem hohen Gast, den wir heute erwarten, alle Ehre erweist, die er verdient. Keine hastigen oder respektlosen Bemerkungen!«

Bei diesem Satz streifte der Blick ihrer blauen Augen kurz Výclas, und Cornel fragte sich, in welcher Situation der Priester sich wohl derart ungebührlich verhalten haben mochte, um diesen Tadel zu verdienen.

»Wir werden den Worten des Vezéts lauschen, uns eine

Meinung bilden und uns später über alles beraten, was wir gehört haben. Aber solange unser Gast hier ist, sprechen wir mit *einer* Stimme. Meiner. Habe ich mich verständlich ausgedrückt?«

Ihre Worte waren kraftvoll und überzeugend. Alle Priester nickten und bezogen an den Tempelwänden zeremoniell Aufstellung.

Sie hatten kaum ihre Plätze eingenommen, als sich Schritte näherten und kurz darauf an die Tür geklopft wurde. Herein kam ein noch junger Mann, der ein einfaches Kettenhemd und lederne Arm- und Beinschienen trug. Seiner Rüstung fehlte jeglicher Zierrat, dafür sah sie aus, als ob er sie nur zum Schlafen ablegte. Begleitet wurde er von einer Frau und einem Mann, die beide masridische Plattenpanzer trugen. Verwundert erkannte Cornel Baczai. *Er hat sich schnell einen neuen Herrn gesucht,* dachte er. *Aber was sollte er sonst auch machen? Ein Krieger ohne einen Anführer ist machtlos. Jeder Masride muss die Entscheidung treffen, wem er folgen wird.*

Der Mann in ihrer Mitte wirkte seltsam glanzlos gegen seine beiden Begleiter. Sein Haar war mittelbraun, seine Züge grobknochig und seine Nase offenkundig mehrfach gebrochen. An den Seiten trug er zwei schlichte, lange Jagdmesser, die aussahen, als seien sie häufig in Benutzung.

Zielstrebig bewegte er sich auf die Keralýa zu. Beide legten die Hände auf die Oberarme ihres Gegenübers und berührten sich formell mit den Wangen.

»Esya«, meinte der Mann erfreut. »Es tut gut, dich zu sehen.«

»Vikolyi Arkós!«

Die Keralýa löste sich aus der Umarmung und deutete auf die Priester, die an den Tempelwänden standen. »Unser Orden heißt Euch gern willkommen, Vezét.«

Durch die förmliche Anrede machte sie dem Adeligen unmissverständlich klar, dass dies kein Besuch unter Freunden war; was immer sein Anliegen sein mochte, er brachte es einer Priesterin des Albus Sunaş vor.

Vikolyi Arkós trat zurück und räusperte sich nervös. Seine Begleiterin und Baczai hatten hinter ihm Stellung bezogen und rührten sich nun nicht mehr. Ihr Auftreten wirkte zwar nicht bedrohlich, sie sahen aber doch angespannt aus. *Arkós muss ihnen unbedingt vertrauen, wenn er sie zu einer solchen Besprechung mitnimmt,* schoss es Cornel durch den Kopf.

»Dann will ich gleich zur Sache kommen, viermal verflucht«, hob der Besucher an. »Du weißt, wie sehr mich all die Förmlichkeiten langweilen, die der Hof von mir verlangt. Mir wird übel, wenn ich nur das Geschwafel höre. Ich bin kein Mann des Wortes, Esya. Das war ich noch nie. Aber ich bin ein Mann, der weiß, wann er zu kämpfen hat und wann er Frieden halten muss. Sziglos hat nur seinen Ruhm im Sinn, und den sucht er in Wlachkis. Für einen siegreichen Kriegszug wäre er bereit, selbst die Knochen des alten Zorpad heraufzubeschwören und diesen in die Schlacht zu schicken.«

Neben sich hörte Cornel einen Laut, der sowohl ein unterdrücktes Lachen als auch ein Husten hätte sein können. Doch als er sich zu Výclas umsah, blickte dieser angestrengt geradeaus.

Die Keralýa nickte zu den Worten des Adeligen.

»Ich verstehe Eure Bedenken, Vezét«, sagte sie langsam. »Aber viele Masriden lieben Sziglos Békésar. Nicht nur wegen seiner unbestreitbar edlen Vorfahren, sondern auch weil er die Masriden zu neuer Größe führen will. So mancher denkt, dass der lange Friede zu unserem Schaden und zu Wlachkis' Nutzen war.«

»Unsinn«, warf Vikolyi mit einem Knurren ein. »Selbst ein Mann mit dem Verstand eines Maultiers muss doch erkennen, dass es Ardoly unter Marczeg Tamár gut ergangen ist. Sogar sein Vetter Tiradar hat das erkannt, und dem hat das Göttliche Licht am Tag seiner Geburt auch nicht gerade auf den Kopf geschienen, wenn du verstehst, was ich meine.«

Er hielt einen Moment inne, räusperte sich erneut und spuckte dann geräuschvoll auf den Boden, bevor er fortfuhr: »Ich sage, wir warten zumindest ab, was dieser Hundesohn von einem Voivoden im Schilde führt. Bis dahin können wir genug Truppen sammeln, um auf alles vorbereitet zu sein. Und selbst wenn es zum Krieg kommt, sollten wir bis zum Frühjahr damit warten. Sonst besteht die Gefahr, dass wir alle im viermal verfluchten Winter elend verrecken.«

Esya sog die Luft ein und wartete einige Momente, bevor sie dem aufgebrachten Mann antwortete.

»Der Albus Sunaş muss vor allem dem Göttlichen Licht gehorchen, Vezét«, erwiderte sie schließlich milde. »Und in Wlachkis werden unsere Brüder und Schwestern nicht so geehrt, wie wir uns das wünschen würden. Unser Bruder Cornel hier«, sie deutete auf den Angesprochenen, »kann das sicher bestätigen.«

Cornel nickte, da er vermutete, dass weder die Keralýa noch der kriegerische Vikolyi darauf erpicht waren, eine genauere Darstellung der Umstände zu erhalten.

»Wenn wieder ein Marczeg über ganz Ardoly herrschen würde, wäre es sicher leichter, den Glauben an das allumfassende Göttliche Licht weiter zu verbreiten«, fuhr sie mit ihrer dunklen, angenehmen Stimme fort.

»Das mag sein, Esya«, entgegnete Vikolyi Arkós überraschend besonnen. »Aber du weißt, dass es kaum möglich ist, den sturen wlachkischen Hunden unseren Glauben mit Gewalt aufzuzwingen. Was wir in zweihundert Jahren nicht geschafft haben, werden wir auch nicht in diesem Herbst erreichen – oder was denkst du?«

Die Priesterin nickte bestätigend, wenn auch scheinbar

nicht allzu erfreut darüber, dem Adeligen recht geben zu müssen.

»Dass ich treu dem Orden des Albus Sunaş anhänge, sollte außer Zweifel stehen. Stellt euch hinter mich, und ich werde euren Einsatz nicht vergessen, darauf mein Wort. Wenn ich erst Marczeg bin, werde ich dich zur ersten Beraterin machen, Esya! Sziglos hingegen wird euch lediglich für seine Zwecke benutzen. Und wenn er diese erreicht hat, dann wird er vielleicht keine weiteren Verbündeten aus euren Reihen brauchen.«

»Wir werden Eure Worte überdenken, Vezét«, sagte die Priesterin würdevoll. Offenkundig erkannte der Adelige, dass er damit entlassen war, denn nach einer schweigenden Verbeugung wandte er sich zur Tür, begleitet von den beiden Gerüsteten.

Die drei waren noch nicht auf der Straße angelangt, als eine junge Soldatin in der Tür des Tempels auftauchte.

»Keralýa«, rief die Soldatin. Dann erst sah sie den Adeligen und grüßte auch diesen mit einer tiefen Verbeugung. »Vezét Vikolyi! Sziglos Békésar hat mich zum Tempel geschickt. Er erbittet Eure und die Anwesenheit der edlen Esya, um eine wichtige Frage zu besprechen.«

Vikolyi fluchte laut. *Sicher ist es keine angenehme Überraschung für ihn, herauszufinden, dass Sziglos ihn überwachen lässt,* dachte Cornel.

Auch die Priesterin sah nicht sonderlich erfreut aus, dass Sziglos sie in dieser Weise zu sich zitierte. Gemurmelte Fragen wurden unter den Priestern laut, denen Esya schließlich mit einer Handbewegung Einhalt gebot.

»Ich werde mit Vezét Vikolyi zur Burg gehen. Wartet hier auf mich. Ich werde euch später berichten, was dort oben passiert ist.«

Zu Cornels Überraschung blickte sie in seine Richtung: »Würdest du uns begleiten, Bruder?«, bat sie.

»Gewiss, Keralýa«, beeilte er sich ihr zu versichern. Gemeinsam brachen sie auf, ein schweigender Trupp, in dem jeder seinen Gedanken nachhing. Erst nachdem sie bereits eine Weile unterwegs waren, bemerkte Cornel, dass die Soldatin einen anderen Weg zum Burgberg eingeschlagen hatte, als den, den er schon mehrfach benutzt hatte. Sie führte sie über eine sanfter ansteigende Straße, die das Stadtzentrum umrundete und an der schon bald nur noch kleine Hütten standen, aus deren Fenstern ein schwacher Lichtschein drang.

Esya, die zuerst mit der Soldatin vorangegangen war, ließ sich nach einer Weile zurückfallen. Scheinbar zufällig berührte sie Cornels Ärmel. Als der Sonnenpriester sich ihr zuwandte, hielt sie die Augen auf den Weg gerichtet und murmelte so leise, dass nur er es verstehen konnte: »Vorsicht, Bruder. Eine Falle.«

Cornel war von ihren Worten zu überrascht, um nicht mit den Augen die Umgebung abzusuchen, die von bewegungslosen schwarzen Schatten geprägt war. Doch er konnte nichts Bedrohliches entdecken. Dennoch nickte die Keralýa noch einmal bestätigend, bevor sie ihre Schritte wieder beschleunigte, um zu Vikolyi und seinen Begleitern aufzuschließen.

Doch sie erreichte den Adeligen nicht mehr. Wie aus dem Nichts tauchten vor ihnen fünf vermummte, bewaffnete Angreifer auf, die ohne Warnung mit gezückten Schwertern und Dolchen auf den Trupp einstürmten. Auch die Soldatin, die sich bis dahin als ihre Führerin ausgegeben hatte, drehte sich nun mit gezogener Klinge um. *Sechs gegen vier,* zuckte es Cornel durch den Kopf. *Das wird ein schwerer Kampf.*

Vikolyi und seine Begleiter reagierten beinahe sofort. Baczai zog blank und wehrte gerade noch rechtzeitig einen mächtig geführten Hieb ab, der auf seinen Schützling gezielt hatte. Zwei der Angreifer drangen auf die zweite Leibwächterin ein. Einen der Vermummten traf sie mit einem

Hieb ihres Streithammers am Kopf, doch dann sah Cornel, wie sich ein Dolch zwischen Halsberge und Helm in ihren Nacken grub und sie zusammenbrach. Vikolyi stieß einen Angreifer mit einem Tritt zur Seite, während Baczai ihre vormalige Führerin mit einem tief gezielten Hieb in die Kniekehlen zu Fall brachte.

In diesem Moment drang ein helles Leuchten aus den Händen der Keralýa hervor und blendete die verbliebenen Angreifer. Das gleißende Licht verschaffte Baczai genug Zeit, sich wieder aufzurichten und Vikolyi mit seinem Köper zu schützen. Doch die Angreifer schüttelten die Köpfe und sammelten sich wieder.

Cornel hob ebenfalls die Hände und beschwor das Göttliche Licht auf die Krieger herab. Laut brüllte er: »Zurück, ihr Hunde! Weichet dem Göttlichen Licht!« Ein Blitz fuhr aus dem Himmel nieder und traf einen von ihnen. Der Mann schrie auf und brach in die Knie, geblendet und verbrannt. *Jetzt weiß die ganze Stadt, dass hier der Albus Sunaş um sein Leben kämpft. Möge die Hilfe schnell kommen.*

Zwei der Verbliebenen hatten sich nun Baczai zugewandt und brachten den Kämpfer mit schnell geführten Schlägen und Paraden in Bedrängnis. Die Keralýa hatte einen Dolch vom Boden aufgehoben und wehrte sich damit gegen den dritten Angreifer. Cornel sprang ihr zur Seite. Ein gut gezielter Faustschlag brachte den Mann genug aus dem Konzept, um der Priesterin einen Stich zu ermöglichen. Doch der nächste Schlag mit dem Kriegshammer des Attentäters traf Cornel in die Seite. Es war nur ein schwacher Rückhandschlag, doch der Priester fühlte, wie seine Rippen brachen, und stürzte, nach Luft schnappend, zu Boden. Von unten sah er, wie Vikolyi, von Schlägen getroffen, ebenfalls zusammenbrach. Mit letzter Kraft rief der Sonnenpriester noch einmal das Göttliche Licht an, legte allen Glauben und alles Vertrauen in seine Anrufung.

Dann hüllte blendende Helligkeit den Schauplatz des Kampfes ein, und Cornel verlor das Bewusstsein.

Als er die Augen wieder öffnete, fiel ihm zwar das Atmen schwer, aber er konnte dennoch Luft in seine Lungen zwingen. Neben ihm kniete die Keralýa, blutend, aber nicht tödlich verletzt. Sie hielt Baczais Kopf auf dem Schoß. Der Krieger atmete schwer und presste eine Hand auf seine Brust. Zwischen seinen Fingern quoll Blut hervor.

Ihre Angreifer lagen um sie herum verstreut. Einige von ihnen waren mehr als eine Mannslänge nach hinten geschleudert worden, und ein intensiver Geruch nach verbranntem Fleisch hing in der Luft, der Cornel würgen ließ.

»Dein Glaube ist stark, Bruder«, sagte die Keralýa leise. »Wir verdanken dir unser Leben.«

»Und Vikolyi Arkós?«

Sie schüttelte traurig den Kopf, und als Cornel den Kopf drehte, sah er den Adeligen in einer sich rasch ausbreitenden Blutlache liegen.

»Du musst zurück nach Wlachkis reisen, Cornel«, meinte die Priesterin sanft, und ihre Stimme gewann bei jedem ihrer Worte wieder an Sicherheit. »Wer auch immer hinter diesem feigen Anschlag steckt – sicher ist, dass der Krieg nun immer näher rückt.«

34

Der Hieb kam von oben, schnell und hart geführt. Er ließ Ana keine Zeit für eine Parade. Sie sprang zurück, und die Waffe pfiff an ihrem Gesicht vorbei.

Der zweite Gegner nutzte den Augenblick und trat hinter sie. Ohne zu zögern, warf die junge Frau sich herum, fiel auf ein Knie. Der Rückhandschlag ihres Feindes glitt harmlos über sie hinweg, und sie parierte den Angriff des Zweiten mit dem linken Schwert und zielte mit dem rechten auf seine Brust. Noch während er zurücktaumelte, sprang sie auf, fing einen weiteren Angriff ihres ersten Gegners mit beiden Waffen ab und trat ihm so gegen den Oberschenkel, dass er einknickte. Mit erhobenen Waffen sah sie ihn fragend an.

»Schon gut, schon gut«, erklärte Berophan und ließ sein Übungsschwert fallen. Sie riskierte einen Blick über die Schulter, wo sich Narqan die schmerzende Brust rieb.

»Das gibt blaue Flecken. Kannst du dich nicht wenigstens bei den Übungen ein wenig zurückhalten?«

Das ließ Ana schnauben, aber sie senkte die Holzklingen.

»Im Gefecht nimmt sich auch niemand zurück. Wenn ihr Schmerz nicht ertragen könnt, solltet ihr vielleicht das Gewerbe wechseln. Ich hörte, dass immer Bedarf an guten Gerbern besteht. Oder sind eure Nasen so empfindlich wie eure Haut?«

Seufzend schob sich Narqan den leichten Helm in die Stirn und sah sie an. Beide wussten natürlich, dass Ana bei den Übungen niemals zurückstecken würde. Wenn sie allein war, bewegte sie sich in den tradierten Formen und arbeitete mit den effektiven Tricks und Kniffen, die Flores ihr beigebracht hatte. Aber im Übungskampf mit anderen galt das alles nichts; vorgegebene Bewegungen machten vorhersehbar, und Zurückhaltung konnte tödlich sein; wer sich daran gewöhnte, nur gegen zurückhaltende Gegner zu kämpfen, war für den Kampf auf Leben und Tod schlecht vorbereitet.

»Und schon wieder auf die Brust«, beklagte sich Narqan. »Man könnte meinen, dass du sie besonders magst.«

»Eine Brustwunde schaltet den Feind aus und ist häufig tödlich. Und bei Feinden, die eine so schlechte Deckung wie du haben, bietet es sich doch geradezu an, oder?«, fragte Ana zuckersüß und setzte ebenfalls ihren Helm ab. Schweiß lief ihr über die Schläfe, den Hals hinab. In den Handschuhen waren ihre Hände feucht, und sie spürte die Anstrengung des Morgens am ganzen Leib.

»Du hattest ja auch zwei Waffen«, erwiderte Narqan und verzog das Gesicht, als er sein gepolstertes Wams öffnete und eine Hand darunterschob.

»Als wenn es daran läge«, warf Berophan ein. Der große Mann trat zu Narqan und packte ihn am Nacken. »Sei lieber ruhig, sonst verdrischt sie dich noch mit nur einem Holzschwert.«

Die beiden Söldner sahen sich an. Einen Herzschlag lang war sich Ana unsicher, ob sie noch scherzten oder ob Narqan tatsächlich ungehalten war. Der Largote hatte ein aufbrausendes Temperament, so wie die See, von der er stammte, und seine Stimmung konnte sich innerhalb weniger Worte verdunkeln. Aber jetzt lachte er und packte Berophan ebenfalls am Nacken. Mit einem dumpfen Laut schlugen ihre Stirnen gegeneinander. Dann hob Narqan sein Übungsschwert wieder auf.

»Ich gehe mich waschen. Genug blaue Flecken für einen Tag. Morgen gerne wieder. Ana?«

»Morgen«, entgegnete sie nickend und hob ihre Holzschwerter ebenfalls auf. Gemeinsam mit Berophan sah sie dem Largoten nach.

»Er ist zu hitzig«, stellte die junge Söldnerin fest, als er außer Hörweite war. »Er hätte nur warten müssen: du hattest mich in der Defensive. Dein nächster Angriff hätte mich ihm direkt in die Arme getrieben.«

»Möglich«, brummte Berophan. Seine Stimme war dunkel, ebenso wie sein Haar und seine Haut. Alles an dem großen Mann war dunkel, sogar seine Stimmung, in der stets eine Ahnung von Melancholie mitschwang. Bislang war Ana noch nicht durch diesen Panzer hindurchgedrungen, doch es machte ihr nichts aus; Berophan war ein außergewöhnlicher Krieger und guter Anführer, dem die Söldner vertrauten.

Gemeinsam verließen sie das Übungsgelände, das sich zwischen den Zelten befand, und gingen zu einem niedrigen Tisch, auf dem sie ihre Habe abgelegt hatten.

»Wir haben ihn andererseits gelehrt, den Todesstoß so schnell wie möglich zu setzen«, fuhr Berophan fort. »Er weiß, wie gefährlich du bist, und er hat eine Gelegenheit gesehen, dich auszuschalten. Es war ein guter Angriff.«

»Ich konnte ihn parieren«, widersprach Ana und nahm einen Schluck Wasser aus einem Krug, der auf dem Tisch stand. Das Wasser war warm von der Sonne, aber die junge Söldnerin kümmerte sich nicht darum. Ihr Begleiter wartete respektvoll, bis sie getrunken hatte.

»Ja, du hast ihn pariert. Aber du, Ana, bist die Tochter deiner Mutter. Sein Angriff hätte den meisten den Garaus gemacht.«

»Er hätte warten sollen«, wiederholte Ana stur.

»Möglich.«

»Wie auch immer. Vielleicht lernt er etwas draus. Und uns tut die Übung auch ganz gut. Sonst werden wir noch ebenso faul und fett wie die halbe Stadt hier.«

Sie warf einen prüfenden Blick auf den Stand der Sonne.

»Ich werde mich ebenfalls waschen und dann meinen

Vetter besuchen. Kümmere du dich darum, dass endlich das viermal verfluchte Fleisch geliefert wird. Wenn es heute Abend wieder nur Hirsebrei gibt, steigen uns unsere Leute aufs Zeltdach.«

Zur Antwort brummte Berophan. Jetzt nahm auch er einen großen Schluck Wasser. Auf seiner dunklen Haut stand der Schweiß. Obwohl er gut doppelt so alt wie Ana sein musste, hatte er den Morgen voll harter Übungen ebenso klaglos ertragen wie Narqan und sie. Der dunkelhäutige Söldner war ein Offizier ihrer Mutter gewesen, solange Ana sich erinnern konnte. Seine Haut legte Zeugnis davon ab: überall trug er die Narben ihrer Kämpfe, wie die Soldaten der imperialen Armeen ihre Feldabzeichen tragen mochten. Er war für Ana ein Fels in der sich ständig verändernden Welt ihres Haufens; eine der wenigen verlässlichen Konstanten ihres Lebens. Auf Berophan konnte man sich verlassen – am Abend würde es wieder Fleisch geben.

»Müssen wir uns wegen Flores Sorgen machen?«, erkundigte er sich unvermittelt. Ana, die sich gerade den Schwertgurt anlegte, hielt in der Bewegung inne und sah ihn an.

»Ich denke nicht. Vielleicht wurde sie aufgehalten. Oder sie wollte doch noch länger in Ardoly bleiben. Aber wir können ihr Reiter entgegenschicken, wenn du es für richtig hältst.«

»Es wird geschehen. Und was ist mit einem Auftraggeber? Soll ich weiterhin alle auf einen späteren Zeitpunkt vertrösten?«

Ana konnte die Unsicherheit in seiner Stimme hören. Es war ungewöhnlich, dass sie potentielle Auftraggeber nicht einmal anhörten, aber man hatte ihnen genau dafür Geld gezahlt. Eine nicht unerhebliche Summe, mit der sie die Kosten bestreiten und den Söldnern einige Zeit in Colchas ermöglichen konnten. *Ausgang tut allen gut. Und wir müssen eh auf Flores warten.*

»Ja. Es ist zwar ein seltsamer Pakt, aber es ist einer. Bis er ausläuft, suchen wir – offiziell – nichts Neues.«

Obwohl Berophan mit keiner Wimper zuckte, wusste sie, dass er sie verstanden hatte. Gold hin oder her, es würde kaum schaden, schon einmal die Fühler auszustrecken, falls die Option, wie es ihr mysteriöser Gönner genannt hatte, nicht zustande kam. Dass jemand so viel Geld investierte, damit sie nichts taten, deutete auf eine große und damit lukrative Angelegenheit hin. Aber Flores hatte sie gelehrt, dass für Söldner die kleinen, schlechter bezahlten und dafür weniger riskanten Aufträge angenehmer sein konnten. *Tote geben keinen Sold aus.*

Sie schlug ihm mit der flachen Hand auf die Schulter, und er erwiderte den Abschiedsgruß, dann trennten sie sich. In ihrem Zelt wusch sich Ana schnell und legte dann ihre leichte, lederne Rüstung an. Als gerüstete und bewaffnete Frau war sie im Imperium immer ein Fremdkörper; ganz besonders in Colchas, wo die Strukturen und Meinungen noch verknöcherter und unbeweglicher als anderswo waren. Hier zählte nur eines: Tradition. Und Frauen trugen traditionell keine Waffen. Glücklicherweise galten Söldlinge ohnehin als gefährlich, unberechenbar und auch verrückt. Sie waren Außenseiter, in jeder Bedeutung des Begriffs. Das erleichterte ihr Leben ein wenig. Natürlich half es auch, dass sie häufig mit einem großen Haufen bewaffneter Krieger auftrat, denen nur die Wenigsten Vorschriften zu machen wagten. Aber selbst wenn sie allein war, ließ Ana es sich nicht nehmen, ihre Waffen gut sichtbar zu tragen – Probleme damit bekamen immer nur diejenigen, die ihr in den Weg traten.

Als sie sich den Gästequartieren näherte, wartete Natiole schon auf sie. Er hatte sich an eine Säule gelehnt, wohl nicht wissend, welch kulturellen Frevel er damit beging. Schon bald würden sich die Beamten und Reichen in

Colchas das Maul über den Barbaren zerreißen, der sich nicht benehmen konnte. Die Wachen waren sicherlich empört, auch wenn sie das kaum zeigen konnten. Lächelnd näherte sich Ana. Ihr Ungemach erfreute sie, da es schon mehrfach Zusammenstöße mit den arroganten und pompösen Soldaten der Goldenen Garden gegeben hatte.

Ihr Vetter hatte sich verändert, seit sie ihn zuletzt in Wlachkis gesehen hatte. Dies war wenig verwunderlich, waren inzwischen doch einige Jahre vergangen. Natiole war in die Höhe geschossen und nun vermutlich noch ein Stück größer als sein Vater. Das schwarze Haar trug er lang, wie es bei den Wlachaken Sitte war, und er hatte es zu einem Pferdeschwanz zurückgebunden. Man konnte ihm ansehen, dass er mit dem Schwert an seiner Seite umzugehen verstand; er war schlank, aber er hatte die Muskeln an den richtigen Stellen, und er bewegte sich selbstbewusst. Besonders interessant war jedoch sein Gesicht mit den hohen Wangenknochen und den dunklen Augen. Er war von der Sonne gebräunt und bot alles in allem eine ganz andere Erscheinung als der Jüngling, an den sie sich von ihrem letzten Besuch in Wlachkis erinnerte.

Er bemerkte ihr Kommen und löste sich aus dem Schatten des Vordachs, um sie zu begrüßen. Zwei Außenseiter mitten im Herzen des Imperiums, umgeben von Prunk und Protz eines fremden Reiches.

»Sei gegrüßt, Ana«, sagte er steif.

»Natiole. Lass uns ein Stück gehen«, erwiderte sie mit Blick auf die Wachen. Hier mochten Mitglieder der Goldenen Garden postiert worden sein, die Wlachkisch verstanden, doch an den meisten anderen Orten in Colchas würden sie sich ungestört und unverstanden unterhalten können.

»Du warst gestern schnell wieder verschwunden«, stellte Natiole mit einem Hauch von Vorwurf in der Stimme fest.

»Geschäfte. Außerdem denke ich, dass es besser ist, wenn wir uns allein unterhalten.«

Natiole blieb stehen und sah sie erstaunt an. »Gibt es irgendwelche Schwierigkeiten?«

»Nein, ich meinte, ohne die Trolle. Und ohne Sargan. Und erst recht ohne die neugierigen Ohren der Gardisten.«

»Ah, vor denen hat Sargan uns auch gewarnt. Aber was ist mit ihm? Er ist doch ein Freund der Familie. Wenn man Vater reden hört, könnte man fast denken, er gehöre dazu.«

»In Wlachkis vielleicht. Aber wir sind hier in Colchas«, gab Ana zu bedenken. »Sargan ist ein hohes Tier, auch wenn er gerne so tut, als sei er nur ein harmloser, alter Mann. Selbst ohne offiziellen Posten hat er seine Finger in vielen Töpfen.«

»Aber er hat uns geholfen. Er ist unser Freund!«

»Zumindest hat er das beste Netzwerk von Spionen und Zuträgern im Land zwischen den Bergen, das stimmt. Er verdient gut am Handel. Kaum eine Kaffeebohne verlässt dieses Land, von deren Verkauf er nicht einen Teil abbekommt.«

Jetzt wirkte Natiole nachdenklich. Der junge Mann strich sich über die Haare und schwieg einen Moment.

Die Bewohner der Stadt machten einen Bogen um das fremdländische Paar, und Ana konnte es ihnen nicht verübeln. Beide waren auf den ersten Blick als Ausländer zu erkennen, barbarisch gekleidet und noch dazu bewaffnet. Man warf ihnen neugierige Blicke zu, senkte aber das Haupt, wenn Ana auffordernd zurückstarrte.

»Wie steht es um Ionnis?«, fragte sie. Ihrem anderen Vetter war sie in der Vergangenheit öfter begegnet. Sein Aufenthalt im Imperium als Gast in Sargans Haushalt hatte dafür gesorgt, dass ihre Wege sich einige Male gekreuzt hatten. Anders als Natiole war Ionnis aufgeschlossen und weniger grüblerisch, und sie hatte sich recht gut mit ihm verstanden. Wenn man von den Übungskämpfen absah, die er nach einiger Zeit nur noch geschwänzt hatte. Deswegen betrübte es sie, dass er verletzt worden war.

»Ich habe gestern schon alles gesagt, was ich weiß. Als wir abgereist sind, war er noch nicht aufgewacht. Aber seine Wunden sind versorgt worden, er war in guten Händen. Ich hoffe, dass es ihm schon besser geht.«

»Ich bin sicher, dein Vater wird dir Nachricht senden, sobald sich etwas verändert«, versicherte sie ihm. »Dabei fällt mir ein: meine Jungs und ich üben jeden Morgen. Wenn du mitmachen magst …«

»Üben?«

»Den Kampf.«

»Ich muss gestehen, dass ich keine guten Erinnerungen an die Duelle mit dir habe«, erwiderte Natiole vorsichtig. »Vater sagte immer, dass du in diesen Dingen wie Tante Flores seiest.«

»Pah! Wer austeilen will, muss auch einstecken können. Du trägst ein Schwert an der Seite. Du solltest den Umgang damit immer üben. Eine Klinge ist nur so scharf wie derjenige, der sie führt.«

»Wo übt ihr denn?«, versuchte ihr Vetter abzulenken. Sie sah ihm das Unbehagen an. Tatsächlich hatte sie vor vielen Jahren einige Zusammenstöße mit ihren Vettern gehabt, und ihre Duelle waren unter den Soldaten der Feste Remis wohlbekannt gewesen. Obwohl Ana jünger und auch kleiner war, hatte sie es den beiden Brüdern so gut zurückgegeben, dass sie oft siegreich das Feld verlassen hatte.

»Draußen, vor der Stadt, im Lager. Wir dürfen immer nur in kleinen Gruppen herein und nicht mit schwerem Gerät, deswegen errichten die Söldnerhaufen immer Zeltstädte. Eigentlich ist dort rund ums Jahr Betrieb, weil hier in Colchas traditionell die Anwerber warten. Oder wenigstens die Anwerber, die wirklich Geld in ihren Schatullen haben.«

»Ich komme vorbei, wenn ich kann. Morgens schlafe ich leider lang, weil ich fast die ganze Nacht auf bin.«

»Und das in dem Trollmief? Du bist härter, als du aussiehst, Vetter!«

»Ha! Ich wünschte nur, die Beamten würden uns endlich sagen, wann wir die Audienz bekommen. Oder an wen wir uns überhaupt wenden müssen. Die Trolle sind nicht gut darin, zu warten. Vor allem Wrag nicht. Tiefentrolle sind … noch gefährlicher. Ich befürchte jede Nacht, dass Kerr die Kontrolle über dieses Wesen verliert.«

»Dann solltest du lieber überlegen, wie du das verhindern kannst«, erwiderte Ana ernst. »Das Imperium braucht für alles lang. Ihr werdet warten müssen. Lange warten. Sehr lange …«

35

Artaynis hob die Hand, um eine Efeuranke aus ihrem Gesichtsfeld zu schieben, die auf den von Bäumen und Gesträuch fast überwucherten Pfad hing. Mittlerweile hatte die Dämmerung eingesetzt, und es wurde immer mühsamer, den Sylken zu suchen, dessen Spuren sie von Seikos' Laden bis hierher gefolgt war.

Die junge Dyrierin folgte einem schmalen Trampelpfad durch einen dichten Wald, der ein Stück abseits der Landstraße lag, die dem Verlauf des Flusses folgend aus der Stadt hinausführte. Ihr Pferd hatte Artaynis angebunden zurückgelassen, nachdem sie den sylkischen Reiter aus großer Entfernung beobachtet hatte, wie er an einer bestimmten Stelle abgestiegen und zwischen den Bäumen verschwunden war.

Sie hatte den schmalen Weg entdeckt, der durch das Unterholz führte, und während sie ihn entlangging, versuchte sie, nicht an die Geschichten zu denken, die Ionnis ihr über den wlachkischen Wald erzählt hatte, von wilden Tieren und menschenfressenden *Zraikas.*

Bei den Wlachaken ist es eine Strafe, einen Menschen im Wald auszusetzen, erinnerte sie sich schaudernd. Eine Strafe, die oft genug tödlich endete. Auch Şten cal Dabrân war einst in einem Käfig dem Wald übergeben worden, als er als junger Mann die Rebellion gegen Marczeg Zorpad angeführt hatte. Allerdings hatten ihn keine Wölfe und auch keine Bären angefallen, sondern die Trolle hatten ihn in seinem luftigen Gefängnis gefunden, als sie zum ersten Mal seit Menschengedenken wieder an die Oberfläche des Landes gekommen waren.

Nur dass mir Trolle über den Weg laufen, ist wohl eher unwahrscheinlich, dachte Artaynis. *Und wenn, wären sie vielleicht noch umgänglicher als Zraikas.*

Aber dann schalt die Dyrierin sich selbst eine Närrin. Sie war noch nicht weit von Teremi entfernt, und sie konnte sich selbst bei den unberechenbaren Sylken nicht vorstellen, dass sie ihre Zelte inmitten eines Waldes voller blutgieriger Bestien aufgestellt hatten.

Allmählich verbreiterte sich der Trampelpfad. Nach einigen weiteren vorsichtigen Schritten konnte Artaynis zwischen den Bäumen eine Lichtung schimmern sehen, und als sie stehen blieb, um sich zu orientieren, nahm sie gedämpft auch die Geräusche des Lagers wahr, das sich vor ihr befinden musste.

Die junge Dyrierin verließ den Pfad und ging gebückt im Unterholz in Deckung. Ihr weiteres Fortkommen war im Dickicht mühsam, und Zweige und Dornen schienen keinen anderen Zweck zu haben, als sich in ihrer Hose oder ihrem Hemd zu verfangen. Mit den behandschuhten Händen zog sie vorsichtig Gestrüpp und Äste zur Seite und schob sich weiter vorwärts, in Richtung der Rufe und des Gelächters, die sie nun hören konnte.

Schließlich lag die Lichtung vor ihr, eine beinahe kreisrunde Fläche, auf der vier Rundzelte aufgebaut waren. Zwischen ihnen saßen und standen Männer umher, dem Aussehen und der Kleidung nach Sylken, wie der Mann, der in Teremi Vorräte gekauft hatte. Sie fühlten sich offenkundig völlig sicher, denn sie redeten laut miteinander und machten grobe Scherze. In der Mitte zwischen den Zelten hatten sie eine Feuerstelle errichtet, neben der ein Berg aus Decken, Vorräten und Wasserschläuchen lag.

Die Stelle war für ein Lager exzellent gewählt, da sie von der Straße her nicht einsehbar war und in der Nähe eines kleinen Bachs lag, der vermutlich unterhalb des Waldes in den Magy mündete.

Nach ihrer ersten Zählung kam Artaynis auf zwanzig der Steppenreiter, aber natürlich konnten sich in den Zelten oder außerhalb des Lagers noch mehr aufhalten. *Ihre Pferde müssen sie an einer anderen Stelle untergebracht haben,* dachte sie. Jedenfalls konnte sie die Reittiere der Männer nirgends entdecken. Einige der Sylken trugen Lederhosen und lederne Hemden, andere eher wlachkische Lederrüstungen und wieder andere typisch dyrische Kleidung. Viele hatten Schwerter an der Seite, andere Messer oder Knüppel. An den Zelten konnte Artaynis auch Reiterbögen entdecken. Es war typisch für die nomadisch lebenden Sylken, sich auf ihren ausgedehnten Streifzügen ihrer Umgebung und den Gegebenheiten anzupassen. Das war einer der Gründe, warum sie im Goldenen Imperium als Söldner geschätzt wurden. Ein weiterer war, dass sie als wilde und schnelle Kämpfer galten, die ohne Etikette und Regeln schon oft einen Sieg auch gegen eine Übermacht davongetragen hatten.

Sie sind gut ausgerüstet, sowohl für das Wetter als auch für das Land, dachte Artaynis, während sie die Männer beobachtete, die im Lager würfelten, Pfeile schnitzten oder schmatzend auf harten Brotstücken herumkauten.

Der Anführer der Reiter, dem Artaynis erst in großem Abstand auf der Straße gefolgt war, bevor sie im Wald seinen Spuren nachgegangen war, kam eben aus einem der Zelte. Seine Kleidung war dem Land angepasst, und auf einen flüchtigen Blick mochte er wie ein Wlachake wirken. Zuvor hatte er einen ledernen Helm getragen, der den Großteil seines Gesichts verborgen hatte, und sich mit einem um Mund und Nase geschlungenen Tuch zusätzlich unkenntlich gemacht. Doch jetzt hatte er die Kopfbedeckung abgelegt, und Artaynis konnte sein Gesicht sehen. Für die eher klein gewachsenen Sylken war er ein großer Mann und überragte die meisten seiner Begleiter um Hauptes länge. Sein schwarzes Haar wies schon viel Grau auf, und sein hageres Gesicht war von tiefen Furchen durchzogen. Ein struppiger Bart bedeckte sein Kinn.

Dass dieser Mann tatsächlich der Anführer der Sylken war, erkannte Artaynis sofort. Alle anderen Männer im Lager begegneten ihm mit Respekt und nickten ihm zu, als er vorüberging. Er hatte seinen Ledertornister vom Rücken genommen und trug ihn nun zur Feuerstelle, wo er verschiedene verschnürte Pakete daraus auf den Vorratshaufen legte.

Der große Sylke stellte sich ans Feuer, an dem sich eben zwei weitere Männer zu schaffen machten. Sie hatten aus Baumstämmen einen Dreifuß gebaut, an dem sie nun einen Kochtopf befestigten.

»Wie war es in der Stadt, Tochar?«, fragte einer der Umstehenden den Anführer.

Dieser zuckte die Achseln.

»Ich habe Kaffee und Brot mitgebracht.« Er wies mit der Hand auf den Haufen.

»Und Weiber gab es keine?«, fragte einer der Männer am Dreifuß, was für Gelächter sorgte.

»Keine, die bereit war, für Geld in deine hässliche Fresse zu blicken«, erwiderte der Anführer grimmig. »Aber wenigstens hat mir diesmal der Hundesohn von einem Händler keine überflüssigen Fragen gestellt. Ich glaube, er hat eingesehen, dass es so besser für ihn ist.«

»Und – was passiert in der Stadt? Hier draußen ist es so langweilig, dass ich schon überlegt habe, mal ein paar Dörfer in der Nähe zu besuchen. Vielleicht findet sich ja dort ein nettes Mädchen?«

Der Sprecher machte bei diesen Worten eine anzügliche Geste. Tochar spuckte geräuschvoll aus und legte bedeutungsvoll seine Hand auf sein gebogenes Schwert, das er in einer Scheide am Gürtel trug.

»Tu das, Baka, und du wirst dir nie wieder Sorgen um irgendwelche Frauen machen, das kann ich dir versichern. In Teremi selbst ist es ruhig. Ein paar wlachkische Dreckfresser mehr sind dazugekommen, die es gar nicht erwarten können, sich endlich mit den Masriden anzulegen.«

Sein Gegenüber zuckte die Schultern. Er sah nicht so aus, als ob ihn die wlachkische Tagespolitik interessierte.

»Wann wird unser Auftraggeber uns endlich wieder etwas zu tun geben?«, fragte er stattdessen. »Oder wird er warten, bis wir in diesem Wald vor Untätigkeit den Verstand verlieren und uns alle gegenseitig umbringen?«

Der Angesprochene stieß ein raues Lachen aus: »Das glaube ich nicht. Unsere Dienste sind zu kostspielig, als dass der Dreckfresser es sich leisten könnte, sie zu lange ungenutzt zu lassen. Wir werden schon noch genug zu tun bekommen.«

Sie haben also einen Auftraggeber, wie ich es vermutet habe, grübelte Artaynis in ihrem Versteck. *Und er muss hier ganz in der Nähe sein, vermutlich in Teremi. Das ist außerordentlich interessant, und es verrät mir noch etwas: Mein Vater hat wohl nichts mit der Anwesenheit der Sylken hier zu tun, sonst hätten seine Verbindungsleute kaum darauf verzichtet, mich zu kontaktieren.*

Vorsichtig darauf bedacht, kein Geräusch zu machen, schob sich Artaynis rückwärts aus dem Unterholz und wieder in Richtung des Weges. Erst als sie sich sicher war, dass sie vom Lager aus nicht mehr gesehen werden konnte, lief sie auf dem Trampelpfad zurück in Richtung ihres Pferdes.

Egal, was der Auftrag der Sylken war und wer ihn gegeben hatte – bei einer so großen Truppe fremder Söldlinge in der Nähe Teremis verdiente der Voivode es einfach, Bescheid zu wissen.

Mittlerweile war es fast vollständig dunkel geworden, und weder Mond noch Sterne waren zu erkennen. Dunkle Wolken hatten sich am Himmel zusammengeballt und versprachen baldigen Regen. Das Gewitter brach los, noch bevor Artaynis die Burg erreichte, und noch in den Stallungen wrang sie sich die völlig durchnässte Kleidung zumindest notdürftig aus, ehe sie rasch das momentane Hauptwohngebäude betrat.

Einer Eingebung folgend, hielt sie zuerst an Ionnis' Gemächern an und klopfte. Vielleicht war er gerade wach? Als er ihr antwortete, öffnete sie die Tür.

Ionnis lag auf seinem Bett, neben sich eines der Bücher, die sie ihm geliehen hatte. Sie hatte nicht viele der kostbaren Bände aus der Bibliothek ihres Vaters mitgenommen, aber einige wenige doch, die nun ihm zugute kamen.

Als Ionnis sie sah, strahlte er. Sie setzte sich neben ihn und schüttelte ihr Haar aus.

»He! Du bist ja ganz nass«, protestierte er halbherzig, was ihn aber nicht daran hinderte, ihr Gesicht zwischen die Hände zu nehmen und sie zu küssen. Sie erwiderte den Kuss, streckte dann aber die Hand aus und griff nach dem ledergebundenen Pergament, das neben ihm lag.

»Die Geschichte der Imperatoren Dyrias«, las sie vor. »Und, ist die Lektüre interessant?«

»Oh, unbedingt. Gibt es eigentlich auch nur einen einzigen dyrischen Imperator, der friedlich in seinem Bett gestorben ist?«

Artaynis lachte.

»Nicht dass ich wüsste. Die meisten hatten schon viele Kämpfe auszufechten, bevor sie auf den Thron kamen, und danach wurde es nicht besser. Der mächtigste Mann eines so gewaltigen Reiches zu sein bedeutet eben auch, viele Feinde zu haben. Und viele Familien haben imperiales Blut in den Adern – zumindest ein bisschen. Ansprüche gibt es also stets genug. Aber das scheint mir in Wlachkis auch nicht viel anders zu sein, oder gibt es viele Voivoden, die an Altersschwäche gestorben sind?«

Er stimmte in ihr Lachen ein.

»Wohl nicht. Ich hoffe, mein Vater wird der Erste sein, dem das gelingt.«

Vielleicht. Wenn nicht doch ein neuer Krieg ausbricht, dachte sie, sprach ihre düsteren Gedanken aber nicht aus.

»Eigentlich wollte ich sofort mit deinem Vater sprechen«, sagte sie stattdessen. »Ich habe herausgefunden, dass sich ein ganzer Haufen sylkischer Söldner in euren Wäldern herumtreibt. Ich könnte mir denken, dass Şten sich ihr Lager gern einmal ansehen würde.«

»Du hast ein sylkisches Lager ausgekundschaftet, das noch niemand außer dir gefunden hatte? Deshalb bist du durch dieses Unwetter geritten?«

Ionnis schüttelte lachend den Kopf.

»Warum hast du niemanden von unseren Leuten mitgenommen?«, fragte er dann wieder ernst.

»Weil vermutlich ein ganzer Trupp wlachkischer Soldaten den Mann aufgeschreckt hätte, den ich verfolgt habe. Außerdem wollte ich mir sicher sein, dass ich keinem harmlosen dyrischen Reisenden hinterherjage.«

»Und jetzt bist du dir sicher, dass er kein harmloser Reisender ist?«

Artaynis nickte. »So viele Sylken auf einem Haufen – da steckt etwas dahinter.«

»Wenn du willst, können wir gleich zu meinem Vater gehen. Ich glaube nämlich auch, dass ihn deine Neuigkeiten sehr interessieren werden.«

Ionnis stand hastig auf und blieb dann einen Augenblick an den Bettpfosten gelehnt stehen und schloss die Augen.

Artaynis erhob sich ebenfalls und legte einen Arm um ihn.

»Langsam«, ermahnte sie ihn freundlich.

»Es geht schon«, beeilte er sich ihr zu versichern. Er ließ den Pfosten los und umarmte sie.

»Obwohl … vielleicht musst du mich doch stützen?«, murmelte er mit einem verschmitzten Grinsen.

Sie schlug spielerisch nach ihm, als es plötzlich an der Tür klopfte und diese so schnell aufgerissen wurde, dass Ionnis und Artaynis förmlich auseinandersprangen.

Şten cal Dabrân stand in der Tür, und der Blick, mit dem er seinen Sohn und seinen dyrischen Gast bedachte, verriet, dass er am liebsten auf der Stelle kehrtgemacht hätte.

»Ionnis«, sagte er stattdessen gedehnt. »Ich wusste nicht … Ich wusste nicht, dass du nicht allein bist.«

Dann lächelte er plötzlich, als sei er zu einer Entscheidung gelangt.

»Ich wollte dich bitten, mich zu einer Ratsversammlung zu begleiten«, fuhr er fort, »und wie es der Zufall will, ist Artaynis bei dir, die ich als Nächstes geholt hätte.«

Ionnis blickte seinen Vater fragend an, offenkundig überrascht, dass dieser neuerdings seine eigenen Botengänge erledigte. Da ihm jedoch keine Erwiderung einzufallen schien, sprang ihm Artaynis zur Seite: »Wir begleiten Euch natürlich gern, Voivode. Aber dürfen wir erfahren, zu welchem Zweck Ihr uns gesucht habt?«

»Was? Oh ja.«

Şten, der das Paar gedankenverloren angesehen hatte, zögerte mit der Antwort.

»Cornel ist eben zurückgekehrt«, sagte er schließlich. »Er hat Nachrichten aus Turduj und von den Masriden mitgebracht, und keine guten, wie ich fürchte.«

36

»Wie lange noch?«

Schon vor einigen Nächten hatte Kerr aufgehört, die Fragen zu zählen. Er wusste natürlich, dass es Wrag nicht um eine Antwort ging, denn Andas Kind musste klar sein, dass es noch keine Neuigkeiten gab. Vielmehr hatte Kerr die Vermutung, dass Wrag sie provozieren wollte, einen Streit beginnen, seinem Unmut irgendwie Luft machen.

»Wissen wir nicht«, antwortete Zran ruhig, was Kerr leise seufzen ließ. Der große Jäger fand wie immer den richtigen Tonfall, um Wrags Wut zu dämpfen.

»Dieses verdammte Loch«, knurrte Andas Kind und setzte sich wieder hin. In Teremi war er unruhig gewesen, hatte sich häufig bewegt, war durch den Keller geschlichen, hatte gelauscht und wie auf der Jagd innegehalten. Hier war er antriebsloser, zwar nicht weniger wütend, aber hier zeigte er seinen Zorn weniger körperlich. Als fehle ihm der Wille dazu. *Der Herzschlag des Landes ist leise. Wrag ist fern vom Dunkelgeist. Vielleicht liegt es daran. Vielleicht ist sein Einfluss hier schwächer.*

Die Gedanken bestärkten den Troll in seinem Anliegen. Wenn schon die Entfernung vom Herzen des Landes ausreichte, um Wrag zu verändern, dann würde eine Heilung des Herzens vielleicht alle Kinder Andas ebenfalls heilen. *Wieder zu richtigen Trollen machen.* Bei dem Gedanken musste Kerr grinsen. Noch immer konnte er für sich nicht sagen, ob Andas Kinder Trolle waren oder nicht. *Und wenn ich mich nicht entscheiden kann, wie sollten es die Menschen dann können?*

Die Wlachaken waren über ihnen untergebracht, und er konnte sie oft riechen. Aber bis auf Natiole und Arvan sah er nur wenige von ihnen. Die Soldaten waren nun wieder tagsüber wach und schliefen nachts. Lediglich die beiden Anführer hatten ihr Leben in die Nachtstunden verlagert. Manchmal waren sie abends aber auch nicht da, sondern in der Stadt unterwegs. Die Menschen des Imperiums waren offenbar freundlich, obwohl sie so merkwürdig waren, denn sie luden die Wlachaken häufig zu sich ein.

Heute Nacht jedoch kam Natiole die Treppe hinab und gesellte sich zu den Trollen. Er hatte seine alte Kleidung abgelegt und trug leichtere Stoffe, wenn auch bei Weitem nicht so bunt wie die Dyrier.

»Keine Neuigkeiten«, berichtete er. »Ich habe Pilon wieder einmal gefragt, und seine Antwort war wie immer dieselbe. Wir sollen warten.«

»Warten. Warten. Warten. Wird es schneller gehen, wenn ich ein paar der lächerlichen Menschlinge erschlage?«, zischte Wrag, und Kerr konnte es ihm nicht verübeln.

»Das ist nicht gut«, erklärte er ernst. »So habe ich es nicht gewollt.«

»Ich auch nicht«, erwiderte Natiole. »Aber ich kann wenig tun, außer ständig mit Pilon zu reden. Ich habe schon Sargan um Hilfe gebeten, und er hat mir versichert, dass er seinen Einfluss geltend macht, aber …«

»Aber?«

»Aber er sagte auch, dass er noch mit einigen Tagen Wartezeit rechnet. Wenn nicht sogar länger. Eine Audienz beim Imperator ist eine besondere Ehre, und diese Warterei ist einfach normal.«

»Nicht für uns.«

»Ich weiß, ich weiß. Zu Hause wäre es anders. Aber hier haben die Menschen ihre eigenen Traditionen. Und Regeln. Du würdest nicht denken, wie schwer es ist, hier auch nur ein simples Abendessen mit Freunden zu genießen.«

»Wir wollen doch gar nicht zum Imperator«, gab Kerr zu bedenken. »Wir suchen doch nur den Speer.«

Sein Wunsch kam dem Troll inzwischen töricht vor. Er hatte sich alles viel einfacher vorgestellt. *Wie hätte ich wissen sollen, dass eine alte, kaputte Waffe so schwierig zu bekommen ist.*

»Alles, was mit den Imperatoren, ob lebend oder tot, zu tun hat, läuft durch die Hände des jetzigen Imperators. So hat es mir Sargan erklärt. Niemand kann uns Erlaubnis geben, in das Grab zu gehen. Niemand außer dem Goldenen Imperator selbst.«

Unsicher kratzte sich Kerr am Kopf. Unter der Erde konnte er abwägen, überlegen, sich auf seine Erfahrung verlassen. Hier war er ganz auf Fremde angewiesen, noch dazu auf Menschen. Viel mehr noch als in Wlachkis, wo die Menschen zwar anders, aber zumindest noch in einem für Kerr verständlichen Rahmen handelten. Im Imperium war alles anders; es gab für den Troll keine erkennbaren Erklärungen, keine verständlichen Regeln. Alles war fremd, doppelt fremd, dreifach fremd. Selbst Natiole schien es zwar zu akzeptieren, aber auch er war sichtlich hilflos gegenüber diesem Auswuchs von einer Stadt.

»Was tun wir?«, fragte Kerr schließlich. »Wir können doch nicht für immer hier bleiben. Wrag wird immer ungehaltener. Das Essen schmeckt ihm nicht. Und er hasst es, dass er jeden Brocken Fleisch vorgesetzt bekommt. Selbst ich werde ungeduldiger und Zran auch. Wir vermissen die Jagd. Wir gehören nicht hierher, Natiole.«

»Mir geht es ja nicht anders. Ich fühle mich hier auch nicht heimisch. Aber wir können nur auf Sargan vertrauen.«

Ein neuer Geruch lag in der Luft. Kerr erkannte ihn sofort: »Pilon kommt.«

Tatsächlich stieg der Mann die Treppen hinab, begleitet von zwei Soldaten. Sein Gewand war wie immer prächtig, aber Kerr verzog dennoch das Gesicht, als ihn der Geruch mit voller Stärke erreichte. *Warum schmieren sich die Menschen hier diese verfluchten toten Gräser auf die Haut?*

Er nieste geräuschvoll.

»Ist alles zu Eurer Zufriedenheit, geehrte Gäste des Goldenen Imperiums?«

Kerr und Natiole blickten sich an. Vorsichtig erklärte der junge Wlachake: »Nein. Leider nicht.«

Sofort senkte der Dyrier das Haupt. »Was kann ich tun, um diesen bedauerlichen Umstand zu beheben? Womit haben wir dies verursacht? Sprecht, bitte.«

»Nun, wir warten schon lange. Die Trolle würden ihr Anliegen gern endlich vortragen.«

»Sicherlich«, erwiderte der Dyrier. »Ich werde noch einmal darauf hinweisen. Aber es liegt außerhalb meiner Möglichkeiten, diesen Vorgang zu beschleunigen. Das größte Problem ist sicherlich, dass noch niemals Trolle bei Hofe zu Gast waren.«

»Wieso sind wir dann ein Problem?«, wunderte sich Kerr.

»Es gibt kein Protokoll, keine Präzedenzfälle, keine Regeln und keine Verfahrensweisen. Es muss alles neu erarbeitet werden, und die zuständigen Beamten geben sich sicherlich jedwede Mühe, dies so schnell und effizient wie möglich zu tun. Aber selbstverständlich bedeutet es viel Arbeit.«

»Viel Arbeit? Kann nicht auf Tradition beim Empfang anderer zurückgegriffen werden?«, hakte Natiole nach. Kerr verstand kaum noch die Hälfte der Diskussion, und er nahm sich vor, jetzt nicht nachzufragen, sondern sich von Natiole alles später erklären zu lassen.

»Oh, nein. Das ist leider nicht möglich. Und es muss natürlich jeder Aspekt bedacht werden. Zum Beispiel wurde mir ja bereits mitgeteilt, dass unsere geehrten trollischen Gäste beinahe ausschließlich rohes Fleisch verzehren. Es ist sicherlich verständlich, dass dies bei einem Empfang zu Schwierigkeiten führen kann, die vorab umfassend und umsichtig gelöst werden müssen.«

»Ich muss beim Reden nicht essen«, erklärte Kerr, aber Pilon winkte mit einem Lachen ab.

»Zu gütig, aber die Bereitstellung der richtigen Nahrung ist eine wichtige Pflicht des Hausherrn. Was wären wir für Gastgeber, wenn wir Euren Vorlieben nicht allumfassend entsprechen würden?«

Meine Vorliebe wäre es, endlich hier wegzukommen, dachte Kerr für sich, schwieg aber, da ihm die Bemerkung nicht hilfreich schien.

»Aber eigentlich bin ich aus einem anderen Grund gekommen. Einige hochrangige Beamte haben den Wunsch geäußert, unsere geehrten Gäste sehen zu dürfen.«

»Besuch?«, erkundigte sich Natiole und sah Kerr an. »Ich weiß nicht …«

»Nicht direkt. Es handelt sich vielmehr um eine Einladung. Es ist uns schmerzlich bewusst, dass unsere Quartiere nicht den Geschmäckern unserer geehrten Gäste entsprechen, und das hat uns dazu inspiriert, über ein wenig Ablenkung nachzudenken.«

»Ablenkung? Ich weiß nicht …«

»Was für Ablenkung?«, fragte Kerr neugierig, dem ein wenig davon gerade recht gekommen wäre.

»Ein Festmahl vielleicht. Oder eine Jagd. Oder Kämpfe.«

»Kämpfe?«, dröhnte es aus Wrags Richtung. »Was für Kämpfe?«

Mit trippelnden Schritten schob sich Pilon an Kerr vorbei und sprach Andas Kind aus respektvollem Abstand direkt an: »Gladiatorenkämpfe. Nachts ist das natürlich eine besondere Herausforderung, aber die Ausrichter haben da sicherlich genügend Erfahrung. Es gab schon mehrfach nächtliche Vergnügungen dieser Art.«

»Gladoren? Was ist das?«, fragte Wrag, doch bevor Pilon antworten konnte, rief er: »Egal, ich kämpfe gegen sie!«

»Ich halte das für keine gute Idee«, erklärte Natiole, aber Kerr sah das anders.

»Kämpfen gegen Gladoren? Das klingt doch gut. Oder, Zran?«

»Jo.«

»Gladiatoren«, berichtigte Pilon. »Aber Ihr würdet nicht kämpfen, ehrenwerte Gäste. Ihr sollt einem solchen Kampf nur als Gäste beiwohnen.«

»Bah. Beiwohnen. Kämpfen will ich«, verkündete Wrag lauthals und sprang auf. »Zeig mir die Gladoren! Ich werde sie jagen, sie besiegen, und mein Stamm wird ihr Fleisch essen.«

»Gladiadoren. Ich meine … Gladiatoren. Ich weiß nicht, ehrenwerte Gäste. Ich wurde eigentlich gesandt, um Euch eine andere Einladung zu überbringen.«

Knurrend trat Wrag vor. Kerr musste den beiden Soldaten in Pilons Begleitung zugestehen, dass sie nur einen Schritt zurückwichen. Doch ließen sie ihren Anführer auf diese Weise allein, was kein Troll je getan hätte. Wrag erhob sich über Pilon wie ein Berg über das Land. Andas Kind funkelte den Dyrier an, und Schatten huschten aufgeregt über seinen Leib.

»Ich. Will. Kämpfen.«

Hilflos nickte Pilon, und Kerr roch die Angst des Mannes. Neben ihm hatte Natiole die Hand auf den Griff seiner Waffe fallen lassen. Der junge Mensch roch auch nach Furcht, aber Kerr konnte ebenso Entschlossenheit in seinen Bewegungen lesen. Er zweifelte nicht, dass Natiole seine Angst besiegt hatte und Wrag angreifen würde, wenn Andas Kind vom Zorn überwältigt wurde.

Einige Herzschläge lang war nur Wrags Schnauben zu hören. Auf diesen Moment hatte Kerr schon lange gewartet. Irgendwann mussten die Untätigkeit und das Gefühl der Hilflosigkeit in Wrag sich Bahn brechen, und Andas Kinder kannten nur eine Lösung für viele Probleme.

»Wir wollen kämpfen«, sagte er ruhig, ohne Wrag auch nur einen Moment aus den Augen zu lassen. »Gegen wen oder was auch immer.«

Langsam löste sich der Blick des Dyriers von Andas Kind und wanderte zu Kerr. Dann schluckte Pilon und nickte. »Ich werde es arrangieren lassen, ehrenwerte Gäste. In den nächsten Nächten, ganz wie Ihr wünscht.«

»Gut«, brummte Wrag und zog sich wieder in die Ecke zurück. Andas Kind war zufrieden, zumindest für den Augenblick, und die Aussicht auf Kampf erfreute auch Kerr und Zran.

Unter einigen Verbeugungen lief Pilon aus dem Keller, dicht gefolgt von den Kriegern der Menschen. Ihre Erleichterung hing noch einige Zeit in der Luft, ebenso wie ihre Todesfurcht.

»Hältst du das für eine gute Idee?«, raunte Natiole Kerr zu. Der junge Mensch wischte sich mit dem Handrücken über die Stirn und sah misstrauisch zu Wrag hinüber.

»Ich weiß nicht«, erwiderte Kerr wahrheitsgemäß. »Aber es ist besser, als weiterhin hier in diesem Loch festzusitzen, bis Wrag sich seinen Kampf selbst sucht.«

Der Troll konnte spüren, dass Natiole ihm nicht unbedingt zustimmte. Aber der junge Mensch schien auch keinen besseren Vorschlag zu haben, denn er schwieg eine Weile, ehe er sagte: »Na, wer weiß? Vielleicht überzeugt ein Auftritt Wrags als Gladiator die Beamten ja, dass sie sich beeilen sollten. Er ist nicht der sanftmütigste aller Gäste.«

»Genau«, entgegnete Kerr. »Aber was sind das eigentlich: Gladiatoren?«

Natiole sah ihn verwundert an, und Kerr ahnte, dass sie das Thema dringend ausführlicher besprechen sollten.

37

Der Austragungsort der Kämpfe entpuppte sich als eine Art kunstvoll konzipierte Grube, allerdings von gewaltigen Ausmaßen. Sargan hatte es eine Pferderennbahn genannt, aber der Name wurde dem Bauwerk nicht gerecht. Die Seiten der Grube waren in flachen Stufen angelegt, jeweils groß genug, um zwei oder drei Reihen von Sitzen Platz zu bieten. Die Aufgänge waren mit hellem Stein gepflastert, ebenso wie ein Teil der Grundfläche. Es gab Treppen, Gänge hinter den Sitzreihen und mehrere große Logen, die in gewissen Abständen wie breite Türme über den Sitzreihen aufragten.

Natiole schätzte, dass die Fläche am Boden der Grube über dreihundert Schritt lang sein musste und vielleicht ein Drittel davon breit. In der Mitte erhoben sich Säulen und zwei flache Gebäude, an deren Dachkanten vergoldete Ornamente im Licht glänzten. Hunderte von Feuerschalen waren aufgestellt worden, die das Feld in ein unruhiges Licht tauchten.

Überhaupt war die ganze Atmosphäre von Unruhe erfüllt. Es lag Spannung in der Luft, eine Vorfreude, die in unzähligen Stimmen Niederschlag fand. Noch nie hatte Natiole so viele Menschen an einem Ort erlebt. Es waren sicherlich viele tausend, die sich auf den Rängen drängten, aßen, lachten, riefen, sich unterhielten, scherzten und sangen. Es roch nach Menschen, so stark, wie Natiole es niemals für möglich gehalten hätte. Es befanden sich mehr Menschen an diesem Ort, als Teremi Bewohner hatte, dessen war er sich sicher. Eine schwindelerregende Vorstellung.

Hier sehen mehr Dyrier zu, als in der Trollschlacht Krieger kämpften!

Zu Natioles Linken saß Sargan, der in teuerste Gewänder gehüllt war, vor Soße triefendes Fleisch mit den Fingern aus einer aus Brot bestehenden Schüssel aß und sich königlich zu amüsieren schien. Er hatte seine ganze Familie mitgenommen, aber Natiole hatte schon Schwierigkeiten, sich die Namen seiner vier Frauen zu merken, geschweige denn die seiner zahlreichen Kinder und Kindeskinder, Vettern und Basen, Nichten und Neffen und des Rests der Familie, der sich wie ein Lindwurm über den halben Rang ausbreitete. Rechts von Natiole saß Ana, diesmal ohne ihre üblichen Begleiter. Sie schien von dem Spektakel weitaus weniger beeindruckt zu sein als der junge Wlachake, und er war froh, dass sie ihn begleitete. Und auch, dass keiner ihrer Söldner dabei war, denn das war raues Volk, dem Natiole mehr als skeptisch gegenüberstand.

»Das ist die Imperiale Loge«, erklärte Sargan und deutete auf einen reich verzierten, flachen Turm, auf dessen Wänden sich die Flammen der Feuerschalen spiegelten. Der Stein war so poliert, dass er glänzte, und Reliefbänder zeigten Figuren, die Natiole fremd und exotisch erschienen. Geflügelte Stiere, gekrönte Schlangen und Menschen mit einem dritten Auge auf der Stirn. Auf der überdachten Plattform des Turms war es jedoch dunkel.

»Wird der Goldene Imperator noch kommen?«

»Nein. Damit würde er ja die Anwesenheit der Trolle anerkennen. Und auch, dass ihr schon lange in der Stadt seid. Das ist nicht möglich, also wird er der Arena fernbleiben.«

An ihrer Situation hatte sich also nichts geändert. Natiole seufzte. So interessant das Leben in Colchas auch sein mochte, er hatte eine Aufgabe, und er wollte sie erfüllen. *Und dann möchte ich nach Wlachkis zurückkehren.*

»Unterhalb der Loge sitzen die ranghöchsten Beamten.

Wenn der Imperator anwesend ist, lädt er ausgesuchte Gäste in seine Loge ein. Der Status aller anderen bemisst sich nach ihrer Nähe zur Imperialen Loge.«

»Wir sitzen weit von ihr entfernt«, gab Natiole zu bedenken, worauf Sargan lachte und sich die fettige Soße von den Fingern leckte.

»Natürlich. Du als Außenstehender hast keinen Status. Lediglich durch Assoziation mit einem Bürger des Imperiums könntest du einen Abglanz davon erlangen.«

»Aber ... was ist mit dir?«

Unsicher blickte Natiole den Dyrier an. Vielleicht war diese Frage unhöflich oder sogar frech. Aber Sargan grinste immer noch.

»Ich bin kein Beamter mehr. Nur ein einfacher Bürger ...«

»Er wusste, dass der Goldene Imperator nicht erscheinen wird«, mischte sich eine von Sargans Gemahlinnen ein, eine noch immer schlanke, schwarzhaarige Frau, deren Augen mit schwarzer Schminke umrandet waren. Sie saß direkt neben ihrem Mann und war Natiole zu Beginn vorgestellt worden, was ihn vermuten ließ, dass sie seine erste Frau war.

»Wenn der Imperator erscheint«, fuhr sie fort und sah Sargan giftig an, »dann sitzen wir in seiner Nähe oder in seiner Loge. Sargan ist gar nicht bescheiden, er tut immer nur so!«

»Nun, nun, Perixis. Mäßige dich. Was soll unser junger Freund von uns halten?«, fragte Sargan milde.

Aber seine Frau brummte nur und lehnte sich wieder zurück. Ihr Wlachkisch war überraschend gut, auch wenn sie mit dem üblichen dyrischen Akzent sprach, in dem die Worte eher wie Wasser flossen und jeder Satz fast wie Gesang ertönte.

»Dort drüben sitzen die Kriegeraristokraten«, erklärte Sargan weiter. »Es ist verboten, in der Armee und gleichzeitig in der Verwaltung zu dienen. Tatsächlich ist sogar ein Wechsel kaum möglich, allerdings weniger wegen der Gesetze, sondern eher wegen der Traditionen.«

So sehr sich Natiole auch anstrengte, er konnte keinen Unterschied zwischen Beamten und Kriegern erkennen. Beide Gruppen trugen prachtvolle Gewänder ähnlicher Machart; beinahe alle eine Variation des hier beliebten Kypassis. Kräftige Farben, mit goldenen Applikationen abgesetzt, bestimmten ihr Erscheinungsbild.

»Die sind gefährlich«, warf Ana ein. »Die vier größten Familien kontrollieren einen Gutteil der Armee, und die kleineren Familien schließen sich ihnen oft an. Arrogante Bastarde, alle miteinander. Glauben, sie wären die geborenen Anführer, Strategen und Taktiker. Du kannst mir glauben: immer wenn das Imperium irgendwo einen militärischen Tiefschlag erlebt hat, steckt so ein junger Karrierist dahinter, der sich und seine Fähigkeiten heillos überschätzt hat. Und am Ende waren es immer die anderen.«

Bei dieser Schilderung musste Natiole lächeln. Ana konnte ihre Herkunft nicht verbergen, auch wenn sie an diesem exotischen Ort lebte. Anders als die Dyrier schien sie den Abend auch nicht sonderlich zu genießen. Ihre Blicke wanderten ruhelos, und sie rutschte auf dem niedrigen Sitz umher. Sargans Familie hatte weiche Kissen mitgebracht, aber Ana zog es vor, auf dem blanken Holz zu sitzen.

»Sie sind gefährlich. Jeder, der im Imperium Macht an sich reißen konnte, ist dies. Man muss sich gegen unzählige Feinde durchsetzen, kann niemandem vertrauen und muss ständig kämpfen. Die Familien der Kriegeraristokraten stellen im Imperium seit Jahrhunderten die militärischen Führer. Ihre Linien sind lang und bedeutend. Sie waren an jeder wichtigen Schlacht beteiligt. Der Imperator behält sie genauestens im Auge, denn ihr Einfluss bei der Armee gibt ihnen große Macht.«

»Zum Glück hassen sie sich gegenseitig noch mehr als alles andere«, sagte Ana und lachte kurz. »Manche Besprechungen sind wie Hahnenkämpfe, wenn Mitglieder zweier Familien beteiligt sind. Diesen Gockeln schwillt der Kamm an, und sie krähen wild rum. Und wer darf das dann ausbaden? Natürlich: die einfachen Soldaten und Söldner. Wer sonst?«

»Ana und ihre Mutter haben selbstverständlich ihre eigene Sicht auf die Dinge«, erwiderte Sargan diplomatisch. »Ich selbst habe nur wenig mit ihnen zu tun gehabt. Als Beamter ist mir der Dienst in den Armeen ja ohnehin verboten.«

»Gibt es solche Ereignisse öfter?«, erkundigte sich Natiole bei Sargan, um das Thema zu wechseln.

»Kämpfe? Eher selten. Eigentlich werden hier vor allem Pferderennen zelebriert. Manchmal auch Wagenrennen, aber Reiten gilt als die höhere Kunst.«

»Und diese Gladiatoren?«

»Ein hochtrabendes Wort aus alten Zeiten. Vor vielen Jahrhunderten, als Dyria nur ein kleines Land war, wenig mehr als Colchas und Umgebung, da kämpften Sklaven gegeneinander, die dafür ausgebildet wurden. Das ist schon lange vorbei. Heutzutage sind es Gefangene, Verbrecher und Gesindel, das hofft, hier ein wenig Geld zu verdienen. Ein Vergnügen für die Massen.«

»Und blutig. Die Leute können kaum ein Schwert halten, geschweige denn damit umgehen. Was der Reiz daran ist, Unfähigen dabei zuzusehen, wie sie sich langsam zu Tode prügeln, habe ich nie verstanden«, warf Ana ein.

»Manche Bürger mögen es. Aber wer auch nur ein Mindestmaß an Ansehen und Geld besitzt – was ja Hand in Hand geht – und sich dessen bewusst ist, der geht zu den richtigen Rennen. Die bloßen Wagenrennen ziehen viele Leute an, und die Lenker sind wahre Helden, doch von den Bürokraten werden die Reiter geschätzt.«

»Ja, aber die Kriegeraristokraten lieben die Wagenrennen. Die Rennställe verfügen über viel Geld und glühende Anhänger«, gab Ana zu bedenken.

»Wagenrennen sind eher für das einfache Volk«, erwiderte Sargan pikiert. »Wir, also die Beamten, ziehen Reitrennen vor.«

Natiole versuchte, all diese Informationen aufzunehmen und sich nicht von der Kulisse ablenken zu lassen, doch es gelang ihm nur mäßig. Zu gewaltig waren die Eindrücke, die unablässig auf ihn einströmten. Ging man durch Colchas, sah man immer nur einen Teil der Stadt, und abgesehen von den Palästen, war es eben eine Stadt. Ihre wirkliche Größe blieb einem verborgen. Aber hier sammelte sich das Volk, Reich und Arm, Jung und Alt, in einer einzigen, unfassbaren Versammlung.

»Wie viele mögen das sein?«, murmelte er.

»Wenn alle Logen besetzt sind und jeder Stehplatz eingenommen, dann sollen hier vierhundert Hundertschaften Platz finden. Sagt man. Ich habe es persönlich nicht gezählt.«

Es dauerte einige Momente, bis Natiole diese Zahl klar wurde. Seine Schätzung von einigen Tausend war viel zu niedrig gewesen. *Und sie alle wollen die Trolle sehen. Ihr Geister, sorgt dafür, dass Wrag nichts Dummes tut.*

Als hätte der Tiefentroll Natioles Gedanken gehört, traten die drei mächtigen Wesen aus einem Tor an der Seite. Nahe der Imperialen Loge erklangen einige Trompeten, aber das wäre kaum notwendig gewesen, denn das bloße Erscheinen der Trolle ließ eine unheimliche Stille über den Sitzreihen entstehen.

Die mächtigen Wesen liefen selbstbewusst auf die offene Fläche. Trotz der Feuerschalen blieb Wrag wie in Schatten gehüllt, und der Tiefentroll wirkte so urtümlich und bedrohlich wie schon lange nicht mehr. Selbst auf die Distanz konnte Natiole seine rohe Gewalt wahrnehmen.

Zran schritt stoisch neben Kerr einher, der sich immer wieder umblickte und die ganze Szenerie erfasste. Der Troll war offenbar auf der Hut, anders als Wrag, der seine Arme baumeln ließ, seine Hauer entblößte und laut brüllte. Noch einmal sandte Natiole ein stummes Stoßgebet zu den Geistern.

»Sie werden doch nicht gegen Menschen kämpfen?«, fragte Ana, was Sargan verneinte: »Das wäre nun wirklich nicht schicklich. Vermutlich gegen einige Tiere oder Ähnliches.«

In diesem Moment öffnete sich eine Pforte in einem der Gebäude in der Mitte, und eine massige Gestalt preschte hervor. Ein vergleichbares Wesen hatte Natiole bislang noch nie gesehen. Es lief vierbeinig und geduckt, war aber dennoch größer als ein Mensch und maß sicherlich drei Schritt an der Schulter. Sein Körper war von sandfarbenem Fell mit einer Musterung aus dunklen Streifen bedeckt, und sein Kopf war breit und groß. Es hatte vier lange Reißzähne, und die Beine endeten in großen, klauenbewehrten Tatzen. Es bewegte sich überraschend geschmeidig für eine Kreatur dieser Größe, und als Wrag erneut brüllte, warf es sich herum und fixierte die Trolle.

»Ein Onschlag«, erläuterte Sargan. »Aus dem Norden. Ziemlich blutrünstig, sagt man.«

Verwundert blickte Natiole zu dem kleinen Mann, der ruhig ein Stück mit Soße getränktes Brot abriss und aß. Der Dyrier schien sich keine Sorgen zu machen, sondern das Geschehen unverändert zu genießen.

Unten wirbelten die Tatzen des Onschlags Staub auf, als es mit großen Sprüngen auf die Trolle zustürzte. Unwillkürlich hielt Natiole den Atem an.

»Man lässt sie hungern«, sagte Sargan mit vollem Mund. »Und man macht sie vor dem Kampf rasend. Die sind dann kaum sie selbst. Alles eine Frage der Tierkunst. Die besten Pfleger können selbst aus Ziegen mörderische Kreaturen machen. Angeblich nutzen sie seltsame Essenzen und Ähnliches.«

Ich denke nicht, dass diese Bestie viel Ansporn benötigte, dachte Natiole bei sich.

Kerr und Zran wichen zur Seite aus, während Wrag dem Angreifer in den Weg trat.

Der Zusammenprall war gewaltig. Kurz wirkte es, als könne Wrag sich auf den Beinen halten, aber dann stürzte er gemeinsam mit dem Onschlag zu Boden. Ein tiefes Brüllen des Tiefentrolls ertönte, und das Tier stieß ein seltsames, hohes Heulen aus. In dem Gewirr aus Gliedmaßen konnte Natiole nur wenig erkennen. Beide Gegner fuhren sich mit den Klauen über den Leib, verbissen sich im Feind, rissen und zerrten aneinander.

Die anderen Trolle hielten einige Schritt Abstand und schienen nicht gewillt, in den Kampf einzugreifen.

Die Menge schrie und brüllte, viele sprangen auf, wedelten mit den Armen. Der Anblick riss auch Natiole mit, sein Blut kreiste wild in seinen Adern, pochte in seinen Gliedern. Der junge Wlachake verfolgte den Kampf, hörte das Brausen der Menschen, erlebte sich als ein Teil der gewaltigen, mächtigen Menge.

Neben ihm aß Sargan genüsslich mehr Brot und wirkte völlig gelöst.

»Wie könnt Ihr so ruhig bleiben?«, fragte Natiole irritiert.

»Sag du zu mir«, erwiderte Sargan entspannt. »So ist es bei uns Brauch.«

»Wie kannst du so ruhig bleiben?«

Es schien, als überlege Sargan, was er sagen wolle. In der Grube hatte Wrag das Onschlag auf den Rücken geworfen und kniete auf ihm. Die Klauen fuhren dem großen Tiefentroll über den Bauch, aber er beachtete den Angriff gar nicht. Seine Fäuste trafen den Kopf seines Gegners, die Brust, bis die Gegenwehr erlahmte. Dann stürzte Wrag nach vorn und schlug seine Hauer in den Hals seines Gegners. In der plötzlichen Stille über den Sitzreihen war das reißende Geräusch gut zu hören, als er den Kopf zurückzog und wild schüttelte. Sein Triumphgeheul begleitete den Tod des Onschlags, das rasch verblutete.

»Weil es in den Hallen unter der Arena kein Wesen gibt, das einem Troll ebenbürtig wäre«, erläuterte Sargan, als der Jubel der Zuschauer aufbrandete. »Du vergisst, dass ich sie bereits habe kämpfen und töten sehen. Nichts und niemand übertrifft sie in diesen Künsten.«

Als Wrag sich erhob, von Wunden übersät, dunkles Blut auf dunkler Haut und doch siegreich, war Natiole geneigt, dem Dyrier unbedingt Glauben zu schenken.

38

Schon am Vormittag waberte die Luft auf dem staubigen Platz bereits vor Hitze. Während einer Kampfpause legte Ana ihre Rüstung ab und knüpfte ihr gefüttertes Wams so weit auf, wie sie konnte.

Sie betrachtete interessiert die Kämpfenden. Natiole machte sich gut. Sein ungestümer Stil war vorsichtiger geworden. Zu oft war er in den vergangenen Wochen Finten aufgesessen und in Riposten hineingelaufen. Jetzt kämpfte er überlegter, was ihn noch gefährlicher machte.

Mit sicheren Schritten umkreisten sich ihr Vetter und Narqan. Für das ungeübte Auge mochte der Kampf langweilig erscheinen, aber Ana sah, wie die Gegner sich taxierten, auf den kostbaren Moment zwischen den Momenten lauerten, in dem der eigene Angriff erfolgreich sein mochte. Sie erfreute sich an ihrem Können, an dem langsamen Schwerttanz, der jederzeit in einen Hagelsturm der Schläge übergehen konnte.

Aber noch war es nicht so weit. Noch suchten sie die Lücke, und bei Kämpfern, wie sie es waren, konnte diese Phase dauern. Keiner gab sich eine Blöße, nicht einmal, als Narqan einen unsicheren Schritt vortäuschte; Natiole nahm den Köder nicht an. Das ließ Ana grinsen, denn noch vor wenigen Wochen wäre er angesichts eines eingebildeten Vorteils vorgestürmt und hätte sich vermutlich in der sorgfältig vorbereiteten Falle des Söldners fangen lassen. Jetzt jedoch ignorierte er den scheinbar ungeschickten Schritt einfach und ließ seinen Gegner nicht aus den Augen.

Die Veränderung, die mit Natiole vorgegangen war, ließ sich auch äußerlich erkennen, wie Ana feststellte. Er hatte sich an die hiesigen Kleidermoden angepasst, was vermutlich hauptsächlich dem Wetter geschuldet war. Wlachkisches Lederzeug eignete sich eben nicht für die heißen, sonnendurchfluteten Tage von Colchas. Aber auch sein Blick war steter geworden, und in seinen Schritten lag mehr Schwung, als habe er an Selbstbewusstsein gewonnen. Vielleicht lag es an den Erfahrungen, die er in den Übungsstunden mit den Söldnern machte, an der Verbesserung seiner Kampfkunst, die ihm selbst auch klar sein musste. *In Wlachkis kämpft man auf eine bestimmte Weise. Man kennt seine Gegner. Wir haben viele Gegner, fast jedes Jahr andere. Wir müssen auf viele Weisen kämpfen,* erkannte die junge Söldnerin. *Er war vorher schon gut mit dem Schwert, aber wir bringen ihm mehr bei. Bis er exzellent wird.*

Unvermittelt brach der Kampf los. Narqan attackierte, schnell wie eine Schlange. Sein stumpfer Speer zuckte vor, aber Natiole wich aus, ließ die Waffe harmlos durch die Luft gleiten. Sein Gegenangriff war präzise, das hölzerne Schwert glitt am Schaft des Speers entlang und schlug gegen Narqans Finger. Eine echte Waffe hätte sie abgetrennt, so aber riss der Söldner nur die Hände hoch. Natioles Rückhandschlag traf ihn am Bauch mit einem dumpfen Knall, der Staub von dem gesteppten Wams aufwirbelte.

Der Treffer warf Narqan aus der Balance, er taumelte nach hinten, und Natiole verpasste ihm einen schnellen Tritt, der den sonst so gewandten Söldner zu Boden stürzen ließ. In den aufwallenden Staubwolken sah Ana nur, wie er sich überschlug, während Natiole sich zu seiner Cousine umwandte und sie angrinste. Sie erwiderte das Grinsen.

Hinter Natiole sprang Narqan auf. Seine Miene war wutverzerrt, und er holte mit dem Speer aus.

Vielleicht sah Natiole es in ihrem Gesicht; oder er spürte

den Angriff, jedenfalls wirbelte er herum und sprang zur Seite. Wieder verfehlte ihn der Hieb, als er sich über die Schulter abrollte. Narqan setzte nach. Wütend wollte Ana eingreifen, doch Berophans Hand auf ihrer Schulter hielt sie zurück.

»Warte.«

Sie funkelte ihn an, aber der dunkelhäutige Söldner beachtete sie gar nicht.

Es gelang Natiole, in geduckter Haltung wieder auf die Beine zu kommen, was seinen Gegner nur noch zorniger machte. Mit wilder Kraft griff Narqan an, aber seine Wut blendete ihn und stumpfte seine Instinkte ab. Sein Stoß war schnell, doch ungenau, und Natiole nutzte diesen Fehler gnadenlos aus. Seine Holzklinge traf den Söldling an der Hüfte, glitt hinab, verfing sich zwischen Narqans Beinen, und wieder stürzte der Söldner laut fluchend zu Boden. Er rappelte sich auf, aber jetzt ließ Berophan Ana gewähren: »Aufhören! Narqan, runter mit der Waffe!«

Der Largote zögerte kurz. Seine Weigerung, ihr zu gehorchen ließ kalte Ruhe in Ana aufsteigen, so als befände sie sich in einer Schlacht. Dann senkte er den Holzspeer und atmete tief durch. *Ich werde es nicht vergessen,* schwor sich die Söldnerin.

»Guter Angriff«, erklärte Natiole lachend und schlug Narqan auf die Schulter. »Verdammt schnell bist du.«

Der Söldling blickte ihn an. Schweiß lief über seine Haut, und er atmete schwer. Nach einigen Momenten grinste er unsicher.

»Hat nich' geholfen.«

»Reines Glück«, erwiderte der junge Wlachake. »Beim nächsten Mal fresse ich Staub, und du stehst noch.«

Jetzt grinste Narqan breiter.

»Ein guter Kampf, alle beide«, gestand Berophan ihnen zu. Das Lob aus seinem Mund bedeutete dem Largoten viel, und er stützte sich gelassen auf seinen Speer. Erst als er Anas Gesichtsausdruck sah, verschwand sein Lächeln wieder.

»Schluss für heute«, erklärte sie kühl.

Just in diesem Augenblick näherten sich zwei Reiter dem Übungsplatz. Ana erkannte zwei Krieger ihres Haufens, die unübersehbar von einer langen Reise kamen. Ihre Kleidung war staubbedeckt, und sie wirkten erschöpft. Sofort war Narqans Verhalten vergessen.

»Bringt ihr Neuigkeiten?«, rief sie den Reitern zu, aber sie schüttelten die Köpfe.

»Nein«, erklärte einer, ein junger, blonder Mann aus dem Süden, dessen Namen Ana im Augenblick nicht einfallen wollte. Er wischte sich mit dem Ärmel den Schweiß aus dem Gesicht und verschmierte dabei den Schmutz auf seiner Haut, so dass es fast wie eine fremdländische Kriegsbemalung wirkte. »Keine Spur von Flores. Wir haben in den Gasthäusern gefragt, aber keiner konnte sich wirklich an sie erinnern. Wenn sie vom Süden her kommt, dann nicht über die großen Straßen.«

»Danke«, erklärte Ana. »Berophan, kümmere dich um sie.«

Der große Mann brummte zustimmend und schritt zu den Reitern. Unsicher strich Ana sich über die Schläfe. Dass ihre Mutter so lange nichts von sich hören ließ, beunruhigte die junge Söldnerin.

»Was haben sie gesagt?«, erkundigte sich Natiole, der bereits die lederne Rüstung abgeschnallt und auf den Boden gelegt hatte. Sein gepolstertes Wams hatte große, feuchte Flecken, und er goss sich Wasser aus einem Krug über den Kopf.

Zwar hatte der junge Wlachake sich mittlerweile einige Brocken Dyrisch angeeignet, aber nicht genug, um den schnellen Worten zu folgen, die sie mit den Reitern gewechselt hatte. Natiole konnte mit Mühe auf dem Markt ein Brot kaufen, wenn die Händler bemerkten, dass er sie mehr schlecht als recht verstand. Allerdings halfen ihm die paar Sätze nicht beim Feilschen, wie sich Ana amüsiert erinnerte. Ohne Sargans oder ihre eigene Hilfe wäre Natiole inzwischen vermutlich ein armer Mann.

»Wir hatten die Reiter ausgesandt, um Flores entgegenzureiten. Sie kehren unverrichteter Dinge zurück. Sie ist wohl noch nicht auf dem Rückweg, obwohl sie schon längst wieder hier sein sollte.«

»Machst du dir Sorgen?«, fragte Natiole, während er die Bänder seines Wamses öffnete und das dicke Kleidungsstück über den Kopf streifte. Mit dem letzten Rest Wasser spülte er sich den Schweiß von seinem Oberkörper, der im Sonnenlicht glänzte.

»Es ist nicht ihre Art«, stellte Ana nach kurzem Zögern fest. »Sorgen ist vielleicht ein zu hartes Wort. Ich mache mir Gedanken, ja. Flores hält sich üblicherweise an das, was sie sagt. Sie muss einen triftigen Grund haben, wenn sie noch nicht wieder hier ist.«

»Vielleicht hat mein Vater sie dazu überredet, seinem Rat beizutreten«, scherzte Natiole. »Er fand es immer bedauerlich, dass sie Wlachkis verlassen hat.«

»Nein. Es muss etwas anderes sein. Wie stehen die Dinge in Teremi, Vetter? Der Brand in der Feste – könnte er Streit mit sich gebracht haben?«

»Ich weiß nicht mehr als das, was ich dir schon berichtet habe. Aber wenn es Ärger in Wlachkis gäbe, würde Flores dann bleiben?«

Jetzt schüttelte Ana den Kopf. Ihre Mutter würde sich nicht in einen Streit zwischen Wlachaken und Masriden verwickeln lassen. In all den Jahren war dies der einzige Konflikt, dem sie stets aus dem Weg gegangen war. Eine Entscheidung zwischen Anas Vater und Şten zu treffen hätte Flores vermutlich das Herz gebrochen.

»Vielleicht hilft sie bei irgendwelchen Verhandlungen? Immerhin hat sie gute Verbindungen … in alle Lager.«

Sein Tonfall missfiel Ana, und sie kniff wütend die Augen zusammen. »Wenn das ein Scherz sein sollte, war er schlecht, Vetter.«

Seufzend neigte Natiole das Haupt und schlüpfte in ein weites, helles Hemd, das er vor einigen Tagen auf dem Markt erworben hatte. Während er sich sorgfältig den Gürtel um die Hüfte schlang, sagte er ebenso bedächtig: »Es war kein Scherz. Wenn es jemanden gibt, der in einem Streit zwischen Vater und dem Marczeg vermitteln könnte, dann deine Mutter. Beide hören auf sie und achten ihr Wort. Flores … und du, ihr seid geehrt in eurer Heimat. Hast du niemals daran gedacht, zurückzukehren? Nach Wlachkis? Vater würde dich mit offenen Armen empfangen.«

»Zurückkehren? Zurück? Nati, ich war nie länger als einen Sommer im Land zwischen den Bergen.« Mit großer Geste wies sie auf die Zelte, die Söldner, die Feuerstellen, die Pferde, die Karren, auf all die Betriebsamkeit des Lagers. »Das hier ist meine Heimat. Dort, wo der Haufen hinzieht, bin ich daheim. Flores ist meine Familie. Sie und Berophan, sogar der viermal verfluchte Dummkopf Narqan.«

»Aber du bist Wlachakin. Du bist Ana cal Dabrân, und du solltest den Titel einer Bojarin tragen!«, protestierte Natiole, was Ana spöttisch lächeln ließ.

»Ich bin auch Ana Békésar. Mein Vater ist der Marczeg von Ardoly, schon vergessen?«

Als er schwieg, fuhr sie fort: »Welche Heimat kann mir das Land zwischen den Bergen schon bieten? Nirgends wäre ich willkommen. Im Osten wäre ich stets eine halbe Wlachakin. Und im Westen? Würde man mich dort nicht als masridischen Bastard sehen? Flores wusste schon, warum sie fortgegangen ist. Selbst sie, deren Blut nicht diesen Makel trägt, wollte nicht dort bleiben.«

»Niemand würde es dir gegenüber an Achtung fehlen lassen«, widersprach Natiole leise. »Du gehörst zu unserer

Familie, bist unser Fleisch und Blut. Flores hat für die Freiheit unseres Volkes gekämpft. Ihr Name wird geehrt!«

»Ich bin ebenso Masridin, wie ich Wlachakin bin. Fleisch und Blut eurer Erzfeinde. Egal, wer mich betrachtet, sie würden immer nur das sehen, was mich zu einem Feind macht.«

»Aber ...«, begann er, doch Ana fiel ihm ins Wort: »Nicht du. Nicht dein Vater. Aber wie viele gibt es, die Masriden in ihrer Mitte dulden? Wie viele Bastarde werden geehrt? Was ist mit den gemeinsamen Kindern von Wlachaken und Masriden?«

Er musste nicht antworten. Sie konnte die Antwort in seinen Augen sehen. Selbst bei ihren kurzen Besuchen im Land zwischen den Bergen hatte sie es gespürt. Die Ablehnung, ja sogar den Hass. Für die einen war sie eine wlachkische Hure wie ihre Mutter; die anderen nannten sie masridische Metze. Sie hatte schon damals beschlossen, niemals das Schicksal der Bedauernswerten zu teilen, die im Land zwischen den Bergen Bastarde waren, deren Eltern aus zwei Völkern stammten und die von allen gehasst wurden. Flores hatte das gewusst, deswegen war sie über die Sorkaten gegangen und hatte all das hinter sich gelassen. Eine neue Existenz gesucht, fern von der jahrhundertealten Verbitterung, die alles durchdrang. Im Imperium mochten Söldner wenig gelten, besonders, wenn sie Frauen waren. Doch wenigstens trachtete man ihnen hier nicht allein wegen des Makels ihrer Geburt nach dem Leben.

»Du bist Wlachakin«, wiederholte Natiole schließlich, starrsinnig, wie er war.

»Ich bin Masridin«, erwiderte sie kalt und wandte sich ab. Sie verließ den Übungsplatz und drehte sich nicht um, obwohl sie den Drang verspürte, es zu tun. Ein Teil von ihr wollte mit Natiole reden, sich erklären, den Dorn aus der Wunde in ihrem Herzen ziehen. Aber ein anderer Teil war zu stolz dafür. *Und dickköpfig. Eine Eigenart, die man sowohl Wlachaken als auch meinem Vater nachsagt.*

Natiole lief ihr nicht hinterher, als sie zwischen den Zelten verschwand, in das Lagerleben eintauchte, in ihre Familie, in deren Mitte sie doch allein war.

39

Während Ionnis und Artaynis Şten die Gänge hinunter folgten zur kleinen Halle, fragte sich die junge Dyrierin, welche Nachrichten der Priester des Albus Sunaş wohl aus Turduj mitgebracht haben mochte. *Vielleicht noch keine Kriegserklärung. Aber zumindest wird der neue Marczeg der Masriden Wlachkis nicht gerade mit Freundschaftsbeweisen überhäuft haben. Sonst würde der Voivode weniger besorgt wirken.*

Ionnis stieß sie leicht mit dem Ellbogen an. »Ich frage mich, ob es Neuigkeiten von Ana gibt«, flüsterte er. »Und darüber, ob die Masriden wohl eine halbe Wlachakin als Thronfolgerin anerkennen werden.«

Artaynis erwiderte darauf nichts. Sie war mit Ardoly und der dortigen Politik nur oberflächlich vertraut und konnte die dort herrschenden Machtverhältnisse nur schwer einschätzen.

Als sie endlich in der Halle ankamen, sah die Dyrierin, dass die meisten Mitglieder des Rates bereits versammelt waren. Nur einige wenige Männer und Frauen kamen noch mit ihnen gemeinsam an. Viele der Gesichter hatte Artaynis schon in der Nacht gesehen, als die Trolle in Teremi eingetroffen waren, doch sie erinnerte sich längst nicht mehr an alle Namen. Der alte Geistseher Vintila war natürlich anwesend, Riclea, Ştens engste Beraterin, und viele der wlachkischen Adeligen, die in den letzten Wochen in die Hauptstadt gekommen waren. Aber auch viele der Händler und Handwerker, die eine Stimme im Rat Şten cal Dabrâns hatten, waren gekommen, und so war der Raum mit Menschen gefüllt.

Der Voivode nahm seinen angestammten Platz an der Stirnseite der Tafel ein, und Ionnis belegte den Platz zu seiner Rechten. Zu Artaynis' Überraschung deutete Şten auf den Platz zu seiner Linken und forderte sie mit einem Nicken auf, sich dorthin zu setzen. Sie war sich der Ehre, die er ihr damit erwies, voll bewusst und verbeugte sich erst tief vor dem wlachkischen Herrscher, bevor sie seiner Aufforderung nachkam. Aus dem Augenwinkel konnte sie sehen, dass Ionnis lächelte. *Vor Stolz?*, schoss es ihr durch den Kopf, aber dann wurden ihre Gedanken von Cornels Anblick eingenommen, der soeben den Saal betrat und zu einem Stuhl in der Mitte des Tischgevierts ging.

Der Sonnenpriester sah aus, als habe er die Strecke von Turduj in einem scharfen Ritt ohne Pause bewältigt. Seine Kleidung war schmutzig, seine Stiefel mit Schlamm verkrustet. Selbst in seinen kurzen, dunklen Haaren konnte sie den Staub der Straße erkennen. Er war wohl nicht dazu gekommen, seinen Schädel neu zu rasieren. Sein Gesicht zeigte deutliche Spuren der Müdigkeit. Dunkle Schatten lagen unter seinen Augen, auf seinen Wangen zeigte sich Bartwuchs, und er bewegte sich so vorsichtig, als ob er verwundet sei. Er wirkte älter als vor seinem Aufbruch nach Turduj, als hätten die wenigen Tage ihn um Jahre altern lassen.

Schließlich ließ er sich mühsam auf dem vorbereiteten Platz nieder. Şten wartete ab, bis Ruhe im Saal eingekehrt war. Dann erhob er sich und sagte mit lauter Stimme: »Cornel, Ihr habt mir berichtet, dass es in Turduj bis vor Kurzem drei Anwärter auf die Würde des Marczegs gab. Ist das richtig?«

Mit angespannter Miene nickte der Sonnenpriester. »Ja, Herr, das ist richtig. Bis Vikolyi Arkós feige ermordet wurde, gab es drei Männer, die glaubten, ein Anrecht auf den Thron Ardolys zu besitzen. Jetzt sind es nur noch zwei.«

»Und welche zwei wären das?«, fragte der Voivode. Weder seine Stimme noch sein Gesicht zeigte eine Regung, doch Artaynis konnte erkennen, dass die Kraft, mit der er die Hände zu Fäusten ballte, auch dazu diente, seine Anspannung zu verbergen.

»Tiradar und Sziglos Békésar, beides Vettern des toten Marczegs.«

»Das bedeutet, dass die Masriden nicht daran denken, Nemes Ana den ihr rechtmäßig zustehenden Platz einzuräumen, nicht wahr?« Vintila hatte sich gleichfalls erhoben und wies mit vor Zorn zitternder Hand auf den Sonnenpriester. »Weder die Familie Békésar noch Euer Orden halten sich an die heiligen Gesetze des Landes. Der Geist von Flores cal Dabrân wandelt noch nicht lange auf den Dunklen Pfaden, und schon spucken sie auf das Andenken der Bojarin!«

Das entrüstete Murmeln und die geflüsterten Flüche, die seinen Worten folgten, zeigten deutlich, dass viele im Saal dem Geistseher zustimmten.

Cornel blickte den Alten direkt an. »Ich muss Euch recht geben. In Turduj wird nicht von Ana Békésar gesprochen, wenn es um die Thronfolge geht.«

Vintila schnaubte verächtlich, als Cornel Ana den Namen ihres Vaters gab.

»Und welche Pläne haben die beiden anderen Békésars?«, erkundigte sich der Voivode mit erzwungener Ruhe.

»Über Tiradars Pläne kann ich Euch nichts berichten, Herr«, hob der Sonnenpriester langsam an. »Aber Sziglos Békésar wird vor keiner Tat zurückschrecken, die ihn dem Thron näher bringt. Er strebt nach der Macht, und dafür wird ihm kein Preis zu hoch sein. Und wenn er die Macht errungen hat, wird er Krieg gegen Wlachkis führen, daran hat er keinen Zweifel gelassen.«

Bei diesen Worten sprang eine junge Frau auf.

»Herr, das dürfen wir nicht zulassen! Ihr müsst verhindern, dass die Masriden Wlachkis wieder unterjochen!«

Der Voivode wandte sich ihr zu: »Das werden wir sicherlich, Mihaleia. Dieser Rat und ich, wir werden unser Bestes geben, um das Land zu beschützen.«

Die Angesprochene ließ sich wieder auf ihren Platz sinken, so rot im Gesicht, als ob der Herrscher sie getadelt hätte.

»Herr, es gibt noch etwas, was Ihr wissen müsst.« Der Sonnenpriester war nun ebenfalls aufgestanden und steckte die rechte Hand unter sein Wams, unter dem er ein kleines Bündel hervorzog. »Ich hatte in Turduj die Gelegenheit, Marczeg Tamárs Leichnam zu untersuchen. In seinem Körper steckte eine sylkische Pfeilspitze, wie von Söldlingen des dyrischen Imperiums.«

Er öffnete das lederne Täschchen und hielt eine eiserne Pfeilspitze empor, an der noch Reste eines dunklen Holzes zu erkennen waren. Wieder schwollen die Stimmen im Saal an. Einige der weiter entfernt Sitzenden erhoben sich, um einen Blick auf die Spitze zu werfen.

»Glaubt Ihr, nur diese Fremden benutzen Pfeile?«, fragte Vintila höhnisch. »Die Masriden könnten schon lange Waffen bei den Dyriern kaufen, nach allem, was wir wissen. Tatsächlich läuft ein Großteil des Handels über Turduj. Wer weiß schon, wie lange die Masriden bereits auf einen solchen Augenblick harren?«

Sein vorwurfsvoller Blick, der sich auf sie richtete, entging Artaynis zunächst beinah, da plötzlich eine Erkenntnis siedendheiß in ihr aufstieg. *Der Pfeil eines Sylken. Und sylkische Reiter, die sich in den Wäldern in der Nähe Teremis verstecken.*

»Wenn Cornel eine sylkische Pfeilspitze im Körper des toten Marczegs gefunden hat, dann können wir das nicht einfach übergehen. Es muss eine Bedeutung haben«, sagte Ionnis mit sehr lauter Stimme.

Einen Moment lang begegneten sich ihre Blicke.

Artaynis erhob sich. »Voivode – ich gehöre nicht zu Eurem Rat, aber ich habe etwas zu berichten, was für diese Angelegenheit von größter Wichtigkeit sein mag. Darf ich sprechen?«

Şten richtete seinen unergründlichen Blick auf sie.

»Wenn Ihr etwas beizutragen habt, dann bitte ich darum«, forderte er sie auf.

Mit ruhiger Stimme, wie sie es von ihren Lehrern in Colchas gelernt hatte, berichtete Artaynis, wie sie in Teremi von den Sylken gehört hatte und ihrem Anführer von Seikos' Laden bis in die Wälder gefolgt war.

»… es sind vielleicht zwei Dutzend Reiter, ich habe sie nicht alle gesehen. Und sie halten sich unweit der Stadt verborgen, denn sie haben in Teremi einen Auftraggeber. Ihr Anführer ist ein Mann namens Tochar«, beendete sie schließlich ihren Bericht.

Wie Artaynis vermutet hatte, löste ihre Erzählung beinahe einen Tumult aus. Stimmgewirr ertönte, einige sprangen gar auf, deuteten auf Cornel und auf sie. Die wildesten Mutmaßungen wurden laut.

»Möglich ist vieles«, begann der Voivode langsam, nachdem er eine Weile den aufgeregten Kommentaren seiner Ratgeber gelauscht hatte. »Doch sicher wissen können wir nichts. Deshalb schlage ich vor, dass wir so schnell wie möglich einen Trupp ausrüsten, der zu diesen Sylken reitet und herausfindet, was im Namen der Geister sie hier vorhaben.«

Zustimmende Rufe antworteten Şten. Artaynis konnte erkennen, dass praktisch alle Anwesenden froh waren, endlich etwas zu tun zu bekommen und dass die Zeit des langen Wartens endlich vorbei war.

»Wir reiten morgen bei Sonnenaufgang«, bestimmte der Voivode. Praktisch jeder Mann und jede Frau im Saal erklärte sich bereit, Şten cal Dabrân zu begleiten, als er danach fragte. Nur zwei Händler und der alte Vintila hoben nicht die Hände.

Ernst blickte der wlachkische Anführer in die Runde. »Dann also morgen früh. Und morgen Abend kommen wir wieder hier zusammen.«

Die Versammlung löste sich langsam auf. Nur Şten, sein Sohn und Artaynis blieben noch sitzen. Im Hinausgehen warf Cornel ihr einen Blick zu, den sie kaum deuten konnte. Dankbarkeit? Misstrauen? Der Sonnenpriester hatte seine Züge zu gut unter Kontrolle, und seine Augen waren kühl.

»Vater«, sagte Ionnis leise. »Wenn es wirklich zu einem Krieg mit Ardoly kommt, dann muss Natiole zu uns zurückkehren. Und jemand muss ihn warnen, damit er den Masriden und ihren sylkischen Schergen nicht direkt in die Arme läuft.«

»Ich weiß«, antwortete Şten gepresst. »Nati und die Trolle müssen davon erfahren, was mit Tamár und Flores geschehen ist. Am liebsten würde ich selbst gehen. Aber das kann ich nicht, dreimal verflucht.«

»Ich könnte ihn holen«, schlug Ionnis vor.

Der Voivode sah ihn mit einem Blick an, der nur für seinen Sohn bestimmt war und Artaynis zu Boden schauen ließ.

»Dir geht es noch nicht gut genug. Und außerdem – gerade, wenn es Krieg gibt, kann ich nicht auf euch beide verzichten. Ionnis, das Land braucht einen Erben, wenn ich falle. Ich brauche dich hier, Ionnis.«

»Vater …«

Dem jungen Wlachaken fiel es sichtlich schwer, etwas darauf zu erwidern, und die Dyrierin wünschte sich, sie hätte die Halle mit den Ratsmitgliedern verlassen.

»Welchen Wlachaken kann ich denn überhaupt schicken?«, unterbrach Şten ihn. »Die Grenzen sind nicht mehr sicher. Und wenn ich einen offiziellen Boten schicke, mache ich die Masriden nur auf Natiole aufmerksam. Ihn gefangen zu nehmen wäre ein zu gutes Druckmittel für die Kriegstreiber in Turduj.«

Artaynis schloss die Augen. Sie konnte erkennen, dass der Voivode recht hatte. Er konnte kaum einen wlachkischen Boten durch Feindesland reisen lassen. Der Erköl-Pass war der einzig gangbare Weg durch die Nördlichen Sorkaten. Und der Weg zum Pass führte durch Ardoly, wo nun die Masriden mit Adleraugen auf alle Reisenden blicken würden. Aber eine Fremde hätte es sicher leichter, Ardoly zu durchqueren, ohne Verdacht zu erwecken. Und ihr Vater würde gewiss dringend zu erfahren wünschen, dass ein neuer Krieg im Land zwischen den Bergen auszubrechen drohte. Artaynis' Augen wanderten zu Ionnis, und sein Anblick versetzte ihrem Herzen einen Stich.

»Ich könnte gehen«, meinte sie schlicht, und ein Teil von ihr war beinahe ebenso überrascht wie die beiden Männer, als sie es aussprach. »Ich könnte gewiss ohne große Schwierigkeiten nach Colchas und zu Eurem Sohn gelangen.«

Zu ihrer Überraschung sprang Ionnis auf.

»Das meinst du nicht ernst, oder? Du willst allein die Sorkaten überqueren, um Natiole in Dyrien zu erreichen?«

»Ionnis, vielleicht hat sie ...« Doch weiter kam Şten nicht. Der junge Wlachake verneigte sich vor seinem Vater und der Dyrierin, als er seinen Vater unterbrach: »Wenn der Voivode ebenfalls dieser Meinung ist, dann werde ich hier wohl nicht mehr gebraucht.«

Er verließ den Saal, ohne sie noch eines Blickes zu würdigen. Nachdem sie eine lange Weile geschwiegen hatten, erhob sich Şten schließlich.

»Würdet Ihr einen kleinen Spaziergang mit mir machen?«, fragte er. Artaynis nickte und folgte ihm hinaus.

Von den Zinnen der Feste Remis blickten sie schweigend

auf die Stadt hinab, die sich unter ihnen ausbreitete. Es war klar, und ein kühler Wind wehte von den hohen Bergen. Der Geruch nach verbranntem Laub und Holz lag in der Luft.

»Ihr wisst, dass ich diese Reise niemals von Euch fordern würde«, begann der Voivode endlich das Gespräch.

»Natürlich. Aber wenn Ihr darüber nachdenkt: Fällt Euch eine Lösung ein, die besser wäre? Oder auch nur dem nahe käme? Ich kann es mir nicht vorstellen. In diesem Fall bin ich die perfekte Botin.«

Şten nickte zögernd.

Artaynis atmete tief ein und wandte der nächtlichen Stadt den Rücken zu, um ihr Gegenüber ganz anzusehen.

»Aber wenn ich nach Colchas reise und meinem Vater die Nachricht überbringe, dass es Krieg zwischen Ardoly und Wlachkis geben wird, was meint Ihr, was dann geschieht?«

»Noch wissen wir nicht, ob es Krieg geben wird«, erwiderte Şten sanft. »Noch ist es nur eine Gefahr, auch wenn ich diese nicht unterschätzen will. Aber vielleicht kommen die Masriden noch zur Vernunft, und dieser Sziglos wird niemals Marczeg.«

»Vielleicht«, antwortete Artaynis, und sie konnte selbst hören, dass ihre Stimme bitter klang. »Doch selbst wenn es so wäre, glaube ich nicht, dass mein Vater mich hierher zurückkehren lässt. Er wird wollen, dass ich im Imperium bleibe, bis er eine andere Aufgabe für mich gefunden hat.« Sie schluckte. »Ionnis weiß das auch«, fügte sie dann leiser hinzu.

»Und würdet Ihr gern nach Wlachkis zurückkehren, Artaynis?«, erkundigte sich der Voivode.

Sie konnte nur nicken und kam sich in diesem Moment verlorener vor als seit vielen Jahren.

»Vielleicht könnte ich mit Eurem Vater reden, wenn sich die Situation hier beruhigt hat«, bot Şten an. »Ich kenne

Sargan schon sehr lange. Und ich kann mir nicht vorstellen, dass er Euch unglücklich machen möchte.«

Artaynis biss sich auf die Lippen, um die Tränen zurückzuhalten, die ihr in die Augen stiegen. »Er ist nicht wie Ihr, Voivode. Dass er mich liebt, bedeutet nicht, dass er auf die Pläne verzichten würde, die er mit mir hat. Es würde nichts nutzen, wenn Ihr mit ihm redet.«

Zu ihrer Überraschung lächelte der Voivode. »Vielleicht würde es das nicht. Aber Ihr solltet Euren Vater nicht unterschätzen, Artaynis. Vieles von dem, was er in der Vergangenheit getan hat, tat er um seiner Familie willen.«

Sie blickte wieder zur Stadt hinunter, zu all den Menschen, die sich vielleicht bald auf einem Feldzug befinden würden. *Was macht es aus, ob ich ein paar Tage länger glücklich oder unglücklich bin, wenn dieses Land im Krieg versinkt?*, dachte sie. *Ich habe meine Entscheidung getroffen, er trägt keine Schuld an dem, was jetzt kommt.*

»Wir werden sehen, Şten cal Dabrân«, meinte sie schließlich. »Und wenn er keine Lust hat, Euch anzuhören: Ich habe seinen Dickkopf geerbt.«

»Ich weiß«, erwiderte der Voivode mit einem Schmunzeln. »Und ich glaube, das ist es, was meinen Söhnen so gut an Euch gefällt. Und ich bin Euch dankbar, dass Ihr bereit seid, meinen ältesten Sohn zu mir zurückzuschicken, Artaynis.«

Er beugte sich vor und küsste die Dyrierin auf die Stirn.

»Willst du das nicht lieber mir überlassen?«, ertönte plötzlich hinter ihm eine Stimme.

Ionnis stand hinter dem Voivoden und lächelte verlegen. »Ich habe euch gesucht, um mich zu entschuldigen, und jetzt muss ich feststellen, dass mein Vater dabei ist, mich bei dir auszustechen.«

Spielerisch hob Şten die Hand, als wolle er seinem Sohn einen Schlag versetzen. Aber dann legte er sie ihm nur auf die Schulter. »Durch die Kinder strafen die Geister die

Alten dafür, wie sie als Junge waren«, zitierte er ein altes wlachkisches Sprichwort.

Artaynis war froh, den Prinzen zu sehen, froh, dass er sie gesucht hatte und sie heute Nacht nicht allein zu sein brauchte.

Der Voivode wandte sich lächelnd ab, als die Dyrierin einen Schritt auf Ionnis zu machte und er sie umarmte.

40

Die Nähe des anderen Trolls brachte Azot dazu, seine Schritte zu beschleunigen. Er konnte ihn wahrnehmen wie ein Loch in der Welt, in dem die Dreeg versickerten. Der andere würde ihn ebenfalls spüren, daran zweifelte Azot nicht.

Obwohl er nun ein Ziel hatte, war Azot nicht weniger vorsichtig. Feinde lauerten überall, und sie scherten sich nicht darum, was er tat. Für ihn gab es keinen Moment der Unachtsamkeit; wer sich seiner Umgebung nicht immer bewusst war, wurde zur leichten Beute. Doch er lief schneller als gewöhnlich, durchquerte zwei Höhlen, deren Decken sich weit über ihm in der Dunkelheit verloren. Seine feine Nase roch Pilze, essbare noch dazu, und er merkte sich die Stelle, um später hierher zurückzukehren. Es gab keinen Ersatz für Fleisch, aber diese Pilze waren schmackhafter als die meisten Pflanzen.

Sie trafen in einem Gang aufeinander. Der andere war groß, und er roch nach frischer Jagd – nach Blut, Schweiß und Wunden. Er hatte etwas über die Schulter geworfen, und Azot erkannte den Kadaver eines Grauen. Die Tiere kamen nur selten so tief hinunter, und allein der Gedanke an diese Köstlichkeit ließ Azot das Wasser im Mund zusammenlaufen.

Sie blieben stehen, einige Trollschritt voneinander entfernt. Azot wartete ab. Manchmal wurde er erkannt. Diesmal jedoch ließ sein Gegenüber seine Beute fallen und baute sich bedrohlich vor ihm auf. Er schüttelte die langen Arme, ließ den Kopf kreisen und präsentierte seine Hauer.

Sofort nahm Azot die Herausforderung an. Er entblößte

seine eigenen Hauer und hob die Fäuste. Er ließ die Schultern kreisen und trat langsam vor, ohne seinen Gegner aus den Augen zu lassen.

Schritt für Schritt näherten sie sich einander, zeigten Hörner und Hauer, ließen die Muskeln spielen, kratzten mit den Klauen über die Felswand und bewiesen, dass sie Krieger waren.

Das letzte Stück sprangen beide. In der Luft prallten sie gegeneinander. Schnell schlug Azot zu, riss mit der Pranke Haut und Fleisch von der Brust des anderen. Hiebe prasselten auf ihn ein, starke, harte Schläge. Er packte einen Arm, riss ihn herum, freute sich am Schmerzensgeheul des Gegners. Ein Schlag traf ihn am Auge, und er taumelte zurück. Blut lief ihm an der Schläfe hinab, geriet in sein Auge, brannte, aber er brauchte keine Sicht in diesem Kampf. Wieder stürmten sie gegeneinander. Diesmal gelang es Azot, das Bein des anderen zu packen, und er spannte alle Muskeln an. Mit einem dumpfen Schlag stürzte sein Gegner rückwärts zu Boden. Azot ließ ihm keine Zeit, sondern warf sich auf seine Brust, packte den Kopf mit beiden Pranken.

Unvermittelt erlahmte die Gegenwehr des Trolls, und er hob das Kinn. Grinsend stand Azot auf und ging einige Schritte rückwärts.

»Azot«, sagte er schlicht.

Der andere kam auf die Füße, schüttelte das Haupt und schlug sich auf die Brust. »Mesp«, erwiderte er.

»Dein Fleisch«, knurrte Azot und wies auf die Beute. »Gib mir davon.«

Der Unterlegene hob seine Beute kommentarlos auf und warf sie Azot zu. *Dem Sieger die Beute.*

Aber der mächtige Troll nahm nur ein Stück, das er mit seinen scharfen Klauen vom Rest des Kadavers trennte, den er wieder zurückschleuderte. Auf dem zähen Fleisch kauend, ließ er sich auf die Fersen nieder. In der absoluten Dunkelheit konnte er den anderen nicht sehen, aber er hörte seinen Atem, roch seinen Leib, und er spürte ihn innerhalb der Dreeg. Auch Mesp nahm sich ein Stück von dem Fleisch. Sie schwiegen, während sie sich gegenübersaßen und das Fleisch verzehrten.

»Azot«, stellte Mesp schließlich fest. »Ich habe von dir gehört.«

Zur Antwort brummte Azot nur. Viele hatten von ihm gehört, aber er kannte Mesp nicht.

»Dort hinten«, fuhr Mesp fort und wies mit dem Kopf hinter Azot, »liegt das Herz des Landes. Warst du dort?«

Azot nickte.

»Ich gehe dorthin. Den Schlag spüren. Jeden Dreeg. Es ist gut.«

Darauf wusste Azot nichts zu erwidern, was nicht sinnloses Gerede gewesen wäre. Es war gut, und Mesp hatte es gesagt.

»Hast du von Kerr gehört?«, fragte er stattdessen. Jetzt war es an seinem Gegenüber, den Kopf zu schütteln und zu knurren.

»Er ist schon lange weg«, erklärte Mesp nach einigem Nachdenken. Die Kunde, dass der Troll mit zwei Gefährten an die Oberfläche gegangen war, hatte sich schnell verbreitet. Andas Brut traf sich nur selten, aber bei diesen Treffen wurde immer alles berichtet, was wichtig erschien. Manchmal gab es Versammlungen. Der Herzschlag rief dann mehrere von ihnen zusammen, als würde das Land selbst es bestimmen. *So ist es richtig,* grübelte Azot. *Immer, wenn wir uns treffen, geschehen wichtige Dinge.*

»Auf dem Weg gibt es Spinnen«, erklärte Azot und erhob sich. Auch Mesp stand auf. Mehr gab es nicht zu sagen, und sie liefen aneinander vorbei in die Dunkelheit.

41

Der gerade angebrochene Morgen war klar und kalt, und die Männer und Frauen, die sich vor der Feste Remis versammelt hatten, waren in wollene Mäntel und Umhänge gehüllt, die sie über ihre Waffen und Rüstungen geschlungen hatten. Von ihrem erhöhten Platz aus konnte Cornel sehen, dass sich der Frühnebel über dem Tal des Magy eben zu lichten begann, als die Sonne am Horizont aufstieg.

Der Voivode hatte seinen Rappen ein Stück abseits gelenkt und überblickte von dort aus die gut zwei Dutzend Männer und Frauen, die sich versammelt hatten, um das sylkische Lager im Wald auszuheben, von dem die junge Dyrierin gesprochen hatte. Ionnis ritt an der Seite seines Vaters, und der Priester wusste, dass dieser damit nicht einverstanden war, sich der Junge aber dennoch durchgesetzt hatte. Der jüngere Sohn des Voivoden war mit einem dyrischen Kettenhemd gerüstet und hatte zwei Klingen in Scheiden am Gürtel hängen.

Şten cal Dabrân selbst trug ein ledernes Wams, und an seiner Seite hing ein Schwert. Er trug weder Helm noch Kapuze über seinem langen grauschwarzen Haar und war so für jedermann gut zu erkennen.

Auch Cornel hatte sich entschieden, die Zeichen seines Glaubens nicht zu verhüllen. Die strahlend weiße Kutte hob ihn aus der Menge der anderen heraus, und die goldene Scheibe auf seiner Brust fing die ersten Strahlen des Sonnenlichts ein und spiegelte sie wider. Er fühlte sich noch immer erschöpft nach dem Angriff in Turduj und dem scharfen Ritt, der ihn zurück nach Wlachkis geführt hatte, aber eine durchschlafene Nacht und ein Bad hatten dafür gesorgt, dass er sich nun in der Lage fühlte, seinen Orden auf diesem Ritt würdig zu vertreten, wenn ihm das Göttliche Licht Beistand gewährte.

Aber vielleicht ist unser Weg ja auch umsonst, dachte er, *und wir finden den Lagerplatz verlassen vor. Mit ihren schnellen Pferden könnten die Sylken schon über alle Berge sein. Doch die Dyrierin hat berichtet, dass sie auf einen Auftrag aus Teremi warteten. Nun, wir werden sehen.*

Als der Priester bereits glaubte, dass alle Mitglieder des Trupps versammelt waren, öffnete sich das Tor noch ein weiteres Mal, und Artaynis kam herausgeritten. Sie saß auf einer Fuchsstute, an deren Sattel einige Taschen befestigt waren, und die Dyrierin trug festes Leder, als ob sie sich zu einer weiten Reise aufmachen wollte.

Als sie Cornel sah, winkte sie ihm zu, und er lenkte sein Pferd neben ihres. Im fahlen Licht der Sonne sah sie so müde aus, als ob sie die ganze Nacht über nicht geschlafen hätte. *Aber der Schönheit des Mädchens tut das keinen Abbruch,* dachte Cornel, schämte sich dann allerdings des Gedankens.

»Guten Morgen«, meinte er freundlich. »Ich hätte nicht gedacht, dass Ihr uns selbst begleiten würdet, um Eure Sylken zu fangen.«

Sie erwiderte sein Lächeln. »Das werde ich auch nicht. Ich habe ein anderes Ziel, und ich fürchte, meine Zeit hier ist zu Ende.«

Ihre Worte erstaunten den Sonnenpriester. *Ihre Zeit hier ist zu Ende? Bedeutet das, dass sie in ihre Heimat zurückkehrt? Aber warum so plötzlich?*

»Wenn Ihr mehr darüber sagen wolltet, hättet Ihr das eben getan, nicht wahr?«, fragte er vorsichtig.

Ihr Lächeln vertiefte sich. »Ihr seid ein kluger Mann, Cornel. Der Voivode tut gut daran, Euch an seiner Seite zu behalten.«

Er neigte leicht den Kopf, um sich für ihre freundlichen Worte zu bedanken.

»Dann bleibt mir nur, Euch eine gute Reise zu wünschen. Sichere Wege, Artaynis Vulpon.«

»Auch für Euch.«

Die Dyrierin lenkte den Fuchs in Richtung des Voivoden und seines Sohnes, und Cornel beobachtete die drei interessiert, auch wenn er nicht verstehen konnte, was gesprochen wurde. Sie wechselten einige Worte, und Ionnis drückte dem Mädchen etwas in die Hand, was der Priester nicht genau erkennen konnte. Erst jetzt fiel Cornel auf, dass die Blässe des Prinzen vielleicht nicht von seiner kürzlich überstandenen Verwundung stammte, sondern einen anderen Grund haben mochte.

Şten sagte etwas, und Artaynis nickte entschlossen und gab ihrem Pferd die Sporen. Sie ritt einen schmaleren Weg hinunter, der sie schon bald im Osten aus der Stadt herausführen würde.

Der Voivode gab das Zeichen zum Aufbruch, und langsam setzten sich die Reiter auf der breiten Straße in Bewegung, die sie in die Mitte Teremis führen würde. Die Gassen und Plätze der Stadt waren auch zu dieser frühen Uhrzeit schon bevölkert mit Handwerkern und Händlern, die ihre Geschäfte öffneten, und mit Bauern aus der Umgebung, die zum Markt unterwegs waren. Wo immer sie vorüberritten, hielten die Menschen inne, um sie neugierig anzuschauen. Der Voivode und sein Sohn wurden von vielen erkannt und respektvoll begrüßt.

Erst als sie die Tore der Stadt hinter sich gelassen hatten, beschleunigte Şten die Schritte seines Pferdes. Der Zug fiel in einen leichten Trab, den sie beibehielten, bis sie den Rand des Waldes erreichten, den die Dyrierin beschrieben hatte. Mit einer Handbewegung brachte der Voivode sie zum Stehen. Er stieg von seinem Pferd und wartete, bis alle es ihm nachgetan hatten.

»Ab hier kommen wir nur zu Fuß weiter«, begann er mit halblauter Stimme. »Wir werden leise und vorsichtig sein, denn wir wissen nicht, ob die Sylken Wachen haben. Wir wissen auch nichts über ihre Absichten, also sollten wir alle darauf achten, sie nicht zu früh und vor allem nicht unnötig zu provozieren. Mihaleia und Istvan, ihr bleibt hier bei den Pferden. Die anderen folgen mir.«

Es ist kaum wahrscheinlich, dass die Sylken es nicht merken, wenn sich ihnen so viele Bewaffnete nähern, dachte Cornel und tastete mit den Fingern nach der Sonnenscheibe auf seiner Brust. *Und wenn sie wirklich finstere Absichten haben, wird ein Kampf wohl unvermeidlich sein.*

Mit wenigen Gesten sandte Şten zwei weitere Krieger vor, die als ihre Späher fungierten. Die beiden duckten sich ins Unterholz und verschwanden bald außer Sicht.

Der Trampelpfad schlängelte sich durch den Wald, der eben zum Leben erwachte. Vögel zwitscherten, und im Gebüsch raschelten kleine Tiere. Die friedliche Stimmung, die über dem Forst lag, wirkte beruhigend, und Cornel konnte sehen, dass einige aus ihrer Gruppe keine große Vorsicht mehr walten ließen, je weiter sie vorankamen.

Schließlich öffnete sich der Wald vor ihnen, und die Wlachaken drängten vor, nur um feststellen zu müssen, dass die Lichtung leer war.

Ihre zwei Späher traten aus dem Schatten der Bäume und schüttelten den Kopf, als Şten sie fragend anblickte.

Der Lagerplatz zeigte deutliche Spuren eines hastigen Aufbruchs. Das verbrannte Holz in der Feuerstelle schwelte noch, überall lagen Reste, von Essen, Leder und Stoff, und die kreisrunden Abdrücke im Boden verrieten, wo die Zelte der Sylken gestanden haben mussten.

»Es waren bestimmt mehr als ein Dutzend«, murmelte der Voivode grüblerisch, der die Spuren untersuchte. Er folgte den Fußabdrücken über die Lichtung hinweg bis dahin, wo die Bäume wieder begannen.

»Kommt, ich will sehen, wo sie ihre Pferde versteckt hatten«, forderte er seine Begleiter auf.

Cornel beschleunigte seine Schritte, um an Ştens Seite zu gelangen. »Glaubt Ihr, es war Zufall, Herr, dass sie heute Nacht aufgebrochen sind?«

Grimmig schüttelte der Voivode den Kopf: »Ich wäre ein Narr, wenn ich das glauben würde. Die Frage ist jedoch …«

»Vater«, unterbrach Ionnis das Gespräch leise. »Ich glaube, wir werden beobachtet.«

»Was? Von wo aus?«

»Schau über meine linke Schulter. Vorsichtig. Ich glaube, ich habe dort gerade Metall blitzen sehen.«

»Gut. Wartet hier, ich will sehen, ob ich denjenigen zu euch treiben kann«, flüsterte Şten. Dann sagte er laut: »Ich hole Mihaleia.«

Er drehte sich um und lief über die Lichtung zurück, scheinbar zufällig in Richtung des Spähers, den Ionnis zu sehen geglaubt hatte.

Als er den Waldrand fast erreicht hatte, änderte der Voivode sein gemächliches Tempo plötzlich und lief los. Noch im Lauf zog er seine Klinge und stürmte mit langen Sätzen auf den Wald zu. Ein Pfeil kam ihm entgegen, zischte jedoch wirkungslos an seiner linken Schulter vorbei, als er sich zur Seite warf. Dann war Şten zwischen den Bäumen verschwunden, und Kampfgeräusche erklangen. Soldaten riefen, eine Handvoll lief dem Voivoden hinterher, während Ionnis weitere mit Rufen um sich scharte.

Mit einem Mal gingen noch mehr Pfeile auf die Lichtung nieder.

Das schreckte auch die letzten Wlachaken auf. Mit einem Schrei rannte Ionnis vor und stürmte ebenfalls auf den Wald zu, gefolgt von seinen Kriegern.

Cornel beobachtete wachsam die Umgebung. An der Stelle, an welcher der Voivode im Wald verschwunden war, stürmte plötzlich ein leicht gerüsteter Sylke hervor. Haken schlagend versuchte er, an den Wlachaken vorbeizugelangen. Der Sonnenpriester konnte nur vermuten, dass Ştefan mit einem zweiten Mann beschäftigt war. Unterdessen warf Ionnis sich dem Sylken in den Weg, der mit einer gebogenen Waffe auf seinen Gegner eindrang. Ionnis duckte sich unter dem ersten Schlag weg und holte mit seiner längeren Klinge aus. Cornel hob die Sonnenscheibe und rief das Göttliche Licht an. Ein heller Lichtstrahl leuchtete auf, doch der Sylke sprang bereits zurück, und so verfehlte das Licht sein Ziel, so dass der Sylke Ionnis' Angriff blocken konnte und nun selbst wieder zustieß.

Diesmal war der Wlachake schneller, und mit zwei rasch nacheinander geführten Hieben fällte er seinen Gegner. Schwer atmend blieb er über dem Toten stehen und sah aus, als würde er gleich neben diesem umfallen.

Der Sonnenpriester eilte an seine Seite. »Wird es gehen?«, fragte er, und Ionnis nickte, unfähig, zu sprechen.

Der Voivode kam wieder aus dem Wald hervor. Blut schimmerte auf seiner Klinge, und seine Miene war düster. »Nehmt sie gefangen«, rief er seinen Gefährten zu, die zwischen den Bäumen kämpften. »Ich will welche lebend!«

Im Dickicht des Waldes war es kaum möglich, gezielt gegen die Sylken vorzugehen, und so drangen die Wlachaken an vielen Stellen gegen ihre Feinde vor. Statt eines großen Gefechts gab es einige kleine, und Cornel konnte nur schwer abschätzen, wie viele Späher die Reiter hier zurückgelassen hatten. Von der Anzahl der Pfeile her vermutete er allerdings, dass es nicht mehr als ein halbes Dutzend war.

Zu seiner Rechten entdeckte er plötzlich eine Bewegung im Unterholz. Einer der Sylken hatte sich unbemerkt zwischen den Büschen von hinten dem Voivoden genähert und war nun kaum noch fünf Schritt von diesem entfernt.

»Ştefan!«, brüllte Cornel aus vollem Hals. Der Voivode

wirbelte ohne weitere Verzögerung herum und ließ sich auf ein Knie fallen. Der Sprung, mit dem der Sylke dem Wlachaken einen Dolch in den Rücken treiben wollte, ging ins Leere. Der Sonnenpriester fauchte eine Anrufung, und ein Lichtblitz fuhr auf den Angreifer nieder, der taumelnd zusammenbrach.

Der Voivode kam wieder auf die Füße und sah sich nach einem neuen Gegner um. Riclea kam eben aus dem Wald, aus einer Wunde am Arm blutend, ansonsten jedoch unverletzt.

Bald endeten auch die anderen Kämpfe. Der Übermacht der Wlachaken waren die Sylken nicht gewachsen. Vier von ihnen wurden tot aus dem Wald gezogen und auf die Lichtung gelegt.

Nur ein wlachkischer Kämpfer war so schwer verletzt, dass Cornel sich augenblicklich um seine Wunden kümmern musste, und das Göttliche Licht brannte durch die Schnitte, stoppte den Blutfluss und rettete das Leben des Kriegers. Erschöpft erhob sich Cornel. Der Geruch des verbrannten Fleisches ließ ihn beinahe würgen, und er musste sich zusammenreißen, um seinen Ekel nicht zu zeigen.

Auch der Sylke, den der Sonnenpriester niedergestreckt hatte, lebte noch. Seine Haut wies einige Verbrennungen auf, aber nichts, woran er in nächster Zeit sterben würde, wie Cornel bei einer oberflächlichen Untersuchung feststellte.

»Fesselt ihn. Wir nehmen ihn mit nach Teremi«, bestimmte Şten. »Die übrigen Leichen begraben wir hier. Ich glaube, uns ist nur einer entkommen. Postiert Wachen, immer zu zweit. Ich will nicht noch mehr unliebsame Überraschungen erleben.«

Die Wlachaken machten sich an die anstrengende Arbeit, ein flaches, notdürftiges Grab auszuheben, nachdem sie sichergestellt hatten, dass im weiteren Umkreis keine sylkischen Späher mehr lauerten.

Der Voivode gesellte sich zu seinem Sohn und Cornel. Noch bevor er eine Frage stellen konnte, hatte Ionnis schon abwehrend die Hand erhoben.

»Es geht mir gut, Vater.«

»Du siehst nicht so aus«, stellte Ştên nüchtern fest, ging aber nicht weiter darauf ein. Stattdessen wandte er sich an Cornel. »Ich muss mich bei Euch für mein Leben bedanken, Priester. Hättet Ihr weniger schnell reagiert, wäre Ionnis heute Nacht wohl zum Voivoden ausgerufen worden.«

»Ich habe gehandelt, ohne nachzudenken, Herr«, erwiderte Cornel ehrlich. »Ich wollte Euch nicht bei Eurem Namen rufen, Herr, aber in diesem Moment …«

Ştên lachte auf. »Handeln ohne zu denken? Klingt nach einem echten Wlachaken«, sagte er. »Ich bin sicher, Viçinia hätte mir einiges zu sagen gehabt, wenn sie gehört hätte, dass ich allein auf die Sylken zugestürmt bin.«

Mit der behandschuhten Rechten schlug er Cornel sanft auf die Schulter. »Es ist leicht, Euch falsch einzuschätzen, Priester. Aber es wird mir nicht wieder geschehen.«

Cornel lächelte ihn dankbar an, auch wenn er nicht sicher war, ob der Voivode ihn tatsächlich gelobt hatte.

42

In dem muffigen Keller mochten Wrag und Zran ruhig sitzen bleiben, Kerr jedoch lief auf und ab. Die Zeit rann ihnen zwischen den Fingern davon, und noch immer schienen sie ihrem Ziel nicht ein Stück näher gekommen zu sein. Die Dyrier beschwichtigten sie immer wieder, und jede Frage wurde geschickt nicht beantwortet. Die Hilflosigkeit machte Kerr zu schaffen. Es erinnerte ihn an seinen ersten Ausflug an die Oberfläche, an das furchtbare Gefühl, als morgens die Sonne aufging und sie alle den Menschen schutzlos ausgeliefert gewesen waren. Auch damals hatte er nichts tun können, um etwas an ihrer Lage zu ändern.

Die Kämpfe in der Arena waren schon viele Dreeg her. Wrag hatte danach einige Zeit lebendiger gewirkt, war aber schließlich in seine antriebslose Starre zurückgefallen. Andas Kind fehlte der Atem des Herzens. Aber in Kerr brannte das Feuer der Ungeduld mit jeder Nacht heißer.

»Wir sollten zurückgehen«, brummte er leise, aber laut genug, dass Zran ihn hören konnte.

»Wieso?«

»Weil wir hier nichts tun. Wir warten nur und warten. Wir wissen nicht, was bei den Stämmen geschieht. Was ist, wenn es Krieg gibt? Was ist, wenn die Zwerge uns angreifen?«

Insgeheim fügte er hinzu: *Was ist, wenn Andas Kinder den Frieden brechen?* Aber er würde diesen furchtbaren Gedanken nicht laut aussprechen.

»Dann würden drei mehr oder weniger keinen Unterschied machen«, erwiderte Zran bestimmt und gähnte.

»Der Halbzwerg sagt, dass es nicht mehr lange dauern wird.«

»Das sagen sie schon die ganze Zeit!«

»Menschen sind eben anders. Aber wenn wir jetzt aufbrechen, war alles umsonst. Die weite Reise auf den verfluchten Karren. Die ganze Warterei. Wir hätten nur Zeit verschwendet.«

Der große Troll hatte natürlich recht, und es nagte an Kerr, dass der ganze Mist seine Schuld war. Er hatte den Plan gefasst, hatte sie hierhergeführt, und nun warteten sie. Und warteten und warteten, ohne dass etwas geschah. Er konnte es nicht ändern, aber trug die Verantwortung dafür.

»Aber wir verschwenden nur noch mehr Zeit. Selbst Natiole und die anderen Menschen werden ungeduldig. Es ist doch nicht richtig, dass wir hier nichts tun!«

»Menschen«, erklärte Zran erneut. Das war alles, was er zu sagen hatte, aber Kerr verstand ihn dennoch. *Ihn ja, aber nicht die Menschen hier im Imperium. Was soll ich nur tun?* Er fand keine Antworten auf seine Fragen. Das Leben unter den Bergen war niemals einfach gewesen, aber zumindest hatten die Trolle dort immer selbst handeln können. Sie hatten ihre Kriege geführt, ihre Fehler gemacht und daraus gelernt. Sie waren stark geblieben. Doch im Imperium waren sie nichts. Sie galten nichts, wurden nicht gefürchtet. Inmitten dieser unbeschreiblich großen Stadt, in der unvorstellbar viele Menschen wohnten, war es, als wären sie gar nicht da. Sie gingen in der Masse der Leiber unter, verschwanden in den Schatten der riesigen Gebäude, waren nicht mehr als seltsame Besucher, denen man kaum einen zweiten Blick gönnte.

Es kribbelte in seinen Fingerspitzen. Das Gefühl zog sich durch seine ganze Hand, seinen Arm, bis sein ganzer Körper nicht mehr still stehen konnte. Die Untätigkeit fraß ihn auf, und für einen Moment stellte er sie sich als dunkles

Wesen aus den Gebäuden der Stadt vor, mit einem riesigen Torschlund und leeren Fensteraugen, das sich an seiner Ungeduld labte und ihn ganz verschlang.

Ein neuer Geruch lag in der Luft. Mehr Menschen, mehr Metall, mehr Leder und Tierfett, mit dem es behandelt worden war. Erwartungsvoll drehte Kerr sich zum Eingang um, wo kurz darauf eine Gruppe gerüsteter Menschen erschien. Es war ein Dutzend von ihnen, und sie trugen keine goldenen Rüstungen, sondern nur Leder und stumpfes Metall, dessen Geruch Kerr in die Nase stach. Vor allem aber rochen sie nach Angst, wie viele Menschen, die zum ersten Mal Trolle sahen.

In ihrer seltsamen Zunge sprachen sie mit den Wachen, bevor sie in den Keller traten, allen voran ein Mann mit dunklen, ölig glänzenden Locken und einem geflochtenen Bart. Seine Fingerknöchel traten weiß hervor, so fest hielt er seinen Speer in der Hand.

»Ja?«, fragte Kerr freundlich.

»Wir sollen Euch abholen«, erklärte der Mann, dessen Stimme überraschend fest klang. »Euch und eure Begleiter.«

»Wohin?«

»Zur Audienz.«

Erleichterung machte sich in Kerr breit. *Audienz. Das war das Wort, das die Menschen immer wieder gebraucht hatten, um zu beschreiben, worauf sie warteten.* Seine Sorgen schienen ihm nun plötzlich lächerlich, seine finsteren Gedanken, die ihm noch vor wenigen Dreeg durch den Kopf gegangen waren, wirkten nun töricht.

»Gut«, erklärte er aufgeräumt. »Sehr gut. Wrag, Zran, wir gehen.«

Die Trolle folgten den Menschen die Treppe hinauf, wo schon Natiole und die anderen Wlachaken in Begleitung von gut einem Dutzend Soldaten warteten.

»Endlich«, knurrte Wrag, und Natiole nickte. »Das wurde

aber auch Zeit«, flüsterte er Kerr zu. »Ich wünschte nur, Sargan wäre hier. Hoffentlich hat er von der Audienz erfahren und trifft uns dort.«

»Folgt mir bitte«, sagte der Anführer der Soldaten und führte sie hinaus in die milde Nacht. In Colchas schliefen die Menschen auch zu dieser Uhrzeit nicht. Zumindest nicht alle, wie Kerr wieder einmal feststellte. Man sah Lichter, Feuerschalen, Wachen, hörte Schritte, Rufe. Selbst in Teremi war es nachts ruhig gewesen, doch in dieser gewaltigen Stadt lief ein Teil des Lebens auch in der Dunkelheit weiter.

Sie liefen über viele der Straßen, die Kerr bereits gesehen hatte, als sie mit Sargan unterwegs gewesen waren. Aber dann bogen sie ab, gingen fort von den ganz großen Gebäuden. Hier waren kaum noch Menschen zu sehen. Selbst ihr Geruch war fern, als kämen nur selten Menschen an diesen Ort. Dennoch gab es rechts und links der Straße Häuser, mit Statuen und Säulen und Fresken, die Kerr nicht deuten konnte.

»Da vorn ist das Mausoleum«, erklärte Natiole leise und wies auf ein flaches Gebäude, das von Säulen umgeben war. Auf dem Dach thronte ein großer Stier aus Stein, dessen Flügel bis über das Gebäude hinausragten. Zwischen seinen Hörnern trug er eine goldene Scheibe, die im Licht zweier Feuerschalen glänzte.

»Da drin ist der Speer?«

»Vermutlich. Das können wir den Imperator fragen, sobald wir da sind. Ich frage mich, wo er uns empfangen will. Die Hallen, die Sargan uns gezeigt hat, liegen jedenfalls in der anderen Richtung.«

»Vermutlich haben sie so lange gebraucht, um zu besprechen, welchen Ort sie richtig finden«, murmelte Kerr.

»Hier begraben sie ihre Toten«, erwiderte Natiole. »In diesen Gebäuden. Ein ganzer Palast für jeden Toten. Stell dir das nur einmal vor!«

»Verschwendung«, zischte Wrag.

»Ja, die Stadt ist ohnehin zu eng.«

»Stadt? Sie verschwenden das gute Fleisch.«

»Äh ... ja. Das auch.«

Eine Zeitlang folgten sie den Dyriern. Die Wlachaken unterhielten sich leise, aber Kerr hörte ihrem Gespräch nicht zu. Ihr Weg führte sie weiter weg vom Zentrum der Stadt, tiefer in diesen Teil, in dem die Menschen hauptsächlich Gebäude für ihre Toten errichtet hatten. *Von allen seltsamen menschlichen Gebräuchen ist das vielleicht der seltsamste,* dachte er.

Zunächst beunruhigte Kerr ihr Weg dennoch nicht, aber ein Geruch lag in der Luft, der stärker und stärker wurde – Angst. Die dyrischen Soldaten strömten ihn aus, und der Troll bemerkte ihre Blicke, die aus den Augenwinkeln immer wieder auf ihn fielen. Der Geruch drang auch in Wrags und Zrans Nasen, die ihre Nüstern blähten. Sie schauten Kerr fragend an, der unsicher die Schultern hob.

»Natiole«, flüsterte er schließlich und achtete darauf, dass kein Dyrier ihn hören konnte.

»Was?«

»Irgendwas stimmt nicht«, erklärte Kerr. »Die haben Angst, und sie bringen uns immer weiter weg.«

»Wie meinst du das?«

Der junge Mensch schaute sich aufmerksam um. Auch Arvan war hellhörig geworden. Beide Menschen griffen nach ihren Schwertern, ohne sie jedoch zu ziehen.

»Ich weiß nicht. Ich kann es riechen. Es wird schlimmer. Als erwarteten sie, dass etwas passiert.«

Der junge Mensch nickte nachdenklich. Einige Schritte liefen sie weiter, und jetzt waren es Natiole und Arvan, die ihre Begleiter beäugten. Ştens Sohn flüsterte dem älteren Krieger etwas zu. Dann rief er unvermittelt: »He!«

Er blieb stehen und brachte so die ganze Kolonne ins Stocken. Der Anführer der Dyrier drehte sich um und funkelte Natiole finster an. Dann wies er mit der behandschuhten Rechten die Straße hinab: »Weiter!«

»Wohin bringt ihr uns?«

Nervös blickte der Mann sich um. Seine Untergebenen standen im Halbkreis um die Wlachaken und die Trolle herum. Ihre Furcht lag nun fast greifbar in der Luft, ein Signal, das Kerr unruhig werden ließ. Dies war nicht die normale Angst der Menschen. Dies war mehr – eine urtümliche Furcht vor dem Tod.

»Noch ein Stück. Wir sind gleich da«, erklärte der Anführer zögerlich. Wieder zeigte er die Straße hinab. »Dort.«

Angestrengt blickte Kerr in die Dunkelheit. Hier standen kaum Feuerschalen, und nur wenige der Totenhäuser waren beleuchtet. Dennoch durchdrangen seine scharfen Augen die Finsternis. Aber der Troll konnte nichts erkennen, keine Halle, keinen großen Platz, keinen geeigneten Ort, um den Anführer der Menschen zu treffen, der sich so lange vor ihnen verborgen hatte. Der laut Sargan von vielen Menschen umgeben war und nur an den prächtigsten Plätzen lebte.

»Wer hat euch geschickt?«, forschte Natiole weiter.

»Der Goldene Imperator. Kommt.«

»Wo ist Pilon?«

Noch bevor der Mann den Mund öffnete, wusste Kerr, was geschehen würde. Er konnte es riechen.

»Zran! Wrag!«, brüllte der Troll, als der Dyrier seinen Speer hob und Worte in seiner Zunge schrie. Seine Krieger legten die Speere an, Natiole brüllte laut auf und zog sein Schwert.

Die Menschen reagierten schnell, aber die Trolle waren schneller. Der erste Feind fiel unter Wrags Klauen, als die Schreie noch nicht verhallt waren. Kerr stürmte vor, Speere bohrten sich in seine Haut, in sein Fleisch, brachen unter seinem Ansturm, ebenso wie die Schilde, die er mit seiner Faust spaltete.

Alle Fragen waren vergessen, als der Kampf begann. In diesem Moment war Kerr endlich wieder ganz Troll, und er stürzte sich mit unbändiger Macht auf seine Feinde. Er wusste Zran und Wrag an seiner Seite, hörte ihr Brüllen, und gemeinsam trieben sie die Menschen vor sich her. Die Wunden, die sie ihm zufügten, kümmerten ihn nicht, waren sie doch nur ein Zeichen, dass er noch lebte, noch kämpfen konnte. Seine Pranken packten einen Feind, er schlug seine Hauer in den Leib, biss auf Metall, das sich verbog, bis das Fleisch riss und die Knochen brachen. Sein Mund füllte sich mit Blut, seinem eigenen und dem des Menschen, den er erst brüllend zu Boden schleuderte, als alles Leben aus ihm gewichen war.

Um ihn herum hatten die Wlachaken ihre Waffen gezogen, doch sie trugen keine Rüstungen und hatten keine Schilde. Drei lagen bereits am Boden, in ihrem Blut; der Rest erwehrte sich wild ihrer Feinde. Während Zran und Wrag weiter vordrangen, sprang Kerr Natiole zur Seite, deckte den jungen Menschen mit seinem Leib und drängte die Angreifer zurück. Schon wollte der Troll frohlocken, weil der Sieg nahe war, doch dann bemerkten seine scharfen Sinne noch mehr Menschen, die sich ihnen näherten. Sie kamen die Straße hinuntergerannt und brachten mehr Speere, Schilde, dunkle Rüstungen.

»Eine Falle«, keuchte Natiole unnötigerweise.

Die Angreifer zögerten nicht, ihren Kameraden zu Hilfe zu eilen. Sie bildeten eine Wand aus Schilden und rückten gegen die Trolle vor. Noch einmal griff Kerr die Dyrier an der Flanke an, trieb sie zurück, dann lief er zu Zran, der aus mehreren Wunden blutete und sich wild gegen die Menschen warf. Natiole packte den Schild eines Gefallenen, andere Wlachaken taten es ihm gleich, und sie kämpften gegen ihre eigenen Gegner, während die Trolle die neuen Feinde aufhielten.

Kerr konnte nicht zählen, wie viele es sein mochten.

Er tötete viele, doch es schienen immer neue nachzukommen. Die Schilde splitterten unter seinen Hieben, die Rüstungen schützten nicht vor seinen Pranken. Speere stachen ihn, verletzten ihn, machten ihn immer wütender. Wrag tobte, ein finsterer Koloss der Zerstörung, dessen dunkles Blut sich mit den Schatten auf seiner Haut vermengte. Kein Mensch konnte gegen Andas Kind bestehen, kein Speer ihn genug verletzen, um seinen Angriff aufzuhalten.

Von hinten hörte Kerr einen Alarmruf und wirbelte herum. Weitere Dyrier kamen rennend zum Kampf hinzu, diesmal vier in den goldenen Rüstungen der Garde. Sie fielen den Wlachaken in die Seite, und Kerr erkannte sofort die Gefahr, die von ihnen ausging.

»Zran, Wrag, bleibt zusammen«, brüllte er, dann rannte er zurück, ohne auf ihre Antwort zu warten. Vor ihm kämpfte Natiole gegen zwei der neuen Gegner, duckte sich unter einem Schlag weg, blockte einen weiteren mit dem Schild. Überall lagen Leiber, Tote, Verwundete. Es roch nach Blut, nach Exkrementen, nach Angst und nach Zorn. Kerr sprang heran, als Natiole gerade einen Ausfallschritt machte und den einen Feind mit dem Schwert durchbohrte. Der andere wich zurück, seinen Speer abwehrbereit erhoben, aber Kerr fegte die Waffe mit einer verächtlichen Geste zur Seite. Seine Klaue traf den Mann am Hals, brach ihm die Knochen und schleuderte ihn leblos zu Boden.

Neben Kerr tötete Natiole einen weiteren der goldenen Krieger und wandte sich dann wieder den anderen Feinden zu, die den Wlachaken hart zusetzten. Nur noch vier der Menschen aus Wlachkis standen, Schulter an Schulter, deckten sich gegenseitig und ihre Verwundeten. Kerr kam ihnen zu Hilfe, verschaffte ihnen Luft, indem er brüllend auf die Feinde zusprang. Gemeinsam schufen sie eine Lücke, in die sie vordrangen, brüllend und schlagend, hauend und tötend. Natiole focht wie sein Vater, schnell und hart, mit kühler Kühnheit. Als ihr letzter Gegner fiel, wandte Kerr sich zu Wrag und Zran um.

Die beiden Trolle waren auseinandergedrängt worden. Wrag kämpfte sich durch ein wahres Knäuel von Feinden, vor Freude brüllend. Seine Fäuste fanden mit jedem Schlag ein Ziel, seine Wunden schlossen sich, noch während er kämpfte, und er achtete nicht auf die Angriffe seiner Feinde.

Zran hingegen war in die Enge getrieben worden. Der mächtige Jäger kämpfte grimmig, geschickt, doch seine Gegner hielten Abstand, stachen mit ihren Speeren zu und sprangen zurück, wenn der Troll angriff.

»Wrag!«, brüllte Kerr, aber Andas Kind hörte seinen Ruf nicht oder reagierte nicht darauf. Mit großen Schritten lief Kerr zu Zran, doch bevor er ihn erreichte, bohrte sich ein Speer in dessen Brust. Der Jäger wankte, schlug seltsam kraftlos nach dem Schaft des Speeres, wich zurück. Doch die Menschen ließen nicht von ihm ab, sondern stürzten sich auf ihn wie ein Rudel Schlinger. Kerr war heran, packte den ersten Feind, hob ihn hoch über den Kopf, schleuderte ihn gegen eine Säule. Neben ihm griffen Natiole und die seinen an. Sie drängten die Dyrier zurück, aber Zran sank auf ein Knie und blickte verständnislos auf seine Brust hinab. Dann fiel der große Jäger vornüber und regte sich nicht mehr.

Unbändiger Zorn erfasste Kerr. Er spürte die Finsternis des Dunkelgeists in sich aufsteigen, ließ sie gewähren. Die lächerlichen Stiche der Menschen waren egal, ihre angsterfüllten Schreie fachten seine Wut nur weiter an. Er tötete ohne Gnade, bis auch der letzte Feind am Boden lag.

Schwer atmend kam Kerr langsam wieder zur Besinnung. Die Wunden schmerzten nun, und das warme Blut, das über seine Haut lief, erinnerte ihn daran, dass auch er sterben konnte. Wrag kniete neben einem sterbenden

Dyrier und brach dessen Genick mit einem Griff seiner Pranken. Kerrs Blick wanderte zu Zran, der tot inmitten seiner Feinde lag. Der große Jäger war allein gefallen, im Kampf, mutig zwar, aber doch sinnlos. Wieder sah Kerr zu Wrag, der gerade breit grinsend Blut von seinem Mund abwischte. *Nein, er ist wirklich nicht wie Pard. Er ist kein Troll. Ein Troll hätte Zran nicht alleingelassen. Pard hätte niemals einen Troll im Stich gelassen. Andas Kinder sind nicht wie wir.*

Es war ruhig geworden, doch irgendwo in der Ferne erklang ein Hornstoß. Auf der Straße war niemand außer ihnen zu sehen, aber es würde nicht lange dauern, bis Menschen kamen.

»Warum haben sie uns angegriffen?«, fragte Kerr.

Natiole, der neben einem gefallenen Wlachaken kniete und mit gesenktem Haupt dessen Augen schloss, murmelte: »Sichere Wege. Mögen die Geister auf den Dunklen Pfaden über dich wachen.« Dann richtete er sich auf und sah Kerr an. »Ich weiß es nicht. Aber wir müssen hier weg. Es werden mehr kommen.«

»Können wir nicht mit Sargan reden? Oder mit ihrem Anführer? Sie haben uns angegriffen!«

»Und die?«, fragte Natiole und wies auf die goldgerüsteten Krieger der Garde. Kopfschüttelnd wandte der junge Mensch sich ab. »Nein. Was sollen wir sagen? Wie es erklären? Wir haben ihre Männer getötet. In ihrer Stadt. Wir sind Fremde … Monster.«

»Aber …«

»Kein Aber«, herrschte Natiole den Troll an. In seiner Stimme lag Bitterkeit. Und eine tiefe Wut, die Kerr nur erahnen konnte. »Wir müssen von hier verschwinden. Aus der Stadt, aus dem Imperium. Verschwinden und hoffen, dass sie uns vergessen.«

Der Mensch stand inmitten der überlebenden Wlachaken. Nur vier Krieger waren halbwegs unverletzt, und sie stützten zwei weitere, die kaum noch gehen konnten. Ihre Kleidung war zerrissen und schmutzig, von Blut befleckt.

»Der Speer«, knurrte Kerr. »Wir sind bis hierher gezogen. Ich kehre nicht mit leeren Händen um.«

»Dann komm«, erwiderte Natiole düster und wies mit dem Schwert die Straße hinab. »Dort ist das Mausoleum. In welche Richtung wir fliehen, ist ohnehin egal. Wir sollten uns einen Ort suchen, an dem wir sterben wollen. Das Mausoleum ist dafür so gut oder schlecht wie jeder andere.«

»Sterben?«, fragte Wrag, der sich zu Kerr gesellte. »Hier sterben nur unsere Feinde!«

»Ach?«, entgegnete Natiole und sah zu Zrans Leichnam. »Hier sterben wir alle, du dummer Troll!«

Wütend tat Wrag einen Schritt vor, aber Kerr legte ihm die Hand auf die Brust und hielt ihn zurück.

»Wir sind mitten in der Stadt, und irgendwann wird die Sonne aufgehen. Selbst wenn wir es aus den Mauern hinaus schaffen, sind wir von diesem Land umgeben. Wir können nicht fliehen, denn die Sonne wird uns aufhalten. Und wir können nicht kämpfen, denn wir sind neun gegen Abertausende!«

Bislang hatte sich Kerr noch keine Gedanken über ihr weiteres Vorgehen gemacht, aber er erkannte, dass Natiole recht hatte. Sie saßen in der Falle, und ihre Feinde mussten nur warten, bis die Sonne aufging. Spätestens dann waren sie hilflos, und die sieben Menschen würden sie nicht beschützen können. *Wie Pard und Druan in Teremi,* dachte er. *Kaum Freunde in den Höhlen der Feinde.*

»Brechen wir auf!«, befahl Natiole. »Holen wir den dreimal verfluchten Speer aus dem Mausoleum. Und dann lassen wir uns zu Tode hetzen wie Hasen von einem Rudel Vrasya!«

Grübelnd blickte Kerr die leere Straße hinunter und dann

hinauf zu den Hügeln. Sein Blick wanderte über die Häuser und Paläste. Er fürchtete den Tod nicht, aber er hatte noch nicht vor zu sterben.

»Holen wir den Speer«, bekräftigte er. »Und dann folgt mir.«

43

Der Herbst hatte endgültig in Wlachkis Einzug gehalten. Ein kalter Wind pfiff um die Feste Remis, und ein steter Regen trommelte auf die Dächer und gegen die Fenster. Ohne die zahlreichen Kamine, in denen Holz verbrannt wurde, wäre es bereits empfindlich kühl innerhalb der Mauern der Festung gewesen. Selbst so waren es eher einzelne Inseln der Wärme innerhalb der Feste, die das Leben erträglich machten.

Noch immer war das Hauptgebäude wenig mehr als eine gut gesicherte Ruine, denn der Wiederaufbau war noch nicht im erhofften Umfang vorangeschritten, da andere Aufgaben die Aufmerksamkeit der Wlachaken erfordert hatten.

Şten cal Dabrân stand am Fenster seines Schlafgemachs und spähte durch die gefettete Haut, mit welcher der Fensterrahmen bespannt war, hinaus in das trübe Dämmerlicht des frühen Abends. *Zwanzig Jahre,* dachte er. *Zwanzig Jahre ist es her, dass Viçinia und ich hierhergekommen sind, um Ionnas Erbe anzutreten. Ich habe mich nicht danach gesehnt, über Wlachkis zu herrschen. Ich war in Dabrân zufrieden.*

Aber Viçinia war als Ionnas Schwester die nächste Verwandte der Voivodin gewesen, und so hatte sich die Frage nach einer anderen Thronfolgeregelung nie gestellt.

Gemeinsam mit Natiole, der damals noch ein Säugling gewesen war, hatten sie nach der großen Schlacht, in der die Voivodin gefallen war, die Reise in die Hauptstadt angetreten. Und seitdem hatten sie versucht, aus dem ausgebluteten und zerrissenen Land eine gemeinsame Heimat für Wlachaken und Masriden zu schaffen. Tamár war ihnen dabei stets eine große Hilfe gewesen. Auch wenn

Ştten den Marczeg oft als arrogant empfunden hatte, war dieser doch verständig gewesen, wenn es darum ging, bei Schwierigkeiten eine Lösung zu finden, mit der die Menschen in beiden Teilen des Landes leben konnten. Dass er sein halbes Leben lang mit einer Wlachakin liiert gewesen war, die sich stur wie ein Maulesel geweigert hatte, ihn zu heiraten, mochte dazu beigetragen haben.

Und jetzt sieht es so aus, als seien all unsere Bemühungen umsonst gewesen. Wenn Sziglos Békésar Marczeg wird, werden wir wieder in den Krieg ziehen müssen. Ich werde Natiole ein Land hinterlassen, das nicht friedlicher ist, als es bei seiner Geburt war.

Besorgt dachte der Voivode an seinen Sohn und die Trolle, die wohl im fernen Dyrien von den erschreckenden Nachrichten noch nichts gehört haben konnten, die das Land zwischen den Bergen betrafen. Er fragte sich, wie die Dinge wohl in den Eingeweiden der Welt standen. Kerr hatte die Höhlen der Trolle nicht gern verlassen, das war ihm deutlich anzumerken gewesen. *Er fürchtet, was mit Andas Brut geschieht, wenn er nicht da ist. Ich hoffe, Sargan gelingt es irgendwie, seinem Imperator das Anliegen der Trolle begreiflich zu machen. Und noch mehr hoffe ich, dass Artaynis rasch genug nach Colchas gelangt, um Nati vor einem Rückweg durch Ardoly zu warnen.*

Aber selbst wenn Artaynis Natiole und Kerr rechtzeitig erreichte, war die Lage kompliziert. Konnte Nati nicht durch das masridische Gebiet reisen, blieb ihm und den Trollen der Rückweg erst einmal versperrt. *Und das wird weder den Trollen noch ihm schmecken.*

War es richtig gewesen, Natiole gehen zu lassen? Seinen stillen, verschlossenen Sohn mit dem nur allzu leicht aufbrausenden Temperament, der im entscheidenden Moment alles für seinen Bruder gewagt hatte.

Es klopfte, und der Voivode wandte sich der Tür zu.

»Komm herein.«

Er wusste, dass es Riclea war. Sie öffnete die Tür, blieb aber auf der Schwelle stehen, ohne einzutreten.

»Die halbe Stadt sucht dich«, sagte sie leichthin. »Seit wir diesen Sylken hergebracht haben, geht es in der Festung zu wie in einem Bienenstock. Alle Gänge summen nur so von unzähligen Gerüchten. Die einen behaupten, die Sylken seien mit den Masriden verbündet, und die anderen, sie würden im Auftrag der Dyrier handeln. Ich habe sogar schon gehört, dass uns demnächst gewiss eine Armee aus Sylken und Trollen angreifen werde.«

Die Vorstellung entlockte Şten ein Lächeln. »Das wird wohl nicht einmal geschehen, wenn Natiole in Colchas furchtbar scheitert.«

Riclea lachte leise. »Aber auch wenn die meisten Behauptungen Unsinn sind, irgendetwas müssen wir unternehmen. Wir müssen herausfinden, in wessen Auftrag die Sylken gehandelt haben.«

Der Voivode seufzte. »Du hast recht. Gib Ionnis und Vintila Bescheid. Und Cornel. Wir sollten mit dem Gefangenen sprechen.«

Seine Beraterin nickte und wurde plötzlich ernst. »Und … du solltest dir wirklich überlegen, ob es nicht das Beste wäre, jetzt ein für alle Mal die Masriden über die Berge zu treiben. Wenn wir nach Ardoly reiten, bevor sie einen neuen Marczeg haben, könnte das ein kurzer Kriegszug werden. Wlachkis wäre endlich wieder unser, und Natiole könnte sicher nach Hause kommen.«

Mit diesen Worten drehte sie sich um und verließ den Raum.

Sie könnte die Wahrheit sagen, dachte er. *Alle, die das wollen, könnten damit richtigb liegen. Solange Tamár am Leben war, hatten wir einen guten Grund, den Frieden zu wahren. Aber mit seinem und Flores' Tod sind auch meine Verpflichtungen ihm gegenüber gestorben. Es ist unser Land.*

Doch Viçinia hat so hart dafür gearbeitet, dass endlich

Frieden herrscht. Nach all den Verlusten wollte sie, dass unsere Kinder in Frieden leben. Und solange das noch möglich scheint, fällt es mir schwer, einen Feldzug zu beginnen.

Andererseits ist der Krieg vielleicht jetzt schon unausweichlich …

Seine Gedanken wanderten im Kreis, und er konnte keinen endgültigen Entschluss fassen.

Also machte er sich auf den Weg in die unteren Stockwerke der Feste, wo der gefangene Sylke eingekerkert war.

Als er bei den Kerkern ankam, beschlich Şten ein altvertrautes Gefühl der Beklemmung. Da die Festung auf einem künstlichen Hügel erbaut worden war, hatte sie mehrere Untergeschosse, die ganz oder teilweise unterirdisch lagen. In den meisten dieser stets kühlen und trockenen Räume lagerten Nahrungsmittel und Brennholz, aber auch die Zellen für die Gefangenen waren hier untergebracht.

Vor zwanzig Jahren war der Voivode selbst hier Gefangener des Marczegs Zorpad Dîmminu gewesen. Und während Zorpads Männer Şten im Keller geschlagen hatten, war ihm die ganze Zeit bewusst gewesen, dass Viçinia sich nur wenige Stockwerke über ihm befand, als Zorpads Geisel, unerreichbar für ihn. Das alles war lange vorbei, und Zorpad selbst hatte die große Trollschlacht nicht überlebt. Aber Şten vermied es üblicherweise noch immer, die Keller und damit seine furchtbaren Erinnerungen zu betreten, wenn es nicht sein musste.

Vor dem niedrigen Eingang warteten schon Vintila, Cornel, Ionnis und Riclea auf Şten. Eine Wache, eine junge Frau in lederner Rüstung, stand vor der Holztür, und mehrere Talglampen spendeten unruhiges Licht.

»Keine langen Worte, Herr«, forderte der alte Geistseher. »Ich will gar nicht hören, was seine lügnerische Zunge vorbringen mag. Übergeben wir ihn dem Wald, wie es althergebrachter Brauch ist.«

»Einige Fragen sollten wir ihm auf jeden Fall noch stellen«, widersprach der Sonnenpriester dem alten Mann. »Immerhin ist er im Moment unsere einzige Möglichkeit, herauszufinden, was diese Sylken hier getrieben haben.«

Bestätigend nickte der Voivode. »Der Meinung bin ich auch. Fragen wir ihn, was sie hier wollten.«

Die Wache öffnete die Tür und führte sie in einen Gang, der gerade hoch genug war, dass Şten aufrecht gehen konnte.

Vor der zweiten Tür auf der linken Seite hielt ihr kleiner Trupp an, und die Wache öffnete die Pforte. In dem engen Gelass dahinter konnte der Voivode einen Mann auf einer Strohmatratze erkennen. Die Matratze war neben einem Krug und einem Eimer das einzige Einrichtungsstück der Zelle, und der winzige Raum stank ebenso erbärmlich wie sein Insasse.

»Steh auf, Mann!«, herrschte ihn die Wache an, und der Gefangene erhob sich langsam und blinzelte in das Licht der mitgebrachten Lampe. Er war mittleren Alters, klein und drahtig und hatte einen ungepflegten Bart. Nach vier Tagen im Kerker stand ihm die Angst deutlich ins Gesicht geschrieben.

»Darf ich, Herr?«, fragte Cornel vorsichtig, und der Voivode gab ihm durch ein Nicken sein Einverständnis.

»Wenn du darauf bestehst«, knurrte Vintila ärgerlich.

Die Feindschaft dieser beiden ist nicht sehr förderlich für den Frieden in meinem Rat, grübelte Şten. *Wenn ich nur wüsste, wie ich das ändern könnte.* Die Geistseher und der Albus Sunaş blieben wie Hund und Katze; jeder beanspruchte für sich, die einzige Wahrheit zu verkünden. Und auch wenn Şten sein Leben lang den Geistsehern gelauscht hatte, wusste er, dass das Wohlwollen der Sonnenpriester für den Frieden unerlässlich war – ohne das wären sie in Ardoly immer Kräfte, die gegen die Wlachaken arbeiteten.

»Also«, begann Cornel mit drohender Stimme. »Was habt ihr hier gemacht?«

»Iche … wir nichte wissen.«

Bei den unbeholfenen Worten des Sylken wurde Şten klar, dass er die wlachkische Sprache höchstens gebrochen sprach. Hilfe suchend wandte er sich an Ionnis: »Kannst du die Frage des Priesters übersetzen?«

»Ja, natürlich.«

Er sprach den Mann in der wohlklingenden Zunge der Dyrier an, der daraufhin vor Ionnis zurückwich, als ob es ihn erschrecken würde, seine eigene Sprache aus dem Mund eines Fremden zu hören. Dann stieß er einen Schwall Worte hervor.

Ionnis lauschte mit angestrengtem Gesichtsausdruck und unterbrach den Mann nur zweimal – um ihn aufzufordern, langsamer zu sprechen, wie Şten vermutete.

»Er sagt, man habe sie dafür bezahlt, dass sie nach Wlachkis kamen. Und dass er nicht weiß, warum sie hierherbeordert wurden. Ihr Anführer habe das alles ausgemacht. Er sagt, er sei nur mitgeritten, weil es ihm befohlen wurde. Er wollte dich nicht töten, er hatte Angst …«

Şten nickte, während sein Sohn die Worte des Gefangenen übersetzte. Er hegte keinen persönlichen Groll gegen den Sylken, weil dieser ihn angegriffen hatte. Krieg war selten persönlich. Zu oft hatte er Feinden gegenübergestanden, deren Namen er nicht einmal kannte. Aber es gab etwas anderes, was sie unbedingt erfahren mussten.

»Frag ihn, ob sie etwas mit dem Feuer zu tun hatten, das auf Remis ausgebrochen ist. Frag ihn, ob jemand von ihnen dich angegriffen hat.«

Dann zögerte Şten einen Moment. Auf eine so belastende Frage konnte ihm der Sylke kaum eine ehrliche Antwort geben, ohne zu wissen, dass er möglicherweise sein Leben verspielte.

»Und sag ihm, dass ich es nicht gegen ihn halten werde.

Egal, ob er es leugnet oder zugibt, ich werde nicht ihn für das verantwortlich machen, was passiert ist. Ich will nur die Wahrheit wissen.«

Ionnis sprach auf den Mann ein, erklärte, überlegte und sprach dann weiter. Der gefangene Sylke blickte ihn erst mit weit aufgerissenen Augen an, dann senkte er den Blick. Seine Stimme war kaum mehr als ein heiseres Flüstern, als er antwortete.

»Nein«, übersetzte Ionnis, obwohl Şten die Antwort auch aus den Zügen des Gefangenen hätte lesen können. »Sie haben kein Feuer gelegt. Sie waren niemals in der Feste. Und er sagt …«, an dieser Stelle schluckte sein Sohn hörbar, bevor er weitersprechen konnte, »… niemand von ihnen hätte sich in die Burg geschlichen, um mich anzugreifen.«

»Dann frag ihn …«

Doch weiter kam Şten nicht. Schritte näherten sich auf der Treppe, die nach unten führte. Ein Diener sprach aufgeregt mit der Wache an der Tür und hetzte dann den Gang entlang.

»Herr!«, rief er. »Herr, Ihr müsst sofort kommen. Die Masriden haben einen Boten geschickt, und man will ihn am Tor nicht passieren lassen. Wenn Ihr nicht rasch kommt, wird sicher ein Unglück geschehen.«

Şten seufzte, aber er ahnte, dass die Angelegenheit tatsächlich keinen Aufschub duldete.

»Also gut!«, bestimmte er. »Wir machen hier später weiter. Jetzt hören wir erst einmal, was dieser Bote von uns will.«

Als sie den Hof betraten, sah Şten, dass es mittlerweile vollständig dunkel geworden war. Wie in jeder Nacht waren Fackeln und Feuerkörbe entzündet worden. Am Tor herrschte Tumult, mehrere Wachen umstanden zwei Reiter, während das Gesinde der Burg zusammengelaufen war und zornig gegen die Masriden wetterte.

Şten wusste, dass hier nur eines helfen würde: Autorität. Also rief er mit lauter Stimme: »Aus dem Weg! Lasst die Boten durch, dreimal verflucht!«

Auf sein Wort hin öffnete sich sofort eine Gasse. Die zwei Reiter kamen sehr langsam in den Hof getrabt, und Şten war überrascht, als er Baczai erkannte.

»Ihr kommt mit Nachrichten aus Turduj?«, fragte er statt einer Begrüßung und forderte die Masriden mit einer Handbewegung dazu auf, abzusteigen. Hauptsächlich tat er dies um ihrer Sicherheit willen, denn er wusste, dass sie zu Fuß weitaus weniger bedrohlich wirken würden als auf ihren gerüsteten Pferden.

Baczai und seine Begleiterin leisteten seiner stummen Aufforderung Folge und verneigten sich vor ihm.

Ionnis, Cornel, Vintila und Riclea bildeten einen Halbkreis um die beiden Boten. Sie waren ebenso begierig wie er selbst, zu erfahren, welche Neuigkeiten aus Ardoly die Boten mitgebracht haben mochten.

»Herr, ich bin im Auftrag Tiradar Békésars hier«, begann Baczai. »Mein Herr wünscht Euch zu versichern, dass er keinen Streit mit Wlachkis sucht. Auch ist es nicht seine Absicht, die alten Grenzen zu verschieben. Mein Herr möchte Euch wissen lassen, dass er gedenkt, als Marczeg zu den Vereinbarungen zu stehen, die Ihr, Voivode, mit Tamár Békésar getroffen habt.«

Seinen Worten folgte ein Moment verblüffter Stille. Schließlich sprach Ionnis halblaut aus, was auch Şten dachte: »Der Masride schlägt ein Bündnis gegen seinen Rivalen vor.«

44

Trotz des drängenden Gefühls der Eile stieg Ana gemessenen Schrittes die Stufen empor. Die beiden Gardewachen warfen ihr finstere Blicke zu, ließen sie jedoch ungehindert passieren. Das große Tor stand halb offen, und sie klopfte nicht erst an, sondern trat einfach ein.

Sie war allein; es war ihr besser erschienen, keinen ihrer Söldlinge mitzunehmen, um nicht noch mehr Aufmerksamkeit zu erregen, als sie schon sonst auf sich zog.

Die gesamten Reserven der Garde mussten im Einsatz sein, denn man sah ihre goldgeschuppten Rüstungen an jeder Ecke – vor allem hier, wo die Reichen und Mächtigen lebten und sich und ihre Besitzungen ohnehin durch Wachen vom einfachen Volk abschirmen ließen.

Das Leben in Colchas wirkte seit dem Zwischenfall mit den Trollen seltsam gedämpft. Die Menschen gingen ihren Geschäften nach, aber ihre Stimmen waren leiser, die Kleidung unauffälliger und die Straßen leerer. Als offensichtlich Fremde hatte Ana mehr als einen misstrauischen Blick ertragen müssen, aber sie hatte Übung darin, das Getuschel zu ignorieren, welches ihr Vorbeigehen begleitete.

Zwei Diener stürzten auf sie zu, als sie in den Innenhof trat, und versperrten ihr unaufdringlich, aber eindeutig den Weg. Ihr Lächeln war aufgesetzt, und sie wirkten nervös. Ein Zustand, den Ana nur allzu gern verstärkte.

»Zu Sargan. Schnell«, sagte sie, ohne die beiden anzuschauen. Unter vielen Verbeugungen entfernte sich der eine, während der andere immer noch lächelnd vor ihr stehen blieb. Einen kurzen Augenblick lang erfreute sich Ana an dem Gedanken, dass sie einfach an ihm vorbeigehen konnte. Seine Versuche, sie aufzuhalten, wären vermutlich höchstens erheiternd. Aber er war nur ein Sklave, ein Befehlsempfänger, und alles, was sie ihm antat, würde zusätzlich eine schwere Strafe für ihn bedeuten. Das Imperium war voll von solchen Menschen, die nicht einmal mehr sich selbst besaßen. Also ignorierte sie ihn und wartete ab.

Glücklicherweise dauerte es nicht lange, bis Sargan, von Kopf bis Fuß in formelle Gewänder gehüllt, in den Hof trat. Sein Kypassis war, wie hätte es anders sein können, reich verziert und verdeckte sein Bäuchlein gut. Seinen Schmuck hatte er sparsam ausgewählt, aber dennoch war ihm sein Reichtum natürlich anzusehen. Als er Ana erreichte, sandte er den Diener mit einer lässigen Handbewegung fort. Sein Blick wanderte zum Tor, zu den beiden Wachen, die außen standen, und er hob die Augenbrauen.

»Ana, welch eine Freude. Schön, dass du dein Versprechen, mich zu besuchen, so pünktlich einhältst.«

Mit diesen Worten hakte er sich bei ihr unter und führte sie über den Hof.

»Natürlich«, erwiderte Ana. »Ich halte mein Wort.«

Sonnenstrahlen fielen durch das Laub einiger Bäume und zeichneten komplexe Muster aus Licht und Schatten auf die Fliesen. Ein Band aus Mosaiken lief über den Boden, auf dem Götter die Dinge taten, von denen die Dyrier glaubten, dass Götter sie taten. In der Mitte war ein überdachter Brunnen, und dorthin führte sie Sargan.

Das Wasser plätscherte ruhig vor sich hin, und im Schatten war es angenehm kühl. Zwei Vögel sangen und lieferten sich dabei einen wilden Wettstreit. *Vermutlich haben sie gestutzte Flügel,* dachte Ana bei sich.

»Was führt dich zu mir?«

Vorsichtig blickte Ana sich um. Niemand befand sich in ihrer Nähe, und die Geräusche des Brunnens würden ihre Worte für jeden verborgenen Lauscher verschlucken.

»Ich habe Gerüchte gehört«, erklärte sie, trotz der Abgeschiedenheit flüsternd. »Von Kämpfen innerhalb der Stadt. Toten Gardisten. Monstern auf freiem Fuß, die Menschen fressen und den Imperator bedrohen. An den Toren wurden die Wachen verdreifacht, und in der Stadt sieht man sie auch überall.«

»Ah, Gerüchte. Nun ja, dieses Gerede macht die Runde.«

»Gerede über Monster, Sargan?«

»Da hast du natürlich gleich an deinen Vetter gedacht«, scherzte Sargan, aber er lächelte dabei nicht. Stattdessen blickte er sie ernst an. »Ja, irgendwer hat die Trolle gereizt. In der Stadt der Toten ist es zu einem Kampf gekommen. Sie haben fast zwei Dutzend Dyrier erschlagen, darunter mindestens drei Gardisten. Jetzt heißt es, dass sie dem Goldenen Imperator nach dem Leben trachteten und nur aus diesem einen Grund ins Imperium gekommen seien.«

Ana wurde unvermittelt kalt. Ein Kampf innerhalb der Stadt war schlimm genug, aber wenn jemand die Hand gegen die Person des Goldenen Imperators selbst zu erheben gedachte, gab es nur eine Konsequenz. Das Imperium duldete nicht, dass jemand einen solchen Affront überlebte.

»Und … was geschah dann?«

»Tja. Die Trolle und ihre überlebenden wlachkischen Freunde haben offensichtlich ein Mausoleum aufgebrochen. Wobei *aufgebrochen* eigentlich das falsche Wort ist. Sie haben einfach eine Wand komplett eingerissen, und heute Morgen ist dann das ganze Gebäude in sich zusammengestürzt.«

»Und dann?«

»Dann«, Sargan machte eine bedeutungsvolle Pause, »sind sie verschwunden.«

»Verschwunden? Was, mitten in der Stadt?«

»Ja, ja. Es ist ein wahres Mysterium«, erklärte der Dyrier mit Unschuldsmiene und sah sie unverwandt an. Kein

Muskel bewegte sich in seinem Gesicht, doch in seinen Augen tanzte der Schalk mit der Angst. *Du viermal verfluchter Bastard,* dachte Ana. *Sie sind hier!*

»Wollen wir hineingehen?«, fragte Sargan. »Mir ist warm, und drinnen gibt es kühlere Räume.«

Da sie nicht wusste, was sie sagen sollte, nickte Ana nur. Sie folgte dem kleinen Mann quer über den Hof und in einen Seitenflügel seines Palasts, der nicht nur schattig kühl, sondern auch überraschend still war.

»Hauptsächlich befinden sich hier simple Lagerräume«, erklärte Sargan, als er sie durch einen langen Korridor führte. Rechts und links waren breite Türen, die hier und da einen Blick in die dahinter liegenden Räume ermöglichten. In den erwähnten Lagerräumen erkannte Ana Kisten, Tuchballen, Fässer und vieles mehr – Handelswaren aus allen Teilen der Welt.

»Dein Haushalt scheint großen Bedarf zu haben, wenn du so viel einlagerst«, stichelte sie, was Sargan mit einer wegwerfenden Handbewegung beantwortete.

»Ein guter Kaufmann verkauft seine Waren zu einem günstigen Zeitpunkt. Und meine Leute kümmern sich darum, wann dieser Zeitpunkt gekommen ist. Ich habe damit wenig zu tun. Ich bezahle es nur.«

Die gespielte Kränkung in seiner Stimme ließ Ana lächeln, aber dann betraten sie einen der Räume, der sich auf den ersten Blick nicht von den anderen unterschied. Mit schnellen Schritten war Sargan an einem Stapel Fässer angelangt und schob diese beiseite. Sie bewegten sich geräuschlos und leicht und gaben unter sich eine Falltür frei.

»Falsche Fässer?«

»Mein Kind, ich habe einmal erlebt, was geschieht, wenn das Imperium sich einen neuen Imperator sucht. Ich habe eine Familie, für die ich die Verantwortung trage. Als ich damals die Leichen der Kinder auf den Karren gesehen habe, die durch just diese Straßen um mein Haus herumfuhren, da habe ich mir geschworen, dass ich niemals zulassen werde, dass meine Familie so von den Streitigkeiten der Mächtigen betroffen wird.«

Seine sonst so joviale Art war verschwunden, und in seiner Stimme klang der scharfe Stahl mit, vor dem ihre Mutter sie immer gewarnt hatte.

»Nach dir.«

Sie folgte seiner Aufforderung und stieg die Treppe hinab. Im Halbdunkel brannte weiter vorn ein Licht, doch noch konnte Ana nichts Genaues erkennen. Das musste sie auch nicht, denn ihr stieg ein Geruch in die Nase, der unverkennbar war – Trolle.

»Der Halbzwerg«, konnte sie eine tiefe Stimme brummen hören. Sargans Seufzen war kaum hörbar.

Aus den Schatten schälten sich einige Gestalten, als Anas Augen sich an die Dunkelheit gewöhnten. Es waren zwei Trolle und eine Handvoll Menschen, die in dem Keller Zuflucht gesucht hatten. Wobei der Keller sich eher als Wohnquartier erwies, mit mehreren Räumen, gemauerten Wänden und einem kleinen Brunnen, der die Insassen mit Wasser versorgen konnte.

»Ana?«, fragte eine der Gestalten, die sich beim zweiten Blick als Natiole entpuppte.

»Keine andere. Was machst du für Sachen, Vetter? Ich wusste ja, dass Wlachaken verrückt sind, aber so verrückt? Ein kleines Gefecht mitten in Colchas? Sehnst du dich nach dem Tod?«

Beschämt senkte der junge Wlachake den Kopf. Dann aber sah er sie grimmig an: »Es war eine Falle. Wir wurden aus unserer Unterkunft gelockt und überfallen. Nur die Geister wissen, warum.«

»Diese Menschlinge hatten das die ganze Zeit geplant. Sie rochen nach Angst und Verrat«, mischte sich Kerr ein.

»Aber du hast ihnen vertraut. Und das war falsch«,

knurrte Wrag, worauf Kerr nur betrübt nickte. Offenkundig bestanden Spannungen zwischen ihm und dem Tiefentroll.

Ana wandte sich an Sargan: »Eine Falle?«

Der kleine Dyrier zuckte mit den Schultern. »Laut Pilon war eine Gesandtschaft da, die unsere Gäste unterhalten sollte. Eine Führung oder dergleichen. Die Gardisten bestätigen diese Version.« Sargan bemerkte Natioles düsteren Blick und beeilte sich hinzuzufügen: »Aber ich glaube natürlich euren Worten. Hinter dieser Sache steckt sicher mehr, aber ich kann noch nicht sagen, was genau. Momentan wird überall nach den Trollen gesucht, und ich halte es für besser, nicht aufzufallen, während ihr meine Gäste seid. Vermutlich stehe ich ohnehin unter Verdacht.«

»Wie seid ihr überhaupt hierhergekommen?«, erkundigte sich Ana.

»Kerr hat uns auf die Idee gebracht. Die Trolle haben sich in einem der Grabhäuser versteckt, nachdem wir den Speer geholt hatten, und ich habe mich zu Sargan geschlichen. Er hat uns hierhergeschmuggelt, wofür wir ihm ziemlich dankbar sein müssen.«

»Alles im Rahmen meiner bescheidenen Möglichkeiten«, wehrte der Dyrier ab und hob die Hände. »Zufällig hatte ich Wagen und diesen Keller hier.«

»Und ein verborgenes Geheimtor zum Palast und sehr verschwiegene Helfer«, vervollständigte Natiole.

»Wie auch immer. Jedenfalls seid ihr in Sicherheit. Für den Moment.«

Der große Troll schnaubte vernehmlich. »Erst haben wir uns in dieser Totenhöhle verkrochen, und jetzt verkriechen wir uns hier. Wir verstecken uns wie eine feige Beute, nicht wie Trolle. Das macht uns schwach.«

»Die andere Möglichkeit wäre, gegen eine ganze Stadt zu kämpfen. Das schaffen wir nicht. Ein kluger Jäger ist kein schwacher Jäger.«

»Du redest wie ein Mensch, Kerr. Mit jedem *Dreeg* hörst du dich mehr an wie *sie.*«

Kerr knurrte vernehmlich.

Wrag nahm die Herausforderung nur zu gern an, entblößte seine Hauer und baute sich drohend über dem kleineren Troll auf, bis Kerr abwehrend die Pranken hob und murmelte: »Das führt zu nichts, Wrag.«

Der große Tiefentroll machte einen Schritt rückwärts, aber Ana konnte sehen, dass er enttäuscht war, sich nicht mit Kerr schlagen zu können.

»Was für ein Riesenhaufen Mist, in den ihr da geraten seid«, stellte Ana fest. In ihren Gedanken formten sich vage Ideen und Möglichkeiten, aber noch nichts Greifbares. »Was glauben die Gardisten, wo ihr seid?«

Sargan räusperte sich verlegen, während Kerr erheitert schnaubte. Wrags Gesichtsausdruck verfinsterte sich sofort wieder. Überrascht sah Ana den Dyrier an: »Was?«

»Nun, ich gelte ja seit meiner aktiveren Zeit als ein Experte für Trolle. So kam man noch in den frühen Morgenstunden zu mir, als die Wachen sie nicht finden konnten. Vielleicht verdächtigte man mich auch.

Ich bin jedenfalls kaum zum Schlafen gekommen, und in meinem Alter ist Schlaf lebensnotwenig. Zu wenig Schlaf kann sogar gefährlich sein, wie Hesoates in seinen Schriften dargelegt hat. Immerhin sind die Träume ein Geschenk der Götter und …«

»Die Trolle«, erinnerte ihn Ana rüde.

»Ja. Also fragte man mich, wohin die Trolle verschwunden sein könnten, und ich wusste keine Erklärung, die jeden Verdacht von mir weisen würde. Meine Gedanken rasten, und dann kam mir die Lösung: Ich erzählte, dass Trolle – als unterirdische Kreaturen, die sie nun einmal sind – mit ihren bloßen Händen Tunnel graben können. Wie, äh, manche Käfer. Oder Würmer.«

»Ich sollte dir den Hals umdrehen, Halbzwerg. Und das

Mark aus deinen Knochen saugen«, verkündete Wrag mit einem bösen Lächeln.

»Er hat uns gerettet! Ist dein beschissener Schädel zu dick, um das zu verstehen?«, widersprach ihm Kerr heftig.

Ungläubig blickte Ana von dem kleinen Mann zu den Trollen und wieder zurück.

»Würmer?«

Der Tiefentroll zog sich noch weiter ins Zwielicht zurück und stieß ein grollendes Geräusch aus.

»Ja, es erschien mir naheliegend, und man hat es mir sofort geglaubt«, verkündete Sargan gezwungen munter.

»Also«, warf Natiole ein, »wenn man dir erzählt, dass unter Colchas menschenfressende Monster hausen, die jeden Moment aus dem Boden hervorbrechen und dich verschlingen können – glaub es nicht.«

»Nichtsdestotrotz ist das hier keine dauerhafte Lösung«, erklärte Sargan. »Wir müssen einen Weg finden, euch aus der Stadt zu schmuggeln. Einige Tage sollten wir warten, bis der Staub sich wieder ein wenig gelegt hat, aber dann müsst ihr aufbrechen.«

Der Dyrier blickte Ana treuherzig an. »Und genau dabei kommst du ins Spiel. Ich habe Verbindungen, aber dein Haufen wäre eine weit bessere Tarnung, als ich sie liefern kann.«

Zweifelnd rieb sich Ana über die Lippen. Für einen winzigen Moment wog sie das Risiko ab, dann jedoch nickte sie. *Für die Familie fragt man nicht nach den Kosten.*

Über ihnen knirschte die Falltür, und Ana wirbelte herum, die Hände an ihren Kurzschwertern. Aber Sargan legte ihr beruhigend die Hand auf die Schulter. Vor der hellen rechteckigen Falltür zeichnete sich ein dunkler Schatten ab, ein Mensch, der langsam die Treppe herabkam.

»Darf ich vorstellen? Sciloi Kaszón. Sie ist meine rechte Hand und pflegt exzellente Verbindungen nach Ardoly und

Wlachkis. Sie wird eure Reise organisieren, wenn ihr erst einmal die Mauern der Stadt hinter euch gelassen habt.«

Die Frau war schon älter, ähnlich wie Sargan, und ihr Haar war ergraut. Sie war klein und drahtig, und ihre Kleidung war äußerst schlicht. Sie nickte in die Runde. »Es freut mich, Mitglieder der Familien cal Dabrân und Békésar zu treffen. Es ist lange her, dass ich dieses Vergnügen zum letzten Mal hatte.«

Erst jetzt erkannte Ana den Namen; Sciloi war eine Szarkin, die einst Zorpad gedient hatte und dann in die Dienste des Imperiums gewechselt war. *Eine weitere Person, vor der Flores mich stets gewarnt hat,* dachte die junge Söldnerin. *Mit ihr und dem unberechenbaren Wrag zu reisen wird keine Kleinigkeit. Mir scheint, ich werde mich in nächster Zeit besonders vorsehen müssen.*

45

»Ich habe es Eurem Freund zwar schon erklärt, aber ich kann es Euch gern noch einmal erklären«, sagte Artaynis mit betont geduldiger Stimme. »Ich bin die Tochter eines dyrischen Händlers aus Teremi. Da dort die Lage immer schlechter wird, hat meine Familie sich entschlossen, mich nach Hause ins Imperium, nach Alevacha, zu schicken.«

Einer der beiden jungen masridischen Soldaten, die sie abgepasst hatten, kaum dass sie den kleinen Gasthof an der Landstraße verlassen und ihr Pferd aus dem Stall geholt hatte, schüttelte unschlüssig den Kopf.

»Und da reist Ihr ganz allein, gerade jetzt, wo das Wetter immer schlechter wird?«, fragte er misstrauisch. Sein Kamerad war mittlerweile im Inneren des Wirtshauses verschwunden.

Die Bemerkung des Soldaten über das Wetter war durchaus zutreffend, auch wenn er ansonsten nicht besonders helle auf die junge Dyrierin wirkte. Seit sie Teremi verlassen hatte, war noch kein Tag ohne Regen vergangen. Aber bislang war das Wetter zwar unangenehm gewesen, aber glücklicherweise nicht schlecht genug, um sie zu längeren Pausen zu zwingen. *Anders als dieser übereifrige Masride hier,* dachte sie düster. *Ich hätte darauf verzichten sollen, in einem Gasthaus einzukehren.* Aber der Regen hatte ihr gesamtes Gepäck durchweicht, und der kleine Gasthof dicht hinter der Grenze zwischen Wlachkis und Ardoly hatte so verschlafen ausgesehen, dass die junge Dyrierin geglaubt hatte, gefahrlos eine Nacht im Trockenen verbringen zu können. *Ein Trugschluss. Wenn die Masriden jeden Reisen-*

den anhalten, weil sie Spione fürchten, müssen ihre Kriegsvorbereitungen wirklich schon weit gediehen sein.

Mit einer gewissen Dringlichkeit in der Stimme erwiderte sie: »Meine Familie ist weder reich noch mächtig, Herr. Und Teremi wird immer unsicherer wegen all der Flüchtlinge, die in die Stadt strömen. Deshalb wollten meine Eltern nicht warten, bis im Frühjahr wieder Karawanen die Berge überqueren, sondern haben mich jetzt schon fortgeschickt.«

Artaynis hoffte inständig, dass der junge Soldat ihr diese Scharade abkaufte. Falls nicht, hielt sie mit der Linken den Dolch umklammert, den sie im Ärmel ihres Gewandes verborgen hatte.

Aber wenn ich gezwungen bin, auf offener Straße einen masridischen Soldaten anzugreifen, wird der Rest meiner Reise wohl eher eine Treibjagd werden. Nein, eigentlich darf ich es nicht so weit kommen lassen.

»Was genau befürchtet Ihr denn eigentlich?«, fragte sie mit einem unschuldigen Augenaufschlag. Das schien den jungen Soldaten endlich zu besänftigen. Er betrachtete sie noch einmal genau und lächelte dann.

»Ach, diese verfluchten Wlachaken könnten jederzeit auf die Idee kommen, über die Grenze zu ziehen, um ein paar Dörfer zu plündern, sagt mein Hauptmann«, antwortete er im Plauderton. »Und es heißt, sie hätten sich wieder mit den Trollen verbündet. Vor nicht allzu langer Zeit soll der Sohn ihres dreckfressenden Voivoden mit einigen Trollen hier aufgekreuzt sein, um masridische Reisende auf der Straße zu überfallen.«

Artaynis schlug rasch die Hand vor den Mund und hoffte, dass ihr unterdrücktes Glucksen auch als Laut des Entsetzens durchgehen konnte. »Trolle? Wie grausam«, presste sie angemessen erschrocken hervor. »Ich hoffe, Ihr konntet diese Monster einfangen?«

Betrübt schüttelte der Junge den rasierten Kopf. »Sie sind

unserer Patrouille entkommen. Die Männer hatten viermal verfluchtes Glück, dass die Kreaturen sie nicht aufgefressen haben, heißt es.«

»Oh, ja, das hatten sie gewiss«, beeilte sich Artaynis zu versichern.

Als sich daraufhin Schweigen zwischen ihnen ausbreitete, erkundigte sich die Dyrierin vorsichtig: »Wenn ich Euch davon überzeugen konnte, dass ich nicht mit diesen Trollen im Bunde stehe, spricht etwas dagegen, dass ich nun meine Reise fortsetze? Ich würde gern noch eine längere Strecke hinter mich bringen, bevor es dunkel wird.«

Der Soldat nickte zustimmend. »Das wird sicher das Beste sein. Wenn Ihr dem Flusslauf folgt, kommt Ihr gegen Abend in ein anderes Dorf. Im dortigen Gasthaus könnt Ihr die Nacht verbringen. Es ist sicher und sauber. Ich kenne es, denn ich bin dort aufgewachsen.«

Wie schön für dich, dachte Artaynis, deren Unmut durch die unnötige Unterhaltung allmählich geweckt wurde. *Zu schade, dass ich an diesem zweifelsohne lauschigen Ort sicher nie einkehren werde.*

»Ich danke Euch!«, entgegnete sie jedoch überschwänglich. »Und ich wünsche Euch viel Glück bei der Jagd nach den Trollen. Lasst Euch nicht fressen!«

Noch bevor der Soldat etwas entgegnen konnte, hatte sie sich auf ihre Fuchsstute geschwungen und trieb das Pferd an.

Die gestammelten Abschiedsworte des Soldaten verklangen hinter ihr im Wind.

Das Land um sie begann sanft anzusteigen, während sie der Landstraße folgte. Die weiten Felder, viele davon bereits abgeerntet, blieben langsam hinter ihr zurück und machten einem Bewuchs aus niedrigen Büschen und Bäumen Platz, der immer wieder von Wiesen unterbrochen wurde. Auf vielen Weiden stand noch Vieh, das aber gewiss bald in die Ställe geschafft werden würde.

Seit sie am Morgen aufgebrochen war, schien die Sonne, und sie hatte die Hoffnung, dass der ewige Regen sie heute verschonen würde.

Bislang war sie langsamer vorangekommen, als sie gehofft hatte. Der Regen weichte die Straßen auf oder machte die gepflasterten Abschnitte rutschig und unsicher, und sie konnte nicht so schnell reiten, wie sie es sich gewünscht hätte. Und sie musste häufig Pausen machen, um das Pferd zu schonen. In Dyrien angelangt, würde es ihr einfach möglich sein, das Reittier an den zahlreichen Wegposten zu wechseln, aber in Ardoly wollte sie lieber nichts tun, was Aufmerksamkeit auf sie lenken konnte. Und so wenig Menschen wie möglich begegnen. Es war nicht sehr wahrscheinlich, aber immerhin möglich, dass jemand, den sie unterwegs traf, schon einmal in Teremi gewesen war und wusste, dass Seikos, der dyrische Händler, gar keine Tochter hatte.

Şten cal Dabrân hatte darauf bestanden, dass sie nicht unter ihrem eigenen Namen reiste. »Euer Vater würde mich umbringen, wenn man Euch gefangen nimmt, um ihn oder mich zu erpressen«, hatte er beim Abschied zu ihr gesagt, und sie hatte ihm zustimmen müssen.

Artaynis lenkte ihre Stute eine weitere Anhöhe hinauf und blieb dann stehen, da sich ihr ein ungeheurer Ausblick bot.

Von der Kuppe des Hügels aus hatte sie freie Sicht auf die Hänge und Gipfel der Sorkaten, die von hier aus schon ganz nah wirkten, obwohl sie noch mindestens zwei Tagesritte entfernt waren. Die untergehende Sonne tauchte die Gipfel in blutrotes Licht, während die tiefer liegenden zerklüfteten Hänge schon in Schwärze gehüllt dalagen.

Artaynis wusste, dass sie sich einen Lagerplatz suchen musste, aber sie blieb noch einen Moment im Sattel sitzen und bestaunte die Schönheit des Naturschauspiels, ehe sie weiterritt.

Am nächsten Morgen erwachte sie davon, dass schwere Regentropfen auf ihre Decke fielen. Der Himmel war grau und düster, und es war über Nacht deutlich kälter geworden.

Mit einem blumigen Fluch rappelte sie sich auf, und nach einem hastigen Frühstück sprang sie in den Sattel, zog ihren gewachsten Mantel fest um sich und machte sich auf den Weg. Man hatte ihr vieles im Imperium beigebracht, und das Ertragen von Unannehmlichkeiten war nur ein Teil ihrer Ausbildung gewesen. Ihr Vater hatte dafür gesorgt, dass sie sich zu behelfen wusste, sowohl in den Intrigen am Hofe als auch in den unzivilisierten Gegenden der Welt. Damals hatte sie ihn dafür verflucht, aber jetzt war sie dankbar für seine Umsicht.

Den ganzen Tag ritt sie durch den Regen, der immer kräftiger zu werden schien, je näher sie den Sorkaten kam. Die Straße wurde mehr und mehr zu einem schlammigen Pfad, der immer weiter anstieg.

Gegen Abend war sie bereits hoch in den Ausläufern der Sorkaten. *Vielleicht kann ich noch einen Tag reiten,* dachte sie, als sie sich zum Schutz vor der Feuchtigkeit unter einem Felsüberhang zusammenkauerte. An ein Feuer war nicht zu denken. Das Pferd schien ebenso missmutig zu sein wie sie selbst und kaute mürrisch auf dem feuchten Inhalt seines Futtersacks herum.

Zwei Tage später dachte sie mit Wehmut an die letzte Nacht zurück, die sie trocken und halbwegs warm in Ardoly verbracht hatte, und an das prächtige Naturschauspiel, das sich ihr an diesem Abend geboten hatte. Seitdem hatte der Regen nicht mehr aufgehört, und ein scharfer und kalter Wind sorgte dafür, dass sie nicht nur durchnässt war, sondern mittlerweile auch am ganzen Leib zitterte. In den Regen mischte sich immer häufiger Schnee, kalte, nasse Flocken, die Schlimmes ahnen ließen.

Auf dem steinigen Pfad, der zum Erköl-Pass hinaufführte, quälte sich die Stute, die sie nun am Zügel führte, nur noch voran, und sie musste genau darauf achten, wohin das Pferd treten konnte.

Das langsame Vorankämpfen auf dem Passpfad war anstrengend, und schon lange, bevor es dunkel wurde, beschloss Artaynis, einen Unterschlupf zu suchen. Nach einer Weile entdeckte sie eine Höhle, die groß genug für sie und die Stute war. Zwar bot der mannshohe, weite Eingang keinen wirklichen Schutz vor dem Wind, aber zumindest vor der Nässe würde sie eine Weile in Sicherheit sein.

Sie band ihrem Pferd die Vorderbeine locker zusammen, sattelte es ab und hängte ihm den Futtersack um. Mit klammen Fingern kramte sie in den Satteltaschen nach ihrer Öllampe. Beim dritten Versuch, sie zu entzünden, gelang es ihr endlich. Die Höhle war größer, als sie von außen angenommen hatte. Nachdem sie sich eines Teils ihrer nassen Sachen entledigt und etwas Brot und Käse gegessen hatte, nahm sie die Lampe und ging neugierig weiter in die Höhle hinein. Sie verspürte keine besondere Lust, sich zum Schlafen in ihre nasse Decke zu wickeln. Solange sie in Bewegung blieb, war ihr wenigstens warm.

Im hinteren Teil der Höhle verengten sich die Wände und bildeten eine Art Gang. Artaynis zögerte einen Moment, aber da der Tunnel mehr als doppelt so breit war wie sie selbst, trat sie schließlich hinein. Nach vielleicht fünfzig Schritten erweiterte sich der Gang, und sie gelangte in eine weitere Kaverne. Zu ihrer Überraschung wurde das Licht ihrer Lampe hier hundert-, nein tausendfach reflektiert.

Helle Steinsäulen wuchsen aus dem Boden und von der Decke herab und bildeten bizarre und prachtvolle Formationen. Vorsichtig streckte Artaynis die Hand nach einem der Kristalle aus und brach ein winziges Stück ab. Es lag schwer und kühl in ihrer Hand.

Dann entdeckte sie die Zeichnungen. Hinter einem besonders großen Stalagmiten hatte jemand eine Jagdszene an die Wand gemalt, eine schlichte Strichzeichnung, ausgeführt mit Kohlenstaub oder Pflanzenfarbe, und doch erstaunlich lebendig. Trotz aller Einfachheit ließ sich sofort erkennen, was die Zeichnung zeigte. Ein Troll stand einer großen Katze gegenüber. Beute und Jäger umkreisten sich, dann sprang der Troll vor. Auf dem nächsten Bild rangen beide miteinander, und auf dem letzten Bild trug der Troll, unzweifelhaft der Sieger der Begegnung, seine Beute auf den Schultern davon.

Sie malen, schoss es Artaynis durch den Kopf. *So wie wir Bücher schreiben, um Erinnerungen aufzubewahren, malen sie ihre Geschichten auf die Wände.*

Sie dachte an die gefährlich aussehenden Trollpranken, die sie in Teremi gesehen hatte, und versuchte sich vorzustellen, wie diese die kunstvollen Bilder hier geschaffen hatten, aber es fiel ihr schwer. Selbst Kerr, der verständigste der Trolle, war immer noch ein urtümliches Wesen, und sein dunkler Begleiter Wrag war für die junge Dyrierin mehr Naturgewalt als Kreatur gewesen.

Sie löste sich vom Anblick der Zeichnungen und kehrte in die Haupthöhle zurück. Ihr Körper forderte sein Recht, sie war todmüde, und sie wusste, dass der nächste Tag, der sie endlich über den Pass führen würde, nicht weniger anstrengend werden würde als der hinter ihr liegende.

Sobald sie sich in ihre klamme Decke gewickelt hatte, fiel sie rasch in einen unruhigen Schlaf.

Sie träumte von Kerr und den übrigen Trollen, die überall um sie herum Bilder einer gewaltigen, unwirklichen Schlacht entstehen ließen.

46

Ohne es zu planen, war Azot näher an die Oberfläche gewandert. Die Luft war hier kühler und der Fels anders. Es war nicht mehr seine Welt, durch die er schritt – hier lebten die alten Trolle. Noch weiter oben, und damit für Azot schon bedenklich nahe an der Oberwelt, befand sich das Reich der Zwerge. Gutes Jagdgebiet mit vielen Feinden, aber auch fern seiner eigentlichen Heimat.

Manchmal spürte Azot Trolle im Schlag des Herzens, doch sie mieden ihn. Er war nicht auf der Suche nach ihnen, also schritt er unbeirrt weiter. Warum er so hoch stieg, hätte er nicht sagen können. Er brauchte keine Erklärungen für sein Tun; er handelte einfach. Seine Instinkte wiesen ihm den Weg, seine Verbindung zum Herzen des Landes war stark, und er konnte ihr vertrauen.

Die Jagd war einfacher hier oben. Es gab Graue und Schlinger, Beute und Jäger. Eine einfache Pirsch brachte genug Fleisch für viele Dreeg, und man fand leichter Wasser und Pilze. Die leuchtenden Flechten waren nicht so selten, und die Gänge waren häufig weniger zerklüftet. Für Andas Brut war es zu einfach, hier die Eingeweide der Welt zu durchwandern. Das Überleben stellte kaum noch eine Herausforderung dar.

Dennoch folgte Azot den gewundenen Gängen, schritt durch Höhlen, überquerte tiefe Spalten und ging, wohin sein Weg ihn führte. Wenn er hungrig war, jagte er. Wenn es ihn dürstete, suchte er Wasser. Nichts lenkte seine Schritte, kein Hindernis ließ ihn innehalten.

So näherte er sich unaufhaltsam einer Kaverne, in der

einst Zwerge gegraben hatten. Die Zwerge waren schon lange verschwunden, vielleicht vom Krieg vertrieben, oder vielleicht hatten sie alles aus dem Stein gekratzt, was sie interessierte. In der Kaverne lagerten Trolle, ein ganzer Stamm. Sie wichen Azot nicht aus, als er kam. Schon von Weitem spürte er ihre Anwesenheit, dann nahm er ihren Geruch wahr. Als er die Kaverne fast erreicht hatte, sah er das verhasste Licht, nur ein schwaches Funkeln von Flechten, aber dennoch erregte es seinen Zorn.

Er trat in das Licht, das schmerzhaft in seine Augen stach. Wasser floss in den unsteten Schatten am Rande der Kaverne. Der Stamm hatte sich erhoben. Die Jäger traten Azot entgegen, während die Jungen weiter hinten blieben. Die Jungen, die Alten und die Schwachen, wie Azot mit einem verächtlichen Grinsen bemerkte. *Wer das Leben nicht selbst meistern kann, sollte sterben.*

»Was willst du?«, fragte einer der Trolle, ein großer, der Azot fast bis zum Kinn reichte. Seine Haut war von Narben übersät, seine Hörner lang und gewunden. Prüfend sog Azot die Luft in seine Nüstern. Er roch ihre Angst, aber sie waren bereit zu kämpfen. Trolle flohen nicht. Das war gut.

»Ich bin Azot«, erklärte er. Für einige Momente stellte er sich den Kampf vor. Einer gegen viele. Ein guter Kampf. Sie wären würdige Gegner, anders als Zwerge und Menschen und Spinnen. Sie verstanden es zu kämpfen, und sie würden es gemeinsam tun, wie Trolle eben. Aber es gab einen Frieden zwischen ihnen, und Azots Bindung an die Vereinbarung war stark.

»Ich bin Ukal. Der Anführer.«

»Habt ihr Nachricht von Kerr?«

Sein Gegenüber schüttelte den Kopf. Andere aus der Gruppe taten es ihm gleich.

»Seit vielen Dreeg nicht mehr. Sofern er zurückgekehrt ist, wissen wir noch nichts davon.«

Sie hatten keinen Grund zu lügen und Azot keinen, ihnen zu misstrauen. Es überraschte ihn, dass sie nichts wussten. Vielleicht hatte er Trolle wie sie gesucht, in der Hoffnung, dass sich die Nachricht von Kerrs Rückkehr zuerst unter ihnen verbreiten würde.

»Hier haben früher Zwerge gehaust?«

Es war mehr eine Feststellung als eine Frage.

»Ja. Ihr habt sie vertrieben. Und sie sind nicht wieder zurückgekehrt. Wir haben ihre Geräte zerschlagen und den Fluss wieder fließen lassen.« Ukal wies in Richtung des Plätscherns. »Sie hatten Holz aufgeschichtet und aus dem Fluss einen See gemacht.«

In seiner Stimme klang Verwunderung mit, die Azot teilte. Es war unverständlich, warum man aus einem Fluss einen See machen sollte. Oder warum man dort Höhlen grub, wo es keine gab, warum man Gänge in den Fels trieb, Stein fortschaffte. All dies war sinnlos. Das Land war ewig, gehorchte nur dem Schlag seines Herzens. Manche wussten dies. Wie die Vînai an der Oberfläche in den Wäldern. Sie lebten unter der grausamen Sonne, aber sie schichteten keine Steine auf und gruben keine Löcher in die Welt. Sie wussten, wie man zu leben hatte.

»Wohin ist Kerr gegangen?«

»An die Oberfläche. In das Land der Menschen. Zu ihrem Anführer.«

»Kennt ihr den Weg?«

Ukal nickte.

»Beschreibe ihn mir.«

Aufmerksam lauschte Azot den Erklärungen des Trolls. Wenn Kerr nicht von allein in die Welt unter den Bergen zurückkehrte, dann musste man ihn eben holen. An die Menschen dachte Azot dabei nicht. Ihre Anwesenheit nahm in seinem Bewusstsein keinen Platz ein; sie waren unwichtig.

47

Nach Wochen der Übungen mit den Söldnern und dem Leben in Colchas war die erzwungene Ruhe in Sargans Kellern für Natiole besonders unerträglich. *Gerade, da ich mich an die Stadt gewöhnt habe, passiert das.* Der Gedanke ließ ihn schmunzeln. Als ob sein größtes Problem darin bestand, dass er nicht mehr auf dem Markt einkaufen konnte.

Die beiden Trolle waren schweigsam und gingen sich gegenseitig so gut aus dem Weg, wie es den großen Wesen auf dem beengten Raum möglich war. Wenn sie sich trafen, dann tauschten sie sich zumeist über Knurrlaute und Gesten aus. Etwas stand zwischen ihnen, aber Natiole verstand sie nicht gut genug, um zu ergründen, was das genau war. *Vielleicht ist das ihre Art, um Zran zu trauern. Oder sie bedauern, dass sie ihn nicht auffressen konnten.*

Die Wlachaken hatten einen Raum in Beschlag genommen und waren von Sargan mit dem Nötigsten versorgt worden. Langsam verbesserte sich auch Arvans Zustand. Sie hatten die Wunde des Veteranen gesäubert und versorgt, und sein Fieber war in der letzten Nacht zurückgegangen. *Falls es Nacht war,* überlegte Natiole. In dem Keller war ihm jedes Zeitgefühl abhandengekommen, und jetzt rächte sich sein nächtlicher Lebensstil der letzten Wochen. Sie schliefen einfach, wenn sie müde waren, und die einzige Möglichkeit, das Verstreichen der Zeit festzuhalten, waren die unregelmäßigen Besuche von Sargan oder Sciloi, die ihnen Essen und Wasser brachten.

Die Szarkin schien über die ganze Angelegenheit beinahe amüsiert zu sein, auch wenn Natiole bislang kaum mehr als zwei Worte mit ihr gewechselt hatte. Die Frau war undurchsichtig, und die Tatsache, dass sie vor vielen Jahren nicht nur Zorpad gedient, sondern auch Natioles Mutter das Leben gerettet hatte, trug nicht dazu bei, dass der junge Wlachake sie besser einschätzen konnte. Aber zumindest hatte sie es bislang nicht an Höflichkeit mangeln lassen, und sie schien Sargan treu ergeben zu sein. Ansonsten gab es kaum Kontakt zur Außenwelt. Ana organisierte ihre Abreise, wie sie die Flucht gern nannte, und kam nur selten zu Besuch. Laut Sargan beruhigte sich die Stadt langsam, auch wenn noch immer Geschichten von Trollen kursierten, in denen die Monster nachts auftauchten und kleine Kinder raubten.

Einige wenige Male hatte Sargan dafür gesorgt, dass sein Palast menschenleer war, und die Wlachaken hatten einige Zeit im Hof verbracht. Das war möglicherweise der einzige Unterschied zu einem Aufenthalt im Kerker, wie Natiole nüchtern feststellte. Dank dem mysteriösen Angriff auf sie waren sie nun flüchtige Verbrecher, und zwar sogar die schlimmste Sorte, denn man lastete ihnen ein versuchtes Attentat auf den Goldenen Imperator selbst an. Sargans Beschreibungen der üblichen Strafen für ein solches Vergehen waren sehr ausführlich und farbig gewesen, und Natiole hatte keine Lust herauszufinden, was all die fremdartigen Werkzeuge, von denen der Dyrier erzählt hatte, tatsächlich mit einem anrichten mochten.

Die Trolle wurden mit jedem Tag, der verstrich, unruhiger, und der junge Wlachake befürchtete, dass Wrag sich in absehbarer Zeit nicht mehr von Kerr zurückhalten ließe und einfach in die Stadt hinausmarschieren würde.

Dabei waren sie der Gefahr noch lange nicht entronnen; auf den Straßen patrouillierten noch immer die Gardisten, und an den Stadttoren waren die Kontrollen verstärkt worden. Seufzend lehnte Natiole sich auf seinem Stuhl zurück.

Erst als Schritte auf der Treppe zu hören waren, öffnete er wieder die Augen. Zuerst fuhr seine Hand zur Waffe, die niemals fern war, doch die Schritte waren leicht, geruhsam. Soldaten würden anders klingen. *Und vermutlich hätte Wrag sie längst gerochen, getötet und gefressen.*

Tatsächlich war es Sargan in Begleitung einer weiteren Person, der aus dem schattigen Durchgang trat. Sie hatten sich angewöhnt, nur das nötigste Licht brennen zu lassen, um die Trolle nicht unnötig zu reizen.

Zuerst hatte sich Natiole nur aufrecht hingesetzt, aber als er sah, wer Sargan begleitete, sprang er geradezu auf. »Artaynis!«

Die junge Dyrierin lächelte und neigte das Haupt. »Es ehrt mich, dass Ihr mich nach so langer Zeit noch erkennt.«

Sprachlos starrte Natiole sie an. Ihre Kleidung war schlicht, offenkundig für eine Reise gedacht und abgenutzt. Sie trug keinen Schmuck, und ihr Gesicht war ungeschminkt.

»Aber für eine Begrüßung reicht Eure Wiedersehensfreude nicht?«, fragte sie lächelnd.

Das riss den jungen Wlachaken aus seiner Überraschung. Schnell verneigte er sich formvollendet, wie es im Imperium Brauch war. »Ich begrüße Euch, Artaynis Vulpon. Es erfreut mein Herz, dass wir uns wieder treffen und ich in Eurer Anwesenheit weilen darf.«

Jetzt lachte sie leise. »Habt Ihr heimlich die Umgangsformen des Imperiums geübt, Natiole cal Dabrân?«

»Nur ein wenig«, erklärte Natiole und grinste verlegen. »Das bleibt wohl nicht aus. Und ich hatte ja inzwischen genug Zeit, gelinde ausgedrückt.«

Sie musterte ihn genau, und er konnte ihre Blicke geradezu auf seinem Körper spüren. Er trug die leichte Kleidung der Stadtbewohner, ein Geschenk ihres Vaters, zwar ohne Schmuck, aber aus gutem Stoff.

Ihr Lächeln machte ihn nervös, und Natiole strich sich unsicher eine Strähne hinter das Ohr. Unvermittelt fühlte er sich nach den Tagen und Nächten im Keller schmutzig und ungelenk, auf eine schwer bestimmbare Weise unzureichend.

Gebückt betrat Kerr den Raum. Der Troll hielt inne und lächelte vorsichtig, als er Artaynis sah. Natiole zweifelte nicht daran, dass er sie schon längst am Geruch erkannt hatte, aber der Troll bemühte sich immer sehr, die Menschen nachzuahmen und sie nicht zu erschrecken.

»Ich freue mich, dass du da bist«, sagte Kerr schlicht.

»Ich bin froh, euch alle erreicht zu haben«, entgegnete sie. »Und ich bringe viele Nachrichten aus Wlachkis. Es ist eine Menge geschehen.«

»Hier nicht minder«, erwiderte Natiole düster, aber Sargan beschwichtigte ihn: »Ich habe meiner Tochter die unangenehmen Ereignisse und eure Schwierigkeiten schon dargelegt.« Auffordernd sah er Artaynis an.

»Ionnis geht es gut«, begann die junge Frau. »Er ist aufgewacht und erholt sich beständig.«

In Natioles Leib löste sich die Anspannung, die sein Leben seit der fürchterlichen Brandnacht begleitet hatte; ein Teil der Schwere, die ihn belastete, fiel von ihm ab.

»Aber es gibt auch schlechte Nachrichten. Tamár Békésar ist tot.«

Dann ist Ardoly ungeschützt und ohne Führung, dachte Natiole schnell. Erst dann erkannte er, dass diese Neuigkeit noch mehr bedeutete. *Und Ana hat ihren Vater verloren.* Schon bereute er den ersten Gedanken, aber Artaynis sprach weiter: »Und deine Tante Flores auch. Sie wurden feige ermordet, als sie zusammen waren.«

Die Taubheit, die sich in seinen Gliedern ausbreitete, drohte Natiole zu übermannen. Er empfand nichts, keine Trauer über den Verlust, keine Wut. Es war, als spräche Artaynis über eine Fremde und nicht über seine Tante und

Anas Mutter. Neben ihm brummte Kerr traurig, als singe der Troll ein fast unhörbares Lied.

»Ana muss davon erfahren«, stieß Natiole mit rauer Stimme hervor.

»Ich habe bereits nach ihr gesandt«, erwiderte Sargan. »Das … wird nicht leicht für sie.«

»Der Tod ist niemals leicht.« Seine eigene Antwort klang hohl in Natioles Ohren. Es war eine Floskel, mehr nicht.

»Der Tod kommt zu allen, Mensch oder Troll. Flores hat ihn nicht gefürchtet, sie war eine sehr starke Menschin«, sagte Kerr.

»Es droht noch mehr davon«, fuhr Artaynis leise fort. »Zwischen Ardoly und Wlachkis braut sich ein neuer Krieg zusammen. Die Masriden beschuldigen die Wlachaken, den Marczeg umgebracht zu haben. Und in Wlachkis ist es nicht anders. Dort gibt man Ardoly die Schuld an Flores' Tod.«

»Krieg«, murmelte Natiole und sah Sargan alarmiert an. »Wir müssen zurückreisen. Wir müssen schnell aufbrechen. Ich muss nach Wlachkis.«

»Ich weiß. Aber du musst dich in Geduld üben. Ana wird ihre Anstrengungen nun sicherlich verstärken. Und ich auch. Aber wir können uns keine Fehler leisten. Wir müssen weiterhin vorsichtig sein.«

»Die Pässe sind mittlerweile ohnehin nicht mehr zu passieren, denke ich«, warf Artaynis ein. »Ich bin gerade noch über die Berge gekommen.«

»Ich muss es versuchen. Ich muss nach Wlachkis!«

»Wir können unter den Bergen entlanggehen«, schlug Kerr vor. »Dort gibt es sicher Wege, die wir finden können. Unter der Erde ist der Winter egal. Wir könnten höchstens auf ein paar Zwerge treffen.«

»Weg von hier und unter die Erde. Das ist das erste gute Wort, das ich seit Langem von dir gehört habe«, mischte sich Wrag ein, der bislang zu allen Neuigkeiten geschwiegen hatte – vermutlich, da ihm die Menschen, von denen Artaynis sprach, nichts bedeuteten.

Grimmig nickte Natiole. Er würde nach Wlachkis heimkehren, und wenn er sich dazu durch eine Zwergenbinge und alle Trollstämme kämpfen musste. *Wenn es Krieg gibt, wird er im Frühjahr losbrechen. Bis dahin muss ich Teremi erreichen.*

»Was ist mit den Masriden? Was ist mit meinem Vater?«, fragte er Artaynis.

Ihre Antwort war lang und ausführlich. Sie berichtete ihm von den Sylken, von den Anwärtern auf den Thron des Marczegs, von Cornels Reise, der Entdeckung des Sonnenpriesters und dem Angriff auf Vikolyi Arkós. Schweigend lauschte Natiole ihren Worten.

Wrag lief unterdessen unruhig im Kreis um die Menschen herum, so als könne er ihren Aufbruch nun nicht mehr erwarten.

»Die Zwerge lasst nur meine Sorge sein«, meinte er schließlich, als Artaynis geendet hatte, beinahe vergnügt. »Wann verlassen wir dieses beschissene Loch?«

Niemand antwortete dem Tiefentroll.

»Das alles sind wichtige Neuigkeiten«, erklärte Sargan stattdessen bedächtig, »aber es gibt noch mehr. Sehr gravierende Neuigkeiten, die ...«

»Papa«, unterbrach ihn Artaynis mit drängendem Unterton.

»Äh, ja. Also, es gibt Bestrebungen innerhalb der Bürokratie und der Kriegeraristokraten, einen Feldzug auszurufen.«

»Einen Feldzug?«

»Einen Vergeltungsangriff. Auf Wlachkis.«

»Was?« Natiole konnte es kaum fassen. »Das Imperium will einen Krieg führen? Gegen Wlachkis?«

»Ja. Zur Strafe für den Angriff auf den Goldenen Imperator. Wobei ich bezweifle, dass der Unterschied zwischen

Ardoly und Wlachkis hier überhaupt ins Gewicht fällt. Ich befürchte, sie meinen einfach die gesamte ehemalige Provinz Wlachkis. Das Land zwischen den Bergen, von den Nördlichen bis zu den Südlichen Sorkaten, von der Quelle des Magy bis zu seinem Verschwinden in der ewigen Dunkelheit unter der Welt.«

»Das kann doch alles nicht wahr sein«, entfuhr es Natiole. Kraftlos ließ er den Kopf hängen und stöhnte leise. Der Gedanke, dass seine Reise in das Imperium derartige Folgen haben mochte, ließ ihn schwindeln.

»Es ist nicht deine Schuld«, sagte Kerr leise mit der unheimlichen Fähigkeit, die Gedanken anderer zu erraten, die der Troll manchmal zeigte. »Sie greifen an, wen sie angreifen wollen. Denk an den Überfall auf uns.«

Die Worte des Trolls ergaben Sinn, doch konnte der junge Wlachake sie nicht annehmen. »Ich muss zurück«, erwiderte er. »Ich muss zurück und Vater warnen. Ich muss diesen Krieg zwischen Ardoly und Wlachkis verhindern.«

Alle schwiegen einige Augenblicke. Schon bereute Natiole seinen Ausbruch, und er kam sich lächerlich vor.

»Ich werde meine Bemühungen hier in Colchas verstärken«, erklärte da Sargan gewichtig, »mehr über die Bestrebungen innerhalb der Bürokratie zu erfahren. Mir scheint die Front der Unterstützer zu geeint, als dass es eine zufällige Koalition sein könnte.«

»Wie meinst du das?«

»Das Gerede des Halbzwergs ist unwichtig. Wann brechen wir auf?«, verlangte Wrag zu wissen.

Kerr knurrte, und der Tiefentroll verstummte missmutig.

Auffordernd blickte Natiole Sargan an.

»Es ist komplex, und ich kann es nicht einfach erklären«, fuhr der Dyrier fort. »Aber es klingen Stimmen in Harmonie, die sonst nur gegeneinander im Streit erhoben werden. Und die ganze Angelegenheit schreitet sehr schnell voran –

nicht gerade typisch für die Vorgänge innerhalb der Bürokratie. Es wirkt, als ob sich ein Plan entfalten würde.«

»Du meinst, jemand hat seine Finger im Spiel, dem es gelegen käme, wenn das Imperium Krieg führt?«, hakte Artaynis nach und legte die Stirn in Falten. »Das würde den Überfall auf Natiole und die Trolle erklären.«

»Aber wieso?«, fragte Natiole. »Wir haben uns doch keine Feinde geschaffen. Wir haben niemanden beleidigt. Und Wlachkis ist im Vergleich zu Dyrien ein armes Land, das noch immer unter den Folgen des Bürgerkriegs leidet und nicht daran denken kann, seinen großen Nachbarn zu überfallen. Was ist der Grund?«

»Ach, Natiole. Als wenn man für Krieg einen Grund benötigte. Macht, Reichtum, suche dir einen aus. Wlachkis liegt an der Grenze, und es ist eine Frucht, die man pflücken kann.«

»Ich werde sehen, was ich herausfinden kann.« Sargan klang bestimmt. »Noch ist derjenige, der die Fäden zieht, hinter den lauten Fürsprechern verborgen. Aber wenn dieser Krieg jemandem nutzen soll, dann wird er sich bald offenbaren müssen. Vielleicht lässt sich das Schlimmste noch verhindern.«

Dankbar lächelte Natiole den Dyrier an. Auch Artaynis lächelte, und der junge Wlachake musste an ihre kurze gemeinsame Zeit in Wlachkis denken. Wie unhöflich und abweisend er gewesen war. Er hatte ihr unrecht getan. *Sie ist hergekommen, um uns zu warnen,* dachte er. *Das war sehr mutig von ihr.* Dann besann er sich. *Wlachkis droht unterzugehen, und ich denke daran, mich für mein Verhalten bei einer Frau zu entschuldigen, deren Volk vielleicht bald gerüstet gegen das meine ziehen wird. Ich bin ein viermal verfluchter Narr.*

Aus dem Augenwinkel betrachtete er die Dyrierin. Eigentlich musste er Pläne schmieden, musste sich vorbereiten, aber er konnte seine Gedanken nicht von ihr lösen.

48

»Pass auf, Vorbs«, zischte der Soldat, der am steinernen Stadttor von Teremi lehnte und den Durchgang bewachte. »Entweder du gehst sofort in die Stadt zurück, oder du machst dich auf den Weg zu deinen Freunden nach Ardoly. So oder so – wenn du in drei Augenblicken nicht weg bist, werde ich anfangen, dir Respekt vor uns Wlachaken einzuprügeln.«

Der Wachsoldat funkelte den Sonnenpriester aus seinen hellen Augen an. Er hob die Rechte, ließ den Blick nicht von Cornel und schnippte ihm ins Gesicht.

Der Sonnenpriester schloss die Augen und atmete langsam aus. Er war die Beschimpfungen und die Demütigungen gewohnt. Seit vielen Jahren waren sie seine ständigen Begleiter. Aber diesmal war es anders. Diesmal konnte er seinen Zorn nicht im Zaun halten. Er war hier, weil er herausfinden wollte, was in der Nacht wirklich geschehen war, als es in der Feste Remis gebrannt hatte. Er war hier, weil er dem Voivoden helfen wollte, vielleicht doch einen Krieg zu verhindern. Und er verspürte plötzlich nicht mehr die geringste Neigung, sich von dem dicklichen Wachposten, der sich so offenkundig von seinen Vorurteilen leiten ließ, herumschubsen zu lassen.

»Hör mir zu, du dreimal verfluchter starrsinniger Bastard«, begann er mit leiser, aber eindringlicher Stimme. »Dein Herr schickt mich, um zu ermitteln, warum es in der Feste Remis gebrannt hat und wie wahrscheinlich es ist, dass bald eine Armee aus Masriden, Szarken und Sylken Wlachkis überrennt. Du kannst natürlich hier stehen bleiben und dich weiter aufblasen, bis du platzt. Oder du sagst mir, was ich wissen will, und ich bin erstens schnell wieder verschwunden und zweitens nicht länger in Versuchung, deinen fetten Hintern in den Magy zu befördern.«

Der Soldat starrte den Sonnenpriester aus großen Augen an. Noch nie hatte er diesen so aufgebracht erlebt. Da er offenkundig nicht wusste, was er sonst sagen sollte, erwiderte er schlicht: »Sitai und Jaleia. Ich weiß es genau, weil wir so oft über den Brand geredet haben und darüber, dass die verdammten Masriden dem Prinzen den Schädel einschlagen wollten.«

»Sitai und Jaleia also? Und wo finde ich die beiden jetzt wohl?«

»Ihr findet sie entweder in den Soldatenunterkünften in der Festung oder in einer Schänke, denke ich. Ganz sicher könnt Ihr sie aber heute Abend hier treffen; sie werden bei Sonnenuntergang unsere Ablösung sein – Herr«, fügte er nach einem kurzen Zögern hinzu.

»Ich danke dir«, erwiderte Cornel betont freundlich und überließ die Wache wieder ihren Aufgaben.

Geht doch, dachte er mit einem gewissen Stolz, für den er sich jedoch sofort schämte. *Ich werde zu gegebener Zeit den Tempel mit besonderer Inbrunst reinigen,* versprach er sich selbst. *Aber immerhin hat mir der fette Narr so eine anständige Antwort gegeben. Jetzt kann ich nur noch hoffen, dass Sitai und Jaleia dazu ebenfalls bereit sind.*

Am nächsten Morgen war der Sonnenpriester schon früh auf den Beinen. Er hatte sich entschieden, das Versprechen, das er sich selbst gegeben hatte, lieber rasch einzulösen, und so reinigte und schmückte er den Tempel bereits für die Morgenandacht, obwohl der Sonnenaufgang noch fern war.

Als er die Tür zum Innenhof der Festung öffnete, um den Schmutz herauszukehren, stellte er jedoch fest, dass er nicht der Einzige war, der zu dieser frühen Stunde schon unterwegs war. Der Voivode wanderte ziellos im Burghof auf und ab. Als er Cornel sah, blieb er stehen.

»Ich grüße Euch«, begann der Sonnenpriester zögerlich, der nicht wusste, ob er Ştten cal Dabrân möglicherweise störte, doch wollte er dem Voivoden gern erzählen, was er herausgefunden hatte, und jetzt konnte er vielleicht die ungeteilte Aufmerksamkeit des Herrschers auf sich ziehen.

»Voivode? Ich habe gestern mit zwei der Torwachen Teremis gesprochen, die dort auch in jener Nacht Dienst hatten, als das Feuer ausbrach. Sie sind sich sicher, dass zumindest durch die Tore keine Sylken in die Stadt gekommen sind. Überhaupt keine Fremden, soweit sie das erkennen konnten. Also sagt der Sylke im Kerker möglicherweise die Wahrheit.«

Şten nickte nachdenklich. »Ich denke, den Auftrag, für den die Sylken nach Teremi geholt wurden, haben sie noch nicht ausgeführt. Aber die Frage bleibt, wer dann das Feuer gelegt hat.«

»Herr – Ihr wisst, dass es nicht so viele Möglichkeiten gibt, nicht wahr? Wenn sich niemand in die Festung eingeschlichen hat, muss es jemand gewesen sein, der sich ohnehin leicht Zutritt verschaffen konnte.«

Mit gerunzelter Stirn fragte der Voivode: »Was wollt Ihr damit sagen, Priester?«

»Ich meine einen Wlachaken, Herr.«

Müde fuhr sich Şten über die Augen.

»Ein Wlachake«, wiederholte er. »Eigentlich haben wir das die ganze Zeit gewusst, wir wollten es nur nicht laut aussprechen, oder? Wer sonst könnte bis in Vintilas Gemächer gelangen, ohne Aufsehen zu erregen? Aber die Lage wird dadurch nur noch komplizierter.«

Allerdings, grübelte Cornel.

»Es war ein Glück für den Geistseher, dass er die Stadt an diesem Abend verlassen hatte. Wer das Feuer in Vintilas

Gemächern gelegt hat, hätte sicher keine Skrupel gehabt, ihn ebenso niederzuschlagen wie meinen Sohn.«

Plötzlich zuckte ein Gedanke durch den Geist des Sonnenpriesters: *Was, wenn es kein Glück gewesen ist und auch keine Gunst der Geister? Was, wenn er die Stadt verlassen hat, weil er genau wusste, dass ein Feuer ausbrechen würde?*

Aber dann schalt Cornel sich einen Narren. Nur weil der Geistseher und er seit Jahren Gegner waren, machte das den Alten noch nicht zu einem Mordbrenner. Vintila war ein Mentor des älteren Prinzen, und es gab wohl kaum etwas, was so sehr mit Wlachkis verbunden war wie der Glaube an die Geister.

»Ihr habt recht, Herr. Es war ein großes Glück für Vintila und den Rat, dass er uns erhalten blieb«, antwortete Cornel dem Voivoden demütig.

»Trotzdem sind die Sylken nicht ohne Grund hier gewesen, Priester. Lasst mich Euch um einen Gefallen bitten. Kehrt mit Ionnis noch einmal zu dem Gefangenen zurück. Auch wenn er und seine Begleiter nicht in der Burg waren, hatten sie einen Auftrag, und ich wüsste zu gern, worin dieser bestand. Findet so viel heraus wie möglich, jede Information kann wichtig für uns sein.«

49

Es war das erste Mal, dass Ana sich in ihrem eigenen Körper fremd war. Ihr ganzes Leben lang war sie fremd gewesen – im Imperium, im Land zwischen den Bergen; eine Heimatlose, die allein im Verbund der Söldlinge Gemeinschaft gefunden hatte. Aber sie war stets sie selbst gewesen, unerschütterlich. Zumindest hatte sie das immer von sich geglaubt, aber es hatte sich als falsch erwiesen.

Natiole sah sie an, unerwünschtes Mitleid zeigte sich in seinen Zügen. Vielleicht redete er, aber sie hörte seine Worte nicht.

In all den Jahren ihres Lebens war Flores ihr fester Bezugspunkt gewesen. Bei ihr hatte Ana sich niemals fremd gefühlt. Ihr ferner Vater hatte sie geliebt, dessen war Ana sich sicher, und sie wusste, dass sie um ihn trauern würde. Aber Flores' Tod war mehr. Er überschattete alles, als bräche die Welt unter Ana zusammen und ließ sie allein im Nichts zurück.

Ana vergoss keine Tränen. Der Schmerz war zu groß, um an die Oberfläche zu gelangen. Es gab nichts, was ihm angemessen gewesen wäre, keine Regung, keine Tränen, keinen Schrei. Er fraß sie auf, ließ sie hohl zurück, eine Larve ihrer selbst, die ungerührt ihren Vetter anblickte. Als hätte jemand anders ihren Platz in ihrem Leib eingenommen, jemand Fremdes, den all dies nicht berührte. »Ana?«

Natioles Worte kamen wie von weit her. Sie kannte das. Nach mancher Schlacht hatte sie sich ähnlich gefühlt. Jenseits ihres Lebens irgendwie, einen Schritt neben der Welt, außerhalb von Zeit und Raum.

»Wir müssen diesen Keller und Dyrien verlassen und sofort nach Wlachkis«, drängte ihr Vetter erneut. »Das Land ist von Feinden umgeben, und wenn wir Vater und die anderen nicht warnen, droht es unterzugehen. Wirst du … wirst du uns begleiten?«

Die Frage kam überraschend. Anas schweifende Gedanken wurden unangenehm ins Hier und Jetzt gestoßen.

»Was, nach Wlachkis?«

»Ja. Wir könnten dich gut brauchen. Dich und deine Söldlinge. Es wird Krieg geben, und für Wlachkis steht alles auf dem Spiel, was wir uns erkämpft haben.«

In Natioles Stimme schwang Sorge mit, aber seine Miene war trotzig. Er war gewillt, sich allem entgegenzustellen, was seine Heimat bedrohen mochte. Er zog Kraft daraus und Gewissheit. Eine Gewissheit, um die Ana ihn beneidete, denn ihre Welt hatte ihr Fundament verloren.

»Ich werde euch ein Stück weit begleiten. Aber dann muss ich zurückkehren und mich um meine Aufgaben kümmern. Das ist nicht mein Krieg.«

»Natürlich ist er das«, brauste Natiole auf. »Flores ist auch zurückgekehrt, als Zorpad gegen das Mardew zog. Sie hat die Würde der Voivodin angenommen, als Wlachkis vom Untergang bedroht war. Sie wusste, woher sie stammte!«

»Sprich nicht von ihr, als würdest du sie kennen«, herrschte ihn Ana an. In ihrem Leib kochte Wut empor.

Ihre Mutter lag in Ardolys Erde. Sie hatte gegen und für die Masriden gefochten, und am Ende war sie dem Hass, dem sie immer entfliehen wollte, doch erlegen. Jemand hatte diese Schuld auf sich geladen. Mörder durchstreiften die dichten Wälder des Landes zwischen den Bergen.

Der Gedanke an die Mörder fachte Anas Zorn weiter an. Sein Feuer vertrieb die Kälte aus ihren Gliedern, und sie nahm ihn dankbar auf. Egal, was geschah, die Schuldigen würden für ihre Taten büßen müssen.

Unwillkürlich glitt ihre Hand zu dem kurzen Schwert an ihrer Hüfte. *Wenn jemand Flores rächt, dann ich. Wenn jemand Tamárs Tod sühnt, dann ich. Wer auch immer dahintersteckt, ich werde sie finden, und sie werden für alles bezahlen, was sie angerichtet haben.*

Noch immer konnte Ana nicht trauern. Aber sie konnte hassen.

»Ich werde dich begleiten, Natiole.« Er wollte etwas erwidern, aber sie hob die Hand und schnitt ihm das Wort ab. »Nicht, um für Wlachkis zu kämpfen, sondern um die Mörder meiner Eltern zur Strecke zu bringen. Und wenn ich dafür das ganze Land zwischen den Bergen umgraben muss: mir werden sie nicht entkommen!«

50

Zum allerletzten Mal, Wrag: Wir brauchen die beschissenen Karren, um aus dieser verfluchten Stadt herauszukommen. Wenn dir das nicht passt, kannst du von mir aus hierbleiben.«

Artaynis hörte Kerrs Stimme schon, kaum dass sie einen Fuß in den Keller gesetzt hatte. Der Troll klang aufgebracht und auch resigniert, so als habe er denselben Satz schon hunderte Male gesagt.

»Es war falsch, an diesen Scheißort zu kommen. Falsch! Falsch und Mist!«, entgegnete der Tiefentroll. Dann hörte sie, wie sich seine schweren Schritte entfernten.

»Ich hätte ihn nicht mit herbringen dürfen«, sagte Kerr unglücklich.

»Das kann man nicht wissen«, antwortete Natioles Stimme aus den Schatten. »Wäre Wrag bei dem Angriff auf uns nicht dabei gewesen, dann hätten wir wohl jetzt selbst einen Platz in der Stadt der Toten.«

»Kein Troll würde so etwas wollen«, entgegnete Kerr kategorisch.

»Und kein Mensch …«

Natiole verstummte mitten im Satz, und der Troll verzog die Lippen zu einem Trolllächeln, da Artaynis um die Ecke bog und sich dabei laut und vernehmlich räusperte, um auf ihre Anwesenheit aufmerksam zu machen.

»Diesmal hätte ich daran gedacht, mich von Euch zu verabschieden!«, versicherte ihr der junge Wlachake mit abwehrend erhobenen Händen, noch bevor Artaynis etwas sagen konnte.

»Ich bin nicht hier, um Euch Vorwürfe zu machen«, entgegnete sie lachend. »Ich wollte Euch nur bitten, diesen Brief an Ionnis mitzunehmen, und Euch eine gute Reise wünschen.«

Natioles Miene hellte sich auf, und der Troll nickte gewichtig.

»Wenn wir erstmal unter der Erde sind, wird es eine gute Reise werden. Schwieriger ist es aber, dorthin zu gelangen.« Kerr deutete vielsagend auf die niedrige Tür, durch die Wrag offenbar verschwunden war. »Ich werde ihm besser nachgehen«, murmelte er mit einem grollenden Seufzen. »Bevor er noch anfängt, wirklich Löcher in die Erde zu graben, so wie der Halbzwerg behauptet.«

Artaynis unterdrückte ein Kichern, als Kerr grummelnd verschwand.

»Es ist gut, dass wir aufbrechen«, erklärte Natiole und legte die Post zu ihrem Reisegepäck. »Die Geister allein wissen, wie lange es Wrag sonst noch in diesem Keller ausgehalten hätte. Er ist wie eine Naturgewalt. Man kann nicht vorhersehen, was er als Nächstes tun wird.«

Sie schwiegen einen Augenblick, bevor Natiole fortfuhr: »Und Ihr? Habt Ihr schon Pläne, was Eure Zukunft hier angeht?«

»Das solltet Ihr vielleicht lieber meinen Vater fragen«, meinte sie, bemüht, alle Bitterkeit aus ihrer Stimme herauszuhalten. Nach der großen persönlichen Freiheit, die sie in Teremi genossen hatte, schien ihr die Aussicht auf eine machtpolitische Vernunftehe, wie sie ihr nun vermutlich im Imperium bevorstand, verheerender denn je.

»Vielleicht seid Ihr bei meinem nächsten Besuch in Colchas ja schon die nächste Frau des Goldenen Imperators?«, fragte er. Die Worte waren sicherlich nur scherzhaft gemeint, doch der Witz misslang.

»Wenn mein Vater den Krieg zwischen Dyrien und Wlachkis nicht verhindern kann, dann werden wir uns vermutlich nie wiedersehen«, stellte Artaynis nüchtern fest, und erst in dem Moment, als sie es aussprach, wurde ihr selbst klar, dass es die entsetzliche Wahrheit war.

Betreten blickte Natiole zu Boden. »Verzeiht mir.« Plötzlich sah er wieder so verloren aus wie in Teremi, als sie gemeinsam in der Küche gesessen hatten. »Wenn Ana ihren Führungsanspruch nicht durchsetzen kann und wenn es zwischen Ardoly und Wlachkis zu einem Bürgerkrieg kommt, dann mögen die Geister mit meinem Volk Erbarmen haben. Am Ende bräuchte die dyrische Armee bloß zu warten, bis wir uns gegenseitig umgebracht haben, und könnte das gesamte Land zwischen den Bergen dann ganz einfach überrennen.«

51

Vorsichtig griff Kerr an den Beutel und fühlte nach, ob die Speerspitze noch sicher war. Für sie hatten sie die ganze, endlose Reise getan, hin und zurück, für sie war Zran gestorben, für sie würde Wlachkis vielleicht in den Krieg ziehen.

Immer wieder berührte der Troll das unscheinbare Stück Metall, als befürchtete er, dass es einfach verschwinden könnte, wenn er es nicht tat. Aber die Speerspitze blieb fest und wirklich, ein leichtes Gewicht in seiner Hand.

Kerrs Blick wanderte zu Wrag, der einige Trollschritt entfernt von ihm lief. Die Bewegung und die Aussicht auf eine Heimkehr in die Welt unter den Bergen belebte Andas Kind sichtlich, aber Kerr konnte immer noch seinen Zorn auf den anderen fühlen. Zu deutlich hatte er noch Zrans Tod vor Augen, dem Wrag hätte beistehen sollen. *Beistehen müssen, wie ein richtiger Troll,* dachte Kerr. *Nur gut, dass ich die Speerspitze habe. Wenn der Dunkelgeist erst geheilt ist, werden vielleicht auch Andas Kinder geheilt und endlich wieder sein wie wir.*

Sie kamen gut voran. Es war vor allem Natiole, der sie antrieb. Auch Kerr wollte zurück in seine Heimat, aber der junge Mensch war von einer noch größeren Eile beseelt, die ihn vollkommen rastlos machte. Die Menschen hatten ihre Reittiere mehrfach gewechselt, und auch die Zugtiere der Karren waren ausgetauscht worden. Einige Orte hatten sie umgehen müssen, bei anderen hatten die beiden Trolle sich in den Wagen verborgen. Aber die Menschen bewachten sie, sowohl Natiole mit seinen Wlachaken als auch Ana mit ihren sieben Kriegern, die sie begleiteten.

Jede Nacht und mit jedem Schritt, den sie taten, wurde der Herzschlag des Landes lauter. Sein Klang rief Kerr heim. Wieder fuhr seine Hand zu dem Beutel. Die Speerspitze war zwar mit Gravuren verziert, aber letztendlich war sie ein einfaches Ding, eine metallene Spitze, dafür gemacht, zu verletzten und zu töten. Es verwunderte Kerr immer noch, dass so ein kleines Stück Metall dem Weißen Bären solch eine furchtbare Wunde hatte zufügen können. *Die Gerätschaften der Menschen. Unscheinbar, aber tückisch. Sie machen aus schwachen Wesen gefährliche Krieger.*

Als hätte Wrag Kerrs Gedanken gespürt, schnaubte er abfällig. Aber vermutlich war es nur die Nähe Natioles und Anas, die Andas Kind verärgerte. Mit einigen Schritten verschwand Wrag vom Weg, tauchte in die Dunkelheit ein und verschmolz mit ihr. Für die Menschen mochte er jetzt unentdeckbar sein, doch Kerr spürte seine Anwesenheit immer noch. Der Herzschlag des Landes war hier schon viel stärker, und sein steter Klang beruhigte sowohl ihn als auch Andas Kind.

Kerr lief langsamer, ließ die Menschen auf ihren Pferden zu ihm aufschließen. Sie unterhielten sich leise, schwiegen aber, als sie ihn erreichten.

»Wo ist Wrag?«, erkundigte sich Natiole. Zur Antwort zuckte Kerr mit den Schultern.

Bislang hatte Ana sie gut geführt, und Kerr vertraute darauf, dass es auch so bleiben würde, bis sie ihre heimischen Höhlen und Gänge erreichten. Hinter ihnen ritt eine dritte Person, die Menschenfrau, die Sciloi genannt wurde. Bei aller Zurückhaltung schien sie insgeheim mächtig zu sein, denn sowohl Natiole als auch Ana behandelten sie mit einer seltsamen Mischung aus Achtung und Vorsicht. Sie hielt Abstand von ihnen, aber ihre Witterung stieg Kerr dennoch von Zeit zu Zeit in die Nase.

Ein Dreeg wusch über ihn hinweg, drang durch ihn hindurch, laut und klar. Die Luft roch nach Heimat; sie war kühl, erfüllt vom Versprechen baldigen Schnees. Aber es roch auch nach den Bergen, dem Fels und den Gängen. *Heimkehr.* Der Troll genoss den Klang des Wortes, seine Stärke, die es auch ihm verlieh. Bald schon waren sie nicht mehr der gnadenlosen Sonne ausgesetzt, sondern wieder jederzeit Herren ihrer selbst. Trolle in den Tiefen der Welt, dort, wo ihr Platz war.

»Wirst du einen Eingang finden? Wenn ihr noch niemals auf dieser Seite der Berge wart …«, begann Ana, aber Kerr unterbrach sie: »Ich kann schon jetzt die Eingänge spüren. Ich kann die Luft riechen, die Spalten im Fels ahnen. Keine Sorge. Außerdem, wer hat behauptet, dass Trolle niemals jenseits eurer Berge waren?«

»Ich dachte nur …«

»Unsere Heimat liegt auch jenseits der Berge. Die Gänge sind lang. Aber wir gehen nur selten dorthin. Es ist Zwergengebiet, und man entfernt sich von den Dreeg.«

»Und dein Stamm?«, erkundigte sich Natiole.

»Ich werde sie finden. So wie ihr eure Stämme finden werdet.«

»Nicht alle von uns«, murmelte der junge Wlachake. Erstaunt spitzte Kerr die Ohren. Neben ihm seufzte Ana leise.

»Was heißt das?«, fragte Kerr.

Natiole wollte antworten, aber Ana kam ihm zuvor: »Mein Vetter denkt, dass ich in das Land zwischen den Bergen gehöre. Zu meiner Familie.«

»Aber du kommst doch woanders her«, erwiderte Kerr unsicher. »Aus Colchas?«

»Nein, nicht wirklich. Wir sind schon immer viel gereist. Wohin die Aufträge uns eben getrieben haben. Aber ich denke, mein Stamm«, sie betonte das Wort deutlich, »sind meine Kameraden.«

»Flores war eine starke Kriegerin«, sagte der Troll bestimmt. Wie immer, wenn es um die feineren Aspekte des menschlichen Lebens ging, war er vorsichtig. »Sie hat gemeinsam mit Şten und uns gekämpft.«

»Ich weiß. Ich habe viel darüber nachgedacht.«

Ihre Reaktion überraschte Kerr. Sie wirkte niedergeschlagen. Mit gerunzelter Stirn schaute er Natiole an, der zu Boden sah und leicht den Kopf schüttelte.

»Es war eine gute Schlacht«, erklärte Kerr ernsthaft.

»Du solltest zurückkehren«, warf Natiole ein. »So oder so nach Hause.«

»Heimkehr ist gut«, bekräftigte Kerr, dann hob er den Kopf. Über ihnen erhoben sich die abweisenden Wipfel der Sorkaten. Das Mondlicht ließ ihre weißen Gipfel kalt schimmern. Der Pfad führte sie direkt auf den Pass zu, den sie vor scheinbar ewiger Zeit in die andere Richtung genommen hatten. Aber Kerrs Blick wanderte zur Flanke des Berges, glitt über graues Gestein, bis er fand, was sein Herz schon gespürt hatte.

»Dort.«

Es war kaum auszumachen, wenig mehr als ein Felsvorsprung. Aber Kerr wusste, dass sich dahinter eine kleine Höhle befand, die erst enger wurde, sich dann aber weitete. Von dort zweigte ein Gang ab, der sie in die Tiefen der Welt führen würde.

»Wir erreichen den Stein noch vor Sonnenaufgang«, stellte der Troll zufrieden fest. *Keine Himmelslichter mehr!*

»Endlich«, donnerte Wrag, der sich aus den Schatten zweier Felsblöcke löste. Andas Kind rieb sich die Hände, und zum ersten Mal seit langer Zeit breitete sich ein Trollgrinsen auf seinem Gesicht aus. »Keine Scheißwagen, keine Scheißsonne, keine Scheißmenschlinge mehr!«

Ohne auf Wrags Ausbruch zu achten, bestimmte Kerr: »Wir rasten im Dunkel der Höhle. Sobald alle erholt sind, ziehen wir durch die Gänge. Eure Tiere können nicht mit. Durch unsere Welt geht es nur zu Fuß.«

Stumm nickten die beiden Menschen. Die Berge schienen sie niederzudrücken, während ihre Nähe Kerr erleichterte. Die Last der letzten Zeit fiel von ihm ab. Er war nicht mehr Gefangener einer Welt, die er nicht verstand, sondern wieder ganz Troll. Nachdem er so lange den Ratschlägen der Menschen gefolgt war, konnte er nun wieder Kerr sein, dessen Rat vom Stamm und weit darüber hinaus geachtet und befolgt wurde.

Wrag, der dies noch ursprünglicher als Kerr gespürt haben musste, ließ ihre Zeit im Imperium einfach hinter sich. Es war, als sei Andas Kind ausgewechselt worden, als habe es die vielen Dreeg an der Oberfläche gar nicht gegeben. Tief in sich spürte Kerr Neid, als er Wrags Veränderung bemerkte. Aber dann erinnerte er sich an die Geschichte seines Volkes. *Wir haben aus unseren Fehlern gelernt. Wir vergessen sie nicht, wir schreiben sie auf. Das ist stark, nicht schwach.* Aber auch diese Gedanken vergingen, als sie endlich die Höhle erreichten und die segensreiche Dunkelheit den Troll umfing.

Sie lagerten den halben Tag. Während Kerr sich ein Stück getrocknetes Fleisch nahm und es langsam aß, gesellte sich Ana zu ihm. *Bald, schon bald kann ich aufhören, diesen getrockneten Mist zu essen.* Der Gaumen des Trolls sehnte sich nach frischem Fleisch, nach Blut und Knorpel.

Zuerst schien die Menschin nichts sagen zu wollen, sondern blickte ihn nur an. Dann jedoch sprach sie: »Hier seid ihr zu Hause.«

Unsicher, worauf sie hinauswollte, brummte der Troll nur zustimmend.

»Jenseits der Berge liegt das Land. Das Land meiner Vorfahren. Und dennoch habe ich nicht das Gefühl, heimzukehren.«

»Ihr Menschen seid anders. Wir Trolle wissen, wo wir hingehören. Das Herz schlägt hier, unser Leben ist hier. Dort draußen«, er wies unbestimmt in Richtung des Ausgangs,

»im Imperium, das ist nichts für Trolle. Ich konnte es fühlen, Wrag und Zran konnten es fühlen. Hier ist es … richtig.«

»In Ardoly steht ein verwaister Thron. Ich hätte einen Anspruch auf ihn, ganz eindeutig. Wenn ich ihn nicht geltend mache, besteigt ein anderer den Thron meines Vaters, und es wird wahrscheinlich Krieg geben.«

»Es gibt immer Krieg.«

Manchmal machten sich Menschen zu viele Gedanken. Die Zeit hatte Kerr eines gelehrt: Krieg war ewig. Und wie sollte ein neuer Anführer gewählt werden, wenn nicht durch Kampf? Wenn man nicht wusste, wer der stärkste oder der gerissenste Troll war, wie sollte man wissen, wem das Recht zustand, den Stamm anzuführen?

Er und Ana saßen etwas abseits der anderen. Wrag hatte sich in die Dunkelheit geschlagen, so weit fort vom Sonnenlicht wie möglich, während die Menschen noch am Ausgang der Höhle lagerten. Sie mochten sich nicht von ihrer Welt trennen und genossen die letzte Zeit des Lichts.

»Aber ich könnte ihn verhindern. Wenn ich den Thron erringen könnte. Wenn ich nicht ein Bastard wäre, ein halb-wlachkischer Bastard.«

»Der Beste führt den Stamm. Man muss seinen Anspruch verteidigen können. Wer es nicht kann, dem folgt keiner.«

Sie schwiegen eine Weile, während Kerr weiter sein Fleisch aß.

»Wie bist du zum Anführer der Trolle geworden?«, fragte Ana unvermittelt. »War dein Vater oder deine Mutter euer Oberhaupt?«

Er schüttelte langsam den Kopf. »Ich bin nicht ihr Anführer. Nur ein Troll, auf den der Anführer hört. Manchmal.«

Die Menschin lachte leise. »Du klingst ja fast wie Sargan.«

Überrascht hob der Troll die Brauenwülste. »Wie der Halbzwerg? Lass das nur nicht Wrag hören.«

Beide wurden wieder ernst. Kerr konnte spüren, dass Ana nachdachte, aber er selbst wusste nicht, was er zu ihren Sorgen sagen sollte. Für ihn war es einfach; man kämpfte, bis der Feind besiegt oder vernichtet war oder man selbst. In diesen Dingen hatte er die Menschen niemals verstanden. Die Zögerlichkeit dieser Kriegerin war etwas, was kein Troll begreifen konnte.

Einige Zeit lang schwiegen Kerr und Ana, bis die Menschin seufzte. »Es ist schwer, wenn die eigene Welt zerbricht. Oben wird unten, richtig wird falsch, wahr wird unwahr. Man weiß nicht mehr, wo man steht. Wo man stehen kann.«

»Du hast zwei Beine, oder nicht? Statt dauernd darüber nachzudenken, wo sie hinpassen, solltest du sie vielleicht einfach auf den Boden stellen. Ich habe nicht darüber nachgedacht, ob ich ein Ratgeber sein wollte oder nicht. Ich habe gesagt, was ich für richtig hielt, und Pard und Turk haben auf mich gehört, wenn es das war, was du wissen wolltest. Wir Trolle leben in einer einfachen Welt«, fügte er hinzu.

»Eine einfache Welt«, wiederholte die Menschin. »Schwarz und weiß. Leider ist es bei uns meist nicht so einfach.«

Eigentlich hätte Kerr ihr sagen sollen, dass es die Schuld der Menschen sei. Sie machten ihre Welt kompliziert. Aber er schwieg, denn sie würde es nicht verstehen. So schlau die Menschen auch waren, in manchen Dingen waren sie unsagbar dumm.

Langsam erhob sich Ana. Sie streckte sich und sah den Troll eindringlich an. »Aber in einer Sache hast du vielleicht recht. Manchmal muss man einfach eine Entscheidung fällen. Ich werde zu Sciloi gehen und sehen, was sie darüber denkt. Sie kennt Ardoly und die Masriden besser als ich.«

52

Es war eine überraschende Mischung aus Vorfreude und Nervosität, die von ihm Besitz ergriffen hatte. Seine Pläne zeigten endlich Wirkung, auch jenseits der bereits eingeweihten Kreise. Doch nun war ihm nicht irgendwer auf die Schliche gekommen, sondern der alte Fuchs persönlich. Davor hatte Larzanes ihn bereits gewarnt, und sie hatten gemeinsam ihre Strategie besprochen. Dennoch war es sowohl eine Ehre als auch eine nicht ungefährliche Störung, dass Sargan Vulpon Kamros zu sich eingeladen hatte.

Der Palast seines Gastgebers war ein Schmuckstück, dabei aber nicht protzig. Kamros bemerkte, als er nun durch den Innenhof von Sargans Anwesen geführt wurde, die edlen Materialien wohl, aber auch, dass der Reichtum subtiler zur Schau gestellt wurde als bei so manch anderem Emporkömmling. Er wusste die unterschwellige Botschaft durchaus zu verstehen; Sargan hatte es nicht nötig, seinen Wohlstand allzu offensichtlich zur Schau zu stellen, und er verstand es, auf dem schmalen Grat zwischen *angemessen* und *übertrieben* perfekt zu balancieren. *Larzanes sagte, dass Sargan Vulpon ein gefährlicher Mann ist. Bei diesem Anblick wird dies umso deutlicher.*

Der Sklave führte Kamros weiter, eine Stufe empor und durch einen Torbogen, in dem seidene Vorhänge leicht im Wind wehten.

»Du musst Kamros sein«, empfing der Gastgeber den Beamten mit einem breiten Lächeln. Sargan war ein kleiner Mann, etwas untersetzt, und man mochte kaum glauben, dass hinter dieser jovialen Maske der Freude jener

Verstand hauste, der all diesen Reichtum errungen hatte, der ihn nun umgab. Aber Kamros ermahnte sich noch einmal, diesen Umstand niemals zu vergessen. *Andere Familien sind in den Wirren untergegangen, aber Sargan hat für die seinen sicher alle Klippen umschifft. Nicht nur das, er hat den Grundstein für eine Dynastie gelegt.*

»Das bin ich. Und dazu bin ich von deiner Gastfreundschaft überwältigt, Sargan Vulpon. Dein Haus ist eine wahre Augenweide, und deine Einladung ist überaus großzügig und ehrt mich über die Maßen.«

»Deine Worte beschämen mich, Kamros. Meine bescheidenen Mittel werden ihnen nicht gerecht werden, und am Ende stehe ich als Aufschneider da«, entgegnete Sargan und hob die Hand, als Kamros ihm widersprechen wollte: »Nein, nein. Spare dir jedes Lob bis nach dem Mahl auf. Dann will ich es gern annehmen.«

»Wie du wünschst.«

Kamros neigte das Haupt einige Herzschläge länger, als es erforderlich gewesen wäre. Schon in diesem ersten Wortwechsel hatte Sargan die Konventionen sorgsam geändert, gerade genug, um die üblichen Floskeln wertlos werden zu lassen. Aus seiner vorgeblichen Situation der Schwäche heraus konnte er nun mit Stärke agieren, während seinem Gast diese Möglichkeit genommen wurde. Schon jetzt genoss Kamros das Geplänkel mehr als viele der letzten Zeit. *Dafür bin ich Beamter geworden. Um meinen Geist mit Leuten wie Sargan Vulpon zu messen.*

»Komm bitte. Ich habe auf der Terrasse anrichten lassen. An klaren Tagen wie heute hat man von ihr einen guten Blick auf die Stadt.«

Wortlos folgte Kamros seinem Gastgeber. Das Innere des Palasts war nicht minder geschmackvoll eingerichtet als der Hof. Es herrschte eine besondere Zurückhaltung vor, welche die Kostbarkeiten nur umso mehr betonte.

Sie gelangten durch ein langgestrecktes Zimmer zu einem weiteren Torbogen, der sie hinaus auf die Terrasse führte. Die Aussicht war tatsächlich beeindruckend, aber Kamros' erster Blick galt der Tafel und den Sklaven, die dienstbeflissen in der Nähe standen. Der niedrige Tisch war reich gedeckt, genauso, wie der Beamte es erwartet hatte. Schon wollte er innerlich ein wenig feixen, da er glaubte, Sargans Spiel von Zurschaustellung und Bescheidenheit durchschaut zu haben, da trat eine junge Frau aus dem Schatten der gespannten Tücher. Sie war erlesen gekleidet; ihr Kypassis war von einem dunklen Rot, abgesetzt mit goldenen Stickereien. Dazu war sie dezent geschminkt, und ihre Augen waren züchtig gesenkt.

»Ah, das ist meine Tochter Artaynis. Sie wird uns bei unserem Mahl Gesellschaft leisten.«

»Ich freue mich, dich kennenlernen zu dürfen, Kamros«, erklärte sie mit ausgesuchter Höflichkeit. »Dein Besuch ehrt und schmückt das Haus meines Vaters.«

»Die Ehre liegt ganz bei mir. Doch welches Haus bedürfte noch des Schmucks, wenn solch eine erhabene Schönheit unter seinem Dach lebt?«

Die Worte flossen leicht über Kamros' Lippen, auch wenn sein Geist fieberhaft versuchte, sich an die neue Situation anzupassen. Dass eine Tochter des Gastgebers dem Essen beiwohnte, war mehr als ungewöhnlich, aber natürlich kein Bruch der Tradition. *Was bezweckt Sargan damit?*, fragte sich Kamros, gab sich die Antwort aber sogleich selbst: *Mich aus dem Gleichgewicht zu bringen. Und wenn ich nicht aufpasse, wird ihm das auch gelingen.*

»Artaynis ist in der Kunst der Konversation geschult«, erläuterte Sargan beiläufig, als er Platz nahm und mit der beringten Rechten auf einen Platz ihm gegenüber wies, den Kamros gern annahm. »Und sie kann uns nachschenken. Ich habe so ungern Sklaven beim Essen um mich.«

»Es ist schwer, gutes Material zu finden«, pflichtete Kamros ihm bei, was Sargan seufzen ließ.

»In der Tat. Das Gute ist in allen Dingen selten. Artaynis ist meine gehorsamste Tochter, ein wahrer Edelstein der Züchtigkeit und Tugend. Jeder Vater wäre auf eine Tochter wie sie stolz. Sie galt während ihrer Ausbildung stets als sehr begabt.«

»Es ist ihr anzusehen.«

»Manche sagen, sie gleiche ganz dem Vater«, fuhr Sargan fort, während er einen noch dampfenden Laib Brot nahm und ihn vorsichtig brach. Der Geruch des Brotes erfüllte sofort die Luft und ließ Kamros das Wasser im Munde zusammenlaufen. Aber die Bemerkung seines Gegenübers brachte ihn auf andere Gedanken. *Sie ist ausgebildet wie ihr Vater,* schoss es ihm durch den Kopf. *Und wir wissen alle, was seine Profession war. Warum erwähnt er diesen Umstand also? Eine solche Tochter ist wertvoll … will er sie mir vielleicht anbieten?*

»Papa«, warf Artaynis ein und lächelte Kamros zuckersüß an. »Das ist peinlich.«

»Da siehst du. Ein liebender Vater ist seiner Tochter peinlich. Wohin geht dieses Land nur?«

»Dorthin, wo immer der Goldene Imperator es will«, entgegnete Kamros und schlug die Augen nieder. Er ließ sich von Artaynis gekühlten Weißwein einschenken, den er mit einigen Eisstücken aus einer dickwandigen Schatulle verfeinerte. Der kühle Wein war erfrischend, denn trotz des leichten Windes wurde es unter den Sonnensegeln warm. Sorgfältig lud sich Kamros den silbernen Teller voll. Zwischen den Köstlichkeiten, die aufgetischt worden waren, fiel die Entscheidung nicht leicht, also nahm er von allem ein wenig. Duftendes Brot, dazu zwei Pasteten aus Kichererbsen und Knoblauch, gedünsteten Schakalsfisch, der trotz seines abstoßenden Namens ein Gaumenschmaus war, in gesüßte Milch eingelegte Jungschlangen, deren Fleisch so zart war, dass es auf der Zunge regelrecht zerfiel. Außerdem kaltes Ziegenfleisch, ein wenig Lamm, ein Schälchen mit kräftig schmeckenden, in Öl eingelegten Oliven und viele kleine Delikatessen, die exzellent zubereitet waren. Weniger hatte der Beamte nicht erwartet, und sein anspruchsvoller Gaumen wurde nicht enttäuscht.

Dabei plauderten sie zwanglos, aber wachsam wie zwei Kontrahenten im Duell. Sargan war ein perfekter Gastgeber, und sein Verhalten schien nicht mehr darauf ausgelegt, Kamros aus der Balance zu bringen. Seine Tochter schwieg die meiste Zeit über und steuerte nur hier und da einen kurzen Kommentar bei. Sie erwies sich tatsächlich als gebildet und intelligent, so dass Kamros ihre Anwesenheit schon bald genoss und der Überlegung, eine dauerhafte Bindung mit den Vulpons einzugehen, mehr und mehr abgewann.

Nach dem Hauptteil der Mahlzeit räumten Sklaven die Speisen ab, während andere warme Getränke und Süßspeisen brachten, darunter Honigtörtchen, die gerade frisch aus dem Ofen kamen.

Während er einige kandierte Früchte mit den Fingern auf einem Törtchen verteilte, leitete Sargan den vergnüglichen Teil des Abends ein: »In der Bürokratie macht man sich Sorgen.«

Der Satz war beiläufig gesprochen, und keiner der Essenden zollte ihm scheinbar besondere Aufmerksamkeit, aber innerlich lächelte Kamros. Deswegen war er hier, deswegen hatte Sargan ihn eingeladen. Seine Gespräche mit Larzanes kamen ihm in den Sinn, und er folgte dem Plan, den sie gemeinsam beschlossen hatten.

»Ist dem so?«

»Oh ja. Man redet davon, dass der Goldene Imperator erzürnt sei.«

»Was hat den Zorn des Gesalbten erregt?«

»Das Verhalten seiner Gäste. Du weißt schon, die Barbaren aus dem Süden, aus diesem kleinen Land. Wlachkis.«

»Ah. Nun, das war ja auch ein beklagenswerter Mangel

an Vernunft und Zivilisiertheit, der sich dort so eklatant manifestierte.«

»In der Tat«, erwiderte Sargan ungerührt, ohne von der gesüßten Eiercreme aufzusehen, die er gerade verspeiste. »Wobei es heißt, dass es Ungereimtheiten gegeben habe und noch gibt.«

»Ungereimtheiten? Jetzt machst du mich neugierig.«

»Soldaten, die nicht zur Garde gehörten. Söldlinge, die möglicherweise in diese Angelegenheit verstrickt sein sollen.«

»Ich hörte davon. Aber leider sind alle, die mehr erzählen könnten, unter den grausamen Klauen der Trolle gestorben. Hast du nicht einst ein Buch über diese Wesen geschrieben?«

Sargan räusperte sich. »Ich kenne ihre Gewohnheiten gut. Umso mehr verwundert mich ihr Verhalten.«

»Menschenfresser«, erklärte Kamros leichthin. »Barbaren. Die sind nun einmal so.«

»Aber das ist es nicht, was die Bürokraten beunruhigt«, hub Sargan an, aber bevor er weitersprechen konnte, warf Kamros ein: »Auch wenn es heißt, dass sie noch unter der Stadt hausen. Was für ein grausiger Gedanke! Warst du es nicht, der uns erläuterte, dass sie derart gute … Buddler sind?«

Sargan ignorierte die Frage. »Es geht wohl vor allem darum, dass manche Beamte die Aussicht auf einen möglichen Krieg mehr als nur begrüßen.«

»Du meinst den Krieg gegen Wlachkis? Gegen die Übeltäter, die unserem geliebten Imperator nach dem Leben trachteten.«

»Ja«, erwiderte Sargan, und jetzt fixierten seine Augen den Beamten. Sein Mund lächelte noch leicht, aber in seinem Blick lag Berechnung. Und etwas anderes. Ein raubtierhafter Ausdruck, der dem so gemütlich wirkenden Mann eine bedrohliche Aura verlieh. *Er hat Morde für den*

Imperator begangen, erinnerte sich Kamros. *Er hat mit diesen Fingern Leben ausgelöscht. Lass dich von seiner Freundlichkeit nicht einlullen!*

»Eine gerechte Sache, möchte ich meinen. Ein Angriff auf den göttlichen Leib des Goldenen Imperators darf nicht ungesühnt bleiben. Was würden andere Barbaren denken, wenn sie davon erführen? Der Ruf nach einem Feldzug liegt zu Recht in der Luft, wenn du mich fragst.«

»Das tue ich, allerdings. Du musst verstehen, dass ich … Verbindungen nach Wlachkis pflege. In beide Landesteile, um genau zu sein. Einträglicher Handel hat die unangenehme Eigenschaft, im Krieg weniger einträglich zu werden.«

»Und warum berichtest du mir davon?«, fragte Kamros unschuldig.

Doch es war Artaynis, die ihm antwortete. »Weil alle Fäden dieses geplanten Krieges zu dir laufen.« Wo Sargan und Kamros mit spitzen Klingen fochten, verwendete sie einen Hammer. »Weil es dein Name ist, der immer wieder fällt. Und weil es eine noch nicht unterschriebene Urkunde gibt, die dich als Satrapen von Wlachkis einsetzen wird, sobald das Land zwischen den Bergen erobert wurde.«

Das Lächeln verschwand aus Kamros' Zügen. Die kleine Göre gefiel ihm mit jedem Wort weniger. Er warf einen kurzen Blick zu Sargan, der seine vorlaute Tochter jedoch gewähren ließ, ohne ihr zu widersprechen. Dass seine Ernennung zum Satrapen bereits besprochene Sache war, hätte eigentlich niemand außerhalb eines kleinen Zirkels wissen dürfen. Die Tatsache, dass Sargan davon wusste – und es seiner Tochter gesagt hatte! –, ernüchterte Kamros und ließ ihn noch vorsichtiger werden.

»Ich fühle mich geehrt, dass man mir einen derartig wichtigen Posten anbieten wird. Und ich versichere dir, dass ich mein Möglichstes tun werde, damit deine *einträglichen* Verbindungen nach Wlachkis nicht abreißen.«

Vielleicht will er tatsächlich nur sein Vermögen schützen. Ein einfaches Geschäft, ein kurzer Handschlag, und die Sache ist erledigt.

»Das ist sehr großzügig von dir«, erwiderte Sargan und nahm einen Schluck gesüßten Tees. »Zwar würde mir die momentane Situation besser gefallen, aber dein Angebot ehrt dich.«

Mit so viel gespielter Demut, wie er aufbringen konnte, neigte Kamros sein Haupt.

»Aber die Idee des Kriegszugs gefällt mir im Allgemeinen nicht sonderlich«, fuhr Sargan fort. »Es gibt dringendere Angelegenheiten für unsere Armeen, als ein rückständiges, armes Land, dessen Bewohner unzivilisiert und wild sind, zu erobern. Wenn es sich nicht ohnehin um Menschenfresser handelt.«

»Dann führe deine Bedenken doch öffentlich aus«, empfahl Kamros, wohl wissend, dass sein Plan nicht mehr aufzuhalten war. Zu viele hatten ihr Gewicht bereits für ihn in die Waagschale geworfen, als dass ein Einzelner, und mochte er noch so einflussreich sein, daran etwas ändern würde.

Wie erwartet schüttelte Sargan den Kopf.

»Nein. Ich bin nur ein alter Mann, der seine Gedanken nicht für sich behalten kann. Es steht mir nicht zu, den Kurs unserer Soldaten zu bestimmen.«

»Nach einem solchen Attentat muss auch jeder aufrechte Dyrier für einen Gegenschlag sein«, gab Kamros süffisant zu bedenken. »Selbst wenn man – oder gerade *wenn* man gewisse Verbindungen pflegt. Wir sind doch alle Patrioten.«

»Gewiss«, erwiderte Sargan und lächelte Kamros an. Seine Tochter aber hatte eine nichtssagende Miene aufgesetzt und schwieg endlich wieder, wie es ihr gebührte.

Sie sprachen noch über dies und das, rauchten ein wenig von den exotischen Kräutern aus dem Osten, bis Kamros sich ganz leicht fühlte. Das Gespräch war harmlos, keiner näherte sich den Klippen, die sie gerade erst umschifft hatten. Sie sprachen über die überfüllte Stadt, die mageren Ernten und über die jüngsten Ergebnisse der Wagenrennen. Fast war Kamros geneigt anzunehmen, dass Sargan doch nur Konzessionen für seinen Handel mit Wlachkis herausschlagen wollte, und er nahm sich vor, als Zeichen guten Willens schon im Vorfeld seine Zustimmung zu signalisieren.

Als Sargan ihn jedoch verabschiedete, wurde die Sache plötzlich noch einmal ernst.

»Vergiss nicht, Kamros, das Imperium liebt seine Sieger. Aber fast noch mehr liebt es gestürzte Helden. Denn an ihnen kann es sich noch besser laben.«

»Was? Willst du mir drohen?«

Sofort bereute Kamros seine hastigen Worte. Er hatte sich schnell wieder unter Kontrolle, aber Sargan lächelte, als wüsste er mehr als der Beamte.

»Bloß der Rat eines alten Mannes. Nimm ihn, wie du es willst. Ich bin in keiner Position, um dir zu drohen.«

»Manchmal muss man das Rennen beobachten und akzeptieren, dass die eigene Mannschaft geschlagen ist«, zitierte Kamros ein beliebtes dyrisches Sprichwort.

»Wie wahr«, entgegnete Sargan. »Aber am Ende zählt nur, wer zuerst ins Ziel einläuft, nicht wer die längste Zeit über geführt hat.«

»Natürlich«, hob Kamros an, aber schloss dann den Mund, weil ihn seine Schlagfertigkeit ausgerechnet in diesem Augenblick im Stich ließ.

»Und wer Trolle zum Tanz fordert, darf sich nicht wundern, wenn nachher die Füße schmerzen«, erklärte Artaynis mit einem süßen Lächeln.

Mit einem gezwungenen Grinsen nickte Kamros und entfernte sich.

Ein Sklave brachte ihn zu seiner Sänfte. Auch wenn es

unhöflich war, warf er noch einen verstohlenen Blick zurück. Sargan und seine unbotmäßige Tochter saßen am Tisch, mit dem Rücken zu Kamros und flüsterten miteinander.

Eines wusste Kamros genau, als er sich in die weichen Kissen seiner Sänfte fallen ließ: Wenn er erst Satrap war, würde er das Land zwischen den Bergen so ausbluten lassen, dass Sargan dort nicht einmal mehr genug Geld verdienen konnte, um sich einen Laib trockenes Brot zu kaufen. Der Gedanke erheiterte den Beamten und vertrieb die dunklen Sorgen, die sich durch Sargans Worte in seinem Geist wie Sturmwolken aufgetürmt hatten.

53

Als er mit Ionnis auf den Hof trat, wurde Cornel bewusst, dass bald Schnee auf den momentanen Regen folgen würde. Die Winde kamen von den Sorkaten jeden Tag eisiger herab, und der Herbst neigte sich seinem frühen Ende zu. Wenigstens waren die Stadt und die Feste nicht mehr so überfüllt. Zwar residierten mehr Bojaren in Teremi, als es für den Winter üblich war, aber ihre Gefolgschaft hatte sich in den letzten Wochen stetig verringert, denn viele der Soldaten waren aufs Land zurückgeschickt worden, um bei der Ernte zu helfen. Was auch immer geschehen mochte, in diesem Jahr würde es keinen Krieg mehr geben, auch wenn der Voivode die Befestigungen und die Truppen an der Grenze zu Ardoly verstärkt hatte. Der Winter würde bald kommen und das Land in seinem kalten Griff halten. Nur ein Verrückter würde jetzt noch einen Feldzug beginnen.

Ihr Weg führte Cornel und den jungen Prinzen vorbei an der Baustelle, wo aus den Trümmern langsam wieder das Hauptgebäude der Feste emporwuchs. Der Winter würde auch diese Arbeiten anhalten, aber es bestand die Hoffnung, dass zumindest das unterste Geschoss bis dahin wieder errichtet sein konnte. Die besten Handwerker der Stadt waren dort beschäftigt, und Şten ließ sich bereits Entwürfe für neue Mosaike zeigen, welche die Wände schmücken sollten.

Gefolgt von Ionnis, stieg Cornel hinab in die Kerker der Feste Remis. Sie wollten den Sylken noch einmal verhören, auch wenn sie die meisten seiner Antworten inzwischen wohl fast auswendig kannten.

Der Mann sah auf, als sie seine Zelle betraten. Die Zeit im Kerker setzte ihm sichtlich zu. Seine Haut war bleicher als zu Beginn, und unter seinen Augen waren tiefe Ringe. Als er Ionnis erkannte, legte er sich wieder zurück auf seine Strohmatratze, als ahne er, was nun kommen würde. Entgegen seinem Willen verspürte Cornel fast Mitleid mit dem Söldner.

Ionnis eröffnete das Gespräch, und die fremden Laute kamen so schnell über seine Lippen, dass Cornel nicht einmal die Worte auseinanderhalten konnte. Der Sylke gab einsilbige Antworten, die der Sonnenpriester schon so oft gehört hatte, dass er sie beinahe verstand.

Ja, sie stammten aus dem Imperium. Ja, sie waren Flores gefolgt. Ja, sie hatten sie und den Marczeg aus dem Hinterhalt überfallen, ehe sie nach Teremi kamen. Nein, sie waren nie in der Feste der Stadt gewesen. Ja, sie hatten ihren Auftraggeber getroffen. Ja, er war einmal in Begleitung bei ihnen im Lager erschienen. Nein, der Sylke kannte keine Namen. Ja, er konnte beide beschreiben.

Aber die Beschreibung war wertlos. Zwei Männer, der eine etwas größer als der andere, in einfachen, grauen Tuniken. Dunkle Haare, kein Bart. Keine Narben, nichts, woran man sie hätte erkennen können. Hunderte von Männern, auf die diese Beschreibung passte, lebten allein in Teremi. Und es war nicht einmal sicher, dass der Auftraggeber und sein Begleiter aus Teremi kamen.

»Wie immer das Gleiche«, erklärte Ionnis müde. »Der Mann mit dem Beutel voller Gold und sein Untergebener, der Freche. Er meint, dass sie eben wie Wlachaken aussahen.«

Cornel seufzte. Sein Schädel schmerzte wieder einmal. Zu wenig Schlaf oder zu viele Sorgen oder einfach beides. Er musste noch die Andacht für morgen vorbereiten, und diese Fragen schienen ihm mit einem Mal alle sinnlos zu sein.

»Der Mann mit dem Gold und der Freche«, wiederholte er. Sie hatten das schon zu oft gehört. »Zwei Wlachaken. Gold und Frech.« Seine Stimme war kaum mehr als ein Murmeln. »Der Mann mit dem Beutel voller Gold gab ihnen die Befehle. Und sein Begleiter, der Freche …« Plötzlich stockte Cornel. »Frech – warum frech?«

Mit schnellen Worten fragte Ionnis den Sylken. Der Gefangene richtete sich ein wenig auf, hob den Arm und schnippte mit den Fingern. Cornel schüttelte verwirrt den Kopf, während Ionnis weiter fragte. Als der Sylke antwortete, übersetzte der junge Prinz schnell: »Der Freche hat oft mit den Fingern geschnippt. Für die Sylken ist das … eine Beleidigung. Es bedeutet … dass man sagt … der andere habe keine Eier.«

Erstaunt blickte Cornel von Ionnis zu dem Sylken und wieder zurück. »Warum haben wir das nicht vorher gefragt?«

»Weil es nicht wichtig erschien? Weil niemand daran gedacht hat? Was soll es uns bringen?«

»Ich weiß nicht«, erwiderte Cornel, aber eine Unruhe ergriff Besitz von ihm. Es war, als läge ihm ein Wort auf der Zunge, das sich jedoch seinem Zugriff entzog. Irgendein Gedanke tanzte gerade außerhalb seines Bewusstseins, erkennbar, aber nicht zu deuten. Seine Müdigkeit verflog, und sein Geist raste.

»Haben wir noch Fragen?«, sagte Ionnis.

»Was? Äh, nein. Ich nicht. Gehen wir?«

Als sie den Raum verließen, drehte der Gefangene sich wieder auf seiner Matratze um, das Gesicht zur Wand.

Cornel erinnerte sich wieder an Tamár Békésars Leib, der in der Kapelle aufgebahrt gelegen hatte. An die Wunden des Marczegs und an Flores, die man in den Bergen einfach verscharrt hatte. Die Sylken waren Mörder, Söldlinge, die für Geld töteten. Keiner von ihnen verdiente sein Mitleid.

Als sie in den Hof traten, hatten sich tatsächlich die ersten feuchten Flocken Schnee unter den Regen gemischt. Ein Trupp vermummter Soldaten schritt über den Hof. Sie lösten die Wache am Tor ab. Es gab offenbar einen kurzen Wortwechsel. Die Soldaten, deren Dienst endete, lachten gutmütig über die Neuankömmlinge, wiesen auf den Himmel und grinsten. Eine der neuen Wachen hob die Hand und schnippte in das Gesicht eines Gehenden.

Cornel erstarrte mitten auf dem Hof, den Blick unverwandt auf den Soldaten gerichtet. Ihm war, als sei ein Blitz in seine Glieder gefahren und habe seinen dunklen Verstand erleuchtet.

54

Er wartete. Selten war er geduldig genug, um länger an einem Ort zu bleiben, aber jetzt machte es ihm nichts aus. Von seinem ursprünglichen Plan, direkt zur Oberfläche zu wandern, war er abgekommen. Er konnte nicht sagen, warum. Seine Schritte hatten ihn einfach in eine andere Richtung geführt, aber er wusste, dass er an der richtigen Stelle war. Er konnte es im Herzschlag des Landes spüren, und er vertraute diesem Instinkt. Er hatte auf dem Weg gejagt, Flechten gesammelt und war dorthin gegangen, wo er sein sollte.

Er war dem letzten Tunnel nicht bis zum Ende gefolgt. Selten kam er so nah an die Oberfläche, und er spürte, dass es nicht notwendig war, weiter zu gehen. Aber er konnte alles riechen – Pflanzen, Tiere, Wasser. Die ganze Welt jenseits seiner Heimat, das Unbekannte, das Fremde. Ein guter Jäger hatte Respekt vor dem, was er nicht kannte, und Azot war ein guter Jäger.

Sie kamen einige Dreeg später. Azot spürte sie schon von Weitem. Nicht nur Kerr und ein anderer von Andas Brut, sondern *Menschen*. Dann füllte ihr Geruch den Gang, unwillkommen und fremd, so wie die Witterung der Zwerge und doch nicht so. Er wusste, dass Kerr ihn seinerseits ebenfalls spüren musste, und die Gruppe hielt auf ihn zu.

Flackerndes Licht kündete ihr Kommen an, und Azot entblößte seine Hauer. Das Licht war schwach, aber es brannte in seinen Augen und auf seiner Haut.

»Du bist Azot«, sagte Kerr schlicht, als er zu ihm trat. Mit einem Nicken erhob sich Andas Brut. Das Licht wich vor ihm zurück, einige der Menschen rissen die Mäuler auf, gingen rückwärts, doch er beachtete sie nicht. Sie waren unwichtig, klein und schwach. Ihr Leben bedeutete ihm nichts, und ihre Angst brannte in seiner Nase.

»Ich habe auf dich gewartet.«

Ein anderer schob sich an Kerr vorbei. Seine dunkle Haut und die schwarzen Augen kündeten von seiner Herkunft. Sein Geruch stieg Azot schwer in die Nüstern.

»Ich bin Wrag.«

Azot spannte die Muskeln an, erwartete die Herausforderung. Das Brüllen seines Gegners hallte durch die Dunkelheit, er schlug sich auf den Leib. Jetzt fletschte auch Azot die Zähne.

Der Angriff kam schnell. Wrag war stark, ein geübter Jäger. Seine Klauen rissen Furchen in Azots Haut, blutige Wunden, gute Wunden. Azot schlug zurück, sein Handballen traf Wrags Schädel, warf ihn herum. Ihre Leiber schlugen aufeinander, Krieger gegen Krieger. Zum ersten Mal in seinem Leben musste Azot im Kampf zurückweichen, als Wrag sich gegen ihn schleuderte. Seine Füße rutschten über den Fels, fanden Halt, und er stemmte sich gegen die Gewalt seines Feindes.

Um sie herum war alles vergessen. Nur noch Kampf und Sieg zählten.

Die beiden Kontrahenten prallten gegen die Wand, Felsstaub rieselte auf sie herab. Wieder brüllte Wrag, als Azot ihn an der Kehle packte und gegen den kühlen Fels presste. Ein Tritt traf Azot, trieb ihn zurück, dann schlug Wrags Leib gegen ihn, und sie stürzten zu Boden. Klauen zerfetzten Fleisch, Hauer gruben sich in Haut, etwas brach in Azots Arm, als Wrag darüberrollte. Wieder und wieder schlug er gegen Wrags Schläfe. Sein Feind kniete auf seiner Brust. Blut vermengte sich in Azots Mund mit dem bitteren Geschmack der Niederlage. Er bäumte sich auf, riss seine Schultern herum. Als Wrag zur Seite stürzte, kroch Azot ihm nach. Sein Arm brannte bei jeder Bewegung wie

Feuer, aber er schlug dennoch zu, hörte nicht auf, bis Wrag die Kehle zeigte.

Entkräftet rutschte Azot zur Seite, lehnte sich an die Wand. Sein Atem ging schwer, und sein Leib war von Wunden übersät, doch die Risse in seinem Fleisch begannen sich bereits wieder zu schließen.

»Es stimmt, was sie über dich sagen«, keuchte Wrag und spuckte dunkles Blut auf den Boden. »Du bist stark.«

Bevor Azot antworten konnte, näherte sich ihnen das Licht der Menschen. Kerrs Gestalt warf einen Schatten auf sie.

Unwillig, sich auch nur irgendwie geschwächt zu zeigen, erhob sich Azot, obwohl sein ganzer Leib schmerzte. Er ließ die Schultern kreisen, schürzte die Lippen und rieb sich über die Brust, wobei er das Blut des Kampfes verschmierte und seine Nasenflügel sich blähten.

Neben ihm blieb Wrag am Boden hocken.

Kerr musterte sie. »Was ist geschehen, während ich weg war?«, erkundigte er sich schließlich. Die Angst der Menschen lag schwer in der Luft, aber Kerr zeigte keine Furcht, roch nur nach Neugierde.

»Nichts. Die Welt ist unverändert.«

»Wir müssen diese Menschlinge an die Oberfläche bringen. Jenseits der Berge. Dann will ich zum Dunkelgeist. Wirst du mich begleiten?«

»Ich denke, darum bin ich hier.«

Kerr nahm diese Worte mit einem schlichten Nicken an. Er schaute zur Höhlendecke. »Es wird Krieg unter den Menschen geben.«

Azot zuckte mit den Schultern. Es kümmerte ihn nicht.

»Ich werde die Stämme zusammenrufen, um den Menschen zu helfen. Wirst du mit uns kämpfen?«

»Dort oben?«

Der Gedanke an die Oberwelt erfüllte Azot mit Abscheu. Als Kerr nickte, spuckte er aus. »Das ist kein Platz für

Trolle. Wenn die Menschen ihre Kriege unter der Welt führen, dann kämpfe ich.«

Damit drehte er sich um und trottete in die Dunkelheit voraus, weg von dem verhassten Licht. Der Weg unter den Bergen hindurch war nicht weit, und er wollte die Menschen so schnell wie möglich dorthin bringen, wo Kerr sie haben wollte. *Sie gehören nach oben. Sie sollten hier nicht sein.* Vielleicht wussten sie es selbst oder ahnten es zumindest, denn sie hielten sich von Azot fern, auch wenn sie ihm folgten. Und das war gut so.

55

Außer Atem lief der Voivode über den Hof. Şten wusste, dass seine Hast unziemlich war und jeder, dem er auf seinem Weg begegnete, ihn verwundert ansah. Aber er scherte sich in diesem Augenblick nicht um Äußerlichkeiten und erklomm die Treppe zum Wehrgang, indem er zwei Stufen auf einmal nahm.

Seine Blicke wanderten suchend über die Stadt. Noch immer war Teremi überfüllt, und für einen kalten Wintertag waren ungewöhnlich viele Menschen auf der Straße. Ştens Atem ging stoßweise, bildete kleine Wölkchen in der klaren Luft, die vom Wind davongetragen wurden.

Dann entdeckte er endlich, wonach er gesucht hatte. Eine kleine Gruppe, größtenteils beritten, dunkel vor den schneehellen Straßen, die sich der Burg näherte und schließlich zum Stehen kam. Das Bild wurde undeutlich, als dem Voivoden Tränen in die Augen stiegen. Er schloss die Hände zu Fäusten, öffnete sie wieder und atmete tief durch.

Ihm war bewusst, dass die Wachen, dass seine Untergebenen ihn so sahen, aber seine Gedanken waren einzig auf seinen Sohn gerichtet.

Als Natiole endlich aufblickte, hob Şten die Hand, und sein einfacher Gruß wurde erwidert. Selbst auf die Distanz konnte er den Neuankömmlingen die Entbehrungen ansehen; die Strapazen der langen Reise zeichneten sich auf ihren Gesichtern ab. Dann tauchten sie in den Schatten des Torhauses ein, und Şten lief in den Hof hinab. Er versuchte, seine Gefühle unter Kontrolle zu bringen, doch als er Natioles ansichtig wurde, der mit so langsamen Bewegungen wie ein alter Mann vom Pferd stieg, hatte er das Gefühl, als ob sein Herzschlag einen Moment aussetzen würde.

Mit schnellen Schritten lief er zu seinem Sohn, und bevor dieser auch nur ein Wort sagen konnte, umarmte Şten ihn. Nach einem Augenblick des Zögerns legte auch Natiole die Arme um seinen Vater. Der Voivode genoss die Nähe seines Sohnes, musste spüren, dass dieser lebendig zu ihm zurückgekehrt war. Erst dann ließ er Natiole widerwillig los.

»Natiole. Gut, dass du wieder da bist«, erklärte er, während er seinen Sohn auf Armeslänge hielt und ihn forschend ansah. Die Reise hatte den jungen Mann verändert; das war augenfällig. Unter dem Schmutz der Reise, hinter dem unrasierten Gesicht und den dunklen Ringen unter den Augen lag etwas, was es vorher nicht gegeben hatte. *Er ist gereift. Er hat an Stärke gewonnen.*

»Vater. Geht es dir gut? Und wo ist Ionnis?«

»Dein Bruder wird jeden Moment hier sein. Er hat sich gut erholt und freut sich ebenso wie ich über deine Rückkehr«, sagte der Voivode, und Natiole lächelte erleichtert. Doch dann wurden die Augen des jungen Wlachaken sofort wieder ernst.

»Warte lieber, bis ich euch von der Reise berichtet habe, bevor du darüber urteilst«, erwiderte der Prinz ungewohnt förmlich. Er warf einen kurzen Blick auf seine Begleiter. Nur eine Handvoll von ihnen war zurückgekehrt. Mit trauriger Miene musterte Şten die verbliebenen Soldaten an Natioles Seite, aber er schüttelte dennoch den Kopf.

»Unsinn. Was auch immer geschehen ist, es *ist* gut, dass du hier bist. Dass ihr alle hier seid.« Er wandte sich an zwei Wachen, die im Innenhof standen und die Ankunft beobachtet hatten. »Lasst die Pferde versorgen. Gebt unseren Heimkehrern alles, was sie verlangen. Essen, Bäder, Betten.«

»Das Imperium wird gen Wlachkis ziehen«, flüsterte Natiole, der einen Schritt näher herangetreten war und seinen Vater an der Schulter zu sich zog. »Ein Krieg ist unvermeidlich. Wir müssen uns wappnen.«

Die Neuigkeit traf Şten völlig unvorbereitet, aber es gelang ihm dennoch, eine ruhige Miene zu bewahren.

»Die Dyrier wollen uns angreifen? Warum, bei allen Geistern?«, flüsterte er seinem Sohn ins Ohr. »Was haben die Trolle angestellt?«

Natiole schüttelte den Kopf.

»Die Trolle und das Imperium passen nicht gut zusammen, Vater. Aber sie haben ihren Speer bekommen, und Kerr hat mir versprochen, dass sie uns im kommenden Krieg helfen werden.«

Şten schloss für einen Moment die Augen, versuchte, die neuen Informationen richtig einzuordnen.

»Im Winter zieht niemand in den Krieg«, meinte er dann bedächtig. »Die Sorkaten werden uns schützen bis weit in den Frühling. Wir haben genug Zeit, um uns vorzubereiten. Wir werden noch heute mit dem Rat, den ich für Ionnis und Cornel ohnehin einberufen habe, darüber sprechen. Möglicherweise bringt das selbst die Masriden zur Vernunft, wer immer auch bei ihnen die Macht erlangt.«

»Vielleicht wird das Ana sein.«

Als Şten seinen Sohn verwundert anblickte, fuhr dieser fort: »Sie hat uns und die Trolle begleitet. Zran ist in Dyrien gestorben, und ohne sie hätte ich auch Kerr und Wrag niemals mehr lebendig aus Colchas herausbekommen. Aber wir haben uns getrennt. Sie geht nach Turduj. Sie will den Platz ihres Vaters einnehmen.«

»Großartig! Wenn Ana Marczeg wird, dann werden die Masriden die Absprachen ihres Vaters ehren«, erklärte der Voivode. »Ich bin sicher, dass auch Tamár gewollt hätte, dass sie ihm auf den Thron folgt.«

Weiter kam er nicht, denn sein jüngerer Sohn stieß in

diesem Moment zu ihnen. Natiole strahlte über das ganze Gesicht und umarmte Ionnis.

Trotz der schlechten Nachrichten, die Natiole mitgebracht hatte, fühlte sich Ştens Herz leicht an, als er seine Söhne sah.

»Willkommen daheim«, murmelte er.

56

Unter der Welt zu sein machte Kerr nicht nur zufrieden, es belebte ihn ungemein. Er fühlte sich freier als je zuvor, obwohl die Gänge und Höhlen ihn natürlich einengten. Mehrfach mussten sie sich sogar durch enge Felsspalten quetschen. Aber jedes Loch, durch das Wrag und Azot passten, war auch für Kerr kein Hindernis.

Obwohl Wrag schon gewaltig und deutlich größer als Kerr war, überragte Azot ihn noch einmal. Wenn es so etwas wie einen Anführer unter Andas Kindern gab, dann Azot, der bereits unzählige Kämpfe ausgetragen und gewonnen hatte. Er führte sie nun mit absoluter Sicherheit immer tiefer hinab, auf Wegen, die Kerr mehr und mehr vertraut vorkamen.

Wann immer sie unterwegs Trolle trafen, gab Kerr seine Botschaft weiter. Die Nachricht würde sich verbreiten, von Gruppe zu Gruppe, von Stamm zu Stamm, und schließlich würden sich viele Trolle und viele der Kinder Andas am gewohnten Ort versammeln, um Kerr zu lauschen. Er berichtete den Trollen auch von Zrans Tod im Kampf, eine Neuigkeit, die mit stummem Zorn aufgenommen wurde. Die Erinnerung an Colchas war schlecht, und jeder Gedanke an Wrags Verhalten fachte Kerrs Wut wieder an. Aber Wrag blieb bei ihnen, obwohl er spüren konnte, dass Kerr ihm den Tod des Trolls vorwarf. Vielleicht wollte er es wiedergutmachen, oder vielleicht wollte er auch nur beenden, was sie begonnen hatten; Kerr konnte es nicht sagen.

Es war gut, die vertrauten Gerüche der Heimat zu wittern. Der Schlag des Herzens war hier stark und durchdrang alles. Kerr trug nur wenige Leuchtflechten bei sich, so dass sie weite Strecken ganz ohne Licht liefen. Sie hatten die Gänge der Zwerge längst hinter sich gelassen. Hier unten waren sie sicher, denn ihre Instinkte warnten sie vor jeder Gefahr und führten sie zu Wasser und Nahrung.

Immer wieder glitten Kerrs Finger zu der Speerspitze. Azots Fragen hatten ihn aufgewühlt, aber er war sich sicher. Sein Entschluss war richtig gewesen, auch wenn das Land zwischen den Bergen nun in einen Krieg geraten war. *Ich hatte keinen Einfluss darauf,* dachte der Troll bei sich. *Und wir werden unseren menschlichen Hareeg helfen.*

Kurz bevor das Trio den Schacht erreichte, der sie zum Herzen führen würde, blieb Wrag stehen. Andas Kind wies zu einem Gang zu ihrer Linken.

»Ich komme nicht mit. Mein Weg geht dahin.«

Azot nahm dies ohne Gemütsregung auf, aber Kerr sah Wrag überrascht an.

»Warum?«

»Ich steige tiefer hinab. Zu den anderen. Ich berichte ihnen vom Krieg. Vielleicht folgen mir einige.«

Damit hatte Kerr nicht gerechnet. Er wusste, dass er die Trolle in eine Schlacht führen konnte und dass viele ihm folgen würden, selbst wenn die fremde und gefährliche Oberfläche ihr Ziel war. Aber Andas Kinder waren nicht wie die Trolle und oft auch untereinander uneins. An ihre Hilfe hatte er niemals gedacht. Einzelne mochten ihm folgen, aber Organisation und Einigkeit war ihnen fremd.

»Du willst kämpfen? Mit den Menschen?«

Grimmig nickte Wrag und richtete sich zu seiner vollen Größe auf.

»Die goldenen Menschlinge haben uns angegriffen. Sie haben einen Troll getötet. Mein Krieg mit ihnen ist noch nicht vorbei.«

Ohne ein weiteres Wort drehte Wrag sich um und verschwand in dem Gang, auf den er zuvor gedeutet hatte.

Azot lief weiter, aber Kerr blieb einige Augenblicke stehen und lauschte den Schritten von Andas Kind.

Dann erst folgte er Azot.

Oft hatte Kerr mit dem Gedanken gespielt, in diese Höhle zurückzukehren. Die Schatten zu spüren, die Nähe des Herzens. Den Gang zu betreten, in dem Pard sein Ende gefunden hatte, tödlich verwundet, aber unbesiegt. Auf seinen Wanderungen war er der Höhle manchmal nahe gekommen, aber er war niemals hineingegangen. Es war, als trieben ihn die Dreeg immer wieder fort. Auch jetzt musste er sich überwinden, um die letzten Schritte zu wagen, beharrlich einen Fuß vor den anderen zu setzen. *Deswegen bin ich den ganzen weiten Weg gegangen,* schalt er sich selbst. *Ich muss mir ein Beispiel an Azot nehmen.* Anders als er trat Andas Kind ohne zu zögern in die Höhle. Einige Herzschläge lang zögerte Kerr noch, dann tat er es ihm gleich.

Anders als an der Oberfläche gab es unter der Welt nur wenige Veränderungen, und diese fanden oft langsam und kaum merklich statt. Die Höhle war noch so, wie Kerr sie in Erinnerung hatte. Und noch immer gab es die Schatten, wirbelnde Formen, die selbst in der absoluten Dunkelheit zu erahnen waren. Von diesem Ort gingen die Dreeg aus, hier lag das Herz des Landes in seinem von Alpträumen erfüllten Schlaf. Kerr wusste mehr über den Dunkelgeist als jeder andere Troll; einst hatte er dessen Essenz in sich aufgenommen. Für wenige Momente nur, aber lang genug, um sich für immer zu verändern. Er war seither enger mit dem Herzen verbunden als die anderen Angehörigen seines Volkes, spürte seinen Schlag lauter, konnte seine Qualen nachfühlen.

Das Herz war unruhig. Kerr spürte seine Angst. Vielleicht erinnerte es sich an Anda, die das Herz verletzt hatte, um von seinem Blut zu trinken und seine Macht zu erlangen. Vielleicht spürte es den aufziehenden Krieg, all das Blutvergießen und den Schmerz, den es würde ertragen müssen. Kerr wusste, dass es alles spürte, was im Land geschah, an der Oberfläche und darunter, vom Himmel bis in die tiefsten Knochen der Welt. Das Herz *war* das Land.

Nervös zog er die Speerspitze aus dem Beutel und hielt sie vor sich. Er spürte Azots Gegenwart; Andas Kind beobachtete ihn genau. Als wäre sie ein Schild, hielt Kerr die Spitze vor sich und trat langsam an das Herz heran. Mit jedem Schritt fiel die Aufregung weiter von ihm ab. Sein Herzschlag wurde langsamer, passte sich an die Dreeg an, wurde schließlich zu den Dreeg. Die Schatten vor ihm verloren ihren Schrecken, wurden einladend, freundlich.

Er ging in ihnen auf.

Das Land um ihn wurde weit, wurde alles. Bäume wuchsen auf ihm, und in den Bäumen sprangen Eichhörnchen und anderes kleines Getier umher. In den Blättern summten Insekten, Würmer bohrten sich durch seine Erde, Menschen schritten über ihn, bauten Hütten und Häuser aus ihm. Unermüdlich schlugen Zwerge den Fels, gruben Metall aus ihm. Trolle zogen durch ihn, Vînai verbargen sich in ihm. Sein Atem fuhr durch das Land, sein Herzschlag war das Land.

Eine ungeheure Traurigkeit erfüllte ihn. Das Land zersprang unter seinen Schritten. Seine Schritte wankten unter dem Land. Alles strömte auf ihn ein, stürzte auf ihn zu, riss ihn herum, schmerzte ihn. Die Qual schlug Krallen in seinen Geist, eine endlose, unvergängliche Pein.

Als Kerr zurücktaumelte, brannte seine Brust. Gierig atmete er ein, und die Luft war wie Feuer in seinen Lungen. Die verwirrenden Bilder tanzten noch durch seinen Geist, und er konnte nicht sagen, wo er war. In der Höhle? Oder *war* er die Höhle? Jemand packte ihn, trug ihn fort vom Herzen, dessen Schlag mit ungeheurer Wucht in seinem Inneren echote.

Es dauerte lange, bis der Troll sich seiner wieder bewusst wurde. Er war in den Dunkelgeist getreten, und der Dunkelgeist war in ihn getreten. Etwas Warmes, Feuchtes fiel auf seinen Leib: Trollblut.

»Was ist geschehen?«

»Du warst fort.«

»Wie lange?«

»Nur einen Dreeg.«

»Du blutest.«

Azot knurrte und rieb sich über die Haut.

»Eine alte Wunde. Sie hat sich geöffnet. Du hast … Das Land war fern. Ich war schwach. Wie damals, als Pard Anda getötet hat.«

Vorsichtig richtete Kerr sich auf. Seine Sinne spielten ihm Streiche; er konnte kaum sagen, wo oben und wo unten war. Lediglich die Dreeg spürte er laut und klar, und sie zeigten ihm die Welt in aller Deutlichkeit.

»Ich war das Herz. Ich … ich habe nach Antworten gesucht. Nach Heilung.«

»Hast du sie gefunden?«

Kerr lauschte in sich hinein, versuchte, die Vielzahl von Eindrücken zu ordnen oder zumindest zu verstehen. Eine Botschaft unter dem Leid, den Schmerzen und der Angst zu finden. Doch dort war nichts.

»Nein.«

Seine Finger schmerzten. Vorsichtig öffnete er seine Rechte. Die Speerspitze fiel klirrend zu Boden, bedeckt von seinem Blut. Ihre stumpfen Schneiden hatten sich in seine Hand gegraben, das Metall hatte sich verbogen. Kerr konnte spüren, wie sich die Wunden in seiner Hand schlossen. Aber es war nicht die Kraft der Speerspitze, sondern sein trollisches Blut, das die Verletzung heilte. Bitterkeit stieg in seiner Kehle auf.

»Sie ist wertlos«, erkannte er. »Nur ein Stück Metall.«

Er nahm sie neben sich wahr, klein und nutzlos, und

das plötzliche Wissen verschlug ihm die Sprache. *Alles umsonst. Zran ist umsonst gestorben. Alle Hoffnung enttäuscht. Was für ein Dummkopf ich war.*

»Wir sollten nicht auf die Dinge der Menschen achten«, sagte Azot langsam. »Nicht auf ihre Worte hören. Wir sind Trolle. Wir sind auch ohne Metall stark. Wir jagen. Wir überleben.«

Lange saßen sie beieinander, sprachlos, bewegungslos. Azots Wunden schlossen sich wieder. Der Atem des Dunkelgeists war stark in Andas Kindern.

Kerr dachte an die Reise, an Zran und Wrag, an Natiole und an Sargan. Er dachte an die Stämme. An die Kriege, die sie geführt hatten. An Andas Kinder und an das Blut, das durch ihre Leiber floss. Er dachte an die Vergangenheit und an die Zukunft.

Schließlich erhob er sich schwerfällig. Sein Leib fühlte sich an, als wäre er alles, ein ganzes Land, und für wenige Augenblicke war er dies wirklich gewesen.

»Wohin gehst du jetzt?«, fragte Azot.

»Zum Treffpunkt. Ich will einen Krieg führen.«

57

Obwohl ihm Teremi nach den Erlebnissen in Colchas plötzlich klein und nur allzu überschaubar vorkam, überwältigte Natiole das Gefühl, wieder zu Hause angekommen zu sein. Er fühlte sich geborgen, und eine besondere Ruhe ergriff von ihm Besitz. Die dicken Wände der Feste Remis mochten an die unterirdische Welt der Trolle gemahnen, aber für den jungen Wlachaken bedeuteten sie Heimat. Anders als die luftigen, verwirrend leicht aussehenden Gebäude des Dyrischen Imperiums.

Während Natiole sein Wams zuknöpfte, fiel sein Blick auf seine Reisekleidung, die er achtlos neben den Badezuber geworfen hatte. Behutsam hob er den Stoffgürtel auf, der eigentlich zu einem Kypassis getragen wurde. Der weiche Stoff glitt über seine Hand, und kurz entschlossen band Natiole ihn sich um die Hüften.

Ein letztes Mal rieb er sich die Haare mit einem trockenen Tuch ab, dann band er sie lose nach hinten und trat hinaus in den Gang.

Die neue Verteilung der Räume war noch ungewohnt, aber der junge Wlachake kannte die Feste seit Kindestagen. Die ehemalige kleine Halle war zur großen Halle umfunktioniert worden, bis im Frühjahr die Arbeiten am Hauptgebäude wieder aufgenommen werden konnten. Dorthin lenkte er seine Schritte, denn dort würde der Rat tagen. Sein schlechtes Gewissen trieb ihn an – er hatte weit länger im Badezuber verbracht als gedacht, da er in dem warmen Wasser eingeschlafen war. Doch jetzt fühlte er sich ausgeruht, und zum ersten Mal seit langer Zeit hatte die Vorahnung eines dunklen Schicksals von ihm abgelassen. Er war in Wlachkis, in Teremi, bei seiner Familie. Gemeinsam würden sie jeden Sturm überstehen.

Kurz bevor er den Saal erreichte, entdeckte er Ionnis, der sich offenbar ebenfalls verspätet hatte und hastig um eine Ecke bog. Mit wenigen schnellen Schritten hatte Natiole seinen Bruder eingeholt und boxte ihn spielerisch gegen die Schulter. Dass Ionnis am Leben und wohlauf war, kam ihm noch immer vor wie ein Geschenk der Geister.

»Du siehst ja aus wie ein halber Dyrier«, murmelte sein Bruder verblüfft und deutete auf Natioles Taille.

»Und du wie ein ganzer Wlachake. Du lässt dein Haar wieder wachsen«, stellte Natiole nüchtern fest.

»Wenn es Krieg gibt, wie du sagst, können wir wohl nichts anderes sein«, entgegnete sein Bruder mit einer Bitterkeit in der Stimme, die Natiole nicht von ihm kannte.

Als sie den Saal erreichten, war der Großteil des Rats bereits anwesend. Während Ionnis sich zu dem Sonnenpriester gesellte, nickte Natiole einigen der Versammelten zu und trat an seinen Vater heran, der am Kopf der Tafel stand.

»Warum hast du mich nicht früher rufen lassen?«, flüsterte der junge Wlachake. »Gab es nicht noch etwas, was du mir vor Beginn der Ratsversammlung sagen wolltest?«

»Cornel und Ionnis haben eine wichtige Entdeckung gemacht. Ich …«, begann Şten, dann aber trat Vintila zu den beiden und begrüßte Natiole lächelnd.

Während der junge Wlachake das Haupt vor dem alten Geistseher neigte, hatte Şten nur einen knappen Gruß für ihn übrig. Bevor Natiole ihn jedoch nach dem Grund dafür fragen konnte, erhob Cornel die Stimme: »Beginnen wir. Wie alle sehen können, ist der Prinz von seiner Reise wohlbehalten zurückgekehrt, wofür ich dem Göttlichen Licht danke. Ich bin sicher, dass er uns viel zu berichten hat.«

Unsicher, ob seine Worte eine Spitze enthielten und ob

der Sonnenpriester bereits vom kommenden Krieg wusste, lächelte Natiole gequält. Dann berichtete er in allen Einzelheiten von den vergangenen Wochen. Als er schließlich zu dem hinterhältigen Angriff auf sie in Colchas und den unverhohlenen Kriegsdrohungen kam, brach ein Tumult aus. Die Ratsmitglieder riefen durcheinander, einige sprangen von ihren Sitzen auf, und es dauerte lange, bis Şten wieder Ruhe in die Versammlung gebracht hatte.

Während Natiole noch einen Moment wartete, ertönte Vintilas Stimme in der einsetzenden Stille: »Dann müssen wir gegen Ardoly ziehen. Wir können nicht zulassen, dass die Masriden sich mit dem Imperium verbünden. Nur ein geeintes Wlachkis kann gegen die Macht der Fremden bestehen.«

Seine Worte wurden hier und dort mit einem Nicken quittiert, aber Natiole hob abwehrend die Hand.

»Die Tochter von Flores cal Dabrân, meine Cousine Ana … Békésar, ist bereits nach Turduj unterwegs, um den Thron ihres Vaters einzufordern. Wenn ihr das gelingt, werden die Masriden an unserer Seite stehen.«

»Was?« Der alte Geistseher hatte sich erstaunlich schnell erhoben. »Eine halbe Masridin? Das ist … das sollte nicht …«

»Vielleicht sollten wir an dieser Stelle noch über etwas anderes sprechen«, schlug Şten vor, während Vintila ihn fassungslos ansah. »Auf die Vorgänge in Turduj und in Colchas haben wir ohnehin keinen Einfluss. Unser Vorgehen werden wir später noch diskutieren. Aber vorher hat Ionnis noch etwas zu sagen.«

»Danke, Vater.« Ionnis hatte sich erhoben und sprach mit lauter, fester Stimme. »Wie uns die Ruine inmitten der Feste stets aufs Neue ins Gedächtnis ruft, gab es vor nicht langer Zeit einen Brand auf Remis. Ein Unglück, bei dem auch ich verletzt wurde.«

Während Ionnis sprach, blickte Natiole zu Cornel, den

Şten eben noch einmal im Zusammenhang mit seinem Bruder erwähnt hatte. Aber der Sonnenpriester war so wenig einzuschätzen wie immer. Seine Miene blieb unbewegt, selbst als er Natioles Aufmerksamkeit bemerkte.

»Aber es war kein Unglück!«

Überrascht blickte Natiole zu seinem Bruder, der nun mit einer Faust auf den Tisch schlug.

»Es war ein Angriff, ein heimtückischer, feiger Mordanschlag. Hier, mitten im Herzen unserer Hauptstadt!«

Gemurmel brandete auf. Überall sah Natiole fragende Mienen.

»Ein Angriff der Masriden«, erklärte Vintila gerade laut genug, um das Murmeln zu übertönen. »Durchgeführt von ihren Lakaien aus dem Imperium, diesen sylkischen Söldnern.«

»Die Wahrheit ist viel schlimmer«, warf Cornel ein, und Ionnis ergriff wieder das Wort: »Nein, es waren keine Masriden. Sondern schlimmere Gegner, wie Cornel sagt. Wir haben herausgefunden, dass es Wlachaken waren, die …«

Weiter kam er nicht, denn zum zweiten Mal während dieser Versammlung ertönten laute Zwischenrufe. Stühle fielen um, als Ratsmitglieder aufsprangen und ihren Unglauben lauthals verkündeten. Bis Şten sich erhob und mit der Faust mehrfach auf den Tisch hieb, so dass das Holz erbebte. In seinem Innersten fühlte Natiole, wie die Erkenntnis ihn ins Wanken brachte. Er zweifelte nicht daran, dass Ionnis die Wahrheit sprach, aber der Gedanke an Wlachaken, die Wlachaken töteten, trieb ihm die Galle in den Mund. *So muss Kerr sich gefühlt haben, als die Tiefentrolle seinen Stamm angriffen.*

»Ruhe. Wir werden meinen Sohn zu Ende hören.«

»Ein feiger Angriff, ausgeführt von Wlachaken. Nicht von Sylken oder Masriden«, fuhr Ionnis mit kalter Stimme fort. »Und ich sage Wlachaken, weil es mehr als einer war. Eine ganze Bande, eine regelrechte Verschwörung in unserer Mitte. Kriegstreiber, Masridenhasser, nennt sie, wie ihr wollt.«

»Woher wollt Ihr das alles wissen, Prinz«, meldete sich Vintila wieder zu Wort. Er hatte sein Haupt gesenkt, und sein weißes Haar fiel ihm in die Stirn.

»Wir haben einen der Auftraggeber der Sylken gefunden. Ein Wlachake, ein Soldat in der Feste. Der sylkische Söldner hat ihn erkannt. Und er hat uns die Namen seiner Mitverschwörer verraten. Schon jetzt sind treue Krieger unterwegs, um jene zu verhaften, die diesem Zirkel angehören.«

»Habt Ihr nicht bedacht, dass diese Anschuldigungen nichts als Lügen sein könnten?«

Jetzt mischte sich Şten ein: »Habt Ihr etwas zu sagen, Geistseher?«

Überrascht von der Schärfe in der Stimme seines Vaters, sah Natiole zu Vintila. *Das kann doch nicht wahr sein. Es darf nicht wahr sein!* Aber der alte Mann, der zusammengesunken auf seinem Stuhl saß, wirkte gebrochen.

»Nein.«

»Du dreimal verfluchter Feigling«, entfuhr es Ionnis. »Dein Name fiel als Erstes. Du warst es! Du hast den Mördern den Weg zu meinen Gemächern gewiesen! Du hast die Sylken auf Flores und den Marczeg gehetzt!«

Diesmal blieb es totenstill im Saal. Alle waren sprachlos. Auch Natiole, der mit offenem Mund an der Tafel saß und versuchte, das Unfassbare zu fassen.

Dann straffte Vintila die Schultern.

»Ich habe es zum Wohl des Landes getan.«

Neben sich sah Natiole, wie die Hand seines Vaters zum Schwertgriff fuhr. Aber der Voivode schritt nicht ein, als der Geistseher weitersprach: »Es ist unser Land. Wir sind die Wlachaken. Die Masriden haben uns Wlachkis geraubt, und wir tun nichts dagegen, wir lassen sie einfach gewähren.«

Sein Blick schweifte über die Runde. Natiole erkannte, dass er nicht zu Ştenoder Ionnis, sondern zu den versammelten Ratsmitgliedern sprach.

»Demütigung um Demütigung mussten wir hinnehmen. Und dann befreien wir Teremi – die Stadt unserer Vorfahren, Sitz des Kralj –, und danach werden wir einfach faul und feige. Turduj liegt eigentlich in *unserem* Land, auch Bračaz gehört rechtmäßig uns. Die Masriden haben uns unterdrückt, unsere Traditionen vernichtet, unsere Ahnen mit Füßen in den Staub getreten, die Geister verspottet und alle wie mich gejagt wie tollwütige Wölfe. Aber das Land zwischen den Bergen ist unser Land!«

Die Worte hallten in Natioles Geist wider. Er verstand die Botschaft, sein Herz schlug schneller. Aber da sagte Şten leise: »Und darum hast du Flores ermorden lassen?«

»Es ging um Tamár«, bekannte Vintila. »Aber sie war seine Buhle. Wenigstens im Tod sollte sie uns nützen. Sie hat ihr Volk verraten, uns verraten.«

»Uns«, sinnierte Şten. Sein Blick ging über Vintilas weißen Haarkranz hinweg; es schien, als sehe der Voivode durch die Mauern des Saals, ja der ganzen Feste, bis zu den Bergen, die sein Land einschlossen. Ruhig fuhr er fort: »Tamár war euch im Weg, weil er den Frieden hielt. Aber warum Ionnis? Warum, Vintila?«

»Ein Jüngling, der den goldenen Hintern des Imperiums küsst? Der sich lieber mit dem Schmuck der Fremden behängt, als dass er auf sein Land stolz ist? Das ist kein wlachkischer Prinz. Nicht wie … Natiole.«

Die Augen des Geistsehers fixierten den jungen Wlachaken. Natiole konnte seinen Blick nicht von ihnen lösen.

»Ihr seid ein wahrer Wlachake, mein Prinz. Ihr versteht uns, Ihr wisst, was für Abschaum die Masriden und ihre Speichellecker sind.«

Bei den letzten Worten blickte er zu Cornel, der immer noch ungerührt am Tisch saß, und es war, als fiele ein

Bann von Natiole. Langsam stand er auf, die Miene sorgsam unbewegt.

»Mein Bruder«, begann er, und seine Stimme versagte kurz, als das Bild von Ionnis vor sein inneres Auge trat, wie er bleich und leblos im Krankenbett lag. »Mein Bruder, meine Tante. Wer als Nächstes, Vintila? Mein Vater?«

Der alte Geistseher schwieg, und sein Leib erschlaffte, als wiche aller Widerstand aus ihm.

»Du schätzt die Traditionen, Vintila«, sagte Şten schließlich entschlossen. »Und wir werden sie ebenfalls ehren. Du wirst dem Wald übergeben, alter Mann. Mögen die Geister dir gnädig sein.«

Auf einen Wink hin lief Ionnis zur Tür und ließ zwei Soldaten ein, die Vintila in die Mitte nahmen. Unbändige Wut kochte in Natiole empor; Wut auf sich selbst.

»Wartet«, befahl er, und die Wachen hielten inne. »Was ist mit dem Speer, den wir auf deinen Rat hin aus Dyrien geholt haben? Was ist mit der Hoffnung der Trolle?«

»Niemand kann den Dunkelgeist heilen«, erwiderte der Geistseher finster.

»Warum dann das alles?«

»Um dir ein Königreich anzubieten, wenn du zurückkehrst. Aber das Haus cal Dabrân ist es nicht wert, den Thron des Landes zu besteigen. Ihr seid keine Wlachaken, ihr …«

»Schafft ihn raus.«

Während die Soldaten Vintila abführten, griff Natiole an seinen Gürtel. Der Stoff war kühl unter seinen Fingern, glatte Seide. Er sah den Blick, den Şten ihm zuwarf, Stolz zeigte sich unter der zornigen Maske seines Antlitzes. *Ich war ein dummer Bengel,* dachte Natiole leicht betreten. Und dann versprach er sich in Gedanken: *Aber ich bin es nicht mehr. Und werde es nie mehr sein.*

58

Warten war noch niemals einfach für Ana gewesen. Ruhelos schritt sie durch den kleinen Raum, auf und ab, wie eine Gefangene. Ihre Söldner hatten es sich am Tisch bequem gemacht, tranken heißen Gewürzwein und unterhielten sich leise. Sie wussten, dass es besser war, Ana nicht zu stören, wenn sie in dieser Stimmung war. Aber es war nicht nur Zorn, der sie umtrieb, sondern sie spürte etwas in ihren Eingeweiden, was sie kaum kannte: Angst.

Als endlich Sciloi in den Raum schlüpfte, blieb Ana stehen. Die Szarkin bewegte sich leise, mit einer Grazie, die man einer Frau ihres Alters kaum zugetraut hätte. Ohne ein Wort zu sagen, nickte sie Ana zu und trat in den Gang zurück.

»Los«, herrschte Ana die Söldner an und folgte Sciloi. Kühle Luft wehte ihr entgegen. Die dicke Kleidung saß ungewohnt an ihrem Leib, der masridische Schnitt beengte sie mehr, als ihr lieb war. Aber die dicken Metallplatten der Rüstung wirkten eindrucksvoll, auch wenn die junge Söldnerin eigentlich leichteren Schutz bevorzugte. Doch jetzt musste sie Masridin sein.

Sie konnte die lauten Stimmen schon von Weitem hören. Wütende Worte, die durch die Burg hallten. Ohne sich davon beirren zu lassen, führte Sciloi sie zu einem kleinen Vorraum, in dem zwei Wachen standen, die sie jedoch anstandslos passieren ließen.

Ein letztes Mal nickte Sciloi ihr zu, als sie an die zweiflügelige Tür trat, ein letztes Mal holte Ana tief Luft, und ihre Angst verschwand.

Mit einem kräftigen Stoß öffnete sie die Tür. Alle Stimmen im Saal verstummten, als sie mit hoch erhobenem Haupt eintrat.

»Ich grüße die Anführer der Masriden«, erklärte sie, während sie ihren Blick von Gesicht zu Gesicht wandern ließ. »Mein Name ist Ana Békésar. Ich bin gekommen, um den Thron meines Vaters einzunehmen.«

Und um den Mord an meinen Eltern zu rächen, fügte sie in Gedanken hinzu. Sie war schon oft in die Schlacht gezogen, hatte Gegnern in die Augen gesehen, die gnadenlos ihren Tod wollten. Sie hatte allen die Stirn geboten, war keinem Zweikampf aus dem Weg gegangen, hatte sich stets und überall ihren Weg erzwungen. Doch hier, inmitten der fremden Masriden, fühlte sie sich insgeheim unwohl. Sie erwartete jeden Moment, dass sich einer erheben würde, der sie verhöhnte oder einfach nur auslachte.

Stattdessen nickte ihr ein Mann zu, nicht sehr groß für einen Masriden, mit schütterem, kurz geschorenem Haar, der eine breite Narbe auf der Stirn hatte. »Dann ziehe ich meinen Anspruch zurück und unterstütze die Tochter des Marczegs.«

Lautlos und unauffällig hatte Sciloi sich in den Raum geschoben und neben der Tür an der Wand Aufstellung bezogen. Ana konnte sie aus dem Augenwinkel sehen, und sie ahnte, dass die Szarkin ihren Verbündeten kaum sichtbare Zeichen gab.

Alle Aufmerksamkeit ruhte unterdessen auf ihr, Ana, bis ein vierschrötiger Mann aufsprang. Selbst im Rat trug er ein kurzes Kettenhemd, und sein Schädel war bis auf die traditionelle Locke am Hinterkopf kahl rasiert.

»Was soll das? Marczeg Tamár hat keine Kinder!«

Du bist wohl Sziglos, was?, vermutete Ana, ohne den Gedanken auszusprechen, und trat langsam an den Tisch heran. Sie fixierte den Mann, der ihrem Blick nicht auswich, sondern sie wütend anstarrte.

»Macht Euch nicht lächerlich. Natürlich hatte mein Vater eine Tochter. Meine Mutter ist Flores cal …«

Weiter kam sie nicht, denn ihr Gegenüber brüllte lachend auf: »Ein Bastard! Eine Wlachakin!« Kühl musterte Ana den Mann, der nun um den Tisch herumging. »Sie ist keine Masridin. Sie ist ein Bastard, die Tochter einer wlachkischen Buhle. Ihr Anspruch ist nichtig.«

»… Dabrân und mein Vater Tamár Békésar«, beendete Ana den Satz, als habe sie seine Worte nicht gehört. »Das Blut in meinen Adern ist das meines Vaters. Es verbindet mich in einer Linie mit Arkas Dîmminu, dem ersten König der Masriden.«

»Du solltest einen solch ehrwürdigen Namen nicht in den Mund nehmen«, giftete Sziglos. Sein Gesicht verzog sich vor Hass. »Verschwinde aus diesem Saal, bevor ich dich rausprügeln lasse.«

Darauf lächelte Ana. Hinter sich hörte sie, wie ihre Söldner in den Saal kamen, ein halbes Dutzend Bewaffneter, die sich vor der Tür aufstellten.

»So ist das also«, erkannte der Masride und wandte sich an den Narbigen: »Du wusstest davon, Tiradar? Du verkaufst deinen Anspruch an *sie?*«

»Sie ist seine Tochter«, erwiderte der Angesprochene scheinbar ruhig, aber Ana sah, wie sein Blick von Sziglos zu Sciloi huschte. Mit einem finsteren Grinsen im Gesicht wandte Sziglos sich wieder Ana zu.

»Glaubst du, dass es so einfach ist? Dass du einfach mit deinen Schergen hier hereinmarschieren kannst und den Thron an dich reißen? Dass unser Volk, mein Volk, dich als Marczeg akzeptiert?«

Mit der Antwort ließ sich Ana einige Herzschläge lang Zeit. Sie hatte das irreale Gefühl, dass ihr die Stimme versagen könne, wenn sie den Mund öffnete, und sie nur wirres Gestammel hervorbringen würde. Aber sie ließ Sziglos nicht aus den Augen.

»Nein«, erwiderte sie dann ruhig. »Es wird nicht einfach sein. Aber ich wage es dennoch. Weil ich den Masriden etwas geben werde, was zu geben du nicht in der Lage bist: Stärke. Nur wenn wir zu dem Bündnis mit Wlachkis stehen, werden wir den nächsten Sommer noch erleben. Und entweder erkennst du meinen Anspruch an, oder …«

»Oder was? Du bist keine Masridin …«, unterbrach er sie. Aber Ana fuhr ihm ebenso schnell ins Wort: »Oder du ziehst deine Klinge, und wir klären die Frage hier und jetzt.«

Damit hatte er offensichtlich nicht gerechnet. Er schwieg, sah sich fragend im Saal um. Doch keiner der anderen hatte sich erhoben.

Sciloi hat das Vertrauen verdient, das Sargan in sie setzte, erkannte Ana. *Die Hälfte steckt in ihrer Tasche, und die andere Hälfte wartet ab.*

Ana hob die Hände in einer fragenden Geste: »Nun?«

»Du bist verrückt. Vollkommen verrückt. Wir sind Masriden, keine Speichellecker aus dem Imperium, keine dreckigen Wlachaken. Mein Blut ist rein. Mit so etwas wie dir kämpfe ich nicht, ich zertrete es!«

Sein lederner Handschuh knirschte, als er die Faust vor Anas Gesicht ballte.

»Du hast Angst«, stellte sie ungerührt fest. »Und du willst ein stolzes Volk wie die Masriden führen, wenn du nicht einmal bereit bist, deinen Anspruch mit der Waffe zu verteidigen?«

Ihr Vorwurf war falsch, sie konnte es in seinen Augen sehen, er war kein Feigling. *Er fürchtet, meinem Anspruch Gewicht zu verleihen, wenn er darauf eingeht.* Mangelndes Selbstbewusstsein konnte man ihm nicht vorwerfen, aber die Situation überforderte ihn. *Genau wie Sciloi es vorausgesagt hat. Und dann wird er sich auf seine Stärke besinnen. Was kann eine Wlachakin ihm im Kampf schon entgegensetzen?*

»Also gut«, bestätigte Sziglos ihre Gedanken. »Aber nicht hier drinnen. Im Hof, sobald jeder seine Rüstung und Waffen angelegt hat.«

»Ich bin bereit. Aber nimm du dir ruhig alle Zeit, die du brauchst. Alle hier anwesenden Anführer der Masriden sind als Zeugen geladen.«

Damit drehte sie sich um und schritt aus dem Saal.

Gleich würde sich im schneebedeckten Hof der Festung ihr Schicksal entscheiden.

59

»Was, bei allen Geistern, ist das?«

Eine ähnliche Frage ging auch Natiole durch den Kopf, aber Ştenhatte sie ausgesprochen. Neben ihnen zuckte Ana mit den Schultern.

»Tredare. Aus dem Osten.«

»Das Imperium richtet sie für den Krieg ab. Werden sie dort nicht gebraucht, lässt man sie manchmal in der Arena kämpfen«, fügte Ionnis hilfreich hinzu.

Während sich unterhalb ihrer Position die Armee des Imperiums formierte, war die Aufmerksamkeit der Wlachaken und Masriden vor allem auf eines gerichtet – die gewaltigen, zweimanngroßen Wesen mit den geschwungenen Hörnern, die auf vier kurzen Beinen zwischen menschlichen Kriegern einherstapften und diese allein durch ihre Größe wie Zwerge erscheinen ließen. Ihre Haut war von einem hellen Braun, das mit unruhigen dunklen Streifen durchsetzt war. Sie wirkten behäbig, aber kraftvoll.

»Es ist eine Waffe, die Furcht unter den Feinden säen soll«, führte Ana aus. »Sie werden vor Beginn der Schlacht in Raserei versetzt und stürmen mitten in die gegnerischen Reihen. Man kann sie kaum töten, ihre Haut ist wie ein Panzer, und die meisten Waffen machen sie nur noch wütender.«

Widerwillig löste Natiole seinen Blick von den Wesen und ließ ihn über die Reihen ihrer Feinde wandern. Die Krieger des Imperiums schienen aus allen Teilen des gewaltigen Reiches zu stammen. Im Zentrum marschierten goldgeschuppte, schwer gerüstete Soldaten in perfekter Formation. Aber an den Flanken gab es Hilfstruppen, Krieger in unterschiedlichsten Rüstungen und auch Fußvolk, das gar nicht gerüstet war. Der Anblick war beeindruckend, aber der Vormarsch der Armee wurde vom Pass behindert und eingeengt. Wirklich erschreckend war die Länge des Heerwurms, ein scheinbar unendliches Meer aus Leibern, das bereit war, die Verteidiger aus dem Pass zu treiben und sich wie eine Flutwelle in das Land zwischen den Bergen zu ergießen.

Natürlich hatte Natiole bei den Besprechungen die Berichte der Späher gehört. Aber die Zahlen waren nur Worte gewesen. *Wer kann sich schon fünfundzwanzigtausend Krieger vorstellen?* Jetzt wälzten sie sich Wlachkis entgegen und zeigten eindrucksvoll die ganze Macht des Imperiums.

»Was können wir gegen diese Tredare tun?«

»Lasst das meine Sorge sein«, erwiderte Ana leichthin. Skeptisch blickte Natiole sie an. Seit sie Sziglos im Duell niedergestreckt und damit ihren Anspruch bestätigt hatte, sah er sie mit anderen Augen. Politisch klug hatte sie Allianzen geschmiedet und ihre Position gefestigt, auch wenn Natiole vermutete, dass Sciloi dabei eine nicht unerhebliche Rolle gespielt hatte. Die Szarkin war mehrfach in Teremi gewesen, um im Namen Anas mit Şten zu verhandeln, und ihre Beziehungen zu einflussreichen Adligen und Händlern auch unter den Wlachaken waren außergewöhnlich. *Geld regiert die Welt,* dachte Natiole zynisch. *Vor allem Sargans Geld. Sollte uns das Sorgen machen?*

Dann musste er fast über sich selbst lachen. Sie standen einer gewaltigen Übermacht gegenüber, die bereit war, Wlachkis anzugreifen. Sargans Geld war wohl das Letzte, worüber er sich im Augenblick Gedanken machen musste. Für einen Augenblick erinnerte er sich an Artaynis, die vielleicht in Colchas auf Nachrichten vom Krieg wartete, doch dann schob er auch dieses Bild beiseite und konzentrierte sich auf das, was vor ihnen lag.

»Sie werden gegen Mittag bereit sein«, schätzte Şten.

»Unsere Stellung ist gut; sie müssen gegen den Hang angreifen, und der schmale Pass nimmt ihnen die Möglichkeit, ihre überlegene Stärke vollkommen gegen uns zum Einsatz zu bringen.«

Nicht weit hinter ihnen befanden sich die vereinten Reihen von Wlachaken, Masriden und Szarken. Mit Beginn der Schneeschmelze hatten alle Völker ihre kampffähigen Männer und Frauen zusammengerufen und unter den Bannern ihrer Anführer versammelt. Es mochten knapp zehntausend sein, eine beeindruckende Zahl, aber gegen die Masse ihrer Angreifer wirkte sie klein. Zudem war sich Natiole bewusst, dass sie schlechter gerüstet waren als viele der imperialen Soldaten. Hinter den vordersten Linien des Imperiums wurde schon schweres Gerät bereit gemacht. Abgesehen von einigen Ballisten aus Turduj konnte das Land zwischen den Bergen diesen nichts entgegensetzen.

Vielleicht hatte Şten die Zweifel in Natioles Blick gesehen. Jedenfalls lächelte der Voivode und nickte. »Wir sind so gut vorbereitet, wie wir es sein können. Wir stehen gut. Und vergesst nicht: wir müssen diesen Pass nur bis zum Sonnenuntergang halten. Dann kommen unsere Verbündeten.«

Angesichts der dyrischen Armee fragte sich Natiole, wie viel wohl die Trolle ausrichten mochten. Obwohl Kerr viele seines Volkes um sich versammelt hatte, darunter sogar einige Dutzend Tiefentrolle, würden sie wenige gegen viele sein.

»Die Generäle des Imperiums werden mit den Trollen rechnen«, gab Ionnis zu bedenken. »Sie werden vorbereitet sein.«

»Du hast sie noch nicht kämpfen sehen. Vorbereitung ist eine Sache, ein rasender Troll eine andere«, entgegnete Natiole.

»Ich würde mir keine Sorgen um die Effektivität der

Trolle machen«, mischte sich Ana ein. »Sondern mich eher fragen, ob wir überhaupt bis zum Anbruch der Dunkelheit aushalten werden. Ich kenne das Imperium. Ich würde wetten, dass sie darauf setzen, uns rasch zu vernichten. Der erste Schlag wird bald kommen, und er wird hart sein. Unsere Reihen dürfen nicht brechen. Und selbst wenn wir standhalten: sie werden wieder und wieder angreifen, bis wir besiegt sind.«

»Das wird nicht geschehen«, versicherte Şten. »Hier kämpfen freie Wlachaken und Masriden, dort drüben gezwungene Soldaten und angeheuerte Söldner. Wir kämpfen mit der Heimat im Rücken.«

Darauf antwortete Ana nicht. Natiole versuchte, an den Flanken der Berge zu erkennen, wo die Trolle lauerten, doch er fand keinen Hinweis auf ihre Anwesenheit. Sie hatten Tunnel gegraben, bis fast unter die Oberfläche, aber das letzte Stück würden sie erst öffnen, wenn die Sonne untergegangen war. *Und wenn wir bis dahin durchhalten, werden sie uns helfen.* Wieder wanderte sein Blick zu den Massen ihrer Feinde. *Falls wir durchhalten.* Denn nicht weit von ihnen entfernt bereitete sich das Imperium darauf vor, eine kleine, widerspenstige Provinz zurück in seinen Schoß zu holen.

60

Die Sonne stand hoch über dem Pass, als die Reihen des Imperiums zur Ruhe kamen. Doch Ana wusste, dass dies nur die Ruhe vor dem Sturm war, ein kurzes Sammeln, bevor die Schlacht begann. Die Nervosität der letzten Wochen fiel von ihr ab, als die Stille auch von ihr Besitz ergriff. Die politischen Ränke, die Ratsversammlungen, das Feilschen und Buhlen um Posten und Macht, all das war vergessen. Die Gefahr der Invasion hatte es ihr leichter gemacht, sich den Thron zu sichern, auch wenn ihr dies ohne Scilois Einfluss niemals gelungen wäre, aber jetzt standen sie alle hinter ihr, wortwörtlich, aufgereiht in den Schlachtreihen der Masriden. Selbst Sziglos' Fraktion hatte sich schlussendlich dem Unvermeidbaren gefügt, auch wenn Ana sicher war, dass die Anhänger des Adeligen ihr noch Schwierigkeiten bereiten würden. *Sofern wir den heutigen Tag überleben,* dachte sie. *Was nicht nur angesichts der Zahl unserer Feinde ungewiss ist.*

Ein Marczeg führte sein Volk in die Schlacht; daran gab es keinen Zweifel. Im Imperium mochten die Generäle zurückbleiben und den Verlauf der Kämpfe aus mit allen Bequemlichkeiten ausgestatteten Zelten verfolgen, während ihnen Sklaven kandierte Früchte reichten. Aber Ana würde kämpfen, an vorderster Front. *Mit meinen Klingen habe ich Sziglos erschlagen und mir den Thron gesichert. Jetzt werden meine Schwerter mir den Respekt der Masriden erringen.*

Ihr Blick wanderte zu der kleinen Gruppe um Şten, Natiole und Ionnis, die weiter an der linken Flanke ihres Heeres standen. Der Voivode musste sich keine Sorgen um die

Loyalität seines Volkes machen. Im Angesicht der Gefahr waren die Wlachaken einig.

»Sagt den Schützen, dass sie sich bereithalten sollen«, befahl Ana kühl. »Es wird bald beginnen.«

Ihre Befehle wurden weitergeleitet, huschten von Mund zu Mund. Sie erreichten nicht nur die Bogenschützen, sondern auch die anderen Soldaten. Unruhe kam in den Reihen auf, als die Nachricht vom baldigen Beginn der Schlacht sie durchlief.

Obwohl der Himmel wolkenlos war, blieben die Strahlen der Sonne schwach, denn noch war es Frühlingsanfang, und in den letzten Nächten hatte es manchmal Frost gegeben. Die imperialen Armeen waren mit Beginn der Schneeschmelze aus ihrem Winterlager nahe Macaza aufgebrochen, aber die vereinten Truppen von Wlachaken und Masriden hatten den Pass vor ihnen erreicht und befestigt.

Der Kampf am Pass war Ştens Idee gewesen, und Ana hatte ihm zugestimmt. Hier hatten sie einen klaren Geländevorteil. *Den wir bitter benötigen.*

Ruhig überprüfte Ana ein letztes Mal ihre Waffen, den Sitz der Rüstung, die Gurte des Sattels. Zwar hatte sie das schon vorher mehr als einmal getan, aber diese allerletzte Kontrolle half ihr, ihre Gedanken auf das Kommende zu konzentrieren.

Sie blickte hinab zu ihren Feinden. Es war ihr, als könne sie die Kraft der zukünftigen Ereignisse zwischen den beiden Armeen spüren, als wabere dort eine Wolke von Krieg und Tod, in die sie nur noch hineinmarschieren müssten. Als wären alle Entscheidungen ohne Konsequenz, da größere Kräfte über sie verfügten, denen schwache Menschen nichts entgegenzusetzen hatten.

Sie schüttelte den Kopf, vertrieb die seltsamen Vorstellungen und konzentrierte sich wieder auf die imperialen Soldaten. Die Infanterie würde direkt nach dem Sturm der

Tredare marschieren, mit den schwer gerüsteten Goldenen Garden im Zentrum. Die Enge des Passes würde verhindern, dass sie ihre zahlenmäßige Überlegenheit direkt ausnutzen konnten, aber sie würde auch die schwere Kavallerie der Masriden einschränken.

Ana schob sich den masridischen Helm ins Gesicht und hob den Arm. Stille legte sich über die Reihen, als alle Blicke zu den Feinden wanderten. Oft genug hatte Ana für das Imperium gefochten – sie kannte alle Taktiken und Vorgehensweisen der dyrischen Armeen. *Und ich kann sie kontern,* dachte sie selbstbewusst.

Ein Horn ertönte, der Laut wehte zu ihnen herüber. Flaggen wurden geschwenkt. Zuerst schwerfällig, dann immer schneller setzten die Tredare sich in Bewegung. Ihre knurrenden, wütenden Rufe waren Ana wohl bekannt, ließen die Reihen der Masriden jedoch unruhig werden. Hinter den Kreaturen wurden Befehle gebrüllt, und die vordersten Reihen des Imperiums begannen ihren Marsch in die Schlacht. Aber Ana beachtete sie gar nicht, sondern sah nur zu den Tredaren, die jetzt die vorrangige Bedrohung darstellten. Sie kamen näher und näher.

Dann endlich ließ Ana den Arm fallen, und hinter ihr erklang der Gesang von Hunderten von Bogensehnen. Die Pfeile zogen glühende Spuren über den Himmel.

Ich kenne das Imperium, dachte Ana. *Ich hoffe nur, ich kenne es wirklich gut genug.*

Doch für Selbstzweifel war es nun zu spät, denn die Schlacht um das Land zwischen den Bergen hatte mit aller Macht begonnen.

61

Es fiel Ştén schwer, abzuwarten. Aber er wusste, dass viele Augen auf ihn gerichtet waren, und was er tat, diente seinen Kriegern als Beispiel. Also blieb er äußerlich stoisch ruhig, während gleichzeitig in ihm der Sturm tobte.

Das Imperium griff an. Wie Ana es vorausgesagt hatte, sandten sie ihre tierischen Monstren vor, um die Reihen der Verteidiger aufzubrechen und in Verwirrung zu stürzen. Die gewaltigen Wesen stürmten mit gesenkten Hörnern immer weiter vor und stießen dabei seltsame Laute aus.

Die Pfeile der Masriden wirkten gegen eine solche Naturgewalt auf den ersten Blick nutzlos, mochten es auch noch so viele sein. Und die meisten der brennenden Geschosse fielen auch nicht auf die Wesen nieder, sondern senkten sich vor ihnen in die karge Gebirgslandschaft. Aber einige fanden ihr Ziel, sorgsam abgedeckte Gruben, und die Treffer reichten aus, um das Öl in den Höhlungen in Brand zu setzen. Innerhalb weniger Herzschläge schlugen die ersten Flammen empor. Das Öl war eine besondere Mischung, welche Sciloi über ihre verschlungenen Kanäle besorgt hatte, und es brannte heißer und heller als alles, was Ştén bislang in seinem Leben gesehen hatte.

Wer hätte gedacht, dass Sciloi einmal unsere Retterin sein könnte? Ich hätte damals nicht gezögert, sie zu töten, und doch hat sie Viçinia das Leben gerettet und hilft nun uns. Das Leben geht seltsame Wege. Aus Feinden werden Verbündete und aus Freunden Feinde.

Es war keine geschlossene Feuerwand, die sich einige

Dutzend Schritt vor ihnen erhob, sondern eher einzelne Inseln aus Flammen. Aber die brennenden Abschnitte genügten, um die Tredare wirkungsvoll aufzuhalten. Die Monstren wichen den Flammen aus. Einige blieben mitten auf dem Schlachtfeld stehen, andere warfen sich gegen ihre eigenen Artgenossen, und einige wendeten sogar und rasten auf die Soldaten des Imperiums zu. Der Voivode konnte seine Schadenfreude nicht verhehlen, als die gefürchteten Bestien sich gegen ihre vermeintlichen Herren richteten. Zwar gelang es den Kriegern im Zentrum, Gassen für die Tredare zu schaffen, doch an der linken Flanke brachen zwei direkt in die Reihen der dyrischen Soldaten und wüteten unter den Menschen.

Es kostete das Imperium wertvolle Zeit, die Kreaturen zu töten oder einzufangen und die Reihen wieder zu schließen. Einige Soldaten, die sich zu weit vorwagten, um die außer Kontrolle geratenen Tiere vom Schlachtfeld zu führen, wurden sogleich von den Masriden unter Beschuss genommen. Das Chaos war perfekt.

»Genau, wie sie es vorhergesagt hat«, feixte Ionnis. »Gefährliche Tiere, wenn man sie nicht kennt.«

»Ein guter Anfang«, pflichtete Natiole ihm bei. »Sie haben uns für Barbaren gehalten, die man einfach überrennen kann. Jetzt werden sie vorsichtiger sein.«

»Und umso gefährlicher«, ermahnte Şten seine Söhne. Er konnte nur hoffen, dass dieser rasche Erfolg sie nicht zu leichtsinnig werden ließ.

Der Voivode blickte zu ihren Feinden hinab. Man konnte die Befehle hören, die Signalhörner, die wehenden Flaggen sehen. Die Soldaten versammelten sich wieder um ihre Feldzeichen, und die erstaunliche Fähigkeit des Imperiums, sich zu organisieren und geschlossen zu handeln, wurde wieder deutlich. Schneller als erwartet, begann der Vormarsch der Feinde erneut.

»Jetzt gilt es. Das Geplänkel ist vorüber«, erklärte Şten.

Während sich die gegnerischen Truppen näherten, ritt er die Reihen der Wlachaken ab. In den Gesichtern seiner Krieger sah er die verschiedensten menschlichen Regungen: Furcht, Zorn, Hass, Angst und Entschlossenheit. Mit erhobenem Schwert deutete er den Pass hinab.

»Freie Wlachaken! Ihr alle wisst, dass sich hier das Schicksal unseres Landes entscheidet! Unsere Töchter und Söhne werden Lieder über diese Schlacht singen, in der wir unsere Heimat verteidigten. Gebt nach, aber gebt niemals auf. Nichts kann unsere Linien brechen, denn wir sind freie Wlachaken! Tirea!«

Noch einmal wiederholte der Voivode den alten Schlachtruf seines Volkes, den Namen des letzten Kralj, der viele Jahre lang ein Symbol des Widerstandes gegen die Masriden gewesen war. Jetzt stand er für das neue Wlachkis, und viele stimmten in den Ruf ein, bis er aus Tausenden von Kehlen in den Himmel stieg: »Tirea!«

Die Flammen brannten nur noch an wenigen Stellen, aber noch stieg öliger Rauch auf und wehte über den Ort, der bald ein Schlachtfeld sein würde. Er gab dem Pass etwas Finsteres, als zöge eine schattenhafte Erinnerung an den Dunkelgeist über das Land, die Ştens bis ins Mark fuhr.

Auf der gegenüberliegenden Seite des Passes bereiteten sich die Masriden auf den Angriff vor. Als habe sie Ştens Blick gespürt, ließ Ana ihren Bannerträger das Signal geben. Der Greif fuhr in den Himmel, flatterte widerspenstig im Frühlingswind.

»Zeigt das Banner«, befahl Şten heiser. »Lasst den Raben fliegen!«

Er musste sich nicht umsehen, um zu wissen, wann das Rabenbanner über ihren Köpfen gehisst wurde.

Als er zu seinen Söhnen zurückkehrte, deutete er zu ihrer linken Flanke.

»Nati, übernimm den Flügel. Ich führe rechts. Ionnis,

halte die Reserve bereit. Wir werden sie benötigen, bevor der Tag vorbei ist.«

In den Gesichtern seiner Söhne konnte Şten Konzentration und Anspannung erkennen, aber auch Mut und Kampfbereitschaft. Er nickte ihnen zu, dann trieb er sein Pferd an. Langsam zunächst, dann schneller.

Die Bogenschützen sandten Pfeilhagel über ihre Köpfe, als sich die Heeresspitze der Wlachaken auf ihre Feinde warf.

62

Von seiner Warte aus konnte Cornel das ganze Schlachtfeld überblicken. Er sah, wie sich die vordersten Schlachtreihen langsam lösten und dann dem Feind entgegenstürmten. Allen voran die Reiter auf beiden Seiten, schwer gerüstete Masriden und Wlachaken. Dahinter das Fußvolk mit Speeren und Schilden, andere mit Piken. Das Imperium setzte seine Reiterei noch nicht ein; Cornel konnte sie weiter unten im Pass sehen, hinter den aufgestellten Bogen- und Schleuderschützen.

Um ihn herum verband sich das leise Murmeln der betenden Sonnenpriester zu einem dissonanten Lied. Die Mitglieder des Albus Sunaş hatten sich an der rechten Flanke versammelt, um die Schlacht mit ihren Gebeten zu unterstützen. Hauptsächlich Masriden, aber es waren auch einige Wlachaken darunter, die dem Orden dienten. In dieser Stunde der Not machte niemand mehr Unterschiede.

Auch Cornel betete, allerdings so leise, dass sich nur seine Lippen bewegten. Die Sonne stand an einem makellosen Himmel, aber noch war ihr Licht schwach vom Winter. Dennoch war ihr Strahlen ein gutes Omen.

Irgendwo an der linken Seite des Passes hatten sich einige Geistseher versammelt, die von den Geistern des Landes Unterstützung erbaten. Einst wäre es undenkbar gewesen, dass sie und der Albus Sunaş an einem Strang zogen, aber der Angriff des Imperiums stellte viele alte Regeln in Frage. *Vielleicht sollten wir dafür dankbar sein,* dachte Cornel zynisch, sah dann aber im Geist Vintilas wutverzerrtes Gesicht vor sich. *Nein, dankbar sollten wir erst sein, wenn wahrer Frieden herrscht und die Vintilas und Sziglosse die-*

ser Welt kein Gehör mehr finden. Die Nachricht vom Tod des Thronanwärters im Duell gegen Ana hatte Cornel mehr erfreut, als es einem Sonnenpriester eigentlich gebührte. Und er war zufrieden gewesen, als Şten Vintila in den Wald hatte schaffen lassen und man ihn, an einen Baum gebunden, seinem Schicksal übergeben hatte.

Unwirsch blickte Cornel wieder zu Boden, versuchte sich auf sein Gebet zu konzentrieren. Seine abschweifenden Gedanken ärgerten ihn.

Da erklang das Geräusch, auf das er bereits den ganzen Morgen gewartet hatte – Stahl auf Stahl, Krieger gegen Krieger, Armee gegen Armee. Davon wie magisch angezogen, blickte er auf und beobachtete, wie sich die Schlacht unter ihm entfaltete.

Die Reiterei war in die Reihen des Imperiums eingebrochen. Die schwere Infanterie versuchte, dem Ansturm standzuhalten, aber schon brachen die Linien auf. Atemlos verfolgte Cornel Ştens Banner, das in der Nähe des Voivoden wehen musste. Die Wlachaken fochten gegen die Goldenen Garden, und der Lärm drang bis zu den Wipfeln der Sorkaten.

Dann sah Cornel für einen Moment Şten, der sein Pferd in das dichteste Getümmel trieb. Der Voivode sprengte die Feinde auseinander und zog seine Krieger mit sich. Weiter entfernt schlug sich Natiole; seine Reiter hatten die Front des Imperiums zurückgedrängt, dort, wo die Soldaten weniger diszipliniert waren. Die hintersten Reihen wandten sich schon zur Flucht, als die Fußsoldaten der Wlachaken den Kampf erreichten.

Unwillig blickte der Sonnenpriester zu den Masriden nahe seiner eigenen Position. Ana hatte ihren Angriff zielsicher zwischen zwei verschiedene Truppenteile getrieben, und sie spaltete die Formation ihrer Gegner geradezu. Sie flog auf ihrem Pferd voran, gefolgt von ihrer Garde, und die nachrückenden Masriden drängten in die Lücke. Bogenschützen waren vorangelaufen und sandten nun Pfeilregen um Pfeilregen auf die Feinde nieder, während diese aufgrund ihrer schlechten Position den Beschuss kaum erwidern konnten.

Der Anblick der Schlacht überwältigte Cornel.

Doch er wusste, dass der Kampf um Wlachkis gerade erst begonnen hatte.

63

»Menschenkrieg ist langweilig.« Missmutig kratzte sich Wrag mit einer Klaue den Schädel.

Kerr ignorierte den Einwurf von Andas Kind und blickte zu dem dünnen Lichtstrahl, der weit vorn im Gang durch ein winziges Loch fiel. Es kostete ihn Überwindung, so nah an das Sonnenlicht heranzugehen, aber sie mussten es beobachten; es war ihre einzige Möglichkeit, den Einbruch der Nacht zu erkennen.

»Kämpfen die da draußen noch? Ich spüre gar nichts mehr.«

Jetzt wandte der Troll sich doch seufzend zu Wrag um, der ihm fast bis ganz nach vorn gefolgt war. Die anderen Kinder Andas waren weiter hinten geblieben. Die Nähe der Oberfläche machte sie ohnehin nervös, und das Sonnenlicht erfüllte sie mit Ekel. Aber Kerr spürte ihre Bereitschaft zu kämpfen, ebenso wie er die Schlacht an der Oberfläche spüren konnte. Blut benetzte dort den Boden; Blut, dessen Geruch ihm in die Nüstern stieg und ihn unruhig machte.

»Sie kämpfen noch. Keine Sorge.«

»Gut.«

Andas Kind schwieg eine Weile, aber Kerr konnte schon die nächste Frage in seinen Gedanken reifen sehen.

»Was ist, wenn die Goldmenschen das Loch zudecken? Dann denken wir, es ist Nacht, und dann ist es draußen noch hell.«

»Hast du Angst?«, fragte Kerr, obwohl Andas Kind nicht danach roch. Aber die ständige Fragerei ging Kerr auf die Nerven.

Erzürnt schüttelte Wrag das mächtige Haupt. »Nein! Aber Menschlingen ist alles zuzutrauen.«

»Wir spüren den *Dreeg.* Ich denke, wir würden es merken, wenn das Licht zu früh verschwindet. Wir müssen einfach nur warten.«

»Warten. Pah!«

Wrag schnaubte. Kerr konnte seine Ungeduld wittern. Er konnte Andas Kind verstehen. Auch ihn gelüstete es nun nach Kampf. Sie hatten diesen Krieg nicht gesucht, aber sie würden ihm auch nicht aus dem Weg gehen. Viele Trolle waren gekommen und sogar eine ganze Menge von Andas Kindern, die Wrags Versprechen von Kampf und Blut gefolgt waren. Sie hatten Tunnel gegraben, dort, wo Şten und die seinen ihre Schlacht schlagen wollten. Es fehlte nicht mehr viel, um an die Oberfläche zu gelangen.

In den meisten Tunneln verbargen sich Trolle der alten Stämme, aber Kerr war mit Andas Kindern gegangen. Die Nähe der Oberfläche war ihnen unangenehm, doch auch die Ansammlung ihrer selbst war für sie ungewohnt. Sie kamen stets nur für kurze Zeit zusammen und waren sonst Einzelgänger, anders als die anderen Trolle.

»Ich hoffe, Natiole lässt uns noch etwas zu tun übrig. Nicht, dass wir hier umsonst rumhocken«, brummelte Wrag.

Geistesabwesend nickte Kerr. Er hatte in der Nacht die Feuer des Imperiums gesehen, die vielen Lichtpunkte, die den Sternenhimmel zu spiegeln schienen. Der Troll hatte schon in Schlachten der Menschen gekämpft, aber er hatte noch niemals so viele von ihnen gesehen.

»Der Kampf wird nicht schnell vorbei sein«, erklärte er schließlich. *Vorausgesetzt, unsere Hareeg halten bis zum Abend durch.* »Wir werden viel zu töten haben.«

»Gut«, befand Wrag grimmig und schlug die Faust in die Hand. »Goldmenschen zum Zerquetschen. Darauf habe ich mich die ganze Zeit gefreut.«

Kerr achtete nicht auf ihn, sondern blickte wieder zum Sonnenlicht. Über ihnen tobte die Schlacht, und mit jedem Dreeg wuchs Kerrs Unbehagen. Er befürchtete, dass am Abend keine Hareeg mehr leben würden, denen die Trolle helfen konnten.

64

Der Schwung des ersten Sturms trug sie weit in die imperialen Reihen. Allen voran ritt Natiole, trieb seinen Speer einem Krieger in die Brust, zog sein Schwert und schlug eine Bresche. Hinter sich spürte er seine Krieger mehr, als dass er sie hörte. Sie säten Tod und Vernichtung unter den Dyriern. Ihre Feinde wichen zurück, doch sie konnten nicht entkommen, zu schnell war der Angriff, zu sehr öffneten sich ihre Linien.

Der Helm nahm Natiole einen Teil der Sicht. Der Lärm der Schlacht drang nur gedämpft an seine Ohren. Seine Welt beschränkte sich auf den Sichtschlitz. Er schlug nach rechts, traf einen Krieger an der Schulter, ritt aber weiter, ohne abzuwarten, was sein Schlag bewirkt hatte. Immer wieder traf seine Klinge auf Widerstand. Zwei Schläge donnerten gegen seinen Schild, sandten Wellen des Schmerzes durch seinen Arm. Aber dann war schon ein anderer Wlachake an Natioles Seite, und der Angreifer fiel unter den Hieben.

Natioles Atem ging stoßweise, beinahe im Rhythmus mit seinen Schlägen. Menschen wurden unter die Hufe der Pferde geschleudert, Knochen brachen unter Hieben, Blut besudelte Natioles Rüstung. Weiter und weiter trug sie ihr Ansturm, der die Wlachaken in einen wahren Siegestaumel versetzte. Nichts schien sie aufhalten zu können. Immer noch brüllten einige den Schlachtruf, und rechts und links zogen die ersten wlachkischen Kämpfer an Natiole vorbei.

Schlagartig wurde er sich der Gefahr bewusst. Hektisch blickte er sich um, versuchte, in dem Getümmel Ordnung zu finden. Vom Pferderücken aus sah er, wie die Front des Imperiums an drei Stellen aufgebrochen war und sich keilförmige Fluten von Masriden und Wlachaken in die Lücken ergossen. Ganz im Osten trieb Ana ihre Feinde vor sich her wie eine Herde Schafe. Doch im Zentrum war Şten weniger weit gekommen. Die Goldenen Garden leisteten erbitterten Widerstand, und sie hatten den ersten Angriff verlangsamen können. Anders als die Truppen an den Flanken wichen sie nicht zurück, sondern stellten sich dem Kampf.

»Zu mir«, brüllte Natiole und lenkte sein Pferd weiter nach Osten.

Sein Bannerträger folgte ihm, und die Krieger würden dem Banner folgen. *Wir dürfen unsere Reihen nicht zerreißen lassen. Wenn wir sie zu sehr dehnen, liefern wir uns der überlegenen Stärke des Imperiums aus.*

Als hätten seine Feinde seine Gedanken gelesen, zog unvermittelt ein heller Streifen über den Himmel. Nur kurz war das Geschoss in seinem Blickfeld, aber Natiole erkannte sofort, dass die imperialen Katapulte den Beschuss begonnen hatten.

Noch entschlossener trieb er sein Reittier an, drängte die Truppen des Feindes zurück, wobei er immer mehr in Richtung Zentrum ritt. Schon tauchten die ersten goldgerüsteten Krieger vor ihm auf, die nach vorn liefen, um den Kampf gegen Ştens Soldaten zu unterstützen. Mit seiner Reiterei fiel Natiole ihnen in die Flanke, traf sie unvorbereitet und spaltete ihre Formation.

Jetzt brach Chaos auch unter den Elitekriegern des Imperiums aus, und viele wurden zwischen Natioles und Ştens Truppen wie zwischen Hammer und Amboss zerquetscht.

Mit gnadenloser Wut dezimierten die Wlachaken die besten Soldaten des Imperiums, die wenig mehr tun konnten, als kämpfend unterzugehen.

Doch der Triumph währte nicht lange. Schon erklangen Hornsignale, und weitere Einheiten des Imperiums setzten sich in Bewegung. Langsam marschierten sie den Hang hinauf. *Frische Krieger,* erkannte Natioles *während wir allmählich müde werden.*

65

Sie hatte jedes Zeitgefühl verloren. Zu irgendeinem Zeitpunkt hatte ein Hieb sie vom Pferd geholt, aber ihre Krieger waren zur Stelle gewesen, um sie zu beschützen, bis sie sich aufgerappelt hatte. Ana kämpfte wie eine Besessene, aber für jeden gefällten Feind schienen zwei neue nachzuwachsen.

Schon längst drängten sie ihre Feinde nicht mehr zurück, sondern kämpften nur noch darum, die Stellung zu halten. Das Schlachtfeld war von Gefallenen übersät und von Verwundeten, von Sterbenden und jenen Verletzten, die noch versuchten, sich mit letzter Kraft vor wirbelnden Klingen und donnernden Pferdehufen in Sicherheit zu bringen.

Geschickt duckte Ana sich unter dem Stich eines Speers hinweg und sprang nach vorn. Zielsicher drang ihre Klinge durch den Spalt unter der Achsel in die Rüstung ihres Gegners ein. Blutstropfen regneten durch die Luft, als sie ihr Schwert herauszog und den nächsten Angriff parierte. Ihre zweite Waffe fand den Hals des Dyriers, der gurgelnd zu Boden stürzte. Blut färbte seine Zähne rot, indes er zu schreien versuchte, aber Ana beachtete seinen Tod nicht, sondern wandte sich einem weiteren Feind zu.

In der Hitze des Gefechts konnte sie nicht sehen, wie die Wlachaken sich hielten. Ihre einzigen Gedanken galten ihrem eigenen Überleben. Ihr Atem ging stoßweise, der rechte Arm schmerzte von einer langen Schramme, und ihre Seite war feucht, ohne dass sie wusste, ob von ihrem eigenen Blut oder von dem ihrer Feinde. Ihre Instinkte leiteten ihre Bewegungen, ließen sie sich ducken, parieren, angreifen und ausweichen, in einer endlos scheinenden Abfolge.

Dann erschallte ein Horn, und die Reihen des Imperiums zogen sich plötzlich zurück. Keuchend blieb Ana stehen, sog gierig Luft in ihre Lungen. Erst als einige Krieger vorstürmten, um die Feinde zu verfolgen, richtete sie sich wieder auf.

»Halt! Zurück! Zurück, viermal verflucht!«

Unwillig wurde ihrem Befehl Folge geleistet. Der Moment der Ruhe gab ihr Zeit, sich umzusehen. Die Wlachaken hatten sich ebenfalls etwas zurückgezogen. Ihre Reihen hatten sich gelichtet, aber ihr Angriff hatte die Goldenen Garden schwer getroffen. Doch ein Stück weiter unterhalb ihrer eigenen Position formierten sich die imperialen Armeen wieder.

»Sammelt alle Reiter, die noch ein Pferd haben«, befahl Ana brüsk. »Haltet sie hinter den Fußsoldaten.«

In einiger Entfernung registrierte sie die trügerisch langsame Bewegung eines Katapults, und schon raste das feurige Geschoss auf sie zu. Nur wenige Schritt über Ana brauste es durch die Luft und schlug hinter ihr und ihren Söldnern ein. Flüssiges Feuer spritzte umher, umhüllte Krieger, fraß sich durch Rüstungen und Fleisch, fiel in unlöschbaren Tropfen auf Leiber.

»Zurück! Wir müssen aus der Reichweite dieser verdammten Bastarde!«

Sie rannte den Hang hinauf. Ein Soldat wälzte sich auf dem Boden, Flammen leckten über seine Haut. Ein anderer versuchte, das Feuer zu löschen, schlug mit einem Umhang auf ihn ein. Mit hartem Griff packte Ana den Mann und zerrte ihn mit, obwohl ihr die bestialischen Schreie des Sterbenden in den Ohren gellten.

»Das kann man nicht löschen«, erklärte sie. »Weg hier.«

Weitere Geschosse fanden ihr Ziel, doch der Rückzug rettete viele von Anas Kriegern. Auch die Wlachaken hatten sich wieder auf ihre ursprüngliche Position zurückgezogen, gerade außerhalb der Reichweite der Katapulte.

»Die haben die Hosen gestrichen voll«, feixte Tiradar, der sich mit einem fleckigen Tuch den Schweiß von der Stirn wischte, als er Ana entdeckte.

»Das? Das war nur ein Geplänkel, eine kurze Begrüßung«, erwiderte sie mit einem prüfenden Blick zum Himmel. *Und es ist so wenig Zeit verstrichen. Bald wird die zweite Welle kommen, und die Sonne steht noch hoch über dem Horizont. Wie viele dieser Angriffe können wir überstehen, bevor unsere Reihen brechen?* Sie wusste die Antwort auf die Frage nicht, aber die erschöpften Gesichter der Masriden und Szarken um sie herum sprachen eine deutliche Sprache. Der Abend war noch fern, und das Imperium hatte genug Reserven, um viele weitere Angriffe frischer Soldaten gegen die müden Kämpfer des Landes zwischen den Bergen einzuleiten.

66

Eine leichte Brise war aufgekommen, und die bunten Wimpel, mit denen das Zelt der dyrischen Heerführer geschmückt war, flatterten geräuschvoll im Wind. Artaynis versuchte, sich davon nicht ablenken zu lassen, sondern weiterhin den Gesprächen im Inneren zu lauschen. Aber ihre Gedanken waren nicht bei den endlosen Floskeln und Höflichkeiten, die ein weiterer Bote kniend vortrug, der soeben von dem Pass gekommen war, an dem sich die Armeen gesammelt hatten.

Das Zelt selbst war mit goldener Stickerei geradezu überladen, und die Männer, die darin saßen und mit lauter Stimme über Taktik und Truppen redeten, mussten auf keinen Luxus verzichten.

Während ihre Soldaten in die Schlacht reiten, lassen sie sich die teuersten Köstlichkeiten aller Art reichen, dachte Artaynis und konnte sich des Gefühls des Ekels nicht erwehren, das ihr in der Kehle aufstieg, während sie Kamros beobachtete. Der imperiale Beamte thronte inmitten des Zeltes und hielt Hof, als sei er der Goldene Imperator selbst. Seit Stunden schon trafen immer neue Berichte von den vordersten Linien der Front ein, darüber, wie die Wlachaken sich aufgestellt hatten, welche Einheiten den Kern ihrer Truppen bildeten und welche die Flanken. Die ersten Gefechte waren ohne deutliches Ergebnis geblieben, aber der Tag war noch lang.

Artaynis stand bescheiden im Hintergrund, bei den Dienern, wie Kamros es verlangt hatte, obwohl er genau wusste, was für einen Affront das gegen sie und das Haus Vulpon darstellte. Aber sie musste sich fügen, denn wenn sie nicht in Kamros' Nähe sein konnte, würde sie nicht aus erster Hand erfahren, wie es um den dyrischen Kriegszug bestellt war. Und das war der Grund, warum Artaynis hier war. Eigentlich hatte Sargan einen ihrer Brüder dazu ausersehen, mit dem Heer zu ziehen, um Augen und Ohren vor Ort zu haben. Es hatte Artaynis all ihre Überzeugungskraft und Geschicklichkeit gekostet, dass ihr Vater schließlich sie anstatt ihres Bruders für diese Aufgabe ausgewählt hatte.

Sie hatte seit Natioles Aufbruch keine Nachricht aus Wlachkis erhalten, und untätig in Colchas herumzusitzen, während der Krieg näher und näher rückte, hatte sie schier um den Verstand gebracht.

»... nur wenig schwere Reiterei. Sie versammeln sich wieder, und ihre Aufstellung ist unverändert, Phrykos«, beendete der Bote soeben seinen Bericht und senkte die Augen dann untertänig zu Boden.

»Gibt es irgendein Anzeichen dafür, dass die Wlachaken ihre Troll-Verbündeten zu Hilfe gerufen haben?«, erkundigte sich Kamros.

»Keines, Herr.«

Der dyrische Beamte knurrte zufrieden und trank einen Schluck Wein aus dem Pokal, den er in der Linken hielt.

»Sie sind erstaunlich zäh«, erklärte einer der Generäle mit einem süffisanten Lächeln in Kamros' Richtung. »Aber letztendlich werden wir sie zerschmettern.«

»Soweit uns berichtet wurde, reiten die Anführer der Barbaren direkt mit ihren Truppen, wie gewöhnliche Soldaten«, meinte Kamros grüblerisch. »Es könnte von Vorteil sein, sie direkt auszuschalten, um die Moral zu untergraben.«

Artaynis biss die Zähne zusammen. Şten führt die Wlachaken an, dachte sie trostlos.

»Ihr seht blass aus. Vielleicht wird all dies doch zu viel für Euch, Phryka?«, erkundigte sich Kamros in eben diesem Moment zuckersüß.

Artaynis neigte höflich den Kopf.

»Nein, mir geht es gut. Ihr braucht keine Rücksicht auf mich zu nehmen«, erwiderte sie mit freundlicher Stimme, obwohl sie innerlich vor Zorn kochte.

»Wir sollten die Söldner bald einsetzen«, sagte der Mann, der rechts neben Kamros stand. »Das wird eine unangenehme Überraschung für den neuen *Marczeg* werden.«

Die Verachtung in seiner Stimme war nicht zu überhören. Er nahm eine Handvoll kandierter Feuertrauben von dem goldenen Tablett und aß sie genussvoll.

Ein schmales Lächeln zeigte sich auf Kamros' Zügen. »Eine hervorragende Idee, Denyxer von den Skleron«, gab er zu. Dann nickte er in Richtung des Boten. »Die Söldner sollen sich bereit machen.«

Der Bote erhob sich und verließ das Zelt ebenso hastig, wie er gekommen war.

Artaynis umklammerte mit der Linken das Päckchen, das sie damals bei ihrem Aufbruch aus Teremi von Ionnis erhalten hatte und das sie, noch immer ungeöffnet, heimlich bei sich trug wie einen Talisman. Sie wusste, dass sie nichts tun konnte, außer das Geschehen zu beobachten, so schwer ihr das auch fallen mochte.

Aber irgendwann wirst du für diesen Kriegszug zur Rechenschaft gezogen werden, Kamros, du Hund, dachte sie. *Mein Vater wird dafür sorgen.*

Bis dahin konnte sie nur inständig hoffen, dass die Prinzen von Wlachkis nicht unter den Toten sein würden, die dieser Wahnsinn kostete.

67

Sie bewegen die Katapulte!«

Der Aufschrei riss Cornel aus seiner Konzentration, und er blickte auf.

Das Schlachtfeld war mit Leibern übersät. Hier und da brannten noch Feuer, über manche Leichen leckten noch die Flammen, und schwarzer Rauch stieg auf, nur um bald von den Winden verwirbelt zu werden. Das Imperium ließ sich Zeit mit seinem nächsten Angriff, und jetzt konnte Cornel sehen, warum. Trauben von Menschen zogen die Katapulte den Hang hinauf, durch die vordersten Reihen der imperialen Armeen. Schon bald würden sie eine Position erreicht haben, von der aus sie die Stellungen der Verteidiger unter Feuer nehmen konnten. Das Imperium arbeitete auch im Krieg mit erschreckender Effizienz.

»Wenn sie die Katapulte noch weiter nach vorn bringen, dann müssen wir uns zurückziehen«, erklärte die Keralýa eben.

»Nein«, entfuhr es Cornel heftig. Einige Sonnenpriester blickten ihn überrascht an.

»Wenn wir uns zurückziehen«, fuhr er fort, »dann geben wir den Unseren ein schlechtes Zeichen. Wir sind der Glaube dieser Menschen. Unsere Gebete zum Göttlichen Licht geben ihnen Hoffnung. Wir müssen ihnen ein Vorbild sein.«

»Aber was sollen wir tun? Gegen die Katapulte können wir nichts ausrichten«, warf Výclas abschätzig ein.

»Betet mit mir. Brüder und Schwestern, betet mit mir um die Gnade des Göttlichen Lichts. Lasst uns unsere Feinde mit der Macht des Göttlichen Lichts niederstrecken!«

Unsicher blickte Výclas erst zu den Katapulten, dann zur Keralýa und wies mit der Hand den Pass hinab. »Das ist viel zu weit entfernt. Wir müssen uns dem Entschluss des Göttlichen Lichts fügen. Wir können nichts …«

»Nein! Wir können nicht aufgeben, und wir werden nicht aufgeben. Das Göttliche Licht wird uns beschützen!«

Ohne ein weiteres Wort senkte Cornel das Haupt erneut und nahm sein Gebet wieder auf. Diesmal sprach er laut, und schon nach den ersten Silben fielen andere mit ein. Mit Genugtuung erkannte er die Stimme der Keralýa, dann wurde sein selbstgerechtes Ich von den brandenden Wogen der göttlichen Macht davongespült. Fiebrig hasteten seine Lippen durch die Fürbitten, lauter und lauter wurden ihre Anrufungen. Es war Cornel, als spüre er die brennende Kraft der Sonne in seinem Inneren. Die Schmerzen waren schier unerträglich, und er legte den Kopf in den Nacken und schrie sie heraus.

Mit einem Ruck schien er sich aus seinem Körper zu lösen. Er konnte seinen Leib unter sich sehen, regungslos zusammengebrochen, umringt von den anderen Mitgliedern des Albus Sunaş. Sein Selbst war Licht, und einige starrten hoch zu ihm, mit offenen Mündern.

Aber es waren nicht diese Menschen, denen seine Aufmerksamkeit galt. Er konnte kaum einen klaren Gedanken fassen, er wusste nicht mehr, wer er war, aber er wusste, dass dort in der Ferne Feinde waren.

Die Bewegung seiner Hand war wenig mehr als ein Gedanke; er hatte keinen Körper mehr, der langsam und schwerfällig gehorchen musste. Lanzen aus Licht fielen vom Himmel. Dort, wo sie auftrafen, verging alles unter ihrer sengenden Hitze. In wenigen Augenblicken fingen die Katapulte Feuer und wurden von den Flammen verschlungen.

Ein tiefer Friede erfüllte die Lichtgestalt. Sie blickte hinab, wo Menschen um etwas herumstanden, was ihr vage vertraut vorkam. Sie wusste, dass sie etwas Gutes getan hatte. Nichts hielt sie mehr zurück, und sie ging im Licht der Sonne auf.

Unter ihr, auf dem kühlen Felsen, hauchte Cornel, der wlachkische Sonnenpriester, seinen letzten Atem in diese Welt.

68

Nach langer Wanderung begriff Azot, dass er sich in einer immer enger werdenden Spirale um das Herz des Landes herumbewegte. Unbewusst hatten seine Schritte ihn gelenkt, ihn Kreise ziehen lassen, voll innerer Unruhe und immer hastiger. Die Dreeg riefen ihn, dringlicher als je zuvor, ihr Klagen zunehmend unerträglich in seinem Herzen.

Als die Dreeg mehr und mehr Finsternis mit sich brachten, lief er bereits in Richtung des Schachts und der Höhle. Etwas hatte sich im Schlag des Herzens verändert. In ihm schwang eine Anspannung mit, die auch von Azot Besitz ergriff. Wie die Vorahnung einer blutigen Zukunft, wie in den Augenblicken vor einem Kampf, wenn jede Faser seines Leibes sich bereit machte. Je näher Azot dem Herzen des Landes kam, desto deutlicher konnte er es spüren.

In der Höhle wirbelten die Schatten chaotischer umher als sonst. Das Herz schlief, doch seine Träume waren unruhig, und jeder Dreeg brachte Azot Erinnerungen an Bilder, an Gerüche, an Geräusche. Ein unauflösliches Wirrwarr aus Gefühlen überflutete ihn, doch sein Geist war stark.

Unbeholfen ließ er sich in der Nähe nieder. Er wusste nicht, was er tun sollte, was er tun konnte.

Er wusste nur, dass etwas von ihm erwartet wurde. Und er vertraute darauf, dass das Herz ihn wissen lassen würde, was das war.

69

Als der nächste Angriff an ihren Linien abprallte und die imperialen Truppen sich wieder zurückzogen, schob Ana sich den Helm in den Nacken und wischte sich den Schweiß von der Stirn. *Wie viele waren es? Drei? Oder schon vier?* Sie musste einige Momente nachdenken, bevor sie erkannte, dass das Imperium bereits viermal gegen sie angerückt war.

Die Schlacht hatte breite Lücken in die Reihen der Masriden gerissen. Der Geruch von Blut, Tod, Feuer und Exkrementen hing in der Luft, aber Ana bemerkte ihn kaum noch. Jemand reichte ihr einen Wasserbeutel, und sie trank gierig.

»Sie formieren sich neu«, knurrte Tiradar neben ihr. Seine Rüstung war ebenso verbeult und angeschlagen wie Anas, und offenkundig hatte er sich den Inhalt eines weiteren Wasserschlauchs einfach über den Kopf gegossen. Die Masridin konnte ihn verstehen, glühte doch ihr eigener Körper ebenso von der Hitze des Kampfes, der ihnen kaum Ruhepausen gönnte.

Tatsächlich bereiteten sich die imperialen Armeen bereits auf den nächsten Angriff vor. Um die Reste der verbrannten Katapulte sammelten sich wieder Soldaten. Frische und ausgeruhte Krieger, die sich schon bald mit neuer Macht auf sie stürzen würden. Wenigstens stellten die Katapulte keine Gefahr mehr dar; was auch immer sie vernichtet hatte, war sehr mächtig gewesen und hatte ihnen einige Zeit erkauft, bis ihre Feinde sich von dem Schrecken erholt hatten.

»Macht euch bereit«, befahl Ana. Ihre Stimme war heiser. Sie hatte heute bereits zu viele Befehle geschrien. Jedes Wort kratzte in ihrem Hals, aber sie kümmerte sich nicht darum. *Ich werde noch viel mehr schreien, bis das hier vorüber ist.*

Die Sonne sank langsam gen Horizont. Quälend langsam. *Zu langsam,* erkannte Ana. Das Imperium ließ sich mit seinen Angriffen kaum Zeit, Welle folgte auf Welle, und die Verteidiger hatten bereits alles in die Schlacht geworfen, was ihnen zur Verfügung stand. Selbst Ionnis' Reserven.

Doch dann sah Ana, welche Truppen sich zum Sturm bereit machten, und neue Hoffnung keimte in ihr. Im Zentrum, dort wo Şten sie empfangen würde, stand ihr einstiger Söldnerhaufen.

»Macht die Flaggen bereit.«

Unvermittelt konnte sie den nächsten Angriff kaum erwarten, freute sich sogar auf ihn. Noch mochte die Moral der imperialen Armeen gut sein, aber gleich würden sie ihr einen Schlag versetzen, der vielleicht die Schlacht entscheiden würde.

Die Erschöpfung war aus ihren Gliedern gewichen, und ihre Blicke waren nur noch auf ihre früheren Söldner gerichtet, die sich in den gegnerischen Reihen formierten. Die anderen Truppen des Imperiums hatten keine Bedeutung mehr, das Schlachtfeld mit all den Toten und Verwundeten verschwand für den Augenblick aus ihrem Bewusstsein. Ihr ganzes Ich konzentrierte sich auf diesen einen Punkt.

Dann ertönten die Hörner, und der Angriff begann. Noch immer setzte das Imperium seine Reiterei nicht ein, und so stürmte Fußvolk den Hang hinauf.

»Gebt den Wlachaken das Zeichen.«

Banner wurden entrollt, und Ana warf einen bangen Blick nach Westen. Sie fürchtete, dass ihr Signal ungesehen blieb, doch das Ausbleiben von Pfeilen zeigte ihr, dass Şten es erkannt hatte.

Ihre einstigen Söldner stürmten an der Spitze vor, zogen die anderen Soldaten mit sich. Noch waren sie hundert Schritt entfernt, dann nur noch fünfzig.

»Jetzt!«

Ein weiteres Banner flog hoch: Flores' Kriegszeichen, der doppelte Rabe. Anas Herz setzte einen Schlag aus. Die Söldner stürmten. Jeden Moment musste Berophan das Signal sehen, musste seine Leute herumwerfen und dem Imperium in den Arm fallen. Jeden Augenblick.

Da stürzten sich die Söldner mit voller Wucht auf die Wlachaken. Ungläubig blickte Ana zu der Stelle hinüber, konnte den Verrat nicht fassen.

»Sie kommen!«, brüllte Tiradar, »Bereit machen!«

Seine Worte rissen sie aus ihrer Starre. Sie wandte sich den heranstürmenden Feinden zu, doch bevor sie auch nur den Helm ins Gesicht schieben konnte, waren sie heran und fielen über die Masriden her wie ausgehungerte Wölfe über Schafe.

70

Innerhalb weniger Herzschläge war aus Triumph Schrecken geworden. Anstatt sich gegen das Imperium zu stellen, brachen die Söldner, die einst Flores unterstanden hatten, in Ştens Reihen ein. Fassungslos starrte Natiole auf das Geschehen in der Mitte der Front. Aber ihm blieb kaum Zeit, darüber nachzudenken, was das für die Schlacht bedeutete, denn schon musste er sich an der Flanke mit seinen Leuten der eigenen Haut erwehren.

Seine Arme protestierten schmerzhaft, als er Schild und Schwert hob, um den ersten Gegner zu empfangen. Er blockte den Schlag ab, trat kurz nach vorn und schlug selbst zu. Doch sein Hieb traf nur den Schild seines Feindes. Ein Speer zuckte von der Seite heran, zwang ihn wieder zurück. Geschickt reihte sich Natiole wieder ein, Schild an Schild, empfing den nächsten Angriff und stieß zu. Diesmal fand er eine Lücke, und seine Klinge kratzte über Metall, fand Fleisch, und er zog sie blutbesudelt zurück.

Immer mehr Soldaten drangen auf sie ein. Schritt für Schritt wurden Natiole und die Kämpfer, die neben ihm fochten, zurückgedrängt.

Erschöpft ließ sich Natiole zurückfallen, und andere nahmen seinen Platz ein, während er einige Schritte die Flanke des Berges emporlief, den Helm abnahm und seinen Blick suchend über das Schlachtfeld sandte.

Was er sah, versetzte ihm einen Stich ins Herz.

In der Mitte war ihre Front zurückgefallen. Immer mehr Imperiale stürmten dorthin, und die Linien der Verteidiger wurden dünner und dünner. Weiter im Osten schienen die Masriden ihre Position halten zu können. Anas Banner aber sah Natiole nahe beim Zentrum. Dort, wo Masriden neben Wlachaken fochten, war die schwächste Stelle ihrer Formation, und Ana schien diese Gefahr erkannt zu haben.

Der Lärm war ohrenbetäubend, dennoch waren Natioles Gedanken klar: *Wir müssen zurückfallen. Wenn das Zentrum noch weiter einbricht, reißen sie Lücken, und dann mögen die Geister uns gnädig sein.*

Seine Augen suchten das Banner seines Vaters, und für einige schreckliche Herzschläge konnte er es nicht entdecken. Dann tauchte es auf, blutig, halb zerfetzt, aber hoch erhoben.

»Langsam zurück«, befahl er, so laut er konnte. »Schließt zur Mitte auf!«

Ein Rückzug im Kampf konnte mörderisch sein, und der junge Wlachake wusste um die Gefahren. Die Moral konnte jeden Moment schwinden und aus einem geordneten Manöver eine heillose Flucht werden lassen. Um das zu verhindern, blieb Natiole dicht bei seinen Leuten, feuerte sie an, gab Befehle, sprang immer wieder in die erste Reihe und kämpfte dort, wo die Übermacht am größten war. Doch sie mussten weiter und weiter zurückweichen, denn ihr Zentrum gab immer weiter nach, und das Imperium sandte ihnen einfach immer mehr Krieger entgegen.

Jetzt fiel auch Anas Flanke zurück, verfolgt von der schieren Masse der Imperialen.

Der stärkste Angriff aber traf nach wie vor Şten.

Natiole ballte die Hände zu Fäusten, während ihm klar wurde, dass er nichts tun konnte, um seinem Vater zu helfen.

71

Zu mir!«

Der Ruf übertönte den Lärm der Schlacht, die Schreie der Verwundeten, sogar das Gebrüll der Angreifer. Was auch immer mit Anas Plan geschehen war, die Söldner noch inmitten des Kampfes die Seiten wechseln zu lassen, er war gescheitert. Und Şten konnte nichts mehr tun, außer sich der Flut aus Stahl entgegenzustemmen, mit jedem Atemzug, mit jeder Faser seines Leibes.

Jeder Schritt, den sie zurückweichen mussten, brachte das Imperium näher an sein Ziel. Sie waren die einzige Verteidigung ihrer Heimat, und sie durften nicht besiegt werden. Es war seine Aufgabe, hier auszuhalten, bis die Trolle ins Geschehen eingreifen konnten und hoffentlich die gnadenlose Unterlegenheit der Wlachaken und Masriden ausglichen. Bis dahin mussten sie standhalten. *Wlachkis war zu lange in der Hand von Tyrannen,* dachte er. *Ich werde nicht zulassen, dass mein Land und meine Söhne unter einer neuen Knute leben müssen.*

Seine Gefolgsleute sammelten sich um den Voivoden. Noch einmal stürmte er vor, das Schwert fest in beiden Händen. Seine Schläge kamen schnell und gnadenlos. Ein Gegner fiel zu Boden, den Helm halb von seinem zerfetzten Kopf gerissen. Ein anderer griff sich an die furchtbare Wunde in seiner Brust. Şten wich Gegenschlägen aus, parierte eine Pike, trat einem Dyrier in den Unterleib. Er hieb nach den Beinen eines Mannes und nutzte den Schwung, um einem weiteren den Knauf der Waffe in die Kehle zu rammen. Mit schierer Willenskraft drängte er die Gegner zurück, erzwang eine Lücke, wo keine war. Er bemerkte die Erschöpfung kaum, die allmählich von seinem ganzen Körper Besitz ergriff, weigerte sich anzuerkennen, dass der stundenlange Kampf seinen Tribut forderte.

Ştens Krieger folgten ihm, hielten ihm den Rücken frei. Ein großer, dunkelhäutiger Mann in einer aufwändigen Rüstung trat ihm entgegen, in den Händen Schwert und Schild. Er war ungewöhnlich schnell für einen Mann seiner Größe, und er drang sofort auf Şten ein.

Nur mit Not konnte der Voivode dem Hieb ausweichen. Sein Gegenangriff war schwach und ungezielt, aber er zwang den Gegner zurück, erkaufte Şten genug Zeit, um sein Gleichgewicht wiederzufinden. Er parierte den nächsten Schlag und warf sich gegen den Schild des Mannes. Gemeinsam taumelten sie einige Schritt zur Seite. Ştens langes Schwert war im Nahkampf ein Nachteil, und schon hob der Dunkelhäutige seine Klinge, um zuzustoßen. Verzweifelt packte Şten den Schild und riss ihn herum. Die Spitze der Klinge bohrte sich in seine Schulter, durchdrang Kettengeflecht und Leder, Haut und Fleisch. Warmes Blut sprudelte aus der Wunde, aber Şten rammte seinem Gegner die Stirn gegen die Nase. Die Wucht des Stoßes ließ den Voivoden für einen Moment nur helle Lichter sehen, aber der Dunkelhäutige taumelte einen Schritt zurück. Seine Hand fuhr instinktiv zu der blutenden Nase, dann trat er auf den Arm eines Gefallenen und stolperte. Sofort setzte Şten nach. Sein Überkopfhieb sandte rasende Schmerzen durch seinen verletzten Arm, doch seine Klinge spaltete die Rüstung seines Gegners am Hals und trennte den Kopf fast zur Hälfte vom Rumpf.

Während der Dunkelhäutige mit weit aufgerissenen Augen zu Boden fiel, stützte sich Şten auf seine Klinge und atmete schwer.

Dann richtete er sich auf.

»Weiter!«, schrie er heiser. »Treibt sie zurück! Werft sie aus unserem Land! Tirea!«

Blut lief seinen Arm hinab, aber sein Körper gab nicht nach. Seine Hiebe fielen gleichmäßig, schnell und zielsicher. Die Wlachaken um ihn herum fielen in seinen Schlachtruf ein, und gemeinsam hielten sie den Vormarsch des Imperiums auf, schlossen die Reihen. In Ştens Geist vermischten sich die Bilder all der Schlachten, die er geschlagen hatte, die Winterschlacht und die Trollschlacht, all die Niederlagen und die Siege, die letztlich Wlachkis befreit hatten.

Der Schlag kam von unten, von außerhalb seines Sichtfelds. Er wurde von den Füßen gehoben, und die Klinge entglitt seinen Fingern, die plötzlich kraftlos geworden zu sein schienen. Es schmerzte nicht, als er auf den Boden prallte. Er spürte gar nichts mehr. Über ihm tauchten Gestalten auf, bekannte Gesichter, blutige Fratzen, durchscheinend wie Geister. Sie versuchten, einen Kreis zu bilden, ihn zu beschützen. Er wollte etwas sagen, ihnen Mut zusprechen, doch kein Wort kam über seine Lippen.

Das Land zwischen den Bergen war ihm plötzlich fern. Sein Volk, dem er sein Leben gewidmet hatte, kämpfte nun ohne ihn. Ein kühler Windzug strich ihm über das Gesicht.

Seine Krieger wurden zurückgedrängt. Einige fielen in dem hoffnungslosen Versuch, ihren Voivoden zu beschützen. Şten sah sie über sich, riesiggroß vor dem hellen Himmel. Schatten sprangen über ihn hinweg, Gestalten rannten an ihm vorbei, doch ihm war, als liefen sie unglaublich langsam.

Noch immer fühlte er nichts, keine Schmerzen, keine Trauer. Dann entsann er sich seiner Söhne, die dort draußen fochten. Er wollte Natiole rufen, wollte ihm sagen, wie stolz er auf ihn war, auf sie beide. Auch Ionnis hätte er noch so viel zu sagen.

Doch er spürte, dass es zu spät war. *Sie waren mir so viele Jahre anvertraut, und nun bleibt mir keine Zeit mehr mit ihnen.* Er musste Wlachkis jetzt in ihren Händen lassen und hoffte, dass sie auf das Land und aufeinander achten würden. *Ihr Geister, beschützt meine Söhne,* bat er stumm. Dann verschwand die Welt um ihn her, und vor ihm erschien eine andere Gestalt, fern von Tod und Krieg. Rotes Haar wehte im kühlen Frühjahrswind, und ein Lächeln legte sich auf seine Lippen. Dann schloss Şten cal Dabrân die Augen in dieser Welt und betrat die Dunklen Pfade.

72

»Ich will, dass sie zerschmettert werden!«

»Ja, Phrykos.«

»Schickt ihnen alles entgegen, was wir haben. Brecht ihre Reihen. Zerstört ihren Willen. Wie kann es sein, dass sie noch immer gegen uns stehen? Es sind Barbaren!«

»Ruhig Blut, Kamros«, warf Denyxer ein, was den Beamten jedoch nur noch mehr erzürnte.

»Ruhig Blut? Wie kann ich ruhig sein, wenn unsere Truppen im Kampf versagen und Schande über das Imperium bringen?«

»Ganz einfach: die Reserven unserer Gegner sind aufgebraucht, und ihre Truppen sind erschöpft. Wir aber haben noch Tausende von Soldaten. Sie können uns nicht widerstehen.«

Missmutig kratzte sich Kamros am Kinn und nahm eine Handvoll honiggebackener Pfauenzungen aus einer Silberschale. Die Siegesgewissheit des Kriegeraristokraten beruhigte ihn etwas.

»Sie sollten schon längst besiegt sein.«

»Sie sind zäher als erwartet. Aber es ist nur eine Frage der Zeit, bis sie dennoch am Boden liegen und um Gnade winseln. Keine Sorge, lange bevor die Sonne untergeht, ist Wlachkis dein.«

»Du meinst: ist Wlachkis des Imperators«, meldete sich Sargans impertinente Tochter zu Wort. Sie bemühte sich sichtlich, keine Gefühle zu zeigen, aber Kamros konnte spüren, dass sie nervös war. Lächelnd wandte er sich ihr zu.

»Natürlich. Genau das wollte Denyxer von den Skleron

sagen. Ist die Macht unseres wundervollen Reiches nicht beeindruckend? Wer könnte jemals an unserem Sieg zweifeln?«

Ebenfalls lächelnd, neigte sie das Haupt, blieb ihm aber eine Antwort schuldig. Nachdenklich betrachtete Kamros sie. *Vielleicht gibt sie doch eine gute Ehefrau ab. Man muss sie nur brechen, damit sie fügsam wird und lernt, wo ihr Platz ist. Sargan hat ihr zu viele Freiheiten gelassen. Vielleicht sollte ich mein Wohlwollen als Satrap gegenüber der Familie Vulpon von ihrer Hand abhängig machen?*

Ein Jubelschrei riss ihn aus seinen Gedanken.

»Was? Was ist geschehen?«, fragte er aufgeregt. Es dauerte qualvolle Momente, bis endlich ein Bote ins Zelt kam, hastig alle Ehrbezeigungen erwies und dann zu Denyxer lief und ihm etwas ins Ohr flüsterte.

»Das Banner des Voivoden der Wlachaken ist gefallen«, erklärte der Kriegeraristokrat zufrieden. »Von diesem Schlag erholen sie sich nicht.«

»Dann sollten wir jetzt den endgültigen Schlag führen«, stellte Kamros mit grimmiger Freude fest. Denyxer nickte nur und gab dem Boten Anweisungen.

Kamros drehte sich noch einmal zu der jungen Frau um. »Freut Euch, Artaynis von den Vulpon! Jetzt wird dieses grausame Spektakel rasch enden, und wir werden alle bald nach Colchas zurückkehren können!«

Zu seiner Verwunderung war Sargans Tochter leichenblass geworden und gab ihm auch keine Antwort. *Frauen fehlt die Natur zum Kriege,* dachte er achselzuckend und griff nach seinem Pokal.

73

Ein Dreeg rauschte durch die Welt und füllte den Stein und seinen Körper. Neben sich nahm Azot die Speerspitze wahr. Als er sie aufhob, lag sie kühl in seiner Hand. Ein kleines Ding nur, eine winzige Waffe der Menschen. Und dennoch hatte sie den Dunkelgeist zu dem gemacht, was er war. Und sie hatte Kerr, der ein gerissener Troll war, zu einer närrischen Suche angestachelt und schließlich die Hoffnungen der Stämme zerstört. *Nichts, was von den Menschen kommt, ist gut,* dachte Azot grimmig

Die Dreeg kamen nun immer schneller, und sie brachten immer stärkere Gefühle mit sich. Angst und Zorn, Hass und Wut. Selten zuvor hatte Azot wirklich Angst verspürt, aber hier, in der Nähe des Herzens, wurden seine Gedärme kalt. Etwas geschah, mit dem Herzen, mit dem Land. Er spürte tausendfachen Tod, endloses Leid, mehr und anders, als er es je erfahren hatte.

Mehr und mehr wurde seine Aufmerksamkeit von den wirbelnden Schatten angezogen, die er selbst in der Finsternis wahrnehmen konnte. Das Herz schlug, und für einen Augenblick glaubte Azot, die Schläge ertönten nur für ihn allein.

»Du hast mich gerufen«, erkannte er unvermittelt. Sein Blut, Andas Blut, verband ihn mit dem Wesen, das dort in der Nische lag, verletzt, ängstlich, verwirrt. Und unglaublich mächtig.

»Hast du auch Kerr auf seine Reise geschickt?«

Der Dunkelgeist gab keine Antwort, aber Azot hatte auch nicht damit gerechnet, eine zu bekommen. Nachdenklich ließ er die Speerspitze von einer Pranke in die andere wandern. Er spürte das Metall, konnte sich fast vorstellen, wie es durch Haut stieß, in Fleisch eindrang, tötete. Ein einfaches Ding und dennoch tödlich. Plötzlich verspürte er einen unwilligen Respekt vor den Wesen, die dies geschaffen hatten.

»Kerr wollte dich heilen. Weil er denkt, dass wir und die Stämme der Trolle dann wieder eins werden. Aber wenn es so einfach wäre, dann hätte es geklappt.«

Azot erinnerte sich daran, wie Kerr in die Schatten getreten war. Sie hatten ihn verschluckt. Azot hatte Kerr mit keinem Sinn mehr wahrnehmen können, und die Dreeg hatten einen Schlag ausgesetzt. Niemand sonst außer Anda war dem Herzen jemals so nahe gekommen.

Mit einem Ruck erhob er sich.

»Deshalb hast du mich gerufen«, erkannte er, ließ die Speerspitze fallen, atmete tief ein und trat dann entschlossen in die Schatten.

Seine Verbindung zum Herzen war stark. Er *wurde* zum Herzen. Der Schlag hallte nur noch in ihm selbst wider. Er war das Land und alles, was auf und in ihm lebte. Er spürte die tobende Schlacht, sah, wie die Menschen des Landes getötet wurden, wie sie ihren Krieg verloren, wie die goldenen Menschen sie abschlachteten. Angst wogte durch ihn hindurch, Angst vor den goldenen Menschen und ihren Waffen. Urtümliche Furcht, stärker als alles bisher Gekannte. Er konnte diese Angst in sich aufnehmen, konnte das Herz davon befreien.

Und mit einem Mal wusste er, was er tun musste. Er öffnete sich – der Angst, dem Schmerz, den Schatten. Er nahm sie auf sich. Dunkelheit drang in ihn ein, übernahm die Herrschaft über ihn; er *wurde* die Dunkelheit. Was sterblich gewesen war, fiel von ihm ab. Nur was ganz Troll gewesen war, blieb zurück. Er wurde der Dunkelgeist.

Sein neues Wesen nahm die Welt staunend wahr. Etwas

bewegte sich von ihm weg. Eine helle Gestalt, deren weißes Fell grell in seinen Augen brannte. Noch immer war er das Land, doch er war nicht allein.

Der weiße Bär betrachtete ihn traurig, dann wandte er sich ab und trat in die Wand der Höhle. Zurück blieb, was einst Azot gewesen war.

74

Eigentlich war Natiole so erschöpft, dass er kaum einen klaren Gedanken fassen konnte. Doch dieser eine kreiste dennoch in seinem Kopf und ließ sich nicht abschütteln: *Wir verlieren.* Noch hatten sie die Linie gehalten, noch kämpften sie, aber es würde nicht mehr lange dauern, bis sie nachgeben mussten.

Das Zentrum war weit zurückgedrängt worden. Neue Krieger des Imperiums führten dort mit aller Macht Angriffe gegen Ştens Truppen. Natiole konnte ihnen nicht helfen, all ihre Reserven waren schon im Einsatz, und auch die Flanken erwehrten sich nur mit Mühe der gegnerischen Massen. Und immer noch stand die Sonne mehr als zwei Handbreit über dem Horizont. Es würde eine kleine Ewigkeit dauern, bis sie verschwunden war. *Bis dahin sind wir alle tot,* erkannte er mit furchtbarer Klarheit.

Trotz der grenzenlosen Enttäuschung kämpfte er weiter. Kapitulation war keine Option, und er verschwendete nicht einen Gedanken daran, während er seinen Kriegern Mut zurief, sie wieder gegen ihre Feinde führte, selbst noch einmal den bleischweren Schild und die Klinge hob. Der nächste Angriff, die nächste Gefahr sandten Schockwellen durch seinen Leib, weckte seine Lebensgeister, ließ ihn handeln, instinktiv ausweichen, zuschlagen, blocken, stechen.

Der Tod war allgegenwärtig. Um den jungen Wlachaken herum herrschte Chaos. Er fand keine Zeit mehr, Luft zu holen, zurückzutreten und sich einen Überblick zu verschaffen. Jeder einzelne Soldat wurde in der Schlachtreihe gebraucht, jede Klinge, jeder Schild. Die Toten der Wlachaken lagen auf dem Hang verstreut, säumten einen blutigen Pfad in das Land zwischen den Bergen, über den das Imperium bald einmarschieren würde. *Wir haben alles getan, was wir konnten,* versuchte er sich selbst zu überzeugen. Doch der Gedanken spendete keinen Trost.

Ein Blick zurück zeigte Natiole, dass die ersten Kämpfer davonliefen. Nur wenige zwar, aber aus dem Tröpfeln würde bald ein Strom werden, wenn die Verzweiflung in Panik umschlug.

»Tirea«, brüllte Natiole noch einmal, und für den Augenblick sammelten die Männer und Frauen um ihn herum noch einmal ihre Kräfte. Der Schrei rief jene zurück in die Schlacht, die unsicher waren, die zweifelten. *Ich sollte bei Vater sein, wenn es endet,* erkannte Natiole. *Ich sollte zu ihm gehen.* Doch sein suchendes Auge fand das Banner seiner Familie nicht. Dort, wo es sein sollte, wehten die Kriegszeichen des Imperiums, gülden im Sonnenlicht glänzend; es schien, als verhöhnten sie den jungen Wlachaken. Sein Leib wurde eisig kalt, als er seinen Vater nirgends entdecken konnte.

Eine Lücke öffnete sich in der Mitte der Linien, ließ die Feinde aus dem Imperium hinein, weitete sich aus. *Das ist das Ende.*

Beinahe wäre Natiole von einem Speer niedergestreckt worden, so sehr konzentrierte er sich auf das Bild der Niederlage, das sich ihm bot. Doch ein Krieger warf sich mit dem Schild dazwischen und fing den Stoß ab. Gerade als Natiole sich von dem grausamen Anblick losreißen konnte, ertönte ein Schrei.

»Die Sonne!«

Ein Murmeln lief durch Freund und Feind; für einige Augenblicke wandten sich alle Köpfe der Sonne zu.

Auch Natiole vergaß die Schlacht um sich herum, als er den schmalen Streifen Dunkelheit sah, der sich vor das helle Gestirn schob.

75

Ein Ruck ging durch die Welt. Eine Veränderung, so tiefgründig, dass Kerr für den Augenblick nicht mehr wusste, wo er war. Ein Dreeg blieb aus, fehlte einfach, und die entstehende Lücke war ein fürchterliches Gefühl, so als ob oben unten sei. Dann kehrte der Atem der Welt zurück, voller Macht, doch mit einem neuen Ton.

Die Welt war anders, aber Kerr konnte nicht sagen, wie sie sich verändert hatte.

»Was war das?«, fragte auch Wrag. Andas Kind hielt sich den Schädel, als brenne dieser vor Schmerzen.

»Ich … ich weiß nicht.«

»Diese Scheißmenschlinge!« Wrag fluchte ausgiebig. »Die haben irgendwas gemacht. Goldene Bastarde!«

»Ich glaube nicht …«

»Doch«, unterbrach ihn Andas Kind. »Sie haben das Herz verletzt. Deswegen sind sie gekommen, weil sie das zu Ende bringen wollten, was sie einmal angefangen haben. Wenn nur dieses verdammte Himmelslicht nicht wäre.«

Er sagte nicht, was er dann tun würde, aber seine grimmige Miene drückte es deutlich genug aus. Kerrs Blick wanderte zu dem hellen Lichtstrahl – der gerade in diesem Moment immer dunkler wurde.

»Wrag! Das Licht!«

Gebannt betrachteten sie den Strahl, der langsam, aber eindeutig schwächer wurde. Zunächst war es nur so, als ob sich Wolken vor die Sonne schieben würden, aber die Verdunkelung hörte damit nicht auf.

»Zu früh. Das ist eine Falle«, erklärte Wrag bestimmt. »Die wollen uns nur ins Licht locken.«

Unsicher blickte Kerr ihn an und sah dann wieder zum Lichtstrahl. Er horchte in sich hinein, lauschte den Dreeg und damit in die Welt. Unvermittelt erkannte er, was der neue Ton war.

Zwei Herzen schlagen!

»Nein. Nein, spürst du das nicht?«, sagte er. »Das ist keine Falle, das sind keine Menschen. Das ist etwas anderes.«

Einige Dreeg lang schwiegen sie beide. Der neue Klang faszinierte Kerr, und er versuchte zu erfassen, was er bedeutete, ohne dass es ihm ganz gelang. Schließlich wandte er sich wieder dem Licht zu, das beinahe verschwunden war.

»Sag allen, sie sollen kommen. Wir greifen an.«

Ohne ein Wort des Widerspruchs lief Wrag den Gang entlang. Vorsichtig ging Kerr näher an das Licht heran. Die Oberwelt war immer ein Ort der Gefahren gewesen, und die Reise ins Imperium hatte ihn wieder daran erinnert, warum Trolle in der Tiefe lebten. Sonnenlicht war ihm verhasst, doch dieser sterbende Lichtfinger faszinierte ihn. Die Welt hatte sich verändert, und der Tod des Lichts kündete davon.

Hinter sich spürte er Andas Kinder näher kommen. Seine Klauen kratzten über den Stein. Das letzte Licht erstarb.

Mit roher Gewalt warf Kerr sich auf die Wand, grub mit bloßen Händen, riss Felsbrocken heraus und schleuderte sie davon. Andere kamen ihm zu Hilfe, dann stürzte die Wand tosend ein.

Und die Trolle traten an die Oberfläche.

Ein diffuses Licht empfing sie, und dort, wo die Sonne sein sollte, war eine schwarze Scheibe am Himmel zu erkennen, um die herum Helligkeit loderte. Diese Sonne hatte keine Macht mehr über sie; weder die Trolle noch Andas Kinder wurden von ihr beeinträchtigt. Aber Kerr hatte keine Zeit, das seltsame Phänomen zu bestaunen.

Gefolgt von Wrag und den anderen, stürzte er den Hang hinab und warf sich auf die Feindesmenschen, die dort kämpften.

Die Menschen aus Dyrien versuchten, sich zu schützen, aber überall brachen nun Trolle aus dem Boden hervor, und sie wurden von allen Seiten angegriffen. Einige stürzten in Löcher und wurden dort von Trollpranken gepackt und zerfetzt. Andere hoben ihre Waffen.

Ein Speer bohrte sich in Kerrs Brust, und der Gedanke an die Wunde des Dunkelgeists ließ den Troll grimmig lachen, als er den Menschenkrieger ergriff, der die Waffe geführt hatte. Der Speer zerbrach, da Kerr sich vornüberbeugte und dem Gerüsteten seine Hauer ins Fleisch schlug. Die Schreie starben mit dem Menschen, den Kerr achtlos zur Seite warf.

Weiter oben am Pass standen die Wlachaken, und Kerr lenkte seine Schritte in ihre Richtung. Andas Kinder folgten ihm, als er durch die Reihen des Imperiums pflügte und überall Tod und Vernichtung säte. Seine Schläge sandten Menschen mit gebrochenen Knochen zu Boden, seine Klauen zerrissen Panzer und Fleisch, seine Hauer waren blutbesudelt. Er war ein Troll, und die Menschen fürchteten ihn, so, wie es richtig war.

Neben ihm kämpfte Wrag; er schrie bei jedem Hieb vor Freude auf, stürzte sich mit urtümlicher Wildheit auf die dichtesten Ansammlungen von Gegnern, deren Waffen er einfach beiseitefegte. Wunden überzogen schon bald seinen Leib, dunkles Blut lief an ihm herab, aber er beachtete die Angriffe der Menschen gar nicht und tötete mit sorgloser Kraft, während seine Verletzungen heilten.

Sie trieben eine Gruppe Kämpfer in die Arme anderer Trolle, zerquetschten die Menschen zwischen sich. Der metallische Geschmack von Blut ließ Kerr erfreut aufheulen.

Doch je näher sie den Wlachaken kamen, desto mehr formierte sich der Widerstand.

Die ersten Trolle fielen unter den gemeinsamen Angriffen der Dyrier, die endlich erkannt hatten, dass nur viele von ihnen einen Troll besiegen konnten. Stammesmitglieder starben, aus zahllosen Wunden blutend, zerhackt von scharfen Klingen.

Der Vormarsch der Trolle geriet ins Stocken, als sie auf die goldgerüsteten Krieger der Garden trafen.

76

Die unwirkliche Dunkelheit machte den Masriden zu schaffen. Viele von ihnen riefen das Göttliche Licht an, baten flehentlich darum, die Sonne möge wiederkehren. Ana konnte spüren, wie um sie herum die Disziplin bröckelte, wie die Zuversicht schwand, die ohnehin nur noch an einem seidenen Faden gehangen hatte.

Doch das Auftauchen der Trolle veränderte alles. Ihr gnadenloser Angriff brachte den Menschen neue Hoffnung, neuen Mut. *Und wenn es nur der Mut der Verzweiflung ist.* Ana versammelte alle um sich, die noch kämpfen konnten. Gemeinsam schlossen sie zu den Wlachaken auf. Der Druck des Angriffs ließ nach, da sich die imperialen Truppen mehr und mehr den Trollen entgegenstellten. Doch die Linien der Verteidiger waren verwüstet. Noch niemals hatte Ana eine Armee gesehen, die einem solchen Angriff standgehalten hatte. Şten hatte recht. Wir kämpfen für unser Land. *Das lässt uns Dinge vollbringen, die ich früher für unmöglich gehalten hätte.*

Aber noch war die Schlacht nicht gewonnen, auch wenn die Trolle die Niederlage noch einmal abgewendet hatten. Die Monstren waren wie Naturgewalten, unaufhaltsam und unberechenbar. Ihre Angriffe ließen Schilde splittern und Waffen brechen. Sie fielen mit einer Wildheit über die Dyrier her, dass Ana der Atem stockte. Dennoch waren die Trolle wenige, und schon formierten sich die schier endlosen Menschenmassen des Imperiums gegen sie.

Im Zentrum war Ştens Banner nun wieder zu sehen, und dort sammelte sich der Widerstand; kleine Inseln von wlachkischen Kämpfern inmitten des Meeres von Dyriern.

Dorthin führte Ana die ihr verbliebenen Truppen, für ein letztes, verzweifeltes Gefecht.

Ihr Blick fiel auf den Hang im Westen, wo Natiole seine Flanke in einem zähen Rückzugsgefecht verteidigte. Ein weißer Fleck war dort zu erkennen. Zuerst dachte Ana, es wäre eine Wolke oder Schnee, hell vor dem dunklen Stein. Dann aber erkannte sie, worum es sich wirklich handelte – eine Gestalt aus den Legenden, ein Wesen, das seit Jahrhunderten niemand gesehen hatte.

»Der Weiße Bär!«, schrie sie voller Euphorie. »Das Land selbst kommt uns zu Hilfe! Kämpft, Masriden! Kämpft, Wlachaken! Der Bär, der Bär!«

Der Ruf eilte von Mund zu Mund, erklang bald hundertfach. Kraft kehrte in geschundene Leiber zurück, Verzweiflung wurde zu Hoffnung, Angst zu Mut. Der Weiße Bär war ein Symbol der Hoffnung und der Freiheit. Sein Erscheinen allein gab den Kriegern des Landes zwischen den Bergen Kraft, und auch der Zorn der Trolle wurde von ihm neu entfacht. Sie waren Kinder der Felsen und der Steine, und durch sie äußerte sich die so plötzlich neu erwachsene Macht des Landes unmittelbar. Mit der Urgewalt einer gigantischen Lawine brachen sie durch die Reihen der Garden.

Ohne Rücksicht auf ihre eigene Sicherheit warf sich Ana in die Reihen ihrer Feinde. Ihre gerade noch müden Arme flogen umher, schneller als jemals zuvor. Mit unaufhaltsamer Wucht folgten ihr die Masriden. Folgten ihrem Marczeg in die Schlacht.

Sie kämpfte wie besessen, keine Klinge konnte sie berühren, kein Schlag sie treffen. Niemals hatte sie eine derartige Klarheit verspürt; es war, als ahne sie jeden Angriff, bevor er kam, als bewege sie sich schneller als der Rest der Welt. Jeder ihrer Schläge fällte einen Feind. Blut wirbelte durch die Luft, und die Tropfen folgten den Bögen ihrer Waffen.

»Der Weiße Bär!«, riefen Wlachaken und Masriden nun gemeinsam, deren Kampfesmut in dem seltsamen Halbdunkel neu entfacht worden war. Nichts konnte ihnen widerstehen. Sie trieben die Dyrier den Pass hinab, in die Arme der Trolle. In heilloser Flucht wurden ihre Feinde zu Opfern der riesigen Wesen, die schattenhaft im Zwielicht der Sonnenfinsternis gnadenlos blutige Ernte hielten.

Als die Sonnenfinsternis endete und das Licht der Sonne die Trolle endlich zu Boden fallen ließ, zogen sich die Streitkräfte des Imperiums bereits Hals über Kopf von dem Land zwischen den Bergen zurück.

77

Nicht einmal in seinen eigenen Gedanken konnte Natiole erklären, was er beim Anblick seines aufgebahrten Vaters empfand. Er hatte geholfen, den Voivoden zu waschen, sein Haar zu kämmen und ihm feinste Kleidung anzuziehen, wie es die Tradition verlangte. Wäre nicht die Blässe der Haut gewesen, man hätte denken können, dass Şten nur schlief. Seine Züge waren ruhig, entspannt, wie die eines Mannes, der nach langer Anstrengung endlich Ruhe gefunden hat.

Für Natiole war der Verlust noch kaum greifbar, ein Schemen mehr als echter Schmerz. Er hörte die Stimmen der übrigen Wlachaken, aber ihre Worte blieben seltsam verschlüsselt für ihn. Şten, Voivode des Landes, verehrt, geliebt – tot?

Natiole hatte seine Gegenwart immer als gegeben hingenommen, so unwandelbar wie die Sorkaten selbst. Das Bild seines Vaters verschwamm, als dem jungen Wlachaken Tränen in die Augen stiegen. *Es ist nicht gerecht. In der Stunde seines größten Triumphs wird dem Land sein bester Mann genommen. Und mir mein Vater.* Der Gedanke war egoistisch, und er wusste es, geboren aus dem Gefühl der Verlassenheit, das sich in ihm breitmachte, ohne dass er es hätte verhindern können. Natiole wurde auf erschreckende Weise bewusst, dass er noch so viel von Şten hätte lernen wollen. *Du hinterlässt mir ein großes Erbe, und ich weiß nicht, ob ich der Richtige dafür bin.*

»Sichere Wege, Vater«, flüsterte er schließlich. Er wartete einige Momente, in denen seine Stimme zu versagen drohte. »Wir sehen uns auf den Dunklen Pfaden wieder.«

Als er sich umdrehte, sah er seinen Bruder in der Tür stehen. Ohne dass er es bemerkt hätte, war Ionnis in das Zimmer getreten. Auch seine Augen waren rotgerändert. Natiole legte seinem jüngeren Bruder eine Hand auf die Schulter und drückte ihn kurz an sich. Dann wandte er sich ohne ein Wort ab, damit auch Ionnis sich in Ruhe verabschieden konnte.

Natioles Schritte führten ihn aus Ştens Gemächern und bis in den Hof. Die kühlen Winde von den Sorkaten wehten noch, aber der Frühling war weit fortgeschritten, und bald würde es Sommer werden.

Viele Menschen waren im Innenhof versammelt. Trauernde, die dem Voivoden die letzte Ehre erweisen wollten. Aber auch jene, die schon jetzt das Gespräch mit Ştens ältestem Sohn suchten, um dem neuen Herrscher ihre Interessen ans Herz zu legen. *Wie hast du das nur ausgehalten,* fragte sich Natiole nicht zum ersten Mal, seit er vom Tod seines Vaters erfahren hatte.

Hier in Teremi kamen alle zusammen, die Würdenträger, die Reichen und die Mächtigen des Landes, Gesandte und Händler aus Turduj, Wlachaken, Masriden, Szarken, und sie alle suchten den Rat und den Beistand des Voivoden.

Aus einem Impuls heraus sprang Natiole die drei Stufen empor, die zur neuen Haupthalle führten. Das Gebäude war wieder errichtet worden, wenn auch noch nicht geschmückt, und schon bald würden sie sich dort einfinden, sich Şten cal Dabrâns erinnern, Geschichten erzählen und das Andenken an ihn lebendig halten.

»Ich danke euch allen, dass ihr gekommen seid«, rief der junge Wlachake, so laut, dass sich alle zu ihm umwandten. »Schon bald wird der Haushofmeister euch zu meinem Vater führen, damit ihr alle ihm die letzte Ehre erweisen könnt.«

Die Anwesenden murmelten und nickten sich zu. Sie erwarteten nicht mehr von ihm, noch nicht, und wollten sich schon abwenden. Aber Natiole war noch nicht fertig: »Und ich will von dem Voivoden sprechen, der dort oben tot in seinem Bett liegt.«

Damit hatte er wieder ihre Aufmerksamkeit.

»Mein Vater hat, trotz seiner kriegerischen Vergangenheit, stets den Frieden für unser Land gesucht. Er hat Abkommen geschlossen, Kompromisse ausgehandelt. Er ist Marczeg Tamár auf Augenhöhe entgegengetreten. Er kannte den Widerstand gegen die Unterdrücker, und er kannte die Schrecken des Krieges, und er wollte sie uns ersparen.«

Mit einer weit ausholenden Geste bezog der junge Wlachake alle Anwesenden ein.

»Er hat uns Freiheit gebracht. Aber auch Wohlstand. Er hat ein Land geschaffen, in dem eine Generation in Frieden heranwachsen konnte. Und das brachte ihm auch Feinde ein.«

Wut stieg in Natiole auf, Zorn darüber, dass er diesen Verlust ertragen musste.

»Wlachaken haben Wlachaken getötet! Kriegstreiber und Mörder haben alles dafür getan, den Frieden in unserem Land zu zerstören! Beinahe wären wir wieder übereinander hergefallen, Masriden gegen Wlachaken, Bruder gegen Schwester. Wir hätten Kriege geführt, das Land ausgeblutet und alles mit Füßen getreten, wofür Şten cal Dabrân gelebt hat!«

Er schwieg einige Momente.

»Und ich habe auch so gedacht. Ich wollte den Krieg. Ich verstand nicht, was mein Vater mir sagen wollte.«

Die Zuhörer hingen nun an seinen Lippen, das konnte Natiole spüren.

»Wir haben das Imperium geschlagen. Wir haben gegen das mächtigste Reich der Welt gesiegt. Aber nur, weil das Land zwischen den Bergen einig war. Einzeln wären wir gefallen! Ein Sonnenpriester aus Wlachkis starb für unseren Sieg. Wir schimpften Cornel Vorbs, und doch war er bereit, für uns zu sterben. Masriden, früher unsere Feinde, standen an unserer Seite und verteidigten uns mit ihrem Leben. In den Adern ihres Marczegs fließt das Blut meiner Familie!«

Er nutzte ihre Aufmerksamkeit, sammelte die richtigen Worte in seinem Geist. Dann fuhr er fort: »Wenn ihr nun hineingeht und den Voivoden ehrt, dann bedenkt, wofür er einstand. Bedenkt, wofür er gelebt hat. Was er uns gegeben hat und was wir von ihm lernen sollten. Ich weiß, was ich gelernt habe. Dieses Land braucht Frieden.«

Es gab keinen Jubel, keine Beifallsbekundungen. Vielmehr waren viele Häupter gesenkt. In einigen Tagen würde Natiole der neue Voivode des Landes sein. Seine Herrschaft wurde bereits jetzt als schicksalsgegeben angesehen. Zu ihrem Beginn war der Weiße Bär erschienen und hatte das Land gerettet. Einige munkelten sogar, dass Ştten eine Inkarnation des Weißen Bären gewesen sei, der mit Ştens Tod wieder in seiner ursprünglichen Gestalt in die Welt zurückgekehrt sei. Aber das glaubte Natiole nicht. Er kannte Kerrs Geschichte.

Vielleicht hören sie nicht auf mich. Vielleicht werden die Kriegstreiber weiter Macht ansammeln und Verbündete suchen, dachte Natiole, als er in die Vorhalle schritt, wo Handwerker damit beschäftigt waren, die alten Mosaike nachzuarbeiten. *Aber ich werde niemals vergessen, was Vater mir beizubringen versucht hat.* Er trat in die neue große Halle. Inmitten der Säulen war er allein, einen kostbaren Moment lang. Er wusste, dass dies nicht lange so bleiben würde. Ein Voivode hatte selten Zeit für sich.

Die Wände um ihn her waren noch nackt. Der Halle fehlte noch Leben. Seine Schritte auf dem glatten Boden hallten von den Wänden wider. Hier würden die Entscheidungen getroffen werden, die über das Schicksal von Wlachkis bestimmten. Die Zukunft lag vor ihm.

Er war bereit, sie anzunehmen.

78

Er hastete so schnell durch die Gänge, wie es sich gerade noch geziemte. Sein Kypassis behinderte ihn, das Gewicht des golddurchwirkten Stoffes lastete schwer auf seinen Schultern, und in der Wärme des Gebäudes war der dicke Stoff eine Tortur. Aber es war sein prunkvollstes Gewand, und er musste den bestmöglichen Eindruck machen.

Die Diener und Beamten machten ihm höflich Platz, als er an ihnen vorübereilte. Er hatte keinen Blick für sie übrig. Auch die wundervollen Kostbarkeiten, die Kunstwerke aus allen Teilen des Reiches, die edelsteinbesetzten Säulen, all die Pracht und der Prunk des größten Palastes der Welt konnten seine Aufmerksamkeit nicht binden. Vielleicht hätte er sich am Reichtum und an der Macht ergötzen können, wenn er es nicht derartig eilig gehabt hätte.

Als er zur Säulenhalle kam, verlangsamte er seine Schritte wieder. So würdevoll, wie er es außer Atem und schwitzend sein konnte, schritt er den Säulengang entlang. Bevor er jedoch in die erste der Vorhallen eintreten konnte, versperrten ihm zwei goldene Gardisten den Weg. Ihre Mienen waren unbewegt, und sie sahen ihn nicht einmal an.

»Fort mit euch«, forderte er sie auf. »Ich habe eine Audienz …«

Weiter kam er nicht, denn ein Beamter trat aus dem Durchgang und verneigte sich vor ihm.

»Willkommen, Kamros.«

Die verkürzte Anrede missfiel ihm, weshalb er nur leicht nickte.

»Pilon. Danke für den Empfang. Führ mich hinein.«

»Ich fürchte, das ist nicht möglich, Phrykos.«

»Nicht möglich? Ich habe eine Audienz beim Goldenen Imperator!«

Das Gesicht seines Gegenübers zeigte ein entschuldigendes Lächeln, aber Kamros sah in Pilons Augen, dass er von der Schroffheit beleidigt war. *Gut so, du aufgeblasener, anmaßender Emporkömmling.*

»Das ist mir bewusst, Phrykos, doch derzeit ist ein anderer in der salbungsvollen Nähe unseres geliebten Herrschers und genießt seine segensreiche Aufmerksamkeit. Es kann sich nur noch um wenige Augenblicke handeln. Doch bis dahin muss ich dich untertänigst bitten, zu warten.«

Zur Antwort brummte Kamros nur. Die angemessene Höflichkeit war Balsam für sein geschundenes Selbstbewusstsein.

Mit einer weiteren Verbeugung verschwand Pilon wieder in den Schatten des Durchgangs.

Vielleicht ist es so besser, erkannte Kamros, während Körper und Geist sich beruhigten. Atemlos vor den Herrn des Reiches zu treten wäre wohl nicht ratsam gewesen. Und so konnte der Beamte noch einmal all die Sätze durchgehen, die er sich auf der langen und beschämenden Reise zurechtgelegt hatte. Die Schuld an der Katastrophe lag eindeutig bei den Skleron und den Phirus. Ihre Inkompetenz hatte das Imperium seinen sicheren Sieg über die Barbaren gekostet. Die härtesten Strafen waren nur angemessen für ihr Versagen. Er, Kamros, war ein loyaler und effizienter Diener, der dies seinem Herrn zur Kenntnis brachte. Er lächelte zufrieden, als er die wohlgesetzten Worte ein weiteres Mal in seinem Kopf vortrug. Sie würden jeden überzeugen.

Hinter dem Durchgang ertönte Gemurmel, und Kamros konnte Bewegungen erkennen. Bald schon würde seine Zeit kommen. *Vielleicht belohnt der Imperator mich ja sogar für meine emsige Arbeit für das Wohl des Imperiums und meine uneingeschränkte Loyalität,* grübelte der Beamte.

Dann trat Pilon erneut aus dem Durchgang und verneigte sich noch tiefer als zuvor. Ein Lächeln umspielte die Lippen des Mannes, aber Kamros war zu sehr in seine Gedanken versunken, um dem viel Beachtung zu schenken.

»Treten wir ein, Phrykos. Du wirst bereits erwartet.«

In besserer Stimmung folgte Kamros der Aufforderung. Er wurde bereits erwartet; eine Floskel, die ihn mit Freude erfüllte.

Bis er sah, wer ihnen durch den Gang entgegenkam. Weitaus weniger prächtig gekleidet als er selbst, aber jovial grinsend.

»Sargan!«

»Genau der«, erwiderte der kleine Mann vergnügt. »Wie ist es dir ergangen, Kamros?«

Die Gedanken des Beamten hasteten so durch seinen Geist, wie er gerade durch den Palast gehastet war. Doch eine Erkenntnis floh vor ihm, so dass er sie nicht zu fassen bekam.

»Das weißt du ganz genau«, erwiderte er giftig.

»Ja, das stimmt. Meine Tochter – Artaynis, du erinnerst dich gewiss an diese Zierde ihres Geschlechts? – hat mir einen ausführlichen Bericht geschickt. Sie kann sehr pflichtbewusst sein, zumindest wenn es ihren Interessen dient. Frauen, was?«

»Was tust du hier?«, fragte Kamros, der kaum noch ein Flüstern zustande brachte. Ein fürchterlicher Verdacht keimte in ihm.

»Ich habe lediglich unserem geliebten Herrscher von deinen Plänen und dem dazugehörigen Versagen deinerseits berichtet, mein Freund.«

Die Säulen entfernten sich, der Boden gab unter seinen Füßen nach, alle Geräusche verstummten. Kamros' Welt brach in sich zusammen.

Das Grinsen auf Sargans Zügen erstarb, als er sich vorbeugte: »Du hättest dich nicht in meine Geschäfte einmischen sollen, Kamros. Du hättest auch das Ansehen meiner Tochter – und damit meiner Familie – nicht mit Füßen treten sollen. Und ganz gewiss hättest du niemals den Zorn der Trolle herausfordern dürfen.«

»Ich ... ich«, stammelte Kamros, dem die Kehle wie zugeschnürt war.

»Ich werde mich um deine Familie kümmern«, erklärte Sargan ernst und nun wieder ganz der höfliche ehemalige Beamte. »Du kannst in der Gewissheit sterben, dass dein Unvermögen ihnen nicht schaden wird.«

Damit wandte der rothaarige Mann sich ab und verließ die Vorhalle.

Immer noch unfähig, einen klaren Gedanken zu fassen, blieb Kamros zurück, bis Pilon sich höflich räusperte.

»Unser geliebter Herrscher erwartet dich bereits, Phrykos. Er möchte dich wirklich sehr dringend sprechen.«

79

Musik brandete durch die große Halle, ein altes Volkslied, bei dem der Sänger zuerst eine Strophe vorgab und die Menge der Gäste diese dann wiederholte. Obwohl die Melodie schlicht war, nahm ihr treibender Rhythmus Artaynis gefangen, und bei der nächsten Wiederholung stimmte auch sie in den Refrain ein.

Die Wlachaken waren heute in Teremi zusammengekommen, um ihren neuen Voivoden zu ehren, aber auch viele Masriden waren hier. Und eine kleine Abordnung aus Dyrien, denn der mächtige Sargan Vulpon hatte völlig zu Recht angemerkt, dass es jetzt notwendiger denn je sei, die diplomatischen Beziehungen zwischen beiden Ländern wieder zu verbessern. Seine Tochter als dyrische Botschafterin in Wlachkis vorzuschlagen war ihm dennoch nicht leicht gefallen. Aber schließlich hatte er Artaynis' Forderungen nachgegeben, wenn auch nicht, ohne zu behaupten, dass sie gewiss der Grund für seinen frühen Tod sein würde. Doch er hatte bei diesen Worten gelächelt.

Und so war die junge Dyrierin nun wieder einmal zu Gast auf der Feste Remis, diesmal allerdings nur für kurze Zeit. Denn der neue Voivode hatte angeregt, dass sich die dyrische Gesandte doch erst einmal ein Bild vom gesamten Land Wlachkis machen solle, und sie deshalb gebeten, seinem Bruder Ionnis auf einer Reise Gesellschaft zu leisten, die ihn für einige Wochen durch ganz Wlachkis führen sollte, bevor er als Bojar des Mardews nach Désa umziehen würde.

Artaynis betrachtete die ausgelassene Menge in der Halle. Viele tanzten zu der Weise, mit der Musiker auf Lauten und einer Harfe den Sänger begleiteten. Unter den Tänzern entdeckte die junge Dyrierin Voica und ihren Mihales. *Also hat alles für die beiden ein gutes Ende genommen,* dachte sie zufrieden.

Dann ließ sie den Blick zwischen dem neuen Voivoden und seinem Bruder wandern.

Die beiden jungen Männer waren sich in den letzten Wochen und Monaten ein Stück weit ähnlicher geworden. Ionnis, der sein Haar nun nach Art der Wlachaken lang trug, und Natiole, der sich in seine neue Rolle viel besser eingefunden hatte, als sie es jemals vermutet hätte. Gerade sprach er mit einem alten Mann, dessen Tiraden er so geduldig ertrug, dass Artaynis meinte, ein Abbild Şten cal Dabrâns vor sich zu sehen. Ionnis stand gegen eine Säule gelehnt und folgte dem Lied des Barden mit geschlossenen Augen. Man hatte ihr berichtet, dass er während der großen Schlacht seine Truppen mitten unter die Feinde geführt hatte, dorthin, wo sein Vater gefallen war. Er hatte das Banner freigekämpft und wieder aufgenommen, und als die Wlachaken sahen, dass der Rabe wieder flog, hatten sie neue Hoffnung geschöpft und waren ihm ins dichteste Schlachtgetümmel gefolgt.

Eine warme Welle des Stolzes wusch über sie hinweg, als sie ihn betrachtete, und ihre Hand tastete über das Päckchen, das noch immer eingewickelt in ihrer Tasche ruhte. Ionnis hatte gelacht, als er sah, dass sie es niemals geöffnet hatte. Aber es hatte ihr tatsächlich Glück gebracht, und nun hatte sie nicht mehr vor, es zu öffnen, solange sie sich nicht endgültig von ihm verabschieden musste.

Als habe er ihren Blick bemerkt, sah Natiole zu ihr herüber. Er lächelte, sagte einen kurzen Satz zu dem Mann, mit dem er sich eben unterhalten hatte, stand auf und kam zu ihr.

»Nun, Artaynis von den Vulpon – genießt Ihr das Fest?«, fragte er mit einem verschmitzten Grinsen. Sie sprachen sich schon lange nicht mehr in dieser Weise förmlich an, aber offenkundig gefiel es dem jungen Voivoden, sie aufzuziehen.

»Gewiss. Ich hoffe allerdings, dass trotz so manch giftiger Blicke mein Wein nicht vergiftet ist«, gab sie leichthin zurück. Natürlich waren nicht alle Wlachaken von der Idee begeistert gewesen, wieder eine Dyrierin am Hof von Remis zu haben. Aber sie nahm die Ablehnung einzelner Adeliger gelassen hin; ihre Ausbildung hatte sie gut genug auch auf schwierige Diplomatie vorbereitet.

»Vergiftete Becher und feige Mordpläne gehören hoffentlich der Vergangenheit an.«

Ionnis hatte die Augen nun geöffnet und blickte zu ihnen hinüber. Er winkte und begann, sich durch die übrigen Gäste zu ihnen durchzuschlängeln.

»Wenn du erst mit Ionnis in Désa lebst, werden die Leute schnell vergessen, dass du eigentlich eine fremde Spionin aus dem Imperium bist«, meinte Natiole, nun wieder in scherzhaftem Tonfall.

»Solange *ich* meine Wurzeln unter euch Barbaren nicht vergesse, soll mir das durchaus recht sein.«

Natiole lachte.

»Wenn ein Wlachake kein Barbar ist, dann sicher Ionnis. Ich fürchte, du hast ihn ein für alle Mal verdorben.«

Sie hob vorwurfsvoll eine Augenbraue: »Ein wenig mehr von dieser *Verderbnis* könnte auch dir und deinen ungewaschenen Kumpanen nicht schaden.«

»Ich werde meinen Bruder vermissen«, gestand Natiole nach einer kurzen Pause, in der ihr Lachen verklang. »Ihr müsst oft hierher nach Teremi kommen.«

Er sah sie lange an. Dann setzte er leise hinzu: »Denn dich werde ich auch vermissen.«

Sie blickte ihn überrascht an. Doch bevor sie noch etwas

erwidern konnte, hatte Ionnis sie erreicht. Er legte einen Arm um ihre Taille.

»Ich glaube, der Sänger ist am Ende angelangt«, sagte er. »Möchtest du tanzen?«

80

Der doppelte Schlag des Herzens schwang in Kerrs Brust. Die Veränderung war für ihn in jedem Moment spürbar. Er nahm sie gelassen hin.

Seine Wege führten ihn durch die Unterwelt, durch jene Grenzregionen zwischen den Gebieten der Trolle der alten Stämme und jenen von Andas Kindern, wo er selten jemand traf. Er wanderte ziellos, jagte, wenn er hungrig war, trank, wenn er durstig war. Alle Verantwortung war von ihm abgefallen, seit sie in ihre Heimat zurückgekehrt waren.

Die Wlachaken und Masriden hatten die Trolle nach der Schlacht beschützt, bis die Sonne endgültig untergegangen war. Der Weiße Bär war zu diesem Zeitpunkt schon verschwunden, aber Kerr konnte seine neue Lebenskraft spüren. Was ihm, Kerr, trotz aller Anstrengungen nicht gelungen war, hatte Azot vollbracht: Der Weiße Bär war von seinen Wunden geheilt, und seine Zuversicht durchströmte alle Trolle, die der alten Stämme und Andas Kinder, gleichermaßen. Aber Andas Kind hatte einen hohen Preis dafür zahlen müssen. Der Dunkelgeist existierte noch immer, mit all seiner Pein. Nur war es jetzt Azot, der in der Höhle bei dem Schacht lag und dessen Atem durch die Welt fuhr.

Noch wusste Kerr nicht, ob Azot sich dessen bewusst gewesen war. Oder ob Andas Kind überhaupt noch existierte, unter den Schatten, den Schmerzen und dem Leid. Doch irgendwann würde er dorthin gehen und in die Schatten treten und ihm seinen Dank sagen. Irgendwann, aber nicht jetzt.

Und er würde weiterhin zu der Höhle nahe der Oberfläche gehen und dort Ştens Sohn treffen, der nun ihr Hareeg war. Aber auch diese Begegnung lag noch viele Dreeg in der Zukunft.

Und vielleicht würde er sogar dereinst den Weißen Bären suchen und ihn fragen, was die Trolle nun waren.

Aber nicht jetzt.

Jetzt genoss Kerr das Gefühl der Freiheit, das Wissen, aller Pflichten entbunden zu sein, das Trollsein. Die Welt würde früh genug zu ihm zurückkehren. Die Zwerge würden sich regen, es würde Streit zwischen Andas Kindern und den Stämmen geben, neue Gefahren würden auftauchen. Und dann würde Kerr bereit sein, sich ihnen entgegenzustellen.

Die Dreeg ertönten. Die Trennung von Dunkelgeist und Weißem Bären hatte Veränderungen mit sich gebracht, und noch mehr würden folgen. Kerr wusste nicht, ob das gut oder schlecht war, doch das würde er sehen, wenn sie kamen.

Jetzt war er einfach Troll.

Danksagung

Jedes Buch birgt ganz eigene Fährnisse für den Autor. Natürlich wächst die Erfahrung, aber dennoch gilt es, bislang ungekannte Hindernisse zu überwinden. Dies war beim dritten Band um die Trolle nicht anders. Und deshalb schätze ich mich sehr glücklich, engagierte und erfahrene Menschen um mich zu haben, die mir auch diesmal wieder mit Rat und Tat zur Seite standen.

Vor allem möchte ich meiner Agentur Schmidt & Abrahams GbR danken sowie dem Team bei Heyne, das mich wie immer großartig unterstützte: Martina Vogl und Sascha Mamczak. Natürlich gilt mein besonderer Dank meiner Lektorin Uta Dahnke, die den Text mit Sorgfalt und Feingefühl bearbeitet hat.

3
TARKA

Ein Troll. Eine Spinne. Eine Welle. Tarkas Fingerspitzen glitten über die in den Fels geritzten Bilder. Wände und Decke des langen Tunnels waren damit geschmückt, sie zogen sich wie lange Ketten an ihnen entlang. Je weiter man sich in den Tunnel hinein bewegte, desto mehr Zeichnungen oder Zeichen wurden es. Fast konnte sie sich vorstellen, wie Druan hier kniete und mit seinen scharfen Krallen die ersten Darstellungen schuf. Um ihn herum mussten andere Trolle gesessen haben. Die ersten Trolle, die dieses kleine Wunder beobachten durften. Vielleicht war Pard dabei gewesen, auch wenn Tarka sich kaum vorstellen konnte, dass der große Anführer genug Geduld dafür besessen hatte. Obwohl sie ihn niemals kennengelernt hatte, war er ihr in den Geschichten niemals so erschienen. Andererseits hatte er Druans Zeichenkratzerei immer verteidigt.

Noch immer folgte sie dem Verlauf der Zeichen. Es war eine Geschichte der Trolle, die erste Geschichte, die im Fels verewigt war. Alle Geschichten davor hatten Trolle sich nur erzählt, sie ihren Kindern beigebracht, damit sie aus den Erfahrungen ihrer Vorfahren lernen konnten. Erst Druans sprechende Zeichen hatten es ermöglicht, die Geschichten festzuhalten, sie sichtbar zu machen, für jeden Troll und jede Trollin.

Die bildhaften Zeichen erzählten von Anda, der ersten Tiefentrollin. Sie erzählten von Druans Tod, von Kerr, der an die Oberfläche ging, von den Menschen und von Pard, der gegen Anda kämpfte und sie besiegte, während Kerr einen Herzschlag lang das Herz des Landes war. Es war eine Geschichte, die jeder Troll und jede Trollin kannten. Tarkas Mutter hatte sie ihr erzählt, damals, nachdem sie ihren Namen erhalten hatte. Es war eine starke Geschichte von einer langen Jagd, in der viele ihr Leben gelassen hatten.

Tarka folgte den Zeichen nicht weiter. Wann immer Trolle glaubten, dass ihre Erlebnisse dessen würdig waren, kamen sie hierher und verewigten sie im Fels. Manche Stämme hatten ihre eigenen Höhlen und Tunnel, an deren Wänden sie von ihren Taten berichteten, aber die wichtigsten wurden auch immer hier festgehalten.

Die Zeichen veränderten sich langsam, aus Bildern wurde etwas anderes, dessen Form seinen Inhalt nur noch erraten ließ. Druans Schüler sorgten dafür, fanden Zeichen für Worte, für die es keine Bilder gab, und fügten sie zu ganzen Geschichten zusammen.

Die Trollin fragte sich unvermittelt, ob eines Tages auch ihr Name hier stehen würde und eine Geschichte dazu, eine Erklärung ihrer Taten. *Was würden sie über mich sagen? Bei Pard hat sich niemand gefragt, woher er kam, von wem er abstammte. Würde es bei mir auch so sein?* Auf die Fragen wusste sie keine Antworten. Früher hatten Trolle sich nicht für ihre Abstammung interessiert. Taten waren alles, was zählte. Aber seit Pards und Druans Abenteuern war etwas Neues entstanden, auch wenn es Tarka schwerfiel, es genau zu benennen. Sie wusste lediglich, dass die Veränderung an ihr nagte und ihr keine Ruhe ließ.

Ihre Klauen kratzten über den Fels. Nur ein wenig mehr Druck, und sie würde die Zeichen unlesbar machen, die Geschichte auslöschen. Der Stein war nicht hart, sie konnte ihn bearbeiten, bis nichts mehr übrig war. Der Gedanke war verlockend. Die Trolle könnten wieder in die Zeit zurückfinden, bevor sie Kontakt mit den schwächlichen Menschen gehabt hatten und dies Andas Frevel auslöste.

Ein einfacheres Leben führen, im ewigen Kampf gegen die gierigen Zwerge und die Gefahren ihrer Heimat. Brutal, oft kurz, gefährlich, aber in Tarkas Vorstellung auch ehrlicher und unkomplizierter.

Für einen Herzschlag verharrten die Spitzen ihrer Klauen über den Zeichen, dann zog sie die Hand zurück. Sie riss sich vom Anblick der stilisierten Figuren los, wandte den Blick von den Zeichen ab, die sie beinahe zerstört hätte. Ohne sie weiter zu beachten, machte sie sich auf den langen Rückweg und ließ sie hinter sich.

Ohne Eile schritt sie durch die Tunnel, Höhlen und Kavernen. Sie kannte den Weg seit ihrer Kindheit, so wie es sein sollte. Sie brauchte keine Zeichen an der Wand, keine Bilder, um zu wissen, wo sie war. Dies hier war ihr Revier, die ganze Welt hier unten gehörte ihr so wie ihre eigene Hand. Und ebenso gut kannte Tarka sie.

Seit vielen Schlägen des Herzens hatten sich die Zwerge nicht mehr gerührt, und die versprengten Gruppen, die von Andas Trollen übrig geblieben waren, kamen selten aus ihren Tiefen hoch. Es gab niemanden, der den Trollen ihre Heimat streitig machte.

Erst, als sie in die Nähe ihres Stammes kam, wurde Tarka vorsichtiger. Sie schlich nun, als wäre sie auf der Jagd. Hinter einer Biegung verharrte sie und lauschte. Es war nichts zu hören, aber sie wusste, dass dort jemand war, spürte die Anwesenheit. Stück für Stück bewegte sie sich vorwärts, lautlos und geschickt, bis sie eine große Gestalt erkennen konnte. Mit wenigen schnellen Schritten war sie heran, hob die Pranken.

»Du wirst alt«, fauchte sie die Wache an, die mit gefletschten Hauern vor ihr zurückwich und sich dann entspannte.

»Wenn du das glaubst, dann komm«, erwiderte Kro scheinbar gelassen. Der Jäger spannte seine Muskeln an, aber Tarka senkte ihre Arme.

»Ich bin noch gut genug«, knurrte er.

Ohne ihn weiter zu beachten, ging Tarka in die weitläufige Höhle, an deren Eingang er Wache gestanden hatte. Kro war ein guter, gefährlicher Jäger, und seine Erfahrung kam dem Stamm zugute. Irgendwann würde er zu alt für die Jagd sein und sein Wissen an die Jüngsten weitergeben. Es gab keinen Grund, mit ihm zu kämpfen, auch wenn sie sicher war, ihn problemlos besiegen zu können.

Die Mitglieder ihres Stammes hatten sich in dem Höhlensystem verteilt. Die größte Gruppe saß an dem kleinen Becken, in dem warmes Wasser aus einer tiefen Quelle emporsprudelte, bevor es durch ein flaches Loch in der Wand verschwand um sich irgendwo in der Tiefe einem der großen Ströme unter der Welt anzuschließen. Das Wasser war bitter, schmeckte schwefelig, aber die Trolle scherte das nicht. Andere von ihnen hatten sich in die verschiedenen Ecken und Tunnel zurückgezogen, schliefen oder redeten leise. Aus der Dunkelheit drang ein tiefes Lachen an Tarkas Ohren.

Sie gesellte sich zu einer kleinen Gruppe meist jüngerer Jäger, die tiefer in der Höhle im Kreis standen und sich über die letzte Jagd unterhielten. Als Tarka sich näherte, verstummte das Gespräch.

»Etwas gefunden?«, fragte Rega, die gut zwei Köpfe kleiner als Tarka und für ihre Geschicklichkeit beim Anschleichen bekannt war.

Sie schüttelte das massige Haupt. »Alles ruhig. Allerdings auch keine Beute.«

»Wir haben noch genug, aber wir sollten bald wieder auf die Jagd gehen.«

Obwohl Tarka nicht genau wusste, wie groß ihre Vorräte noch waren, nickte sie. Die letzte Jagd war erfolgreich gewesen, doch auch schon einige Dreeg her. Ein Trollstamm musste sein Überleben sichern, und es konnte jederzeit passieren, dass man nicht genug Beute fand. Es war gefährlich, zu lange nicht zu jagen, auch wenn kein Anführer gern die besten Jäger ausschickte und den Stamm so verwundbar zurückließ.

»Rask sagt, wir haben noch Zeit.« In Regas Ton schwang Missbilligung mit. »Er will weiter hierbleiben.«

Tarka wiegte den Kopf. Der Ort war gut, es gab Wasser und nur wenige Ein- und Ausgänge. Der Stamm konnte sich hier gut verteidigen. Aber auch in Zeiten wie diesen, in denen die Feinde der Trolle schwach waren, war es nicht klug, allzu lange an einem Ort zu verweilen. Sie beneidete Rask nicht um seine Aufgabe, immer die richtigen Entscheidungen zu treffen.

»Er hat uns immer gut geführt«, erwiderte sie knapp und wandte sich ab, denn sie war die beste Jägerin des Stammes und im Kampf unbesiegt; andere Jäger schätzten ihre Meinung.

Als sie sich einige Schritte von der Gruppe entfernt hatte, gesellte sich Rega zu ihr. »Du solltest ihn herausfordern«, stellte sie finster fest. »Du bist größer und stärker als er und besser bei der Jagd.«

»Nein.«

»Doch. Du wärst eine bessere Anführerin. Du kennst alle Wege wie keine Zweite, der Schlag des Herzens ist stark in dir.«

»Ich sagte nein«, knurrte Tarka und blieb stehen. Die kleinere Trollin baute sich furchtlos vor ihr auf. Ihre langen, gedrehten Hörner reichten Tarka nicht einmal bis zur Stirn.

»Du hast es im Blut … Pard war der beste Anführer, den je ein Stamm hatte …«

»Woher willst du das wissen?« Tarka fletschte die Zähne. »Nur weil es in eine Wand gekratzt ist? Vor ihm gab es viele Anführer. Starke und große, vielleicht besser, als er es je war.«

»Er hat Anda besiegt! Die erste Tiefentrollin!«

»Nur mit Hilfe. Und seinen Stamm hat er auch nicht allein angeführt. Andere haben gesagt, was richtig und was falsch ist. Alles hat sich verändert, und er hat es zugelassen.«

Rega schwieg, und Tarka schnaubte. Sie wartete noch einen Moment, dann drehte sie sich um. Als sie ging, hörte sie Regas Flüstern: »Du bist Pards Tochter. Du solltest uns anführen.«

Tarkas Finger zuckten. Am liebsten hätte sie die kleinere Trollin angesprungen, sie zu Boden gerissen und sie gezwungen zu schweigen. Doch sie unterdrückte den Impuls und ging einfach weiter.

Abseits von allen anderen Trollen ließ sie sich zu Boden sinken und schloss die Augen. Regas Worte hatten sie aufgewühlt. Fast meinte sie, diesen Drang in sich zu spüren. Sie wusste, dass sie eine gute Jägerin war, die beste des Stammes, und dass viele sie unterstützen und ihr folgen würden. Sie konnte es vor ihrem inneren Auge sehen; Geschichten, die über sie erzählt werden, die einige in die Wände kratzen würden. Aber dann wurden ihre Gedanken dunkler. Sie musste an all die vielen Trolle denken, die gestorben waren und an die sich niemand erinnerte. Im Kampf gegen die Zwerge, als Druans und Pards Abenteuer an der Oberfläche die letzte, verzweifelte Hoffnung gewesen waren. Im Kampf gegen Anda und ihre Tiefentrolle, von denen ganze Stämme gejagt und getötet worden waren.

Zwei der Jungtrolle brüllten in der Höhle, als sie sich gegeneinanderwarfen. Noch war es nur Spiel, aber Tarka spürte dennoch, wie sich ihre Fäuste ballten. Jedes einzelne Leben in dieser Höhle hing von den richtigen Entscheidungen ihres Anführers ab.

Sie blieb so liegen, selbst als die meisten zusammenkamen, um zu essen. Danach rief Rask die Jäger zu sich, und Tarka folgte dem Ruf. Sie waren knapp zwei Dutzend, die meisten erfahren und nur wenige Neulinge. Tarka ließ ihren Blick über sie schweifen. Sie sah die Narben, die gesplitterten Hörner und Hauer. Borag fehlten zwei Finger, aber er war immer noch stark genug, um die meisten Trolle zu Boden zu ringen. Rask wäre der größte gewesen, wenn nicht Tarka auch ihn überragt hätte.

»Wir werden noch einige Dreeg hierbleiben«, stellte ihr Anführer fest. »Kro hat Flechten und Pilze in der Nähe gefunden. Bald wird ein Trupp dorthin aufbrechen.«

»Bah, Pilze«, zischte Rega. »Wir wollen Fleisch!«

Einige murmelten zustimmend, aber die meisten schwiegen abwartend. Rask sah die Jägerin kurz an, bevor er antwortete: »Es wird Fleisch geben, sobald wir jagen. Erst einmal bleiben wir hier.«

Tarka konnte die Unruhe unter den Jägern riechen. Auch wenn Rask ruhig geblieben war, musste ihn Regas Widerspruch zornig machen. Obgleich Tarka selbst Lust auf frisches Fleisch verspürte, verstand sie seine Entscheidung. Hier war der Stamm in Sicherheit.

»Lass wenigstens einige von uns ziehen, wenn wir schon hierbleiben. Es wird in der Nähe gewiss Beute geben.«

»Nein, Rega. Wir brauchen euch bei denen, die ausziehen, und wir brauchen Wachen hier.« Rasks Tonfall machte deutlich, dass er keine weitere Diskussion mehr dulden würde. Er sah in die Runde. »Ich teile euch dann ein und schicke euch los, wenn es so weit ist.«

»Schwach«, murmelte Rega. Eine tödliche Stille legte sich auf die Gruppe der Jäger. Sie blickte auf den Boden und spie aus.

»Zweifelst du an meiner Entscheidung?«

Auch jetzt noch war seine Stimme ruhig. Zu ruhig, wie Tarka wusste.

»Ja. Es gibt welche unter uns, die uns besser führen würden.«

Mit einem unguten Gefühl sah Tarka zu Rega hinüber. Die kleine Trollin konnte nicht hoffen, Rask zu besiegen, dafür war er zu stark und erfahren. Sie war schnell, aber das würde ihr gegen seine mächtigen Pranken nichts nützen.

»Du denkst, du bist besser als ich?«

»Ich? Nein.« Jetzt wandte Rega sich ihr zu und schenkte ihr ein finsteres Lächeln. »Aber sie wäre es.«

Alle Blicke richteten sich auf Tarka, die die kleine Trollin innerlich verfluchte. *Das hättest du nicht tun sollen. Jetzt bleibt mir keine andere Wahl.*

»Stimmt das, Tarka?«, fragte Rask. »Wärst du eine bessere Anführerin? Pards Tochter?«

Er trat einen Schritt vor und baute sich vor ihr auf, schüttelte seine Arme und hob das Kinn. Auch wenn sie noch nie gekämpft hatten, war sich Tarka sicher, dass sie ihn besiegen konnte. Auch sie trat vor, wich ihm nicht aus, antwortete jedoch nicht.

»Was ist? Keine Zunge mehr?«

Aus dem Augenwinkel sah Tarka Regas erwartungsvolle Miene. Inzwischen waren nicht mehr nur Jäger um sie herum; der halbe Stamm hatte die Herausforderung bemerkt und versammelte sich. Alle Aufmerksamkeit ruhte nun auf ihr.

Anführerin eines Stammes. Geschichten von großen Taten. Tarka, Pards Tochter. All das ging ihr durch den Kopf. Sie öffnete den Mund.

»Nein, du bist der bessere Anführer, Rask«, sagte sie mit fester Stimme. »Ich bitte dich um Erlaubnis, den Stamm für eine Zeit verlassen zu dürfen. Ich mache mich auf die Gareen.«

Niemand sprach. Rask blinzelte zweimal, als verstehe er nicht, was sie gesagt hatte. Selbst Tarka konnte es kaum glauben, obwohl der Gedanke schon lange in ihr gereift war. Eine Gareen, eine einsame Wanderung, war für junge Trolle gedacht, die damit ihre Kraft und ihr Können beweisen sollten. Eine Jägerin wie Tarka brauchte sie nicht. *Aber wenn ich bleibe …* Sie musste den Gedanken nicht zu Ende denken. Früher oder später würde sie mit Rask in Konflikt geraten, und dann mussten sie kämpfen. Und sie würde siegen und Anführerin werden. *Pards Tochter.*

»Ich … erlaube es dir.«

»Ich breche bald auf«, erklärte sie ruhig. Und mit einem Mal verschwanden die Bilder aus ihrem Kopf. In ihrer Zukunft war nun keine Felswand mit Zeichen mehr. Nur dunkle Gänge und Höhlen, Feinde und Beute, nur sie selbst.

Der Stamm verteilte sich wieder, alle gingen zurück an ihre Lagerplätze. Bis auf Rega, die mit geöffnetem Mund stehen blieb.

Aber Tarka verspürte nur eine ungeahnte Leichtigkeit, ein Versprechen von Ruhe, das sie vorher noch nie erlebt hatte.

Die Trolle kehren zurück in:

DER KRIEG
DER
TROLLE

CHRISTOPH HARDEBUSCHS PHANTASTISCHE WELTEN IM HEYNE VERLAG

»Herzlich willkommen und viel Spaß in meinen phantastischen Welten!«

DIE TROLLE-SAGA

Die Trolle

Haltet euch fest – die Trolle kommen!

Der junge Rebell Şten cal Dabrân hat eigentlich mit seinem Leben abgeschlossen – Zorpad, der tyrannische Herrscher des Landes Wlachkis, hat ihn in einem Metallkäfig in den dichten Wäldern aussetzen lassen. Und wie um seine Lage noch schlimmer zu machen, tauchen aus einem heulenden Sturm plötzlich gigantische Wesen auf, die direkt aus den düstersten Legenden zu stammen scheinen: Trolle.

Die Schlacht der Trolle

Die Trolle sind in Gefahr

Endlich herrscht Frieden im Land zwischen den Bergen. Die Trolle sind siegreich in ihr unterirdisches Reich zurückgekehrt, und die Wlachaken können aufatmen. Umso erstaunter ist der ehemalige Rebellenführer Şten, als eine Horde Trolle vor den Toren seiner Stadt auftaucht: Sie behaupten, eine gefährliche Trollin habe die Macht an sich gerissen. Dann wird auch noch Wlachkis erneut angegriffen, und tief im Inneren der Berge regt sich eine Bedrohung, die die Welt der Trolle und Menschen für immer vernichten könnte …

Der Zorn der Trolle

Die Stunde der Trolle hat geschlagen

Der Feind der Trolle und Menschen kehrt zurück, mächtiger und dunkler als je zuvor, und die Nachkommen der Helden von einst müssen sich der Herausforderung ihres Lebens stellen: In der Hoffnung, einen blutigen Machtkampf zwischen den Trollen der alten Stämme und den gewaltigen Tiefentrollen ein für alle Mal zu verhindern, schließt Kerr, der vielleicht weiseste aller Trolle, einen gefährlichen Pakt, um das Herz des Landes zu heilen. Doch bald deutet auch an der Erdoberfläche alles auf Krieg, und mit dem Leid des Landes wächst der Zorn der Trolle …

DIE STURMWELTEN-SAGA

Sturmwelten

Freibeuter, Magie und Abenteuer!

Ein Reich inmitten der Weltmeere, besiedelt von riesigen Meeresschildkröten, feuerspeienden Drachen und schillernden Wassermagiern. Stürmische Ozeane, gepeitscht von Wind und Wellen, befahren von kaiserlichen Armeen, blutrünstigen Piraten und geheimnisvollen Zauberern. Als wie aus dem Nichts ein legendäres Kolonialschiff mit einer magischen Ladung auftaucht, schlägt die Stunde des Freibeuters Jaquento – und es beginnt ein Wettlauf gegen die Zeit …

Sturmwelten – Unter schwarzen Segeln

Ein magischer Sturm braut sich zusammen

Während das schwarze Schiff unerreichbar verloren scheint, verdunkelt sich der Himmel über den Sturmwelten. Eine unglaubliche Flut kündigt sich an, in Corbane bricht ein Sturm los, der alles hinwegzufegen droht. In dieser windgepeitschten und gefährlichen Zeit schlägt erneut die Stunde des Freibeuters Jaquento. Gemeinsam mit der Offizierin Roxane sticht er in See, um eine magische Katastrophe abzuwenden …

Sturmwelten – Jenseits der Drachenküste

In die Wanten, Freibeuter – rettet die Welt!

Auf der Korvette Ihrer Majestät *Siorys* verfolgen die junge Kapitänin Roxane und der Freibeuter Jaquento weiter das schwarze Schiff *Todsünde*. Das Piratenschiff mit seiner mysteriösen und hochgefährlichen Ladung ist unterwegs zu unerforschten Gestaden jenseits der Drachenküste. Im geheimnisvollen Reich des Drachenkaisers geraten Jaquento und Roxane in höchste Gefahr – und machen dabei eine schreckliche Entdeckung. Werden Jaquento und seine Gefährten der Macht ihrer Gegner standhalten und den Untergang der Welt verhindern können?

WEITERE ROMANE VON CHRISTOPH HARDEBUSCH

Smart Magic

Das Tor in eine magische Welt ist geöffnet!

Unsere Welt und die Welt der Magie wurden einst voneinander getrennt – und nur noch wenige Orte künden von der Zeit, als ein einziges Wort die Realität verändern konnte. Orte, an denen das Schicksal eines einzigen Jungen über die Zukunft zweier Welten entscheidet.
Tom ist fünfzehn, lebt in Berlin und hat nicht gerade das, was man eine schöne Kindheit nennt. Er wächst ohne Eltern auf, hat kaum Freunde, und sein Pflegevater zwingt ihn zum Diebstahl. Doch dann begegnet Tom einem weisen, sprechenden Raben und folgt ihm schließlich zu einem geheimnisvollen Portal – das Tom in eine fantastische neue Welt voller Magie führt …

www.smart-magic.de

Justifiers – Missing in Action

Justifiers – wenn die Zukunft zur Legende wird

Sie sind die härteste Einsatztruppe des Universums. Überall, wo in der Galaxie Gefahr droht, sind sie sofort zur Stelle: die Justifiers. Für Leutnant John Owens und sein Team sieht zunächst alles nach einem ganz normalen Auftrag aus: auf einem unbekannten landen, ihn für den Konzern *Stellar Exploration* in Besitz nehmen und das TransMatt-Portal aufbauen. Doch dann geht alles schief, was nur schiefgehen kann, und John Owens und seine Justifiers müssen zeigen, was sie am besten können – überleben. Denn der Planet hat noch einige Überraschungen auf Lager …

Die Werwölfe

Der uralte Mythos, neu erzählt

Europa Anfang des 19. Jahrhunderts: Während sich die Alte Welt von zahllosen Kriegen erholt, kündigen sich tiefgreifende Veränderungen an – die Menschheit steht an der Grenze zur Moderne. Aber noch sind die Traditionen stark und die starren Strukturen brechen nur langsam auf. In dieser Zeit des Wandels schickt sich eine uralte Bedrohung an, die Menschen in den Abgrund zu reißen. Denn in den Schatten der Welt hat etwas überlebt: die Werwölfe …

Peter V. Brett

Manchmal gibt es gute Gründe, sich vor der Dunkelheit zu fürchten …

… denn in der Dunkelheit lauert die Gefahr! Das muss der junge Arlen auf bittere Weise selbst erfahren: Als seine Mutter bei einem Angriff der Dämonen der Nacht ums Leben kommt, flieht er aus seinem Dorf und macht sich auf in die freien Städte. Er sucht nach Verbündeten, die den Mut nicht aufgegeben und das Geheimnis um die alten Runen, die einzig vor den Dämonen zu schützen vermögen, noch nicht vergessen haben.

978-3-453-52476-7

Peter V. Bretts gewaltiges Epos vom Weltrang des »Herrn der Ringe«

Das Lied der Dunkelheit
978-3-453-52476-7

Das Flüstern der Nacht
978-3-453-52611-2

Erzählungen aus Arlens Welt

Der große Bazar
978-3-453-52708-9

Leseproben unter: **www.heyne.de**

HEYNE